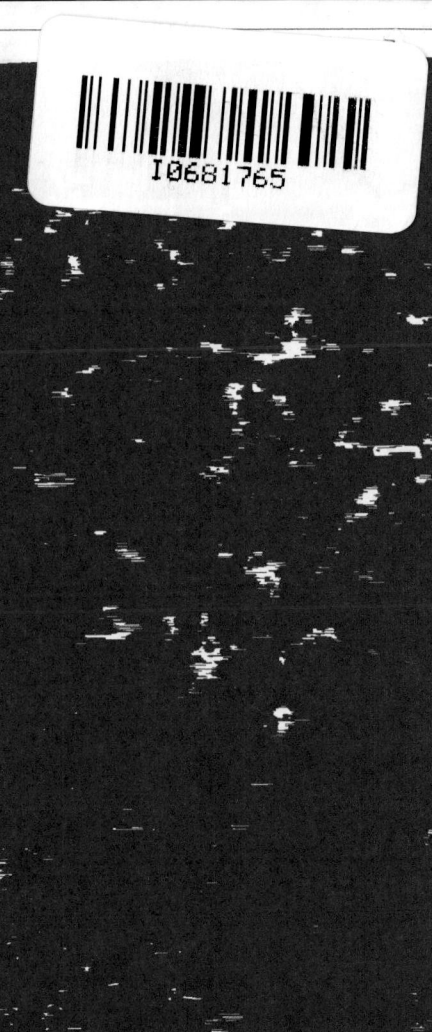

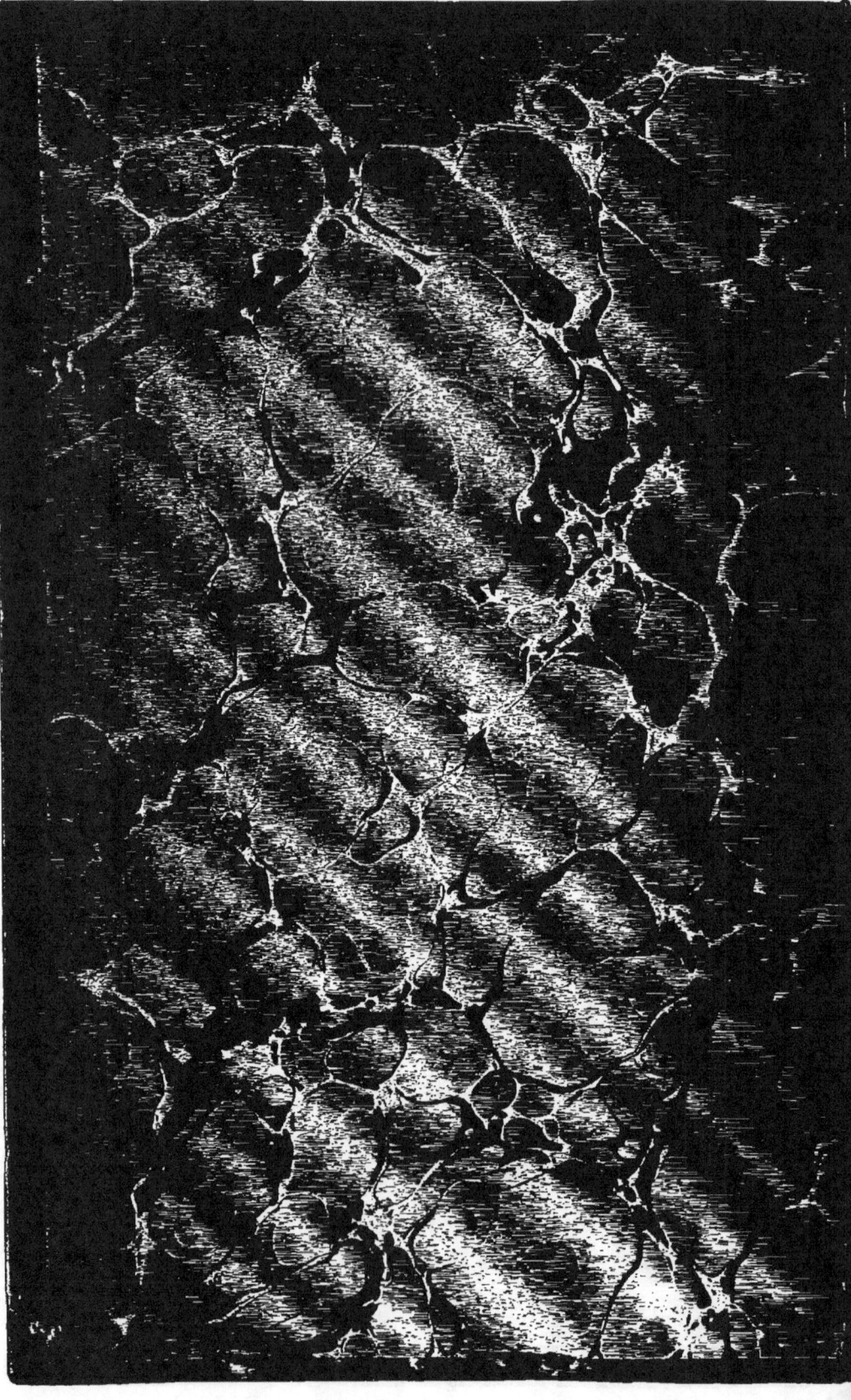

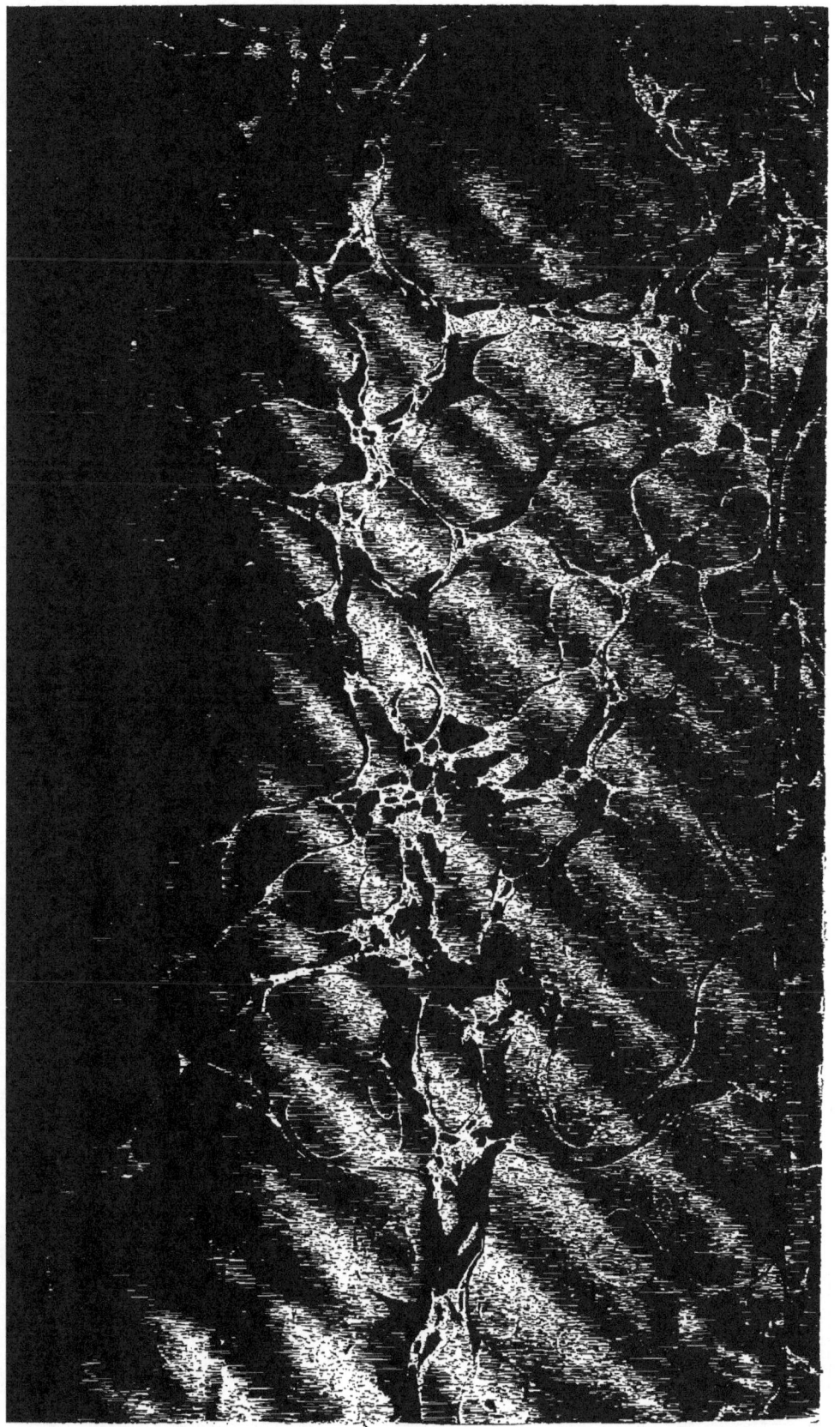

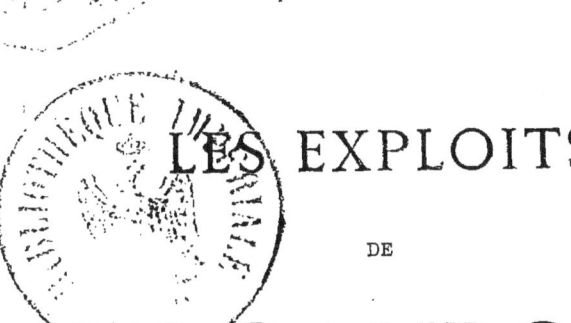

LES EXPLOITS

DE

ROCAMBOLE

I

UNE FILLE D'ESPAGNE

Coulommiers. — Typographie de A. Moussin.

LES EXPLOITS

DE

ROCAMBOLE

PAR

PONSON DU TERRAIL

I

UNE FILLE D'ESPAGNE

TROISIÈME ÉDITION.

PARIS

E. DENTU, ÉDITEUR

LIBRAIRE DE LA SOCIÉTÉ DES GENS DE LETTRE

PALAIS-ROYAL, 17 ET 19, GALERIE D'ORLÉANS.

—

1866

A MONSIEUR FRÉDÉRIC THOMAS

MON CHER AMI,

Je dédie ce livre à l'homme de lettres aimé du public et de ses confrères, à l'avocat dont l'éloquente et chaude parole est toujours au service de qui tient une plume, et à l'ami qui jamais ne m'a fait défaut.

Votre dévoué et reconnaissant,

PONSON DU TERRAIL.

LES EXPLOITS

DE

ROCAMBOLE

I

Le brick de commerce français la *Mouette*, faisant route de Liverpool au Havre, filait dix nœuds à l'heure.

— Bon temps, bonne brise, vent arrière ! murmurait le capitaine avec satisfaction en se promenant sur le pont du navire, en envoyant au ciel les spirales bleues de la fumée de son cigare. Si cela continue douze heures encore, nous entrerons demain matin dans le port du Havre, que la *Mouette* n'a pas revu depuis quatre ans.

— Vraiment, capitaine, vous n'avez pas vu la France depuis quatre années?

Cette question venait d'être faite par un passager qui, se promenant également de long en large sur le pont, mais en sens inverse, s'était trouvé face à face avec le capitaine et avait entendu son exclamation.

— Nô, sir, répondit ce dernier, ce qui, en anglais, est-il besoin de le dire ? signifiait : Non, monsieur.

Or, bien que la question lui eût été adressée en français, le capitaine était excusable de répondre en langue britannique, si on envisageait le personnage qui venait de se faire son interlocuteur.

C'était un jeune homme de taille moyenne, de vingt-six à vingt-huit ans, blond, d'une figure agréable, distinguée, mais empreinte de ce masque de froideur qui caractérise les fils de la hautaine Albion. Sa mise était bien celle d'un Anglais en voyage : pantalon à grands carreaux gris et noir, collant, plaid écossais enroulé autour d'un paletot court à vastes poches et de couleur roussâtre, casquette conique à longs rubans flottant sur les épaules, gibecière de voyage après laquelle étaient suspendus pêle-mêle un dictionnaire anglais-français, une longue-vue, un étui à cigares et une petite gourde emplie de rhum. Il portait en outre, placé sur son avant-bras gauche, une grande couverture, ce vade-mecum éternel du voyageur britannique.

— Oh ! dit-il avec un léger accent qui trahissait l'insulaire, mais en très-bon français néanmoins, vous pouvez vous dispenser, capitaine, de me parler anglais. J'habite Paris chaque hiver.

Le capitaine s'inclina.

— Ainsi, poursuivit le jeune Anglais, vous revenez sans doute de l'Australie ou de l'Amérique du Sud ?

— Je viens de Chine, sir.

— Et vous êtes du port du Havre ?

— Natif d'Ingouville.

— Ainsi, vous pensez que demain, nous entrerons dans le port ?

— A moins de malheur... ou d'un grain.

Et le capitaine braqua sa longue-vue tour à tour sur les quatre points cardinaux.

— Le ciel est bleu comme un lac d'indigo, dit-il ; je vais remettre le commandement à mon second et aller me coucher. Voici six heures du soir. J'étais de quart la nuit dernière, et je meurs de sommeil. Bonsoir, sir Arthur.

— Bonsoir, capitaine.

Le commandant de la *Mouette* et le jeune homme qu'il

venait de nommer sir Arthur se séparèrent en se saluant.

Le premier transmit le commandement à son second, l'autre demeura sur le pont, et s'accouda tout rêveur au bastingage.

— Ma parole d'honneur ! murmura-t-il en attachant un regard ardent vers l'horizon du sud, que la lune éclairait en plein, je ne suis ni sentimental, ni poétique, j'ai toujours eu un assez beau dédain pour ceux qui chantent les douleurs de l'exil, les charmes de la patrie lointaine et désirée, et pourtant le cœur me bat rien qu'à la pensée que demain je serai au Havre. Quelle folie ! Serais-je donc réellement devenu un Anglais, un gentleman pur sang, s'intéressant aux courses d'Epsom, à un roman de Charles Dickens, écrivant de petits vers dans le journal de son comté et rêvant d'épouser une miss vaporeuse aux bras rouges, aux yeux bleus, aux cheveux carotte, et revenant de son troisième voyage autour du monde ? Non, rien de tout cela. Le cœur me bat, parce que demain je serai au Havre et que le Havre n'est qu'à cinq heures de Paris...

Et sir Arthur prononça ce mot avec toute l'émotion d'un fils qui dirait tout bas le nom de sa mère.

— Paris ! reprit-il, ô la terre des audacieux et des forts, des penseurs et des soldats. Paris ! ô la patrie de tous ceux qui ont au cœur une étincelle de domination, dans le cerveau une lueur de génie... J'ai passé quatre années enveloppé dans ce brouillard anglais dont l'humide étreinte finit par tuer, — et pendant quatre années, à toute heure, à chaque minute, je n'avais qu'à fermer les yeux pour revoir en songe, et comme en un céleste éblouissement, ce Paris nocturne ou resplendissant de soleil, cet Eldorado qui commence à *Tortoni* pour finir au *Bois* et déroule, au soleil des Champs-Élysées, ses chevaux et ses équipages tout constellés de femmes jeunes, élégantes et belles, comme on en chercherait en vain par tout le reste de la terre.

Sir Arthur soupira. Puis il reprit ainsi son monologue:

— Oui, j'ai passé quatre années à Londres, cultivant la vertu comme un bourgeois du Marais cultive un pot de réséda, vivant modestement de mes dix mille livres de rente, n'ayant pas même un cheval de selle, dînant en ville, allant prendre, le soir, une tasse de thé chez des marchands de la Cité, qui me lorgnaient tous pour leur fille... Une année encore, et sir Arthur, gentlman anglo-indien, épousait sérieusement miss Anne Perkins ou la veuve mistress *Trois étoiles*, avait droit de bourgeoisie, se mêlait des élections, prononçait des discours dans les *meetings*, et devenait vice-président d'une société de tempérance quelconque. Heureusement sir Arthur s'est souvenu qu'il s'était nommé jadis le vicomte de Cambolh, puis le marquis don Inigo de los Montès, qu'il avait présidé feu le Club des Valets-de-Cœur, et que son infortuné maître, sir Williams, lui avait prédit un grand avenir....

Et Rocambole, car c'était bien notre ancienne connaissance du Club des Valets-de-Cœur, quitta le pont à ces derniers mots, et descendit dans sa cabine.

— Voyons ! se dit-il en s'enfermant dans cette chambre de six pieds carrés qui devient le logement d'un passager de première classe, il ne suffit pas de se dire un matin: Je ne suis pas fait pour vivre de dix mille francs de rente comme un bourgeois vertueux ; il faut à mon ambition la vaste scène de Paris, des chevaux de sang, des maîtresses blondes et un petit hôtel. Non, il faut savoir encore comment faire pour avoir tout cela, et c'est ici que je sens plus vivement que jamais la perte de mo honorable professeur sir Villiams....

Rocambole crut convenable de pousser un léger soupir, en manière d'oraison funèbre à l'adresse de sir Williams, sans doute mis à la broche et mangé depuis longtemps par les sauvages des terres australes ; puis il s'assit devant l'unique table de sa cabine, sur laquelle se trouvaient étalés divers papiers, et, parmi eux, un petit carnet dont chaque feuillet était couvert de caractères manuscrits.

Il s'empara de ce carnet, l'ouvrit et sembla vouloir employer toute son attention et toute son intelligence à déchiffrer et à comprendre le sens exact de cette écriture fine et serrée, dont les pages étaient surchargées, et qui était un mystérieux assemblage de chiffres et de lettres. Ce carnet était celui que Rocambole avait trouvé sous la toile d'un vieux portrait de famille dans le château de Kergaz, la veille de son départ.

— Au diable sir Williams et son langage hiéroglyphique, murmura-t-il après quelques minutes d'absorption, voici quatre années que j'en cherche vainement la clé, et je ne suis pas plus avancé que le premier jour. Il me faut, hélas ! en conclure que sir Williams avait deux écritures, l'une qui était à ma portée, aux mystères de laquelle il m'avait initié depuis longtemps, l'autre qui n'était que pour lui. Le calepin, où se révèle à chaque page le génie de mon pauvre maître, est empli de documents précieux, d'indications excellentes, il renferme le point de départ de vingt affaires. Malheureusement, la dernière clé de la serrure, celle qui fait jouer le ressort mystérieux, me manque. De telle façon que je suis dans la situation d'un homme à qui on dirait : « Il y a à Londres, dans une maison, au premier étage, et dans un cabinet donnant sur la rue, une valise pleine d'or. Allez la chercher, on vous la donne. » Malheureusement, on oublierait de dire à cet homme le nom de la rue et le numéro de la maison. Ah ! sir Williams était un homme prudent ; il avait une écriture pour les faits, une autre pour les noms et les dates. Ainsi, voici ce que je lis :

« Il y a à Paris un hôtel, rue... »

— Le nom de la rue, s'interrompit-il, est tracé dans le deuxième langage hiéroglyphique, celui que je ne comprends pas...

Et Rocambole continua :

« Cet hôtel est habité par le marquis et la marquise de... — encore un nom illisible ! — et leur fille. Le marquis a soixante ans, la marquise cinquante, leur fille en a dix-sept. La maison est riche de cent mille livres de rente.

« Le marquis a un fils qui doit avoir vingt-quatre ans environ. Ce fils s'est embarqué comme mousse à l'âge de dix ans, sur un navire anglais de la Compagnie des Indes. Depuis, il n'a point reparu. Est-il mort ou vivant? La marquise l'ignore. Son mari seul a le dernier mot de la destinée du pauvre enfant, et il emportera ce dernier mot dans la tombe aussi bien peut-être que le secret de cette conduite étrange d'une famille riche et titrée qui voue son unique héritier à la rude et misérable vie d'un mousse du commerce. Cette famille est retirée au fond de son hôtel, ne voyant personne; le marquis sombre et taciturne, sa femme agitée de la frêle mais ardente espérance qu'elle reverra son fils un jour.

« Si ce fils revenait, il aurait, à la mort de son père, soixante-quinze mille livres de rente, car, dans la famille de... les mâles ont toujours le quart en sus. On pourrait donc... »

Ici l'écriture hiéroglyphique recommençait et devenait inintelligible pour le possesseur des tablettes de sir Williams.

Évidemment celui-ci, à qui cette première écriture que le jeune homme pouvait déchiffrer avait été plus courante et plus familière, ne s'était servi de la seconde, de pure convention avec lui-même et, d'ailleurs, beaucoup plus compliquée, que pour les noms, les dates et ses plus audacieuses inspirations.

Rocambole repoussa le carnet avec découragement :

— Maudit sir Williams ! exclama-t-il. Ainsi je sais qu'il est une marquise, laquelle attend un fils qui ne revient pas. Elle a une fille et cent mille livres de rente. Seulement j'ignore le nom de cette marquise, celui de la rue qu'elle habite, et quant au parti qu'on pourrait tirer de tout cela... Parbleu ! s'interrompit brusquement Rocambole, ce qu'on pourrait faire, je le sais... il faudrait se faire passer pour le fils de la marquise... si on savait comment elle se nomme, en quel lieu elle habite, et quel est le nom de ce fils, mort sans doute...

Malheureusement on ne sait rien de tout cela, et sir Williams a emporté son secret en Australie.

Rocambole redevint rêveur, et s'approcha du sabord qui servait de croisée à sa cabine.

— Pauvre sir Williams, se dit-il, un bien beau génie !... Mais quel guignon ! de magnifiques inspirations et pas de chance ; il trouvait toujours la voie du succès et ne réussissait jamais... Ah ! si j'avais le génie de sir Williams.

Rocambole, qui venait de terminer son monologue par un nouveau soupir, fut brusquement arraché à sa rêverie par un bruit insolite qui retentissait dans la galerie :

— Tout le monde sur le pont ! criait la voix impérieuse et dure du capitaine.

— Oh ! oh ! pensa Rocambole, le capitaine m'a quitté, il y a une heure, pour aller se coucher, et le voilà déjà levé, et il appelle l'équipage... que signifie tout cela ?

Rocambole quitta sa cabine et monta sur le pont. Le capitaine était déjà sur son banc de quart et donnait des ordres, les matelots carguaient les voiles, les passagers paraissaient consternés. Pourtant la mer était calme, le ciel était serein, il faisait un temps superbe... du moins un homme de terre l'eût juré.

La première personne que Rocambole rencontra et à qui il demanda l'explication de cette rumeur inaccoutumée, qui troublait tout à coup le calme nocturne du bord, était un jeune homme blond, grand et mince, enveloppé dans un caban de matelot, portant à sa casquette de toile cirée un petit liseré d'argent, qui semblait indiquer un officier de marine.

Ce jeune homme avait, au milieu de ces visages consternés, une belle figure souriante et calme, et il braquait une longue-vue sur l'horizon, avec le flegme d'un vrai marin.

— Pardon, monsieur, lui dit Rocambole, pourriez-vous me dire ce que tout cela signifie ? pourquoi on nous fait monter sur le pont, pourquoi on cargue les voiles...

et ce qu'il y a de si menaçant dans l'avenir que tous ces gens-là, — et il désignait une dizaine de passagers, — vous ont des mines de patients qui vont au supplice ?

Rocambole avait adressé la question en bon anglais.

— Monsieur, répondit le jeune homme dans la même angue, nous allons avoir un grain.

— Un grain ?

— Oui , c'est-à-dire une tempête.

— Allons donc ! il n'y a pas un nuage au ciel.

— Pour vous, monsieur ; mais pour nous qui sommes des gens de mer... Tenez, prenez ma longue-vue, regardez.

Rocambole prit la longue-vue.

— Voyez-vous, là-bas, à l'ouest, continua son interlocuteur, ce petit point grisâtre qui ressemble à une voile ?

— Oui, dit Rocambole.

— Eh bien ! dans une heure, ce petit nuage aura envahi tout le ciel, converti cette nuit transparente et lumineuse en une nuit opaque ; ses flancs vomiront la foudre et la tempête, et cette mer unie, calme comme un lac, deviendra tout à coup furieuse ; ses lames se couronneront d'écume, notre navire dansera à leur crête comme une misérable coquille de noix, et il ne faudrait qu'un lambeau de toile au vent, une bonnette qu'on aurait oublié de carguer, pour nous faire faire naufrage.

Le jeune homme s'exprimait avec la netteté et le sang-froid d'un marin consommé.

— Comment, monsieur, dit Rocambole, ce pauvre petit nuage peut-il vous faire présager tout cela ?

— Monsieur, dit le jeune homme en souriant, je suis marin, et les marins font du ciel une si constante étude qu'ils se trompent rarement.

— Ainsi, nous allons essuyer une tempête

— Terrible, monsieur.

— Sommes-nous réellement en danger ?

— Peut-être.

— Diable ! fit Rocambole, qui, tout brave qu'il était, ne se souciait que médiocrement d'aller coucher sous les algues.

— Mon Dieu ! continua le jeune marin avec un sourire plein de mélancolie, nous sommes tellement habitués, nous autres gens de mer, à faire le sacrifice de notre vie ,que nous prenons toujours les choses au pis. Mais il peut se faire que je m'exagère la situation... d'ailleurs le capitaine de ce navire, où je ne suis que passager, moi, sait son métier, son équipage est bon... Et puis, acheva-t-il, étendant la main, Dieu est grand et bon, et d'un souffle il apaise les tempêtes...

— Ah ! dit Rocambole, vous n'êtes que passager à bord ?

— Oui, je suis enseigne de vaisseau de la Compagnie des Indes.

Cette réponse fit tressaillir Rocambole, qui se souvint des notes du carnet de sir Williams.

— Etes-vous allé au Havre ?

— Monsieur, répondit le jeune homme, je vais à Paris où je dois avoir une mère et une sœur que je n'ai pas vues depuis dix-huit ans... depuis le jour, acheva-t-il avec une subite émotion, où je me suis embarqué comme mousse à l'âge de dix ans, sur un navire de la Compagnie des Indes.

A ces derniers mots, Rocambole oublia la tempête prochaine et la perspective d'un naufrage ; il oublia l'univers entier pour regarder avidement l'homme qu'il avait devant lui. Jamais peut-être, pendant toute sa vie, si fertile cependant en péripéties émouvantes, Rocambole n'avait éprouvé une émotion pareille à celle qui s'empara de lui, lorsqu'il eut entendu les derniers mots prononcés par le jeune marin. Il lui sembla en ce moment que l'avenir, jusque-là enveloppé de ténèbres, s'éclairait à ses regards, et que le mot énigmatique de cet avenir allait jaillir des lèvres de cet inconnu que le hasard plaçait devant lui.

— Ah ! lui dit-il d'une voix dont son interlocuteur,

en toute autre circonstance, eût remarqué la subite altération, vous êtes donc Français, monsieur?

— Oui, fit le jeune homme d'un signe de tête.

Et il se prit à sourire.

— Je comprends, dit-il, que cela vous étonne, de me savoir Français et de me voir au service de la Compagnie des Indes, mais cela tient à des secrets de famille qui ne m'appartiennent pas complétement.

Rocambole répondit par un geste ambigu qui semblait témoigner à la fois de sa curiosité et de son désir de rester cependant dans les bornes de la discrétion.

Le jeune marin le salua avec courtoisie et lui reprit sa longue-vue des mains :

— Pardon, monsieur, lui dit-il, je vous laisse un moment pour aller chercher dans ma cabine des papiers que je tiens avant tout à sauver du naufrage, si naufrage il y a, papiers qui sont enfermés dans un étui de fer-blanc et avec lesquels, s'il le faut, je me jetterai à la nage.

Rocambole lui rendit son salut, et le laissa s'éloigner. Mais, à partir de ce moment, notre héros n'eut plus qu'une pensée ardente, qu'un désir, qu'un but, s'attacher aux pas du marin, gagner sa confiance, lui arracher son secret, et peut-être...

Le dernier mot des projets de Rocambole était si vague, si ténébreux encore, qu'il n'osa se le formuler : mais il se souvint de sir Williams, du flegmatique et impitoyable sir Williams, qui jadis lui avait dit bien souvent : « La vie est un champ de bataille où, pour triom- « pher, il est nécessaire de faire quelques victimes, ce « dont un homme d'esprit se console toujours en pen- « sant que la population du globe est beaucoup trop « nombreuse. »

Rocambole arpenta le pont du navire pendant une heure, indifférent à tout ce qui se passait autour de lui.

— Français... murmurait-il, au service de la Compagnie des Indes... ayant quitté Paris depuis dix-huit ans... embarqué comme mousse !... Évidemment, c'est là le fils de cette marquise dont parlait sir Williams, il y a quatre ans, dans ses tablettes...

Et Rocambole, étreint par une ardente et ténébreuse pensée, ne s'apercevait point de la vérité sinistre prophétisée par le jeune marin. En effet, ce petit point grisâtre, ce nuage qui à l'horizon n'était d'abord perceptible qu'à l'aide d'une longue-vue, avait grandi rapidement.

D'abord il s'était allongé horizontalement comme une bande demi-circulaire, puis il avait graduellement envahi le ciel au milieu duquel la lune jetait tout à l'heure son plus vif éclat ; ensuite de ses flancs, qui prenaient à chaque minute de plus gigantesques proportions, d'autres nuages s'étaient élancés, aux teintes cuivrées, aux formes tourmentées, et tout à coup la lune avait disparu... En même temps un souffle s'était élevé sur les flots, faible d'abord, puissant ensuite, et qui avait passé dans les mâts du navire en leur arrachant de sourds craquements.

— Pour le coup, murmura alors un matelot, nous y sommes, tonnerre !

Cette exclamation arracha Rocambole à sa méditation. Il s'aperçut alors que la tempête arrivait, et il reconnut que les passagers avaient bien le droit d'être épouvantés ; l'équipage aguerri, celui de se montrer soucieux. A cette nuit lumineuse, étoilée, dont le clair de lune permettait d'assister, comme en plein jour, sur le pont du navire, à chaque détail de la manœuvre, avaient succédé les ténèbres... au milieu de ces ténèbres à peine dissipées çà et là par le fanal de poupe ou une lanterne, la voix stridente, impérieuse du capitaine, debout sur son banc de quart ; les gémissements de quelques femmes saisies d'effroi, et, dominant tous ces bruits, la grande voix de l'ouragan qui s'élevait au loin, et courait bruyante et sinistre à la crête des lames qui commençaient à s'écheveler et à blanchir d'une écume livide.

— Diable ! pensa Rocambole, il paraît que, décidément nous ne serons pas au Havre demain matin.

2

— Priez Dieu, monsieur, répondit une voix, que demain vous soyez de ce monde, et vous aurez déjà obtenu, s'il vous exauce, un assez beau résultat.

Rocambole se retourna. Le jeune marin de la Compagnie des Indes était derrière lui.

Il avait dépouillé son caban de marin, portant pour tout vêtement une chemise de laine, un pantalon de toile et sa casquette d'officier en petite tenue. Seulement il avait en sautoir un étui de fer-blanc comme en portent les matelots et les soldats en congé. En outre, une ceinture lui enroulait la taille, et Rocambole vit sortir de cette ceinture le pommeau luisant de deux pistolets et le manche ciselé d'un poignard indien.

— Voilà mon costume de mer, dit-il à Rocambole. S'il faut se jeter à l'eau, mon bagage ne m'embarrassera pas beaucoup.

— Ah! répondit Rocambole, je crois que vous avez pris là de bien inutiles précautions. Nous ne sommes pas si près du naufrage que vous le pensez !

— Vous oubliez que nous sommes dans la Manche, à dix lieues des côtes peut-être ; que la violence du vent peut nous pousser sur un récif, que le navire peut toucher et s'entr'ouvrir... Tenez, voyez-vous avec quelle rapidité impétueuse, malgré ses voiles carguées, le navire court du nord au sud? Écoutez le capitaine, qui est un vieux marin, écoutez-le commander ces manœuvres extrêmes qui indiquent le péril parvenu à sa dernière intensité...

Comme le marin achevait avec ce froid enthousiasme, cette admiration d'un homme qui, toute sa vie, a été bercé par la tempête, le cri : *Coupez le grand-mât !* se fit entendre. Et le grand mât tomba sous la hache et s'étendit sur le pont avec un bruit lugubre. Presque au même instant, le mousse de vigie dans les huniers cria avec effroi : « Terre ! terre ! »

Rocambole n'hésita plus.

II

Comme nous l'avons dit, lorsque Rocambole vi. que le navire allait infailliblement être jeté à la côte, toutes ses irrésolutions cessèrent. Il quitta son jeune compagnon, abandonna le pont, renversant tout sur son passage, et il descendit dans sa cabine, dont il enfonça la porte pour aller plus vite.

Là il s'empara de tous les objets de quelque valeur qu'il possédait. D'abord, les précieuses tablettes de sir Williams. Ensuite son portefeuille qui renfermait les titres de rente, enfin, sa bourse, qu'il attacha à sa ceinture.

Puis il se dépouilla d'une partie de ses vêtements, ne conservant que sa chemise et son pantalon, et il remonta sur le pont. Il ne voulait pas perdre de vue le jeune marin de la Compagnie des Indes.

Le désordre, le tumulte, l'effroi étaient à leur comble sur le pont. Le capitaine lui-même commençait à perdre la tête.

Poussé avec une rapidité que rien ne pouvait désormais plus maîtriser, le navire courait à la crête des lames comme un cheval furieux et libre de tout frein.

Rocambole rejoignit le jeune marin :

— C'est fini, lui dit celui-ci.

— Que voulez-vous dire ?

— Que dans une heure, peut-être avant, le navire aura sombré.

Et il étendit la main vers le sud, où un coin du ciel était moins noir.

— Tenez, dit-il, la terre est là... à deux ou trois lieues peut-être. Aucune manœuvre n'arrêtera désormais l'élan du navire, et cette côte, vers laquelle nous courons, est bordée d'écueils à fleur d'eau sur lesquels nous irons certainement nous briser...

Le jeune marin n'acheva pas... Un choc épouvantable eut lieu, suivi d'un immense cri de désespoir et d'effroi. Le navire venait de toucher.

— A l'eau ! à l'eau !

— Les chaloupes à la mer !

Tels furent les deux cris qui retentirent tout aussitôt.

Mais déjà Rocambole et son compagnon de hasard s'étaient jetés à l'eau et nageaient côte à côte.

— Nous nous sauverons ensemble ou nous périrons ensemble, pensait Rocambole qui était un rude nageur, je ne lâche point ainsi mon marquis...

Ils nagèrent ainsi pendant une heure, luttant contre les vagues, au milieu d'une obscurité profonde, et entendant toujours les cris de détresse de l'équipage et des passagers qui abandonnaient un à un le navire. Enfin, si bon nageur qu'il fût, Rocambole commença à éprouver quelque lassitude.

— Vous êtes fatigué ? lui cria le jeune marin qui le sentit nager moins vite.

— Oui, dit Rocambole.

— Courage ! faites un effort, nous ne sommes plus qu'à quelques brasses d'une masse noire que je vois paraître et disparaître au-dessus des flots, selon que les vagues s'élèvent ou s'abaissent.

— Est-ce la terre ? demanda Rocambole, que ses forces abandonnaient de plus en plus.

— Non, mais un rocher, un îlot sur lequel nous pourrons nous reposer.

Tandis que le marin parlait ainsi, Rocambole se disait

— Allons ! mon bonhomme, il ne faut pas aller sombrer comme un imbécile de navire qui touche au port. Songe que tu peux faire mieux qu'aller coucher au fond de l'eau... Tu peux être marquis !

Cette dernière pensée fit franchir à Rocambole quelques brasses encore, mais cet effort fut le dernier ; malgré son énergie morale, il sentit ses membres se roidir l'un après l'autre, puis ses yeux se fermèrent.

Il poussa un cri, et il commençait à s'enfoncer et à

disparaître sous une vague lorsque le jeune marin, encore plein de force et de vigueur, et qui avait entendu son cri d'alarme, accourut à lui et le saisit par les cheveux.

Mais déjà Rocambole était évanoui.

. . . .

Lorsque Rocambole revint à lui, son regard étonné rencontra l'ardente clarté du soleil. Aux ténèbres avait succédé le jour, à la tempête le calme...

Il ne se débattait plus contre la mort, il n'essayait plus d'échapper aux profondeurs béantes de l'Océan... Non, il était couché sur un sable fin, uni, et en se soulevant avec peine, il reconnut qu'il se trouvait sur un rocher, en pleine mer... et seul! Comment se trouvait-il là? il eut d'abord quelque peine à rassembler ses souvenirs... Mais, enfin, il se rappela... Il se rappela que, pendant plusieurs heures, il avait énergiquement lutté contre la mort, nageant côte à côte avec le jeune officier de marine; puis que ses forces diminuant peu à peu et finissant par l'abandonner, il s'était cru mort, avait poussé un dernier cri, fermé les yeux et senti sa tête disparaître sous une vague, tandis que la consience de son existence l'abandonnait.

A partir de ce moment, Rocambole ne se souvenait plus de rien, sinon qu'il lui avait semblé qu'à ce moment suprême, ses cheveux subissaient une étreinte et une traction violentes. Mais c'était là son dernier souvenir... Cependant il comprit tout sur-le-champ. Son compagnon d'infortune, plus rude nageur que lui, l'avait sauvé et était parvenu à le déposer sur ce rocher. Qu'était-il devenu lui-même? avait-il continué sa route vers la terre? Rocambole le craignit un moment, non qu'il fût épouvanté de se trouver seul sur un îlot de l'Océan, mais parce que, avec la vie, ses instincts ambitieux et féroces lui étaient revenus. Échappé à la mort comme par miracle, déjà Rocambole reprenait son rêve d'ambition et d'avenir, et ce rêve reposait sur cet homme qui l'avait sauvé. Le jeune marin disparu, pour Rocambole c'était

2.

la per.œ de ce fil conducteur qui, il l'avait audacieusement imaginé, devait lui rouvrir les portes du monde parisien.

Il se leva avec peine, car il était brisé de fatigue et meurtri par les aspérités à fleur d'eau du récif auxquelles il avait dû se heurter plusieurs fois, tandis que son sauveur le traînait évanoui. Mais une fois debout, il put marcher et faire quelques pas pour reconnaître tout à fait le lieu où il se trouvait.

C'était un îlot d'un quart de lieue de circonférence, à peu de distance de la terre ferme, qu'on apercevait à l'horizon, se détachant sur le ciel bleu comme une étroite bande de brumes. L'îlot était dépourvu de toute végétation et recouvert de coquillages et de moules sur les bords. Quelques oiseaux de mer, des mouettes, des cormorans tourbillonnaient au-dessus, dans l'azur incommensurable de ciel.

Rocambole fit le tour de l'îlot, reconnut avec désespoir qu'il était désert, et il allait demeurer convaincu que son compagnon d'infortune avait pu gagner la terre, lorsque la vue d'un objet luisant au soleil lui arracha un cri de surprise et de joie. C'était un étui en fer-blanc, celui où, sans doute, le jeune officier de la Compagnie des Indes avait enfermé ses papiers. Auprès de l'étui, Rocambole aperçut d'autres objets également déposés sur le sable. C'étaient les pistolets que le marin avait à sa ceinture en se jetant à l'eau, et cette ceinture elle-même. Évidemment le compagnon de Rocambole n'avait pu se dessaisir de tout cela, et l'espoir revint à celui-ci qu'il n'avait point quitté l'îlot et dormait sans doute dans quelque anfractuosité du roc.

Alors il se remit en route et continua ses investigations.

Tout à coup un bruit étranger aux bruits confus de la mer se fit entendre et arriva, faible d'abord, puis plus distinct, aux oreilles du nouveau Robinson. C'était une voix humaine, — qui appelait à l'aide.

Rocambole se dirigea vers l'endroit d'où partait cette

voix et aperçut alors une sorte de crevasse du fond de laquelle montaient les plaintes qu'il avait entendues. C'était
là que le jeune marin était tombé, et Rocambole s'avan-
çant jusqu'à la crevasse, put l'apercevoir à huit pieds de
profondeur, dans une sorte de cavité circulaire, aux parois à pic et dépourvues de toute aspérité.

— Ah! lui cria-t-il, en voyant Rocambole apparaître
au bord de cet abîme en miniature, vous m'avez donc
enfin entendu?

— Oui, répondit Rocambole, oui, mon sauveur, et je
vais pouvoir, à mon tour...

Et Rocambole s'interrompit pour examiner attentivement le lieu où se trouvait le naufragé. C'était, nous venons de le dire, une de ces cavités comme la mer en
creuse souvent dans les rochers qu'elle bat éternellement
de sa lame. Un peu de mousse en recouvrait l'étroit
orifice, et le marin y était tombé en voulant faire le tour
de l'îlot, et chercher, à l'horizon, à découvrir une voile
quelconque.

Puis, comme le trou était creusé en manière d'enton-
noir renversé, par conséquent plus large au fond qu'à
l'orifice, le jeune homme avait essayé vainement d'en
sortir et n'était parvenu qu'à déchirer inutilement ses
genoux, ses mains et ses ongles, qui glissaient sur le roc
poli.

— Oh! oh! pensa Rocambole, est-ce que le hasard serait décidément mon esclave?

— J'ai vu passer un navire au large, ce matin, lui dit
son compagnon. Vous dormiez, épuisé, et je m'étais couché près de vous. Alors je me suis mis à courir, agitant
les mains et appelant. Dans ma précipitation à gagner
l'extrémité de ce récif que le navire semblait vouloir doubler, j'ai fait un faux pas et je suis tombé dans ce trou, où
je serais certainement mort de faim, si vous ne m'aviez
entendu...

— Heureusement, dit Rocambole, me voilà... mais,
ajouta-t-il, comment vous en tirer?... Si je saute auprès
de vous, nous ne pourrons remonter ni l'un ni l'autre, et

je crains d'être trop faible encore pour me pouvoir pencher, vous tendre la main, afin de vous hisser jusqu'au bord.

— A vingt pas de l'endroit où je vous ai déposé cette nuit, répondit le jeune homme, vous trouverez mes pistolets, et auprès d'eux ma ceinture et mon étui à papiers. Ma ceinture est en poil de chèvre du Thibet. Elle a huit pieds de longueur et fait cinq fois le tour de mon corps. Elle est solide et ne cassera pas.

— Je vais la chercher, dit Rocambole, dont, en ce moment, une idée infernale traversait le cerveau.

— Vous me jetterez un des bouts, acheva le jeune marin, et vous tâcherez de fixer l'autre hors du trou, à quelque anfractuosité du rocher.

— Oui... oui... je cours...

Et Rocambole disparut. Notre héros se vantait en prétendant courir. Il était trop faible et trop exténué pour cela ; mais il se dirigea aussi rapidement qu'il le put vers le lieu désigné par le marin, et où, en effet, il avait aperçu les objets mentionnés. Or, pendant le trajet, Rocambole se fit ce beau raisonnement : — Évidemment, si je ne tire pas mon homme de là, il ne s'en tirera jamais tout seul. Voici un rocher où, bien certainement, une barque de pêche n'aborde pas tous les mois. Si j'étais assez fort, tout à l'heure, pour me rejeter à la nage et gagner la terre avec l'étui de fer-blanc, je pourrais bien être marquis avant vingt-quatre heures, un marquis sérieux avec de bons parchemins, et soixante-quinze mille livres de rente... Et puis, en fin de compte, ce n'est pas moi qui ai jeté ce jeune homme dans un trou... et je ne suis point obligé de l'en tirer... et d'ailleurs, je suis si faible moi-même, je me serai évanoui de nouveau, en allant chercher la ceinture en poil de chèvre... Allons ! Rocambole, mon ami, pas de bégueulerie, s'il vous plaît, et puisque l'occasion de devenir un vrai marquis se présente, bah ! profites-en sans scrupule. Il est vrai que ce pauvre marquis de *trois étoiles* m'a empêché de me noyer cette nuit, que sans lui j'aurais déjà servi de déjeuner à un marsouin ; et bien certainement à ma place un philanthrope emploierait tous ses efforts à retirer son sauveur de l'embarras... Mais je suis philosophe, moi, et je suis convaincu que la Providence avait ses vues secrètes en poussant ce jeune homme à me sauver. Elle a voulu sans doute en faire un saint et ajouter son nom au martirologe.

Après cette réflexion impie, Rocambole s'assit sur le sable, auprès des objets dont le jeune marin s'était dessaisi un moment pour courir plus vite. Puis il s'empara de l'étui de fer-blanc, l'ouvrit et en laissa échapper les papiers qu'il contenait. Après quoi il se mit à les examiner tranquillement l'un après l'autre. Le premier qui frappa ses regards fut une commission d'enseigne de vaisseau au service de la Compagnie des Indes, au nom de Frédéric-Albert-Honoré de Chamery, né à Paris le 25 juillet 18..., et âgé de vingt-huit ans révolus.

— Très-bien, pensa Rocambole, après avoir pris connaissance de cette pièce, nous savons à présent que nous nous appelons Frédéric de Chamery et que nous avons servi aux Indes. Continuons à nous instruire.

Une lettre dont la suscription était d'une écriture fine, allongée et trahissant une main de femme, attira sur-le-champ l'attention de Rocambole. La lettre commençait par ces mots :

« Mon cher fils. » Elle finissait par ceux-ci : « Marquise de Chamery. »

— Ma parole d'honneur ! murmura le hardi aventurier, sir Williams ne nous avait pas trompé dans ses tablettes, ma mère est bien réellement marquise.

Et il lut au bas de la signature :

« Rue Vanneau, 27, en mon hôtel. »

— Parbleu, continua-t-il, sir Williams s'est donné bien inutilement la peine d'écrire ses noms et ses numéros dans une langue inconnue.

Et Rocambole se mit à lire cette lettre d'une mère à son fils :

« Mon cher fils, disait la marquise de Chamery au

jeune enseigne de vaisseau, voici seize années que vous
m'avez été enlevé, et c'est d'hier seulement que j'ai appris au lit de mort de votre père ce que vous étiez devenu. M. le marquis de Chamery est mort cette nuit en
me suppliant de vous faire chercher par le monde entier,
moi qui vous croyais mort et pleurais mon fils depuis
seize années.

« J'adresse cette lettre à l'amirauté anglaise dans l'espoir qu'elle vous parviendra tôt ou tard, et que vous ac-
courrez vous jeter dans les bras de votre mère et de
votre sœur, selon le vœu de votre père, qui, à sa dernière
heure, s'est repenti de son injuste rigueur! Ce n'est qu'à
ce moment suprême, mon cher enfant, que j'ai eu enfin
le dernier mot de la conduite étrange de votre père. Il
y a seize années que M. le marquis de Chamery habitait
une mansarde dans les combles de l'hôtel ; il ne m'adressait jamais la parole et me faisait payer par notre intendant une pension de cent louis par an. Mes larmes, mes
prières n'avaient jamais pu triompher de son silence, et
je lui ai vainement demandé, jusqu'à son dernier jour,
quel pouvait être le mobile de ce genre de vie si extraordinaire.

« Pendant seize années, M. de Chamery et moi nous
avons été les époux les mieux unis aux yeux du monde ;
jamais dans l'intimité nous n'avons échangé un seul mot,
jamais il n'a mis un baiser sur le front de votre sœur.

« Votre sœur et moi nous l'avons cru longtemps atteint
de folie... Hier, hélas! nous avons eu le secret de cet
horrible mystère. Ce secret, mon cher enfant, le voici :

« M. de Chamery, votre père, n'avait, il y a trente ans,
d'autre fortune que mille écus de rente et ses épaulettes
de colonel de hussards. Il était mon parent éloigné ; j'é-
tais également sans fortune, mais nous nous aimions, et
il m'épousa. Vous fûtes le premier fruit de notre amour.
Vous aviez cinq ans, lorsque la situation de votre père
changea brusquement. Le marquis de Chamery, son
cousin, chef de la branche aînée de sa famille et riche à
cent mille livres de rente, se fit tuer en duel. Le marquis

Hector de Chamery avait trente ans, un caractère fougueux, dominateur; impatient; il était imbu des principes légers de notre siècle et faisait assez bon marché de la vertu et de l'honneur des femmes. Le marquis était garçon et vivait chez sa mère. Mme de Chamery habitait, l'été, un château situé aux environs de Blois et qu'on nommait *l'Orangerie*.

« Quelques années après notre mariage et quelques mois avant la mort du marquis Hector de Chamery, votre père fut désigné pour faire partie de l'expédition d'Alger, et ne voulant point me laisser à Paris toute seule, il me confia à la marquise de Chamery sa parente. Je passai donc à *l'Orangerie* la fin de l'été et l'automne de l'année 1830. Hector de Chamery s'éprit pour moi d'une passion non moins violente que coupable, et il me fallut tout l'amour que j'avais voué à votre père pour résister aux obsessions, aux persécutions du marquis. Heureusement, mon cher fils, votre père revint, la révolution de Juillet ne lui permettait pas de rester au service. Il avait donné sa démission et voulait demeurer fidèle à son drapeau. Il arriva à *l'Orangerie* un soir et me dit en m'embrassant :

« — Ma chère enfant, nous sommes pauvres, très-pauvres même, mais comme il faut que nous élevions notre fils, vous ne rougirez point d'apprendre que j'ai accepté un emploi dans l'industrie. Je suis régisseur de mines considérables qu'une Compagnie va exploiter dans les Vosges.

« — J'irai où vous voudrez, répondis-je avec joie. Nous quittâmes *l'Orangerie* le lendemain, au grand désespoir du marquis Hector de Chamery qui, deux jours auparavant, m'avait menacée de se brûler la cervelle. Trois mois après, tandis que votre père et moi nous nous installions dans une petite ville des Vosges, le marquis eut une sotte querelle à Paris, sur le boulevard, se battit, eut le poumon traversé d'un coup d'épée et mourut après huit jours d'horribles souffrances.

« Mais il avait eu le temps de faire un testament, et,

par ce testament, il instituait votre père son légataire universel, au détriment, c'est hier seulement que je l'ai appris, d'une sœur de la main gauche dont nous ignorions l'existence et de laquelle il faut bien que je vous parle pour que vous puissiez comprendre l'abominable conduite de la vieille marquise de Chamery.

« Mme de Chamery, demeurée veuve à vingt-sept ans, n'ayant alors d'autre enfant que le jeune Hector âgé de trois ans, ne s'était point remariée, car une clause du testament de son époux défunt la privait, dans ce cas, de la tutelle, et, en outre, de la jouissance de la moitié de la fortune de son fils.

« Mais la marquise avait commis une faute. Une jolie petite fille, élevée en cachette d'abord, puis introduite au château de *l'Orangerie* comme une orpheline, parente éloignée, avait bientôt concentré sur sa tête toutes les affections de la marquise, tandis que le jeune Hector de Chamery, à qui le secret de sa mère était connu, vouait une haine implacable à cette enfant du déshonneur. Aussi le marquis Hector de Chamery, instituant votre père son légataire universel, au détriment de sa sœur naturelle, souleva-t-il contre nous des tempêtes de haine dans le cœur de sa mère.

« Maintenant, vous comprendrez, mon cher enfant, l'atroce vengeance de cette femme. La fatalité voulut que trois mois après la mort du marquis, je devinsse mère de votre sœur.

« Cinq ans après, — vous aviez alors dix ans, — la marquise douairière de Chamery mourut dans sa terre de *l'Orangerie.*

« Votre père, devenu marquis de Chamery, partit sur-le-champ pour aller lui rendre les derniers devoirs et prendre possession de cette portion de sa fortune dont Hector de Chamery avait laissé la jouissance à sa mère... »

— Corbleu! murmura Rocambole, interrompant la lecture de cette lettre, voici une histoire qui est des plus intéressantes...

Et il continua à lire.

III

« Mon cher enfant, poursuivait la marquise, votre père était absent de Paris depuis huit jours, lorsque, un soir, vous me fûtes enlevé. Comment? Par qui? Ce fut longtemps un mystère pour moi, et pendant bien longtemps je vous ai cru mort. Vous aviez alors dix ans, vous vouliez être traité comme un grand garçon, et, pour satisfaire vos caprices, on vous laissait coucher tout seul au rez-de-chaussée de l'hôtel dans votre chambre.

« Un matin, le domestique chargé de vous éveiller tous les jours à cinq heures, pour vous faire monter à cheval, entra dans votre chambre et la trouva vide. Cependant, votre lit était foulé, et il était évident que vous aviez couché dedans. On vous crut dans le jardin, on vous y chercha vainement. L'hôtel fut inutilement fouillé de fond en comble.

« Dans ma douleur, je m'adressai au préfet de police. On bouleversa Paris pour vous retrouver, et jamais le jour ne put se faire sur cette mystérieuse disparition.

« J'écrivis à votre père pour lui annoncer cet affreux malheur. Votre père me répondit une lettre dont le sens banal m'épouvanta. La douleur du père y perçait à peine.

« Au bout d'un mois il revint. Je m'aperçus alors avec terreur que ses cheveux avaient blanchi, et j'attribuai cette horrible métamorphose à la douleur du père pleurant son enfant.

« C'est à partir de ce jour, mon cher fils, que cette existence silencieuse, farouche, pleine de mystère et de terreur pour nous, votre sœur et moi, commença pour votre père. Depuis ce temps, il ne m'a jamais adressé la parole, il n'a jamais embrassé votre sœur, il n'a jamais prononcé votre nom. Il a vécu ainsi seize années.

« Vers le commencement de la semaine dernière, sa santé, déjà fort altérée, nous inspira de vives inquiétudes. Le surlendemain, il se mit au lit pour ne plus se relever et défendit qu'on nous laissât, votre sœur et moi, pénétrer dans sa chambre. Mais hier matin le curé de Saint-Thomas d'Aquin, qui lui avait administré les derniers secours de la religion, a obtenu que je pusse arriver auprès de lui :

« — Marthe, m'a dit alors votre père, à mon heure dernière je vous ai pardonné.

« — Pardonné, me suis-je écriée. Eh! quelle faute ai-je donc commise, monsieur ?

« Et il y avait tant d'étonnement, de stupeur, d'épouvante dans mon accent, que votre père en a été touché et a murmuré :

« — Oh! mon Dieu! si la marquise avait menti!

« Sa main décharnée s'est allongée alors vers l'oreiller et en a retiré un chiffon de papier jauni qu'il m'a tendu. Ce chiffon, mon enfant, c'était une lettre que la vieille marquise de Chamery avait laissée à l'adresse de votre père deux jours avant sa mort, et votre père l'avait trouvée à son arrivée à *l'Orangerie*.

« Or, voici ce que contenait cette lettre :

« Mon cher cousin,

« Hector vous a institué son légataire universel, et, dans votre naïveté d'honnête homme, vous trouvez tout naturel que la branche cadette de Chamery succède à la branche aînée qui s'éteint.

« Mais ce n'est point un pareil motif qui a dicté le testament de feu mon fils. Il a voulu dépouiller sa sœur Andrée, cette jeune fille qui a aujourd'hui quinze ans, que j'élève comme une parente éloignée et qui, je puis vous l'avouer, est mon enfant, à moi. Je suis persuadée, mon cher cousin, que vous ferez quelque chose pour cette enfant, à qui je ne laisse, hélas! que mes économies, — surtout quand vous saurez qu'Hector a aimé madame de Chamery, et que ce n'est point à vous, mais à sa fille, qu'il a laissé cent mille livres de rente.

« Marquise douairière DE CHAMERY. »

« Vous comprenez, mon enfant, quel foudroyant effet dut produire cette lettre sur l'esprit de votre père. Je devins à ses yeux la femme qui a foulé aux pieds tous ses devoirs. Votre sœur ne fut plus pour lui que l'enfant du crime et dont la naissance coïncidait avec mon séjour chez cette abominable femme, qui avait voulu me déshonorer avant de mourir. Oh! vous comprenez que lorsque j'eus pris connaissance de cette lettre, que, à genoux, les mains levées au ciel, j'eus supplié Dieu de donner à ce malheureux vieillard un rayon de foi, de faire qu'il mourût en croyant à mon innocence... Dieu m'écouta sans doute, car il fit passer dans ma voix, dans mon geste, dans mon regard, un tel accent de vérité, que votre père ne douta plus.

« — Ah! pardon, pardon, murmura-t-il.

« Et comme je prenais ses mains et les baisais, il me dit :

« — Ne pleurez plus votre fils, madame, votre fils n'est pas mort; c'est moi qui vous l'ai enlevé, la nuit, car je voulais à la fois, — pardonnez-moi, je vous prie, je vous croyais coupable, — je voulais à la fois qu'il ignorât toujours le crime de sa mère et que jamais il ne pût toucher à cette fortune qui, à mes yeux, provenait pour lui d'une source honteuse.

« Alors, mon fils, votre père me donna quelques détails sur la façon dont il avait pénétré, la nuit, dans l'hôtel, tandis que je le croyais encore à *l'Orangerie*, et comment, aidé d'un vieux domestique dévoué, il vous avait surpris, vous ordonnant de vous lever, de le suivre au Havre, où il s'était embarqué avec vous pour l'Angleterre. Maintenant, mon cher enfant, je vous écris et vous supplie de revenir...

« Vous êtes devenu sans doute un bel officier, peut-être vous croyez-vous orphelin et sans fortune... Oh! reviens, mon fils, reviens... ta mère, qui t'a pleuré pendant seize années, te tend les bras. »

Ici se terminait la lettre de la marquise Marthe de Chamery.

Rocambole la plaça auprès de la commission d'officier du jeune marquis Frédéric-Albert-Honoré de Chamery, et passa à la lecture d'une autre pièce.

Celle-ci, sans doute de l'écriture de l'officier, formait un petit cahier de huit à dix feuilles couvertes d'une écriture serrée, quoique fort lisible.

En tête de la première page on lisait cette date :

Bombay, 18 mars.

Et plus bas :

« Journal de bord. »

Cette pièce commençait ainsi :

« Nous appareillons dans une heure et le navire à bord duquel me voici simple passager fait voile pour l'Europe. C'est une traversée de cinq mois que nous entreprenons. Pour la première fois je vais me trouver oisif à bord. Je ne suis plus qu'un passager. J'ai donné ma démission d'officier de marine de la Compagnie des Indes, le jour où j'ai appris que j'avais encore une mère et une sœur, et l'arrivée de cette lettre, qui est venue me révéler toute une existence qui semble m'être réservée, a réveillé, soudain, mes plus lointains souvenirs d'enfance.

. . . .

En mer, 20 mars.

« Je devais avoir environ dix ans alors. Nous habitions un grand hôtel où il y avait un jardin avec des arbres touffus.

« Je couchais au rez-de-chaussée de l'hôtel, dans une petite chambre qui donnait sur les jardins. Les jardins avaient une petite porte sur la rue de Lille.

« Une nuit, je dormais profondément, lorsque je fus éveillé en sursaut par une main qui s'appuyait sur mon épaule. J'ouvris les yeux et reconnus mon père !...

« Mon père était absent de Paris depuis plusieurs jours et ma mère m'avait dit qu'il ne reviendrait que la semaine suivante. Je fus donc bien étonné de le voir debout à mon chevet.

« Mais ce qui me frappa bien davantage encore, ce fut la tristesse profonde que je vis répandue sur son visage.

« Il était pâle et sévère, lui qui souriait avec bonté d'ordinaire, et je le vis tout vêtu de noir. Il posa un doigt sur ses lèvres pour m'imposer silence. Puis il me dit tout bas : — Habille-toi, mon fils.

« Un mouvement qu'il fit me laissa voir derrière lui un vieux domestique de la famille, ancien soldat, qui me donnait des leçons d'équitation.

« Comme mon père, cet homme était triste et grave.

« J'obéis, et comme, encore engourdi par le sommeil, je n'allais pas assez vite, le vieil Antoine m'aida et m'enveloppa dans mon manteau. Alors mon père me prit par la main.

« — Viens, me dit-il.

« Et il me fit sortir de ma chambre par une porte qui donnait sur le jardin. Ensuite il se retourna vers Antoine.

« — Tu sais mes recommandations ? fit-il.

« — Oui, monsieur, répondit Antoine.

« Nous traversâmes le jardin et arrivâmes à la petite porte qui donnait sur la rue de Lille.

« Là, mon père prit une clef et ouvrit cette porte. J'étais saisi d'étonnement et presque d'effroi. Je ne savais où mon père me conduisait, et je finis par lui dire :

« — Mais, papa, où allons-nous ?

« — Faire un voyage, me répondit-il.

« — Avec maman ?

« A ce mot je le vis pâlir.

« — Non, me dit-il brusquement. Puis il ajouta : — Tu n'as plus de mère.

« Et comme je cherchais à m'expliquer ces sinistres paroles, il me fit sortir du jardin, dont le vieil Antoine, demeuré en dedans, referma la porte sur nous.

« Dans la rue, il y avait une chaise de poste qui stationnait à quelques pas. Mon père m'y fit monter, s'assit auprès de moi et cria au postillon : — Allez !

« La chaise de poste sortit de Paris au grand trot, roula toute la nuit, puis la moitié du jour suivant, s'arrêta une heure à la porte d'une auberge, où nous prîmes quelque nourriture, repartit et atteignit vers le soir une ville au bord de la mer et entourée d'une forêt de navires.

« — Nous sommes au Havre, me dit alors mon père.

« Nous couchâmes dans un hôtel, sur le port. Le lendemain, tandis que je dormais encore, mon père sortit. Il revint deux heures après, suivi d'un homme qui portait un habit rouge. C'était un officier de la marine anglaise.

« Alors mon père me prit sur ses genoux et me dit :

« — Mon enfant, on a pu te dire que tu étais riche, mais on t'a menti. Tu es pauvre, et tu dois noblement porter le nom que je t'ai transmis. Je te confie à monsieur, il fera de toi un homme, un brave et digne officier comme lui. Tu vas le suivre.

« — Mais maman ! m'écriai-je.

« — Ta mère est morte, me dit-il avec un accent de rage.

. . . .

« Le lendemain, je fus embarqué comme mousse. »

. . . .

Là s'arrêtait la première note de voyage du jeune marquis Albert-Frédéric-Honoré de Chamery.

Rocambole interrompit sa lecture.

— Pour le moment, se dit-il, voilà des documents qui me suffisent à établir que la marquise des tablettes de sir Williams et celle de Chamery ne sont qu'une seule et même marquise. Or donc, le fils attendu et destiné à avoir soixante-quinze mille livres de rente, c'est lui. Eh ! mais, acheva Rocambole, il me semble qu'il est dans un joli petit trou d'où il ne sortira qu'avec ma permission et mon assistance. Bah ! je ne suis pas un homme charitable, moi...

Il jeta alors un regard sur la mer, explorant tour à tour les quatre points cardinaux. La mer était redevenue calme, le ciel était pur, aucune voile ne se montrait à l'horizon.

— Il est évident, se dit Rocambole, que dans l'état d'exténuation et de faiblesse où se trouve ce pauvre marquis de Chamery, si on ne vient à son aide, il sera mort dans quelques heures. Je ne vois ni barque ni navire qui fasse mine de s'approcher de notre modeste écueil, il est même probable que ce n'est qu'en cas de mauvais temps qu'un bateau pêcheur y accoste. Or, le temps est superbe. Donc, ce ne sera que demain, ou dans huit jours, ou jamais, qu'un marin, en se promenant sur l'îlot, découvrira le corps du pauvre diable... Donc, ceci me dispense de commettre une vilaine action, c'est-à-dire de tuer ce pauvre marquis de Chamery, dont l'existence me paraît inutile.

Rocambole remit alors tous les papiers du jeune marin dans l'étui de fer-blanc, passa l'étui à sa ceinture, ainsi que les pistolets et cette écharpe que l'infortuné avait cru devoir être son instrument de salut. Puis il monta sur un rocher qui surplombait la mer.

A deux lieues à l'horizon, on voyait distinctement la terre de France.

— J'ai une bonne trotte à faire, murmura Rocambole, mais cette fois je me souviendrai de Bougival et de la machine de Marly. D'ailleurs, quand on se nomme le marquis de Chamery, officier de marine au service de la Compagnie des Indes, on doit être bon nageur...

Et Rocambole prit son élan et se jeta à la mer avec le courage d'un homme qui va chercher un marquisat et soixante-quinze mille livres de rente.

IV

Un jour de mardi gras, à Paris, vers trois ou quatre heures de l'après-midi, la foule était compacte sur le boulevard Saint-Martin, tout entière occupée, non à regarder passer les fiacres et les voitures remplis de gens masqués, comme on aurait pu le croire, mais à suivre attentivement de l'œil et de l'oreille les parades de quelques saltimbanques établis, eux et leurs baraques, sur un terrain vague situé entre la rue du Château-d'Eau et celle du Faubourg-du-Temple.

A cet endroit même où s'élève aujourd'hui une caserne, une dizaine de petits théâtres forains construits côte à côte se disputaient les faveurs de la foule. L'un d'eux, cependant, paraissait faire à ses voisins une redoutable concurrence. Les amateurs montaient les cinq marches de son escalier extérieur et disparaissaient deux par deux, quelquefois quatre par quatre, et presque sans interruption, derrière le rideau qui cachait bien des mystères, sans doute, à ceux qui n'avaient pas quinze centimes pour les pénétrer. C'était une grande baraque peinte en jaune et en vert, devant laquelle une jeune fille vêtue d'un maillot rouge et d'une jupe de velours dansait avec des castagnettes, au son d'un tambour de basque, et interrompait parfois sa danse et sa chanson pour débiter à la foule l'étrange annonce que voici :

— Entrez, mesdames, entrez, messieurs, vous allez voir *O'Penny*, le grand chef indien tatoué, à qui ses ennemis ont coupé la langue et crevé les yeux. Entrez, messieurs, entrez, mesdames ! cela ne coûte que quinze centimes et mérite certainement d'être vu.

La jeune fille reprenait ses castagnettes, dansait un boléro, retombait, après une merveilleuse pirouetté, sur ses deux pieds et continuait en ces termes :

— Entrez, mesdames et messieurs, O'Penny est un

homme sauvage des terres australes dont je vais vous dire l'histoire sur l'air des musiciens de son pays.

Alors la jeune bohémienne arrachait le tambour de basque des mains du saltimbanque vêtu de bleu et de jaune comme la baraque, et qui, jusque-là, l'avait accompagnée ; puis promenant ses doigts lentement sur le chagrin du tambour, elle chantait ou plutôt déclamait les paroles bizarres que voici :

« O'Penny est un grand chef, vaillant au combat, prudent au conseil, comme le serpent bleu son ancêtre.

« O'Penny est monté, la lune dernière, dans sa pirogue, avec trente de ses guerriers, et il est parti pour l'île de Nana-Kiva, où règne son mortel ennemi, le Grand-Vautour.

« Cependant, ce n'est point le royaume de Nana-Kiva que O'Penny convoite, ce n'est pas le collier de perles que le Grand-Vautour porte à son cou... »

Ici, la jeune bohémienne jugeait convenable de s'interrompre, et disait en se remettant à danser :

— Entrez, mesdames ! entrez, messieurs ! on vous dira la fin de l'histoire à l'intérieur du théâtre, en présence du chef O'Penny.

Et la foule entrait et sortait, un quart d'heure après, convaincue qu'elle avait vu un chef sauvage des races australiennes, une peau-jaune de Pacifique.

Or, parmi les spectateurs qui demeuraient au dehors et tâtaient gravement et tour à tour leur curiosité et leur gousset, un jeune homme fort bien mis, ganté de lilas et le puros aux lèvres, après s'être approché d'abord dans l'unique but de lorgner la jeune saltimbanque qu'il trouvait jolie, s'était pris tout à coup à écouter sa parade avec une certaine attention.

Puis, comme la jeune fille annonçait que la suite de l'histoire du chef australien O'Penny ne serait contée qu'à l'intérieur de la baraque, il prit bravement son parti, monta les cinq marches et jeta cinq francs dans le bonnet de l'homme qui remplissait à la porte les fonctions de contrôleur.

— Votre monnaie, monsieur? lui cria le saltimbanque.

Mais le jeune homme entra sans paraître avoir entendu, et il pénétra dans le théâtre forain.

A l'intérieur, la baraque formait une grande salle garnie de bancs, au centre de laquelle on avait laissé un espace libre protégé par une galerie en bois à hauteur d'appui. C'était là l'extrême limite que les spectateurs ne pouvaient franchir. Au milieu de cet espace, se trouvait une sorte de trône garni de vieux velours éraillé et de paillettes de cuivre qui, à trois pas de distance, scintillaient comme des paillettes d'or. Sur ce trône était O'Penny, la tête couronnée de plumes de coq et de perroquet réunies en forme de diadème, vêtu d'un pagne jaune, les jambes et le torse nus, et les épaules dérisoirement couvertes d'un arc et d'un carquois.

Un cri d'horreur échappait ordinairement à chaque spectateur, tant le visage du chef australien était quelque chose de hideux et d'épouvantable. Qu'on s'imagine un visage couvert de tatouages bleus, rouge, verts, livides ; des yeux fermés à moitié, derrière les paupières tuméfiées desquels semblait glisser un dernier rayon de vue ; une bouche dont la lèvre supérieure était percée verticalement au-dessous du nez, et garnie d'un anneau de cuivre ; dont le nez et les oreilles portaient également des bagues ou des amulettes. O'Penny se tenait immobile dans l'attitude d'un homme à qui tout est désormais indifférent, et qui ne sait même pas qu'il est l'objet de l'attention universelle. Derrière lui, le maître de la baraque reprenait l'histoire du chef australien, juste à l'endroit où l'avait laissée la jeune fille, et il expliquait à son public comme quoi O'Penny, étant devenu amoureux de la femme du Grand-Vautour, son ennemi, avait essayé de la lui ravir. Mais alors O'Penny était tombé au pouvoir du Grand-Vautour, qui lui avait coupé la langue, crevé un œil, car de l'autre il y voyait encore un peu, tout juste ce qu'il fallait pour se conduire, un bâton à la main, et l'avait ensuite vendu à un capitaine marin anglais, lequel l'avait amené en Europe.

Or, le jeune homme aux gants lilas, qui s'était laissé séduire par la parade de la jolie bohémienne, après avoir éprouvé, comme tout le monde, un premier sentiment de répulsion à la vue de cette horrible figure, s'était pris ensuite à la considérer avec une tenace attention. On eût dit qu'il cherchait, au milieu de ces ravages, à reconstituer dans son esprit les traits primitifs du chef australien.

Cet examen dura pour lui plus d'une heure. Il semblait attendre que le chef fît un mouvement, ou essayât d'articuler un son...

Mais O'Penny demeurait impassible.

Enfin l'élégant jeune homme, qui ne s'était point aperçu que les spectateurs n'avaient cessé de se succéder depuis une heure, et que le propriétaire du monarque vaincu recommençait pour la vingtième fois sa légende, se décida à faire un signe au saltimbanque afin d'attirer son attention.

Le saltimbanque, peu habitué à voir des gants à son public ordinaire, s'arrêta tout court, regarda le jeune homme avec une sorte d'orgueil mélangé de reconnaissance et, à tout hasard, lui dit :

— Je suis à vos ordres, monsieur le comte.

— Je ne suis pas comte, répondit le jeune homme à haute voix. Je veux simplement vous faire une question.

En parlant ainsi, son regard ne quittait point le visage du chef australien, et il lui sembla que, tandis qu'il parlait, ce visage avait éprouvé un léger tressaillement.

— J'écoute, monsieur le...

Le saltimbanque hésita, mais en homme convaincu que son spectateur extraordinaire devait porter un titre.

— Monsieur le marquis, dit simplement le jeune homme aux gants lilas.

— J'écoute, monsieur le marquis, répondit le saltimbanque.

— Votre chef sauvage entend-il les langues européennes ?

— Il entend l'anglais.

— Très-bien.

Et le jeune homme, peu soucieux du mouvement de curiosité qui se produisit autour de lui parmi le reste des spectateurs, adressa, en anglais, la parole au chef australien :

— Seigneur O'Penny, lui dit-il, vous plairait-il de me dire à bord de quel navire vous êtes venu en Europe? Étiez-vous sur le *Fulton*, la *Persévérante* ou le *Fowler*?

A ce dernier mot, O'Penny tressaillit vivement, fit un brusque mouvement sur son trône, et le saltimbanque s'écria :

— Vous le voyez, mesdames et messieurs, O'Penny comprend l'anglais, et s'il avait encore sa langue il aurait répondu à monsieur le marquis.

Mais monsieur le marquis n'avait point attendu l'exclamation du saltimbanque, il s'était esquivé hors de la baraque.

Le jeune homme aux gants lilas se pencha, en sortant, près de l'oreille de la bohémienne.

— Ma chère enfant, lui dit-il, voulez-vous gagner dix louis?

— Oh! oui, monsieur, fit-elle éblouie. Que faut-il faire?

— Où demeurez-vous?

— Là, monsieur ; je suis la femme du paillasse, répondit-elle ingénûment en montrant le théâtre forain. Nous gardons O'Penny la nuit, tandis que le maître va coucher en ville. Il a une chambre à la Grande-Villette.

— A quelle heure fermez-vous?

— A minuit.

— Très-bien. Si, à deux heures du matin, je frappe à la porte de votre baraque, vous ou le paillasse, votre mari, m'ouvrirez-vous?

— Oui, répondit la bohémienne étonnée.

Le jeune homme laissa tomber un louis sur le tambour de basque, et fendit la foule, scandalisée de cette séduction en plein vent.

La bohémienne, oubliant un peu sa parade, le vit s'éloigner, traverser le trottoir et monter dans un élégant phaéton attelé d'un cheval anglais, que gardait un joli groom, haut de trois pieds et demi et vêtu de bleu.

— Voilà bien ces fils de famille ! s'écria, dans la foule, une grosse femme sur le retour, c'est effronté comme des valets de guillotine, cela veut corrompre la jeunesse en plein soleil !

— Taisez donc votre bec, la vieille, riposta le paillasse du haut de ses tréteaux, vous troublez le spectacle... Allons, la musique !

Et le mari philosophe reprit le tambour de basque des mains de sa folâtre moitié, qui continua tranquillement sa parade.

. . . .

A deux heures du matin, en dépit des bals masqués que donnaient les théâtres voisins de la Gaîté et de l'Ambigu, le boulevard était à peu près désert en cet endroit, où, dans la journée, les baraques des saltimbanques avaient constamment attiré la foule.

Un coupé s'arrêta juste en face de celle où l'on montrait le chef australien O'Penny. Un jeune homme, enveloppé dans son paletot, le menton enfoui dans un vaste cache-nez, descendit de la voiture, marcha droit à la baraque, qui était hermétiquement fermée, mais à travers les fentes de laquelle glissait un faible rayon de clarté, gravit les cinq marches et frappa doucement à la porte.

— Qui est là? demanda à l'intérieur la voix jeune et fraîche de la bohémienne.

— Celui que vous attendez, répondit le jeune homme.

La porte s'ouvrit, et le jeune homme entra.

La salle de spectacle avait été convertie en dortoir.

Le jeune homme vit la bohémienne assise, les jambes pliées sous elle, sur une sorte de grabat qui affichait la prétention d'être le lit conjugal du paillasse et de sa jeune et séduisante moitié. Puis, un peu plus loin, à l'autre extrémité de la salle, il aperçut, à la lueur d'une chandelle placée sur une table encore couverte des restes d'un maigre souper, le chef australien O'Penny qui dormait sur une botte de paille recouverte d'une méchante couverture.

Quant au paillasse, il était absent.

— Mon mari est allé reconduire le maître, qui était un peu *casquette*, dit la bohémienne avec un grand calme.

— Ma chère enfant, dit le jeune homme en fermant la porte, laissez-moi vous dire d'abord que bien que vous soyez jolie à croquer, ce n'est pas précisément dans l'intention de vous le dire que je suis venu ici.

La bohémienne fit une petite moue de circonstance; le jeune homme tira dix louis de sa poche et les aligna sur la table avec la dextérité d'un croupier de roulette.

— Voilà d'abord ce que je vous ai promis, dit-il. Maintenant, causons. Je désire avoir quelques renseignements sur votre sauvage.

— Ah! monsieur! dit la bohémienne de plus en plus étonnée de la tournure que prenait ce rendez-vous, je ne sais guère sur ce moricaud que ce que vous m'avez entendu dire au public. Il n'y a pas longtemps que nous sommes, Fanfreluche et moi, au service de M. Bobino.

— Qu'est-ce que Fanfreluche et qu'est-ce que Bobino? demanda le jeune homme avec sang-froid.

— Fanfreluche, c'est le paillasse... mon mari.

— Et Bobino?

— C'est le patron.

— A merveille.

— Fanfreluche et moi nous étions hercules et nous dansions sur la corde. Mais le métier ne vaut plus rien et on ne dîne pas tous les jours. Alors, il y a trois mois, à Boulogne, nous avons rencontré M. Bobino qui venait de Londres avec son sauvage et il nous a pris avec lui. Il nous donne vingt francs par mois à chacun et nous entretient.

— C'est peu, fit le jeune homme. Ainsi, vous ne savez pas où a été acheté ce sauvage ?

— A Londres, je crois. Mais M. Bobino est un homme qui ne dit jamais rien.

— Écoutez donc, mon enfant : si on vous donnait mille francs pour laisser emmener le sauvage, accepteriez-vous ?

— Mille francs ! s'écria la bohémienne étourdie, ah ! je suis bien sûre que Fanfreluche vous donnerait M. Bobino et sa baraque par-dessus le marché.

— Eh bien ! reprit le jeune homme, qui ouvrit un portefeuille et en retira deux billets de cinq cents francs, je vais l'éveiller et lui demander s'il veut venir avec moi...

— Mais, monsieur, s'écria la jeune femme au comble de la joie et de la stupeur, qu'en voulez-vous faire, mon Dieu ! Vous n'avez pourtant pas l'air d'un homme qui fait métier de montrer ces horreurs ?

— C'est ce qui vous trompe, répondit le jeune homme ; je suis directeur du Cirque impérial de Saint-Pétersbourg.

Et il se dirigea vers le grabat où dormait le chef sauvage :

— A propos, dit-il, se retournant vers la bohémienne, savez-vous l'anglais ?

— Non, monsieur.

Il frappa sur l'épaule d'O'Penny et l'éveilla.

— M. le marquis de Chamery, dit-il, désire présenter ses hommages respectueux à l'infortuné baronnet sir Williams.

A ce nom, O'Penny bondit sur son grabat et se dressa comme s'il eût été agité par un fil électrique. Le visage et l'attitude d'O'Penny eurent alors quelque chose d'effrayant à voir. Au son de cette voix, à ce nom qui, sans doute, depuis longtemps n'avait résonné à son oreille, le prétendu chef australien éprouva une de ces commotions terribles que nul ne saurait traduire. Il essaya de parler et ne parvint qu'à laisser échapper un sourd hurlement.

L'œil qui, chez lui, y voyait faiblement encore, concentra toutes ses facultés et darda son rayon à demi-éteint sur l'homme qui venait de l'éveiller ainsi.

— Allons, mon pauvre vieux, dit le marquis de Chamery, rassieds-toi donc, je vois que tu me reconnais et nous allons causer à notre aise.

Et il appuya une de ses mains sur l'épaule du sauvage et le força à s'asseoir sur son grabat. Après quoi celui qui s'intitulait ainsi le marquis de Chamery retourna près de la bohémienne, dont l'étonnement, si grand déjà, s'était encore accru en voyant le sauvage O'Penny dresser l'oreille aux paroles du jeune homme, comme un vieux destrier de bataille, devenu cheval de charrue, se relève et hennit aux sons lointains du clairon

— Ma petite, lui dit-il, vous m'avez affirmé que vous ne saviez pas l'anglais.

— Oui, monsieur.

— Croyez-vous à quelque chose ?

— Je crois à Dieu.

— Eh bien! levez la main et jurez-moi que vous avez dit vrai.

— Je le jure! dit la bohémienne avec un accent de franchise auquel il était réellement impossible de se méprendre.

— Votre mari non plus ?

— Mon mari pas plus que moi.

Le marquis de Chamery retourna auprès de l'homme tatoué et lui dit, toujours en anglais : — Sois calme, mon vieux, je suis ton ami, et je vois bien que tu as reconnu ton petit Rocambole, celui qui t'appelait *mon oncle*. Et puisqu'on ta rogné ta *parlotte*, je ferai les demandes et les réponses.

Le sauvage continuait à s'agiter sur sa botte de paille; mais son horrible visage semblait avoir pris subitement une expression de joie farouche.

Le marquis continua : — Je t'ai pleuré pendant cinq années, mon pauvre vieux, et je m'étais bien figuré, ma parole d'honneur, que les sauvages t'avaient mis à la

broche. Mais je vois qu'ils se sont contentés de te tatouer, opération qui, réunie à celle que t'avait fait subir
cette excellente Baccarat...

Le marquis s'arrêta et voulut juger de l'effet que ce
nom produirait sur l'homme tatoué.

Celui-ci se prit à frissonner, et un rugissement de fureur s'échappa de ses lèvres crispées.

— Bien ! très-bien... murmura le jeune homme, je
vois qu'ils ne t'ont pas trop abruti et qu'il reste encore chez toi quelque chose de sir Williams... Très-
bien ! très-bien !...

Et il passa de nouveau sa main sur l'épaule d'O'Penny
d'un air caressant.

— Le fait est, *mon oncle*, poursuivit-il, que tu n'es
plus le séduisant vicomte Andréa, le joli baronnet sir
Williams, l'homme dont les belles filles raffolaient. Les
sauvages et Baccarat t'ont si bien défiguré qu'il a fallu
mes entrailles filiales pour te reconnaître... Ah ! c'est
une drôle d'histoire, celle-là, et, parole d'honneur ! cela
ferait croire à la Providence, dont nous nous moquions
si fort autrefois.

Le marquis de Chamery, ou plutôt Rocambole, car
c'était lui, s'assit familièrement sur le grabat d'O'Penny
et continua : — Figure-toi que, dans la journée, je passais en tilbury sur le boulevard, regardant à droite et à
gauche. Une belle fille, ma foi ! celle qui te garde, m'a
tiré l'œil. Tu sais que je suis toujours un peu... *folâtre*...

Et Rocambole souligna le mot par un clignement
d'yeux.

— Je me suis approché, reprit-il. La belle fille racontait ton histoire à sa manière. Cette histoire m'a intrigué. Bah ! me suis-je dit, il faut que je voie comment
ils sont, ces affreux sauvages de l'Australie, qui m'ont
mangé tout rôti mon pauvre oncle sir Williams... Et je
suis entré... Et je t'ai reconnu !

Une fois de plus, Rocambole frappa sur l'épaule du
chef australien d'une façon amicale.

4.

— Tu comprends bien que, alors, mon oncle, je me suis dit tout de suite que le marquis de Chamery ne pouvait laisser son parent, son bienfaiteur, l'homme à qui il doit tout, dans la position misérable où je te trouve...

Ce nom de Chamery paraissait produire sur l'affreux visage de l'homme tatoué une impression identique à celle que produit un souvenir à demi-effacé, et qu'un seul mot évoque tout à coup.

Rocambole devina sa penése.

— Ah! dit-il, cela t'étonne de me voir marquis de Chamery... C'est un nom qui t'est bien connu, n'est-ce pas? Il était sur tes tablettes.

A ces mots, le sauvage parut tressaillir.

— On te contera tout cela, mon vieux; mais pour le moment soyons sérieux, et dépêchons-nous...

O'Penny continuait à fixer sur Rocambole son œil à demi-éteint, avec une sorte de ténacité.

— Voyons, reprit celui-ci, je suppose que tu ne tiens pas beaucoup à rester ici?

— Non, fit le sauvage d'un signe de tête où semblèrent se révéler les horribles souffrances qu'il avait éprouvées en compagnie des saltimbanques.

— Et tu préfères encore venir avec moi, qui te soignera comme un coq en pâte, n'est-ce pas?

— Oui, fit le sauvage d'un nouveau signe de tête.

— Eh bien! allons-nous-en tout de suite, ton maître pourrait bien revenir, et il faudrait parlementer encore.

Et Rocambole, s'adressant à la bohémienne, lui dit :

— Tu as bien un manteau à me vendre, n'est-ce pas, la petite?

Et il jeta un onzième louis sur la table.

— Voilà celui de Fanfreluche, monsieur; il n'est pas neuf, comme vous voyez.

— Bah! fit Rocambole, *à la campagne!*

Il le plaça sur les épaules d'O'Penny, qui se laissa envelopper avec la docilité d'un enfant. Puis, avisant dans un coin la coiffure de plumes du pauvre *phénomène*, il la lui mit sur la tête avec le soin que prendrait une camérière à coiffer sa maîtresse.

— C'est mardi-gras, mon vieux, continua-t-il en anglais, et pour aujourd'hui tu peux sortir sous ce costume. On va te prendre pour le Californien du bal de l'Opéra.

Alors le prétendu marquis de Chamery roula les deux billets de cinq cents francs dans ses doigts, et les laissa tomber délicatement dans la main de l'épouse illégitime du paillasse Fanfreluche.

— Adieu, petite, lui dit-il, si nous nous revoyons jamais, je renouvellerai volontiers connaissance avec toi.

La bohémienne ouvrit la porte de la baraque.

— Allons! viens, mon oncle, dit Rocambole, qui prit O'Penny par le bras, l'entraîna hors du théâtre forain, lui fit traverser le trottoir et le conduisit à son coupé.

Le cocher descendit de son siége, ouvrit la portière et demanda : — Où va monsieur le marquis?

— Rue de Suresnes, répondit Rocambole

Le coupé partit.

V

Une fois installé auprès du sauvage, Rocambole reprit ainsi la conversation : — Maintenant, mon vieux, causons à notre aise. Nous sommes seuls. Je te disais donc que je me nommais le marquis de Chamery, n'est-ce pas?

Un son inarticulé qui pouvait passer pour une affirmation fut la réponse du pauvre mutilé.

— Oh! poursuivit Rocambole, c'est une histoire assez longue. Figure-toi d'abord que ton philanthrope de frère le comte de Kergaz...

O'Penny fit un soubresaut sur le coussin du coupé.

— Très-bien, dit Rocambole, je vois que tu as rapporté

tes petites haines des terres australes. Tu es encore un peu le sir Williams que j'ai connu... très-bien!

Et le faux marquis de Chamery continua : — Figure-toi donc que le comte de Kergaz, avec qui je me battis une heure après t'avoir quitté, savait aussi bien que moi cette fameuse botte secrète qu'on nomme le coup de mille francs, et la preuve, c'est qu'il m'étendit tout de mon long et que je faillis en crever, tandis que mamzelle Baccarat te faisait ton affaire. Mais M. de Kergaz fit bien les choses. Après m'avoir aux trois quarts occis, il éprouva le besoin de me faire soigner. Je passai un mois à Kergaz en compagnie d'un honnête médecin qui me guérit. Quand je fus en état de partir, je me souvins que tu avais des tablettes sur lesquelles tu consignais des choses intéressantes, je fouillai le château et je trouvai tes tablettes... Comprends-tu?... Or, acheva Rocambole, c'est dans tes tablettes que j'ai trouvé le germe de l'affaire Chamery. Le hasard m'a un peu servi, je me suis aussi aidé beaucoup, et me voici marquis de Chamery.

Alors Rocambole raconta à son compagnon ce que nous savons déjà, c'est-à-dire sa rencontre à bord de la *Mouette* avec le véritable marquis Frédéric-Albert-Honoré de Chamery, officier de marine au service de la Compagnie des Indes; puis leur naufrage, leur séjour sur un récif, et ce qui s'en était suivi.

— Tu comprends bien, mon cher oncle, continua-t-il, que ce n'est pas le tout de bien s'assurer que le vrai marquis de Chamery ne-reparaîtra jamais, de lui ressembler assez pour que, à dix-huit ans de distance, personne ne puisse refuser de vous reconnaître, et de posséder tous les papiers nécessaires à la justification de son identité. Le marquis avait passé sa jeunesse aux Indes, où je n'avais, moi, jamais mis les pieds. En outre, il avait été marin. Il me fallait faire mon éducation. Or, comme j'avais, outre les papiers du marquis de Chamery, que je me gardai bien de montrer, les papiers bien en règle de sir Arthur, ce fut avec ceux-ci que je me présentai aux autorités maritimes de Fécamp, et que, le lendemain, je repar-

tis pour l'Angleterre. A Londres, je trouvai un bonhomme
de sergent dans les cipayes indiens, qui avait obtenu son
congé définitif et cherchait un emploi. Je le pris à mon
service en qualité de secrétaire. Mon homme savait l'Inde
par cœur. De Londres, nous allâmes à Plymouth. Là, je
me mis à fréquenter les marins, officiers ou matelots;
j'achetai des livres de théorie, je suivis en amateur les
cours de midshipman et, au bout de six mois, mon éducation de marin était consommée et je connaissais les Indes anglaises sur le bout du doigt. Alors je renvoyai mon
secrétaire, passai une légère couche de safran sur mon
visage, afin de constater les effets d'un soleil torride.
Puis, dépouillant le vieil homme, c'est-à-dire sir Arthur,
je retournai d'abord à Londres, où l'amirauté visa sans
difficulté tous les papiers du marquis de Chamery; ensuite je m'embarquai pour la France.

Rocambole en était là de son récit, quand le coupé s'arrêta.

O'Penny et son conducteur étaient arrivés rue de Suresnes.

Rocambole descendit le premier et donna la main à
l'homme tatoué :

— Je vais te conduire à mon pied à terre, lui dit-il;
tu sens bien que M. le marquis de Chamery habite son
hôtel rue de Verneuil, mais il a un entresol *incognito* où
il reçoit ses amis...

Et Rocambole sonna à la porte d'une maison de belle
apparence.

La porte s'ouvrit.

Le prétendu marquis poussa le sauvage dans le vestibule, dont le gaz était éteint depuis longtemps, cria au
portier qui, dans l'ombre, demandait le nom du retarda-
taire : « C'est moi, monsieur Frédéric, » prit la rampe et
conduisit O'Penny à l'entresol, où il avait fait décorer un
joli petit appartement dans lequel il laissait toujours un
valet de chambre, lequel ne l'appelait, comme le portier,
que M. Frédéric.

Le valet de chambre, réveillé en sursaut par le coup de

sonnette de son maître, recula stupéfait et presque effrayé à la vue de l'horrible visage d'O'Penny.

Mais Rocambole lui dit d'un ton bref et impérieux : — Tu vas courir chez le docteur Albot, mon médecin, qui demeure à dix pas d'ici, rue Miromesnil ; tu le feras lever et l'amèneras.

— Oui, monsieur, répondit le valet qui sortit, monta dans le coupé de son maître et courut chez le médecin.

Pendant ce temps Rocambole introduisait O'Penny dans sa chambre à coucher, où il y avait un bon feu.

— Écoute, mon vieux, lui dit-il en le faisant asseoir dans un grand fauteuil, tu dois avoir faim et soif, depuis le temps que tu ne manges ni ne bois à ton saoul, je vais te servir un reste de pâté et un verre de Bordeaux. Cela te rappellera notre bon temps du club des Valets-de-Cœur, quand tu venais chez ton petit Rocambole te dédommager d'avoir mangé des haricots à l'huile à la table de de Kergaz.

Et Rocambole alla dans la salle à manger et revint au bout de quelques minutes, portant dans ses bras une petite table toute servie, qu'il plaça devant l'homme tatoué.

— Pauvre vieux, poursuivit-il en s'asseyant près de lui, tu y vois si peu qu'il faudra que je te serve comme un enfant.

Et tandis que le sauvage portait avec une avidité de bête fauve affamée ses mains sur les aliments qu'on lui servait, Rocambole ajouta : — Je viens d'envoyer chercher mon médecin. Je vais lui arranger une petite histoire préalable et te mettre entre ses mains. Il ne te rendra pas beau garçon, c'est évident ; mais il fera peut-être disparaître tous ces tatouages, et ce sera toujours ça. Tu deviendras un bonhomme que l'explosion d'une mine ou d'un bateau à vapeur a mis en cet état.

Comme Rocambole achevait, il entendit ouvrir la porte extérieure de son appartement. C'était le valet de chambre qui rentrait suivi du docteur.

— Reste là, mon oncle, dit le jeune homme, je vais

préparer mon médecin au spectacle peu agréable de ta figure.

Il laissa O'Penny mangeant avidement dans sa chambre à coucher, et passa dans le salon où le docteur Albot l'attendait.

Le docteur était un mulâtre, né à la Guadeloupe, qui, après avoir longtemps exercé au Brésil et dans le Paraguay, était venu chercher fortune à Paris, en se donnant une spécialité, la guérison de toutes les maladies engendrées sous les tropiques.

Il avait réussi.

— Bonjour, docteur, dit Rocambole ; je vous demande pardon de vous avoir fait lever...

— Nullement, monsieur le marquis, répondit le mulâtre avec les marques d'un profond respect. J'allais rentrer chez moi lorsque j'ai rencontré votre valet de chambre.

— Docteur, poursuivit Rocambole, avez-vous un remède certain contre les tatouages !

— Comment l'entendez-vous, monsieur? demanda le docteur.

— Je m'explique mal et je devrais dire : Pensez-vous que les tatouages puissent s'effacer?

— Quelquefois. Cela dépend. Ceux qui sont faits avec la teinture d'arbres de l'Australie, finissent par disparaître à l'aide de certains réactifs et de certains mordants.

— Ah! vous croyez?

— J'ai soigné et guéri un matelot anglais qui avait été fait prisonnier par une peuplade sauvage d'Océaniens.

— Eh bien! dit le prétendu M. Frédéric, c'est précisément un cas de ce genre que je vais vous soumettre. Figurez-vous que je viens de retrouver un matelot qui a servi sous mes ordres dans l'Inde, et qui s'étant embarqué à bord d'un négrier, a, comme le vôtre, été fait prisonnier par les sauvages, tatoué et mutilé par eux.

Et Rocambole fit passer le docteur dans sa chambre à coucher.

Avant d'aller plus loin et d'assister à la consultation
du médecin créole, il nous faut rétrograder de trois mois
environ, et mettre en scène les nouveaux personnages
de ce récit.

. . . .

Par une belle après-midi de février, un jeudi, les
Champs-Elysées étaient sillonnés de nombreux équipages. Le soleil était tiède comme au printemps, l'air doux,
le ciel sans nuages, les pauvres arbres souffreteux en-
châssés dans le bitume des trottoirs, avaient déjà des bour-
geons. On eût dit une soirée de la fin de mai. Aussi, vers
deux heures, landaus, victorias, calèches découvertes
menées à quatre chevaux et à la Daumont, jolis dogcarts
à deux roues conduits par un élégant et jeune sportsman
se croisaient-ils dans le rond-point, les uns allant, les
autres venant. Au milieu, piaffaient de fringants cavaliers
saluant au passage les femmes les plus à la mode. Sur
les contre-allées, une foule modeste de piétons, petits
bourgeois réduits au fiacre du dimanche, artistes flâ-
neurs, dandys ruinés, commerçants pouvant confier leur
boutique à un premier commis, gagnait à petits pas l'arc
de triomphe, et admirait, critiquait tour à tour, le bon
goût de telle voiture, la finesse de tel cheval, la hardiesse
ou la gaucherie de tel cavalier. On se console de l'absence de fortune en trouvant un léger défaut à la fortune
du voisin. .

Cependant, au milieu de tous ces équipages, il en était
un qui ne souleva qu'un long murmure d'admiration et
de respect. Les hommes à cheval saluèrent, les dames
s'inclinèrent du fond de leur berline découverte.

C'était une grande calèche bleu de ciel à garniture
blanche, attelée de quatre chevaux bai cerise. Deux laquais vêtus de noir étaient pendus aux étrivières. Dans
la calèche, il y avait deux dames en deuil. Non point ce
deuil rigoureux et sombre des premiers jours d'affliction,
mais ce deuil un peu mondain déjà, qui n'exclut ni la
promenade, ni le concert, et interdit à peine le bal.

De ces deux femmes, l'une pouvait avoir environ cinquante ans, était fort pâle, et sa physionomie souffrante semblait porter les symptômes d'une maladie de langueur. L'autre était une jeune fille de dix-neuf à vingt ans.

A Paris même, où, quoi qu'on en puisse dire, la beauté court les rues, à Paris, le seul pays du monde où il y ait réellement des jolies femmes par milliers, on aurait à peine osé rêver un type plus correct et plus pur, une beauté plus royalement accomplie. Cette jeune fille était mademoiselle Blanche de Chamery.

Elle était blonde comme la Fornarina; ses yeux, d'un bleu foncé, avaient ce regard profond et doux des femmes de l'Orient ; son visage, du type grec le plus pur, était blanc et rose comme celui d'une Anglaise.

Blanche de Chamery avait cette taille moyenne élégante et souple qui semble l'apanage exclusif des jeunes filles de l'Inde. Une sorte de mélancolie grave sans tristesse était empreinte sur ce beau visage. Blanche de Chamery devait être une de ces femmes qui envisagent la vie de son côté le plus solennel et le plus sérieux. On eût dit, à ce reflet de rêverie répandu sur ses traits, que son âme devait être en harmonie avec cette beauté sévère et majestueuse qui n'avait rien de mondain et de futile.

Au moment où la calèche des dames de Chamery atteignait le rond-point et prenait la droite de la fontaine, un joli landau, redescendant l'avenue, passa tout auprès.

Dans ce landau, une blonde créature étalait, sur les larges paracrottes qui protégeaient les deux marchepieds, les plis immenses d'une robe de moire antique bleue sur laquelle était drapé, avec un art qui n'est guère possédé que par les reines de théâtre, un de ces cachemires du Thibet pour lesquels, hélas ! tant de femmes se damnent et regrettent de ne pouvoir faire plus encore.

Mademoiselle de Chamery était blonde comme une madone de Raphaël ; la dame au landau était blonde comme la déesse Junon, de ce blond fauve, presque rouge, qui semble avoir franchi le détroit et pris naissance dans la brumeuse Écosse et dans les plaines de la verte Irlande.

Blanche de Chamery était la beauté chaste et pudique sur laquelle les regards s'arrêtaient respectueusement et admirateurs. Cette autre femme, au contraire, avait cette beauté hardie, ce regard à demi-voilé et cependant empli de magnétiques éclairs, qui autorise les hommages.

Avait-elle vingt-cinq ans? En avait-elle trente-cinq? C'était un mystère, même en plein soleil.

Au moment où le landau croisait la calèche, la jeune femme jeta un regard effronté sur la marquise de Chamery et sa fille.

La marquise et sa fille subirent ce regard et ne le rendirent point. Elles passèrent sans avoir levé les yeux.

— Oh! murmura la jeune femme en se mordant les lèvres avec dépit, je les forcerai bientôt à me regarder en face!

Tandis que la calèche et le landau se croisaient, deux jeunes gens à cheval s'étaient arrêtés presque en même temps.

L'un remontait l'avenue, l'autre la descendait.

Le premier avait échangé un regard et un salut avec la dame du landau, que ses chevaux anglais emportaient rapidement... L'œil du second s'était arrêté, dans la calèche, sur mademoiselle Blanche de Chamery.

Le premier s'était contenté de porter le bout de ses doigts à son chapeau. Le second avait salué jusqu'à terre.

Les deux jeunes gens, qui s'étaient arrêtés à quelques pas l'un de l'autre, se regardèrent et se reconnurent lorsque calèche et landau se furent éloignés.

— Tiens! dit le premier, c'est toi, Fabien.

— Bonjour, Roland, répondit le second, qui parut quelque peu contrarié de cette rencontre fortuite.

Mais celui qu'il avait nommé Roland se rapprocha de lui sur-le-champ, par trois courbettes de son cheval, et lui dit : — Tu viens du bois?

— Oui.

— Et tu rentres?

— Je ne sais pas... j'ai envie de remonter les Champs-Élysées encore une fois... le temps est superbe...

— D'abord, fit Roland en souriant, et puis cela te permettra...

— Quoi donc? fit sèchement le vicomte Fabien d'Asmolles.

— Mais, répondit Roland, de suivre cette calèche bleue, dans laquelle se trouve cette ravissante personne que tu as saluée jusqu'à terre.

— Mon cher Roland de Clayet, dit le vicomte Fabien d'un ton froid, les dames que je viens de saluer sont la marquise de Chamery et sa fille, et le sourire que je vois sur tes lèvres est sinon déplacé, au moins sans signification possible.

— Tudieu! Fabien ; comme tu prends ces choses-là. Serais-tu fiancé à mademoiselle de Chamery?

— Non, dit le jeune homme avec tristesse.

Et il voulut s'éloigner et salua Roland. Mais celui-ci le retint.

— Un mot, lui dit-il.

Le vicomte s'arrêta.

— As-tu remarqué ce landau à deux chevaux gris de fer ?

— Dans lequel était une dame que tu as saluée de la main?

— Précisément.

— Eh bien?

— Eh bien ! connais-tu cette dame ?

— Oui, fit le jeune homme d'un signe.

— Elle se nomme pareillement mademoiselle de Chamery, et c'est la cousine...

A ces paroles, le vicomte Fabien d'Asmolles devint pâle et ses yeux lancèrent des éclairs. Il étendit la main, saisit le bras de Roland de Clayet et lui dit : — Mon pauvre Roland, dis-moi sur-le-champ que ce que tu viens de me dire tu le crois fermement, honnêtement, comme un petit gentilhomme de province qui vient à Paris pour la première fois, et à qui on montre des courtisanes pour des duchesses, et quand tu m'auras dit cela, je te pardonnerai !

Le vicomte Fabien avait prononcé ces mots avec un accent de sourde irritation et d'ironie qui produisit une bizarre impression sur son interlocuteur.

Roland garda le silence.

— Eh bien ! reprit Fabien, parleras-tu ?

— Mon cher monsieur Fabien, répondit enfin le jeune homme si brusquement interpellé, je vais vous répondre selon vos désirs : La dame que j'ai saluée se nomme mademoiselle de Chamery, la sœur de feu le marquis Hector de Chamery, et elle a été dépouillée de la fortune qui lui revenait par un certain comte de Chamery...

— Assez ! dit Fabien avec un calme plus effrayant que son irritation récente, puis il ajouta : — Mon cher Roland, nous venons d'échanger deux phrases qui suffisent pour nous faire couper la gorge.

— Comme il vous plaira, dit fièrement Roland.

— Cependant, reprit Fabien, comme j'ai sept années de plus que toi, que j'ai trente ans et toi vingt-trois, et que même tu m'as été recommandé par ton vieil oncle le chevalier, je ne me porterai à une extrémité fâcheuse qu'après avoir épuisé tous les moyens de conciliation et t'avoir dit d'abord que ta prétendue mademoiselle de Chamery est une drôlesse.

Ce mot fit pâlir Roland.

— Vicomte Fabien, dit-il, vous insultez une femme, vous êtes un lâche !

Le vicomte Fabien frissonna de fureur et vacilla sur sa selle.

— Bien, dit-il, on vous tuera ! A demain !

— Je rentre chez moi, dit Roland, et je vais attendre vos témoins.

— Encore un mot ! lui cria Fabien au moment où le jeune homme s'éloignait.

— Que me voulez-vous ?

— Vous m'avez insulté, et vous me connaissez assez pour savoir que nous nous battrons, quoi qu'il arrive. Cependant, comme vous êtes un garçon d'honneur, que nous avons été amis et voisins de terre, je suis persuadé que vous ne refuserez pas de m'écouter dix minutes.

— A quoi bon ?

— Rangez votre cheval près du mien, montons l'avenue au pas, et faites-moi l'honneur de m'écouter.

Il y avait dans le ton du vicomte Fabien une sorte d'autorité dont son jeune adversaire subit malgré lui l'ascendant.

Il obéit, se plaça auprès de lui, et, tandis que celui-ci rendait la main à son cheval, il lui dit : — Croyez, monsieur, que ce que j'en fais est pure courtoisie.

— Monsieur, répondit le vicomte, il n'est plus question de nous, à cette heure.

— Et de qui donc, alors ?

— De l'honneur d'une famille dont se joue une femme sur laquelle je veux vous ouvrir les yeux.

— Monsieur, répliqua Roland, je vous ai promis de vous écouter. Parlez, mais soyez persuadé que mes convictions sont inébranlables.

— Soit, mais écoutez-moi.

Et, tandis qu'ils se dirigeaient au pas vers la barrière de l'Étoile, le vicomte Fabien s'exprima ainsi :

VI

— Ma famille est liée avec la famille de Chamery, et je vous donne ma parole d'honneur que ce que je vais vous dire est la pure vérité.

— Voyons ? fit Roland d'un air important.

— Feu le marquis de Chamery, dont les dames que je viens de saluer portent encore le deuil, a hérité de son cousin, le marquis Hector de Chamery, tué en duel, il y a dix-huit ans.

— Je sais cela, dit Roland.

— A propos, interrompit Fabien avec une nuance de raillerie, quel âge donnez-vous à votre mademoiselle de Chamery, comme vous dites?

— Elle a vingt-cinq ans et ne s'en cache pas.

Fabien réprima un sourire.

— Et vous dites qu'elle est la sœur du marquis Hector?

— J'en ai la preuve.

— Et, à votre compte, la fille du marquis de Chamery père d'Hector?

— Naturellement.

— Mais, mon cher Roland, le marquis est mort en 1816, un an après la seconde Restauration. Comment voulez-vous que mademoiselle de Chamery n'ait que vingt-cinq ans? Nous sommes en 1851; elle en a trente-six au moins.

— C'est impossible! le marquis est mort plus tard.

— Pardon, je me souviens parfaitement des dates, elles sont exactes. Mais, rassurez-vous, mon cher Roland, rassurez surtout votre amour-propre, car vous aimez passionnément votre prétendue mademoiselle de Chamery, et...

— Vicomte Fabien, interrompit le jeune homme avec colère, veuillez donc vous défaire de ce mot de *prétendue*. J'ai vu des lettres de feu la marquise de Chamery adressées à sa fille Andrée et, là-dessus, je ne saurais avoir deux opinions.

— Mon cher, répondit Fabien, mademoiselle Andrée est bien, en effet, la fille de madame de Chamery, mère du marquis Hector.

— Vous voyez bien...

— Mais, acheva Fabien, elle est en même temps la fille d'un sieur Brunot, avocat à Blois, dont, pendant son veuvage, la marquise de Chamery s'était amourachée.

Un cri de surprise échappa à Roland.

— Mademoiselle Andrée Brunot, poursuivit dédaigneusement le vicomte Fabien, élevée chez sa mère comme orpheline, n'a dû longtemps ses moyens d'existence qu'à

M. le comte de Chamery, cousin et héritier du marquis Hector, qui lui a constitué douze mille livres de rente viagère, ce que le marquis Hector n'avait pas jugé convenable de faire.

— Il est vrai, ajouta Fabien d'Asmolles, tandis que son jeune compagnon paraissait en proie à une vive agitation, il est vrai que, sa mère morte, mademoiselle Andrée a impudemment pris un nom qui ne lui appartenait pas, que ni son père ni sa mère ne lui avaient concédé, et que, non contente de cette usurpation, elle a traîné ce nom dans la boue...

— Monsieur! exclama le jeune homme, hors de lui.

— Bah! dit Fabien froidement, laissez-moi donc finir, vous me tuerez demain si cela vous plaît, mais aujourd'hui, écoutez-moi. Je maintiens le mot : la prétendue mademoiselle de Chamery est une de ces femmes hors la loi du monde, devant lesquelles une maison honnête ne saurait s'ouvrir, et chez laquelle nous pouvons aller, nous, avec nos éperons et le cigare à la bouche. Vous aimez mademoiselle Andrée Brunot, mon cher ami, et je suis réellement désolé de désillusionner un peu votre amour. Mais, que voulez-vous? pourquoi donc cette fille s'est-elle permis de regarder insolemment la marquise de Chamery et sa fille?

A ces derniers mots, le jeune Roland de Clayet arrêta court son cheval.

— Vicomte Fabien, dit-il, je vous ai patiemment écouté; mais je ne saurais vous écouter plus longtemps. Adieu... à demain. Vous me rendrez raison...

— De tout, hormis de la vertu de mademoiselle Andrée Brunot, répondit Fabien d'un ton moqueur.

Il pressa légèrement son cheval, salua Roland et s'éloigna au petit galop.

Celui-ci, en proie à une surexcitation violente, redescendit l'avenue des Champs-Élysées, traversa la place de la Concorde, prit la rue Saint-Florentin et entra dans une maison qui portait le numéro 18.

— Mademoiselle de Chamery est-elle rentrée? demanda-t-il au suisse.

— Oui, monsieur, lui répondit-on.

Le jeune homme jeta sa bride, mit pied à terre et gagna le premier étage, que mademoiselle de Chamery habitait seule.

M. Roland de Clayet pénétra chez mademoiselle de Chamery d'une façon cavalière, qui aurait pu jusqu'à un certain point venir à l'appui des assertions plus cavalières encore de son ancien ami le vicomte Fabien d'Asmolles. Il entra comme chez lui, tira l'oreille au groom qui lui ouvrit la porte et prit le menton rose de la jolie femme de chambre qu'il trouva sur le seuil du salon.

— Ta maîtresse est rentrée, dit-il, on me l'a dit en bas, veux-tu m'annoncer?

— Mademoiselle n'est pas visible, répondit la soubrette.

— Hein? fit le jeune homme stupéfait.

— A moins que monsieur ne désire attendre.

Le jeune homme avait subitement froncé le sourcil.

— Elle a du monde, sans doute?

— Oui, monsieur.

— Fais-lui passer ma carte.

En prenant ce parti, Roland demeurait persuadé que mademoiselle de Chamery le recevrait sur-le-champ.

La femme de chambre prit la carte et disparut, tandis que Roland passait dans le salon et s'y promenait de long en large. Elle revint peu après :

— Il est impossible à mademoiselle, dit-elle froidement, de recevoir monsieur en ce moment. Si monsieur veut revenir à huit heures il trouvera mademoiselle...

Un geste de colère et d'impatience échappa au jeune homme.

— Voici la première fois qu'Andrée me refuse la porte, murmura-t-il.

Et il s'en alla furieux, remonta à cheval et rentra chez lui, rue de Provence, 5, où il habitait un joli appartement

de garçon. Roland s'enferma dans son fumoir et se prit
à songer :

— Oh! les femmes! se dit-il avec cet accent désespéré
des hommes de vingt-trois ans qui croient tout perdu,
même l'honneur, le jour où une drôlesse qu'ils aiment a
jugé convenable de changer, sans prendre leur avis, la
forme de sa coiffure.

Roland de Clayet était un tout jeune homme, orphelin, jouissant d'une vingtaine de mille livres de rente, et
n'ayant plus d'autre parent qu'un vieil oncle, le chevalier de Clayet, qui lui laisserait huit ou neuf mille francs
de revenu.

Roland avait débuté de bonne heure dans la vie parisienne, et sans une étourderie profonde qui formait le
côté saillant de son caractère, il aurait dû avoir déjà
quelque expérience. Mais Roland était un de ces jeunes
fous qui sont éternellement dupes de leur cœur, de leur
imagination, de leur vanité, et ce qui est pis, qui demeurent persuadés qu'un rayon de la sagesse divine s'est
égaré dans leur âme. Roland avait, depuis cinq ans qu'il
était émancipé, fait mainte école, écorné son patrimoine ;
il s'était figuré qu'il aimait passionnément des femmes
qui l'avaient odieusement trompé, et il possédait au dernier degré cette croyance des jeunes gens qui leur montre
comme la plus vertueuse des femmes celle-là même qui
s'est compromise pour eux.

Roland avait rencontré un jour mademoiselle de Chamery dans un monde douteux. Il en était devenu éperdûment amoureux et lui avait offert sa main. Il y avait
de cela environ trois mois.

Pendant ces trois mois, Andrée avait joué avec lui
toutes les comédies du sentiment et de la grande coquetterie. Tantôt, touchée de son amour, elle était sur le point
de consentir à cette union, elle qui affirmait avoir, depuis
sa plus tendre jeunesse, une profonde horreur du mariage.

Tantôt elle lui disait : — Vous êtes fou, mon ami, je
suis une très-vieille femme... j'ai vingt-cinq ans tout-à-
l'heure...

Depuis trois mois, Roland avait déserté peu à peu ses relations, ses amis, ses habitudes, au profit de mademoiselle Andrée de Chamery, dont il ne voyait pas, tant il est vrai que l'amour est bien aveugle, la vie indépendante et excentrique. Mais Andrée s'était posée en artiste, en femme qui fait de la peinture d'une façon remarquable, et qui, à ce titre, reçoit chez elle des hommes du monde, des écrivains, des peintres, des femmes de théâtre. A cette corde de son arc, elle en avait joint une autre : elle faisait des vers... un théâtre de vaudeville avait joué d'elle un proverbe.

Andrée de Chamery était une lionne. Pour Roland de Clayet c'était la vertu même, l'art chaste et pudique sans pruderie, quelque chose comme une *Mademoiselle des Touches* de Balzac.

Il allait chez elle plusieurs fois par jour, le matin, le soir, à toute heure. Or, pour la première fois, elle lui défendait sa porte ! Roland crut qu'il en deviendrait fou sur l'heure.

Et comme les amoureux ont la rage d'écrire, il prit une plume et écrivit le billet suivant, qu'il cacheta en hâte et remit à son groom avec ordre de le porter sur-le-champ rue Saint-Florentin.

Voici ce billet :

« Je sors de chez vous, où vous étiez... et vous avez refusé de me voir.

« Je rentre chez moi, fou de douleur, ne sachant, n'osant deviner le mobile de votre rigueur, tremblant de n'être plus aimé, et voyant tout en noir...

« Oh ! les tortures de l'enfer sont entrées dans mon âme ! Je souffre mille morts.

« Un mot, je vous en prie à genoux, un mot, de grâce... Qu'est-il donc arrivé ? J'attends.

« ROLAND. »

Et tandis que le groom portait cette phraséologie ampoulée, cachetée aux armes de Roland, de *gueules à trois anneaux d'or*, notre héros attendait dans une anxiété difficile à rendre.

Mais pendant une demi-heure que dura l'absence du groom, Roland ne put s'empêcher de réfléchir, et en réfléchissant il se dit qu'il allait se battre le lendemain avec un ami intime, le vicomte Fabien d'Asmolles, qui lui avait servi de mentor et de pilote sur la mer parisienne. Et involontairement il se souvint des paroles dédaigneuses de Fabien à l'endroit de celle qu'il appelait la prétendue mademoiselle de Chamery. Si bien cacheté que fût le cœur de Roland, si absolu que fût son amour, si entière que fût sa croyance en la vertu d'Andrée, il ne put empêcher le soupçon, cette tache d'huile imperceptible d'abord, et qui grandit si vite, de pénétrer dans son esprit. Et ce soupçon se trouvait appuyé tout à coup de la conduite de mademoiselle de Chamery, qui depuis trois mois le recevait à toute heure, et venait cependant de lui refuser sa porte, à quatre heures de l'après-midi, l'instant où une femme est toujours visible.

Heureusement pour la pauvre imagination du jeune amoureux, qui s'en allait trottant dans le champ des conjectures, le groom revint et lui apporta un billet qui produisit sur les soupçons de Roland et le souvenir des paroles de Fabien d'Asmolles l'effet du soleil levant sur les brouillards qui rampent au flanc des collines. Mademoiselle Andrée de Chamery lui écrivait que l'arrivée inattendue chez elle du baron de Chamery, un de ses parents de province, avait été la seule cause qui l'eût empêchée de le recevoir, lui, Roland; mais que, pour dédommager ce dernier de la contrariété qu'il avait dû subir, elle l'invitait à venir le soir même, à huit heures, prendre chez elle la tasse de thé de la réconciliation.

Il était alors cinq heures.

Or, comme nous venons de le dire, mademoiselle de Chamery ne devait recevoir Roland qu'à huit heures. C'étaient donc trois heures à attendre.

Trois siècles!

On a remarqué que, dans le langage des amoureux,

on ne saurait comparer décemment une heure d'attente
à autre chose qu'à un siècle. L'amour aime les métaphores épiques.

Roland commença par se demander à quoi il emploierait ces trois mortelles heures.

Heureusement il se souvint de sa querelle avec Fabien,
et songea qu'il lui fallait trouver des témoins. Il se rendit donc à son cercle, rue Royale, où il dîna. Puis après
le dîner il passa dans le salon de jeu, où il trouva deux
petits jeunes gens de vingt ans qui jouaient aux échecs.

— Tiens, dit l'un d'eux en laissant retomber sur sa
poitrine le lorgnon qu'il avait dans l'œil, et regardant
Roland, c'est toi, mon bon ami ?

— Bonjour, Octave ; bonjour, Edmond, dit Roland
c'est à vous que j'en ai.

— A nous ?

— A vous deux.

— Eh ! eh ! dit Octave d'un petit ton moqueur, on se
bat donc ?

— Précisément.

— Et... quand cela ?

— Demain matin.

— Avec qui ?

— Avec Fabien d'Asmolles.

— Ah ! par exemple ! s'écria Edmond, voici qui est
bizarre...

— Tu trouves ?

— Parbleu ! Fabien est ton ami.

— Il l'a été, il ne l'est plus.

Le petit jeune homme qui répondait au nom d'Octave,
se leva gravement et appuya une main sur l'épaule de
Roland :

— Mon bon ami, dit-il, puisque tu nous fais l'honneur
et l'amitié de nous prendre pour témoins, il faut que tu
nous fasses ta confession.

— Plaît-il ?

— Le devoir des témoins est chose sérieuse. Nous ne
te laisserons battre que lorsque nous saurons...

— Mes bons amis, repondit froidement Roland en tirant sa montre, il est six heures et demie, j'ai une heure à vous donner. Voulez-vous faire un whist? C'est pour moi le seul moyen de répondre à vos questions.

— Singulier moyen !

— Je me bats demain avec Fabien d'Asmolles, mon ami, comme vous dites ; ni lui ni moi ne pouvons dire pourquoi... Vous plaît-il m'assister et garder le secret?

— Oh! oh! murmura le petit Octave, je devine. Il est question d'une femme.

— Peut-être... Donc, vous acceptez?

— Parbleu !

— Alors, chez moi, demain à six heures du matin.

— Nous y serons.

Roland demanda une plume et écrivit à Fabien :

« Monsieur,

« Je ne pourrai être chez moi ce soir, et, par conséquent, recevoir vos témoins. Mais, si vous le voulez bien, je serai demain, à sept heures, avec les miens et mes épées, au bois, derrière le pavillon d'Armenonville.

« Votre obéissant,

« ROLAND DE CLAYET. »

Roland quitta son cercle vers sept heures et rentra chez lui pour s'habiller.

Là il trouva une lettre arrivée de province et datée de Besançon. Cette lettre était du chevalier de Clayet, son vieil oncle :

« Mon neveu, disait le chevalier, vous me demandez mon consentement à un mariage qui, si j'en crois votre lettre, me paraît convenable de tous les points, hors un seul, l'âge de la jeune personne que vous désirez épouser. Prenez garde! il nous faut toujours chercher une femme moins âgée de dix ans au moins.

« Mais, ceci réservé, je crois ne pouvoir refuser d'approuver votre choix. Les Chamery sont de bonne roche, ils allaient à Malte, et vingt mille livres de rente accompagnent toujours bien un beau nom... »

6

Roland ne voulut point en lire davantage, et, tout joyeux, il s'habilla et courut rue Saint-Florentin.

Andrée l'attendait.

La jolie blonde était à demi-couchée dans sa bergère, au coin du feu, dans le plus coquet boudoir qu'ait jamais rêvé petite maîtresse. Elle tenait un livre à la main, les *Méditations poétiques* de M. de Lamartine. Elle avait une pointe de mélancolie dans le regard et l'attitude.

Elle tendit la main au jeune homme, qui se jeta à ses genoux et lui dit :

— Ah ! tenez, tenez... lisez cette lettre... me refuserez-vous encore ?

Et il lui tendit la lettre de son oncle le chevalier.

Andrée prit cette lettre et la lut gravement d'un bout à l'autre.

— Vous êtes un fou, dit-elle enfin.

— Un fou !

— Sans doute, pourquoi avoir écrit à votre oncle ?

— Il le fallait bien...

— Il fallait d'abord me consulter. Vous l'avais-je permis ?

— Ah ! s'écria Roland, ne voulez-vous plus de moi ? Hier encore...

— Hier n'est pas aujourd'hui, dit mademoiselle de Chamery avec une coquetterie infernale... et puis, je veux réfléchir encore... Donnez-moi huit jours et faites-moi un serment.

— Lequel ?

— Celui de ne plus me questionner, de ne plus me demander d'ici là quelle est ma résolution. Venez me voir tous les jours, mais ne me parlez plus mariage ; peut-être y gagnerez-vous.

Andrée accompagna ces derniers mots d'un regard et d'un sourire qui parurent à Roland la plus formelle des promesses.

— Soit, dit-il.

Et il tint parole. Durant la soirée il s'enivra de la voix, du sourire, de l'esprit de cette femme, qui possédait du reste de merveilleux secrets de séduction, et onze heures sonnèrent.

— Ah! mon Dieu! dit-elle, vous êtes encore ici à pareille heure? Partez, partez vite!

Roland se leva.

Tout à coup il se souvint des paroles de Fabien, et poussé par une sorte d'avide et fatale curiosité, il dit à Andrée : — A propos, connaissez-vous un ami à moi, Fabien d'Asmolles? Je voudrais vous...

Et il attacha un regard scrutateur sur le visage de la jeune femme.

Andrée demeura impassible.

— Gardez-vous-en bien, dit-elle. M. Fabien d'Asmolles est un homme qu'on ne reçoit pas. Il m'a poursuivie pendant deux années de son sot amour, et le dépit l'a rendu infâme. Il me calomnie le plus qu'il peut et partout ou il va... Adieu...

Et mademoiselle de Chamery congédia Roland sans vouloir lui en dire davantage.

Roland rentra chez lui en se disant : — Demain, je tuerai Fabien, il le faut!

VII

Roland de Clayet rentra chez lui en proie à une surexcitation nerveuse qui avait deux causes différentes : d'abord l'amour que lui inspirait la prétendue mademoiselle de Chamery; ensuite l'irritation que provoquait en lui la conduite du vicomte Fabien d'Asmolles.

Or, aux yeux de Roland, le vicomte n'était rien moins, après ce que venait de lui dire mademoiselle Andrée de Chamery, qu'un homme déloyal et haineux qui se vengeait par de basses calomnies des dédains mérités d'une femme. Et comme Roland croyait en elle, il rentra chez lui en se jurant de tuer le calomniateur de l'ange qu'il aimait. La femme qu'on aime est toujours un ange.

Quand on a vingt-trois ans et un duel pour le lendemain, on se croit obligé de dormir... Roland était brave.
Il se mit au lit, s'endormit et ne s'éveilla qu'à cinq heures, lorsque son groom entra dans sa chambre.

Une heure après les témoins arrivèrent.

Les deux petits jeunes gens, tout fiers d'être comptés
pour quelque chose, avaient fait une toilette de circonstance que leur eût enviée un prévôt d'armes. Pantalon
collant gris de fer, redingote bleue militairement boutonnée jusqu'au menton, chapeau crânement posé, mine
grave et froide. Jamais jeune premier de théâtre, jouant
un rôle de témoin dans une comédie de M. Scribe, n'a-
vait pris plus au sérieux son costume et sa tenue.

Roland les attendait assis sur un divan. Comme il
avait trois ans de plus, il était un peu moins ridicule, et
sa mise était par conséquent moins prétentieuse.

— Mon cher ami, dit Octave en entrant, il me semble
que nous sommes exacts comme des pendules...

— Comme des pendules qui vont bien, répondit Roland en souriant.

— Nous avons même vingt minutes devant nous,
ajouta le second petit jeune homme.

— Mais il faut toujours arriver les premiers sur le terrain.

— Soit, partons.

Roland avait fait atteler un joli dogcart à quatre roues
et à trois places sur le devant.

Les épées avaient été placées dans le coffre à chiens,
sous le siége du groom.

Ces messieurs montèrent en voiture.

— Mon cher, dit Octave en prenant les rênes aux
mains de Roland, quand on va se battre à l'épée, il faut
avoir les nerfs en repos, et ne se point fatiguer l'avant-
bras. Laisse-moi conduire.

— Comme tu voudras, répondit Roland.

Et l'on partit.

Le rendez-vous, on s'en souvient, était au bois, derrière le pavillon d'Armenonville. Le dogcart franchit la

porte Maillot à sept heures moins un quart, et Roland de Clayet se trouva le premier au rendez-vous.

Les trois jeunes gens, en hommes bien appris, et qui n'accordent à chaque chose que son importance réelle, s'assirent fort tranquillement sur l'herbe et attendirent, en causant de la pluie et du beau temps, de l'Opéra et des dernières courses, l'arrivée du vicomte Fabien d'Asmolles. Cependant, comme sept heures sonnaient, et que l'avenue de la porte Maillot continuait à se montrer déserte, Roland fronça le sourcil.

En même temps, le jeune Octave s'écria d'un ton superbe : Le vicomte me semble léger et nous prend sans doute pour des danseuses.

— Il nous fait poser, ajouta le jeune Edmond, complétant la pensée de son co-témoin.

— Nos montres avancent, sans doute, murmura Roland.

Et on attendit près de vingt minutes.

Heureusement, — car déjà ces trois messieurs faisaient de singulières remarques sur le courage de M. Fabien d'Asmolles, qui cependant possédait une réputation de bravoure incontestable, — heureusement une voiture fermée, un modeste fiacre, se montra enfin dans l'avenue, et Roland de Clayet en vit descendre le vicomte Fabien et deux officiers de hussards en petite tenue.

— Hum ! murmura avec humeur le petit M. Octave, est-ce que le vicomte se moque de nous ?

— Hein ? fit Roland.

— D'abord, il se fait attendre vingt minutes, observa M. Edmond.

— Ensuite il nous amène des officiers, ce qui semble nous dire qu'il a craint qu'on ne voulût arranger l'affaire.

— Certes ! fit le petit M. Edmond avec colère, avec nous les duels sont tout aussi sérieux qu'avec des officiers.

Le vicomte Fabien s'approcha des trois jeunes gens et les salua.

6.

— Permettez-moi, messieurs, dit-il, de vous présenter mes deux cousins, le comte et le vicomte d'Oisy.

Les lieutenants saluèrent les témoins de Roland et Fabien se retira. Puis l'un d'eux s'approcha de Roland et lui dit : — Bien que ceci soit en dehors de tous les usages, il paraît, monsieur, que des circonstances impérieuses font un devoir à M. Fabien d'Asmolles de vous demander, avant la rencontre, une minute d'entretien.

Un sourire hautain glissa sur les lèvres de Roland.

L'officier comprit ce sourire.

— Oh ! rassurez-vous, monsieur, dit-il. Fabien se bat toujours quand il est insulté ; mais il est question de votre oncle, paraît-il.

— Soit, dit Roland.

L'officier fit un signe au vicomte.

Celui-ci, qui causait avec les petits jeunes gens, s'approcha de Roland et le prit à l'écart, au grand étonnement du jeune M. Octave, qui dit avec humeur à l'autre officier : — Ah çà, monsieur, je commence à trouver tout ceci au moins singulier, et notre rôle, à mon ami et à moi, devient assez ridicule. Est-ce que ces messieurs vont s'embrasser à présent ?

— Monsieur, répliqua l'officier avec une courtoisie parfaite, soyez patient et calme, on se battra. Du reste, avant de monter sur vos grands chevaux, veuillez songer que vous êtes simplement témoins, et que si la vie du jeune homme que vous assistez vous est à charge, les convenances vous obligent à le dissimuler.

Et l'officier tourna le dos au bonhomme.

Or, voici quel était l'entretien du vicomte Fabien d'Asmolles et de son ancien ami Roland de Clayet :

— Monsieur, lui dit le vicomte en prenant son adversaire par le bras, ce qui scandalisa au dernier degré le jeune M. Octave, je n'ai pas l'habitude d'être en retard, et j'arrive même assez souvent le premier. Mais si je vous ai fait attendre aujourd'hui, ne vous en prenez qu'à vous-même.

— A moi ?

— A vous.

— Par exemple !...

— Écoutez donc, fit Fabien avec hauteur. Vous avez un oncle, le chevalier de Clayet. Votre oncle est l'ami de mon père. Vous êtes même venu à Paris, il y a cinq ans, porteur d'une lettre de lui pour moi.

— Oh ! assez, monsieur, murmura Roland avec humeur.

— Pardon, dit Fabien, vous m'écouterez jusqu'au bout. Ce matin, comme j'allais sortir, on m'a remis une lettre de votre oncle.

Roland fit un geste d'étonnement.

— Cette lettre, poursuivit Fabien, arrivée hier, avait été placée par mon valet de chambre sur la cheminée du salon. Je suis rentré fort tard et me suis couché sans demander s'il y avait des lettres.

— Monsieur, interrompit Roland d'un air impertinent, mon oncle vous a donc écrit un volume, que vous avez perdu vingt minutes à lire sa lettre ?

— Non, monsieur ; mais j'ai répondu...

— A mon oncle ?

— Oui, monsieur. Il se peut que vous veniez à me tuer.

— Je l'espère...

— Telle n'est point mon opinion, répliqua le vicomte d'un ton dédaigneux ; mais enfin il faut tout prévoir.

— Soit. Eh bien ?

— Eh bien ! comme votre oncle m'avait fait l'honneur de m'écrire à propos de vous...

— De moi ?

— Oui. Voici sa lettre.

Fabien tendit à Roland une lettre que lut celui-ci :

« Mon cher Fabien, disait le chevalier, comme je vous ai un peu confié mon étourdi de neveu, je prends le parti de vous écrire confidentiellement pour vous consulter.

« Roland me parle d'un mariage. Il aime, dit-il, et

veut épouser une demoiselle de Chamery. Les Chamery sont de bonne maison. La demoiselle a, dit Roland, vingt mille livres de rente. Mais Roland est bien jeune, facile à s'enthousiasmer, et tout en lui donnant mon consentement, consentement dont il se passerait fort bien à la rigueur, je vous écris pour vous rier de me rassurer en me répondant quelques lignes.

« Je vous serre la main.

« Chevalier de CLAYET. »

— Monsieur le vicomte d'Asmolles, dit Roland de Clayet après avoir lu cette lettre, je trouve mon oncle au moins singulier de supposer que nous ne pouvons faire nos affaires sans votre avis.

— Peut-être avez-vous raison, monsieur, répliqua Fabien ; mais enfin, du moment où votre oncle le chevalier a cru devoir me consulter, j'ai cru, moi, devoir lui répondre.

— Ah !

— Et voici la copie de ma lettre.

Fabien tendit un second papier à Roland, qui lut :

« Monsieur et ami,

« Je n'ai que quelques minutes et suis forcé d'être bref.

« La demoiselle de Chamery que veut épouser M. Roland de Clayet se nomme de son vrai nom mademoiselle Andrée Brunot. C'est une femme qu'on *n'épouse pas*. Je souligne le mot.

« J'ai essayé de le prouver hier à Roland. Roland m'a cherché querelle, m'a insulté, et je pars pour le bois où nous allons reprendre, les armes à la main, notre conversation d'hier. Au point où en est le cœur du pauvre garçon, toute morale est inutile, et je vais lui rendre un vrai service en lui administrant un coup d'épée qui le mettra au lit pour six semaines. Ce temps suffira, je l'espère, pour le ramener à de plus saines idées sur le mariage et les aventurières qui prennent des noms pompeux.

« S'il en était malheureusement autrement, mon cher Chevalier, ni vous ni moi n'empêcherions notre pauvre Roland d'épouser la demoiselle Andrée Brunot.

« Je vous serre respectueusement la main.

« Vicomte Fabien d'Asmolles. »

Roland de Clayet était devenu pâle de colère en lisant cette lettre. Il la rendit enfin à Fabien :

— Monsieur, lui dit-il, ce que vous avez écrit là va vous coûter la vie.

— Peuh ! fit tranquillement Fabien.

— Vous allez mourir, acheva Roland ivre de rage, comme meurent les calomniateurs. Si la noble femme que vous insultez avait cédé à vos instances, avait coûté... votre amour...

— Bon ! murmura Fabien en tournant le dos à Roland, il paraît que mademoiselle Brunot a prévu le coup.

Et il s'approcha des témoins de Roland :

— Mille pardons, messieurs, leur dit-il, M. de Clayet et moi sommes à vos ordres.

— Ah ! fit M. Octave, qui décidément tenait à être impertinent, ce n'est réellement pas trop tôt... j'ai cru que vous n'en finirions pas.

— Monsieur, dit Fabien qui haussa imperceptiblement les épaules, quel âge avez-vous ?

— Vingt ans, monsieur.

— Vous êtes bien jeune et votre précepteur aurait dû vous accompagner. A votre âge on ne sort pas tout seul dans Paris.

Et Fabien tourna pareillement le dos au petit jeune homme, mit habit bas et prit son épée des mains de l'un de ses témoins.

Roland, ivre de fureur, en avait fait autant.

— Allez, messieurs ! dit un des officiers.

Les deux adversaires engagèrent le fer.

Roland, dominé par son irritation, se précipita impétueusement sur le vicomte et l'attaqua avec une vigueur sans égale. Mais Fabien était calme, froid, maître de lui ; un sourire dédaigneux n'avait point abandonné ses lèvres.

Partout l'épée de Roland rencontra l'épée du vicomte.

— Mon cher, lui dit celui-ci, vous vous pressez beaucoup trop... la colère vous aveugle.... vous tirez mal... plus mal que d'habitude... Si cela continue, vous allez vous faire tuer... et telle n'est pas mon intention cependant.

Roland répondit par un cri de rage.

— Là, poursuivit Fabien, qui parait avec une adresse merveilleuse, si ce n'était ce diable de mariage, je me contenterais de vous faire une jolie piqûre au bras, une égratignure qui ne demanderait pas même le secours d'un foulard en écharpe... mais ce mariage... Ah ! il faut procéder plus sérieusement.

Et comme au moment où il prononçait ces mots, Roland s'était découvert, Fabien étendit le bras. Touché à l'épaule, Roland jeta un cri, lâcha son épée et tomba.

— Ce coup-là, dit froidement Fabien d'Asnolles en piquant son arme en terre et se penchant sur son adversaire pour le relever, m'a été enseigné par un maître d'armes italien. C'est un fort beau coup. On n'en meurt jamais ; au bout de deux mois on est sur pieds.

Les témoins s'étaient, comme Fabien, empressés auprès de Roland.

Le blessé s'était évanoui. Il fut transporté dans la voiture amenée par le vicomte, tandis que l'un des témoins courait aux Ternes, avec le dogcart, chercher un chirurgien.

Celui-ci consulta la blessure et répondit de la vie de Roland.

— Il en a pour deux mois, dit-il.

— Mon jeune ami, dit alors Fabien, en saluant celui des témoins de Roland qui s'était montré impertinent avec lui, vous voyez que pour vous avoir fait attendre, vous n'avez rien perdu cependant. Avouez que la patience est une vertu.

Et il s'éloigna, laissant le bambin un peu étourdi de cette raillerie à bout portant.

. . . . . ° . . . .

Huit heures après, Roland de Clayet se trouvant dans son lit avec un peu de fièvre, mais avec toute sa présence d'esprit, reçut un billet ambré et parfumé.

L'écriture allongée et fine, le cachet armorié, l'enveloppe lilas, le firent tressaillir de joie et il oublia presque la douleur assez aiguë que lui occasionnait sa blessure. *Elle* lui écrivait!

Qui sait? elle avait appris sans doute qu'il s'était battu pour *elle*.

Tout frémissant d'émotion, il rompit le cachet, et lut:

« Monsieur,

« J'apprends que vous vous êtes battu ce matin avec M. Fabien d'Asmolles. Le souvenir de notre conversation d'hier ne me laisse aucun doute sur les motifs de cette triste rencontre.

« Vous comprendrez, monsieur, quand vous serez moins jeune, que le plus sûr moyen de compromettre une femme, c'est de se faire son champion, et comme je me trouve déjà beaucoup trop compromise par toutes vos folies, vous me permettrez, en vous envoyant mes compliments de condoléance, de vous apprendre que je quitte Paris aujourd'hui même.

« Votre servante,

« ANDRÉE DE CHAMERY. »

Pour avoir l'explication de cette lettre, qui faillit tuer l'amoureux Roland de Clayet, il est nécessaire de pénétrer plus avant dans la vie intime de cette femme qui se faisait impudemment nommer mademoiselle de Chamery.

VIII

Le matin du jour où Fabien d'Asmolles et Roland de Clayet s'étaient, à la suite de mots peu courtois échangés dans leur rencontre aux Champs-Elysées, donné rendez-vous pour le lendemain, un petit homme ventru, chauve, portant lunettes, rigoureusement vêtu de noir et cravaté de blanc, portant sous le bras un large portefeuille en maroquin et ayant toute l'allure de l'homme d'affaires, descendit d'un coupé de louage rue Saint-Florentin, à la porte du n° 18.

Le concierge, appuyé sur son balai d'un air magistral, se trouvait sur le seuil. Quand il vit le petit homme décidé à le franchir, il le regarda curieusement d'abord, puis d'un air assez dédaigneux, et comme s'il se fût demandé chez lequel de ses aristocratiques locataires pouvait aller un personnage aussi malpropre ; celui-ci le regarda par-dessus ses lunettes.

— Mademoiselle de Chamery est-elle chez elle !

— Oui, monsieur.

Et le concierge salua aussi respectueusement l'individu crasseux et vêtu de noir qu'il l'avait tout à l'heure toisé d'une façon presque impertinente.

— A quel étage ?

— Au premier, la porte à droite.

Le petit homme monta et mit la main sur le bouton de cristal de la sonnette.

L'escalier soigneusement frotté, la porte à deux vantaux, sur le seuil de laquelle le visiteur s'était arrêté, la belle apparence de la maison, tout semblait annoncer que celle qui se faisait nommer mademoiselle de Chamery était dans une situation sinon opulente, du moins très-aisée.

Un petit groom à bottes à revers et à gilet rouge vint

ouvrir, et, comme le concierge, toisa l'homme à la cravate blanche.

— Mademoiselle de Chamery ? — répéta ce dernier d'un ton leste et ferme, qui témoignait de son importance.

— Mademoiselle n'est pas visible ; revenez à trois heures. Il ne fait pas jour chez elle avant midi.

— Pardon, pardon, répondit le visiteur d'un ton d'autorité ; faites passer ma carte à mademoiselle de Chamery et vous verrez qu'elle me recevra.

Le groom le toisa de nouveau.

— Seriez-vous M. Rossignol, lui demanda-t-il ?

— Précisément.

— Alors, entrez. J'ai des ordres.

Le groom conduisit M. Rossignol au salon, souleva une portière et disparut.

Un instant après, l'homme d'affaires, — c'en était un, — entendit ouvrir les croisées d'une pièce voisine, des rideaux jouer sur leur tringle, et une voix de femme qui disait : — Justine, donne-moi ma pelisse et fais entrer M. Rossignol.

Deux minutes après, une jeune et jolie femme de chambre souleva la portière derrière laquelle le groom avait disparu, fit un signe à M. Rossignol, qui se leva, et l'introduisit dans une chambre à coucher tendue en velours bleu encadré de minces baguettes dorées, meublée avec un luxe délicat, et au fond de laquelle l'homme d'affaires aperçut mademoiselle de Chamery dans son lit, mais sur son séant et les épaules chaudement enveloppées dans une pelisse de martre-zibeline. De la main, elle indiqua un fauteuil roulé à son chevet.

Quand M. Rossignol y eut pris place avec ce sans-gêne des gens qui passent les deux tiers de leur vie dans la chicane, elle congédia d'un geste Justine et le groom qui venait d'allumer le feu de madame.

— Je n'y suis pas, dit-elle.

— Pour personne ? demanda Justine.

— Pour personne au monde.

I.   7

— Pas même pour M. le baron ?

— S'il vient, tu le prieras d'attendre.

La camérière et le groom sortirent.

— Maintenant, monsieur Rossignol, dit mademoiselle de Chamery, nous pouvons causer.

Le petit homme s'inclina.

— Il est certain, dit-il, que le sens du billet de mademoiselle laisse assez entrevoir qu'elle a des choses graves à me confier.

Et il se réinstalla commodément dans son fauteuil.

— Monsieur Rossignol, reprit mademoiselle de Chamery, vous êtes à la tête d'une agence de recouvrements, d'achat de créances véreuses, de procès compromis ou abandonnés, n'est-ce pas ?

— C'est-à-dire, répliqua M. Rossignol sans paraître blessé le moins du monde du ton méprisant avec lequel mademoiselle de Chamery avait défini sa profession, c'est-à-dire que je suis le directeur de la *Société mutuelle et judiciaire d'assurances contre la perte des créances.*

Le petit homme prononça ces mots avec emphase.

— Soit, dit mademoiselle de Chamery, je ne discute point la valeur réelle des mots, et ce n'est pas pour cela que je vous ai fait venir.

— Vous m'avez fait l'honneur de m'écrire, hier, pour m'assigner un rendez-vous ici, entre neuf et dix, me disant que vous vouliez charger la société que je dirige d'une affaire importante.

— Non pas votre société, mais vous.

— Moi ?

— Monsieur Rossignol, dit froidement mademoiselle de Chamery, vous êtes de Blois, n'est-ce pas ?

M. Rossignol tressaillit.

— Vous y avez été premier clerc chez Me Corbon, notaire de la famille de Chamery ?

— Oui, mademoiselle, répondit M. Rossignol un peu confus.

— Quelques détournements vous ont fait congédier,

'année, je crois, où mourut la marquise douairière de Chamery ?

— Votre mère, dit M. Rossignol avec aplomb.

— Précisément.

Et mademoiselle de Chamery regarda froidement l'homme d'affaires.

— Venu à Paris, poursuivit-elle, vous y avez fait un peu tous les métiers, changé de nom quelquefois. Quelquefois aussi, vous avez subi des condamnations...

— Mademoiselle...

— Mais comme vous êtes un homme intelligent, vous avez fini par vous tirer d'affaire, et aujourd'hui M. Rossignol, autrefois maître Jules Malouin, est aux yeux de la justice un homme irréprochable, bien plus, un homme réputé pour son habileté à débrouiller les affaires les plus compliquées et les plus épineuses.

M. Rossignol avait tranquillement écouté mademoiselle de Chamery. Quand elle eut fini, il répondit : — Puisque vous me connaissez aussi bien, mademoiselle, permettez-moi de vous prouver que j'ai pareillement quelques données sur votre propre existence.

— Faites, dit-elle avec indifférence.

— Vous êtes fille naturelle de M. Brunot, avocat, et de madame de Chamery, veuve depuis six années, à l'époque de votre naissance.

— Après, maître Rossignol ?

— Vous avez été élevée au château de l'*Orangerie* d'abord comme orpheline, puis le marquis Hector de Chamery a toléré que sa mère vous appelât sa fille.

— Bien. Ensuite ?

— Le marquis mort, sa fortune a passé au colonel comte de Chamery, son cousin. Le marquis Hector vous détestait.

— C'est vrai.

— La marquise votre mère n'a pu vous laisser en mourant que cent cinquante mille francs, fruits de ses économies, et ses diamants. Mais le comte de Chamery vous a assuré, en prenant possession de l'héritage et

devenant marquis, une pension viagère de douze mille
livres.

— Vous êtes bien renseigné, monsieur Rossignol.

— Attendez donc, fit le petit homme avec insolence,
je sais bien d'autres choses encore...

— Voyons ?

— Ainsi, c'est à **tort** que vous portez le nom de Chamery, qui ne vous appartient pas. Vous jouissez d'un
revénu de dix-neuf mille livres de rente environ, et, à
la mort de madame votre mère, — vous aviez alors
quinze ans, — vous auriez pu trouver à vous marier fort
convenablement. Vous avez préféré mener une vie un
peu aventureuse.

— Maître Rossignol, interrompit sèchement mademoiselle de Chamery, ma conduite ne vous regarde en
rien, ce me semble...

— Oh! ce que j'en dis, **répliqua** l'homme d'affaires,
n'a d'autre but que de vous prouver que je connais votre
passé aussi bien que vous pouvez connaître le mien ;
voilà tout.

— Eh bien! dit mademoiselle de Chamery, puisqu'il
en est ainsi, je vois que nous pouvons nous entendre à
merveille.

— Je suis à vos ordres.

— Voulez-vous gagner deux cent mille francs ?

— Belle question ! Que faut-il faire ?

— Ecouter d'abord l'histoire que je vais vous dire.

— Je vous écoute, mademoiselle.

La jeune femme continua :

— Le marquis de Chamery, père de mon frère Hector
et mari de ma mère, avait dévoré son patrimoine avant
la première révolution. A son retour de l'émigration,
il hérita de son oncle, le chevalier de Chamery, ancien
officier de marine, et qui avait fait une grande fortune
aux Indes, de 1760 à 1790, auprès du roi de Lahore.

— Je savais cela, dit maître Rossignol.

— Attendez... Revenu en France au commencement de
l'Empire, le chevalier de Chamery racheta toutes les terres

seigneuriales ayant appartenu à sa famille, reconstitua la fortune terrienne des Chamery et mourut deux années après, laissant cette fortune à son neveu par un testament olographe ainsi conçu :

« J'institue mon légataire universel Antoine-Joseph-Ferdinand, marquis de Chamery, mon neveu. Je désire que ma fortune demeure dans les mains de la branche cadette des Chamery, représentée en ce moment par le comte de Chamery. »

La jeune femme s'interrompit.

— M. le marquis de Chamery, dit-elle, a transmis sa fortune à son fils Hector, lequel, fidèle au testament de son grand-oncle, a appelé à lui succéder le comte de Chamery, son cousin.

Mais le testament du chevalier avait un codicille. Ce codicille s'exprimait ainsi :

« Si ma fortune ayant passé à la branche cadette des Chamery, celle-ci venait à s'éteindre ou, du moins, à n'être plus représentée que par des filles, alors ma volonté formelle est qu'elle sorte de cette branche pour aller à des parents éloignés, mais qui portent notre nom : les Chamery-Chameroy, gentilshommes vendéens. Notre parenté avec les Chamery-Chameroy remonte au règne de François Ier; mais, malgré son éloignement, elle a toujours été constatée par les deux familles. »

— Oh ! oh ! dit maître Rossignol, mais voici un testament assez bizarre. Et où se trouve-t-il ?

— En ma possession.

— Ah !

— Je l'ai trouvé dans les papiers de ma mère, lors de son décès.

— Mais, dit maître Rossignol, je ne vois pas trop... ce que vous pouvez en faire.

— Attendez...

Et mademoiselle de Chamery se prit à sourire :

— Le dernier marquis de Chamery, dit-elle, avait un fils de dix ans, lorsque ma mère mourut.

— Ce fils a disparu, je le sais...

7.

— Il est mort...

— On n'a jamais pu en avoir la preuve...

— C'est cette preuve qu'il nous faut, maître Rossignol, ou plutôt un extrait mortuaire bien en règle. Votre officine à procès et à créances doit joindre à toutes ses spécialités, j'imagine, celle de fabriquer des actes de décès.

— On verra à se procurer celui-là, mademoiselle, mais...

— Attendez encore. Il n'y a plus, en ce monde, qu'un seul Chamery-Chameroy.

— Ah! il y en a un...

— Un seul.

— Eh bien?

— Eh bien! dans quinze jours, il sera mon mari.

Maître Rossignol fit un mouvement sur son siége.

— Je comprends, maintenant, dit-il.

Puis il parut réfléchir.

— Il est évident, poursuivit-il après un moment de silence, que si on peut prouver à un tribunal que le jeune Chamery, frère de mademoiselle Blanche de Chamery et fils de la marquise, est réellement mort...

— Ceci est votre affaire, maître Rossignol. On ne gagne pas deux cent mille francs sans rien faire.

— C'est vrai, mademoiselle...

— Donc, poursuivit mademoiselle de Chamery, je vous attends dans huit jours, avec cet extrait mortuaire.

— Vous l'aurez... seulement, vous me permettrez de vous demander une légère avance de fonds.

— Combien vous faut-il?

— Mais sept ou huit mille francs... hasarda timidement maître Rossignol.

La jeune femme sonna.

Justine parut.

Mademoiselle de Chamery lui remit une petite clé qu'elle avait sous son oreiller, lui indiqua un meuble et lui dit :

— Donne-moi le portefeuille en maroquin rouge, qui est dans le tiroir de droite.

Une fois en possession du portefeuille, elle y prit dix billets de mille francs et les tendit à M. Rossignol.

Celui-ci se leva après avoir serré les billets dans la poche graisseuse de son habit.

— Dans huit jours, dit-il, vous aurez de mes nouvelles.

— Reconduisez monsieur, dit la jeune femme à Justine.

Tandis que l'homme d'affaires et la femme de chambre passaient par une porte, le groom montra sa tête futée à travers les vitres d'un cabinet de toilette qui avait une issue dans l'antichambre.

— Entre! lui dit sa maîtresse. Qu'est-ce encore?

— Monsieur le baron est venu...

— Ah!

— Il attend que mademoiselle soit visible.

— Eh bien! fais entrer.

Et mademoiselle de Chamery cacha soigneusement sous son oreiller le portefeuille en maroquin rouge.

Quelques secondes après, le groom introduisit le personnage qu'il avait qualifié de baron. C'était un homme d'environ cinquante-huit ans, qui tâchait de n'en paraître que quarante; du reste, bel homme, mis avec une simplicité de bon goût, ayant de grandes manières et sentant son gentilhomme.

— Bonjour, dit-il en prenant la petite main de la jeune femme et la portant à ses lèvres, comment allez-vous ce matin?

— Mais, répondit-elle en souriant, comme une femme qui a fait un rêve... un rêve assez singulier et que vous allez, vous, qualifier d'étrange. Asseyez-vous là, je vais vous le conter.

IX

Le Baron de B..., ce personnage qu'on a vu pénétrer familièrement, à dix heures du matin, chez une femme qui se faisait appeler mademoiselle de Chamery, passait dans le monde des jeunes-sots et des bourgeois crédules pour un ami de la famille, un parent, une manière de subrogé-tuteur d'Andrée, qui lui portait un intérêt tout paternel.

En public, Andrée l'appelait *mon cher oncle*. Sous le manteau de la cheminée, c'était le baron qui devenait le dieu Plutus de la maison.

Mademoiselle Andrée Brunot avait bien, ainsi que l'avait établi tout à l'heure maître Rossignol, dix-neuf mille livres de rente. Mais qu'était-ce que cela pour une femme qui avait trois chevaux dans son écurie, deux mille écus de loyer, une maison montée, et qui dépensait douze ou quinze mille francs pour sa toilette.

Andrée aimait les tableaux, les bronzes de prix ; elle passait l'été à Bade, et jouait avec un sang-froid d'Aspasie. Bon an mal an, elle coûtait au baron de soixante à quatre-vingt mille francs.

Du reste ce dernier, en parfait gentleman, mettait à ses bienfaits une discrétion absolue, ne venait chez Andrée que le matin, lui laissait une liberté complète, et ne paraissait jamais à ces réunions de *bel esprit* qui avaient ébloui le pauvre Roland de Clayet.

Or, ce jour-là, le baron s'assit au chevet de la jeune femme et lui dit: — Qu'avez-vous donc rêvé, grand Dieu?

— J'ai rêvé que je me mariais, répondit-elle.

Le baron laissa bruire un rire moqueur sur ses lèvres.

— Votre rêve est étrange, en effet, dit-il.

— Vous trouvez?

— Parbleu!

— Ainsi, je ne suis pas femme à me laisser séduire par le goût du mariage?

— Vous, peut-être ; mais... les autres?

— Qui, les autres?

— Les maris.

Et le baron accompagna ce mot d'un sourire fort impertinent.

— Les maris se trouvent toujours, quand on est jolie femme...

— Et vous l'êtes...

— Qu'on a dix-neuf mille livres de rente.

— Et qu'ils sont ruinés.

— Ceci est possible.

— Alors, ma chère, votre rêve n'est pas sérieux, et autant vaut pour vous ne pas vous marier et continuer à souffrir mes adorations.

— Mon cher baron, dit froidement mademoiselle de Chamery, pardonnez-moi d'avoir pris un biais pour vous mettre au courant de la situation : je n'ai pas rêvé que je me mariais, mais j'ai pris la résolution de vous annoncer que je prenais ce parti.

— Ah ça! ma chère, interrompit le baron, entendons-nous, je vous prie. Parlez-vous sérieusement?

— Très-sérieusement.

— Bah! vous vous mariez?

— Je me marie.

— Quand ?

— Mais dans quinze jours peut-être... le plus tôt possible...

— Peut-on savoir avec qui ?

— Non, pour le moment.

— Oh ! ce n'est pas un nom que je demande, c'est un simple renseignement sur la situation.

— Il a vingt-huit ans, il est beau garçon et porte comme vous un titre de baron.

— Authentique ?

— Appuyé de parchemins.

— Et... pauvre ?

— Ruiné.

— Alors, ma chère, répliqua le baron, permettez-moi un seul mot.

— Dites.

— Vous faites là une détestable affaire. Être baron et baronne, et vivre deux sur dix-neuf mille livres de rente, c'est la misère.

— La misère et la vertu, baron.

Le baron, qui avait placé sa canne et son chapeau sur un divan, se leva et alla prendre ces deux objets.

— Adieu, dit-il. Du moment où vous parlez ainsi sans rire, et cela entre nous, c'est que vous êtes devenue une femme forte. Vous serez dame patronesse avant deux ans. Adieu, baronne.

— Adieu, dit-elle.

Il lui baisa la main et fit un pas de retraite.

— A propos, dit-elle, vous savez que vous avez toujours été un cousin de ma mère, aux yeux du monde.

— Je continuerai à l'être. Seulement, continua le baron d'un ton merveilleux d'insouciance, je pars ce soir pour un voyage assez long, qui me privera du plaisir d'assister à votre messe nuptiale.

Et le baron sortit.

— Enfin ! murmura la jeune femme demeurée seule, enfin !

Elle sonna, Justine revint.

— Ah ! mon Dieu ! madame, dit la soubrette, est-ce que vous avez eu une scène avec *monsieur ?*

— Non.

— Il est pâle comme un mort.

— Bah ! pensa mademoiselle de Chamery, il est froissé. Mais son cœur n'est pour rien dans cette pâleur. Le baron est vaniteux, égoïste, et je romps avec lui sans remords...

Mademoiselle de Chamery se fit habiller. Elle fit une toilette du matin, charmante de simplicité et de bon goût, demanda son coupé et sortit seule.

Il était alors environ onze heures.

Mademoiselle de Chamery se fit conduire rue Saint-Lazare, à l'angle de la rue des Trois-Frères.

Elle entra dans une maison de fort belle apparence, et, en passant, jeta au concierge le nom de madame de Saint-Alphonse. Madame de Saint-Alphonse, cette jolie brune un peu grasse, un peu mûre déjà au temps où Baccarat s'était servi d'elle pour attirer dans un piège, à Saint-Maurice, le faux Brésilien don Iñigo de los Montes, — madame de Saint-Alphonse, disons-nous, avait quatre ans de plus et dépassait de beaucoup la trentaine. Cependant, comme le prince russe, ami du comte Artoff, lui était demeuré fidèle ; comme, en dépit des années, elle était encore jolie à l'époque où nous la retrouvons, la Saint-Alphonse continuait à être une femme à la mode.

Mademoiselle de Chamery entra chez madame Saint-Alphonse avec l'aisance d'une habituée, ne se fit pas annoncer, et s'étant bornée à demander à la femme de chambre si sa maîtresse était seule, elle alla droit à la chambre à coucher.

Madame Saint-Alphonse était encore au lit.

— Bonjour, chère, dit Andrée en jetant sur un sofa son manchon et ses gants, comment vas-tu ?

— Et toi ? dit madame Saint-Alphonse.

Elles se serrèrent la main.

Certes, si M. Roland de Clayet eût pu voir la prude mademoiselle de Chamery entrer chez une femme comme madame Saint-Alphonse, il eût été bien certainement fort désillusionné sur sa vertu, et n'aurait pas quelques heures plus tard joué le rôle de paladin et injurié son ami le vicomte Fabien d'Asmolles.

— Es-tu seule ? n'attends-tu que lui ? demanda Andrée.

— Oh ! sois tranquille, répondit madame Saint-Alphonse, j'ai défendu ma porte et on ne te verra point chez moi. Une femme qui va être baronne pour tout de bon...

— En es-tu sûre ?

— Belle question !

— C'est que, ma chère, poursuivit Andrée, je viens de congédier le baron.

— C'est hardi, mais sans danger.

— Il y a mieux, je lui ai parlé de mon futur mari comme si je l'avais déjà vu. J'ai dit qu'il était beau.

— C'est vrai. Il a le visage d'un mauvais sujet, mais il est charmant.

— Et tu es sûre qu'il acceptera?

— Les gens qui se noient s'accrochent à la main qui les sauve. Ce pauvre Chameroy ne sait plus où donner de la tête. Je l'attends à midi, ajouta madame Saint-Alphonse, et dans dix minutes il sera ici. Au premier coup de sonnette, tu passeras dans ce cabinet de toilette, d'où tu pourras voir et entendre sans être vue... Mais à propos, si tu as congédié le baron, que vas-tu faire de ce petit Roland?

— Oh! celui-là, dit Andrée d'un ton dégagé, ce sera facile.

— Il t'épouserait, Roland, et quand tu voudrais.

— Je le sais, et il y a trois jours j'y songeais sérieusement.

— Il a vingt mille livres de rente, il en aura trente à la mort de son oncle.

Andrée fit un signe de tête affirmatif.

— Je ne comprends pas, poursuivit madame Saint-Alphonse, que tu puisses lui préférer...

— Ma chère, dit mademoiselle de Chamery, depuis trois mois j'ai fait faire chaque jour à Roland un pas de plus sur la route du mariage. J'avais alors mon but. Le jour où tu m'as découvert le baron de Chameroy, m'apprenant qu'il était ruiné, poursuivi pour quelques misérables dettes, sous le coup d'une contrainte par corps, perdu de réputation et de vices, ce jour-là je me suis juré de faire de lui mon mari.

— Singulière fantaisie!

— J'ai mes projets, murmura Andrée, qui, on le voit, n'avait pas jugé prudent de mettre la Saint-Alphonse dans la confidence du testament.

Un coup de sonnette qui retentit dans l'antichambre interrompit la conversation des deux jeunes femmes.

— Vite! dit la Saint-Alphonse, faisant un signe à Andrée, prends ton manchon et passe par là...

Du doigt elle indiqua le cabinet de toilette.

Andrée s'y glissa, poussa la porte sur elle, et se plaça silencieusement dans un fauteuil roulé auprès de cette porte. De cet endroit elle pouvait, comme l'avait dit madame Saint-Alphonse, voir et entendre.

Une minute après, le personnage annoncé sous le nom du baron de Chameroy fut introduit. C'était un homme de vingt-huit à trente ans, d'une taille élégante, d'une physionomie fort belle, quoique fatiguée, et à laquelle les soucis, les chagrins et une précoce existence de viveur avait imprimé une sorte de cachet satanique.

Le baron était mis avec une élégance qui dissimulait mal sa pauvreté. Ses vêtements étaient de noble origine, mais déjà lustrés par l'usure; son chapeau rougissait vers les bords.

Andrée, qui l'examinait du fond de sa cachette avec une vive curiosité, remarqua cependant qu'il avait du linge éblouissant de blancheur et un pied merveilleusement chaussé. C'était, sans doute, la dernière coquetterie de ce gentilhomme à qui il ne restait plus de ressources.

— Bonjour, Edgard, lui dit la Saint-Alphonse en lui tendant la main, et l'accueillant avec un sourire qui trahissait d'anciennes relations.

— Bonjour, Anaïs, répondit-il. Comment vas-tu ?

— Très-bien; assieds-toi là près de moi. Nous avons beaucoup à causer.

Le baron s'assit.

— Ma chère Anaïs, dit-il, ton billet m'a un peu surpris. J'étais peu d'humeur à sortir et surtout à revoir mes anciens amis. Mais enfin, les termes en étaient si pressants... as-tu besoin de moi ?

— Oui, fit madame Saint-Alphonse d'un signe de tête.

— A propos, reprit le baron avec un sourire, si tu as de l'argent à me demander tu t'adresses mal. Je suis ruiné.

— Je le sais.

— Ah ! tu le sais ?

Elle lui prit la main avec cette bonté naturelle aux folles créatures de son espèce :

— Pauvre vieux, dit-elle, je sais aussi bien que toi,

m'eux que toi où tu en es. Depuis trois jours je t'ai fait suivre, épier, j'ai fouillé ta vie comme un agent de police.

Et tandis que M. de Chameroy faisait un geste de surprise :

— Écoute, Edgard, poursuivit-elle, tu as dix mille francs de lettres de change protestées et qui vont te conduire à Clichy ce soir ou demain.

— C'est vrai, murmura le jeune homme avec un soupir.

— Tu as dévoré cinq cent mille francs en huit ans, tu ne possèdes plus une perche de terre en Vendée, et ce qui est pis que tout cela, hier, à onze heures, tu as joué ton dernier louis et perdu sur parole, en outre, une misérable somme de quinze cents francs.

Le baron devint pâle.

— Il y a six mois, poursuivit la jeune femme, quand il te restait un soupçon d'opulence, les amis auraient fait queue à ta porte pour t'offrir dix mille écus si tu en avais eu besoin. Aujourd'hui, tu battrais tout Paris pour trouver quinze cents francs, et tu reviendrais bredouille.

— Hélas ! fit M. de Chameroy d'un air sombre.

— Or, continua madame Saint-Alphonse, je te connais, si tu ne paies pas ce soir, tu te brûleras la cervelle.

— J'y songe.

— Tu aurais mieux fait de songer à moi, ton ancienne amie, qui t'ai, du reste, autrefois croqué un bout de ton héritage.

— Ma chère, répondit M. de Chameroy avec tristesse, je suis descendu bien bas, il est vrai, plus bas même que tu le crois, mais...

— Bah ! ne fais pas la bégueule avec moi. Au reste, ce n'est pas pour ces quinze cents francs, que je te prêterai à intérêt, si tu veux, que je t'ai fait venir.

— Et pourquoi ?

— Je veux te sauver, je veux te donner dix-neuf mille livres de rente, et une femme de trente ans fort belle encore.

M. de Chameroy recula stupéfait.

— Je devine, dit-il enfin en baissant la tête.

— Ah ! mon cher enfant, répondit la Saint-Alphonse, il est bien certain qu'il y a quelques petites choses à dire, non sur la fortune, elle vient de bonne source, mais sur la femme.

— Et tu la connais ? fit le baron d'un ton singulier.

— Oui

— Diable ! murmura le gentilhomme ruiné, ceci demande réflexion.

— Tu n'as pas le temps de réfléchir. Un *oui* ou un *non*. Si tu dis oui, tu vas déjeuner avec moi, nous sortirons vers une heure et nous irons au *bois*. Nous y rencontrerons ta future femme et tu pourras la voir. A quatre heures, tu te présenteras chez elle et dans quinze jours vous serez mariés. Si tu dis *non*...

— Ma chère, répondit M. de Chameroy, à l'heure où je suis, entre le suicide et le déshonneur d'une part, et, de l'autre, un mariage qui est peut-être l'un et l'autre, je n'ai qu'une grâce à te demander.

— Laquelle?

— Tu me conduiras au bois, tu me montreras la femme en question, tu me raconteras son histoire en deux mots, et je te répondrai. Si j'accepte, j'irai tout droit chez elle. Si je refuse, je rentrerai chez moi où je me brûlerai la cervelle.

— Ta parole?

— Ma parole de gentilhomme, la seule chose à laquelle je n'aie pas encore menti. Quant à ma dette de jeu...

— Oh ! dit madame Saint-Alphonse en souriant, ne t'en préoccupe pas davantage, mon groom est allé de ta part, ce matin, chez ton débiteur. Il est payé.

M. de Chameroy eut un moment d'émotion :

— Les femmes valent donc encore quelque chose, murmura-t-il.

— Tiens ! fit la Saint-Alphonse, on ne laisse pas un ami se brûler la cervelle, surtout quand on lui a mangé quelques bribes de prairies, de futaies et de labourages en bonne terre vendéenne. A présent, va fumer un cigare dans le salon et envoie-moi ma femme de chambre, je vais m'habiller.

M. de Chameroy sortit.

Aussitôt madame Saint-Alphonse appela Andrée.

— Eh bien ! fit-elle.

— Il me plaît, dit Andrée. Il a un reste de fierté qui me va et m'effraye en même temps.

— Pourquoi?

— Peut-être refusera-t-il.

— Bah ! ma chère, dit madame Saint-Alphonse, tu es belle à tourner une meilleure tête que la sienne, et puis, un homme qui n'a d'autre ressource que celle de se brûler la cervelle, ferme les yeux sur le passé, afin de pouvoir envisager l'avenir.

— Je me sauve, dit Andrée, je vais passer par le couloir, traverser la cuisine et gagner l'escalier de service. A deux heures vous me trouverez au bois.

. . . .

Mademoiselle de Chamery s'esquiva. A deux heures, son landau croisa la calèche de madame Saint-Alphonse, et M. de Chameroy, ébloui de la beauté d'Andrée, dit à sa conductrice : — Ne me raconte rien, je ne veux rien savoir... *J'épouse!*

X

Faisons plus ample connaissance avec le vicomte Fabien d'Asmolles.

Fabien avait trente ans. C'était un homme de taille moyenne, d'une belle et mélancolique figure pleine de noblesse, à laquelle un nez droit, de grands yeux noirs et une barbe châtain clair, qu'il portait à l'italienne, donnait une expression de hardiesse calme et de volonté réfléchie.

Fabien était un de ces hommes mûris de bonne heure par l'isolement. Orphelin à seize ans, maître de sa fortune, M. d'Asmolles avait échappé à l'oisiveté et à l'existence ruineuse et vide des jeunes gens de son époque, par un goût prononcé pour l'étude et les voyages. Fabien avait voyagé pendant quatre ou cinq années. A vingt-quatre ans, il s'était fixé à Paris et y avait monté sa maison.

Fabien possédait soixante mille livres de rente environ.

Il habitait rue de Verneuil, à côté de l'hôtel de Chamery, un joli pavillon situé au fond du jardin d'un grand hôtel. Cet hôtel, la propriété du duc de L..., qui n'était point revenu à Paris depuis 1830 et vivait dans ses terres, complétement inhabité, restait confié à la garde d'un vieux suisse qui avait la faculté, cependant, de louer le pavillon, le jardin et les écuries.

Fabien s'était accommodé de tout cela.

Le jardin était vaste, planté de grands arbres, et plaisait à l'humeur sérieuse de M. d'Asmolles. Le pavillon se composait d'un rez-de-chaussée avec salon, salle de bain, fumoir, cabinet de travail, et d'un premier étage où Fabien avait installé sa chambre à coucher, un atelier de peinture, — car il peignait avec talent, — et une salle d'escrime.

Fabien sortait à cheval le matin, de bonne heure, et descendait la rue de Verneuil au pas. Ce n'était qu'au détour de cette rue qu'il laissait prendre le trot à son cheval. Quand il rentrait, il mettait la même lenteur dans son allure, à partir de l'angle de la rue du Bac.

Les gens qui, à Paris, s'occupent de tout, cherchent une cause déterminée à chaque événement, et qui avaient remarqué cette manœuvre, s'étaient creusé la tête et tourmenté la cervelle inutilement.

Cependant, au bout de quelques mois, un vieil acteur marié à une Dugazon de son âge, qui habitait le troisième d'une maison qui portait le numéro 3, et passait une grande partie de la matinée à fumer à sa fenêtre, avait fini par pénétrer le mystère. Il remarqua qu· le jeune sportman longeait toujours le trottoir de gauc..e, et arrivé au milieu de la rue, en face d'un bel hôtel, levait un peu la tête et paraissait diriger son regard vers le premier étage. Seulement, ce regard était si discret que les propriétaires de l'hôtel n'auraient certainement pas pu s'en offenser. Le mystère s'expliqua pour le vieux comédien et sa moitié. Il y avait sans doute, il y avait bien certainement derrière les croisées de cet hôtel une femme dont le vicomte Fabien d'Asmolles était amoureux. Or, cet hôtel était celui de la marquise de Chamery.

Chaque fois que le jeune homme passait, il sentait son cœur battre plus vite et l'émotion le gagner. C'était avec une sorte d'impatience et de tristesse que chaque semaine, depuis environ un an, Fabien voyait arriver le vendredi.

Le vendredi était le jour où les dames de Chamery étaient chez elles pour leurs amis. Et Fabien était de ce nombre.

C'est-à-dire que feu le vicomte d'Asmolles, son père, avait servi avec M. de Chamery, et que, à son arrivée à Paris, Fabien avait été accueilli par ce dernier comme s'il eût été son propre fils.

Lorsque Fabien vint à Paris pour la première fois Blanche de Chamery était une enfant... Elle avait sept ou huit ans.

Quand il fut de retour de ses voyages, l'enfant était devenu une jeune fille déjà mélancolique et charmante, déjà belle de cette beauté triste et un peu hautaine devant laquelle on s'inclinait avec respect. Mais Fabien, à cette époque, et bien qu'il eût près de vingt-cinq ans, Fabien ne la remarqua point.

Son tuteur, qui avait continué à gérer sa fortune tandis qu'il voyageait, venait enfin de lui rendre ses comptes et de le mettre en possession. Un peu étourdi de son indépendance, de sa vie nouvelle, du soin de monter sa maison et ses écuries, occupé par quelques amours faciles enfin, Fabien négligea l'hôtel de Chaméry pendant les trois premières années de son séjour à Paris.

Puis, un soir, il fut tout étonné de se sentir troublé sous le poids de l'angélique et doux regard de Blanche de Chamery. et ce fut alors que sans s'en avouer cependant le motif secret, il vint se loger rue de Verneuil, da ..s ce pavillon, situé à l'extrémité d'un jardin contigu au jardin de l'hôtel du marquis. Un mois après, Fabien aimait Blanche... Mais Fabien avait sur l'amour et le mariage des idées qui, bizarres à première vue, étaient cependant pleines de sagesse.

Le jour où il s'aperçut qu'il aimait mademoiselle de Chamery, elle venait d'accomplir sa dix-huitième année. Il avait, lui, vingt-neuf ans.

Tout autre, à sa place, se serait dit : — Je suis jeune, j'ai un nom, un visage sympathique, soixante mille livres de rente, et je suis maître de ma destinée. Je vais demander la main de Blanche, et je l'obtiendrai certainement.

Fabien raisonna tout autrement.

— Il est évident, se dit-il, que M. de Chamery ne me refusera point la main de sa fille. Or, Blanche de Chamery, en jeune fille honnête et soumise à la volonté de ses parents, m'acceptera pour époux. Ce n'est point ce que je veux. Je veux que Blanche m'aime.... Si elle m'aime, je l'épouserai. Si je n'ai pas su trouver le chemin de son cœur, je refoulerai mon amour au plus profond du mien.

Et s'étant tenu ce raisonnement chevaleresque, Fabien attendit ; seulement, ses visites devinrent moins rares à l'hôtel de Chamery ; et bientôt il lui sembla que Blanche se troublait et rougissait lorsqu'il arrivait.

Quelques jours de plus, peut-être, et Fabien eût risqué un aveu... Il eût pris les mains de Blanche et lui eût dit : — Croyez-vous que je puisse être l'homme fait pour vous rendre heureuse, celui qui passera sa vie à vos genoux et fera de votre bonheur sa préoccupation unique et constante ? Si vous le croyez, je vais aller trouver votre père et le supplier de m'appeler son fils.

Mais un événement imprévu vint renverser les projets du jeune homme, souffler sur ses espérances et les détruire impitoyablement. Un jour qu'il se présentait à l'hôtel de Chamery, Fabien rencontra le marquis. Ces dames étaient sorties, le marquis était seul.

Fabien connaissait parfaitement les bizarreries, les monomanies du marquis, bien que ni sa femme ni sa fille ne lui en eussent jamais ouvert la bouche. Il avait remarqué souvent l'humeur sombre de M. de Chamery, sa rare présence au salon, son goût d'isolement et sa tristesse ; mais il était loin de se douter, cependant, que depuis dix-huit années il n'eût jamais adressé, tête-à-tête, un mot à sa femme ni baisé sa fille au front. Or, ce jour-là, comme il montait avec la familiarité d'un ami de la maison le grand escalier de l'hôtel, et croyait trouver ces dames dans le boudoir de madame de Chamery, il rencontra le marquis.

— Bonjour, Fabien, bonjour, mon enfant, lui dit le marquis avec une sorte d'émotion inaccoutumée ; je suis heureux de te voir, d'autant plus...

Il s'arrêta et parut hésiter.

Fabien le regarda avec étonnement.

— D'autant plus, reprit le marquis faisant un effort sur lui-même, que depuis quelques jours je songe à t'entretenir fort sérieusement.

Le marquis remonta, conduisit Fabien dans un petit salon d'été, s'y enferma avec lui d'un air mystérieux, et lui dit : — Mon cher Fabien, tu es le fils de mon meilleur ami, et je t'aime comme mon enfant. Le crois-tu ?

— Je le crois, répondit Fabien, qui lut dans les yeux de M. de Chamery une affection presque paternelle.

— Eh bien ! poursuivit ce dernier, si tu crois à mon affection, tu demeureras persuadé, j'imagine, que je veux le bonheur de ta vie.

— Je le crois, répondit encore Fabien.

Et il se sentit ému.

— Ecoute, reprit le marquis, je crois, il m'a semblé que tu aimais Blanche.

— C'est vrai, murmura Fabien, qui tressaillit d'espérance.

— Eh bien! mon enfant, dit tristement M. de Chamery, il faut renoncer à cet amour.

Fabien recula stupéfait.

— J'exige de toi, au nom de ton père mort, au nom de l'affection que je te porte, au nom de l'honneur de ta race que tu dois continuer, j'exige, acheva le marquis, ta parole d'honneur que si je venais à mourir, tu ne la demanderais point à sa mère... car, fit-il avec une sorte d'ironie, puisque Blanche de Chamery est ma fille, elle ne pourra se marier sans mon consentement, et si elle devait t'épouser, ce consentement, je te le refuserais.

Fabien écoutait, anéanti.

— Mon enfant, acheva M. de Chamery, la cause de mon refus est un secret entre Dieu et moi. Ne cherche point à le pénétrer.

Le vicomte d'Asmolles sortit désespéré de l'hôtel de Chamery. Le lendemain il partit pour l'Italie et y passa un an, résolu à oublier son amour. Au bout d'un an, il revint plus épris qu'à son départ.

Pendant cette année, M. de Chamery était mort.

Fabien avait fait au marquis le serment qu'il avait exigé. Mais s'il renonçait à épouser Blanche, il ne pouvait renoncer à voir la marquise et sa fille. Il se présenta chez elles le lendemain de son arrivée, et les trouva en grand deuil. Le marquis était mort il y avait à peine trois mois. En voyant entrer Fabien, Blanche devint aussi pâle qu'une statue de marbre, et Fabien, qui la vit pâlir, comprit qu'il était toujours aimé. Un moment, le pauvre jeune homme, fidèle à son serment, — il avait renoncé cœur toujours à Blanche, — songea à quitter Paris de nouveau, à s'expatrier pour de longues années, et à ne revenir que le jour où mademoiselle de Chamery serait mariée à un autre et l'aurait oublié. Mais une noble et chevaleresque pensée le retint : — J'ai juré au marquis, se dit-il, de ne jamais épouser Blanche, mais je ne lui ai point promis de ne pas lui servir de frère. La mort de M. de Chamery laisse ces deux femmes sans protecteur, je leur en servirai, moi, je remplacerai ce fils disparu depuis tant d'années.

Blanche et sa mère avaient tu à Fabien les révélations du marquis mourant, touchant ce fils qu'on avait cru mort pendant si longtemps.

Donc, Fabien resta.

Seulement, autant pour éteindre dans le cœur de Blanche cet amour qu'il devinait que pour apaiser ses propres tortures, Fabien s'éloigna peu à peu, ostensiblement du moins ; il ne vint plus tous les jours, comme autrefois, et Blanche, froissée de cette réserve subite, ne fit rien pour le rappeler. Bientôt il se borna à une visite par semaine, se présenta régulièrement le vendredi, choisissant de préférence les heures où il était certain de rencontrer du monde. Mais chaque jour, à toute heure, dans l'ombre, Fabien veillait sur Blanche et sur sa mère. Chaque jour, en passant, il attachait un long et triste regard sur les croisées de l'hôtel ; chaque soir, se promenant dans le jardin qui entourait son pavillon, il prêtait l'oreille au pied du mur qui le séparait du jardin de l'hôtel de Chamery, espérant entendre la voix de Blanche causant avec sa mère. On comprend maintenant pourquoi à la question de Roland de Clayet : « Es-tu fiancé à mademoiselle de Chamery ? » Fabien avait répondu négativement avec un profond soupir.

On devine sans doute aussi quelle fatale erreur avait dicté la conduite du marquis de Chamery. D'abord, le sombre vieillard, convaincu, par la lettre posthume de l'abominable mère du marquis Hector, de la culpabilité de sa femme, avait nourri pendant dix-huit années une haine si profonde contre celle qu'il regardait comme l'enfant du crime, qu'il avait frémi d'indignation à la pensée d'une union probable entre elle et son cher Fabien, qu'il aimait comme un fils. Et puis, une autre pensée, fausse sans doute, mais moins égoïste, moins personnelle que la première, avait corroboré sa résolution : — La mère de Blanche m'a rendu le plus infortuné des hommes, s'était-il dit, or Fabien aurait le même sort que moi...

L'aveuglement du marquis avait donc été la seule cause de la brusque séparation des deux jeunes gens, et de l'obstacle que Fabien regardait comme insurmontable, lorsqu'un événement inattendu le vint renverser et vint apprendre au jeune homme que M. de Chamery, à son lit de mort, l'avait relevé de son serment et lui permettait d'épouser Blanche.

C'était le jour même où Fabien s'était battu avec son jeune et fol ami Roland de Clayet.

Fabien était rentré chez lui après avoir reçu du médecin, appelé en toute hâte, l'assurance que la blessure de Roland était sans gravité. Le vicomte fut très-étonné, en franchissant le seuil de l'hôtel qui précédait son pavillon, de voir accourir à lui un domestique de madame de Chamery.

— Ah! monsieur le vicomte, lui dit cet homme avec vivacité, venez, venez vite.

Fabien tressaillit.

— Mon Dieu! dit-il, qu'est-il arrivé?

— Madame la marquise est auprès du lit de mademoiselle Blanche, qui s'est trouvée mal ce matin, et, depuis une heure...

Fabien n'en écouta pas davantage. Il s'élança vers l'hôtel de Chamery, monta l'escalier en courant et se dirigea vers l'appartement de madame de Chamery. Sur le seuil, il trouva la marquise. Elle jeta un cri de joie, puis elle lui barra le passage.

— N'entrez pas! dit-elle, n'entrez pas!

— Mon Dieu! s'écria Fabien d'une voix étouffée, et le front couvert d'une pâleur mortelle; qu'allez-vous donc m'apprendre?

— Rien, lui dit la marquise, si ce n'est que Blanche s'est trouvée mal... mais elle va mieux .. beaucoup mieux déjà... Tenez, allez m'attendre au salon... je vous rejoins.

Fabien n'avait compris, n'avait entendu qu'une chose :
c'est que Blanche était malade, mourante peut-être. Il se
fit violence pour ne pas écarter madame de Chamery et
pénétrer de force dans la chambre à coucher de la jeune
fille... Mais comment résister à cette mère qui, les yeux
pleins de larmes, lui défendait la porte de son enfant? Il
courba le front et alla attendre au salon, en proie à une
anxiété mortelle.

Cinq minutes après, madame de Chamery l'y rejoignit.

Fabien était pris d'une sorte de tremblement convulsif
qui frappa la marquise.

— Ah! malheureux enfant, lui dit-elle, vous voulez
donc la tuer?

— Moi! exclama Fabien, qui eut peur de comprendre.

— Vous, dit la marquise. Vous vous êtes battu ce
matin.

— Madame...

— Oh! dit madame de Chamery, la femme d'un militaire et d'un gentilhomme comprend ces choses-là, et je
ne vais pas vous gronder... mais Blanche a appris que
vous alliez vous battre, ce matin même, au moment où
vous partiez avec vos témoins...

Fabien fit un geste d'étonnement.

— Vous savez bien, dit-elle, que les fenêtres de sa
chambre donnent sur le jardin, que par delà le mur du
jardin on aperçoit un coin de l'allée sablée du vôtre, allée
qui conduit à votre pavillon...

— Eh bien? murmura le pauvre Fabien éperdu.

— Eh bien! ce matin, la pauvre enfant s'est levée au
petit jour, prise d'une horrible migraine; elle a ouvert
sa fenêtre et s'y est accoudée. En ce moment même, avec
deux hommes, vous traversiez l'allée sablée. La tenue de
ces messieurs et une paire d'épées que vous portiez sous
le bras ne lui ont laissé aucun doute. Elle a compris que
vous alliez vous battre... De ma chambre placée au-dessous de la sienne j'ai entendu un bruit sourd qui m'a réveillé en sursaut. J'ai eu peur, j'ai sonné... Ma femme

de chambre, accourue en hâte, est montée chez Blanche. Je l'ai entendue appeler au secours. Alors, épouvantée, je suis montée à mon tour et j'ai trouvé ma pauvre Blanche évanouie, les dents serrées, les membres crispés et couchée sur le parquet. Elle était effrayante de pâleur, et j'ai cru qu'elle était morte... Un médecin est venu, il l'a rappelée à la vie. Elle a ouvert les yeux, m'a reconnue et s'est prise à fondre en larmes. Et puis le délire s'est emparé d'elle, — et avec le délire, j'ai tout appris, tout deviné... Elle a prononcé votre nom, parlé d'épées, de témoins, de duel...

Madame de Chamery s'arrêta et regarda Fabien.

Fabien s'appuyait défaillant au marbre de la cheminée.

— Ah! malheureux enfant, dit-elle enfin; mais ne comprenez-vous pas que Blanche vous aime, qu'elle vous aime depuis trois années, et que votre indifférence affectée la tue?

Le vicomte poussa un cri sourd, se cramponna à un siége pour ne point tomber et murmura : — Oh! mon serment... mon serment!...

— Mais, poursuivit madame de Chamery, vous aussi vous l'aimez, Fabien, vous l'aimez!... Oh! n'essayez pas de me tromper. Trompe-t-on le cœur et le regard d'une mère? Ne vous vois-je point en ce moment pâlir et trembler?... Fabien, mon ami, mon fils! s'écria d'un ton suppliant cette pauvre femme qui, sans doute, chaque jour, et depuis bien longtemps, voyait couler les larmes de sa fille et en savait la cause, voulez-vous donc tuer ma pauvre Blanche?

Et il y avait tant de désespoir et de noblesse à la fois dans l'accent de cette mère offrant sa fille à l'homme que sa fille aimait, et pour l'amour de qui celle-ci se mourait lentement, que Fabien tomba à genoux.

— Madame, madame, murmura-t-il, écoutez-moi... Je m'étais pourtant juré que j'ensevelirais mon secret au plus profond de mon cœur, que jamais un mot qui pût vous le faire soupçonner ne jaillirait de mes lèvres...

— Un secret?... balbutia la marquise.

I.   9

— Madame, dit Fabien d'une voix entrecoupée de sanglots, j'aime Blanche... et jamais elle ne sera ma femme.

— Mais pourquoi? pourquoi? demanda cette mère désolée.

— Parce que j'ai juré au marquis de Chamery votre époux que je lui obéirais.

Et comme madame de Chamery ne paraissait pas comprendre, Fabien lui raconta ce qui s'était passé entre lui et le marquis, et le serment que ce dernier avait exigé de lui, sans vouloir dire quel motif secret le faisait agir ainsi.

Mais, quand il eut fini en disant : — Vous le voyez bien, madame, ce n'est pas moi qui tue votre enfant, c'est la volonté de son père...

Madame de Chamery poussa un cri de joie :

— Ah! dit-elle, vous ne savez pas, mon ami, vous ne savez pas que M. de Chamery a changé d'opinion et de volonté à son lit de mort... vous ne savez pas... Oh! mon Dieu! s'interrompit la marquise en fondant en larmes, il faut donc tout lui dire.

Alors cette noble femme fit asseoir Fabien auprès d'elle et lui raconta ces dix-huit années de souffrances secrètes passées auprès de ce sombre vieillard qui paraissait avoir la mort au cœur, ses étranges caprices, sa vie pauvre et misérable au milieu de son opulence, et le dernier mot enfin de cette existence torturée, ce mot qui lui était échappé à son heure suprême.

Et alors aussi, Fabien comprit à son tour. Il comprit que M. de Chamery n'avait pas voulu que Blanche l'épousât, lui Fabien, parce qu'il croyait qu'elle n'était point sa fille... Et il comprit aussi qu'en reconnaissant son erreur, le malheureux père avait dû le relever de son serment.

Quand la marquise eut fini, Fabien prit respectueusement sa main et la baisa.

— Ma mère, dit-il simplement, voulez-vous que nous allions voir comment elle va?

— Venez, dit la marquise.

Quand ils entrèrent, la jeune fille, à qui on avait appris avec quelques ménagements que Fabien était revenu sain et sauf, la jeune fille, disons-nous, était plus calme, et belle s'efforça de lui sourire...

D'un signe, la marquise fit retirer tout le monde. Puis, quand elle fut seule avec Fabien et la malade, elle prit la main de la jeune fille et lui dit : — Mon enfant, tu as beaucoup à pardonner à Fabien, mais je t'assure qu'il est digne de ton pardon, et je lui ai accordé ta main, qu'il vient de me demander...

Mademoiselle de Chamery jeta un cri, et faillit s'évanouir de nouveau.

Mais Fabien la prit dans ses bras et lui dit : — Blanche, ma bien-aimée, ne savez-vous donc pas que je vous ai toujours aimée, et que ma vie entière est à vous ?

Quittons un moment l'hôtel de Chamery pour aller rue Saint-Florentin.

XI

On se souvient que ce fut ce jour-là même où M. Roland de Clayet s'était chevaleresquement battu pour la belle Andrée Brunot, dite de Chamery, que celle-ci s'était rendue d'abord chez madame Saint-Alphonse, où, du fond d'un cabinet de toilette, elle avait pu voir le baron de Chamery-Chameroy; puis au bois, où celui-ci devait la rencontrer. On sait que la voiture de madame Saint-Alphonse et celle d'Andrée s'étaient croisées dans les Champs-Élysées. On sait encore que la beauté de mademoiselle Brunot de Chamery l'avait emporté sur les derniers scrupules du gentilhomme ruiné et qu'il avait dit à madame Saint-Alphonse : — Je ne veux rien savoir, ne me dis rien, j'épouse, quand même...

Andrée, un coup-d'œil échangé avec madame Saint-Alphonse, était donc rentrée chez elle sur-le-champ, pour y attendre la visite du baron. Puis, en femme habile, elle avait fait une seconde toilette d'intérieur, ravissan négligé qui devait prendre d'assaut le cœur du baron.

Celui-ci fut d'une exactitude militaire. Il se présenta à trois heures précises et fut introduit par le groom dans le boudoir de mademoiselle de Chamery.

Pelotonnée comme une jolie chatte dans sa chauffeuse roulée à l'angle de la cheminée, Andrée le reçut avec un sourire, et d'un signe de main lui indiqua un siége placé vis-à-vis d'elle.

Le baron était ébloui de sa beauté, à laquelle le demi-jour qui régnait dans le boudoir conservait tout son prestige. Il lui baisa la main et s'assit. Puis, après un court moment de silence, mademoiselle de Chamery rompit ainsi la glace et entama la conversation :

— Monsieur le baron, dit-elle, nous sommes seuls et savons, moi ce qui vous amène, vous, ce que vous venez me dire ; nous pouvons donc supprimer toute espèce de préambule.

Le baron s'inclina.

— Vous venez pour me demander ma main. Moi, je suis résolue d'avance à vous l'accorder.

Le baron fit un léger signe de tête :

— Pardonnez-moi, reprit-elle, d'aller au fond de la question tout de suite. Vous alliez vous brûler la cervelle, vous préférez m'épouser, moi et mes dix-huit mille livres de rente.

— Madame, dit le baron en rougissant, vous eussiez dit vrai, il y a une heure. Maintenant, je vous épouse parce que, belle comme vous l'êtes, je sens bien que je vous aimerai comme un fou dans huit jours.

— Soit ! dit Andrée en souriant. A présent, il faut que vous sachiez pourquoi, moi, j'ai voulu vous épouser.

Chez ce gentilhomme avili, il y eut alors comme un reste de fierté qui se produisit et protesta par une mine railleuse. Un sourire qu'eût envié Voltaire glissa sur ses lèvres.

Mais ce sourire ne blessa point mademoiselle de Chamery. Elle se contenta de le regarder en face et de lui dire : — Vous vous trompez.

Et comme ces trois mots semblaient l'étonner, elle voulut lui prouver qu'elle avait compris sa pensée, formulée en un sourire, et elle continua simplement : — Il y a à Paris un jeune homme de vingt-trois ans, portant un beau nom sans tache aucune, riche de trente mille livres de rente, qui s'est battu pour moi ce matin et qui me demande ma main. Si vous voulez y bien réfléchir, monsieur le baron, vous êtes ruiné et endetté et le nom qui m'est offert vaut au moins le vôtre, vous comprendrez alors que j'ai, pour vous épouser, de meilleures raisons que celles qui poussent au mariage certaines femmes dont le passé a quelques coins un peu nébuleux.

Le baron s'inclina et laissa échapper un geste qui signifiait : « Alors, expliquez-vous, car je n'y comprends absolument plus rien. »

Andrée se reprit à sourire.

— Monsieur le baron, dit-elle, votre nom est pour moi toute une vengeance. Ma mère se nommait la marquise de Chamery, et en vous épousant je rentre par la grande porte dans la famille qui m'a reniée.

— Je comprends, murmura M. de Chameroy, qui se mordit les lèvres.

— Attendez...

— Qu'est-ce encore?

— Vous allez voir.

Et Andrée ouvrit un petit meuble qu'elle avait sous la main et en retira un papier jauni, mais parfaitement intact et renfermé dans une enveloppe dont le triple scel avait été brisé.

— Vous vous croyez ruiné? dit-elle.

— Je le suis.

— Vous vous trompez...

— Que voulez-vous dire?

— Tenez, dit-elle, regardez bien ce papier. Ce papier est un testament. Ce testament, contestable, du reste, et

9.

qui donnera matière à un procès, vous fera riche de cent mille livres de rente, si ce procès est gagné.

— Que dites-vous? s'écria le baron, qui étendit vers le testament une main fiévreuse.

Mais elle l'arrêta d'un geste impérieux.

— Ah! pardon, dit-elle, n'y touchez pas! Je le laisserais tomber au feu et je ne vous épouserais pas.

Et, joignant le geste à la parole, elle suspendit le testament au-dessus du feu ardent qui brûlait dans la cheminée, prête à l'y laisser choir si le baron essayait de le lui arracher.

M. de Chameroy comprit que mademoiselle Andrée Brunot ne livrait pas imprudemment ses secrets.

— Un instant, lui dit-elle, faisons nos conditions, s'il vous plaît.

— Je suis à vos ordres, dit le baron.

— Ce testament, poursuivit Andrée, moi seule en connais l'existence. Je puis l'anéantir, personne au monde ne pourra prouver qu'il a existé. Donc, bien qu'il vous concerne, il est ma propriété pour le moment.

— Eh bien! en échange, qu'exigez-vous de moi?

— Votre main et votre nom.

— C'est convenu, je vous épouse.

— Très-bien!

Et Andrée remit fort tranquillement le testament dans un petit meuble, qu'elle ferma à triple tour.

— Maintenant, monsieur le baron, dit-elle, quand nous serons mariés, le jour où nous reviendrons de l'église et où je serai baronne de Chamery-Chameroy, vous saurez quel était le testateur et vous pourrez prendre connaissance du testament. Mais, rappelez-vous bien, ajouta Andrée avec un sourire qui prouva au baron à quelle femme il avait affaire, rappelez-vous que le testament sera détruit le jour où, renonçant à m'épouser, vous tenteriez de vous en emparer.

— N'ayez aucune crainte, répondit M. de Chameroy, qui prit la main d'Andrée et la porta à ses lèvres ; je veux vous épouser, et vous serez baronne avant quinze jours.

— A nous deux donc, altière marquise de Chamery, murmura l'impure fille avec l'accent d'une joie sauvage. Je vous chasserai un jour de votre hôtel.

. . . .

Quinze jours s'étaient écoulés depuis celui où Fabien l'Asmolles avait appris les révélations faites à son lit de mort par le marquis de Chamery, — révélations qui le relevaient de son serment et lui permettaient d'épouser Blanche. La première moitié de cette quinzaine avait été calme comme une lune de miel. Il avait été convenu qu'on attendrait un an, — et on touchait à la fin du onzième mois, — après la mort de M. de Chamery, pour célébrer le mariage de sa fille avec le vicomte Fabien l'Asmolles.

Hélas! La pauvre marquise n'avait pu s'empêcher de soupirer en songeant à cet enfant attendu depuis si longtemps, et qui ne revenait point encore, bien que depuis onze mois il eût été rappelé. En effet, le lendemain des funérailles de M. de Chamery, la marquise avait écrit à son fils, adressant sa lettre à l'amirauté anglaise. Cette lettre avait dû partir par la malle de l'Inde, laquelle, on le sait, fait le voyage en un mois. En admettant que le jeune officier n'eût pu partir tout de suite, eût pris deux mois pour quitter le pays, il avait dû cependant s'embarquer quatre mois après la mort de son père, et par conséquent être en mer depuis sept.

Et pourtant, madame de Chamery n'avait reçu aucune nouvelle.

La pauvre femme avait, du reste, cru pendant si longtemps au trépas de son fils, qu'elle osait à peine maintenant croire à son existence. Aussi avait-elle, ainsi que sa fille, gardé le plus profond silence sur les révélations du marquis.

Pour Paris entier, le jeune de Chamery était mort.

On le comprendra aisément, la marquise avait éprouvé une pénible répugnance à divulguer, même à ses plus intimes amis, le secret que M. de Chamery avait gardé pendant dix-huit années. Il eût fallu, pour cela, expliquer les soupçons injustes du défunt, l'infâme conduite de la marquise douairière de Chamery et entrer dans une foule de détails qui blessaient la fierté de la marquise.

Fabien seul, depuis le jour où il avait été décidé qu'il épouserait Blanche, Fabien avait été initié à ce mystère.

Madame de Chamery, sa fille et lui, résolus à taire ce secret jusqu'à l'arrivée du marin, s'étaient promis d'arranger un petit roman qui put être adopté par le monde, une histoire d'enfant boudeur exalté qui fuit un jour le toit paternel, que des saltimbanques rencontrent et font mousse sur le premier navire anglais qu'ils trouvent disposé à compléter son équipage, au moyen de ce que, en Angleterre, on appelle la *presse*. On comprend donc que le jeune Albert-Honoré de Chamery étant mort pour Paris entier, même après le décès du marquis, mademoiselle Andrée Brunot eût songé à faire valoir le testament du chevalier de Chamery et à épouser le baron de Chamery-Chameroy.

Or, quand le mariage de Blanche et de Fabien eut été fixé, la pauvre mère, qui venait d'assurer le bonheur de l'un de ses enfants, songea à cet autre, après le retour duquel elle soupirait depuis longtemps.

Le marquis, avant de mourir, lui avait confié qu'il recevait régulièrement tous les ans une note de la Compagnie des Indes, note transmise au conseil d'amirauté sur son fils. La dernière était parvenue au marquis trois mois environ avant sa mort. Donc, si malheur était advenu au jeune Albert-Frédéric-Honoré de Chamery, enseigne de vaisseau de la marine anglaise, ce ne pouvait être que depuis quinze ou dix-huit mois environ.

Fabien avait donc donné à la marquise le conseil d'écrire de nouveau, non plus à son fils, mais au secrétaire de l'amirauté à Londres. Il fallait dix ou douze jours pour obtenir une réponse. Ces dix jours, Fabien les passa tout entiers à l'hôtel de Chamery, avec sa fiancée, auprès de la marquise, qui, on le sait, souffrait depuis longtemps d'une maladie de langueur. Il semblait même que depuis la crise nerveuse et l'évanouissement de Blanche, le matin du duel de Fabien, l'état de la marquise eût empiré par suite de l'émotion violente qu'elle avait éprouvée. Le médecin de la maison avait même dit un soir à Fabien :

— Madame de Chamery est malade, plus malade qu'on né croit. Une émotion trop vive, une catastrophe imprévue, suffiraient pour la tuer.

Cependant M. d'Asmolles, au bout de huit ou dix jours, pendant lesquels il n'était sorti de chez lui que pour aller à l'hôtel de Chamery, se prit à songer à son ami Roland de Clayet.

— Il faut pourtant, se dit-il, que je sache comment va ce pauvre garçon.

Et il demanda à Blanche un congé de quelques heures, et se rendit en phaéton rue de Provence.

Roland, ainsi que l'avait annoncé le médecin, allait beaucoup mieux, physiquement du moins.

Fabien le trouva levé, enveloppé dans sa robe de chambre et assis au coin de son feu.

— Monsieur et cher adversaire, lui dit le vicomte en entrant, ne vous étonnez pas de ma visite. Vous savez qu'elle est dans les usages du duel.

Fabien s'attendait à un accueil glacial, mais Roland lui tendit vivement la main.

— Ami, lui dit-il, j'ai été fou, sot et ingrat, mais Dieu me punit cruellement. Veux-tu me pardonner?

Fabien se prit à sourire :

— Es-tu déjà guéri? fit-il.

— Oui, répondit Roland.

Et il tendit un billet à Fabien.

C'était le billet d'Andrée que Roland avait reçu huit heures après sa rencontre avec Fabien. On se souvient des termes glacés dans lesquels elle lui donnait son congé.

— Tu vois, dit le vicomte après avoir lu cette épître, que j'ai bien fait de t'endommager un peu la peau.

— Tu crois?

— Parbleu ! si tu m'eusses tué, les choses se fussent passées autrement.

— Ah ! dit Roland surpris.

— Andrée, poursuivit Fabien, serait arrivée ici une heure après et t'aurait dit : La preuve d'amour que vous venez de me donner ne me permet pas de vous refuser ma main plus longtemps.

Roland secoua la tête.

— Attends donc, reprit Fabien, qui se méprit à ce signe négatif. Tu as été blessé, la face des choses change. Andrée, en diplomate habile, attend ta convalescence ; elle est persuadée que son poulet a irrité ton amour, et elle compte sur ta prochaine visite. Elle te voit déjà à ses pieds, implorant ton pardon, la suppliant de t'accorder sa main...

— Tu te trompes, interrompit Roland.

— Allons donc !

— Vois plutôt...

Et Roland étendit la main vers un guéridon voisin.

— Lis cette lettre de faire part, dit-il.

Fabien prit la lettre et demeura stupéfait.

Elle était imprimée et conçue en ces termes :

« Monsieur le baron de Chamery-Chameroy a l'hon-
« neur de vous faire part de son mariage avec mademoi-
« selle Andrée Brunot de Chamery, et vous prie d'assister
« à la bénédiction nuptiale qui leur sera donnée le... »

La lettre portait la date du jour.

Andrée était allée vite en besogne. Son mariage avait été célébré le matin même.

Fabien en demeura tout étourdi.

— Ah ça, dit-il après un moment de silence, il y a dans tout cela quelque chose d'extraordinaire.

— Quoi ? demanda Roland.

— As-tu sérieusement demandé à Andrée si elle voulait t'épouser ?

— Oui.

— Et elle t'a refusé ?

— A peu près. La veille de notre rencontre, elle m'a demandé huit jours de réflexion.

— C'est bizarre...

— Pourquoi?

— Parce que tu es un homme d'honneur, de bonne maison, riche de vingt mille livres de rente et de quelques espérances, et que une drôlesse comme Andrée ne pouvait espérer autant.

— Peut-être...

— Or, continua Fabien, ce que je ne comprends pas, ce qui doit cacher quelque infamie de sa part, c'est le choix qu'elle a fait de ce baron de Chameroy.

— Ah! tu le connais? dit Roland avec curiosité.

— C'est un homme perdu de dettes, un vaurien sans honneur, un misérable qui n'a plus même le respect du nom qu'il porte.

— C'est bizarre... dit à son tour Roland.

Et Fabien eut alors comme le pressentiment d'un malheur qui planait sur sa Blanche bien-aimée; car il savait de quelle haine jalouse cette odieuse fille, qui se faisait nommer mademoiselle de Chamery, enveloppait la marquise et sa fille. Ce fut l'esprit en proie à de vagues inquiétudes qu'il rentra à l'hôtel de Chamery vers cinq heures. Il y dînait presque tous les jours.

— Le docteur est venu, lui dit Blanche; il a trouvé maman souffrante et l'a engagée à prendre un peu de repos... Elle dort.

— Ah! dit Fabien inquiet.

— Mais elle veut absolument qu'on l'éveille pour l'heure du dîner. Je le lui ai promis.

Blanche achevait à peine que madame de Chamery parut.

Fabien lui baisa la main.

— Eh bien! mon enfant, lui dit-elle, comment va votre ami?

— Très-bien! beaucoup mieux, du moins, répondit Fabien.

Et on se mit à table, et après être demeurée un instant rêveuse, la marquise reprit :

— Voici aujourd'hui le dixième jour que ma lettre est partie pour Londres.

— Demain, répliqua Fabien, nous aurons une réponse de l'amirauté.

— Je ne sais, murmura la marquise, mais j'ai d'affreux pressentiments...

— Oh ! mère, fit Blanche d'un ton de reproche.

— Mon pauvre enfant ! soupira madame de Chamery, s'il lui était arrivé malheur !...

— Madame, dit Fabien, chassez de telles idées.

— Un naufrage...

— Oh ! dit Fabien en souriant, les marins ne font pas naufrage à leur dernière campagne... et ce sera la dernière d'Albert, n'est-ce pas ?

— Certes ! dit Blanche. Quand nous l'aurons, ce cher frère, nous ne le laisserons plus repartir...

— Je crois bien, murmura le vicomte, et puis, est-ce qu'un Chamery sert l'Angleterre ?

Et les deux jeunes gens fondèrent de si beaux projets, de si belles espérances sur le retour prochain du jeune marquis de Chamery, qu'ils ramenèrent un sourire sur les lèvres de la pauvre mère et un peu de joie dans son cœur.

Après le dîner, cependant, Fabien jugea convenable d'apprendre à la marquise le mariage d'Andrée. Il attendit pour cela que Blanche fût sortie de la salle à manger et eût passé au salon, où, chaque soir, après le dîner, elle se mettait au piano.

— Madame, dit Fabien à la marquise, j'ai appris aujourd'hui quelque chose de bien extraordinaire.

La marquise parut étonnée.

— Cette malheureuse femme, poursuivit Fabien, à qui vous faites une pension...

— Andrée ? dit la marquise.

— Oui, fit le jeune homme.

— Peut-être allez-vous m'apprendre quelque nouvelle

infamie de cette créature, dit madame de Chamery avec plus de tristesse que de dédain.

— Andrée est mariée, dit Fabien.

— Mariée !

Et après un moment de stupéfaction, madame de Chamery ajouta : — Et qui donc a pu épouser cette malheureuse enfant?

— Un homme dont l'honneur était avarié, répondit Fabien, M. le baron de Chamery-Chameroy a épousé mademoiselle Andrée Brunot ce matin même.

La marquise leva les yeux au ciel avec une expression de douleur.

— Mon Dieu ! dit-elle, comme les races dégénèrent ! Un Chamery-Chameroy... notre dernier parent... épouser cette fille perdue !

— Madame, reprit Fabien, vous savez que les ténèbres haïssent la lumière, que la fange insulte à l'azur du ciel, et que cette créature comblée de vos bienfaits...

— Ah! dit la marquise, je sais qu'elle nous hait de toute la haine que le vice porte à la vertu... Elle a dû être bien heureuse de trouver un homme qui lui donne enfin le nom qu'elle avait volé...

Madame de Chamery fut interrompue par l'arrivée d'un domestique apportant une carte.

— La personne, dit le valet, demande à être introduite auprès de madame la marquise le plus tôt possible.

La marquise prit la carte et lut :

M. Rossignol, avocat.

— Ce nom m'est inconnu, dit-elle. N'importe, faites entrer.

Fabien voulut se retirer.

— Restez, mon enfant, lui dit la marquise, n'êtes-vous pas déjà mon fils, et puis-je avoir des secrets pour vous ?

M. Rossignol, ce crasseux et louche personnage que nous avons déjà entrevu chez Andrée, fut alors introduit.

XII

Mᵉ Rossignol avait, grâce aux avances de la demoiselle Brunot, considérablement modifié son enveloppe et
dépouillé son habit graisseux et montrant la corde, son
chapeau aux bords rougis et ses chaussures éculées. Le
petit homme était mis comme un avocat sérieux qui se
fait cent mille francs par an au palais. Il avait un bel
habit tout neuf, du linge blanc, une belle cravate bien
empesée et des bottes vernies sous un pantalon de casimir
noir. Le cuistre portait, comme toujours, son ample portefeuille sous le bras, mais il avait des gants et s'appuyait
sur un jonc à pomme d'or. Derrière ses lunettes, ses petits yeux brillaient d'une joie méchante — et il salua la
marquise d'une façon dégagée qui donna envie à Fabien
de le jeter par la fenêtre.

— Que peut nous vouloir cet oiseau de mauvais augure? pensa le vicomte.

— Madame la marquise de Chamery? demanda Mᵉ Rossignol.

— C'est moi, répondit la marquise en l'invitant à s'asseoir. Que puis-je pour vous? ajouta-t-elle avec le ton
poli et l'aisance de la grande dame.

— Madame la marquise, répondit le drôle, je suis l'a-
vocat de M. le baron de Chamery-Chameroy, votre cousin, et de madame la baronne de Chamery-Chameroy,
votre cousine...

Il appuya sur ces derniers mots avec une désobligeance
marquée.

— Continuez, monsieur! fit la marquise avec hauteur.

Mᵉ Rossignol poursuivit :

— Avant d'entreprendre un procès où vous perdrez
bien certainement votre fortune entière, M. le baron de
Chamery-Chameroy, mon client, a cru convenable de
vous faire proposer une transaction...

— Un procès... une transaction... ma fortune? murmura madame de Chamery au comble de l'étonnement.

Et se tournant vers Fabien :

— Je crois, dit-elle, que cet homme est fou.

— Pardon, ricana Mᵉ Rossignol avec insolence, vous allez bien voir le contraire !

Un moment il prit fantaisie à Fabien de saisir M. Rossignol par le bras, d'appeler deux laquais et de le faire mettre à la porte, mais il se contint.

— Oui, madame, continua l'homme d'affaires en se carrant dans son fauteuil, tandis que madame de Chamery le regardait avec stupeur, si ce procès s'entame, vous le perdrez, et la perte de ce procès, c'est la ruine entière, totale, absolue de mademoiselle Blanche.

— Monsieur, interrompit la marquise avec dignité, je n'ai jamais entendu nommer ma fille par son prénom devant moi, et par un inconnu que j'ai tout lieu de croire fou.

— Mille excuses, dit Rossignol, c'est mademoiselle de Chamery que je voulais dire ; mais ça ne fait rien, vous allez voir.

Fabien, jusque-là immobile et muet, se trouva alors à bout de patience. Il vint à Rossignol et le toisa des pieds à la tête.

— Monsieur, lui dit-il d'un ton sec, veuillez vous expliquer nettement et surtout plus respectueusement.

M. Rossignol supporta le regard irrité de Fabien.

— Pardon, lui dit-il, mais je ne vous connais pas et ce n'est pas à vous...

— Insolent !

— Monsieur, dit sans se déconcerter Mᵉ Rossignol, je n'ai pas l'honneur de vous connaître.

— Attendez, répondit Fabien, je vais vous dire qui je suis.

— Voyons ? dit ironiquement le misérable, tandis que la marquise demeurait pétrifiée de tant d'audace.

— Je suis le vicomte Fabien d'Asmolles ; j'épouse dans

un mois mademoiselle Blanche de Chamery, et je vais vous faire jeter par la fenêtre, répondit Fabien.

— Faites, dit M⁰ Rossignol avec tranquillité, mais vous aurez ruiné votre fiancée...

Et, dans cette réponse, cet homme mit une telle assurance, une telle conviction, que Fabien tressaillit et réprima sur-le-champ son irritation.

— Parlez, dit-il, je vous écoute.

— Ah! fit le cuistre, à la bonne heure, on pourra s'expliquer.

Et quelque dégoût qu'il leur inspirât, la marquise et Fabien s'étant résignés à l'entendre, tous deux gardèrent le silence.

— Madame la marquise, reprit alors M⁰ Rossignol, M. le baron de Chamery-Chameroy a épousé ce matin votre cousine...

— Pardon, monsieur, interrompit madame de Chamery avec dignité, je n'ai jamais reconnu cette parenté que vous établissez entre la demoiselle Andrée Brunot et moi.

— Soit, dit M⁰ Rossignol. Cela ne fait rien à l'affaire. Le baron a donc épousé ce matin mademoiselle de Chamery...

— Brunot, rectifia la marquise.

— Va pour Brunot. Mademoiselle Andrée Brunot a apporté en dot à M. le baron dix-neuf mille livres de rente et un testament...

— Un testament? exclama Fabien.

— Un testament de M. le chevalier de Chamery, oncle de M. le marquis Hector de Chamery, dont vous avez hérité. Et voici la copie de ce testament.

Alors, tandis que l'étonnement de la marquise et de Fabien allait croissant, M⁰ Rossignol tira une liasse de papiers de son portefeuille, chercha parmi eux la copie du testament et la lut tout haut.

Madame de Chamery n'avait jamais eu connaissance de l'existence de cette pièce. Elle pouvait donc, jusqu'à un certain point, la croire fausse. En second lieu, elle savait que son fils vivait, et, par conséquent, l'existence de son fils annulait et réduisait à néant ce testament, fut-il de quelque valeur.

Et cependant, cette lecture fit une telle impression sur sa nature maladive, sur son organisation délicate et nerveuse, qu'elle faillit s'évanouir et jeta un cri.

Fabien la soutint dans ses bras.

— Or donc, continua M⁰ Rossignol pressé de poser des conclusions, et sans égard pour la défaillance de la marquise ; or donc M. Albert-Frédéric-Honoré de Chamery étant mort...

Ce mot produisit un effet sublime sur la marquise.

— Mort ! dit-elle ; vous prétendez que mon fils est mort ?

Et elle se dressa échevelée, l'œil en feu, les lèvres crispées, et regarda cet homme comme s'il eût été le meurtrier de son fils.

— Qui vous l'a dit ? comment le savez-vous ?...

— Dame ! ricana M⁰ Rossignol un peu intimidé et jugeant prudent de ne pas aller plus loin, depuis dix-huit années, ce me semble...

Mais, à ces derniers mots, un cri de joie s'échappa de la poitrine de la marquise, elle retomba brisée, mais triomphante, dans les bras de Fabien.

— Ah ! dit-elle à ce dernier, chassez donc cet homme, Fabien, chassez-le...; il ne sait pas que mon fils n'est pas mort, que mon fils va venir, que nous l'attendons !

— Pauvre femme ! murmura M⁰ Rossignol, qui crut à un accès de folie, c'est la douleur qui l'égare.

Mais en ce moment la porte s'ouvrit, et Blanche de Chamery entra.

— Maman ! maman ! disait-elle, une lettre de Londres, une lettre avec le cachet de l'Amirauté.

Ces derniers mots rendirent à la marquise une énergie factice.

Une fois encore elle se releva, jeta un regard de mépris et de triomphe à l'émissaire de mademoiselle Andrée Brunot, et lui dit : — Tenez ! tenez ! voilà des nouvelles de mon fils... Vous allez bien voir qu'il n'est pas mort.

Elle s'empara de la lettre que lui apportait Blanche.

10.

Puis, au moment de rompre le cachet, elle se prit à trembler; elle hésita; son cœur battit :

— Mon Dieu! mon Dieu! murmura-t-elle, mon Dieu! je n'ose pas.

Fabien lui prit la lettre des mains et l'ouvrit.

Cette lettre était signée d'un commissaire de l'Amirauté.

Fabien la parcourut d'abord rapidement, puis son front plissé par l'inquiétude se dérida soudain :

— Albert est arrivé à Londres, dit-il.

Cette phrase fit jaillir un cri de joie des lèvres de la marquise et de celles de sa fille. En même temps Me Rossignol se sentit fort mal à son aise.

Un moment même il songea à gagner tout doucement la porte.

Mais Fabien, qui devina cette intention en le voyant se lever, l'arrêta d'un regard.

— Attendez donc, monsieur, dit-il, ne faut-il pas que M. le baron de Chamery, votre client, sache à quoi s'en tenir?

La lettre émanée de l'Amirauté, et dans laquelle Fabien n'avait vu qu'une chose, c'est-à-dire l'arrivée à Londres de M. Albert de Chamery, était conçue dans les termes suivants :

« Madame la marquise,

« Chargé par lord... de rechercher dans les archives et les correspondances de l'Amirauté les renseignements que vous lui demandiez relativement à M. votre fils, je m'empresse de vous les transmettre.

« M. le marquis Albert-Frédéric-Honoré de Chamery a donné sa démission d'enseigne de la marine anglaise au service de la Compagnie des Indes, le 8 avril de l'année dernière.

« Cette démission, adressée au conseil de l'Amirauté, a été acceptée.

« La nouvelle en est parvenue à M. de Chamery, qui s'est embarqué sur-le-champ pour l'Europe, à bord d'un brick de commerce. M. de Chamery est arrivé à Londres le 5 novembre de la même année, et s'est présenté, si j'en crois les registres de l'Amirauté, le même jour, dans les bureaux de la marine, où ses papiers ont été visés. »

— Mon Dieu! interrompit la marquise, le 5 novembre! et nous sommes en février... Il a donc mis quatre mois à venir de Londres à Paris?

— C'est étrange, en effet, murmura Fabien.

Et il poursuivit :

« M. de Chamery a dû s'embarquer pour la France à bord d'un navire français, la *Mouette*. »

— La *Mouette*? dit Rossignol, le brick la *Mouette*?

— Eh bien! fit M. d'Asmolles, après?

— Mais alors, s'écria Rossignol avec une joie impudente et sauvage, mais alors, s'il s'est embarqué sur la *Mouette*, il est mort, votre fils... La *Mouette* s'est perdue corps et biens, il y a trois mois, en allant de Liverpool au Havre.

Madame de Chamery poussa un cri et tomba inanimée dans les bras de sa fille.

Le misérable l'avait frappée à mort.

Ce qui se passa alors est impossible à redire. D'une part, on vit Blanche de Chamery, éperdue, soutenir sa mère et appeler au secours en se suspendant au cordon d'une sonnette. De l'autre, Fabien d'Asmolles, qui s'était précipité sur Rossignol et l'avait saisi à la gorge :

— Ah! misérable! dit-il avec la rage du désespoir; misérable! tu viens de tuer madame de Chamery et tu mérites l'échafaud, assassin!

— Lâchez-moi! hurla Rossignol, je soutiens ce que j'ai dit, la *Mouette* s'est perdue corps et biens... Personne n'a échappé, entendez-vous? personne... Et mon client, M. le baron de Chamery, gagnera son procès... Vous verrez comment je me nomme...

Rossignol n'acheva pas.

Au coup de sonnette de Blanche, plusieurs domestiques accoururent.

Fabien leur jeta l'homme de chicane, qui se débattait en hurlant.

— Emportez cet homme, ordonna-t-il, emportez-le
et rouez-le de coups ! Faites-le périr sous le bâton, il vient
de tuer votre maîtresse !

Deux laquais se ruèrent sur Rossignol, l'étreignirent,
lui mirent la main sur la bouche et le saisirent à la gorge
pour étouffer ses cris. Puis ils allaient l'entraîner et obéir
à la lettre aux ordres de Fabien, tandis que les autres
serviteurs s'empressaient auprès de madame de Chamery
évanouie, lorsqu'un nouveau personnage se montra tout
à coup sur le seuil.

C'était un jeune homme. Un jeune homme de vingt-
huit ans environ, grand, mince, aux cheveux blonds, au
teint légèrement bruni par le soleil des tropiques. Il portait l'uniforme de petite tenue de la marine anglaise, et
malgré le trouble extraordinaire où ils étaient tous les
deux, Blanche et Fabien, à la vue de cet uniforme, étouf-
fèrent une exclamation de surprise et comme un cri d'angoisse et de joie en même temps.

N'était-ce point là cet homme dont à l'heure même
Rossignol venait d'annoncer la mort et qui apparaissait
comme un fantôme pour lui donner un démenti ?

Ce jeune homme s'arrêta gravement sur le seuil et regarda Rossignol.

— Est-ce là cet homme, dit-il, qui prétend que tous
les passagers de la *Mouette* sont morts ?

— Oui, tous... balbutia Rossignol d'une voix étranglée.

— Excepté moi, Albert-Frédéric-Honoré de Chamery,
dit le jeune homme.

Deux cris de joie, une exclamation de rage et d'effroi,
retentirent en même temps.

Fabien et Blanche s'étaient élancés vers le marin. Rossignol voulait fuir.

— Chamery, mon frère ! dit alors Fabien d'Asmolles,
cet homme vient de tuer votre mère.

Le marin se précipita dans la chambre voisine, où déjà
Blanche l'avait précédé.

— Ma mère ! ma mère ! murmura-t-il.

Madame de Chamery était toujours évanouie.

On envoya chercher un médecin.

Le médecin accourut, lui prodigua ses soins, la fit revenir à elle.

Mais, ainsi que l'avait dit Fabien, Rossignol avait frappé à mort cette organisation frêle et maladive déjà.

La marquise, ayant repris ses sens, promena un regard égaré autour· d'elle, un regard brillant de fièvre et de délire, et elle ne reconnut ni Blanche, ni Fabien, ni ce fils plein de jeunesse et de vie pour lequel elle mourait. Elle les regarda en riant, et le délire la prit, un délire qui dura plusieurs heures et ne fit place qu'à une sorte de torpeur et d'insensibilité qui ne lui permit pas de reconnaître son fils...

— Madame la marquise, dirent les médecins appelés, ne passera pas la nuit.

Vers trois heures du matin, madame de Chamery mourut sans avoir recouvré la raison et pu bénir Fabien, sa fille et le jeune marin agenouillés, en pleurs, au pied de son lit.

A quarante-huit heures de là, deux hommes, se tenant par la main, silencieux et graves, revenaient à pied du cimetière du Sud, où ils avaient conduit madame la marquise de Chamery à sa dernière demeure, dans un caveau de famille.

C'étaient le vicomte Fabien d'Asmolles et ce jeune homme arrivé pour recueillir le dernier souffle de celle qu'il disait être sa mère.

Ils descendirent ainsi des hauteurs de Montparnasse jusqu'à la rue de Verneuil. Mais là, le marin regarda fixement Fabien.

— Mon ami, mon frère, car tu le seras, Fabien, dit-il d'une voix affectueuse, et tu feras le bonheur de notre Blanche bien-aimée...

— Oh ! oui, murmura Fabien ému.

— Eh bien ! continua le marin, tu vas m'accompagner... il me reste un dernier devoir à remplir.

Fabien tressaillit.

— Il est un homme, poursuivit le compagnon de Fa-

bien, un gentilhomme sans honneur, qui, non conten'
de prostituer son nom à une fille perdue, a épousé le
rancunes de cette fille, sa haine de notre maison, et ce
homme a tué notre mère.

— C'est vrai, dit Fabien.

— Cet homme, je vais le tuer.

— Soit! fit simplement le vicomte.

Et tous deux se rendirent rue Saint-Florentin, où le
baron de Chamery-Chameroy s'était installé après son
mariage, peu soucieux de savoir d'où provenait le
luxueux mobilier de mademoiselle Andrée Brunot.

XIII

On le devine, cet homme qui était apparu à l'hôtel de
la rue de Verneuil, au moment où Rossignol s'écriait que
tous les passagers de la *Mouette* avaient péri ; cet homme
qui s'annonçait comme Albert de Chamery, qui avait
sanglotté en fermant les yeux à la marquise ; que Fabien,
au cimetière, avait été obligé de soutenir pour l'empêcher de se trouver mal, cet homme enfin qui voulait tuer
le baron de Chamery-Chameroy, c'était Rocambole.

Jamais imposteur n'était entré dans une famille au
milieu de circonstances plus dramatiques, plus saisis-
santes et dans les meilleures conditions. Il arrivait au
moment où sa prétendue mère se mourait, et il donnait
toutes les marques du plus profond, du plus sincère désespoir.

Lorsque le véritable Albert de Chamery avait disparu,
Blanche, sa sœur, était au maillot. Il n'y avait plus à
l'hôtel aucun des serviteurs qui s'y trouvaient lors de
cette disparition. Enfin la marquise était morte sans recouvrer ses facultés. Quant à Fabien, on s'en souvient, il
était venu la première fois à Paris, il y avait douze ou
treize années seulement.

Or, en le voyant muni des papiers du véritable marquis Albert de Chamery, qui donc eût pu nier l'identité de Rocambole?

D'ailleurs, l'élève de sir Williams était devenu, quant aux formes, un gentleman accompli. Celui qui s'était nommé tour à tour le vicomte de Cambolh, le marquis on Inigo de Los Montes, sir Arthur Rocambo, gentilhomme anglo-indien, avait fini par acquérir des habitudes, des manières véritablement aristocratiques, — et un vrai gentilhomme devait s'y tromper.

C'est ce qui arriva à Fabien.

Le vicomte d'Asmolles, tout entier, du reste, à la douceur de Blanche de Chamery, qui devenait la sienne, ne douta pas un seul instant qu'il eût près de lui le vrai marquis de Chamery.

Rocambole avait trouvé un roman fort simple pour expliquer comment, échappé par miracle au désastre de la *Mouette*, il n'arrivait à Paris que trois mois après ce désastre.

Au moment où la *Mouette* touchait, il avait compris, en marin, que tout était perdu, et il s'était jeté à la mer. Mais la *Mouette* avait touché loin de terre, et si bon nageur qu'il fût, il avait fini par se cramponner à un débris du navire, et recommander son âme à Dieu, tandis qu'une lame l'engloutissait. A partir de ce moment, le jeune homme prétendait avoir perdu connaissance, et n'être revenu à lui que longtemps après. Il s'était alors trouvé à bord d'un navire inconnu qui l'avait recueilli, sans doute au moment où il disparaissait pour toujours sous les vagues. Ce navire était danois. Il faisait voile vers l'Amérique, et lorsque, complétement maître de sa raison, Rocambole avait voulu demander qu'on le mit à terre, il avait déjà doublé le cap Finistère, et le capitaine ne pouvait obtempérer à son désir. Rocambole était donc allé en Amérique, d'où il revenait.

On le voit, tout cela était si vraisemblable, que personne n'y pouvait trouver rien de louche, et la douleu qu'il témoigna de la mort de la marquise acheva de compléter l'illusion.

Le prétendu marquis de Chamery, à qui, du reste, nous donnerons souvent ce nom, se présenta donc avec Fabien rue Saint-Florentin, chez le baron de Chamery-Chameroy.

Les nouveaux époux commençaient par la lune rousse leur existence conjugale. Depuis deux jours, mademoiselle Andrée Brunot de Chamery se repentait amèrement d'avoir épousé M. le baron de Chameroy, un débauché perdu de dettes et d'honneur, et sur lequel on ne pouvait plus fonder aucune espérance, du moment où, — ainsi que Me Rossignol, meurtri et contusionné, était venu le lui apprendre, — le jeune marquis de Chamery existait.

Les gens d'Andrée ne connaissaient ni Fabien, ni, à plus forte raison, Rocambole. Ils les introduisirent au salon, et dirent que M. le baron et madame la baronne étaient chez eux.

M. le baron de Chameroy, qui se trouvait dans la chambre de sa femme, se montra sur-le-champ et reconnut Fabien, qu'il avait rencontré autrefois, et qu'il savait être fiancé à Blanche de Chamery.

Le baron devina ce que Fabien lui voulait, mais Fabien le salua silencieusement et sembla vouloir laisser la parole à son futur beau-frère.

Rocambole fit un pas vers le baron :

— Monsieur de Chameroy ! dit-il.

— C'est moi, répondit le baron.

— Je me nomme le marquis Albert de Chamery, dit Rocambole.

Le baron salua et garda le silence.

Rocambole le toisa avec la hauteur d'un grand seigneur véritable :

— Est-ce que vous ne devinez pas le but de ma visite ici ? demanda-t-il.

— Monsieur...

Rocambole continua d'une voix grave et triste, qui ne

manquait ni d'onction ni de noblesse : — Il y a quarante-huit heures, monsieur, je suis rentré dans la maison paternelle que j'avais fuie depuis dix-huit années. J'y ai trouvé ma mère frappée à mort par un misérable qui se disait envoyé par je ne sais quelle fille perdue, quelle voleuse de nom...

— Monsieur ! exclama le baron.

— Attendez ! fit impérieusement Rocambole. J'ai dit *fille perdue et voleuse de nom*, laquelle, en vue d'une honteuse spéculation basée sur les probabilités de ma mort, venait d'être épousée par un de ces hommes dégénérés...

— Assez, monsieur, dit le baron, à qui le rouge monta au visage, je vous comprends et je suis à vos ordres.

— J'y compte.

— Demain, où vous voudrez.

— Non pas, dit le prétendu marquis de Chamery, à l'instant.

— Soit, monsieur. Quelles sont vos armes ?

— Peu m'importe ! l'épée, si vous voulez.

Fabien se dirigea le premier vers la porte, Rocambole le suivit, et M. de Chamery allait sortir avec eux, lorsque la nouvelle baronne, madame Andrée de Chamery, se montra sur le seuil. Comme à son mari, la vue de Fabien lui laissa comprendre ce qui allait se passer. Le vicomte d'Asmolles l'enveloppa d'un regard plein de mépris :

— Laissez-nous passer, madame, lui dit-il tout bas ; peut-être serez-vous veuve dans une heure, et alors pourrez-vous épouser Roland de Clayet.

Et il passa hautain et fier devant cette femme, que ce dédain suprême courba jusqu'à terre.

— Messieurs, dit le baron de Chamery lorsqu'ils furent arrivés dans la cour, je n'ai pas de témoin.

— Monsieur, répondit Rocambole, faisons vingt pas dans la rue, nous rencontrerons bien certainement quelque témoin.

— Soit, dit le baron.

I.

Rocambole avait eu raison.

Tandis que Fabien et lui montaient dans la voiture de place qui les avait amenés rue Saint-Florentin, et couraient chez Devismes chercher des épées, le baron de Chameroy descendit à pied la rue Royale et rencontra, avant d'arriver à la Madeleine, un jeune dandy de sa connaissance, qui s'en allait au bois au pas de son cheval. Le baron l'aborda, lui apprit qu'il venait d'être cruellement insulté, et que son adversaire désirait se battre sur-le-champ.

— Très-bien! lui répondit le cavalier interpellé, je suis à vos ordres.

— Ces messieurs, dit le baron, m'ont donné rendez-vous dans une heure, dans les fondrières du pré Catelan. Ils apporteront des épées.

— Allons, dit le cavalier, qui mit pied à terre, laissa son cheval à son domestique et monta avec M. de Chameroy dans un cabriolet vide qui passait.

En moins d'une heure, ils eurent atteint le rendez-vous. Fabien et Rocambole s'y trouvaient déjà. Ils avaient apporté une paire d'épées et des pistolets. Fabien avait prévu le cas où son jeune ami viendrait à être mis hors de combat par une blessure légère et montrant les pistolets au baron :

— Vous voyez, monsieur, lui dit-il, que je suis bien décidé à succéder, s'il le faut, au marquis de Chamery.

— Dans ce cas-là, répondit insolemment le baron, vous défendrez la dot de votre femme.

— Monsieur, dit sans s'émouvoir le vicomte, la fortune de mademoiselle de Chamery a de plus hautes protections. Elle est sauvegardée par la justice d'un pays où jamais un homme perdu de dettes et de débauche n'a dépouillé une famille honnête.

Et Fabien, qui avait prononcé ces mots tout bas, tourna brusquement le dos à M. de Chameroy. Ensuite il s'approcha du jeune dandy et fit son métier de témoin.

Les conditions d'une rencontre sont bientôt réglées

sur le terrain. Les deux adversaires mirent habit bas et tombèrent en garde.

— Ma parole d'honneur! pensa Rocambole, en la mémoire de qui les souvenirs de ses différentes rencontres revinrent en foule, je ne me suis jamais battu pour une aussi noble cause. Oh! sir Williams, si tu me voyais tirer l'épée pour venger ma noble mère la marquise de Chamery!

Et le faux marquis, se souvenant de sa merveilleuse adresse et de ce fameux coup des *dix mille francs* professé en secret par un portier de la rue Rochechouart, le faux marquis attaqua son adversaire avec ce sang-froid et cette science prudente qui font le tireur consommé.

M. de Chameroy n'était pas non plus un adversaire à dédaigner. Il appartenait à la vieille école d'escrime française, portait le corps droit, le jarret tendu, tirait silencieusement, ne rompait et ne se fendait jamais. Malheureusement il apportait en ce moment, sur le terrain, une infériorité morale réunie à une profonde irritation. L'homme qu'il avait pour adversaire lui coûtait soixante-quinze mille livres de rente, et cet homme l'avait traité comme le dernier des misérables. En second lieu, cet homme venait venger sa mère. C'en était plus qu'il ne fallait pour jeter un grand trouble dans l'âme et dans le jeu du baron de Chameroy.

Rocambole, au contraire, Rocambole le bandit audacieux et sans foi ni loi, l'homme qui, une fois entré dans la peau du vrai marquis de Chamery, était résolu à jouer consciencieusement son rôle, Rocambole arrivait sur le terrain avec tout le calme d'un joueur de profession qui sait quel est l'enjeu de la partie qu'il entame.

— Qui donc osera douter que je ne sois le marquis de Chamery, s'était-il dit, lorsque j'aurai tué l'homme qui a tué ma prétendue mère?

Cette pensée eût suffi pour assurer une grande supériorité morale à l'élève de sir Williams. Le combat fut acharné, mais court. M. de Chameroy se défendit avec toute l'énergie d'un homme qui se sent condamné, il blessa même deux fois son adversaire ; mais enfin celui-ci, dont le sang coulait à l'épaule et au bas-ventre, employa le fameux coup des *dix mille francs*, se fendit à fond et coucha le baron de Chamery-Chameroy tout de son long sur le sol.

— Je crois qu'il a son compte, pensa Rocambole. Et il dit tout haut : — Ma mère est vengée !

Les blessures du faux marquis étaient légères. Cependant il fut obligé de s'appuyer sur le bras de Fabien pour regagner leur voiture, tandis que des gardiens du bois, accourus, aidaient le jeune dandy à transporter dans la sienne le baron de Chamery-Chameroy, qui respirait encore, mais dont l'état était des plus alarmants.

. . . .

Deux jours après, un petit journal contenait le *fait Paris* suivant :

« Un duel, dont le point de départ mystérieux et les suites dramatiques préoccupent au plus haut degré la curiosité universelle, a eu lieu avant-hier vers quatre heures, au bois de Boulogne, entre deux hommes appartenant au monde aristocratique du faubourg Saint-Germain.

« M. le marquis de C... et M. le baron de C...-C..., son parent éloigné, se sont rencontrés à l'épée ; le marquis de C... a été blessé à l'épaule et au bas-ventre, mais sans gravité réelle.

« M. le baron de C...-C... a reçu, au contraire, un coup d'épée qui laisse peu d'espoir de le sauver. Le baron était marié depuis trois jours seulement. Il paraît même que ce mariage a été une des causes de ce duel funeste. M. de C...-C... avait épousé une de ces femmes non avouables, qu'une beauté merveilleuse et un esprit pervers rendent d'autant plus dangereuses... »

Ici le journaliste se livrait à une longue dissertation morale, racontait assez vaguement l'histoire du testament exhumé, et finissait en ces termes :

« M. le marquis de C... est ce même enfant qui, il y a

dix huit ans, disparut de Paris, et que sa famille fit inutilement rechercher alors.

« Le jeune de C..., qui est revenu à Paris pour y recueillir, hélas ! le dernier soupir de la marquise sa mère, a raconté ainsi, nous assure-t-on, sa mystérieuse disparition :

« Il s'était échappé de l'hôtel paternel pour se soustraire à une correction que lui voulait infliger son précepteur, et bientôt, égaré dans Paris, il avait gagné les quais et suivi le bord de la Seine jusqu'à la gare des bateaux à vapeur qui, à cette époque, faisaient le trajet de Paris au Havre.

« L'enfant, ayant suivi la foule qui se rendait en hâte sur le pont d'un bateau prêt à partir, sans trop savoir ce qu'il faisait ni où il allait, se trouva emmené au Havre. En route on lui demanda son nom, qu'il se refusa à dire par esprit de fierté. Le capitaine du vapeur se décida alors à le remettre aux mains d'un commissaire de police : mais l'enfant parvint encore à s'échapper, erra une partie de la nuit sur le port, fut rencontré par des matelots anglais, qui s'en emparèrent, et embarqué comme mousse. L'enfant prodigue a fait son chemin, et il revenait à Paris, il y a trois jours, officier de la marine anglaise, possesseur de beaux états de service, et il trouvait sa mère au lit de mort.

« Madame la marquise de C... a succombé à l'épouvante que lui ont occasionnée les menaces du baron de C...-C... et de sa femme, qui fondaient sur la mort probable du marquis de C... des espérances dont les tribunaux auraient eu à connaître. »

Tel était le long récit, qui piqua vivement la curiosité publique.

Le prétendu marquis de Chamery, que ses blessures contraignirent à garder le lit pendant quelques jours, devint le lion du moment. On s'inscrivit en foule à l'hôtel de Chamery.

Le première fois que le vicomte Fabien d'Asmolles sortit donnant le bras à son futur beau-frère faible encore, mais convalescent, les deux jeunes gens reçurent une ovation.

Telles étaient les circonstances dramatiques, émouvantes, au milieu desquelles l'audacieux élève de sir Williams, l'imposteur Rocambole, arriva à Paris, sous le nom et muni des papiers de l'infortuné marquis de Chamery.

Trois mois après, il rencontrait sir Williams dans la baraque des saltimbanques du boulevard du Temple, sous les oripeaux du sauvage O'Penny.

Que s'était-il passé pour le nouveau marquis de Chamery pendant ces trois mois ?

Quel rêve ambitieux avait donc fait cet homme, parvenu déjà à se créer une famille, un nom et soixante-quinze mille livres de rente, qu'il avait besoin de nouveau de la perverse intelligence de sir Williams ?

C'est ce que nous allons apprendre bientôt, de sa propre bouche, en le retrouvant rue de Suresnes, dans ce petit entresol, où il avait conduit sir Williams et mandé le médecin créole qui guérissait toutes les maladies engendrées sous les tropiques.

Il ne suffisait point au fils adoptif de la veuve Fipart d'être marquis, riche, entouré d'une famille patricienne : il voulait plus encore !

XIV

Rocambole fit passer le médecin créole dans sa chambre à coucher.

O'Penny, toujours à table, mangeait avec une voracité sauvage.

Comme le public du boulevard du Temple, comme Rocambole lui-même, le docteur recula involontairement à la vue du sauvage, tant il était hideux. Mais celui-ci ne parut point s'apercevoir qu'un nouveau personnage venait d'entrer, et il continua à manger.

— Voilà ce malheureux, docteur, dit le prétendu marquis de Chamery.

Le premier mouvement de répulsion passé le mulâtre s'approcha d'O'Penny, prit un flambeau et le plaça tout près de cet horrible visage.

O'Penny ne sourcilla point.

— Eh bien? demanda Rocambole ; car le médecin avait examiné silencieusement le chef australien.

— Eh bien! répondit enfin le mulâtre, je crois remarquer une chose assez bizarre.

— Laquelle ?

— C'est que ce malheureux a été victime de tous ces tatouages et de toutes ces mutilations en deux fois différentes.

— Vous croyez ? fit ingénument le jeune marquis de Chamery.

— D'abord, continua le médecin, la face a subi de profondes brûlures, des brûlures telles qu'elles n'ont pu être produites que par la détonation d'une arme à feu chargée à poudre.

— C'est bizarre... Les sauvages connaissent donc les armes à feu ?

Et Rocambole mit une naïveté d'adolescent dans cette question.

— Quelques-uns, répondit le mulâtre.

— Ainsi, il a été brûlé...

— D'abord. Ensuite, mais longtemps après, à six mois d'intervalle peut-être, il a subi des tatouages.

— Ceci est plus bizarre encore.

— En effet, car les sauvages commencent par tatouer leurs prisonniers. Je ne puis donc m'expliquer cela que d'une façon.

— Ah !

— D'abord il est presque certain que cet homme ainsi mutilé...

— Il est muet, observa Rocambole.

— Cet homme ainsi mutilé, ainsi brûlé, a dû être victime de quelque atroce vengeance.

— Vous croyez ?

— Il est probable qu'il aura été abandonné ensuite sur quelque plage de l'Australie, et qu'alors les sauvages s'en seront emparés.

Cette perspicacité du docteur mulâtre ne laissa pas que d'inquiéter notre ami Rocambole.

— Oh ! oh ! pensa-t-il, ce médecin me paraît avoir le don de divination. Attention... Et il reprit tout haut : — Ce que vous dites là, docteur, me remet en mémoire un fait auquel d'abord je n'avais attaché aucune importance.

— Ah ! fit le docteur, qui replaça le flambeau sur la table et s'assit en face d'O'Penny. Voyons.

— Cet homme, maître timonier à bord de mon navire, et excellent marin, du reste, s'était attiré la haine de l'équipage par sa sévérité extrême envers les matelots et les mousses.

Rocambole s'interrompit et regarda l'homme tatoué.

O'Penny mangeait et paraissait étranger à ce qui se disait autour de lui.

Mais Rocambole avait une trop grande connaissance du caractère de sir Williams pour se laisser prendre à cette apparente impassibilité. Elle lui parut, au contraire, d'un bon augure pour cette intelligence qu'il craignait avoir dû beaucoup souffrir. Il reprit : — Les matelots indigènes surtout que nous avions à bord, le détestaient cordialement et lui avaient voué une de ces bonnes haines des mers indiennes que rien au monde ne saurait assoupir. Cette homme se nomme Walter Bright. Il connaissait cet haine ; mais en bon marin anglais qui croit que la discipline et le respect dû aux supérieurs constituent la meilleure égide, il ne s'en préoccupa point davantage.

— Et vous croyez donc, observa le mulâtre, que ces brûlures ?...

— Attendez, docteur. Walter Bright avait fait son temps de service et il était libre de quitter la marine de la Compagnie quand bon lui semblerait. Il vint me voir un jour, dans ma cabine, à bord d'un schooner que je commandais et sur lequel il était mon maître d'équipage. Il m'apportait sa démission. On lui offrait le commandement d'une jonque chinoise et une très-forte paye pour conduire des émigrants en Californie. Les mines de la Californie venaient alors d'être découvertes, et les races asiatiques commençaient à s'y porter. J'obtins la radiation de Walter Bright, et il partit. Mais la veille du jour où la jonque appareilla, plusieurs de nos matelots indiens désertèrent, et nous apprîmes qu'ils avaient été gagnés par l'armateur chinois.

— Ah ! dit alors le docteur, qui avait écouté avec une grande attention le petit roman improvisé par Rocambole, je devine tout maintenant. En mer, l'équipage s'est révolté, et Walter Bright a été défiguré, mutilé, puis abandonné dans une île quelconque.

— C'est ce que je présume.

En ce moment O'Penny, jusque-là impassible, se retourna et regarda curieusement avec son reste d'œil le docteur et Rocambole.

— Attendez, dit celui-ci, je vais lui parler en anglais, car il ne sait pas un mot de français.

Et, en anglais, Rocambole demanda à Walter Bright s'il n'avait pas été mutilé par son équipage révolté.

Le prétendu sauvage parut écouter avec beaucoup d'attention, et comme s'il n'avait point compris d'abord, ou que la voix qui résonnait à ses oreilles eût évoqué chez lui des souvenirs à moitié effacés...

Et puis, tout à coup, il hocha vivement la tête de haut en bas, d'une façon affirmative.

— Voyez-vous ? fit le docteur, émerveillé de sa propre perspicacité.

— Eh bien ! dit Rocambole, maintenant que voici un fait à peu près éclairci, revenons à notre consultation.

— Pardon, observa le docteur, une question encore, e vous prie.

— Faites.

— Où avez-vous trouvé cet homme ?

— Par l'effet du hasard, ce soir, dans une baraque de saltimbanques.

— Et vous l'avez reconnu?

— Oui.

— Il ne doit pourtant pas se ressembler beaucoup, à présent.

— C'est vrai. Mais voyez cette cicatrice qu'il a là, sous le sein droit.

— C'est un coup d'épée de combat, dit le docteur.

— C'est à cela que je l'ai reconnu, et me voici obligé de vous faire une autre histoire, ajouta Rocambole.

— Voyons cette histoire? demanda le docteur mulâtre.

— Walter Bright, dit Rocambole, m'a sauvé la vie. Il a reçu ce coup d'épée pour moi. J'étais alors simple midshipman. Je m'étais pris de querelle un soir, dans une maison borgne de Calcutta, fréquentée par les marins, avec un de mes camarades. Mon rival était ivre, je n'étais que gris. Selon l'usage anglais, je voulus boxer, mais il tira son épée et se rua sur moi. Au moment où il allait m'atteindre, un homme se jeta entre nous, et tomba presque aussitôt frappé en pleine poitrine du coup qui m'était destiné. C'était Walter Bright.

— Ah! je comprends, dit le docteur.

— Le pauvre diable, de la vie duquel on désespéra longtemps, poursuivit Rocambole, avait donc acquis un droit éternel à ma reconnaissance. Vous voyez que la Providence m'a permis d'en user. Ce soir, les oripeaux dont il était couvert et sa laideur épouvantable ont attiré mon attention. Puis, la vue du coup d'épée m'a fait tressaillir, et j'ai eu l'idée de m'approcher de lui, et de lui dire à l'oreille : — Ne t'appelles-tu pas Walter Bright. Alors, comme il a manifesté une vive émotion, je n'ai plus douté. Pour quelques louis jetés aux saltimbanques, je m'en suis rendu propriétaire et je l'ai amené ici, songeant à vous, à votre habileté merveilleuse.

Le docteur salua.

— Et j'ai pensé que vous pourriez peut-être, sinon le guérir, du moins atténuer un peu sa laideur. Vous comprenez, mon cher docteur, acheva le faux marquis, que ma fortune me permet de faire un sort à ce pauvre diable et si nous pouvions faire disparaître ces horribles tatouages...

Le docteur reprit le flambeau.

Puis il·fit lever O'Penny et examina de nouveau son hideux visage :

— Ce sont bien là, dit-il, des tatouages de l'Australie.

— Pourront-ils s'effacer?

— Je le crois.

— Et les brûlures?

— Ah! ceci est une autre affaire. Il n'y faut pas songer.

— Mais... les yeux?

— L'un est complétement éteint, l'autre est bien malade. Du reste, acheva le docteur en se levant, je reviendrai demain à dix heures. Il me faut le grand jour pour que je puisse me prononcer en dernier ressort.

— Soit. A demain, dix heures.

Rocambole reconduisit le mulâtre et revint près d'O'-Penny.

— Mon vieux, lui dit-il alors en lui frappant sur l'épaule, tu le vois, on va essayer de te refaire une autre *binette*, comme nous disions autrefois. Je ne te promets pas, par exemple, qu'on te rendra joli garçon, et que tu auras désormais des chances de plaire à ta belle-sœur, la comtesse Jeanne de Kergaz, mais enfin on fera ce qu'on pourra.

Un horrible sourire passa sur la face de sir Williams, car nous pouvons bien à présent lui donner ce nom.

— Ah! dit Rocambole, j'ai prononcé un nom qui te produit toujours de l'effet. C'est bien... on verra à faire quelque chose pour toi. A présent, continua-t-il, tu comprends que M. le marquis de Chamery ne peut pas raisonnablement découcher toute une nuit de son hôtel. J'ai une sœur, mon bonhomme, un beau-frère, un état dans le monde. Il faut avoir des mœurs.

Rocambole sonna. Le valet de chambre parut.

— Tu vas déshabiller ce pauvre diable, et ce ne sera pas long, dit le faux marquis en riant et montrant au valet les plumes et le caleçon rouge qui formaient toute la toilette de O'Penny : tu le coucheras dans mon lit et tu en auras le plus grand soin jusqu'à mon retour.

— Oui, monsieur, fit le valet de chambre, qui s'inclina avec tout le respect d'un valet grassement payé.

— Tu chercheras dans la garde-robe que j'ai ici, ajouta le jeune homme, des habits qui puissent lui aller, et tu le vêtiras convenablement demain matin, pour l'arrivée du docteur.

Ayant fait cette dernière recommandation, Rocambole reprit son paletot et s'en alla.

En remontant dans son coupé, il dit au cocher : — A l'hôtel !

Le coupé partit avec la rapidité de l'éclair et arriva bientôt rue de Verneuil.

Les deux battants de l'hôtel de Chamery s'ouvrirent devant lui. Le suisse quitta précipitamment sa loge et vint déplier le marchepied.

Rocambole descendit nonchalamment de voiture, en homme qui n'est jamais sorti à pied.

Le suisse remit à son maître une lettre arrivée dans la soirée. Le marquis l'ouvrit et lut :

« Le duc et la duchesse de Sallandrera prient M. le marquis Albert de Chamery de leur faire l'honneur de venir dîner chez eux le mercredi... du courant. »

— Hé ! hé ! murmura Rocambole, il paraît que mes affaires vont bien par là... on ira !

. . . .

Le lendemain, lorsque M. le marquis de Chamery se rendit rue de Suresnes, où il avait laissé sir Williams, il trouva le sauvage apocryphe enveloppé, par les soins du valet, dans une grande robe de chambre, coiffé d'un bonnet de velours, et déjà dans les mains du docteur mulâtre, qui continuait à l'examiner avec une grande attention.

— Maintenant, dit celui-ci à Rocambole, je suis à peu près certain de faire disparaître les tatouages.

Il entraîna Rocambole dans la pièce voisine et lui dit tout bas : — Je réponds de rendre à cet homme un visage fort laid, mais non plus hideux, et dont on pourra attribuer les coutures à un accident quelconque, comme l'explosion d'une chaudière de bateau à vapeur, par exemple; mais je crains que le traitement que je vais lui faire subir n'achève de le rendre aveugle.

— Diable! murmura le jeune homme.

Et laissant le docteur, il retourna dans la pièce où était sir Williams, et lui dit en anglais, en plaçant devant lui une plume et de l'encre : — Sais-tu encore écrire?

Sir Williams prit la plume et traça d'une écriture tremblée mais lisible, ces mots :

« *Je me souviens de tout et j'ai soif de me venger.* »

— Bien, dit Rocambole. Maintenant comme ce sera, hélas! ta seule manière de converser avec moi, et que, parfois, nous pourrons être dans l'obscurité, essaye d'écrire en fermant ton œil unique.

Sir Williams reprit la plume :

« *Je serais tout à fait aveugle,* écrivit-il, *que je devinerais mes ennemis à leur simple contact.* »

— Parfait, mon vieux.

Et Rocambole rejoignit le docteur :

— Bah! lui dit-il, vous pouvez traiter le bonhomme, il n'a pas besoin de son œil.

. . . .

Un mois après la scène que nous venons de raconter, nous eussions retrouvé Rocambole et sir Williams dans le petit appartement de la rue de Suresnes.

Certainement, la jolie bohémienne du boulevard du Temple, Fanfreluche, son époux, et *mossieu* Bobino, leur patron, n'auraient point reconnu leur ancien pensionnaire O'Penny. O'Penny, ou plutôt sir Williams, était métamorphosé. D'abord, au lieu de son costume composé d'un caleçon rouge et de plumes de coq et de perroquet, il portait un gros paletot marron, chaudement ouaté,

I.   12

orné, à la boutonnière, d'un ruban verdâtre qui passait pour une décoration étrangère quelconque. Un pantalon à pied, de molleton gris, des pantoufles en maroquin vert et un bonnet de velours à gland d'or, complétaient cette toilette d'intérieur.

Le docteur mulâtre avait tenu parole. Il avait effacé les tatouages, et leurs derniers vestiges avaient complétement disparu.

Mais aussi le dernier œil de sir Williams avait payé les frais de cette guerre. Sir Williams était aveugle. Seulement, la perte de ce dernier œil, qui imprimait à sa physionomie, si repoussante naguère, un aspect farouche, n'avait pas peu contribué à lui rendre un visage humain.

Ainsi vêtu, sir Williams avait l'air d'une pauvre victime du génie industriel moderne. Les brûlures qui couturaient son visage lui donnaient l'aspect d'un mécanicien défiguré par l'explosion de sa chaudière, d'un artilleur brûlé par une gargousse, ou d'un mineur malheureux.

Auprès de lui, ce matin-là, car il pouvait être neuf heures, se tenait son ancien élève Rocambole.

Sir Williams était douillettement enseveli dans un comfortable fauteuil à dossier garni roulé près du feu.

Rocambole, en robe de chambre, était étendu tout de son long sur un divan et regardait son ancien professeur en fourberies.

— Eh bien! mon oncle, disait-il, véritablement il est fâcheux que cet âne de médecin qui t'a traité ait achevé de te crever le peu d'œil qui te restait. Si tu pouvais te voir, tu ne te trouverais réellement pas trop mal. Tu as maintenant une mine respectable, et je t'ai arrangé dans le monde une jolie histoire pleine d'héroïsme qui te fera considérer comme un martyr de la gloire.

Cette phrase amena sur le visage couturé de l'aveugle un de ces sourires amers et moqueurs dont seul jadis sir Williams possédait le secret, et qui démontrait qu'au milieu de tous ces naufrages physiques et moraux, l'intelligence perverse de cet homme avait survécu.

— Car, reprit Rocambole, maintenant que te voilà présentable, je vais te produire dans le monde, où depuis quinze jours on s'occupe de toi. Tu seras, je t'en réponds, le lion de la semaine. J'ai parlé de toi comme d'un Jules Gérard doublé de Jean-Bart et de Duguay-Trouin. Tu as tué des centaines de tigres, les cipayes t'ont coupé la langue, tu t'es fait sauter sur ta canonnière pour ne pas te rendre à des pirates. La Compagnie des Indes t'a décoré. Pour ma sœur, belle et chaste Blanche de Chamery, pour Fabien, tu es l'homme à qui je dois la vie. Tu vas donc avoir une bonne petite existence de coq en pâte, dans mon hôtel, et pourvu que tu me donnes des conseils...

— Oui, fit l'aveugle d'un signe de tête.

— Ma parole d'honneur! reprit Rocambole, je ne sais si tu penses comme moi, mais il me semble que si j'étais à ta place, je me dirais : «J'ai été le beau sir Williams, le séduisant vicomte Andrea; j'ai vu les femmes à mes genoux, j'ai été redouté, aimé, flatté. J'ai vaincu. Un beau jour, une femme m'a coupé la langue, défiguré et rendu un objet de pitié et d'horreur. Or, un homme faible, un niais, se souvenant de ce qu'il a été, demanderait à mourir.

« Moi je veux vivre! D'abord je veux vivre pour me venger. » Et, s'interrompit Rocambole, moi qui ai de la chance, mon oncle, je te vengerai. « Ensuite, continuat-il, je veux vivre parce que j'ai auprès de moi un homme qui est ce que j'ai été, c'est-à-dire jeune, beau, hardi, sceptique, sans préjugés et sans croyances, un homme dans lequel je m'incarnerai pour ainsi dire, m'affligeant de ses échecs, me réjouissant de ses succès, possédant pour ainsi dire par la pensée et le don d'assimilation tout ce que, par mes conseils, il pourra se procurer : argent, amours, honneurs, triomphes ambitieux. »

— Oui... oui... c'est cela! exprima le visage de sir Williams par une pantomime des plus vives, accompagnée de ce cruel sourire, la seule chose qui, chez lui, ressemblât encore au sir Williams d'autrefois.

Rocambole reprit :

— Ah! tu vois bien que je t'ai deviné. Aussi, le jour où je t'ai rencontré sous les oripeaux d'O'Penny, espérant que tout n'avait point péri en toi, n'ai-je point hésité à te retirer de cette position misérable où tu fusses mort à la longue, sans moi.

Un nouveau sourire glissa sur les lèvres de l'aveugle. Ce sourire était magnifique et pouvait se traduire également par une pensée de reconnaissance ou une mordante ironie.

—Pourtant, dit Rocambole, qui lui attribua cette dernière signification, remarque bien, mon bonhomme d'oncle, que si Rocambole n'a fait que son devoir en arrachant son cher maître, sir Williams, à la misère, le marquis Albert de Chamery, riche de soixante-quinze mille livres de rente, admirablement posé dans le monde et pouvant faire, d'un jour à l'autre, un superbe mariage, jouait gros jeu en se faisant reconnaître de son ancien ami. Le malheur aigrit. Un imbécile, à ma place, n'aurait pas manqué de se dire : Sir Williams me trahira, ne fût-ce que pour se consoler d'avoir éprouvé des infortunes. Moi, au contraire, je me suis dit : Sir Williams n'avait pas de chance, mais c'était un fier génie, une *sorbonne* comme on en voit peu. J'ai déjà le pied à l'étrier, mais si j'avais sir Williams derrière moi, s'il me conseillait, je crois que je voudrais arriver à tout, être ambassadeur, ministre, roi même.

Ces derniers mots firent tressaillir sir Williams, qui s'agita d'un air satisfait dans son fauteuil.

— Alors, tu comprends, mon bonhomme, que je n'ai pas hésité à prendre avec moi mon oracle. Je te conterai mes affaires et tu me conseilleras. Mais d'abord, laisse-moi te faire part d'une assez belle idée qui, jusqu'ici, a été la base de ma conduite.

— Voyons? sembla dire le morne visage de sir Williams.

— C'est une idée neuve, je crois, fit modestement Rocambole. Écoute bien.

Et le jeune homme s'allongea sur le divan.

— Jusqu'à présent, dit-il, je crois que toi et moi nous
n'avons pas réussi parce que nous obéissions à un proverbe idiot qui prétend que *pour faire un civet de lièvre,
il faut un lièvre.*

L'aveugle se prit à sourire.

— Ceci est faux de tous points, poursuivit Rocambole,
et je n'en veux pour preuve que les restaurants à trente-
deux sous qui servent du mouton pour du chevreuil.
M. de Sartines, le lieutenant de police, fut le premier qui
songea à prendre des agents secrets parmi les voleurs. Il
avait raison. Il appliquait le mal au service du bien.
Nous, nous avons fait le contraire. Nous nous sommes
servis d'un tas de vauriens pour arriver à nos fins, et
c'est ce qui nous a perdus.

Or donc, voici mon idée : *Le meilleur moyen de faire
le mal en toute sûreté, c'est de se faire aider par des gens
de bien.* Hein ! qu'en dis-tu ?

— Parfait, parfait ! fit sir Williams d'un hochement de
tête réitéré.

— Par conséquent, depuis quatre mois que je loge en
la peau d'un marquis et m'y trouve bien, je ne me suis
entouré que de la plus sainte vertu. Ma sœur est un ange,
mon beau-frère un gentilhomme d'autrefois, j'ai déjà
quelques amis du meilleur monde ; et lorsque je t'aurai
mis au courant de mes affaires, qui sont quelque peu
compliquées du reste, nous verrons à faire agir tous ces
bonshommes dans nos intérêts et à nous en composer un
joli jeu d'échecs au profit de notre ambition.

Le visage de sir Williams continuait à exprimer la satisfaction la plus vive. Si le bonhomme avait eu sa langue et ses yeux, il eût certainement complimenté son
élève sur les progrès qu'il avait faits en philosophe pra-
tique.

— Maintenant, continua Rocambole, je vais te raconter ce que j'ai fait à Paris depuis le jour où j'y suis ar-

rivé comme à un cinquième acte de mélodrame, tout exprès pour mettre le Rossignol à la porte et pleurer sincèrement ma mère.

Sir Williams se renversa dans son fauteuil comme autrefois il en avait l'habitude, et il prit l'attitude attentive d'un homme qui se promet d'écouter des choses intéressantes.

XV

— Parole d'honneur ! dit Rocambole en guise d'exorde, je comprends qu'il y ait des gens qui aiment la vertu ; elle a son beau côté...

En prononçant cette phrase, il regarda sir Williams du coin de l'œil et vit l'aveugle hausser légèrement les épaules.

— Bon ! pensa-t-il, il n'est pas changé... il y a toujours en lui de la ressource. Et il reprit tout haut : — Vrai ! la vertu dont on fait un usage raisonnable et modéré a bien son mérite. Ainsi je vois ma sœur, un ange, une perle, mon oncle... Ça est bon, ça est naïf, ça fera tout ce que je voudrai... son mari, idem ! Mais revenons à mon Illiade. Je pleurai si consciencieusement ma mère d'emprunt, que je m'acquis du premier coup l'affection et l'estime de ma sœur d'occasion et de son futur. Ce n'était point assez. J'avais l'estime de ma famille, il me fallait celle du monde. J'allai, au retour du cimetière, provoquer le baron de Chamery-Chameroy ; je me laissai toucher deux fois à l'épaule et au bas ventre, puis je le couchai tout de son long au moyen de ce fameux coup d'épée des *dix mille francs*, qui avait *raté* sur ton frère. Cependant le baron n'est pas mort... Il commence à sortir, dit-on ; mais comme on a désespéré de sa vie, l'effet produit a été le même...

J'ai été le lion de la saison.

La mort de la marquise de Chamery retardait naturellement le mariage de sa fille ; mais, en même temps,
l'isolement de Blanche, ma jeunesse, qui ne me rendait
point un chaperon suffisant pour elle, n'ont pas permis
d'attendre l'expiration du deuil. J'ai demandé des dis-
penses à l'Église ; elles ont été accordées, vu l'urgence.
Le mariage a été célébré sans pompe, trois mois après la
mort de la marquise, c'est-à-dire il y a six semaines.

Les fiancés et moi nous étions en grand deuil, cela
faisait très-bien. Il a été convenu que Fabien et sa
femme habiteraient chez moi jusqu'à la fin du deuil. A
cette époque seulement, Fabien ira prendre possession
de l'hôtel qu'il a acheté rue de Babylone, et qui a juste-
ment appartenu autrefois à une femme à la mode dont
tu dois te souvenir, la baronne de Sainte-Luce. Le soir
du mariage, il n'y a eu à l'hôtel de Chamery ni dîner ni
réception. Le lendemain, nous sommes partis tous les
trois pour notre terre encore indivise de l'*Orangerie*, où
nous avons passé quinze jours. Précisément, j'en étais
de retour depuis une huitaine lorsque je t'ai retrouvé.
Or, mon bonhomme, depuis un mois que ma sœur est
mariée, je mène un peu bien la vie de garçon et je me
produis dans le monde. Nous entrons comme chez nous
chez le duc de Sallandrera, un Espagnol qui a des millions à Cuba et une fille dont un imbécile serait amoureux. Moi, je veux l'épouser.

Un léger mouvement de sir Williams apprit à Rocambole que son professeur le trouvait ambitieux.

Mais Rocambole ne s'en émut point et continua : —
Le duc de Sallandrera est un homme de cinquante ans,
qui sent d'une lieue son gentilhomme. A son immense
fortune, il joint des capacités politiques. Il est député
aux Cortès. Comme il a une fille unique et que son nom
s'éteint avec lui, il a l'intention d'obtenir de la reine, en
mariant mademoiselle Pépita-Dolorès-Conception, l'au-
torisation de transmettre à son gendre ce nom, sa grandesse et son titre de duc... Hé! hé! s'interrompit Rocambole, me vois-tu dans quelque temps, mon cher

oncle, duc de Sallandrera, grand d'Espagne et ministre
plénipotentiaire quelque part?

Un frémissement de narines approbateur échappa à
sir Williams.

Rocambole poursuivit : — Mademoiselle Conception
m'accueille favorablement; je crois qu'elle m'aime... La
duchesse sa mère me trouve charmant, pour des motifs
que je t'apprendrai en temps et lieu. Mais je n'ai pas
fait la conquête du duc, au point de vue du mariage,
du moins. Seulement, il peut se faire que j'évente une
piste, que je réunisse un faisceau de souvenirs peu
agréables au duc, comme un arrière-goût de sa jeunesse
et de ses folies de garçon... Tu comprends, mon oncle?

— Oui, fit le hochement de tête de sir Williams.

— J'ai deux grandes affaires en train. L'une pourrait
me conduire au dénouement de l'autre. Mon cher beau-
frère Fabien est, à son insu, menacé d'un héritage de
deux ou trois cent mille livres de rente. J'ai des projets
là-dessus... Mais nous en causerons plus tard... Maintenant, parlons de toi, ou plutôt de tes ennemis, qui sont
aussi un peu les miens. Tu comprends que depuis trois
mois j'ai pris mes renseignements ..

Sir Williams s'agita convulsivement dans son fauteuil.

— Tu dois penser, continua Rocambole, que, fidèle à
l'adage : A tout seigneur, tout honneur ! j'ai eu la curiosité de savoir ce que devenait ton cher frère, le
comte de Kergaz.

Rocambole observa sir Williams; il vit sur ce visage,
que le regard n'éclairait plus, se peindre une expression
de haine féroce, et glisser ce cruel sourire où se révé-
lait toute son âme.

— Armand continue à jouir d'un bonheur insolent;
il est toujours philanthrope, toujours aimé de sa femme
et de son fils. Notre chère Baccarat est devenue la comtesse Artoff. Mais cette union est presque un mystère.

Le nom de Baccarat produisit sur sir Williams une
impression mélangée de haine et d'effroi.

— Ah! dit Rocambole, on voit que tu te souviens du

Fowler, et avant de t'en dire davantage sur elle, je vais te donner un conseil.

L'aveugle demeura immobile, mais la curiosité se peignit sur son visage.

— Ta haine pour ton frère, reprit le faux marquis de Chamery, a été ta perte deux fois de suite. A ta place, je laisserais M. de Kergaz tranquille et ne m'occuperais que de Baccarat... Ah! celle-là, vois-tu, nous pouvons lui faire une bonne petite guerre, car elle me gêne dans mes projets sur mademoiselle Conception de Sallandrera, comme elle m'a gêné autrefois, quand j'étais le vicomte de Cambolh. Et ce qu'il y a de bizarre, acheva Rocambole, c'est à son insu, et qu'elle est à mille lieues de penser que sa présence à Paris est fort nuisible au marquis de Chamery.

Comment Baccarat pouvait-elle à son insu entraver les projets de Rocambole? comment était-elle à Paris? quelle existence y menait-elle?

C'est ce que nous allons bientôt vous dire.

. . . .

Le soir de ce jour, l'aveugle sir Williams, sous le nom de Walter Bright, fut installé à l'hôtel de Chamery, rue de Verneuil.

Le duc de Sallandrera, dont avait parlé Rocambole, habitait la rue de Babylone, dans un hôtel qui avait longtemps appartenu à lord El..., ce sportman célèbre dont tout Paris se rappelle les nombreuses excentricités. Cet hôtel était situé tout à côté de l'hôtel Sainte-Luce, que venait d'acquérir le vicomte Fabien d'Asmolles, conseillé en cela par son beau-frère, le marquis de Chamery.

Le marquis avait eu, sans doute, ses vues secrètes.

Or, le duc de Sallandrera, qui habitait Paris depuis environ trois ans, avait dépensé des sommes considérables dans son hôtel, et il en avait fait une merveille. La partie la plus coquettement fastueuse, la plus soignée, la plus artistique dans ses moindres détails d'ornementation et d'ameublement, était, sans nul doute, le second

étage tout entier, réservé à mademoiselle Pépita-Dolorès-Conception. La fille unique du marquis avait conçu,
ordonné; le père avait payé.

M. de Sallandrera, grand seigneur dans la plus complète acception de ce mot, comprenait fort largement le
faste et l'élégance, mais il manquait parfois de goût, et
si mademoiselle Conception ne s'était chargée de l'inspirer, bien certainement le bel hôtel de la rue de Babylone n'eût point été considéré comme une merveille de
luxe délicat et bien entendu.

Mais mademoiselle Conception était artiste. Elle peignait en véritable élève des Murillo et des Velasquez;
elle avait étudié l'architecture moresque à l'Alhambra.

Qu'on nous permettre une rapide silhouette de ce
nouveau personnage de notre histoire.

Conception avait dix-neuf ans, mais les chaudes brises
et le soleil de son pays l'avaient si hâtivement mûrie, qu'on
lui en eût aisément donné vingt-trois ou vingt-quatre.

Mademoiselle de Sallandrera était née à Séville; elle
était belle comme Andalouse ne peut l'être davantage;
elle avait cette taille flexible aux ondulations mystérieuses que les Espagnols traduisent par le mot de *mencho*. Ses cheveux noir de jais, ses yeux d'un bleu sombre et verdâtre comme le bleu de la mer Méditerranée,
ses lèvres d'un rouge vif comme du carmin, d'adorables
petites mains, un véritable pied d'Andalouse, faisaient
de mademoiselle Conception une de ces beautés caracté-
risées, résumant un type, comme on dit dans la langue
des arts, qui l'avait fait remarquer de tout Paris.

La première année que la jeune Espagnole avait paru
dans le monde parisien, son immense dot aidant, elle
avait été accablée de demandes en mariage. Comtes,
marquis, barons, hauts financiers, grands industriels
étaient entrés en lice. Mais mademoiselle Conception
n'avait abaissé ses regards sur aucun, et le duc de Sallandrera, son père, avait poliment éconduit tous les sou-
pirants. L'Andalouse avait formellement annoncé qu'elle

avait à peine seize ans, et qu'elle ne voulait point se marier encore.

Du reste, le duc et la duchesse, qui avait trente-cinq ans à peine, était Irlandaise et encore fort belle, avaient adopté pour leur fille l'éducation anglaise. Conception vivait à Paris comme une jeune miss qui ne doit compte de ses actions qu'à elle-même. Elle montait à cheval, le matin, accompagnée d'un seul domestique. Dans la journée, elle sortait en victoria ou en coupé, et s'en allait toute seule avec ses gens faire des emplettes ou étudier au Louvre, où elle prenait des copies. On l'avait vue plusieurs fois aux courses, à la Marche ou à Chantilly, conduisant elle-même à grandes guides un breack à quatre chevaux. Bref, mademoiselle Conception était une lionne.

C'était un matin, au bois, qu'elle avait fait la connaissance de celui que tout Paris prenait pour le marquis de Chamery. Rocambole faisait le tour du lac au petit pas d'un superbe alezan brûlé, qu'il maniait, du reste, avec une grâce sans pareille. Arrivé près de la cascade, il aperçut une amazone montant un très-beau cheval arabe blanc comme neige. Le cheval, effrayé par le bruit de la cascade, se cabrait, voltait, reculait et donnait tous les signes d'une terreur profonde. L'amazone luttait avec une grande énergie contre l'animal, et peut-être fût-elle parvenue à le dompter si un accident, heureusement fort rare dans les fastes de l'équitation, ne fut survenu. La bride dont l'amazone se servait était une petite bride anglaise, aux rênes rondes et dépourvue de filet. La bride se rompit. Alors le cheval, fou d'épouvante et ne se sentant plus maîtrisé par le mors, fit volte-face et s'élança au galop, emportant l'amazone, à qui toute résistance était désormais impossible.

Précisément Rocambole arrivait en sens inverse. Il voulut mettre son cheval en travers et arrêter l'amazone, mais le cheval effrayé fit un bond de côté et passa outre. Alors Rocambole pressa le sien, se lança à sa poursuite, l'atteignit au moment où le cheval, dont la terreur aug-

mentait, allait se précipiter tête baissée dans le lac, et
d'un bras vigoureux il enlaça l'amazone et l'enleva de
sa selle, tandis que le cheval tombait à l'eau. Cette amazone était mademoiselle Conception.

Elle remercia chaleureusement son sauveur, lui demanda son nom et apprit qu'elle avait affaire au marquis de Chamery.

Le lendemain, le duc de Sallandrera alla lui-même
faire une visite à Rocambole et le remercia chaleureusement. Huit jours après, Rocambole fut invité à un
bal que donnait le duc en son hôtel de la rue de Babylone. Quinze jours après, il y dîna.

Dès lors les vues ambitieuses du faux marquis de
Chamery prirent leur essor.

— J'épouserai Conception, se dit-il.

Peut-être maître Rocambole était-il bien hardi, comme
nous allons le voir en le suivant, le lendemain de l'ins-
tallation de sir Williams chez lui, jusqu'à l'hôtel du duc
de Sallandrera.

Ce fut vers trois heures que le phaéton du marquis
entra dans la cour. En passant les rênes à son groom,
Rocambole aperçut, rangé près du perron, un élégant
tilbury qu'il reconnut sur-le-champ.

— Oh ! oh ! se dit-il, don José, mon rival, fait sa cour
à ce qu'il paraît.

Et il fronça légèrement le sourcil.

Un laquais vint recevoir M. le marquis de Chamery.

— M. le duc et madame la duchesse sont sortis, dit-
il ; mais mademoiselle est dans son atelier.

Rocambole fit un signe affirmatif et suivit le laquais.
Mademoiselle Conception était en effet dans son atelier,
le pinceau à la main.

Don José, assis à quelques pas, lorgnait le tableau
commencé. En voyant entrer le marquis, don José eut
un froncement de sourcils semblable à celui qu'avait eu
Rocambole en apercevant le tilbury de l'hidalgo.

Mais cette marque d'antipathie eut à peine la durée
d'un éclair.

Les deux hommes se saluèrent avec courtoisie, après que Rocambole se fut méthodiquement incliné par trois fois devant la jeune Espagnole, qui lui tendait la main à l'anglaise.

— Bonjour, lui dit-elle ; vous êtes véritablement bien aimable d'être monté jusqu'ici. Vous allez nous mettre d'accord, mon cousin don José et moi.

Le marquis eut un fin sourire :

— Vais-je donc remplir le rôle de Thémis ? demanda-t-il.

— Peut-être...

— Voyons, mademoiselle, de quoi s'agit-il ?

— Don José et moi, nous avons une discussion tout artistique. Don José prétend que l'école flamande est supérieure à l'école espagnole.

— Et... vous ?

— Moi, en vraie Andalouse que je suis, je prétends le contraire.

— Diable ! fit Rocambole en souriant.

— Quel est votre avis, marquis ?

— Mais, répondit ce dernier, il m'est impossible de me prononcer ainsi sur-le-champ.

— En vérité ?

— Vous le comprendrez comme moi, mademoiselle, quand vous saurez que don José et moi nous avons été rivaux.

Un subit incarnat monta au front de mademoiselle Conception.

— Oh ! rassurez-vous, dit Rocambole, à qui ce trouble n'échappa point et parut d'un bon augure, il s'agissait d'un combat très-pacifique.

— Vous vous êtes battus ?

— Par l'intermédiaire d'un commissaire-priseur, dit Rocambole.

— Ah ! et comment ?

— C'était avant-hier, à la vente de la galerie du marquis d'A..., don José et moi nous nous sommes disputé un Ruysdaël.

— Oh ! avec un acharnement... dit don José.

— Qui, de la part de votre serviteur, n'était que de l'entêtement et, de celle de don José, une véritable passion.

— Et quel est le vainqueur?

— Ah ! dame ! fit modestement le marquis, don José était convaincu, moi je ne croyais pas. La foi l'a emporté sur le scepticisme.

— Hé ! mais, dit alors Conception, voici la question jugée, marquis. Vous préférez l'école espagnole à l'école flamande.

— Peut-être.

— Peut-être, observa don José avec impertinence, le marquis n'est-il pas peintre ?

— Oh! pas plus que vous, dit Conception.

Et puis elle posa son appui-main et sa palette et vint s'asseoir sur un tête-à-tête en face du marquis, s'éloignant ainsi de don José, qui se mordait les lèvres.

— Savez-vous, monsieur le marquis, lui dit-elle, que j'ai vendu Ibrahim?

— Votre cheval arabe?

— Oui, cette affreuse bête qui m'aurait fait tuer si vous n'étiez venu à mon secours.

— Ah ! mademoiselle...

— Je l'ai vendu à Camille Dornay, ce banquier de vingt-cinq ans qui a les plus belles écuries des Champs-Élysées.

— Combien? demanda Rocambole.

— Sept mille deux cents francs.

— C'est pour rien.

— Oh! pour rien ! dit don José, allongeant sa lèvre inférieure et se rapprochant de Conception, je trouve que c'est fort cher, moi.

Conception laissa bruire un frais éclat de rire entre ses lèvres.

— Monsieur le marquis, dit-elle en montrant don José, je vous présente l'homme le plus ignorant de la terre en connaissances hippiques. Mon cousin est de force à prendre un cheval anglais pour un normand croisé de percheron, et il trouve que pour douze cents francs on doit avoir tout ce qu'il y a de bon, de joli et de dis-tingué. Si je ne m'étais mêlée de son écurie, vous le rencontreriez attelant un gros mecklembourg à son tilbury et montant au bois quelque cheval de fiacre qu'on lui aurait vendu pour un demi-sang.

Don José écouta, sans dire un mot, cette raillerie, et se contenta de répondre : — Ma cousine est en belle humeur... elle se moque de moi de bon cœur...

— Mais non, répliqua Conception, je dis la vérité.

Et comme si elle eût eu à tâche de flageller don José devant M. de Chamery, elle railla l'Espagnol sur sa maladresse de chasseur, comme elle l'avait raillé sur son peu d'aptitude en sport...

Rocambole était ravi. Seulement, en homme parfaitement élevé, il prenait le parti du jeune Espagnol, taxait Conception de peu d'indulgence et triomphait complètement en forçant son rival à accepter de lui aide et secours.

Don José demeurait impassible et acceptait les persiflages de Conception avec une bonne humeur, une indifférence parfaites. Cependant une ou deux fois, l'œil froidement observateur de Rocambole saisit au vol un regard de fureur concentrée que don José jeta à sa cousine.

En même temps, il lui sembla que Conception pâlissait et éprouvait, sous le poids de ce regard, un malaise, un embarras que ne dissimulaient qu'imparfaitement sa gaieté apparente et ses éclats de rire moqueurs.

— Oh ! oh ! se dit-il, est-ce que don José serait le maître qui s'impose dans l'ombre et Conception l'esclave qui obéit ?

Depuis longtemps le prétendu marquis de Chamery nourrissait l'espérance d'un tête-à-tête avec Conception. Il espérait même, ce jour-là, voir partir don José. Mais don José paraissait disposé à ne point lui céder la place.

Les deux jeunes gens passèrent près de deux heures

dans l'atelier, déterminés tous deux sans doute à ne point laisser le champ libre à son rival.

Conception devina cette résolution sur-le-champ. Alors sa gaieté tomba, son sourire disparut, elle devint rêveuse, et la conversation, fort animée d'abord, s'éteignit peu à peu.

Tout à coup don José tira sa montre.

Rocambole eut l'espoir qu'il allait se récrier sur l'heure avancée, et partir.

Mais don José dit à Conception : — Mon oncle est sorti ?

— Oui.

— Rentrera-t-il pour dîner ?

— Sans doute.

— Alors je l'attendrai. Je dînerai même ici. J'ai de graves nouvelles à lui donner.

Conception tressaillit et Rocambole la vit pâlir.

— Des nouvelles de Cadix, acheva don José d'une voix qui parut mordante, cruelle, implacable à Rocambole.

En même temps, il lui sembla que mademoiselle Pépita-Dolorès-Conception de Sallandrera chancelait et était près de se trouver mal.

— Oh ! oh ! pensa le faux marquis de Chamery, il me semble que voici un coin du mystère... Le mystère a nom Cadix !

XVI

Don José était un petit-cousin de mademoiselle Conception.

Le duc l'aimait beaucoup. Quelques intimes de la maison prétendaient même qu'il songeait tout bas à en faire son gendre. Cependant, comme il y avait plus de deux ans que le jeune homme était en France, qu'il venait presque tous les jours à l'hôtel de la rue Babylone, et que rien ne transpirait au sujet d'un prochain mariage, on pouvait en conclure que si cette union était projetée, du moins, elle rencontrait quelque obstacle momentané.

Don José était un homme de vingt-six ans, fort beau au point de vue plastique, d'une taille élevée, d'une grande distinction de manières, un peu hautain, un peu dédaigneux, en un mot, le véritable hidalgo, qui se souvient un peu trop d'une longue lignée d'aïeux. On aurait pu conclure, par le ton plein d'orgueil qu'il avait employé avec Rocambole, du peu de cas qu'il faisait du gentilhomme français.

Don José, disait-on à Paris, était éperdûment amoureux de Conception. On prétendait, en revanche, que mademoiselle de Sallandrera n'avait pour lui qu'une affection médiocre, et l'on disait même que si elle l'épousait jamais, elle obéirait à la volonté de son père et non point aux impulsions de son cœur.

Rocambole avait recueilli tous ces bruits, tous ces on dit minutieusement, les uns après les autres, et il les avait soigneusement passés au crible de sa raison et de sa perspicacité.

— Évidemment, s'était-il dit, puisque mademoiselle Conception se trouble et rougit à ma vue, et qu'elle demeure impassible lorsque don José paraît, c'est que je lui suis moins indifférent que don José. Cependant, comme le duc et la duchesse m'accueillent depuis quelque temps avec une certaine froideur, il est évident aussi que don José est plus haut placé que moi dans l'estime de la famille. Ma seule ressource sérieuse est de ruiner don José dans l'opinion du duc et de la duchesse de Sallandrera.

Ce projet, ce but que se proposait le faux marquis de Chamery, présentaient des difficultés sans nombre et demandaient du temps. Mais Rocambole était patient.

— Don José est riche, s'était-il dit, don José est à la mode, il a des chevaux, il fait courir, il joue et perd des sommes considérables... Il doit avoir d'autres vices

encore ; l'essentiel est de lui découvrir une maîtresse...
Il doit en avoir une.

En profond observateur du cœur humain, en digne
élève de sir Williams, avec qui, le matin, il avait eu une
assez longue conférence, celui-ci répondant au moyen
d'une ardoise, sur laquelle il écrivait des lignes que son
interlocuteur effaçait après les avoir lues, — Rocambole
s'était dit : — On peut toujours perdre un homme ac-
croché à une jupe.

Aussi, le faux marquis venait-il de prendre la résolution formelle d'épier, de faire épier don José, lorsque la
pâleur de Conception, les regards courroucés de l'hidalgo et ce mot de Cadix qui paraissait faire une si vive
impression sur la jeune fille, vinrent le jeter dans un
nouvel ordre d'idées.

Don José avait annoncé son intention formelle de dîner à l'hôtel. Il n'était donc plus possible à Rocambole
de prolonger sa visite. Cependant il hésitait encore, lorsqu'un regard de Conception le décida.

Au moment où don José s'approchait distraitement du
tableau de sa cousine et l'examinait, celle-ci leva sur le
marquis de Chamery un œil suppliant et d'une élo-
quence irrésistible. Cet œil lui montrait la porte et semblait lui dire : — Au nom du ciel, monsieur, par tout ce
que vous avec de plus sacré au monde, je vous en con-
jure, partez!

Rocambole se leva et prit congé.

Conception lui tendit la main, et il sentit la main de
la jeune fille trembler dans la sienne. Puis elle le regarda
encore...

Et ce second regard paraissait signifier : — Ah! si j'o-
sais me placer sous votre protection!...

— Parbleu! pensa Rocambole en s'en allant, l'heure
n'est pas loin où la petite me prendra pour son chevalier.

Et il quitta l'hôtel de Sallandrera.

Demeurée seule avec don José, Conception s'était prise
à trembler. Les yeux baissés, assise dans un coin de son

atelier, la fière jeune fille paraissait absorbée en une douloureuse contemplation.

— Eh bien ! ma belle cousine, demanda don José d'un ton moqueur il me semble que vous ne raillez plus maintenant ?

Elle le regarda et se tut.

— Il est charmant, n'est-ce pas, ce marquis de Chamery ?

Conception eut un tressaillement nerveux et trahit son impatience par un léger mouvement d'épaules.

— Il est vraiment fâcheux, continua don José, que vous ne puissiez l'épouser... Il paraît qu'il est d'assez bonne maison, et sans être riche...

— Don José, interrompit sèchement Conception, vous êtes d'une jalousie ridicule.

— Soit ; je vous aime.

— Le marquis de Chamery est un homme distingué et parfaitement bien élevé, qui ne s'est jamais permis avec moi un seul mot qui pût justifier cette jalousie.

— Bah ! il vous aime.

— Qu'en savez-vous ?

— Cela se voit. D'ailleurs, il me déplaît.

— Dois-je ne plus le recevoir ?

Et Conception fit cette question d'un ton demi-railleur, demi-tremblant.

— J'aimerais autant cela, répondit durement le jeune hidalgo.

Mais don José était allé trop loin et avait trop présumé du mystérieux ascendant qu'il exerçait sur mademoiselle de Sallandrera. Ses dernières paroles réveillèrent en elle tout l'orgueil castillan ; un éclair de colère brilla dans ses grands yeux, tristes et doux ordinairement ; elle entoura don José d'un regard de feu et lui dit : — Vous oubliez, don José, que vous vous attribuez le bien d'autrui ; que pour vous montrer aussi impudemment jaloux et tyrannique, il vous faudrait en avoir le droit.

Don José se mordit les lèvres.

— Vous oubliez enfin, acheva Conception du ton d'une

reine outragée, que je suis la fiancée de votre frère, don
P dro...

Conception prononça ce mot en tremblant et d'une façon presque inintelligible.

Sa voix couvrait des sanglots.

Mais don José, un moment interdit et dérouté par
le courroux subit de la jeune fille, releva la tête à ce
nom.

— Vous êtes folle, ma chère Conception, dit-il, car
vous oubliez quelles sont les volontés de votre père à mon
égard...

Conception pâlit.

— Oui, continua don José, vous êtes la fiancée de mon
frère aîné don Pedro, mais vous savez bien que vous de-
viendrez ma femme le jour où don Pedro cessera de vivre... et j'ai reçu ce matin même des nouvelles de Cadix.

Conception jeta un grand cri.

— Ah! mon Dieu! fit-elle, il est mort!

— Non, répondit froidement don José, mais il sera
mort dans quinze jours. C'est l'avis des médecins.

Il voulut prendre la main de la jeune fille et lui murmurer sans doute quelques paroles d'amour, mais Conception ne l'entendit pas, et tomba évanouie sur le parquet de l'atelier.

. . . .

Pendant ce temps, M. le marquis de Chamery s'éloignait de l'hôtel de Saliandrera en se disant :

Don José dîne chez le duc. Il n'en sortira pas avant
huit ou neuf heures. J'ai donc le temps d'aller *faire une
autre peau* et consulter au besoin sir Williams.

Il rentra donc rue de Verneuil, ne s'arrêta point, comme
il en avait l'habitude, au premier étage de l'hôtel, qu'il
avait cédé tout entier à la vicomtesse d'Asmolles, et
monta tout droit à l'appartement occupé par le prétendu
matelot anglais mutilé par les chinois.

L'aveugle sir Williams était chaudement enveloppé
dans une belle robe de chambre à ramages, il avait un
bonnet de soie noire et des pantoufles fourrées qui ache-

vaient de lui donner l'air d'un honnête et cossu propriétaire du Marais.

— Mon oncle, lui dit Rocambole en entrant, je vais te
conter du nouveau.

Le visage de l'aveugle parut s'éclairer.

— D'abord la petite m'aime...

Sir Williams fit un mouvement sur son siége.

— Ensuite, je flaire une intrigue...

Et Rocambole, parlant anglais, raconta de point en
point ce qu'il avait vu et entendu dans l'atelier de mademoiselle de Sallandrera, sans omettre surtout l'effet de
terreur produit sur elle par ce mot de Cadix qu'avait prononcé don José.

L'aveugle écouta attentivement, sans donner aucune
marque d'approbation ou d'improbation.

— Maintenant, mon oncle, que faut-il faire?

Et Rocambole plaça une ardoise sur les genoux de
l'aveugle et lui mit un crayon dans la main. Ensuite il
lui posa la main sur l'ardoise et dit : — Écris donc, mon
oncle.

Sir Williams traça d'abord ce mot : « attendre ! »

— Attendre quoi? demanda Rocambole.

— « Attendre que Conception vienne à toi, t'écrive ou
te donne un rendez-vous, » écrivit l'aveugle.

— Bien, dit Rocambole.

Et il effaça ce que l'aveugle avait écrit.

Puis il reprit tout haut : — Et don José ?

L'aveugle écrivit :

— « Suivre don José dès ce soir, pas à pas... don José
doit avoir des habitudes mystérieuses. Te déguiser de
façon à ne pouvoir être reconnu par lui. » — Parfait, dit
Rocambole, qui remit l'ardoise sur une table après avoir
effacé les dernières instructions de sir Williams.

Il quitta ce dernier, fit prévenir la vicomtesse d'Asmolles qu'il ne dînerait pas et sortit à pied. Une heure après
il était à la porte du duc de Sallandrera, mais ni le duc,
ni la duchesse, ni don José, ni Conception, ni personne
au monde n'eussent reconnu en lui le marquis de Cha-

mery. Ce n'était plus l'élégant jeune homme aux cheveux
châtain clair, à la figure pâle et distinguée, à la figure
aristocratique.

Rocambole était devenu un domestique d'origine anglaise, remplissant les fonctions de palefrenier, portant
une longue veste d'écurie à carreaux écossais, une perruque blonde surmontée d'un bonnet conique, et dont la
mine rougeaude et trognonante semblait attester l'ivro-
gnerie. Le faux palefrenier s'embusqua dans l'ombre
d'une porte cochère située vis-à-vis celle de l'hôtel de
Sallandrera, ce qui lui permit de voir, à un moment où
cette porte s'entr'ouvrit, que la voiture de don José stationnait toujours à côté du perron. Il attendit ainsi plus
de deux heures. Don José paraissait déterminé à passer
la soirée chez le duc.

Enfin la porte cochère s'ouvrit à deux battants. Le
dogcart sortit...

— Diable ! pensa Rocambole, voici où il va me falloir
de bien bonnes jambes.

Don José rendit la main à son cheval, et le dogcart
partit au grand trot. Mais Rocambole avait de bonnes
jambes, et il se mit à courir.

Don José habitait les Champs-Élysées, à l'extrémité
de la rue de Ponthieu. Il avait là, au numéro 3 de cette
rue, un premier étage charmant, avec remise pour trois
voitures et écurie pour cinq chevaux.

Malgré la file d'équipages qui encombraient les
Champs-Elysées, le faux palefrenier, courant toujours,
ne perdit pas de vue un seul instant le dogcart de don
José.

Il vit l'Espagnol rentrer chez lui et le dogcart disparaître derrière la porte cochère.

— Oh ! oh ! se dit-il, est-ce que don José serait un
homme rangé et rentrerait-il chez lui à dix heures précises ? ou bien aurait-il chez lui un rendez-vous ?

Et Rocambole s'embusqua à l'angle de la rue de Ponthieu, comme il s'était embusqué rue de Babylone, résigné à attendre encore.

Un quart d'heure après, un homme à pied sortit de la maison.

Il était enveloppé dans un caban, avait une casquette plate et fumait dans une pipe de terre.

Pourtant c'était bien la haute taille et la démarche de don José.

Ce dernier portait simplement une moustache et une royale. L'homme qui passa près de Rocambole avait une longue barbe. Cependant Rocambole reconnut don José.

— Peste ! murmura-t-il, il paraît que ceci est la soirée aux déguisements.

Et il suivit don José, qui avait passé sans prendre garde à lui.

L'hidalgo gagna d'un pas rapide la rue Miroménil et la remonta jusqu'à ce quartier populeux et sale de la place de Laborde, surnommé la *Petite Pologne*, et qui forme comme une tache de fange au front de l'aristocratique faubourg du Roule.

— Où diable va-t-il ? pensait Rocambole, qui le suivait toujours.

Don José traversa la place, s'arrêta un moment au pied d'une maison située à l'angle nord et parut inspecter du regard les croisées d'un quatrième étage, à travers lesquelles on voyait de la lumière.

Puis, comme une de ces croisées s'entrouvrait et qu'un linge blanc était suspendu au dehors, en manière de signal, l'Espagnol, qui paraissait avoir hésité un moment, gagna la rue du Rocher, et Rocambole le vit s'arrêter devant une porte bâtarde de piteuse apparence, comme la maison dans laquelle elle donnait accès.

Don José ne sonna point, ne souleva pas le marteau. Mais il prit une clé dans sa poche, ouvrit la porte et, après l'avoir refermé derrière lui, disparut dans les ténèbres d'une étroite et longue allée.

— Il paraît qu'il est ici chez lui, murmura Rocambole.

Puis il s'assit sur une borne et se dit : — Morbleu ! je saurai demain ce qu'il va faire dans cette maison.

La rue du Rocher était une rue mal éclairée, peu

passagère, et rarement fréquentée par les patrouilles e
les sergents de ville. Rocambole y demeura plus d'une
heure sans être inquiété et même remarqué.

Don José était toujours dans la maison. Onze heures,
puis minuit vinrent à sonner.

— Oh! oh! se dit le faux marquis de Chamery, va-t-il
donc y coucher.

Mais enfin la petite porte bâtarde s'ouvrit et don José
ressortit.

Rocambole s'était effacé dans l'ombre du mur et il
put entendre la voix de don José qui murmurait tout
bas : — Adieu, mon amour.

Une voix de femme fraîchement timbrée et qui trahissait la jeunesse, répondit du fond de l'allée : — Adieu...

Et don José s'en alla.

Mais Rocambole ne le suivit point. Il attendit patiemment une demi-heure encore ; puis, quand un chiffonnier
vint à passer, il alla à lui et le pria poliment, en lui donnant dix sous, de lui prêter un moment sa lanterne.

— Pourquoi faire? demanda celui-ci.

— Pour retrouver vingt francs que je viens de laisser
tomber.

Le chiffonnier s'approcha; la clarté de sa lanterne tomba sur la porte bâtarde et permit à Rocambole de reconnaître le numéro qu'elle portait.

— Numéro sept, lut-il. C'est tout ce que je voulais
savoir... Demain j'approfondirai le mystère.

Mais le lendemain, Rocambole devait avoir bien autre chose à faire.

XVII

Le lendemain, vers cinq heures, comme le marquis de
Chamery revenait du bois et traversait la place de la
Concorde, il aperçut planté tout debout, à l'entrée du

pont, un nègre à gilet rouge qu'il reconnut sur-le-champ.

C'était le groom de Conception.

Le groom pouvait être là par hasard, mais Rocambole, en homme qui flaire juste et a le pressentiment des événements, alla droit à lui et le regarda. Le groom fit un pas, glissa une lettre dans la main de Rocambole et s'en alla, se dirigeant vers la Madeleine.

Aucun mot n'était sorti de la bouche du nègre, et Rocambole avait si lestement dissimulé le billet, que pas un passant ne remarqua ce rapide manège.

— Quand on veut être réellement fort aux yeux d'une femme, se dit Rocambole, il faut agir comme je l'ai fait, lui laisser voir ou croire qu'on l'aime, ne jamais le lui dire et la forcer à provoquer un aveu.

Et Rocambole traversa le quai, et ouvrit le billet.

Il contenait trois lignes, sans signature :

« Ce soir, à minuit, boulevard des Invalides, à la petite porte des jardins de l'hôtel. J'ai besoin de vous. Prenez un déguisement quelconque. »

Rocambole descendit de cheval, remit sa monture au valet qui le suivait à vingt pas, et lui dit : — Je dîne à mon club, et rentrerai tard. Préviens madame la vicomtesse d'Asmolles.

Il rebroussa chemin, revint à pied jusqu'à la Madeleine, et gagna l'entresol de la rue de Suresnes, où son valet de chambre ne l'avait pas vu depuis plusieurs jours.

— Tu vas, dit-il à ce dernier, me trouver pour ce soir une blouse et une casquette. Je rentrerai vers onze heures.

Le marquis de Chamery alla, comme il l'avait annoncé, dîner à son club : il y perdit cent louis au baccarat, en sortit à onze heures, revint rue de Suresnes, où il trouva une blouse de maçon et une casquette, et il se dirigea, ainsi vêtu, vers le boulevard des Invalides, sur lequel l'hôtel de Sallandrera avait une issue par les jardins. Il y avait précisément, en face de cette petite porte mentionnée dans le billet, et que Rocambole eut bientôt trouvée, un banc adossé à un arbre.

I. 14

Le boulevard était désert, la nuit sombre. Notre héros se coucha de tout son long sur le banc et attendit, les yeux fixés sur cette porte. Comme minuit sonnait, elle s'entr'ouvrit sans bruit. Rocambole quitta son poste d'observation, s'approcha et la porte entr'ouverte s'ouvrit toute grande alors.

Une ombre se dessina sur le seuil de la porte, et une voix dont le grasseyement trahissait un nègre, dit tout bas : — Venez-vous de la place de la Concorde?

— Oui, répondit Rocambole.

— A quelle heure y étiez-vous?

— A cinq heures.

— Entrez, dit le nègre.

Rocambole avait reconnu le groom de mademoiselle Conception.

Le groom le prit par la main, le fit entrer et ferma la porte. Puis il le conduisit, à travers le jardin, jusqu'à la serre.

Un petit escalier qu'il lui fit gravir sans lumière, en lui recommandant de faire le moins de bruit possible, montait de la serre au deuxième étage de l'hôtel, **tout entier occupé par mademoiselle de Sallandrera.**

Rocambole, entraîné par le nègre, trouva à la dernière marche de cet escalier un corridor qu'il longea un moment, puis une porte s'ouvrit devant lui, la main du nègre abandonna la sienne et il se trouva dans un petit boudoir aux tentures sombres, faiblement éclairé par une lampe supportant un abat-jour de porcelaine peinte, et qui jetait des reflets bizarres à quelques tableaux de l'école espagnole, dont les murs étaient garnis.

Conception était debout sur le seuil d'une autre porte, qu'elle ferma derrière elle.

Elle vint à Rocambole et lui tendit la main à l'anglaise.

— Merci, dit-elle, je vois que j'ai eu raison de compter sur vous.

Rocambole s'inclina. Un écolier, à sa place, n'eût pas manqué de tomber aux genoux de la jeune fille. Mais le faux marquis de Chamery était trop habile pour commettre une pareille faute, et il conserva un maintien froid et réservé, comme s'il eût été convaincu que mademoiselle Conception allait lui demander un service dans lequel son cœur n'entrerait pour rien.

Elle lui'indiqua un siége et s'assit elle-même.

— Monsieur le marquis, lui dit-elle avec un calme qui décelait l'énergique nature espagnole, bien certainement si l'on disait demain dans un salon de Paris : « Mademoiselle de Sallandrera a donné un rendez-vous au marquis de Chamery et l'a reçu chez elle, dans son boudoir, à minuit, » personne ne voudrait le croire.

— C'est vrai, dit Rocambole.

— Mais, poursuivit-elle, si aujourd'hui mademoiselle de Sallandrera dit au marquis de Chamery : Je suis dans une situation telle que j'ai besoin de me confier à un homme d'honneur comme vous...

— Non-seulement, interrompit Rocambole complétant la pensée de la jeune fille, le marquis de Chamery trouverait tout simple que mademoiselle de Sallandrera ait songé à lui, mais il l'en remercierait à genoux.

Elle fit un signe de tête affirmatif, et reprit : — Avant de vous dire quel est le service que j'attends de vous, il faut que je vous apprenne des choses que nul ne sait à Paris, et qui sont encore un secret entre ma famille et moi.

— Parlez, mademoiselle, dit Rocambole, je suis homme à garder un secret.

— Je le crois, et c'est pour cela que je n'ai point hésité à me confier à vous. Monsieur le marquis, continua-t-elle, je dois partir dans quinze jours pour l'Espagne.

Rocambole tressaillit.

— Et y épouser dans deux mois mon cousin José.

Le faux marquis ne sourcilla point, mais Conception s'aperçut qu'il devenait horriblement pâle.

Elle poursuivit : — Don José est le frère cadet de don Pedro, marquis d'Alvar, auquel j'ai été fiancée il y a six ans. Depuis cinq ans, don Pedro se meurt d'un mal étrange, épouvantable, sans remède. Les médecins les plus célèbres de l'Europe ont été consultés et tous son demeurés d'accord sur ce point, que don Pedro était incurable et qu'il s'éteindrait lentement. Le malheureux succombe à une lèpre immense qui lui ronge le visage et a fait de la plus noble tête, de la plus belle qu'on eût jamais vue, un objet d'horreur et de dégoût, une face de cadavre que les vers du cercueil auraient entamée déjà.

— C'est bizarre! murmura Rocambole impressionné par cette confidence.

— Le marquis a déjà perdu la vue, continua mademoiselle de Sallandrera, il n'a plus de cheveux, ses lèvres tombent en morceaux, sa langue est rongée petit à petit. Mon père a reçu ce matin une lettre de Cadix, où il se trouve. Cette lettre annonce que le mal est arrivé à sa dernière période, et qu'il reste à peine un mois de vie à cet infortuné. Le jour où il aura cessé de vivre, je serai fiancée à don José, et je l'épouserai au bout d'un mois. Je l'épouserai parce qu'il le faut.

Et Conception prononça ces derniers mots avec une répugnance invincible.

— Comment, mademoiselle, fit observer Rocambole, êtes-vous donc obligée d'épouser don José si votre cœur s'y refuse?

— Mon père le veut.

— Je croyais que M. le duc idolâtrait sa fille, et que, pour rien au monde...

— Mon père est inflexible dans ses volontés. Ensuite, si je refusais d'épouser don José, ce serait tuer mon père.

— Ah! fit Rocambole stupéfait.

— Cependant, reprit Conception, je hais don José autant que j'aimais don Pedro, son frère.

Rocambole tressaillit de nouveau.

— Je le hais, acheva Conception d'une voix sombre, parce que cet homme est un lâche assassin!

Et le faux marquis de Chamery vit briller dans les

yeux de la jeune fille un regard qui lui fit comprendre les brûlantes passions de ce brûlant pays où elle était née.

— Je le hais, répéta-t-elle, et je crois que je mourrai le jour où il deviendra mon époux.

— Voulez-vous que je le tue en duel ?

Et Rocambole mit dans cette proposition chevaleresque un accent si dévoué, que Conception en fut vivement touchée.

— Non, dit-elle en souriant avec tristesse, ou plutôt attendez... laissez-moi parler...

Elle se leva, alla vers un petit meuble de Boule dont elle ouvrit un tiroir, et y prit un rouleau de papier assez volumineux.

— Monsieur de Chamery, dit-elle, je vais vous confier ce manuscrit écrit tout entier de ma main. C'est l'œuvre de mes nuits sans sommeil et des soirées que je dérobe aux exigences du monde. Quand vous en aurez pris connaissance, vous reviendrez, n'est-ce pas ? et je vous dirai ce que j'attends de vous.

Mademoiselle de Sallandrera s'exprimait avec un grand calme, mais sa voix triste et son regard baissé semblaient dire : Il faut que j'aie en vous une bien grande confiance pour vous livrer les secrets de ma famille.

Rocambole prit le manuscrit :

— Mademoiselle, lui dit-il, je vais rentrer chez moi, m'enfermer et dévorer ces pages. Demain soir je serai à vos ordres.

— Oui, n'est-ce pas ? dit-elle. Je vous attends demain.

— En quel lieu !

— Ici.

— A quelle heure ?

— A l'heure où je vous ai reçu aujourd'hui. Vous trouverez mon nègre à la petite porte.

Et comme Rocambole faisait un pas de retraite, elle lui prit vivement le bras et lui dit avec une animation toute méridionale :

— C'est étrange, n'est-ce pas, qu'une jeune fille dans ma situation se conduise comme je le fais ; qu'elle appelle

4.

à son aide un homme qu'elle connaît depuis deux mois à peine, au lieu de s'aller jeter dans les bras de son père. Eh bien ! quand vous aurez lu ces lignes, quand vous saurez mon histoire, vous ne vous étonnerez plus qu'une pauvre femme, placée entre des bourreaux et des victimes, ait cherché un homme loyal pour lui demander son appui.

Ces dernières paroles de Conception devaient amener un aveu sur les lèvres de son jeune visiteur.

Le faux marquis de Chamery comprit alors que l'heure était venue de faire un pas timide et sûr à la fois dans le cœur de la belle Sévillane.

— Mademoiselle, dit-il avec une émotion si merveilleusement jouée, que, malgré la pénétration féminine, Conception s'y laissa prendre, je ne sais quels peuvent être les bourreaux dont vous parlez, les victimes placées près de vous ; mais je vous remercie à deux genoux d'avoir jeté les yeux sur moi, et Dieu fasse que je puisse être assez heureux pour risquer ma vie pour vous !

Une vive rougeur monta au front de mademoiselle de Sallandrera.

Rocambole continua : — Car, dans le siècle prosaïque et de calculs mesquins où nous vivons, dit-il, au milieu de ces gens affairés, égoïstes, courant vers l'argent comme les Hébreux vers le veau d'or, il est si rare, si difficile qu'un galant homme trouve l'occasion de se dévouer à la femme dont le regard a jeté le trouble au fond de son cœur !

En prononçant ces derniers mots, le faux marquis de Chamery fléchit un genou, osa prendre la main de Conception et y mit un respectueux baiser.

Mademoiselle de Sallandrera rougit plus fort encore, mais elle ne retira point la main que le jeune homme avait prise.

— Monsieur de Chamery, répondit-elle, je ne sais si vous m'aimez, et cependant je le crois... c'est pour cela que je me suis adressée à vous .. je ne vous dirai pas que je vous aime, moi, car ce serait mentir, car j'ai au fond du cœur le souvenir de ce malheureux don Pedro qui va mourir. Mais si vous me sauvez, monsieur, si vous parvenez à m'arracher à don José et me rendre digne de me choisir un protecteur, je vous jure que je serai une honnête femme. Adieu...

Elle lui fit un geste presque suppliant et le regarda :

— Partez ! dit-elle, à demain.

Rocambole obéit.

Dans le corridor il retrouva le groom noir, qui le prit de nouveau par la main et le reconduisit jusqu'à la petite porte du boulevard des Invalides.

Rocambole s'en alla en disant : — Je ne sais pas ce qu'*elle* veut que je fasse, mais je sais bien qu'elle se trompe en prétendant aimer encore don Pedro. Ce n'est pas lui qu'elle aime, c'est moi. . . . .

. . . .

Le faux marquis alla changer de costume, rentra à pied rue de Verneuil, et monta à l'appartement de sir Williams.

Sir Williams, aux mains d'un valet de chambre, se laissait mettre au lit en ce moment, et son horrible visage exprimait toute la béatitude d'un homme qui ne vit plus que pour les joies matérielles et à qui aucune de ces joies ne fait défaut.

— Mon oncle, lui dit Rocambole en anglais, j'ai encore du nouveau à t'apprendre.

L'aveugle se dressa sur son séant.

D'un geste, Rocambole congédia le valet de chambre. Puis il s'assit au chevet de sir Williams et tira de sa poche le manuscrit de mademoiselle de Sallandrera. Mais avant de dérouler le manuscrit, il raconta à l'aveugle son entrevue avec la jeune fille et lui parla du rendez-vous qu'elle lui avait assigné pour le lendemain.

A mesure qu'il parlait, le visage de sir Williams exprimait une vive satisfaction. Cet homme, qui ne pouvait plus rien être par lui-même, qui ne pouvait plus ni voir, ni aimer, ni être aimé, se sentait revivre dans son élève. Il lui semblait que c'était lui que Conception aimait, lui qui irait le lendemain à ce mystérieux rendez-vous.

Rocambole jouit un moment de cette joie muette, et si éloquente cependant; puis il déploya le manuscrit de Conception, le plaça devant lui sur une table sur laquelle était une lampe en abat-jour, et lut :

« Notes pour servir à l'histoire secrète de la noble fa-
« mille de Sallandrera, et destinées au marquis de Cha-
« mery, en qui j'ai une confiance absolue. »

— Tiens! tiens! fit Rocambole, il paraît que j'inspire de la confiance... Peste!

Et comme le mauvais rire des beaux jours de sir Williams reparaissait sur les lèvres de l'aveugle, M. le marquis Albert-Frédéric-Honoré de Chamery commença à haute voix la lecture du manuscrit.

XVIII

Manuscrit de Conception.

Le manoir de Sallandrera est situé dans la Navarre espagnole. Assis au flanc d'un sierra aride, dominant une vallée morne et déserte, ce vieil édifice est plus triste et plus sombre encore que le pays désolé qui l'entoure. Bâti par un Sallandrera, compagnon du chevalier Pélage, il a traversé le moyen-âge comme un soldat bardé de fer qui demeure seul et debout sur le champ de bataille jonché de morts.

Chaque époque guerrière de notre histoire a sa page écrite sur ses murs. Ferdinand et Isabelle les époux-rois, y ont passé une nuit, Charles-Quint s'y est reposé, le terrible Philippe II l'a pris d'assaut et y a fait décapiter un Sallandrera rebelle. Le dernier siége soutenu par le château remonte à 1809, époque où l'Espagne essayait de résister aux armées impériales. Un détachement français en avait entrepris le blocus. La garnison du château se composait d'une poignée d'hommes. Le capitaine don Pedro d'Alvar en avait le commandement. Il y avait six semaines que le blocus durait ; la garnison commençait à manquer de vivres. Le général français avait fait proposer la vie sauve à la garnison si elle consentait à se rendre. On prétendit même que le grade de colonel dans l'armée du roi Joseph devait être pour don Pedro d'Alvar le prix de la reddition du château. Mais don Pedro fut trouvé mort au pied des remparts le lendemain du jour où le parlementaire français s'était présenté à Sallandrera. Le château tint huit jours encore. Un armistice le sauva des horreurs de la faim et de la honte d'une capitulation.

Voilà tout ce que notre histoire espagnole pourra dire sur ce siége, et ni l'armée française, ni la garnison du château n'eurent jamais le secret de la mort mystérieuse de don Pedro. Ce secret, le duc de Sallandrera mon père le possède, et celui qui lira ces lignes, celui pour qui je les écris et en la loyauté duquel je confie l'honneur de ma maison, aura le dernier mot d'un drame nocturne et sombre qui devait avoir de funestes conséquences à une distance de plus de trente années.

La duchesse de Sallandrera, ma grand'mère, veuve à vingt-sept ans, éprise d'un fol amour pour le capitaine don Pedro d'Alvar, l'avait épousé malgré l'opposition et les remontrances de notre famille, qui trouvait le capitaine de bien petite naissance pour succéder à un duc de Sallandrera, outre qu'il était sans fortune. Mais la duchesse n'avait écouté que son cœur, et elle était mariée depuis cinq ans, lorsque les Français entrèrent en Espagne pour y proclamer le roi Joseph. La duchesse de Sallandrera avait pu oublier certaines lois de noblesse, braver au profit de son cœur, certains préjugés ; mais elle était Espagnole, fidèle de cœur aux rois de ses pères, et elle dit à son époux :

— Vous allez, monsieur, vous enfermer avec moi et les troupes que vous commandez dans mon château de

Sallandrera, et mon fils, qui a bientôt treize ans, combattra à vos côtés pour son pays et son roi.

Le capitaine don Pedro d'Alvar commandait donc le château de Sallandrera pour le roi d'Espagne, ét notre vieux manoir fut une des premières forteresses qui opposèrent une résistance énergique à l'ennemi.

Maintenant, pour bien faire comprendre l'influence fatale que les événements de ce siége devaient avoir sur ma destinée, il me faut reporter mon lecteur à cette époque et l'introduire dans le château de Sallandrera, le jour même où le parlementaire français s'y présentait. Ce parlementaire était un jeune officier d'état-major, aide de camp du général ennemi. Don Pedro d'Alvar avait alors quarante ans. Il était de petite taille, assez maigre, d'une physionomie expressive, qui eût pu paraître d'une grande beauté si elle n'eût été éclairée par un regard mobile, fuyant et presque toujours baissé. Don Pedro reçut le capitaine français dans une vaste salle du château où se trouvaient les portraits de mes ancêtres, les ducs de Sallandrera.

Personne n'assista à cet entretien. Que se passa-t-il entre eux? Le parlementaire français partit persuadé que don Pedro d'Alvar et lui seuls le savaient.

Don Pedro partagea la même conviction. Mais lorsqu'il eut reconduit l'officier jusqu'à la porte de la forteresse et fut rentré chez lui, disant à la duchesse de Sallandrera, sa femme, qu'il avait repoussé avec énergie les propositions du général français, lorsque enfin il se fut enfermé de nouveau dans cette même salle où il était tout à l'heure avec l'officier ennemi, et où sans doute il avait consenti avec lui la reddition du château, un événement inattendu, foudroyant, vint détruire cette conviction.

Don Pedro venait de s'asseoir, et, la tête dans ses mains, l'œil baissé vers la terre, il murmurait à mi-voix: « Il est évident que j'ai bien fait. La cause du roi d'Espagne est une cause perdue... Le roi Joseph seul est l'avenir du pays, l'avenir et la prospérité. Ma soumission n'est point une trahison, c'est un acte de sage politique. Dans un an, je serai général ; dans deux, grand d'Espagne. » Ce fut au moment où don Pedro prononçait ces paroles qu'une apparition subite le fit se lever précipitamment et reculer avec effroi. Cependant, cette apparition n'avait rien d'effrayant en apparence. Ce n'était pas un fantôme, ce n'était point un spectre. C'était un jeune homme, presqu'un enfant. Cet enfant, c'était le jeune duc de Sallandrera. C'était mon père !

Comment le duc était-il entré ?

La salle n'avait qu'une porte, une porte à deux battants, que le capitaine don Pedro d'Alvar avait fermée au verrou sur lui. Et cette porte ne s'était point ouverte. L'enfant était sorti des plis d'un vaste rideau qui masquait l'embrasure d'une croisée... puis il était venu lentement à don Pedro et l'avait regardé face à face.

Pâle, défait, étourdi de sa présence inattendue, le capitaine demeura un moment sans voix et s'appuya à une table pour ne point tomber :

— Paëz ! dit-il enfin, vous étiez là ?

— Oui, — fit le jeune homme d'un signe de tête. Et il répéta de vive voix : — J'étais là... depuis une heure.

— Une heure ! et... vous avez entendu ?

— Tout.

Par un brusque mouvement, don Pedro porta la main à son épée. Mais plus prompt que lui, le jeune duc tira un pistolet, éleva le canon à la hauteur du front du capitaine et lui dit avec un sang-froid terrible : — Si vous faites un mouvement, je vous tue...

Le capitaine, intimidé, demeura immobile, mais il essaya de ricaner et murmura : — Vous êtes un enfant et vous ne comprenez rien à la politique.

— Monsieur, répondit le jeune homme, j'ai nom le duc de Sallandrera, et bien que je n'aie que treize ans, je sais la valeur d'un tel nom et les devoirs qu'il m'impose. Le premier de ces devoirs, monsieur, est de conserver le château de Sallandrera à mon souverain.

— Ah ! fit le capitaine d'un ton railleur.

— Le second, poursuivit le jeune duc, est de mettre à mort le traître qui a résolu d'introduire l'ennemi par un souterrain dont il a indiqué l'entrée, la nuit où il laissera flotter un étendard blanc sur les remparts...

De nouveau don Pedro fit le geste de porter la main à son épée et il recula d'un pas. Mais l'enfant fit un pas en avant :

— Capitaine don Pedro, dit-il d'une voix si ferme, avec un accent si convaincu, que la terreur hérissa les cheveux du traître, regardez-moi bien en face et voyez si je mens.

— Que voulez-vous? balbutia le capitaine, qui commençait à trembler.

— Capitaine don Pedro d'Alvar, poursuivit le jeune duc, vous allez mourir. Je vous le jure sur la cendre de mes pères, sur l'honneur de ma maison, sur la tête de ma mère, qui a eu la faiblesse d'aimer un misérable tel que vous. Mettez-vous à genoux et demandez pardon à Dieu de votre crime.

Don Pedro était un lâche, et d'ailleurs il n'avait d'autre arme que son épée, arme inutile contre ce pistolet dont la gueule était braquée sur lui. Il se mit à genoux et demanda grâce.

L'enfant secoua la tête.

— Non, dit-il, si je vous pardonnais, vous livreriez le château au premier jour. Je vous le répète, don Pedro, vous allez mourir...

Le capitaine se traîna aux genoux du duc, il pria, supplia, joignit les mains, versa des larmes... Inflexible, l'enfant lui répondit : — Vous avez épousé ma mère, et ma mère a de vous un fils de huit ans qui est mon frère, à moi. Ce frère et cette mère je les aime autant que je vous hais et que je vous méprise... Eh bien! je ne voudrais pas les déshonorer par votre mort...

Don Pedro eut un moment d'espoir ; un éclair de joie brilla dans ses yeux.

Mais le jeune duc eut un dédaigneux sourire et continua : — Vous vous trompez, don Pedro, vous allez mourir. Seulement, si je vous tue là, d'un coup de pistolet, on accourra, et quand on me trouvera en face de votre cadavre, il faudra bien que j'avoue votre crime...

— On vous traitera d'assassin, balbutia don Pedro, qui mit tout son espoir dans ce mot.

— Vous vous trompez, répondit le jeune duc, comme vous venez de me le dire, je suis un enfant, et un enfant ne ment pas. Ma mère serait la première à me croire.

Don Pedro courba la tête et se tut.

— Maintenant, poursuivit le jeune duc, choisissez, car vous n'avez plus que quelques minutes à vivre... Choisissez, d'une mort obscure, mystérieuse, qui semblera résulter d'un accident et laissera votre mémoire intacte et honorée; ou bien une mort comme celle que je vous destinais tout à l'heure et qui me forcera à dire que don Pedro d'Alvar était un traître.

— Tuez-moi donc, balbutia le capitaine, mais ne me déshonorez pas.

— Soit, dit l'enfant.

Puis il montra une des croisées de la salle.

— Tenez, dit-il, cette fenêtre donne de plain-pied sur la plate forme du nord, celle qui fait face au camp ennemi. A l'heure avancée où nous sommes, la plate-forme n'est occupée de distance en distance que par les sentinelles. Il pleut, elles sont à l'abri dans leur guérite. Vous allez me suivre...

Et marchant à reculons jusqu'à la croisée, tenant toujours son pistolet à la hauteur du front de don Pedro, le jeune duc ouvrit cette croisée, qui donnait sur la plate-forme par une porte-fenêtre, et il passa le premier.

— Suivez-moi! dit-il au capitaine d'un ton si bref, si impérieux, que celui-ci y devina son arrêt de mort.

La nuit était sombre. A peine la silhouette du jeune duc se détachait-elle en noir sur les ténèbres du ciel.

Don Pedro le suivit et vint sur la plate-forme.

— A présent, dit tout bas le jeune homme, passez devant moi et ne vous avisez ni de crier, ni d'appeler au secours, car avant qu'on fût accouru, je vous aurais tué roide, et vous mourriez déshonoré.

Don Pedro se mit en marche lentement, comme un condamné qu'on mène au supplice. Cependant il ne savait encore où le menait le jeune duc. Or, la plate-forme du château n'en faisait le tour qu'à l'aide d'un pont-levis qui en réunissait vers l'ouest le côté du sud à celui du nord, à l'angle d'une tour qui surplombait un précipice. Ce pont-levis était baissé en état de siége et formé d'une seule planche de chêne, d'une épaisseur de plusieurs pouces, solidement ferrée et qui se mouvait à l'aide d'une bascule. Au moyen-âge, ce pont-levis avait eu un double usage : il servait à faire disparaître les prisonniers de guerre dont on voulait se débarrasser sans esclandre. On faisait passer le malheureux sur la planche, puis, lorsqu'il était au milieu, on retirait une cheville de fer qui maintenait la bascule immobile, la planche tournait, et le prisonnier tombait dans le précipice, où il allait se briser en mille pièces. Depuis plusieurs siècles cet usage barbare avait, comme on le pense bien, été abandonné ; mais la planche avait conservé ses fonctions de passerelle, et lorsque le capitaine don Pedro d'Alvar était venu s'enfermer dans le château de Sallandrera, il avait trouvé la passerelle baissée depuis plusieurs années ; peut-être même ignorait-il le terrible secret de la cheville de fer et de la bascule. Mais le jeune duc, lui, connaissait ce mécanisme cruel, et quand le capitaine, qui continuait à marcher lentement, eut posé le pied sur la planche, il lui dit à mi-voix :

— Arrêtez-vous !

Le capitaine s'arrêta tout tremblant.

— Grâce, balbutia-t-il encore.

Mais le duc venait de saisir la cheville et l'avait arrachée violemment... En même temps la planche tourna, et le traître alla rouler dans l'abîme sans avoir eu le temps de pousser un cri.

Alors le jeune duc replaça fort tranquillement la cheville, pour éviter qu'un soldat ignorant eût, en passant, le même sort que son capitaine.

. . . .

Le lendemain on chercha vainement le capitaine don Pedro d'Alvar. Deux jours après, les Français retrouvèrent un corps en lambeaux sur les rochers, et ils comprirent qu'il fallait renoncer à l'espoir d'obtenir la reddition du château.

Un armistice fut conclu trois jours après, du reste, et le siége fut levé. La duchesse mère de Sallandrera ignora toujours la trahison de don Pedro et la façon dont il était mort... L'enfant avait gardé son secret, et le trépas du capitaine avait été attribué à un accident. Mais le capitaine avait laissé un fils, un fils qui était le frère de don Paëz, duc de Sallandrera, et ce frère, plus jeune de cinq ans, devait ignorer comme sa mère le secret de la mort tragique de son père. Les deux frères, élevés ensemble, grandirent ensemble, s'aimant tendrement : le premier oubliant que don Ramon était le fils d'un traître, ce dernier ignorant que ce frère qu'il aimait tant était le meurtrier de son père.

Don Paëz, duc de Sallandrera, et don Ramon d'Alvar étaient, à vingt ans, officiers dans les gardes de S. M. Charles IV. Tous deux devinrent amoureux d'une jeune fille de noblesse castillane, dona Luisa. Mais le duc de Sallandrera fut généreux ; il sacrifia son amour à son frère, qu'il dota richement. Don Ramon d'Alvar épousa dona Luisa en août 18... L'année suivante, dona Luisa mit au monde deux fils jumeaux. L'aîné reçut le nom de don Pedro, le second fut appelé don José.

Le bonheur de Don Ramon d'Alvar, nommé capitaine le lendemain de son mariage, semblait donc être sans nuages ; il aimait, il était aimé, il allait goûter les joies de la paternité, lorsque la fatalité vint à souffler sur lui, renversant sans pitié l'édifice de cette félicité naissante.

Il était écrit que don Ramon devait, comme son père don Pedro, mourir de mort violente et mystérieuse.

. . . .

— Oh! oh! murmura Rocambole, qui interrompit en ce moment la lecture du manuscrit, mademoiselle Pépita-Dolorès-Conception de Sallandrera me paraît un peu légère de confier tous ses secrets de famille à son petit ami Rocambole...

Un sourire glissa sur les lèvres muettes de sir Williams. Puis l'aveugle fit un mouvement de la main qui signifiait : — Continue... ceci devient intéressant.

Et Rocambole, qui comprit ce geste, reprit le manuscrit, et continua en ces termes :

XIX

Don Ramon était père depuis six mois environ. La jeune comtesse Luisa d'Alvar — car don Ramon avait été fait comte par le roi — s'était momentanément séparée de son mari pour aller passer quelques semaines chez sa mère.

En même temps Sa Majesté Catholique avait quitté Madrid pour l'Escurial, et le duc de Sallandrera, ainsi que don Ramon, avaient naturellement suivi leur souverain, en leur qualité d'officiers de sa maison. L'union des deux frères était parfaite ; ils s'aimaient comme s'aiment ordinairement deux jumeaux. Le duc, surtout, avait pour don Ramon une de ces affections de frère aîné qui sont presque paternelles. On eût dit qu'il voulait faire oublier à don Ramon qu'il n'avait plus de père... Peut-être même, à distance, lorsqu'il songeait que sa mère était morte de chagrin, le duc trouvait-il qu'il s'était montré bien impitoyable pour le traître don Pedro d'Alvar.

Les deux frères habitaient à l'Escurial un même appartement. Ils y passaient la plus grande partie des heures de loisir que leur laissait le service du roi. Le duc lisait, don Ramon peignait ou faisait de la musique ; tous deux s'entretenaient de la belle dona Luisa et de ses chers nourrissons. Un soir, tandis que le duc était de service tout seul auprès du roi qu'il avait accompagné à la chasse, don Ramon était chez lui, occupé à écrire à sa jeune femme, lorsqu'un soldat lui apporta un billet qu'il ouvrit avec étonnement, car l'écriture de la suscription lui était inconnue.

Ce billet était signé *dom Basilio, curé de san Geronimo.*

Saint-Jérôme est une petite bourgade, située à deux lieues de l'Escurial.

Ce billet était conçu en ces termes :

« Don Ramon,

« Un vieux soldat, à qui j'ai administré les derniers « sacrements de l'Église, et qui n'a plus que quelques « heures à vivre, vous supplie d'accourir à son lit de « mort. Il se nomme Yago Perez, et prétend avoir un « important secret à vous révéler. »

Don Ramon demanda au soldat : — Qui donc a apporté ce billet ?

— Un paysan à cheval qui attend la réponse.

— C'est bien.

Dix minutes après, don Ramon montait à cheval et suivait le paysan ; au bout d'une heure il arrivait dans la plus pauvre cabane du misérable village de Saint-Jérôme et trouvait, en effet, un vieillard qui se mourait, ayant à son chevet le curé qui avait tracé le billet. Le moribond pouvait avoir soixante ans. Malgré son extrême faiblesse, il avait conservé toute sa présence d'esprit, et il attacha sur don Ramon un regard fort calme.

— Vous ressemblez à votre père, lui dit-il, comme la goutte d'eau ressemble à la goutte d'eau. C'est frappant.

Don Ramon s'assit au chevet du vieux soldat et lui prit la main.

Alors celui-ci fit un signe, et le curé, ainsi que deux femmes qui entouraient son lit, s'écartèrent.

— Don Ramon, dit le vieillard, je vais mourir et je meurs en me repentant d'avoir gardé, par peur et fai-

15.

blesse, un secret que j'aurais dû révéler plus tôt. Mais, à mon heure dernière, je n'hésite plus et je vous ai fait supplier d'accourir.

— Ce secret m'intéresse donc? demanda don Ramon.

— Oui, fit le soldat d'un signe de tête. Puis il ajouta : — J'ai servi sous les ordres du capitaine don Pedro d'Alvar, votre père. Je faisais partie de la garnison qui défendit le château de Sallandrera, en 1809.

— C'est là que mon père est mort, murmura don Ramon, qui avait toujours conservé du capitaine don Pedro un vieux souvenir.

— Oui, dit le pieux soldat. Eh bien! savez-vous comment il est mort, votre père?

Don Ramon tressaillit.

— Non, dit-il. Cependant, on a toujours prétendu que, dans un accès d'aliénation mentale, ou, par une nuit sombre, ayant fait un faux pas, il s'était précipité du haut des remparts, et que sa mort n'était que le résultat d'un accident.

Le vieux soldat secoua la tête.

— Votre père a été assassiné, dit-il.

— Assassiné! s'écria don Ramon. Et par qui donc? où donc est son meurtrier?

— Attendez, continua le vieux soldat, vous le saurez tout à l'heure... Une nuit, deux hommes passèrent devant ma guérite; j'étais placé en sentinelle sur le rempart. L'un des deux hommes était votre père, l'autre son meurtrier.

— Mais son nom? demanda Ramon, plein d'angoisse.

— Je vous le dirai tout à l'heure, répondit le moribond. Et il continua : — Votre père marchait le premier, probablement sans défiance, car ni l'un ni l'autre ne prononçaient un mot. Quand ils furent arrivés sur cette planche qui servait de pont...

— Oh! je m'en souviens, dit don Ramon, c'était une planche étroite.

— Oui, c'est cela... ils étaient déjà loin de moi, la nuit était noire, et je ne pus pas distinguer parfaitement ce qui se passa. Mais j'entendis le meurtrier qui disait à votre père : « Arrêtez-vous ! » Et tout aussitôt j'entendis un grand bruit... votre père avait été précipité dans l'abîme. Une minute après, le meurtrier repassa fort tranquillement devant moi et rentra dans le château.

— Horreur ! murmura don Ramon, qui était devenu aussi pâle que le drap qui recouvrait le soldat moribond. Mais quel était donc cet infâme ?

— Patience ! patience ! — murmura le soldat ; vous saurez tout... — Et il reprit : — Je fus le seul témoin, sans doute, de ce forfait abominable, et depuis quinze années ma conscience me reproche mon silence comme un crime non moins grand ; mais l'assassin était puissant. Si je l'avais accusé on ne m'aurait pas cru... j'aurais peut-être été fusillé...

— Puissant ! murmura don Ramon. Qui donc était-ce ?

Le soldat rappela d'un geste le curé de San Geronimo Celui-ci s'approcha.

— Votre crucifix ! demanda le soldat.

Le prêtre prit le crucifix et le lui présenta. Alors regardant don Ramon, le mourant étendit la main vers le Christ et dit : — Sur cette croix, devant Dieu qui va me juger bientôt, je jure que je dis la vérité.

— Je vous crois, répondit Ramon.

Alors le mourant ajouta en faisant un dernier effort, car l'heure fatale approchait : — L'assassin du capitaine don Pedro d'Alvar est le duc don Paëz de Sallandrera.

— Mon frère ! s'écria don Ramon saisi d'épouvante et d'horreur.

. . . .

Cependant le jeune duc de Sallandrera était rentré à l'Escurial avec l'escorte royale, et il s'était enquis de don Ramon.

— Le comte est parti pour San Geronimo, lui fut-il répondu par le soldat qui avait apporté le billet du curé et raconta ce qu'il savait. Bien qu'il n'y eût dans cet événement rien de très-extraordinaire, le duc en éprouva comme un pressentiment bizarre et plein de tristesse. Il n'alla point au jeu du roi et demeura enfermé dans son appartement, attendant don Ramon avec impatience.

Enfin celui-ci arriva. Mais en le voyant entrer, don Paëz, duc de Sallandrera, poussa un cri et recula malgré lui. Don Ramon était pâle comme un mort qui sort à minuit de son sépulcre.

— Mon Dieu ! s'écria le duc, qu'as-tu donc, mon frère ?

— Rien, dit sèchement don Ramon.

— D'où viens-tu ?

— Je viens de recevoir le dernier soupir d'un homme dont vous devez vous souvenir, duc de Sallandrera.

Don Ramon parlait d'une voix sombre qui acheva de jeter le trouble dans l'esprit et le cœur du duc.

— Quel est cet homme ? demanda-t-il tout ému.

— Un vieux soldat du nom de Yago Perez.

— Je crois me rappeler ce nom.

— Il faisait partie de la garnison de Sallandrera.

— Ah ! oui, murmura le duc, que ce nom de Sallandrera acheva de troubler. Je crois me souvenir, en effet.

— Cet homme, poursuivit don Ramon, dont les yeux flamboyaient, se souvient de la mort de mon père.

Le duc tressaillit.

— Il sait comment mon père est mort !...

— Il le sait ?

Et le duc recula à son tour, comme si le spectre de don Pedro d'Alvar eût tout à coup surgi de terre devant lui.

— Il sait que mon père a été assassiné, acheva don Ramon d'une voix stridente, et il m'a nommé l'assassin.

Ces derniers mots éclatèrent comme la foudre sur la tête du duc.

— Frère !... frère !... balbutia-t-il.

— Je ne suis pas votre frère ! répondit don Ramon. Arrière, assassin !

Cette épithète fit monter le rouge de l'indignation au visage du duc.

— Votre père ! s'écria-t-il, votre père était un traître !

— C'est faux !

— C'est vrai ! Et c'est pour ne vous point déshonorer, pour ne point déshonorer notre mère que je l'ai tué !

— Ah ! tu l'avoues donc, misérable ! tu l'avoues ! exclama don Ramon, ivre de fureur, tu avoues donc que tu l'as assassiné, infâme ?

— J'avoue que je l'ai tué après l'avoir condamné, répondit le duc, qui retrouva tout son sang-froid en présence de la fureur de son frère.

Don Ramon porta la main à son épée et jeta son gant au visage de don Paëz, duc de Sallandrera.

— En garde donc ! lui dit-il, en garde ! je veux venger mon père !

Mais le duc ne ramassa point le gant, le duc ne bougea point, et il répondit avec calme : — Don Ramon, vous savez si je suis brave...

— Vous êtes un assassin !

— Don Ramon, continua le duc, je vous jure sur la cendre de notre mère que je me battrai avec vous...

— N'insulte pas ma mère, infâme !

— Oui, je me battrai, acheva le duc, mais lorsque vous m'aurez écouté, quand je vous aurai dit de quelle souillure ineffaçable celui que vous appelez votre père allait vous couvrir...

— Je ne veux rien savoir, je ne veux rien entendre ! s'écria don Ramon : c'était mon père !

Et il tira son épée.

— Don Ramon ! don Ramon ! mon frère ! supplia le luc, au nom de l'amour que j'avais pour toi, au nom de notre mère, au nom de ta femme et de tes enfants, écoute-moi !

— Vous êtes un lâche, répondit don Ramon, et vous avez peur de mourir !

Et comme le duc était resté impassible en se voyant jeter le gant de don Ramon, celui-ci se rua sur lui et le frappa au visage en l'appelant infâme !

. . . .

Alors le duc perdit la tête ; il oublia que cette main qui venait de le frapper était celle de son frère, il ne vit plus devant lui qu'un homme qui venait de lui faire subir un outrage qui, pour un gentilhomme, ne peut être lavé qu'avec du sang. Et comme don Ramon, il tira son épée et tous deux se précipitèrent l'un sur l'autre, s'attaquèrent avec acharnement, le fer engagé jusqu'à la garde.

Deux minutes après, l'un des deux adversaires tomba sans pousser un cri, sans prononcer un mot, sans exhaler un soupir. C'était don Ramon.

L'épée de don Paëz, duc de Sallandrera, l'épée de son frère l'avait atteint au cœur, et il était mort sur le coup.

. . . .

Le duc passa le reste de la nuit inerte, stupide, comme un homme foudroyé et privé de raison, en présence de ce cadavre du seul homme qu'il eût aimé. Vingt fois il eut la tentation de se passer son épée au travers du corps. Vingt fois une bonne pensée l'arrêta : Don Ramon laissait une veuve et deux enfants, et il leur fallait un protecteur.

Au petit jour, le duc se rendit chez le roi, qui l'aimait beaucoup, et le reçut sur un simple mot qu'il remit au chambellan de service.

Le duc se jeta aux genoux du monarque et lui fit sa confession. Il lui avoua ces deux meurtres, que la fatalité l'avait forcé de commettre, et il osa lui dire : — Sire, je suis venu me jeter aux pieds de Votre Majesté pour la supplier de me juger en gentilhomme qui ne relève que de son roi. Si je suis coupable, faites-moi trancher la tête ; si je suis innocent...

— Duc de Sallandrera, répondit le roi, foi de gentilhomme, vous n'êtes pas coupable. Relevez-vous et portez haut la tête.

Le petit-fils de Louis XIV avait compris cette âme chevaleresque, et il l'absolvait

Don Ramon et le duc s'étaient battus sans témoins. Le roi seul savait donc le secret de la mort de Don Ramon. Il dit au duc : — Cachez le cadavre jusqu'à la nuit prochaine, où nous le ferons disparaître dans les oubliettes du château.

Un mois après, le bruit courut que don Ramon était mort en France, où le roi l'avait envoyé en mission secrète.

Sa veuve, la belle dona Luisa, ignora toujours de quelle tragique façon il était mort, comme la duchesse mère de Sallandrera avait toujours ignoré le véritable trépas du traître don Pedro d'Alvar. Mais ces deux meurtres pesaient sur la conscience du duc. A partir de ce moment, il se considéra comme le protecteur, comme le père des deux enfants qu'il avait rendus orphelins. Il fit élever don Pedro et don José comme ses propres fils, et, n'eût été le désir de ne pas laisser éteindre son nom, il eût renoncé à se marier pour leur laisser tous ses biens.

Cependant, au bout de quelques années, le temps ayant calmé sa douleur, — car il pleura longtemps le malheureux don Ramon, — le duc se maria. Il épousa ma mère et je naquis un an après.

Alors mon père jura sur le Christ que don Pedro, l'aîné des deux jumeaux, m'épouserait et quand j'eus douze ans, je lui fus solennellement fiancée. Mon père alla plus loin, il jura en outre que si don Pedro venait à mourir, don José deviendrait mon époux. Ce dernier serment devait faire le malheur de ma vie et pousser don José dans la voie du crime.

. . . .

Ici s'arrêtait la seconde partie du manuscrit de Conception.

Rocambole s'interrompit et dit à sir Williams : — Eh bien ! mon oncle, que penses tu de tout cela?

L'aveugle fit signe qu'il voulait écrire. Rocambole lui donna l'ardoise, et voici quelle fut la réponse de sir Williams :

« Quand on possède de tels secrets, on doit forcément devenir le mari de mademoiselle Conception de Sallandrera. A partir de ce moment, tu dois obéir aveuglément

à la jeune fille, la sauver de don José et te poser en libérateur. »

— C'est aussi mon avis, répondit Rocambole, qui reprit
le manuscrit. Voyons maintenant quel est le rôle de mon
rival don José dans ce joli petit drame de famille.

Et Rocambole continua à lire.

XX

Don Pedro et don José ont vingt-six ans, sept ans de
plus que moi.

J'ai été élevée avec eux dans la province de Grenade.

Leur mère, dona Luisa, mourut dix années après leur
naissance. Ce fut à cette époque que mon père, déjà marié,
se chargea de leur éducation et les prit avec lui. J'ai passé cinq années avec eux dans un château que nous possé-
dons encore à trois lieues de Grenade, et qui se nomme
la *Grenadière*.

Don Pedro était une noble et calme nature d'homme,
pleine de franchise et de douceur. Je lui fus fiancée il y
a cinq ans, et dès cette époque nous nous aimions. J'ai
vécu pendant trois années, caressant ce doux rêve que je
serais la femme de don Pedro. Don José, au contraire,
s'est montré de bonne heure tel qu'il est aujourd'hui :
dur, tyrannique, sans cœur, rongé d'ambition. Don José
n'a jamais pardonné à don Pedro son droit d'aînesse.
Bien plus, il a manifesté de bonne heure pour son frère
des sentiments de haine qui devaient être couronnés par
un crime.

Tandis que le confiant et loyal don Pedro aimait tendrement son frère, don José le fuyait avec soin et laissait souvent échapper contre lui de terribles menaces.
Cependant il était souple, insinuant avec mon père, il
flattait ses goûts, ses instincts, ne regrettant au monde,
disait-il, qu'une seule chose : c'est qu'il fût le puîné de

don Pedro, non point parce que don Pedro, selon la loi espagnole, héritait de la plus grande partie de la fortune, du titre et des dignités de son père, mais parce qu'il m'épouserait.

J'avais treize ans, don José en avait près de vingt et un. J'étais à peine une jeune fille et déjà j'avais deviné cette haine sourde dont il environnait son frère. Un soir, nous nous rencontrâmes seul à seule dans les jardins de *la Grenadière.* Don José me prit la main et me dit : — Vous ne savez donc pas, chère Conception, que je vous aime ?

— Vous oubliez, répondis-je en riant, que je suis la fiancée de votre frère et que je dois l'épouser.

— Oh! dit-il avec colère, ce mariage n'est point fait encore.

— Don Pedro m'aime et je l'aime, continuai-je. Quand j'aurai quinze ans et lui vingt-deux, nous nous marierons.

— Conception, répondit-il, vous ne voulez pas que je fasse un malheur?

— De quel malheur parlez-vous?

— Je m'entends... Tenez, jurez-moi que vous n'épouserez pas don Pedro.

— Mais vous êtes fou ! m'écriai-je étonnée.

— C'est possible, me dit-il, mais je le hais et je vous aime...

En me parlant ainsi, don José était hideux à voir. J'eus peur de lui et je m'enfuis, décidée à me jeter dans les bras de mon père et à lui tout avouer, si don José renouvelait ses poursuites.

Mais don José ne me parla plus d'amour désormais. Il affecta même avec moi, à partir de ce jour, une sorte de froideur respectueuse, en même temps qu'il se montrait plus affectueux et plus tendre envers don Pedro.

J'étais trop jeune et trop naïve pour me défier de don José. Je crus franchement qu'il avait obéi vis-à-vis de moi à un accès de folie, à un moment d'exaltation jalouse, que la réflexion avait bien vite corrigé. D'ailleurs, don José ne m'aimait pas. Il ne visait qu'à ma dot et à

I.   16

la succession de mon père, qui avait toujours eu le pro
jet de transmettre son nom et sa grandesse à son gendre,
depuis qu'il avait renoncé à l'espoir d'avoir jamais un
fils.

Une année après notre rencontre dans les jardins de *la
Grenadière*, j'eus la preuve que don José n'avait jamais
eu pour moi aucun attachement sérieux. Tandis que don
Pedro se montrait religieux et d'une grande pureté de
mœurs, don José, profitant de l'absence de mon père,
qui avait accepté un emploi diplomatique, eut bientôt
acquis dans Grenade la réputation d'un débauché. Ses
amours avec une gitana, bohémienne qui prétendait descendre des anciens Maures de Grenade, firent même un
tel bruit, que ma sainte mère crut devoir intervenir et
lui ordonner de quitter momentanément Grenade pour
retourner à Madrid. Mais don José se mit aux genoux de
ma mère, jura qu'il ne reverrait point cette créature, et
il demeura au château de *la Grenadière*. Pendant plusieurs mois, il parut même avoir tenu parole et renoncé
complétement à la gitana. Mais il la voyait secrètement,
et un affreux hasard devait me permettre d'assister à l'une
de leurs entrevues.

La Grenadière était un joli castel de construction moresque, bâti au flanc de la sierra et environné de jardins
et de bosquets en amphithéâtre. De ses fenêtres, on apercevait dans le lointain les tourelles et les terrasses de
l'Alhambra.

A l'extrémité de ses jardins, en descendant vers la
plaine, se trouvait un pavillon de verdure où don José
venait chaque nuit attendre la bohémienne. Les bohémiens ont encore, en Espagne, une puissance occulte des
plus dangereuses, des ramifications nombreuses dans les
diverses classes de la société. Cette gitana, qui se nommait Fatmé, était jeune, belle, et avait brillé à Madrid,
à Grenade, à Séville et à Cadix, où la jeunesse riche et
titrée de ces différentes villes s'était disputé ses faveurs.
Elle menait grand train à Grenade, où elle habitait un
palais dans lequel elle vivait avec sa famille, c'est-à-dire

sa mère, une vraie sorcière de Macbeth, et ses trois frères, jeunes et vigoureux garçons sans profession avouée, mais que la rumeur populaire accusait tout bas d'être affiliés à une bande de brigands qui désolaient les environs de Grenade. Elle venait donc chaque nuit au rendez-vous que lui donnait don José, que, du reste, elle aimait passionnément.

Ses frères l'accompagnaient en litière jusqu'au bas de la montagne, et l'attendait avec patience.

Don José venait lui ouvrir une petite porte et la conduisait dans le pavillon de verdure. Quelquefois même, quand la nuit était bien sombre et que toutes les lumières du château étaient éteintes, ils se promenaient dans les jardins.

Or, une nuit, à une heure assez avancée, un malaise subit me força à quitter mon lit et me fit éprouver le besoin de respirer un peu d'air. C'était en août, l'atmosphère était brûlante et le ciel orageux. Je descendis dans les jardins, enveloppée dans une mantille, et je m'assis au pied d'un grenadier, persuadée que j'étais bien seule à cette heure. Il était alors près de minuit.

J'étais là depuis quelques minutes, lorsqu'il me sembla entendre des voix étouffées et un bruit de pas criant sur le sable. J'eus peur et demeurai immobile et tremblante. Les pas se rapprochèrent... les voix devinrent plus distinctes... Il me sembla bientôt reconnaître celle de don José. Avec qui donc était-il?

J'allais peut-être me lever et me diriger vers lui pour m'en assurer, lorsque j'entendis distinctement une autre voix à laquelle je ne pus me méprendre...

C'était une voix de femme.

La curiosité et une vague inquiétude me poussèrent à garder mon immobilité première et à me blottir sans bruit dans une touffe de grenadiers.

Les pas et les voix approchaient toujours et voici ce que j'entendis :

— Ainsi, don José, mon amour chéri, parce que tu es venu au monde le premier, ce qui, pour les jumeaux, constitue le droit d'aînesse de celui qui naît après, ton frère, don Pedro, sera riche, titré, il épousera la noble fille du duc de Sallandrera et succédera aux biens et dignités de son beau-père.

— Hélas! soupirait don José.

— Et toi, comme le maudit, tu resteras pauvre, sans titres et sans fortune.

— Oui, murmura don José d'une voix sombre.

Ils passèrent en ce moment si près de moi que je retins mon haleine.

— Aimes-tu don Pedro? demanda la gitana d'un ton railleur.

— Je le hais!

— De toute ton âme?

— De toute mon âme!

— S'il mourait, le pleurerais-tu?

— Oh! non!

Ce fut tout ce que j'entendis.

La bohémienne et don José s'étaient éloignés, et leurs voix devenaient inintelligibles. Ils firent le tour du jardin, et passèrent de nouveau près de moi, toujours immobile, toujours saisie d'effroi depuis que j'avais entendu don José souhaiter la mort de son frère.

Cette fois, il n'était plus question de don Pedro, mais la bohémienne disait : Cette maladie est presque inconnue de nos jours. On n'en rencontre plus que de très-rares exemples en Afrique, dans le Maroc ou au Sénégal.

— Et... elle est mortelle?

— Mortelle et épouvantable.

— Comment se traduit-elle?

— Par une putréfaction lente qui s'empare d'abord des extrémités, puis du visage, ronge les lèvres, le nez, la langue, éteint le regard, et finit par gagner les intestins. Le malheureux qui en est atteint se voit mourir chaque jour, lentement, heure par heure...

— Et il n'y a pas de remède ?

— Aucun.

— Combien d'années peut vivre encore celui qui en est atteint?

— Cela dépend. Quelquefois il meurt au bout de la première, quelquefois il résiste pendant quatre ou cinq. Mais les horribles symptômes se manifestent dès la première, souvent au bout d'un mois ou deux.

Ils s'éloignèrent encore. Je n'entendis plus rien. Mais ils passèrent une troisième fois à la portée de mon oreille et j'entendis don José qui disait : Et cette maladie est contagieuse?

— Oui.

— Comment peut-elle se gagner?

— Par le contact, par la transpiration.

— Ainsi l'homme qui en serait atteint et qui en embrasserait un autre sur les lèvres lui donnerait son mal?

— Oh! dit la gitana, il n'est pas besoin de cela. Je t'ai dit, mon amour, que mes frères avaient ramené d'Afrique, il y a un mois, un pauvre négrillon qui en était atteint?

— Oui.

— Eh bien! si on appliquait un masque sur la figure du nègre, un masque de poix-résine ou de cire, d'une matière grasse ou spongieuse, enfin, et qu'on l'y laissât quelques heures, il suffirait ensuite d'appliquer ce masque sur un autre visage pour lui inoculer l'infection.

Pour la troisième fois, ils s'éloignèrent; et je ne compris pas très-bien d'abord quel sens mystérieux avait cette conversation.

J'entendis alors don José descendre vers la petite porte des jardins, puis le double bruit d'un baiser échangé. La bohémienne venait de partir.

Je m'enfuis alors et rentrai au château, où je passai une nuit d'insomnie. Il me sembla que mon esprit s'ouvrait : je crus deviner les projets sinistres de don José, et cependant j'hésitais encore à y croire quand le jour vint. Je traitai alors mes pressentiments de visions folles et de chimères... Don José était jaloux de don Pedro ; il le haïssait même ; mais était-il bien capable de devenir fratricide?

16.

Cependant, j'étais tentée d'aller trouver mon fiancé et de lui faire part de ce que j'avais entendu lorsque arriva une lettre du duc mon père.

Le duc de Sallandrera, je l'ai déjà dit, avait accepté un poste important dans la diplomatie : il était ambassadeur en Allemagne. Dans la lettre qu'il écrivait à ma mère, il demandait don Pedro, qu'il venait de faire nommer secrétaire d'ambassade et que le gouvernement de la reine attachait à sa personne.

Don Pedro aimait et vénérait mon père. Ses volontés étaient des ordres. Il manifesta le désir de partir le jour même. J'accueillis ce départ comme une preuve de l'intervention céleste qui protégeait mon fiancé.

Don Pedro partit, et je demeurai seule avec ma mère et don José.

. . . .

Un an s'écoula.

Un changement de ministère rappela mon père. Il revint avec don Pedro, et tous deux arrivèrent un soir à *la Grenadière.*

Don José accueillit son frère avec les marques de la plus vive affection, lui témoignant sa joie de le revoir et lui disant combien cette séparation d'une année lui avait paru longue et cruelle. J'avais oublié la conversation que j'avais surprise entre la gitana et don José, un an plus tôt. D'ailleurs cette femme avait quitté Grenade, et il était plus que probable que don José avait rompu complètement avec elle. Et puis je touchais à ma quinzième année, et le moment n'était pas éloigné où j'allais être unie à don Pedro.

Don Pedro aimait passionnément la chasse, genre d'exercice qui répugnait à son frère don José. Chaque matin, accompagné de son domestique, quelquefois seul, le hardi jeune homme partait, un fusil sur l'épaule, et s'enfonçait dans les montagnes qui environnaient *la Grenadière* pour y poursuivre les perdrix rouges, qui abondent dans notre pays. Souvent même la passion l'entraînait à ne revenir que le soir fort tard.

Or, un jour don Pedro était parti dès la pointe du jour, tout seul, emportant dans sa carnassière des vivres pour la journée.

Le soir vint, puis la nuit... Don Pedro ne revenait pas.

On se mit à table à l'heure habituelle du souper... La place de don Pedro demeura vide.

Mon père commença alors à concevoir quelques inquiétudes.

— Il y a des bandits qui infestent la sierra, dit-il ; qui sait si cet étourdi n'est point tombé dans leurs mains?

— Bah! fit don José en riant, il y a près d'un an qu'il ne s'est commis aucun vol à dix lieues à la ronde. Les bandits ont changé de quartier.

On attendit une heure encore...

Je commençais à être au supplice, et, malgré moi, je songeais à ces rumeurs populaires qui avaient couru quelques mois auparavant sur les frères de la gitana, lesquels, disait-on, étaient de connivence avec les bandits. Sa conversation avec don José me revenait même en mémoire, lorsque la cloche qui annonçait une arrivée à *la Grenadière* retentit tout à coup.

— Le voilà ! s'écria-t-on. C'est lui !

C'était lui en effet, lui, don Pedro, que nous vîmes tout à coup apparaître sur le seuil du salon, mais si pâle, si défait, si chancelant, que nous poussâmes tous un cri d'étonnement et d'effroi. Don Pedro n'était plus que l'ombre de lui-même, et ses vêtements déchirés, son visage et ses mains ensanglantés témoignaient d'une lutte acharnée et violente qu'il avait dû soutenir.

XXI

Don Pedro était si faible, si abattu, qu'il ne put d'abord proférer un seul mot.

Il s'assit sans mot dire et demanda à boire, tandis qu'on s'assurait que le sang qui le couvrait ne provenait que de blessures légères qui n'étaient, à vrai dire, que des contusions.

Il fut un grand quart d'heure à recouvrer la parole. Ce ne fut qu'alors qu'il nous fit le récit suivant : — Je me suis égaré dans la montagne. Comme la nuit approchait, j'ai cherché à m'orienter pour retrouver mon chemin et n'ai pu d'abord y parvenir. Un filet de fumée que je voyais monter à travers les arbres, m'a fait croire à une habitation et je me suis mis à marcher dans cette direction. Au lieu d'une maison j'ai trouvé un four à chaux qui brûlait, et, autour de ce four, trois hommes aux costumes étranges, le visage barbouillé de suie et de charbon. Je leur ai demandé mon chemin.

— Qui es-tu ? m'ont-ils répondu.

— Je me nomme don Pedro d'Alvar, je suis le neveu du duc de Sallandrera et j'habite *la Grenadière*.

Ces hommes se sont pris à ricaner, puis ils se sont rués sur moi, et l'un d'eux, me saisissant à l'improviste et usant d'une force herculéenne, m'a renversé sous ses pieds, puis il m'a appuyé un genou sur la poitrine :

— Ah ! s'est-il écrié en ricanant, tu te nommes don Pedro d'Alvar ?

Et je les ai entendus rire et blasphémer. Puis, comme j'essayais de soutenir contre eux une lutte inégale, il m'ont roué de coups et m'ont meurtri le visage, l'un surtout, qui cherchait à m'écorcher avec ses ongles. J'ai senti mon sang couler, puis j'ai entendu l'un d'eux qui disait : — Il saigne, voilà le moment !

Et, tout aussitôt, j'ai senti qu'on me plaçait sur le visage quelque chose de froid et de gluand qui m'a couvert les yeux, fermé la bouche et enlevé la respiration... Je me suis évanoui, à demi-étouffé. Lorsque je suis revenu à moi, les hommes avaient disparu, je n'étais plus au bord du four à chaux, mais bien à la porte de *la Grenadière*.

Quand don Pedro eut terminé cet étrange récit, mon père me chercha des yeux et jeta un grand cri.

J'étais immobile et roide sur mon siége, privée de sentiment. Je venais de comprendre que l'application du masque fatal, dont la gitana avait parlé à son amant, venait d'être faite sur l'infortuné don Pedro. C'était là, on le devine, la cause de mon évanouissement.

Je passai huit grands jours avec le délire, mêlant dans mes paroles incohérentes les noms de don José et de la gitana, et les mots de masque de poix et de maladie mortelle. Ni mon père, ni ma mère, ni don Pedro n'y purent rien comprendre, mais don José devina que j'avais son secret. Un matin, je vis l'assassin tranquillement assis à mon chevet. Il était seul.

— Ma pauvre Conception, me dit-il avec un sourire, vous avez été bien malade, et vous avez dit, dans votre délire, de bien étranges choses.

— Arrière, assassin ! m'écriai-je.

— Assassin ? fit-il avec calme, que me chantez-vous donc là ?

— Assassin ! répétai-je avec terreur.

— Ah çà, fit-il, mais vous êtes donc folle ?

— Oh ! non, répondis-je.

— Alors que voulez-vous dire ?

— J'ai tout entendu... un soir... il y a un an... dans les jardins...

Il parut fort étonné.

— Qu'avez-vous donc entendu ?

— L'histoire du père, le masque de poix, la gitana, répétai-je avec terreur.

— Vous avez rêvé, me dit-il.

Et comme je le regardais avec épouvante, avec horreur, il me considéra froidement et me dit : — Voulez-vous que, à mon tour, je vous dise une histoire ?

J'étais pétrifiée de tant d'audace et gardais un morne silence.

— Ecoutez, poursuivit-il, vous me traitez d'assassin. Savez-vous bien que votre père a assassiné le mien après avoir, à l'âge de treize ans, assassiné mon grand-père don Pedro d'Alvar ?

J'ignorais alors le premier mot de toute cette funeste histoire que je viens de transcrire, et les paroles de don José me jetèrent en un étourdissement tel, en une prostration si affreuse, que je n'eus ni la force de le démentir, ni le courage de lui imposer silence. Alors cet homme, dont la voix était railleuse et impitoyable, comme si elle fût venue de l'enfer, cet homme osa me raconter ce drame lugubre, dont le premier acte s'était déroulé dans les murs du château de Sallandrera et le second à l'Escurial. Il ne me fit grâce d'aucun détail.

Et je l'écoutai, moi, muette d'effroi, les cheveux hérissés, en proie à une horrible et douloureuse angoisse. Quand il eut fini, il me regarda longtemps de son œil de reptile qui semblait me fasciner.

— Eh bien ! me dit-il enfin, vous voyez bien, ma chère Conception, que nous sommes une famille de meurtriers ; et que, même en admettant que votre absurde histoire de la gitana et du masque de poix eût quelque fondement, vous auriez mauvaise grâce à me le reprocher.

Je fis un dernier geste de répulsion.

— Oh ! acheva-t-il avec son infernal et froid sourire, écoutez-moi bien maintenant, ma chère Conception, vous allez savoir ce que j'ai résolu. Mon père, en apprenant que le vôtre avait tué le sien, l'a frappé au visage et l'a contraint de se battre avec lui...

Je me pris à frisonner.

— Or, continua-t-il, votre père ignore que j'ai le secret de la mort du mien, et comme je vous aime, pour peu que vous soyez sage et raisonnable, il l'ignorera toujours et continuera à m'appeler son fils. Mais si, au contraire, vous alliez parler de cette histoire de la gitana, si vous aviez la folie de prétendre que j'ai voulu faire assassiner don Pedro, ce qui, du reste, est une calomnie, car il se porte on ne peut pas mieux et n'a plus aucune trace des violences de ces endiablés charbonniers, oh ! alors, ma chère Conception, pour couper court à toutes ces explications désagréables, j'irais trouver le duc et lui planterais un poignard dans le cœur, en lui rappelant qu'il a tué mon père...

Et, en prononçant ces derniers mots, don José se leva, me prit la main que j'essayai de lui arracher, la porta impudemment à ses lèvres, et s'en alla.

On le voit, cet homme venait d'assassiner son frère, et il faisait de la vie de mon père l'enjeu de mon silence. Il fallait me taire.

. . . .

Cependant, et bien qu'il fût évident que les trois charbonniers qui avaient maltraité don Pedro n'étaient autres que les frères de la gitana, l'infortuné jeune homme avait oublié cette funeste aventure. Un mois, puis deux, s'écoulèrent, et aucun symptôme alarmant ne vint se manifester et me faire croire que le masque empoisonné eût produit son effet. Déjà je commençais à croire que j'avais injustement accusé don José, lorsque, vers la fin du troisième mois, la gaieté naturelle de don Pedro parut s'altérer, son visage pâlit peu à peu. Insensiblement il se trouva en proie à un malaise général, bientôt suivi d'une tristesse mortelle... Un matin, en s'éveillant, il aperçut que ses lèvres étaient enflées et violacées. En même temps, il se plaignit de violentes douleurs aux ongles des pieds et des mains.

Mon père, alarmé de ces différents symptômes, envoya chercher un très-habile médecin de Grenade. Le médecin accourut et fronça aussitôt le sourcil à la vue de tous ces symptômes du mal mystérieux. Cependant, il parut hésiter longtemps à se prononcer, n'osant interrompre le malheureux don Pedro. Celui-ci semblait, au contraire, ne se préoccuper nullement des premières atteintes de ce mal.

Le médecin, après un long et minutieux examen, déclara que don Pedro avait une simple fièvre, dont la violence déterminait tous ces désordres. Mais il prit mon père à part et lui dit tout bas : — Ce jeune homme est perdu...

— Perdu ! s'écria mon père.

— Oui, il est atteint d'un mal aujourd'hui fort rare, d'un mal horrible dont le moyen âge semblait avoir emporté le secret avec lui.

— Mon Dieu ! Mais quel est ce mal ?

— La peste lépreuse.

Et le médecin décrivit minutieusement tous les symptômes, tous les ravages de ce mal incurable, prédisant, ainsi que l'avait fait la bohémienne, que don Pedro succomberait au bout de trois ou quatre années, après avoir donné l'épouvantable spectacle d'une putréfaction vivante.

— Mais ! s'écria le duc, n'y a-t-il donc aucun remède ?

— Aucun. Le mal est trop avancé déjà.

Mon père ne comprenait pas où don Pedro avait pu contracter cette horrible maladie, et le médecin lui-même se perdait en conjectures, lorsqu'on se souvint de la rencontre que l'infortuné jeune homme avait fait quelque temps auparavant des charbonniers qui lui avaient couvert le visage d'un masque de poix.

Ce fut un trait de lumière pour le docteur. Il expliqua fort nettement comment le mal avait dû être inoculé. Il devenait évident que don Pedro avait été victime d'un crime affreux, — crime dont le mobile fut incompréhensible pour tous, excepté pour moi, hélas !

Don José, le soir même de ce jour, me prit à part et me dit : — Vous aimez votre père, Conception ?

Je le regardai avec horreur.

— Puisque vous l'aimez, me dit-il d'un ton de menace, faites qu'il vive le plus longtemps possible...

Et il me tourna le dos.

. . . .

On dissimula pendant quelque temps à don Pedro la gravité de son état. Puis une heure vint où il ne fut plus permis de lui cacher la vérité... Seulement la science prétendit que l'influence du voisinage de la mer pourrait, jusqu'à un certain point, entraver la marche rapide du mal.

Don Pedro, qui déjà ne pouvait plus marcher, et dont le visage tuméfié était couvert d'un voile épais, dut être transporté à Cadix. Une maison isolée au bord de la mer lui était destinée. Deux médecins furent attachés à sa personne.

La veille de son départ, don Pedro voulut être seul avec mon père et don José.

Le noble jeune homme prit dans ses mains la main de son assassin et le regarda avec tendresse :

— Mon cher oncle, dit-il en s'adressant au duc, vous savez si j'aime mon frère, vous savez si j'aime Conception...

Don José et mon père tressaillirent.

— Conception était ma fiancée, poursuivit-il, au temps où j'avais encore visage d'homme. Eh bien ! à cette heure où la mort est proche, laissez-moi vous faire une prière, mon cher oncle.

— Parle, mon enfant...

Mon père prononça ces mots d'une voix éteinte. il pleurait.

Don Pedro poursuivit avec fermeté : — Don José hérite de moi ; jurez-moi, mon oncle, que vous en ferez le mari de Conception après ma mort.

— Je le jure... murmura mon père.

Don José pleura, sanglota, prodigua à son frère les noms les plus doux, et don Pedro partit pour Cadix persuadé que don José donnerait volontiers sa propre vie pour racheter la sienne.

Le lendemain du départ de don Pedro, mon père me prit à part et me raconta ce qui s'était passé entre lui et ses neveux. J'éprouvai un mouvement d'indignation qu'il me fut impossible de maîtriser. Don José avait acheté mon silence sur son crime en me menaçant de tuer mon père, mais il n'avait point acheté ma main.

— Non, non ! m'écriai-je, je n'épouserai point don José !

— Il le faut, me dit mon père.

— Je le hais ! m'écriai-je.

I.							17

Mais alors je vis mon père pâlir ; ses yeux s'emplirent de larmes.

— Il faut donc, murmura-t-il, que je t'avoue le secret et le remords de ma vie !...

Et mon père me répéta cette longue et funeste histoire que je savais déjà ; il m'avoua ce double meurtre qui avait empoisonné son existence ; puis il se mit à genoux devant moi et me supplia de lui permettre de s'acquitter ainsi envers les enfants de son malheureux frère don Ramon.

Que pouvais-je faire ? Je consentis à tout, et me résignai à devenir la femme de don José, après que don Pedro aurait rendu le dernier soupir. Quelques mois après, de graves affaires d'intérêt appelèrent mon père à Paris. Nous y passâmes un hiver ; puis, le printemps arrivé, nous achetâmes l'hôtel que nous habitons, rue de Babylone.

Don José était demeuré en Espagne.

La joie que j'éprouvais, au milieu de mes douleurs, d'être séparée de ce monstre, fut pour beaucoup dans la prolongation de notre séjour à Paris. Mon père et ma mère m'idolâtraient : ils consentirent à y passer une année encore, puis une autre.

Mais alors don José arriva. Il arriva, voici un an environ, sûr que son malheureux frère n'avait plus longtemps à vivre, et il venait veiller sur sa fiancée.

Depuis un an je subis chaque jour la présence de ce monstre, ses hommages importuns, ses galanteries odieuses, et l'heure approche, mon Dieu ! où, si une main protectrice ne m'est tendue, il me faudra devenir sa femme !

. . . .

Là s'arrêtait le manuscrit de mademoiselle Conception de Sallandrera.

— Eh bien ! mon oncle, dit Rocambole, que penses-tu de tout cela ?

La physionomie de l'aveugle était rayonnante. Il demanda par un geste l'ardoise et le crayon. Puis il écrivit ces mots :

« Continuer demain à épier don José. »

Rocambole les effaça sur-le-champ.

— Est-ce tout? demanda-t-il.

L'aveugle écrivit :

« Aller demain au rendez-vous de mademoiselle Conception de Sallandrera. »

— Et puis? fit Rocambole.

« Et lui promettre, continua le crayon de sir Williams, que dans quinze jours elle sera libre. »

— Mais comment?

L'aveugle haussa les épaules :

— Je ne sais pas, sembla-t-il dire. Puis il se frappa le front.

Ce dernier geste signifiait · ·

— Mais je trouverai.

Rocambole avait foi en sir Williams.

— Bonsoir, mon vieux, lui dit-il, dors bien, si tu peux, et à demain.

Il laissa l'aveugle, qui se mit au lit, grâce aux soins de son valet de chambre, qui se présenta au premier coup de sonnette.

Rocambole avait eu soin de mettre le manuscrit de Conception dans sa poche.

Puis il descendit lui-même dans son appartement, dégusta un excellent puros, but un verre de malaga et se coucha.

Une heure après, M. le marquis de Chamery dormait d'un profond sommeil, rêvait qu'il épousait mademoiselle Conception de Sallandrera et devenait grand d'Espagne.

XXII

Le lendemain, Rocambole s'éveilla de la meilleure humeur du monde. Il avait une pointe de sourire qui eût fait le bonheur de sir Williams.

— J'ai fait un assez beau rêve, se dit-il, et le diable aidant, je crois que mon rêve deviendra une belle et bonne réalité.

Il prit sur sa table de nuit le manuscrit de Conception et le relut attentivement.

— Il est nécessaire, pensa-t-il, que je m'inspire du caractère de don José.

Puis, quand il eut terminé cette seconde lecture, il se dit :

— Ce don José a du bon, il est assez bien trempé, et si le hasard ne m'avait placé sur son chemin, je crois qu'il roulerait assez bien cette noble famille des Sallandrera. Un peu plus d'esprit, un peu moins de férocité, ce serait un homme accompli.

Rocambole, après avoir fait ainsi l'éloge de son rival, ajouta : — Mais que va-t-il donc faire chaque soir dans la rue du Rocher ?

Il se prit à rêver un moment, puis il se frappa le front :

— Je suis un niais, se dit-il ; la maîtresse mystérieuse qui le reconduit en lui disant : « A demain ! » n'est autre que la bohémienne dont il est question dans le manuscrit.

Et Rocambole se prit à rire.

— Si cela est, murmura-t-il, je donne un brevet de constance à l'Espagne...

Il sonna, se fit habiller et descendit chez sa sœur la vicomtesse d'Asmolles pour lui demander à déjeuner.

Le faux marquis vivait un peu en garçon, dans son propre hôtel. Il avait paru vouloir respecter la lune de miel de Blanche et de Fabien, et s'il dînait habituellement avec eux, du moins il déjeunait presque toujours en ville.

Cette liberté servait ses plans d'indépendance, et Fabien, plein d'indulgence pour son jeune frère, car le prétendu marquis avait quelques années de moins que lui, Fabien disait à sa femme en souriant : — Ce pauvre Albert, il a été sevré de Paris si longtemps, et pendant si longtemps il a été l'exécuteur de la volonté des autres, qu'il faut bien lui pardonner quelque chose :

— Oh! disait Blanche, qui adorait son frère, laissons-le s'amuser... lorsqu'il sera marié, il nous reviendra.

Quand Rocambole entra, la vicomtesse était seule, en toilette du matin, dans sa chambre à coucher. Le jeune homme lui mit au front un baiser fraternel.

— Bonjour, petite sœur, dit-il.

— Bonjour, frère... bonjour, Albert, répondit l'ange avec un doux sourire.

— Où est donc Fabien?

— Il va rentrer. Il est monté à cheval de bonne heure, ce matin.

— Me donnes-tu à déjeuner, Blanche?

— Mais sans doute.

— Alors, c'est bien, je m'installe.

Et Rocambole s'assit auprès de la jeune femme, dont il tenait toujours la main.

— Dis donc, Blanche, fit-il après un silence, sais-tu que j'ai vingt-huit ans?

— Mais oui... Oh! te voilà vieux, dit-elle souriant toujours.

— Tu devrais bien me marier...

Blanche rougit un peu, puis elle jeta un regard mélancolique sur celui qu'elle croyait son frère :

— Comment! dit-elle, déjà?

— Je m'ennuie.

— Avec nous? oh! l'ingrat.

Rocambole prit dans sa main les deux petites mains de la vicomtesse :

— Egoïste ! murmura-t-il, suis-je donc toujours avec toi, petite sœur ?

Blanche rougit de nouveau et se tut.

— Tiens, reprit-il, il est des jours où je serais tenté d'être jaloux de Fabien.

Blanche ne répondit point, car en ce moment Fabien entra.

Les deux jeunes gens se serrèrent la main, puis un laquais annonça que le déjeuner était servi, et la conversation un instant interrompue se continua à table :

— Ah çà ! mon cher Albert , dit alors Fabien, sais-tu que j'en apprends de belles sur ton compte ? Peste !

— Hein ! fit Rocambole, que cet exorde étonna quelque peu.

— Tu es amoureux...

— Moi ?

— Parbleu !

— Ah ! je voudrais savoir de qui ?

— La belle question !

— Voyons ! fit Rocambole d'un air niais.

— Connais-tu la rue de Babylone ?

— Hum ! pensa Rocambole, que sait-il ? Puis, tout haut : Mais oui, c'est là que demeure un Espagnol de ma connaissance.

— Le duc de Sallandrera ?

— Oui.

— Lequel duc a une fille.

— Mademoiselle Conception, dit Rocambole, qui jugea convenable de rougir un peu et de manifester l'embarras d'un collégien à sa première contredanse.

— Allons ! reprit Fabien, sois franc, nous sommes en famille.

— Je le crois.

— Conviens que tu es amoureux de mademoiselle Conception.

— Mais... non....fit Rocambole avec hésitation.

— Bah ! on t'y rencontre tous les jours... Au reste, je

ne vois pas un grand mal à cela. Le duc est de noble roche, il est fort riche, sa fille est jolie...

A ces derniers mots, la vicomtesse lorgna son frère du
coin de l'œil :

— C'est donc pour cela, dit-elle, que tu me priais tout
à l'heure de te marier?

— Mais, continua Fabien, on voit tous les jours à l'hôtel Sallandrera un jeune Espagnol, un cousin nommé don
José...

— Le fiancé, dit Rocambole.

— Peut-être...

— Alors vous voyez bien que vous vous trompez tous
deux, car je ne suis point assez fou pour aimer une femme
aux trois quarts mariée déjà...

— Bah! les mariages se défont... qui sait?

Et Fabien en resta là; mais Rocambole comprit que,
le cas échéant, il aurait dans son beau-frère le vicomte
d'Asmolles un puissant auxiliaire pour arriver jusqu'à
mademoiselle Conception de Sallandrera et obtenir sa
main.

Rocambole quitta sa sœur et son beau-frère vers deux
heures de l'après-midi et alla passer son après-midi à son
club, où il dîna.

Le soir, à neuf heures, il passa rue de Suresnes, où il
changea de costume et se trouva, à dix, à l'angle de la rue
de Ponthieu. Comme l'avant-veille, il vit sortir don José
enveloppé dans son manteau. Don José prit de nouveau
le chemin de la place Laborde et disparut dans l'allée
noire qui portait le numéro 3 de la rue du Rocher. Comme
le jour précédent, Rocambole attendit. Au bout d'une
heure, don José ressortit et s'éloigna d'un pas rapide.

— Voyons, se dit Rocambole, qui avait coutume d'a-
nalyser les faits et d'en chercher la cause première, si cet
homme qui vient là chaque soir déguisé et s'en va au
bout d'une heure, cache une maîtresse dans cette maison,
pourquoi la quitte-t-il si vite? Craint-il la visite nocturne
du duc de Sallandrera? C'est peu probable...

Redoute-t-il que mademoiselle Conception ne le fasse

épier? Assurément non, car il ne doit rien craindre de la femme qui sait son infamie, et qu'il compte traîner à l'autel, comme un bourreau traîne le patient au supplice. Il y a donc un nouveau mystère dans tout cela, et, bien évidemment, don José ne revient pas à son hôtel pour y rester.

Rocambole se fit toutes ces réflexions en suivant don José de loin.

L'hidalgo, à onze heures un quart, rentra chez lui. Mais il ne ferma point si vivement la porte que le faux marquis de Chamery n'eût eu le temps d'apercevoir au fond de la cour une voiture attelée qu'il reconnut sur-le-champ. C'était le dogcart de don José, dont il avait remarqué l'optique lumineuse des lanternes.

— Bon! se dit-il, notre homme va sortir encore.

— Je ne sais pas si j'aurai le temps de te suivre, pensa-t-il, car mademoiselle Conception m'attend à minuit, mais je saurai toujours quelle est la direction que tu prends.

Et Rocambole calcula que bien certainement don José dépouillerait son manteau, sa casquette et sa grande barbe s'il sortait en voiture et que les dix minutes nécessaires à cette métamorphose lui permettraient, à lui Rocambole, de chercher un véhicule.

Il courut donc à la remise la plus proche, se jeta dans un coupé, et revint rue de Ponthieu juste au moment où le dogcart sortait.

— Suis cette voiture, dit-il à son cocher; cent sous de pourboire.

Le coupé était attelé d'un reste de cheval anglais à qui une haute ration d'avoine conservait encore ses jambes de six ans. Rocambole ne perdit donc pas de vue un seul instant le dogcart, qu'il vit descendre les Champs-Elysées, la rue Royale, prendre le boulevard, et s'arrêter à l'angle de la rue Godot-de-Mauroy. Là don José descendit, renvoya son équipage, et se prit à arpenter le trottoir; mais Rocambole avait sa montre sous les yeux, et il était près de minuit.

— Je ne puis pourtant pas, dit-il, faire attendre une Sallandrera. Demain je prendrai mieux mes mesures et je saurai ce que cet hidalgo vient chercher sur ce trottoir.

. . . .

A minuit moins quelques minutes, mademoiselle Pépita Dolorès-Conception de Sallandrera attendait le faux marquis de Chamery. Elle était seule dans son atelier de peinture. Cette vaste pièce, à peine éclairée par un flambeau placé dans un coin, avait une physionomie étrange et fantastique. C'était, à l'œil, un vague pêle-mêle de lumières et d'ombres, de grandes figures immobiles semblant se détacher en relief de leurs cadres, de groupes et de blanches statues disséminées çà et là, de tentures sombres ou éclatantes. Puis, au milieu de tout cela, cette jeune fille vêtue de noir, aussi pâle, aussi triste que ces figures de marbre éparses autour d'elle, et qui semblait leur emprunter leur morne immobilité.

C'était pourtant, comme on avait pu le voir par son manuscrit, une noble et forte créature, une belle âme pleine de maturité et de candeur à la fois, que la fille du duc de Sallandrera. Elle avait été élevée comme une Romaine : elle se sentait, à l'heure du danger, le noble courage de s'adresser au seul homme qui, elle en avait la persuasion, hélas ! pût la sauver en l'arrachant à l'assassin don José. Et cependant, une démarche semblable à celle qu'elle avait tentée la nuit précédente et qu'elle allait renouveler, lui coûtait énormément, la rendait toute tremblante et réveillait en elle toutes les pudeurs, toutes les craintes, toutes les alarmes de la jeune fille timide et pure. Mais elle avait foi en Rocambole ; elle voyait en lui le seul, l'unique protecteur que lui offrît le hasard.

Rocambole lui était apparu comme un sauveur, pour la première fois ; depuis, l'habile aventurier, noblement drapé dans son nom pompeux, s'était toujours montré à la hauteur de son rôle. Tour à tour timide, empressé, respectueux, parfois l'œil brillant de fierté et d'audace, il avait su se poser dans l'esprit de Conception comme un de ces hommes dont l'amour fait des héros et qui ne reculent devant aucun obstacle.

Pourtant, en suivant du regard la marche de l'aiguille qui marquait l'heure au cadran d'une grande pendule Louis XIV adossée à l'un des murs de l'atelier, Conception avait un horrible battement de cœur. Il lui semblait qu'elle accomplissait une action coupable en recevant ainsi, à pareil moment, un homme qui n'était ni son fiancé, ni son parent, ni même son ami, selon le monde. Comme minuit allait sonner, le négrillon souleva une ample portière qui masquait l'entrée de l'atelier... Conception sentit tout son sang abandonner ses veines et affluer précipitamment à son cœur. Elle n'eut point la force de se lever.

M. le marquis de Chamery entra... Il entra d'un pas lent et grave, du pas de l'homme qui, par avance, accepte une haute et solennelle mission. Puis il prit la main que Conception tout émue lui tendait, et il l'effleura respectueusement de ses lèvres.

Le négrillon avait disparu.

Conception n'avait point la force de parler. Elle était toute tremblante devant cet homme qui, maintenant, possédait les terribles et tristes secrets de sa famille.

Rocambole devina la cause de cette émotion à laquelle elle était en proie. Il tira le manuscrit de sa poche et le tendit à la jeune fille.

— Brûlez cela, mademoiselle, lui dit-il avec tristesse, ces pages ne resteront gravées dans ma mémoire que le temps nécessaire pour vous sauver...

Elle reprit le manuscrit et le jeta vivement dans le feu.

— Merci, dit-elle, vous êtes un homme d'honneur et j'ai eu raison de croire en vous.

— Mademoiselle, reprit Rocambole, hier, lorsque vous n'étiez à mes yeux qu'une jeune fille belle, entourée, heureuse, j'eusse donné ma vie tout entière pour obtenir la faveur de m'asseoir là, près de vous, l'espace de quelques minutes... pardonnez-moi, mais je vous aimais...

Conception tressaillit, et le rouge de la pudeur envahit son front.

— Rassurez-vous, mademoiselle, reprit le faux marquis d'un ton si noble et si persuasif qu'il remua les fibres les plus secrètes du cœur de Conception ; rassurez-vous, ce n'est point aujourd'hui, ici, à pareille heure, alors que vous m'apparaissez isolée et sans appui, que j'oublierai un seul instant le respect profond qui vous est dû.

Il fléchit un genou devant elle et poursuivit : — Voulez-vous m'accepter pour ami, pour frère, pour défenseur ?

— Oh ! oui, dit-elle avec expansion.

— Eh bien ! écoutez-moi alors...

Et la physionomie de Rocambole devint soucieuse et grave, tandis que son regard, par une opposition bizarre, exprimait en même temps une froide hardiesse.

Il reprit : — Don José est un vil assassin, un de ces hommes qui ne reculent devant aucune extrémité.

— Aucune, dit tristement Conception.

— Il a fait assassiner son frère... il tuerait votre père comme il vous l'a dit, si vous osiez vous ouvrir à M. le duc.

— Oh ! il le ferait, répéta Conception avec l'accent de la conviction.

— Et cependant, poursuivit Rocambole, dans quinze jours vous aurez quitté Paris avec votre famille et lui... Vous irez à Cadix recevoir le dernier soupir de cet infortuné don Pedro, et...

Conception porta la main à ses yeux et Rocambole vit jaillir un larme au travers de ses doigts.

— Et, acheva le faux marquis de Chamery, dans un mois vous serez sa femme.

— Horreur ! murmura la jeune fille.

Rocambole reprit alors sa main et la pressa affectueusement.

— Mais cela ne sera pas, dit-il, j'en fais le serment sur la cendre de mes pères ; cela ne sera pas, parce que vous avez eu le courage de m'appeler à votre aide, mademoiselle.

— Ah! sauvez-moi, sauvez mon père, murmura-t-elle, et ma reconnaissance...

— Si vous êtes heureuse, je le serai...

Rocambole était décidément à la hauteur de son rôle chevaleresque et le baronnet sir Williams lui-même en eût été émerveillé.

— Maintenant, continua-t-il, ne me questionnez pas, mademoiselle, ne me demandez pas comment j'effacerai don José du livre de votre vie, comment ce misérable, que l'honneur d'un noble nom protége vis-à-vis des lois, sera châtié pour tous ses crimes.

Conception frissonna :

— Mon Dieu! dit-elle, allez-vous donc le tuer?

Un triste sourire glissa sur les lèvres du marquis de Chamery.

— Hélas! dit-il, faut-il donc vous répéter le secret de mon cœur... Je vous aime... Et si je tuais don José en duel, ne serait-ce point creuser entre vous et moi un abîme rempli de sang?

— C'est vrai, murmura-t-elle en courbant le front.

— Mais, continua Rocambole, et si je ne tue pas don José, si je ne suis pas la main vengeresse qui frappe, je serai la pensée inexorable qui ordonne et condamne. Don José prononcera lui-même son arrêt de mort...

— Que dites-vous? s'écria Conception.

— Ecoutez, acheva le faux marquis, si dans huit jours on vous rapporte, à l'hôtel Sallandrera, don José mort ou mourant, n'accusez personne de son trépas, personne, si ce n'est la justice divine qui atteint tôt ou tard les empoisonneurs et les meurtriers. Maintenant, adieu, mademoiselle, vous ne me reverrez que le jour des funérailles de don José.

Rocambole baisa respectueusement la main que lui tendait la jeune fille toute frissonnante, et se retira. Elle le reconduisit jusque sur le seuil de l'atelier, et y demeura jusqu'à ce que le bruit de ses pas se fut perdu dans l'éloignement.

. . . .

— Ma parole d'honneur! murmura Rocambole en s'en allant, je me suis passablement avancé avec cette innocente jeune fille ; si mon honorable ami sir Williams ne vient à mon aide, je ne sais comment je ferai pour qu'on rapporte un soir, à mademoiselle Conception, don José mort ou mourant. Bah! le génie de sir Williams est là! ajouta-t-il avec une conviction qui disait tout ce qu'il y avait de fanatisme dans sa croyance en l'homme qui avait guidé ses premiers pas dans la carrière du crime.

XXIII

Le lendemain du jour où le marquis de Chamery prenait connaissance du manuscrit de Conception et se rendait ensuite à l'hôtel de Sallandrera, où la jeune fille l'attendait, don José d'Alvar sortait de chez lui vers dix heures, vêtu comme l'avant-veille en ouvrier, le visage couvert d'une fausse barbe, et, comme l'avant-veille, il prenait le chemin de la rue du Rocher, après avoir, du coin de la place Laborde, inspecté les fenêtres du quatrième étage de cette maison dont il possédait une clé.

Paris cache des mytères sans nombre. L'habitation, dans laquelle don José pénétra, était en apparence, et si l'on en jugeait par l'extérieur, destinée à abriter de petits ménages d'ouvriers peu aisés. On eût juré que le loyer le plus élevé, même au premier étage, ne dépassait point cent écus.

La porte était une porte bâtarde. On entrait par une allée noire, humide, dont le sol était glissant. Au bout de cette allée, on trouvait un escalier en coquille, étroit, mal éclairé par deux quinquets placés à trois étages de distance. Une corde graisseuse servait de rampe.

Le monde aristocratique dans lequel brillait l'élégant don José, les jeunes sportmen qui pariaient contre lui à La Marche ou à Chantilly, n'eussent jamais voulu croire qu'il se rendait chaque soir dans ce bouge, y entrait avec un passe-partout, car la maison n'avait pas de concierge, et montait au quatrième, où il sonnait à droite de l'escalier, à une petite porte sur laquelle était écrite cette enseigne à la main :

Madame Coralie, brunisseuse.

Cela était cependant.

Ce soir-là, don José trouva la porte du quatrième entr'ouverte.

Il la poussa et se trouva dans une petite pièce meublée en noyer, tendue d'un papier à huit sous le rouleau, garnie d'un fourneau dans un coin, d'un lit dans un autre, avec une table sur laquelle se trouvaient rangés l'ouvrage et les outils d'une véritable brunisseuse.

Une femme de quarante à quarante-cinq ans, grande, maigre et conservant, toutefois, de lointains vestiges de beauté, était assise devant cette table et travaillait. C'était madame Coralie. Madame Coralie était une ancienne habituée du Prado et de la Chaumière, qui s'était bravement mise à l'ouvrage le jour où les premières bises d'hiver avaient chassé les amoureux. Du reste, elle avait plusieurs cordes à son arc, et malgré la modestie de son domicile elle faisait, comme on va le voir, d'assez belles affaires.

A la vue de don José, elle se leva avec toutes les marques du plus profond respect, et l'appela Monseigneur. Don José répondit assez froidement aux démonstrations de madame Coralie, et lui dit d'un ton sec : — Est-il venu quelqu'un ?

— Personne, répondit-elle.

— C'est bien.

Madame Coralie ferma sa porte et poussa le verrou placé à l'intérieur.

Alors don José se dirigea vers l'angle de la chambre où était le lit.

Entre le dossier du lit et le mur, il y avait un espace d'environ un mètre de largeur. Un rideau de perse à douze sous, semblable à ceux qui formaient le baldaquin du lit, couvrait cet espace et semblait dissimuler un porte-manteau. En réalité, il dissimulait une porte sur laquelle don José frappa deux coups.

La porte s'ouvrit et démasqua un couloir plongé dans une demi-obscurité, mais à l'extrémité duquel brillait une faible clarté, qui sembla devenir le phare conducteur du jeune hidalgo. Don José poussa la porte derrière lui et s'engagea dans le couloir, qui était désert, preuve évidente qu'on lui avait ouvert à l'aide d'un cordon. Parvenu au bout du couloir, l'Espagnol franchit le seuil d'une belle pièce spacieuse, qui ne ressemblait pas plus au réduit de la brunisseuse, qu'un hôtel du faubourg Saint-Germain ne ressemble à une bicoque du quartier Saint-Marcel.

C'était, on pouvait le croire du moins, la salle à manger d'un luxueux appartement. Deux portes se faisaient face, l'une donnant sans doute sur un escalier de maître ou une antichambre, l'autre pénétrant dans l'intérieur de l'appartement.

Don José marcha à l'une des portes à deux vantaux, mit la main sur le bouton de cristal, l'ouvrit et pénétra dans un beau salon Louis XV, à meuble doré, à tapis orné de grandes rosaces. Tout à coup une portière fut soulevée au fond de cette deuxième pièce et livra passage à un flot de clarté éblouissante. En même temps une femme se montra, étendit la main et prit la main de don José. Puis elle l'attira à elle, laissa retomber la portière, et don José se trouva dans le plus coquet, le plus enivrant, le plus séduisant et le plus bizarre à la fois des boudoirs.

Ni la délicate retraite d'une jeune et belle héritière du noble faubourg, à qui ses aïeux ont transmis le sentiment du beau et le goût des arts, ni le cabinet de travail d'une de ces reines de théâtre, au front desquelles brille l'auréole du génie, ne donneraient une idée exacte de ce lieu mystérieux et parfumé où pénétra l'hidalgo don José. Ce n'était plus Paris, ce n'était plus l'Europe... c'était l'Orient... l'Orient enfermé tout entier entre quatre murs, l'Orient étincelant de lumières, chaud de couleurs, rutilant de volupté, l'Orient des Mille et une Nuits. C'étaient Grenade et l'Alhambra réduits en douze pieds carrés et enfermant une de ces créatures introuvables échappées du cerveau d'un poëte arabe, et dont les guerriers nomades, par les nuits étoilées du désert, rêvent sur le seuil de leur tente en contemplant les cîmes dentelées du vieil Atlas.

Il est un type étrange et curieux dont les arts, le théâtre et le roman ont tant abusé qu'il n'éveille plus aucun écho aujourd'hui. Ce type, c'est le bohémien, ou plutôt la bohémienne. Il a été convenu, depuis nombre d'années, que le bohémien était un pauvre diable traversant en paria le monde civilisé, bien qu'il empruntât tous les costumes.

Ici, poëte sans talent ou sans libraire ; là, comédien sans *impresario* ; plus loin, vagabond couchant au revers des fossés que bordent les grandes routes; quelquefois, voyageant en famille dans une charrette traînée par un âne chétif qui broute l'herbe des chemins et la verdure maladive des buissons, mendiant partout, volant souvent : tous ces déclassés, tous ces errants de la civilisation moderne ont reçu la dénomination générique de bohémiens.

Pour la foule, une bohémienne est une vieille femme ridée, horrible, qui dit la bonne aventure et jette des sorts aux troupeaux. Mais de vrais bohémiens, de cette race énergique et singulière qui a traversé le moyen âge et la période moderne en conservant ses mœurs, son langage, sa beauté mâle et hardie, se mêlant à tous les peuples sans jamais se confondre avec eux, on en a à peine parlé, et on n'en retrouve intacts les derniers vestiges que dans la péninsule espagnole.

La femme chez laquelle entrait don José était une bohémienne, mais un bohémienne de vingt-trois ans, belle à faire tourner une tête de sage, belle à séduire un peintre à la recherche d'un type effacé et perdu. Comme ses sœurs du théâtre ou du roman, elle n'était point couverte de tristes oripeaux et de haillons; ses bras nus ne supportaient point des bracelets de cuivre, son cou n'était pas orné d'un collier de verroteries. Bohémienne comme ses pères, elle avait couru le monde en courbant tous les fronts devant elle, en faisant battre tous les cœurs. Peutêtre avait-elle tendu la main, mais pour recevoir des monceaux d'or, et non point une poignée de gros sous. Comme les filles de sa race, elle avait dansé en public, jouant des castagnettes et agitant les grelots de son tambour de basque, — mais c'était sur les planches des grandes scènes de l'Italie et de l'Espagne. Bohémienne au fond du cœur, fidèle aux traditions et à la foi mystérieuse de ses aïeux, elle avait emprunté à la civilisation, qu'elle méprisait du reste, son éducation et son amour du luxe et de l'or.

Quand don José entra, elle était vêtue d'une robe de velours noir à retroussis rouges garnis de paillettes d'or. Cette robe, courte et serrée à la taille, véritable costume de théâtre, laissait voir une jambe nerveuse et divinement modelée, qui se terminait par un adorable petit pied chaussé d'une sandale moresque. Elle avait posé un camélia rouge dans sa luxuriante chevelure noire et crépue, et de grosses boucles d'oreilles en diamants étincelaient sur son cou d'un brun doré, moins brillantes cependant que ses grands yeux aux reflets profonds et mobiles, moins éblouissantes de blancheur que ses petites dents aiguës, que le rire laissait entrevoir sous ses lèvres plus rouges que le carmin.

— Ah! te voilà enfin, dit-elle.

Puis elle le fit asseoir auprès d'elle sur une large ottomane, entre deux touffes de grenadiers éclos dans la tiède atmosphère d'une chaude serre et poussés dans de beaux vases de marbre jaune comme l'ambre.

— Te voilà donc, soleil de ma vie! répéta-t-elle. J'ai

18.

cru que tu ne viendrais pas aujourd'hui, mon doux seigneur.

— Ne viens-je pas tous les soirs? répondit don José.

— Oui, c'est vrai.

Et, le regardant avec une joie fiévreuse :

— Ah! c'est que, vois-tu, dit-elle, il est des instants où je suis jalouse...

— Jalouse! fit l'Espagnol en riant.

— Oui, jalouse de tout. Jalouse de ce monde qui t'entoure et dans lequel je ne puis pénétrer; jalouse de tes serviteurs, qui te voient à toute heure; jalouse de tes chiens favoris, du cheval que tu montes, de l'air que tu respires enfin...

— Folle! triple folle!

— Oh! folle si tu veux. Mais si, comme moi, depuis une année, on te tenait enfermé là, dans cette prison dorée, avec défense absolue de sortir, de te mettre à la croisée, de regarder dans la rue...

— Pauvre Fatima!

— Si tu étais là, à ma place, poursuivit-elle, et que tu te prisses à penser que moi je respire le grand air, allant et venant librement, montrant à tous ma beauté et mon sourire, ne serais-tu pas jaloux, toi?

— Fatima, dit gravement don José, tu sais bien qu'en dehors de toi je n'aime rien en ce monde!

— Pas même ta fiancée? fit-elle d'un ton railleur.

Don José haussa les épaules.

— Ne sais-tu donc pas, dit-il, qu'elle me hait et me méprise?

— Je le sais.

— Crois-tu que nous nous pardonnerons jamais l'un à l'autre, elle la mort prochaine de don Pedro, moi les sanglantes injures dont elle a osé m'accabler?

— J'espère bien que non, murmura la bohémienne avec un sourire de haine.

— Oh! sois tranquille, poursuivit-il avec un accent et un sourire qui eussent donné le frisson à mademoiselle de Sallandrera; sois tranquille, Fatima, le lendemain du

jour où j'aurai épousé Conception, où son père aveuglé
m'aura transmis sa grandesse et ses titres, ce jour-là,
Conception et moi nous serons désormais étrangers l'un à
l'autre. Je n'aime qu'une femme au monde, c'est toi...

— Oh! je te crois, dit-elle, je te crois quand tu me dis
cela avec tes grands yeux qui parlent, avec ton sourire
devant lequel je suis toujours prête à m'agenouiller...
Mais quand tu n'es plus là...

Don José haussa les épaules.

La gitana poursuivit avec animation :

— Alors ma pensée te suit au travers de ce Paris que
j'habite depuis un an et que je n'ai jamais vu; il me
semble que je te vois admiré, envié, entouré... que les
femmes qui se trouvent sur ta route se font belles exprès
pour toi... et alors je souhaite que toutes les femmes du
monde n'aient qu'une seule tête...

— Pourquoi? demanda don José.

— Pour la couper ! répondit Fatima, qui refit sans le
savoir un mot célèbre du cardinal de Richelieu.

Don José la regarda en souriant :

— Tu es donc bien malheureuse à Paris? demanda-t-il.

— Oh! j'y étouffe...

— Vrai?

— Tiens, le soir, quand il fait nuit et qu'on ne peut me
voir, je me mets parfois à la fenêtre, agitée d'un vague
espoir. Il me semble que je vais revoir notre ciel bleu et
nos étoiles d'or, dôme éternel de notre Grenade...

— Et tu n'aperçois que le brouillard?

— Hélas! alors je songe à ma vie errante et folle d'autrefois, à mes triomphes de danseuse, à cette légion d'a-
dorateurs qui se courbait devant moi quand je passais, à
ce peuple qui saluait mes pirouettes et ma beauté de ses
bravos frénétiques. Il est des heures où j'ai un fandango
bruyant dans les oreilles, et alors je me prends à pleurer.

— Regrettes-tu tout cela?

— Oh! non, car je t'aime... mais je me sens mourir à
Paris.

— Eh bien! dit don José, console-toi, nous partirons bientôt.

— Dirais-tu vrai?

— Je te le jure.

— Mais quand?

— Dans quinze jours.

La gitana fronça le sourcil.

— Et où vas-tu? dit-elle.

— A Cadix.

— Ah! je comprends...

Un cruel sourire glissa sur les lèvres de don José.

— Don Pedro va mourrir, dit-il avec l'accent d'une joie sombre.

La bohémienne courba le front.

— Ah! dit-elle, il fallait bien t'aimer, mon José, pour commettre un tel crime...

Don José ne répondit pas.

Mais tout à coup la gitana se leva brusquement, le regarda d'un air plein de défiance, lui arracha des mains un mouchoir qu'il venait de tirer et avec lequel il jouait négligemment. Et elle jeta un cri sourd, courut à la cheminée du boudoir et y saisit un poignard dont la lame brillante étincela à la clarté des bougies.

— Ah! traître! s'écria-t-elle

XXIV

Cette femme si aimante, si nonchalante tout à l'heure et dont chaque mouvement trahissait l'abandon, venait de se métamorphoser tout à coup. Le sang demi-sauvage qui coulait dans ses veines s'était allumé soudain, son œil étincelait de courroux, ses lèvres crispées étaient prêtes à vomir l'outrage Elle vint sur don José le poignard levé, le regard en feu :

— Ah! traître! répéta-t-elle, tu me diras d'où te vient

ce mouchoir de femme au chiffre entrelacé, ou tu mourras !

Malgré lui, don José avait pâli.

— Ce mouchoir !... dit-il, eh bien ?

— Eh bien ! d'où te vient-il ?

— Mais... il est à moi !

— Tu mens ! c'est un mouchoir de femme avec un C et un S entrelacés.

Don José se remit sur-le-champ de son émotion.

— Un C et un S ? dit-il.

— Oui.

— Eh bien ! tu ne devines pas ?

— Je respire le parfum qui s'en exhale, s'écria la bohémienne d'une voix sombre, et ce parfum trahit pour moi une rivale.

— Tu es folle, dit tranquillement don José

Fatima leva son poignard.

— Parle ! ou je te tue...

Don José croisa les bras et la regarda en souriant:

— J'ai bonne envie de me taire, dit-il.

— Don José !... don José !... murmura ia bohémienne, dont la voix couvait des tempêtes, prends garde ! tu ne me connais point encore... si tu m'as trompée, tu mourras.

Mais don José se prit à rire :

— Tu es folle, dit-il. Ce C et cette S constituent le chiffre de ma cousine : Conception de Sallandrera. J'étais aujourd'hui dans son atelier, j'avais oublié mon mouchoir, elle m'en a offert un...

La bras levé de la gitana retomba sans force et laissa échapper le poignard, mais la défiance continua à se peindre dans son regard :

— Tu es heureux, dit-elle, d'avoir trouvé cette explication ; elle te sauve la vie.

— Sotte ! répondit don José, l'explication est vraie, et, d'ailleurs, je ne crains pas tes menaces...

— Tu as tort, don José ; le jour où tu m'auras trahie et où j'en aurai la preuve...

— Eh bien? fit l'Espagnol, qui semblait se jouer du courroux de sa maîtresse.

Elle se rassit auprès de lui, et le regarda si fixement, qu'il baissa involontairement les yeux.

— Don José, lui dit-elle, tu ne sais donc pas que le jour où je me suis prise à t'aimer, à renoncer pour toi à ma vie vagabonde, consentant à devenir ton esclave, à me laisser enfermer, à ne vivre que pour toi et par toi, ce jour-là j'ai fait le serment de te faire expirer dans les plus affreux supplices, si jamais une autre femme que moi ou celle que tu dois épouser pour assouvir ton ambition effleurait ses lèvres des tiennes?

— Je le sais.

— Et me crois-tu femme à trahir mon serment?

— Non.

Elle le regarda encore,

— Tu es Espagnol, dit-elle; si infâme que tu puisses être, tu dois croire en Dieu?

— J'y crois.

— Eh bien! jure-moi, sur ce Dieu qui n'est pas le mien, que tu ne m'as point trahie...

— Je te le jure.

Le front soucieux de la bohémienne parut se dérider.

— Cependant, dit-elle, j'ai fait un affreux rêve cette nuit.

— Et tu crois aux rêves?

— Je suis bohémienne.

— Et... que disait ton rêve?

— Rien. Mais il laissait voir

— Qu'as-tu vu?

— Un bal; un bal où chaque invité portait un costume bizarre, et avait le visage couvert d'un masque.

— Et j'y étais?

— Oui.

— Après?

— Tu donnais le bras à une femme.

— Ah!

— Cette femme, tu l'aimais... tu le lui murmurais à l'oreille.

— Alors, dit gaiement don José, cette femme, c'était toi?

— Non.

— Pourquoi, non?

— Parce qu'elle portait au cou une croix d'or.

— Eh bien ! qu'est-ce que cela prouve ?

— Que ce ne pouvait être moi.

— Pourquoi?

— Parce que je ne suis pas chrétienne, et que je ne blasphème pas ta religion.

— Alors, fit don José avec insouciance, ton rêve a menti. Je n'aime aucune femme... ou plutôt, je n'aime que toi.

— Puisses-tu dire vrai, don José !

— Ah ! murmura l'Espagnol d'un ton de dépit, ta jalousie est insupportable, Fatima.

— Je t'aime...

— Moi aussi, que veux-tu encore ?

— Oh ! c'est que, dit-elle avec feu, je voudrais te bien persuader, don José, qu'il y a entre nous un lien indissoluble.

— Notre amour...

— Non, notre crime...

Et Fatima prononça ces mots d'une voix sombre.

Don José tressaillit et se tut.

— Écoute, poursuivit-elle, jusqu'au jour où mon amour pour toi m'a rendue criminelle, tu as été libre de m'abandonner à l'heure où tu ne m'aimerais plus ; mais ce jour-là, le jour où j'ai trempé mes mains dans le sang de ton frère pour t'assurer sa fiancée, ce jour-là, vois-tu, don José, tu m'as appartenu tout entier, et pour toute ta vie. Le crime est une chaîne indissoluble.

— Fatima, dit don José en haussant les épaules, par-le-moi donc de ton amour, et non point de ce que tu appelles notre crime.

Et comme elle courbait le front et se taisait, don José

poursuivit : — D'ailleurs, ce crime dont tu parles ici
ni toi ni moi ne l'avons commis.

— Mais nous l'avons dicté.

— Ce sont tes frères ; tes frères à qui j'ai promis cen
mille ducats sur la dot de ma future femme.

— C'est vrai, dit Fatima, mes frères sont de miséra
bles bandits sans foi ni loi, qui tuent pour de l'argent

— Seulement, observa don José en ricanant, ils saven
se faire payer cher.

— J'en conviens ; mais, ajou-tat-elle, revenant à se
soupçons jaloux, le jour où je t'aurai désigné à leur poignard, ils ne se feront point payer ta mort.

Don José se leva et la baisa au front.

— Vous êtes folle, ma Fatima bien-aimée, dit-il, et
vous m'outragez.

— Moi ?

— Sans doute, puisque vous doutez de mon serment.

— Oh ! pardonne-moi, dit-elle, mais j'avais toujours
cru à mes rêves.

— Eh bien ! à l'avenir tu n'y croiras plus. Je t'aime et
n'aime que toi.

— Bien vrai ? interrompit-elle avec un reste de défiance et cherchant à lui retourner l'âme avec son regard.

— Foi d'hidalgo !

Il s'enveloppa dans son manteau, remit sa fausse barbe
et enfonça sa casquette sur ses yeux :

— Adieu ! dit-il, il est minuit... Il prend fantaisie quelquefois, tu le sais, à mon oncle le duc de Sallandrera, de
monter chez moi en sortant de son club. A demain.

— Adieu, dit-elle, en le reconduisant jusqu'à la porte
du salon.

Et comme il lui pressait une dernière fois la main et
allait s'esquiver, elle le rappela :

— Donne-moi ce mouchoir, dit-elle.

— Quelle folie !

— Je le veux.

Don José hésita.

— Mais tu veux donc me faire croire qu'il te vient d'une femme aimée ! s'écria-t-elle avec colère.

Il lui tendit le mouchoir :

— Prends, dit-il, je dirai à Conception que je l'ai perdu.

La bohémienne s'empara du mouchoir comme une tigresse allonge sa griffe sur une proie ; puis, de ses ongles effilés et roses, elle le mit en pièces et en laissa dédaigneusement tomber les lambeaux sur le tapis.

Don José ne sourcilla pas.

— Maintenant, lui dit-elle, va-t'en. A demain. Mais souviens-toi que nous nous appartenons l'un et l'autre comme des esclaves, et que tu mourras si tu me trahis.

Don José s'en alla, murmurant à part lui : — Oh ! si cette femme que je n'aime plus ne possédait pas mon secret... si elle ne suspendait point sur ma tête le poignard de ses frères...

Et il quitta la rue du Rocher, ivre de rage, car le mouchoir que Fatima venait de mettre en lambeaux n'appartenait point à Conception. Don José avait menti !

. . . .

Fatima demeura sur le seuil de ce couloir par où don José venait de disparaître, jusqu'à ce qu'elle eût cessé d'entendre le bruit de ses pas. Puis elle revint, traversa de nouveau le salon et voulut rentrer dans son boudoir. Mais elle recula étonnée et jeta une exclamation étouffée. Un homme était devant elle... Un inconnu qui semblait surgir de terre, — car le boudoir n'avait qu'une issue — et qui la regardait fort tranquillement, tenait le poignard que Fatima avait abandonné tout à l'heure. Ce poignard était la seule arme que la bohémienne possédât.

— Qui êtes-vous ? lui dit-elle vivement et obéissant à un sentiment de terreur.

— Un ami.

— Un ami ! vous ?

— Moi.

— Que me voulez-vous ?

— Vous parler de don José.

Et l'inconnu, d'un geste à la fois poli et impérieux, la pria de fermer la porte du boudoir.

Les yeux de cet homme brillaient d'une sorte d'éclat fascinateur dont, malgré elle, la gitana subit l'ascendant. Cette nature altière venait d'être domptée par un regard. Elle ferma la porte et lui dit : — Parlez... je vous écoute.

— Oh ! dit l'inconnu, c'est un peu long... mais enfin nous y arriverons.

Fatima le regardait avec une sorte de stupeur, qui prenait tout autant sa source dans ses dehors et sa physionomie étrange, que dans la manière incompréhensible, et pour ainsi dire mystérieuse, dont il s'était introduit chez elle. En effet, jamais poëte allemand perché tout en haut d'une ruine féodale, auprès d'un nid de cigogne, n'avait rêvé un plus bizarre héros de légende. Cet homme était plutôt grand que petit. Son visage avait cette couleur blafarde et pâle qu'obtiennent certains acteurs au théâtre, avec des effets de lumière habilement ménagés ; des cheveux d'un blond ardent descendaient à profusion sur ses épaules, et une barbe de même couleur, inculte et touffue, couvrait sa poitrine. D'épais sourcils également blonds donnaient à son regard je ne sais quoi de mobile et d'indécis qui étonnait.

Cet homme était-il grimé, ou bien avait-il son visage ordinaire ? Le plus habile observateur n'aurait certes pu trancher la question. Ce visage ne portait l'empreinte définitive d'aucun âge.

Etait-ce un vieillard ? Etait-ce un jeune homme ?

Mystère !

Quant à son costume, il était plus extraordinaire encore et ne sortait bien certainement ni de chez Rabin, ni de chez Moreau. Il était vêtu d'un pantalon collant enfermé dans une botte à revers, mais une botte usée, salie, éculée, et qui semblait attester la pauvreté de son propriétaire. Une vieille houppelande marron à brandebourgs était croisée sur sa poitrine. Quant à sa coiffure, elle consistait en une casquette de peau de renard à visière longue et qui lui servait d'abat-jour.

Sans la botte à revers, on eût dit un de ces vieux usu-
riers de Francfort qu'on voit apparaître dans les maisons de jeu des bords du Rhin, où il viennent changer
gratis à la banque ces mêmes monnaies dont ils font ensuite payer le change aux étrangers sur le pied de vingt-
cinq ou trente pour cent. Si ce n'eût été la casquette et
la houppelande, on aurait pu croire à un vieil étudiant
allemand.

Tandis que Fatima considérait ce personnage qui,
pour elle, avait tout le fantastique d'une apparition, ce
dernier attacha sur elle un regard profond et lui dit :

— Vous vous nommez Fatima !

— Oui, répondit-elle.

— Vous êtes la maîtresse de don José ?

Elle tressaillit et le regarda de nouveau :

— Le connaissez-vous donc ?

— Je connais la femme qu'il aime et pour l'amour de
qui il vous trahit.

Ces mots firent bondir Fatima comme une lionne qui
entend siffler la balle des chasseurs, et ses deux yeux
brillèrent comme deux lames d'épée qu'on brandit au
soleil.

— Vous mentez ! s'écria-t-elle.

Mais l'inconnu la tint clouée sous son regard morne
et continua : — Attendez donc, Fatima, quand je vous
aurai dit ce que don José et vous croyez seuls savoir...
vous ajouterez peut-être quelque foi à mes paroles...

Et Fatima, domptée mais frémissante, murmura de
nouveau : — Parlez... je vous écoute...

— Fatima, reprit l'inconnu, don José a un frère...

La gitana tressaillit.

— Ce frère se nomme don Pedro.

— Le connaissez-vous aussi? fit-elle en tremblant.

— Peut-être... il se meurt... il sera mort dans quinze
jours.

La gitana courbait le front, étreinte sans doute par le
remords.

— Attendez, poursuivit l'étrange personnage, il meur

empoisonné, miné d'un mal horrible qui lui a été inoculé violemment...

Cette fois la gitana leva les yeux sur l'inconnu et le
regarda avec épouvante.

— Vous savez cela? dit-elle.

— Je sais que, don José et vous, êtes les assassins de
don Pedro.

Cette fois, la terreur domina chez la gitana tout autre
sentiment.

— Oh! grâce ! grâce ! dit-elle, comme si cet homme
qui l'accusait lui fût apparu pour être le vengeur de don
Pedro, grâce ! je l'aimais !

Mais l'inconnu se mit à rire.

— Ces choses-là ne me regardent point, dit-il, et peu
m'importe que don Pedro se meure ou soit mort... ne
craignez rien, Fatima...

— Que voulez-vous donc alors? fit-elle un peu ras-
surée.

— Ne disais-tu pas tout à l'heure à don José...

— Comment ! vous étiez là ?

— Qu'importe ! je le sais. Ne lui disais-tu pas : « Don
José, don José, si tu me trompes jamais, tu mourras !... »

— Oui, je le disais.

— Le pensais-tu ?

— Je le jure.

— Eh bien ! dit en ricanant l'inconnu, si tu es femme
à tenir ton serment, je te montrerai don José donnant le
bras à ta rivale.

— Mais où? mais quand? demanda Fatima frissonnante de jalousie et de courroux.

— Dans huit jours, au milieu d'un bal masqué.

— O mon rêve! murmura la bohémienne bouleversée,
je l'ai vu dans mon rêve !

Et regardant cet homme avec effroi ;

— Mais vous êtes donc Satan ? lui dit-elle.

— Peut-être.

Et il laissa bruire entre ses lèvres un éclat de rire
réellement infernal.

XXV

Vis-à-vis de don José, lorsqu'elle n'était armée que
d'un simple soupçon, la gitana Fatima avait déployé
toutes les colères, tous les courroux de la passion. Elle
l'avait menacé de son poignard; s'il eut hésité à expliquer l'origine de ce mouchoir, elle l'eût tué. En présence
de cet être mystérieux, au contraire, la bohémienne se
trouvait frappée de prostration.

Pourtant cet homme lui disait : — Don José te trompe...
il t'a donné une rivale, et cette rivale, je te la montrerai
dans un bal masqué.

Or, tout cela coïncidait si étrangement avec le rêve de
la superstitieuse fille des vieux gitanos, qu'elle ne pouvait
plus douter.

Eh bien! depuis que le soupçon s'était presque changé
en certitude, la fureur de la bohémienne avait fait place
à une sorte de douloureux abattement. Elle regardait cet
homme, elle le regardait avec stupeur, ce mauvais génie
qu'elle croyait vomi par l'enfer, et qui venait faire éclater la foudre au-dessus de sa tête, et elle répétait avec
une sorte d'effroi : — Etes-vous donc Satan lui-même ?

Et le bizarre personnage riait. Cependant, au bout de
quelques minutes, son hilarité disparut, son rire se
calma, et il reprit ainsi l'entretien : — Que t'importe,
ma petite, que je sois ou non Satan?

— Oh! j'ai peur! fit-elle en essayant de se lever et de
fuir.

Il la saisit par la main et la cloua sur un siége.

— Tu as tort, dit-il, d'avoir peur de moi, je suis ton
ami.

— Vous?

— Moi.

— Mais je ne vous ai jamais vu.

— Moi, je te connais depuis longtemps. Et tiens, fit-il

avec bonhomie, je vais, si tu le veux, te raconter ton histoire avec don José de point en point.

Elle le regardait, frissonnant toujours.

— Tu es venue à Paris il y a environ un an, poursuivit-il, parce que don José y venait. Il t'avait précédée, du reste.

— C'est vrai, murmura-t-elle.

— Don José t'aimait alors, et il était tellement jaloux qu'il a voulu que tu arrivasses à Paris la nuit.

— C'est vrai.

— Il t'avait préparé ce logement, qui a deux entrées, l'une qui est celle par où il vient et qui donne dans la maison voisine ; il entre par la chambre de madame Coralie, brunisseuse.

— Oh ! c'est vrai encore.

— L'autre, qui est la véritable, l'entrée à deux battants et donne sur l'escalier qui descend place de Laborde.

— Mais d'où savez-vous tout cela ? demanda la gitana.

— Tu vis ici avec une vieille femme qui est ta nourrice, et un nègre qui vous sert de domestique. Ces deux êtres, tu les avais à ton service en Espagne, et ils ont jadis, avant que tu aimasses follement don José, introduit près de toi maint galant cavalier.

— Hélas ! c'est encore vrai, soupira la bohémienne, qui regrettait peut-être, à cette heure où elle se sentait trahie par le seul homme qu'elle eût aimé, sa folle et brillante vie d'autrefois.

— Mais, continua l'inconnu, tous deux sont maintenant vendus à don José et lui sont dévoués jusqu'à la mort.

— Oh ! qu'en savez-vous ?

— Tu le verras plus tard. Depuis un an que tu es ici, jamais tu n'as franchi le seuil de ton appartement, et tout cela par amour pour don José.

— J'en conviens.

— La vieille femme fait la duègne et le bruit court dans le quartier que tu es une pauvre femme malade venue à Paris pour te faire guérir d'un cancer qui te

ronge. Or, comme on ne t'a jamais vue, on dit même
que tu ne quittes pas ton lit.

— La bohémienne écoutait toutes ces révélations d'un
air atone et profondément distrait.

— A présent, reprit l'inconnu, en sais-tu assez, dis ?

— Oh ! oui. Je vois que vous possédez tous mes secrets.

— Et quand je t'affirme que don José te trompe, me
crois-tu ?

— Peut-être... mais il me faut une preuve.

— Tu l'auras... dans huit jours...

Elle demeurait toujours courbée et anéantie.

— Mais, acheva-t-il avec dédain, je me suis cruellement trompé sur ton compte, ma petite ; tu n'as pas de
cœur.

— Moi ! moi ?... fit-elle sur deux tons différents.

— Tout à l'heure, tu voulais tuer don José ; et te voilà
maintenant prête à t'évanouir et à fondre en larmes.

Ces mots fouettèrent le sang alourdi de la gitana et réveillèrent en elle tous ces instincts à demi-sauvage qui
font l'énergie de sa race. Elle se redressa fièrement et
regarda l'inconnu en face.

— Vous vous trompez toujours, dit-elle, et vous ne
savez pas qui je suis...

— Une femme, une femme faible et aimante... dit-il
avec un sourire de mépris.

Mais déjà l'œil de la bohémienne lançait des flammes,
déjà son brun visage se couvrait de cette pâleur nerveuse
qui annonce une résolution prise à l'instant même et
qui va devenir immuable.

Elle retroussa l'une de ses manches et montra son beau
bras musculeux et arrondi comme un bras d'athlète :

— Tenez, dit-elle, j'ai la peau fine, n'est-ce pas ? et pour
mettre un baiser sur ce bras, plus d'un beau gentilhomme
de Séville ou de Grenade aurait vendu son bien...

— En effet, ricana l'inconnu, je conçois que, pour
s'en faire un collier l'espace d'une heure, on puisse accomplir des folies.

— Eh bien ! continua-t-elle, cette peau fine et transparente et ces veines bleues cachent des muscles d'acier, et je vous jure que le jour où il se lèvera sur la poitrine de don José, armé d'un stylet, il saura l'y enfoncer jusqu'au manche.

Elle prononça cette menace froidement et avec un tel accent de résolution, que l'inconnu ne douta point un seul moment qu'elle hésitât à l'accomplir.

— A la bonne heure ! dit-il. Te voilà telle que tu étais autrefois.

— Prouvez-moi que don José me trompe, dit-elle, et je tuerai don José.

— Fais-m'en le serment, je te croirai.

La bohémienne éleva solennellement les deux mains et dit : — Il est une foi mystérieuse qui ne ressemble ni à celle des chrétiens, ni à celle des musulmans. Les gitanos mes pères m'ont élevée dans ce culte que le reste des hommes ignore, mais auquel nous, les bohémiens, nous, les parias du monde, toujours chassés et toujours victorieux, nous croyons avec ferveur. Jamais un gitano n'a juré par ce culte sans qu'il ait tenu religieusement son serment, — ce serment dût-il l'entraîner à la mort... Eh bien ! sur la foi de mes pères, au nom de cette divinité qu'il nous est défendu de révéler à ceux qui n'obéissent point à ses lois, je jure que je poignarderai don José là où je le rencontrerai avec ma rivale.

— C'est bien, dit l'inconnu, je crois à ton serment.

— Et maintenant, fit-elle, j'attends cette preuve...

— Tu l'auras. Seulement, toi la fille des bohémiens tu dois savoir que la vengeance ne marche qu'accompagnée d'une vertu silencieuse qu'on nomme la Prudence.

— Je le sais.

— Celui qui veut se venger doit se taire.

— Je me tairai.

— Conserver le sourire aux lèvres et la joie dans les yeux...

— Tandis que la haine est au cœur. Oh ! soyez tranquille, je lui sourirai et l'abreuverai de mes caresses.

— Fatima, dit encore l'inconnu, nul ne m'a vu pénétrer ici, nul ne sait le chemin par où je suis venu. Je reviendrai te voir.

— Quand ?

— Dans trois jours.

— Et m'apporterez-vous la preuve ?

— Je te dirai au moins où tu pourras l'avoir.

— C'est bien. Je compte sur vous.

— Oh ! attends, ma petite, je n'en ai point fini de mes conseils et de mes recommandations, dit-il en souriant.

— Qu'est-ce encore ?

— Je le répète, méfie-toi de ta vieille nourrice et de ton nègre comme tu te défierais d'un ennemi mortel.

— Pourquoi ?

— Tu le sauras ; mais je ne puis te le dire aujourd'hui.

L'inconnu se tourna vers la cheminée et posa la main sur une potiche de Chine.

— Tu vois ce vase ?

— Oui.

— Eh bien! chaque soir, à l'heure où tu attendras don José, soulève-le, tu trouveras dessous un billet renfermant mes instructions.

La gitana marchait d'étonnement en étonnement ; mais sa stupeur fut au comble lorsque l'inconnu lui dit:

— Je vais te quitter... seulement tu ne dois pas plus savoir par où je m'en vais que par où je suis venu.

Il tira de sa poche un grand foulard rouge et le jeta sur la tête de la gitana :

— Il faut que tu te laisses bander les yeux.

— Faites, dit-elle avec soumission.

Il mit le foulard en deux doubles, l'ajusta sur les yeux de Fatima et le lui noua solidement derrière la tête.

— Compte sur tes doigts jusqu'à cent cinquante, dit-il. Après, tu pourras enlever le bandeau.

La gitana obéit, compta scrupuleusement, puis arracha son bandeau. Le boudoir était vide, l'homme étrange avait disparu.

— C'est le diable ! répéta la superstitieuse jeune fille en levant les mains au ciel.

. . . .

Le lendemain, vers dix heures, comme don José allait venir, selon son habitude, Fatima se souvint de la recommandation du mystérieux personnage.

Elle souleva le vase de Chine. Un petit papier était dessous. Ce papier, plié d'une façon que la gitana reconnut sur-le-champ pour être celle des bohémiens qui plient une lettre, était écrit à l'encre rouge et couvert de signes bizarres et indéchiffrables pour toute autre que pour elle. C'était l'écriture et le langage des bohémiens d'Espagne.

Ce papier renfermait, en outre, un petit paquet de la grosseur d'une noisette, soigneusement cacheté à la cire.

Voici ce que contenait le billet :

« Avale, sous peine de mort, la poudre renfermée dans ce paquet. »

La bohémienne rompit le cachet de cire et trouva sous son pli une pincée de poudre blanchâtre et soyeuse au toucher comme de la fécule.

Malgré les termes impérieux du billet et la menace de mort qu'il renfermait, peut-être eût-elle hésité à obéir ; mais c'était une fille d'Espagne, et de plus une bohémienne, c'est-à-dire un être superstitieux pour qui le surnaturel avait un charme indicible.

— Il est évident, se dit-elle, que c'est le diable que j'ai vu, le diable qui m'écrit et m'envoie cette poudre... Dans quel but ?... Je ne sais ; mais il est bien certain que le diable me protége, puisque je suis gitana et qu'il est le seul Dieu que nous adorons dans l'ombre. Nos aïeules sont allées au sabbat et se sont livrées à lui... peut-être même suis-je son enfant ?

Et ce mélange bizarre de corruption et de crédulité naïve, cette fille qui ne croyait pas à Dieu pour croire au diable, versa la pincée de poudre blanche dans un verre qu'elle emplit d'eau.

La poudre ne tarda point à se dissoudre sans que l'eau

perdît rien de sa transparence. Alors la bohémienne porta le verre à ses lèvres et le vida d'un trait. Presque au même instant, un bruit se fit dans le salon.

— Voici don José, pensa-t-elle.

Elle jeta le billet dans le feu, puis elle courut à la porte du boudoir, qu'elle ouvrit. C'était en effet don José. L'Espagnol était souriant et calme. Il enlaça la jeune femme de ses deux bras et lui mit comme la veille un baiser au front.

— Bonjour, ma Fatima, lui dit-il de sa voix la plus caressante.

Fatima eut un horrible battement de cœur. Elle croyait maintenant à la trahison de don José comme à la lumière du soleil, et elle fut tentée de passer ses bras autour du cou de l'infâme pour l'étouffer. Mais elle songea aux recommandations de celui qu'elle prenait pour le diable et que, sa superstition aidant, elle finissait par croire son père. Et son visage demeura calme et souriant.

Don José dépouilla alors son manteau, et Fatima vit apparaître un flacon poudreux garni d'osier qu'il plaça sur la cheminée.

— Qu'est-ce que cela? demanda-t-elle.

— Cela, c'est une surprise que je te ménageais, répondit-il; c'est un flacon de marasquin que j'ai reçu d'Espagne ce matin même.

— Oh! du marasquin, fit-elle avec une joie enfantine, la liqueur de notre pays bien-aimé.

Don José prit alors dans ses doigts le gland de soie qui pendait à côté d'une glace et il sonna.

Le nègre qui servait, ou plutôt qui surveillait la gitana, parut.

— Apporte-nous des verres, dit don José, car j'en veux boire aussi, moi, ajouta-t-il joyeusement.

Avant d'aller plus loin, faisons un pas en arrière et suivons don José au moment où la veille, vers minuit, il quittait la rue du Rocher et retournait chez lui.

On le sait, don José demeurait rue de Ponthieu, au

n° 3, et les fenêtres de son appartement donnaient su[r]
l'avenue des Champs-Elysées.

Don José était sorti de chez Fatima la rage dans l[e]
cœur. Don José n'aimait plus la bohémienne, dont i[l]
avait été, du reste, follement épris pendant plusieur[s]
années. Depuis deux mois, don José avait un autre amou[r]
au cœur, et cet amour, qu'il menait de front avec se[s]
projets d'ambition, l'occupait assez pour le lasser à tou[t]
jamais de la frénétique tendresse de Fatima. Mais, il l[e]
savait, la gitana n'était point cette maîtresse parisienn[e]
avec laquelle il est si facile de rompre. C'était une fill[e]
indomptable et sauvage qui se considérait comme liée [à]
lui pour toujours, qui pour lui avait abandonné sa vi[e]
errante et folle, qui pour lui était devenue criminelle[.]
Cette femme avait son secret, cette femme pouvait, au
jour de l'abandon, le traiter d'empoisonneur et d'assassin... Cette femme, dans un accès de jalousie, était capable de le tuer. Elle l'en avait menacé tout à l'heure,
et ses menaces avaient si vivement impressionné don
José, qu'il rentra chez lui tout tremblant, mais déj[à]
méditant un nouveau forfait.

Pour se rendre chez la bohémienne, don José em-
ployait, comme on l'a vu, des précautions minutieuses.
Il rentrait d'abord ouvertement, en voiture, mis comme
à l'ordinaire. Puis, une fois chez lui, il s'affublait de ses
vêtements d'ouvrier et s'appliquait une grande barbe
noire qui lui donnait une certaine ressemblance avec un
ouvrier carrossier qui demeurait dans la maison, où il
occupait une mansarde. Ensuite, au lieu de redescendre
par le grand escalier, ce qui l'eût contraint à passer devant la loge du concierge, il sortait par la cuisine de
son appartement et prenait l'escalier de service qui abou-
tissait dans la cour, qu'il traversait pour sortir. A son
retour, il rentrait de la même manière, traversant de
nouveau la cuisine, où l'attendait son valet de chambre.

Ce valet mérite quelques lignes de silhouette, car il
était plutôt le confident que le serviteur de son maître :
Zampa, c'était son nom, était un Portugais que don

José avait pris à son service dans une circonstance assez singulière.

Quatre années auparavant, don José se trouvait à Madrid, habitant tout seul le vaste hôtel de Sallandrera. Le duc et sa famille étaient alors au petit castel de *la Grenadière*. L'hôtel de Sallandrera donnait sur une place où avaient lieu les exécutions capitales. Un matin, le jeune Espagnol fut éveillé par une sourde rumeur, et, en se mettant à sa croisée, il aperçut le *garrotta*, cet instrument de supplice usité en Espagne, qui dressait son fatal pivot et son collier de fer au milieu d'un concours immense de peuple. L'échafaud avait été élevé si près de l'hôtel, que de la plate-forme un homme agile pouvait s'élancer sur le rebord des croisées du rez-de-chaussée. Ce fut à une de ces fenêtres que don José, qui était friand de cet horrible spectacle, alla se placer, pour n'en laisser échapper aucun détail. Peu après on vit apparaître le patient. C'était Zampa.

Zampa était condamné à mourir pour avoir assassiné une vieille femme et sa servante, qui habitaient une maison isolée sur la route de Madrid à l'Escurial, à la seule fin de les voler ensuite, ce qu'il allait faire, quand un détachement de soldats qui passait par hasard l'arrêta et le conduisit en prison.

Don José prit une lorgnette et se prit à considérer le condamné. C'était un jeune homme de taille moyenne, qui paraissait doué d'une grande souplesse et d'une vigueur peu commune, au front bas et fuyant, au regard indécis, aux lèvres minces et cruelles dans leur expression dédaigneuse.

Zampa monta sur l'échafaud d'un pas assez ferme; mais lorsqu'il eut aperçu le collier de fer destiné à l'étouffer et la chaise sur laquelle on l'allait faire asseoir, la peur de la mort le prit et il se mit à trembler de tous ses membres. En même temps, une pâleur livide s'empara de lui et son sourire fanfaron disparut; mais en même temps aussi son regard désespéré aperçut la fenêtre où se tenait don José; ce regard mesura la distance, et l'espoir ardent d'échapper au supplice pénétra soudain dans l'âme du condamné en lui rendant toute son énergie et toute sa vigueur. Au moment où le bourreau s'emparait de lui pour l'asseoir sur la chaise fatale, Zampa fit un effort héroïque, rompit les liens qui lui attachaient les bras, mordit le bourreau, qui jeta un cri de douleur, renversa ses deux aides, bondit comme un tigre, et passant par-dessus la tête de don José, tomba dans l'hôtel de Sallandrera. Avant que le bourreau, ses aides, la foule entière et don José lui-même fussent revenus de leur surprise, le condamné avait disparu.

Les domestiques étaient tous aux fenêtres, laissant ainsi l'hôtel désert à l'intérieur.

Quand don José, revenu de sa stupeur, se retourna pour chercher des yeux le patient, il ne vit plus rien. La porte de la salle basse où il se trouvait seul et que le patient avait dû traverser, était ouverte. La force armée cerna l'hôtel et l'envahit; on le fouilla de fond en comble inutilement. Le condamné s'était évanoui comme une vision.

XXVI

Au bout de deux jours, et tandis que tout Madrid s'entretenait de la disparition du condamné Zampa, disparition qui tenait du prodige, don José, en s'éveillant, vit un homme tranquillement assis à son chevet : c'était Zampa.

Don José le reconnut et ne put s'empêcher de rire :

— Ah çà! lui dit-il, d'où sors-tu et où t'es-tu donc caché?

— Je vais le dire à Votre Excellence, répondit Zampa, si toutefois elle veut me faire un serment.

— Parle, dit l'hidalgo, quel serment exiges-tu?

— Celui de ne pas me livrer.

— Oh ! certes, répondit don José, je ne suis pas alguazil, et les choses de la justice ne me regardent pas. Si personne autre que moi ne te restitue au bourreau, tu vivras cent années.

— Votre Excellence parle d'or, dit le condamné. Maintenant, j'ai une dernière proposition à lui faire.

— Qu'est-ce encore ?

— Si je coupais ma barbe et teignais en noir mes cheveux, qui sont d'un rouge ardent, je deviendrais méconnaissable.

— C'est possible, et je te le conseille.

— Si, alors, Votre Excellence voulait me prendre à son service ?...

Don José fit la grimace.

— Oh ! dit Zampa, elle aurait en moi un serviteur dévoué jusqu'à la mort, et qui se ferait hacher pour elle. Votre Excellence n'aurait qu'à commander, je serais, selon son gré, assassin ou honnête homme...

L'âme perverse de don José fut touchée de ce langage. L'hidalgo vit dans Zampa un homme qui deviendrait au besoin son sicaire, et mettrait, sur un signe de lui, le feu aux quatre coins de Madrid.

— Soit, lui dit-il, je te fais mon valet de chambre. Maintenant vas-tu me dire où tu t'étais si bien caché ?

— Certainement, monseigneur ; mais je vous dirai d'abord que je connais parfaitement l'hôtel dans ses moindres coins et recoins, m'y étant introduit l'année dernière pour voler.

— Ah ! dit don José.

— C'est moi qui ai volé les diamants de madame la duchesse, votre tante.

— A merveille !

— Et, poursuivit Zampa, vous savez qu'il y a dans la chambre de M. le duc une armure de taille colossale, dressée sur un pivot, casque en tête et visière baissée.

— Cette armure, dit don José, est celle d'un Sallandrera, compagnon du Cid et plus grand que lui.

— C'est cela. Eh bien ! je me suis glissé dans l'armure, bien certain qu'on ne songerait point à y regarder.

Ce trait d'ingéniosité acheva de séduire don José. Il donna un rasoir à Zampa, qui coupa sa barbe sur-le-champ et entra le jour même à son service.

Depuis lors, le maître et le valet en arrivèrent à une sorte d'intimité, le premier laissant entrevoir ses instincts pervers et ses vices, le second les flattant et les encourageant de son mieux.

Excepté peut-être l'empoisonnement de don Pedro, Zampa connaissait tous les secrets de son maître. Il était au courant de sa double intrigue, et ce soir-là, où don José revenait de chez Fatima sous l'impression de ses menaces de mort, le valet ne put s'empêcher de remarquer la pâleur de son visage et son agitation extrême.

— Est-ce que Votre Excellence se serait fâchée avec la gitana ? demanda-t-il.

— Mais non, murmura brusquement don José.

— C'est que Votre Excellence est pâle.

Don José regarda Zampa. Il trouva au bandit la physionomie avenante d'un homme qui semble dire :

— Parlez, on vous obéira.

— Dis donc, fit-il en l'entraînant dans sa chambre à coucher, trouves-tu Fatima belle ?

— Mais oui, fort belle.

— C'est drôle, continua don José avec indifférence, je ne l'aime plus, et elle me semble laide.

— C'est que Votre Excellence en aime une autre.

— C'est vrai.

— Et puis, à parler franchement, Fatima est une femme sans éducation, de mœurs désagréables et farouches et qui finira, dans un accès de jalousie, par poignarder Votre Excellence.

— Je le crains.

— Aussi bien, si j'osais risquer un conseil...

— Risque...

— Je m'en débarrasserais.

— Bah ! fit don José continuant à jouer, malgré son

émotion, une indifférence absolue. Fatima est une femme qu'on ne quitte pas commodément.

— C'est vrai.

— Et... alors ?

— On la tue, c'est plus simple

Don José regarda son valet dans le blanc des yeux.

— Tu es un garçon bien spirituel, dit-il.

— Je m'en vante.

— Et j'ai songé à te charger de cette besogne.

— Merci de l'attention.

— Hein ! qu'en dis-tu ?

— Mais, dit Zampa gravement, je dis que nous sommes à Paris, dans un pays où la police a de bons yeux, de bonnes oreilles, et où un coup de stylet est plus dangereux pour celui qui le donne que pour celui qui le reçoit.

— Diable ! fit don José un peu déconcerté par la prudence de Zampa.

— Mais, reprit celui-ci, il est des accommodements avec tout, même avec la loi.

— Ah !... Et comment ?

— J'ai rapporté d'un voyage que j'ai fait aux îles Marquises un joli poison bien subtil qui tue en vingt-quatre heures,

— Ah ! ah ! fit don José.

— Ce poison est une poudre végétale qui tue sans laisser de traces.

— Et tu as ce poison ?

— Parbleu !

— Par saint Jacques de Compostelle ! murmura don José ravi, laisse-moi me coucher... demain nous reprendrons cette conversation, qui m'intéresse fort.

Et don José se mit fort tranquillement au lit et rêva que Fatima s'en allait dans l'autre monde et entrait dans le paradis de Mahomet, où le prophète la changeait aussitôt en houri.

. . . .

On devine, à présent, ce que contenait le flacon de

marasquin que don José apporta, le lendemain soir, chez la belle Fatima.

La bohémienne s'empara de la bouteille et la déboucha elle-même.

— Je veux être ton échanson, mon cher seigneur, dit-elle.

Et elle regarda don José avec son plus brûlant regard, tandis que la haine lui tordait le cœur. Puis elle lui versa à boire et se servit ensuite. Un soupçon avait traversé son esprit.

— Il veut m'empoisonner peut-être, s'était-elle dit.

Mais don José prit le verre en souriant, l'éleva, salua Fatima, et le vida d'un trait.

— A ta santé, dit-il en replaçant le verre sur un guéridon.

Fatima n'hésita plus et vida le sien à son tour. Puis les deux amants passèrent une heure encore, la main dans la main, don José accablant la gitana de ses protestations d'amour, — la bohémienne l'écoutant le sourire aux lèvres et la rage dans le cœur.

Enfin minuit sonna. C'était l'heure où don José se retirait.

— Adieu, lui dit-il, la pressant tendrement sur son cœur.

— Adieu, répondit-elle.

— Ne sois plus jalouse.

— Oh ! jamais, fit-elle avec une dissimulation dont la perfection atteignit les dernières limites de la franchise.

Elle le regarda comme si elle eût voulu le fasciner.

— L'ai-je été ce soir ? demanda-t-elle.

— Non, j'en conviens.

— Eh bien ! tu me verras tous les jours comme aujourd'hui. Je t'aime, et je crois à ton amour.

Elle le reconduisit jusqu'à l'extrémité du salon et lui pressa une dernière fois la main.

— Adieu !... adieu ! répéta-t-elle avec une sorte de frénésie qui faillit trahir sa fureur.

Dans la salle à manger, don José rencontra la vieille femme qui avait nourri Fatima.

— A quelle heure se lève ta maîtresse ? lui demanda-t-il.

— A dix heures.

— Demain, continua don José, tu pourras la laisser dormir jusqu'à midi... elle est fatiguée.

La vieille nourrice ne surprit point l'atroce sourire qui glissa sur les lèvres de l'hidalgo.

— Pauvre Fatima ! murmura don José en s'en allant, elle n'a pourtant que vingt-quatre ans... c'est dur de mourir si jeune !

. . . .

En quittant don José, Fatima rentra dans le boudoir et recula stupéfaite, comme la veille.

Comme la veille, le bizarre personnage qu'elle prenait pour le diable l'attendait, tranquillement assis sur le divan. Il étendit la main vers le flacon de marasquin.

— Tu as bu de cela ? dit-il.

— Oui, répondit-elle.

Il y avait dans un coin du boudoir un magnifique perroquet rouge et bleu qui sommeillait sur son perchoir.

L'inconnu se leva sans mot dire, s'approcha du perroquet et lui présenta le doigt. Le perroquet y posa ses deux pattes et se laissa apporter vers la cheminée, tandis que la gitana regardait cette manœuvre avec étonnement.

L'inconnu prit ensuite le flacon de marasquin et en vida quelques gouttes dans le verre que Fatima avait porté à ses lèvres.

— Il est excellent, dit celle-ci ; goûtez-le, vous verrez.

Mais au lieu de boire et tenant toujours son perroquet sur le poing gauche, le mystérieux personnage découvrit un sucrier placé sur un guéridon, y prit un morceau de sucre et le trempa dans le verre ; le marasquin s'infiltra goutte à goutte dans le morceau de sucre. Alors l'inconnu le tendit au perroquet, qui le prit, le broya sous son bec et l'avala.

— Mais que faites-vous donc ? s'écria la bohémienne.

L'inconnu ne répondit pas ; mais il lui montra le per-roquet qui, à peine eut-il absorbé le sucre imbibé de marasquin, battit des ailes, s'agita quelques instants, et tomba foudroyé aux pieds de la gitana.

— Tu le vois, dit alors le bizarre personnage, il faut, avec cette liqueur dont tu as bu un verre, trois minutes pour tuer un chien, vingt-quatre heures pour faire un cadavre d'une belle fille comme toi... Don José vient de t'empoisonner !...

. . . .

Faisons un pas en arrière.

Banco était une fille de seize ans, blonde comme une madone de Raphaël, avec des yeux d'un bleu sombre aux reflets verdâtres, de petites dents blanches et poin-tues, des lèvres roses, un nez aquilin, des pieds et des mains d'enfant. Banco avait une taille svelte et frêle qui la faisait ressembler à une verte demoiselle des prés ; elle était ni grande ni petite, et, lorsqu'elle marchait, elle trahissait cette désinvolture nonchalante et gra-cieuse qu'on retrouve chez les filles de l'Andalousie et que les Espagnols nomment le *mencho*.

Pourtant Banco était née à Paris. Mais son père et sa mère étaient venus d'Espagne quelque vingt ans aupa-ravant, et ils remplissaient chez le général espagnol S., les majestueuses fonctions de concierges.

Chose bizarre ! le Castillan marié à une sévillane, bruns tous les deux comme les olives de leur pays, avaient mis au monde une fille blonde comme un rayon de soleil, blonde comme si elle fut née en Ecosse ou en Danemarck. Mais, chose moins bizarre, trouvant sans doute ses parents trop bruns, leur loge trop petite et l'hôtel qu'ils gardaient d'un trop sévère aspect, Banco avait pris sa volée aux environs de ses quinze ans. Un coupé à deux chevaux l'avait emportée un soir de la loge paternelle à la rue Castiglione, où elle avait trouvé le plus délicieux entresol que femme coquette eût rêvé. Un vrai boyard, qui possédait une centaine de villages et des milliers de paysans, lui en offrit les clefs sur un

coussin de maroquin vert. Ce coussin était un portefeuille.

Depuis un an, Banco était fort à la mode : elle avait
des chevaux de prix, des diamants comme on en voit
peu, et elle donnait des raouts dont parlait la petite littérature. Pourtant Banco n'avait que seize ans et quelques mois... Mais elle était née avec l'intuition de son
art ; elle n'avait pas le temps d'apprendre, elle devinait.
Elle n'avait jamais aimé, et elle était demeurée convaincue qu'elle n'avait pas de cœur.

Banco était, dans toute l'acception du mot, une fanfaronne de vices.

L'enfant avait auprès d'elle une dame de compagnie,
une ex-jolie femme qui dépassait la quarantaine, dont
le visage couperosé s'empâtait de jour en jour sous une
épaisse couche de graisse, et dont les doigts ornés de
bagues subissaient les progrès d'un embonpoint exces-
sif. Cette femme, qui se nommait Carlo, abréviation de
Carlotta, métamorphose de Charlote, laquelle Charlotte
était née dans une boutique de fruitière, et prétendait
avoir des aïeux... — cette femme, disons-nous, tenait la
maison de Banco, la volant par-ci par-là, et lui donnant
des conseils.

Or, depuis son départ de la maison paternelle, Banco
avait essayé vainement de faire sa paix avec sa famille.
Les deux Espagnols, fiers comme des hidalgos, avaient
formellement refusé de recevoir et même de revoir leur
enfant. Vainement Banco leur avait envoyé parlementaires sur parlementaires, porteurs de cadeaux de toute
espèce, le père et la mère avaient tout refusé.

Ce mépris pour l'enfant perdue avait fini par irriter
Banco. Banco avait oublié qu'il s'agissait de son père et
de sa mère, et un jour elle s'était juré de les humilier
tôt ou tard. Une fois dominée par cette idée de vengeance,
la lionne n'en démordit plus, d'autant que la Carlo atti-
sait charitablement le feu, et lui disait, d'un ton demi-
sérieux demi-bouffon : — Abaisse-moi donc ces portiers
orgueilleux ! A ta place, je me munirais d'un Espagnol

de qualité, qui pût me faire entrer un jour, dans sa voiture, à l'hôtel dont ils tirent le cordon.

Le conseil avait été goûté par Banco, et elle s'était promis de profiter de la première absence du prince russe pour le mettre à exécution.

Or, le prince alla faire un voyage de trois mois en Italie, et il dit en partant à Banco : — Il n'est pas défendu de faire de la contrebande; il est défendu de se laisser prendre. Méditez profondément ces paroles, et songez que j'ai cent mille francs par an à votre service.

Le soir de son départ, Banco fit une apparition aux Italiens, et, en promenant distraitement ses prunelles sur la salle, elle remarqua un grand et beau jeune homme, aux cheveux noirs, aux moustaches noires, à la tournure pleine de distinction.

— Le connais-tu? demanda-t-elle à la Carlo.

— Tiens! répondit celle-ci, voilà ton affaire; c'est un Espagnol, don José d'Alvar. Il est riche.

— Oh! cela m'est égal, dit Banco.

— Il connait le général S...

— Tu crois?

— J'en suis sûre. Je me souviens de les avoir vus se promener ensemble au bois, dans un breack que le général conduisait lui-même.

— Très-bien, dit Banco, qui devint toute pensive.

Le lendemain, la Carlo fut chargée de courir le monde galant et d'avoir adroitement des renseignements minutieux sur don José. Mais on ne savait nulle part sur l'hidalgo que ce que tout Paris pouvait savoir, c'est-à-dire que don José avait vingt-six ou vingt-huit ans, qu'il était le neveu du duc de Sallandrera, qu'on le disait fiancé à sa cousine, mademoiselle Conception; enfin qu'il jouissait d'un assez beau revenu et le dépensait fort largement. On ne lui connaissait aucune intrigue.

Ces renseignements, rapportés au bout de deux jours par la Carlo, ne satisfirent que médiocrement Banco.

— Cet homme aime sa fiancée, se dit-elle, et une

fiancée est plus difficile à arracher du cœur d'un homme qu'une maîtresse.

Cependant, comme la blonde fille avait hérité de la volonté espagnole, du moment où elle eut jeté son dévolu sur don José, elle se jura d'en être aimé tôt ou tard. Le plus difficile était d'avoir avec lui une première entrevue. Don José n'allait que dans le vrai monde, et Banco n'y avait nul accès.

Heureusement, la jeune pécheresse avait lu beaucoup de romans, entre autres la fameuse *Histoire des Treize*, de M. de Balzac.

Ne sachant comment se faire présenter à don José, elle songea à le faire enlever.

Voici ce qui advint à l'hidalgo. En rentrant, un soir, de sa mystérieuse excursion à la rue du Rocher, don José, qui alors aimait encore la gitana, trouva un petit billet, venu par la poste à son adresse. Ce billet était d'une jolie écriture inconnue, et sans signature. On devinait une main de femme.

« Si don José d'Alvar, disait le correspondant mystérieux, a hérité de la bravoure de ses aïeux, s'il ne redoute pas les aventures romanesques, si enfin il est homme de cœur et ne recule point devant les apparences d'un péril, il se trouvera demain soir, jeudi, à onze heures et demie, au coin du boulevard et de la rue Godot-de-Mauroy.

« Là, un homme s'approchera de lui, et lui dira en espagnol : « Suivez-moi. »

« Don José le suivra et fera ce que cet homme lui dira. »

Le jeune Espagnol trouva l'aventure piquante, et se promit d'aller au rendez-vous.

XXVII

Le lendemain, don José sortit une heure plus tôt de chez Fatima, rentra chez lui pour changer de costume, et, à l'heure dite, il se trouva sur le trottoir de la rue Godot-de-Mauroy. Il y était depuis environ dix minutes lorsqu'un fiacre vint à passer et s'arrêta tout près de lui. En même temps, un homme montra sa tête à la portière et dit en Espagnol : — Suivez-moi !

Don José s'approcha et regarda cet homme. Mais il avait une grande barbe et un chapeau rabattu sur les yeux, qui semblaient se cotiser pour dissimuler entièrement les traits de son visage.

— Montez, dit l'inconnu.

Don José monta, et à peine fut-il assis dans le fiacre, que son guide lui dit : — Il faut vous laisser bander les yeux.

— Où me menez-vous donc ? demanda l'hidalgo.

— Chez une jeune et jolie femme.

— Mais... où ?

— Bon ! dit l'inconnu, qui parlait assez purement l'espagnol, bien qu'à son accent il fût aisé de reconnaître qu'il n'était point né en Espagne, si on voulait vous dire où l'on vous conduit, on ne vous banderait pas les yeux.

— C'est juste, pensa don José.

Et il se laissa bander les yeux sans résistance aucune.

Alors le fiacre repartit, et don José comprit qu'il roulait avec une rapidité peu commune aux voitures de cette espèce. Comme don José n'avait point la connaissance parfaite de Paris que possédait Henri de Mauroy, le héros de Balzac ; comme, en outre, il ne connaissait point les œuvres de l'illustre écrivain et ne pouvait, par conséquent, y puiser des inspirations, il n'eut pas l'idée de compter combien de fois le véhicule tournait à gauche et à droite, ce qui, jusqu'à un certain point, aurait pu indiquer la route qu'il suivait et le quartier où on le conduisait.

Tout ce qu'il comprit, c'est que le trajet était long, car il demeura près de trois quarts d'heure à côté de son guide, qui gardait le plus profond silence.

Enfin, le fiacre s'arrêta.

— Descendez et donnez-moi la main, lui dit-on, toujours en langue espagnole.

Il obéit, se laissa entraîner, sentit qu'il marchait sur du sable, tandis que l'air vif de la nuit le fouettait au visage, et il en conclut qu'il traversait un jardin.

Au bout d'une centaine de pas, son guide l'avertit qu'il rencontrait un escalier. En effet, il gravit une trentaine de marches environ, puis il trouva un tapis sous ses pieds, comprit qu'il traversait un salon, et enfin le guide lui dit :—Arrêtez-vous là. Puis il le fit asseoir et ajouta:

— Otez votre bandeau.

Don José enleva le foulard qu'il avait sur les yeux et demeura fort étonné. Il se trouvait dans un joli salon dont chaque meuble, chaque objet, chaque détail d'ornementation, semblait trahir une femme pour propriétaire. Il s'y trouvait seul, car l'homme à la grande barbe avait disparu comme par enchantement.

— L'aventure est passablement romanesque, pensa don José, si la femme est véritablement jolie...

Il n'acheva pas, car une portière glissa sur sa tringle et Banco se montra à ses regards éblouis.

La blonde fille des portiers espagnols avait pensé qu'un peu de romantisme dans son costume ne gâterait rien au rôle qu'elle s'apprêtait à jouer. Elle avait donc revêtu la jupe courte écarlate, le corsage de velours noir à broderies et le petit shaspska des polonaises de Cracovie, le tout parsemé de beaux diamants et agrémenté de superbes fourrures. Depuis dix-huit mois qu'elle avait accepté la protection du prince K... Banco avait appris la Russie et la Pologne sur le bout du doigt, et elle s'était bien juré de finir ses jours dans quelque beau château aux environs de Varsovie.

I.   21

Un Parisien, un véritable Athénien de Paris, eut
flairé le théâtre et déshabillé Banco d'un regard pour
lui restituer ses véritables vêtements et sa classification
sociale exacte; mais don José était Espagnol; il ne connaissait que superficiellement notre monde et surtout certaines femmes de notre monde; entre Conception, qu'il
voulait épouser, et la gitana, qui avait été jusque-là son
unique amour, il n'avait pu qu'entrevoir, et par conséquent fort mal juger toutes ces grandes dames de contrebande qui prennent le nom de la rue où elles sont
nées et deviennent la comtesse de Tronchet ou la baronne de Saint-Lazare. Don José pouvait, à la rigueur,
prendre une comédienne du boulevard pour une reine
de Hongrie. Banco avait donc touché juste, peut-être
sans le savoir.

— Si don José ne me reconnaît pas, s'était-elle dit, ou
du moins s'il ne m'a jamais vue, ce qui est probable, car
moi je l'ai aperçu l'autre jour pour la première fois de
ma vie, je me poserai en Polonaise.

En effet, à la vue de cette jolie comtesse, dont les cheveux blonds, le teint rose, le costume pittoresque semblaient annoncer une fille des brumeuses contrées sep-
tentrionales, dont José demeura convaincu qu'il était en
présence d'une femme de qualité, et il salua jusqu'à
terre.

Cet homme, plein d'audace quand il s'agissait de servir son ambition, même par un crime ; cet homme, qui,
n'avait reculé devant rien, était timide, et se sentait rougir sous le regard d'une femme.

— Je le tiens, pensa Banco, à qui le trouble subit de
l'Espagnol n'échappa point, et qui comprit qu'elle avait à
faire à ce que, dans le monde interlope, on appelle un
homme qui n'est pas très-fort.

Elle invita don José, par un geste gracieux, à s'asseoir,
puis elle lui dit en français, langue que les Polonais et
les Russes parlent, on le sait, comme leur langue ma-
ternelle : — Je vous demande mille pardons, seigneur,
d'avoir ainsi abusé de votre liberté.

— Madame... balbutia don José, qui continuait à la trouver fort belle.

— Don José, poursuivit-elle, on vous a conduit ici les yeux bandés, parce que vous ne pouvez, vous ne devez jamais savoir où vous êtes et qui je suis.

Il la regardait toujours et ne trouvait pas un mot à dire.

Elle prit à sa ceinture une jolie petite montre émaillée et la consulta.

— Mon Dieu! dit-elle, comme le temps passe... je n'ai réellement plus qu'une heure à vous donner, et j'ai cependant bien des choses à vous dire...

— Une heure! fit don José, qui trouvait, en effet, que c'était bien peu pour admirer cette ravissante créature...

— Hélas! soupira-t-elle, dans une heure, il me faudra rejoindre mon tyran...

— Votre tyran?

— Je veux dire mon mari.

— Don José fit la grimace.

— Écoutez, monsieur, poursuivit Banco avec assurance, afin de vous expliquer mon étrange conduite, il faut que vous sachiez à peu près qui je suis.

— Je vous écoute, madame, répondit don José fort intrigué de la tournure à demi-solennelle que semblait prendre cet entretien.

— Allons-y gaiement! pensa la folâtre fille, donnons-nous des aïeux et des parchemins.

Et elle dit tout haut avec une nuance de tristesse : — Ah! monsieur, dans mon pays, nous autres filles de qualité, nous n'épousons jamais l'homme que nous aimons...

— C'est à peu près ainsi partout, répondit don José, qui songea que sa cousine, mademoiselle Conception de Sallandrera, le haïssait mortellement, et que, cependant, elle serait forcée de l'épouser, lui don José.

Banco poursuivit : — Je suis la fille d'un prince polonais général au service de la Russie. Je suis mariée à un prince russe, général comme mon père. La politique

a été le seul mobile de mon mariage. Il entre dans les vues
de la Russie d'allier la noblesse russe à la noblesse polonaise. J'ai dix-sept ans ; mon mari en a soixante-trois.
C'est un homme brutal et dur, profondément égoïsme
et qui s'est porté sur moi, dans de honteux et stupides
accès de jalousie, aux violences les plus inouïes.

— Le misérable ! murmura don José.

— Depuis un an que j'habite Paris, on ne m'a vue nulle
part, et il ne me laisse point sortir. Si j'avais un amant,
il me tuerait...

— Mais, interrompit don José, n'avez-vous donc jamais
songé à vous soustraire à un pareil tyran ?

— Si, répondit-elle, et c'est pour cela que vous êtes ici.

Ces mots embarrassèrent un peu don José.

L'Espagnol trouvait la prétendue princesse merveilleusement belle, et il lui avait suffi de la regarder pour
que l'amour de six années, qu'il ressentait pour la gitana,
s'évanouît ; mais don José n'était ni sentimental, ni chevaleresque, et il n'oubliait point qu'il devait épouser
Conception, et succéder au duc de Sallandrera dans ses
biens et dignités. Cependant il demeura impassible et
répondit à Banco : — J'attends vos ordres, madame.

—Monsieur, reprit Banco avec un aplomb merveilleux,
je suis Polonaise et j'ai été nourrie par une bohémienne.
C'est vous dire que, en France, je passerais pour une
femme superstitieuse.

Don José sourit.

— Mais moi, poursuivit-elle, j'ai une foi profonde,
aveugle dans les prédictions de certaines gens pour qui
l'avenir n'a pas de mystère.

— Ah ! vous croyez ? dit don José.

— Oui, fit-elle avec un air de profonde conviction.

Il s'assit auprès d'elle et lui demanda : — Que vous
a-t-on prédit ?

— Un jour en Pologne, il y a de cela six ans, vous le
voyez, j'étais encore enfant, une vieille femme vint frapper à la porte du château paternel et demanda l'hospita-
lité. Cette femme disait la bonne aventure ; elle me prit

la main, en examina les lignes et les dispositions, et me dit :

« — Pauvre enfant ! vous serez bien malheureuse un jour... Un homme à barbe blanche, venu du pôle, vous maltraitera comme la fille d'un serf, et vous lui appartiendrez comme une esclave.

« Et comme je frissonnais, elle ajouta :

« — Mais, un jour, il vous emmènera vers le pays tempéré, qui est tout au bout de l'Europe, à l'Occident, et votre sort changera, ou du moins il dépendra de vous que votre liberté vous soit rendue.

« — Et comment ? demandai-je.

« La bohémienne fronça le sourcil, examina de nouveau les lignes de ma main et répondit enfin :

« — Dans le pays tempéré qui borne l'Europe à l'Occident, l'homme du pôle, l'homme à la barbe blanche continuera à vous maltraiter ; à peine vous laissera-t-il apercevoir la lumière du soleil. Un jour, pourtant, il consentira à vous emmener avec lui dans son droski, à la condition que vous aurez le visage caché et que les chevaux iront au triple galop. Alors vous rencontrerez, dans votre course, un homme à cheval. Cet homme, né sous le soleil, dans un pays que l'eau baigne par trois côtés, jettera sur vous un regard curieux. Alors il dépendra de vous, pauvre enfant, qu'il devienne votre libérateur.

« — Mais comment ? m'écriai-je, vivement impressionnée par les paroles de la bohémienne.

« — Si cet homme vient à vous aimer sans savoir votre nom, ni le lieu que vous habitez, ni le nom de celui qui vous tiendra en son pouvoir, il est écrit dans la destinée que le tyran mourra.

« Et la sorcière ne voulut point s'expliquer davantage.

« Elle me jeta un regard de compassion, baisa ma main et quitta le château. »

Banco s'arrêta un moment. Elle avait abaissé sur dou José ses grandes paupières et laissé tomber sur lui son plus magnétique regard.

— Étrange histoire ! murmura don José, prédiction plus étrange encore !

— Oh ! vous allez voir, dit-elle. Et elle reprit : — Un jour, cet hiver, au mois de janvier, la terre était couverte de neige et le soleil resplendissait. Par les croisées de ma chambre, j'apercevais les arbres du jardin de notre hôtel, et leur parure blanche me rappelait ma Pologne bien-aimée. Quelques pauvres oiseaux voletaient de branche en branche et se réchauffaient à ce pâle rayon de midi. Moi, je les regardais, les yeux pleins de larmes amères. Mon mari entra.

« — Qu'avez-vous?... me dit-il, et pourquoi pleurez-vous ?

« — Je pleure en regardant cette neige, qui me rappelle mon pays, répondis-je, et ces oiseaux qui sont libres comme je l'étais autrefois.

« — Eh bien ! me dit-il, puisque vous avez si grande envie de sortir, ne pleurez plus. Je vais vous emmener au bois de Boulogne dans mon droski, que je conduirai moi-même. J'ai reçu quatre chevaux de l'Ukraine que je veux essayer.

« Je poussai un cri de joie et je sautai au cou de mon tyran.

« — Mais, me dit-il, à une condition, c'est que vous prendrez votre voile le plus épais. Je ne veux pas qu'on vous voie. »

Banco s'arrêta encore, examinant don José. Don José écoutait avec une certaine curiosité, et ne paraissait pas se douter qu'il pût être question de lui.

— Voyons, lui dit la jeune femme, rassemblez vos souvenirs.

— Moi, madame ?...

— Ne vous souvenez-vous point avoir vu passer aux Champs-Élysées, par une belle et froide après-midi du mois de janvier, un attelage russe de quatre chevaux gris de feu aux crinières blanches, ornées de clochettes, emportant une voiture placée sur un traîneau ?

Banco se souvenait très-bien être sortie en droski avec

son Russe. Seulement, le reste de l'histoire était dû à son imagination.

— En effet... dit don José... je crois me souvenir.

— Ah !

— Oui... au mois de janvier.

— Oh ! dit Banco, vous m'avez regardée...

— Vous croyez ?

— J'en suis sûre.

— Eh bien ?

— Comment ! vous ne comprenez pas ?

— Mais... il me semble...

— Une partie de la prédiction de la bohémienne s'était accomplie, dit Banco. L'homme du pôle, à la barbe blanche...

— C'est votre mari ?

— Oui.

— Et le cavalier né sous le soleil ?

— C'était vous.

— Moi ?

— Oh ! je vous remarquai bien, malgré la vitesse de nos chevaux ; j'entendis deux personnes à cheval qui dirent, en croisant notre droski et vous regardant :

« — Voilà l'Espagnol le plus riche que Paris ait encore vu.

« — Comment se nomme-t-il ? demanda l'un des cavaliers.

« — Don José d'Alvar, » répondit l'autre.

— Oh ! oh ! pensa don José, est-ce qu'elle voudrait me faire assassiner son mari ?

Banco poursuivit : — Soudain la prédiction de la sorcière me revint en mémoire. Comprenez-vous, maintenant ?

Et Banco prit l'attitude d'une pauvre femme qui, depuis trois mois, a ressenti les premières atteintes de ce mal mystérieux qu'on nomme l'amour. Et son silence fut plus éloquent que ses paroles, et il fut évident pour don José qu'il devait avoir compris.

Aussi l'Espagnol se tint-il, l'espace d'une seconde, le raisonnement suivant :

— Voilà une femme fort belle et qui me plaît fort. Ne pas l'aimer, serait un crime de lèse-beauté. Je vais donc me laisser aller à cette jolie intrigue. J'aurai toujours le temps de réfléchir, le jour où elle me demandera de la débarrasser de son mari...

Et don José lui dit : — Madame, si la bohémienne a dit vrai, si mon amour doit tuer votre tyran, espérez, car je vous aime...

— Oh ! fit-elle avec un sourire mélancolique, pas encore...

— Je vous aime, je vous jure.

— Mais peut-être... plus tard...

Et elle ne retira point ses mains, qu'il tenait dans les siennes.

Tout à coup une pendule sonna une heure du matin. La jeune femme tressaillit et parut vivement alarmée,

— Mon Dieu ! dit-elle, partez...

— Déjà ?

— Il le faut... il va venir... c'est l'heure où il rentre.

— Mais... vous reverrai-je ?

— Oui.

— Quand ?

— Demain, ici. Comme aujourd'hui, vous attendrez rue Godot-de-Mauroy.

— J'y serai.

— Partez ! partez !... répéta-t-elle avec l'accent de la terreur.

Elle prit le bandeau que don José avait posé sur un siége.

— Vous le savez, dit-elle, il faut, pour obéir aux prédictions de la bohémienne, que vous ne sachiez pas où vous êtes, ni qui je suis, ni le nom de mon mari.

— Soit, dit-il.

Et il se laissa bander les yeux.

Une minute après, l'homme à la longue barbe revint, échangea un regard avec la jeune femme, s'approcha de don José et lui dit à l'oreille : « Venez. » Puis il lui fit descendre l'escalier, traversa le jardin et regagna le fiacre, qui partit au grand trot.

Arrivé rue Godot-de-Mauroy, le conducteur de don José lui enleva son bandeau et lui dit : —Descendez... A demain.

Don José mit pied à terre, et le fiacre continua sa route.

L'hidalgo s'en alla à pied par le boulevard et les Champs-Élysées jusque chez lui.

Zampa l'attendait. Don José n'avait pour son valet de chambre que très-peu de secrets. Il lui fit donc part de son aventure et lui demanda son avis.

Zampa écouta son maître avec beaucoup d'attention.

Quand il eut fini :

— Tout cela, dit-il, me semble romanesque, et si Votre Excellence était libre, ce serait à merveille.

— Ne le suis-je donc pas ?

— Et Fatima ? dit Zampa.

— Ah diable ! murmura don José, qui devint tout rêveur. Bah!... je verrai. La Polonaise me plaît, et j'y retournerai demain et tous les jours.

XXVIII

Il y avait huit jours environ que Banco, déguisée en princesse polonaise mariée à un général russe, recevait chaque soir la visite de don José, qui du reste lui plaisait infiniment. Depuis quinze jours, don José aimait Banco et n'aimait plus la gitana. Chaque soir il se trouvait sur le trottoir de la rue Godot-de-Mauroy; un instant après le fiacre passait, s'arrêtait, l'homme à la grande barbe se montrait à la portière, le faisait monter près de lui et lui bandait les yeux.

Ce mystère plaisait à l'hidalgo. Pour rien au monde il n'eût voulu arracher son bandeau pendant le trajet, ni savoir le vrai nom de la prétendue Polonaise, qui pour lui s'appelait Olga.

Un soir, don José ne s'aperçut point, en sortant de chez lui, qu'il était suivi. Un homme, au costume bizarre, à la chevelure blonde, et que, seule peut-être, la bohémienne Fatima aurait pu reconnaître, marchait derrière lui à cent pas de distance, les mains dans les poches de sa houppelande à brandebourgs.

Cet homme, tandis que don José s'arrêtait à l'angle de la rue Godot-de-Mauroy, s'embusqua un peu plus loin dans la rue, et leva les yeux en l'air, comme un amoureux qui regarde une fenêtre aimée dont les rideaux ont un muet langage, et se promena à petits pas, sur le trottoir opposé à celui qu'avait choisi don José.

Le mystérieux personnage ne perdait pas don José de vue. Il vit arriver le fiacre dès l'entrée du boulevard, et, à un mouvement de l'Espagnol, il devina que c'était là ce qu'il attendait.

En effet, la portière s'ouvrit, don José monta. Mais au moment où la fiacre allait continuer son chemin, une voix cria : « Hé ! cocher ! cocher ! » En même temps, l'homme à la houppelande s'approcha sans façon, et, avant que le cocher eût eu le temps de pousser son cheval, il mit la main sur la lanterne qu'il ouvrit : — Vous me permettrez bien, dit-il, d'allumer mon cigare.

— Allons, dépêchez-vous, répondit le cocher d'un ton de mauvaise humeur.

— On y va.

Et l'inconnu parut se hâter ; mais il eut le temps de jeter un rapide coup-d'œil dans le fiacre, où il vit l'homme à la grande barbe ; sur le cocher, dont les traits demeurèrent gravés dans son esprit, et enfin sur les lanternes de la voiture, qui portaient un imperceptible numéro accompagné de ce nom :

Brion, loueur de chevaux et de voitures, rue Basse-du-Rempart.

C'était tout ce que l'inconnu voulait probablement savoir.

Il se rejeta en arrière.

— Merci... bon voyage, cria-t-il.

Puis, regardant le fiacre s'éloigner...

— Il est évident, se dit-il, que voilà un cheval qui marche un bon train, et que ce fiacre devait être un fiacre de contrebande.

Et, peu soucieux de la direction que prenait le véhicule, satisfait sans doute de son rapide examen, il remonta le boulevard jusqu'à la Madeleine et gagna la rue de Suresnes.

Ce personnage, on l'a deviné, n'était autre que notre ami Rocambole. Rocambole avait appris, à l'école de sir Williams, cet art merveilleux des transformations. Il possédait le talent de changer d'âge et de physionomie comme il changeait de costume. Il aurait fallu être sorcier ou magicien pour reconnaître dans ce personnage, plutôt vieux que jeune, à mise excentrique, à tournure étrange, l'élégant marquis de Chamery, qui montait un cheval arabe le matin même, et avait rencontré au bois don José, avec lequel il avait échangé le plus gracieux des saluts. Tout en marchant et regagnant cet entresol de la rue de Suresnes, où il allait changer de costume, Rocambole se disait : — Je sais déjà que don José va tous les soirs rue du Rocher, où il cache une maîtresse. Maintenant, je sais encore qu'en sortant de la rue du Rocher il rentre chez lui, ressort et vient attendre ce faux fiacre au coin de la rue Godot-de-Mauroy. Je sais, en outre, que le cheval, la voiture et le cocher, sont de chez Brion. A merveille !...

Et Rocambole alla se déshabiller.

. . . .

Le lendemain, vers onze heures du matin, le dogcart de M. le marquis de Chamery s'arrêta à la porte du loueur. Rocambole, en costume du matin, redingote boutonnée, pantalon gris, chapeau de castor et gants de chamois, entra dans la cour et demanda à voir le maître de l'établissement. Il se disait chargé par une vieille parente de province, qui venait à Paris pour suivre un procès important, de louer une voiture au mois. Le marquis se fit montrer plusieurs coupés bas, plusieurs paires de chevaux, examina le tout en connaisseur et finit par apercevoir, au milieu des voitures qu'on nettoyait, une sorte de fiacre qu'il reconnut tout de suite pour être celui de la veille dans lequel était monté don José.

En même temps il envisagea le cocher occupé à en brosser les coussins, et il le reconnut pareillement.

— Tiens, dit-il en montrant le fiacre, vous avez là une singulière voiture.

— En effet, répondit le loueur, c'est un ancien fiacre.

— A quoi diable cela peut-il servir?

— Ma foi, monsieur, je n'en sais trop rien. Seulement, il m'est loué mille francs pour un mois et ne sort que trois heures.

— Trois heures par jour?

— Par nuit.

— Et quel est donc l'original?...

— Un monsieur qui a une grande barbe, ne parle jamais, a payé d'avance et n'a point voulu dire son nom.

— Mais enfin où va-t-il? demanda le marquis avec indifférence.

— Ah! voilà ce que le cocher ne veut pas dire, car on lui a promis un billet de cinq cents francs s'il était discret.

— Paris est le pays des excentriques, murmura Rocambole.

Et il s'en alla sans rien conclure relativement au coupé et à la paire de chevaux.

Une heure après son départ, un nouveau personnage se présenta rue Basse-du-Rempart.

Celui-là n'arrivait point en voiture du matin, il n'était pas marquis... C'était un simple palefrenier... un palefrenier d'origine britannique, dont les cheveux étaient d'un rouge carotte, la mine rouge, le nez enluminé... Sa culotte noisette montrait la corde, sa veste d'écurie était luisante aux coudes et son cône graisseux avait des ru-bans tout fripés.

Il se présenta, baragouinant un mauvais français et demandant à être occupé.

Le loueur lui dit : — Voyons ce que vous savez faire ?

John, ainsi se nommait le palefrenier, s'empara d'un cheval anglais et sur-le-champ se mit à le panser avec cette habileté, cette science, ces notions d'hippiatrique qui caractérisent les Anglais.

A une heure de l'après-midi, John s'en alla prendre son repas dans un petit restaurant situé rue Neuve-des-Mathurins, où les cochers du voisinage et ceux du loueur mangeaient tous les jours. Il avait déjà fait connaissance de celui qui, le matin, nettoyait le fiacre mystérieux. Entre cochers et palefreniers la connaissance est bientô faite, et de la connaissance à l'intimité il n'y a d'inter-valle qu'une ou deux bouteilles de vin. Le cocher de fia-cre se nommait Quentin.

John offrit à Quentin une bouteille cachetée. Quentin paya une cerise à l'eau-de-vie. John commanda du café et des liqueurs et se prit à tutoyer le cocher. En sor-tant du restaurant, ils étaient amis intimes. Alors, sans aucun préambule, John perdit son accent britannique et dit au cocher : — On t'a promis un billet de cinq cents ?

— Hein ?

— Je dis qu'on t'a promis cinq cents francs, répéta John.

— Pourquoi ?

— Pour ne pas dire où tu vas tous les soirs avec ton fiacre.

— Qui t'a dit ?...

— Ça ne fait rien. Je le sais.

— C'est vrai. J'aurai un billet de cinq.

— Bah ! dit John, tu le dirais bien si on te donnait deux cents francs de plus.

— Pardieux !

Alors le palefrenier prit dans la poche de sa veste d'écurie un petit portefeuille, l'ouvrit et montra des billets de banque au cocher ébloui.

— Mon bonhomme, lui dit-il alors, changeant de ton et de manières, veux-tu gagner mille francs?

— Certainement.

— Mille francs, dont cinq cents à compte.

— Mais oui... allez.

— Il faut ce soir me céder ta place, je veux conduire le fiacre.

Le cocher était un peu gris déjà; le mot magique de mille francs acheva de l'éblouir.

— Tout ce que vous voudrez, dit-il.

John le fit entrer dans un café, ils se placèrent à l'écart dans un coin, et le cocher donna au palefrenier anglais tous les renseignements qu'il possédait :

A savoir, que chaque soir, à onze heures, il quittait la rue Basse-du-Rempart et s'en allait rue de Castiglione, que là, l'homme à la grande barbe montait dans le fiacre, lequel prenait alors la rue Neuve-des-Petits-Champs et venait passer rue Godot-de-Mauroy. Là, le fiacre s'arrêtait encore. Un monsieur qui stationnait sur le trottoir y montait.

Alors l'homme à la grande barbe lui bandait les yeux.

— Oh ! oh ! pensa John, qui ignorait ce détail.

Puis le fiacre se dirigeait vers le nord, montait la rue de Clichy, sortait de Paris, traversait les Batignolles et allait s'arrêter devant une jolie petite maison de campagne située à Asnières, à gauche du pont du chemin de fer. Là, l'homme à la grande barbe faisait descendre l'homme aux yeux bandés, le prenait par la main et entrait avec lui dans le jardin. Quelques minutes après, le premier revenait seul, rentrait dans le fiacre et attendait environ une heure. Au bout de ce temps, il retournait chercher l'homme aux yeux bandés, le ramenait à Paris et le laissait sur le trottoir où il l'avait pris deux heures plus tôt

C'était là tout ce que savait le cocher. Mais cela suffisait à celui qui venait de l'interroger.

XXIX

Le soir, à onze heures, le fiacre sortit, comme a l'ordinaire, de la rue Basse-du-Rempart ; mais au moment où il traversait le boulevard pour gagner la rue de la Paix, le palefrenier put grimper lestement à côté du cocher, lequel lui donna sa capote et son chapeau, en échange du second billet de cinq cents francs, en même temps qu'il lui cédait les guides et le fouet.

Comme il faisait froid, John s'entortilla le visage avec un gros cache-nez, ce qui lui permit de jouer le rôle du cocher ordinaire. Puis, tandis que celui-ci dégringolait de son siége et s'en allait, le fiacre continua sa route et vint s'arrêter devant le nº 16 de la rue Castiglione.

L'homme à la grande barbe était sur le trottoir. Il reconnut le fiacre, se préoccupa peu du cocher et monta.

John s'en alla rue Godot-de-Mauroy.

Don José était à son poste.

Les renseignements donnés par le cocher étaient de la dernière exactitude. John reconnut à Asnières la maison indiquée, et il l'examina avec attention, tandis que les deux hommes traversaient le jardin. C'était un joli pavillon carré, avec un toit en terrasse et une ceinture de beaux arbres qui, en été, devaient le dérober à tous les regards. Malgré l'heure avancée, une lumière discrète brillait au travers des persiennes.

Tandis que don José et son guide entraient dans la maison, John descendit de son siége et attacha son cheval à la grille du jardin. Puis il entra dans le fiacre et se blottit dans le coin opposé à la portière, que l'homme à la grande barbe avait laissée ouverte.

Quelques minutes après, celui-ci revint, chercha le cocher des yeux, ne le vit point sur son siége, et, remarquant que le cheval était attaché, il ne s'inquiéta pas autrement de cette absence. Il remonta donc dans le fiacre, dont l'intérieur était plongé dans l'obscurité ; mais au moment où il allait en refermer la portière sur lui, deux mains robustes le saisirent à la gorge et l'étreignirent si fortement qu'il ne put pousser un cri.

En même temps une voix lui dit à l'oreille : Pas de bruit, ou tu es mort...

Et l'homme à la longue barbe sentit qu'on lui appliquait un poignard sur la gorge. Aussi garda-t-il le silence et l'immobilité les plus complets.

— Maintenant, dit John, causons... Je suis le cocher, non pas celui d'hier, mais un autre ; j'ai payé ma place mille francs. Il est donc probable que j'ai eu quelque intérêt à me ménager un tête-à-tête avec Votre Seigneurie.

— Qui êtes-vous ? que me voulez-vous ? murmura l'homme barbu épouvanté.

— Peu importe qui je suis, mais voici ce que je veux savoir.

Le faux cocher étendit alors la main au dehors, saisit une lanterne, la retira de sa douille et la tourna vers le visage de l'homme qu'il tenait en respect, en lui tenant toujours la pointe de son stylet à la gorge.

— D'abord, lui dit-il, vous avez une fausse barbe, et je veux savoir qui vous êtes...

— Mais, monsieur, balbutia l'homme barbu.

— Bon ! dit le faux cocher, je devine à ta peur que tu dois être une manière de laquais ou d'intendant.

— C'est vrai...

— Eh bien ! mon bonhomme, puisqu'il en est ainsi, tu vas choisir : ou rester dans ce fiacre, un bon coup de poignard au cœur, ou parler sans détour, et me raconter, moyennant salaire, une foule de choses que je tiens à savoir.

— Ma foi ! repliqua l'interlocuteur de John, qui commençait à se rassurer, puisque monsieur désire si bien...

— Tiens ! le drôle voit parfaitement que je ne suis point un cocher.

— Monsieur est un *maître*, ça se voit de reste, répondit le laquais, — car c'en était un, — et si monsieur est généreux...

— Cent louis si tu parles...

— Et si on me chasse ?

— On ne te chassera pas.

— Mais encore?...

— Je te prendrai à mon service.

Le faux cocher parlait de ce ton bref, impérieux, qui dénote l'habitude d'être obéi, et le valet à grande barbe devina sur-le-champ qu'il avait affaire à un homme de qualité.

— Puisque monsieur me promet, dit-il, je vais tout dire à Monsieur...

— Pardon, interrompit John, comment se nomme l'homme du trottoir de la rue Godot-de-Mauroy ?

Le laquais voulait sans doute se moquer du faux cocher et lui voler son argent.

— C'est le petit vicomte de Méreuil, dit-il, qui vient ici voir tous les jours la femme d'un banquier.

— Tu mens! dit John.

— Mais non, je vous jure...

— Tu mens !

Il appuya légèrement la pointe du stylet sur la gorge du laquais.

— Cet homme est un espagnol, il demeure rue de Ponthieu et se nomme don José, dit-il; maintenant, continue, et au premier mensonge que tu fais, je te cloue.

L'accent de John était si résolu, que le laquais comprit que sa situation devenait sérieuse et qu'il était en danger de mort. Une sincérité entière pouvait seule le tirer de ce mauvais pas.

— Ma foi ! dit-il, je vais être franc... J'aime certainement beaucoup ma maîtresse... c'est une bonne fille.. mais j'aime encore mieux ma peau et ne veux pas que monsieur l'endommage. Que désire savoir Monsieur?

— Tout.

— je dirai donc à monsieur que je suis l'intendant de mademoiselle Banco.

— Ah ! dit John, la maîtresse du prince K...

— Précisément.

— Qui demeure rue Castiglione.

— Tout juste.

— Et où est-elle ?

— Là, dit le laquais, montrant le pavillon du doigt

— C'est elle qui reçoit don José ?

— Oui.

— Il l'aime ?

— Ça commence.

— Et... depuis quand ?

— Depuis huit jours.

— Bon ; mais pourquoi le reçoit-elle ici et non rue Castiglione.

— De peur du prince d'abord.

— Il est en Italie...

— Oui, mais il peut arriver.

— Ensuite, pourquoi lui bandes-tu les yeux ?

— Ah ! parce que mademoiselle Banco joue un rôle de grande dame... Elle se fait passer aux yeux de don José pour une princesse polonaise mariée à un général russe.

— Connais-tu le but de ta maîtresse ?

— Oui.

— Quel est-il ?

— Elle veut se faire prendre au sérieux par don José ; aller à son bras, plus tard, en ayant l'air de tout risquer pour lui, dans le grand monde, chez le général espagnol C..., dont ses parents sont les concierges. C'est une idée de mademoiselle d'humilier sa famille.

— C'est bien, dit John. Est-ce tout ce que tu sais ?

— Tout.

— A qui est cette maison ?

— A mademoiselle. Elle l'a achetée l'été dernier.

— Et elle l'habite ?

— Depuis qu'elle reçoit don José chaque soir.

Le laquais raconta alors la première entrevue de l'hidalgo et de Banco, entrevue à laquelle il avait assisté par le trou d'une serrure.

— C'est bien, dit John. Maintenant, je vais te prendre
à mon service, tout en te laissant à celui de Banco.

— C'est-à-dire que monsieur veut être au courant de
tout ?

— De tout.

— Où verrai-je monsieur tous les jours ?

— Nulle part...

— Alors...

— Tous les matins, tu jetteras à la poste, aux initiales
R. C., bureau restant, une lettre dans laquelle tu me
raconteras, de point en point, ce qui s'est passé chez
Banco. A la fin de la semaine, une autre lettre t'arrivera,
renfermant un billet de cinq cents francs.

— Monsieur est trop bon...

Le tintement d'une sonnette se fit entendre dans la
maison et traversa l'espace.

— C'est moi qu'on appelle, dit le laquais. Je vais chercher don José.

— Va, dit le faux cocher.

Tandis que l'homme à la grande barbe gagnait la mai-
on, le faux cocher remonta sur son siége. Dix minutes
après, le fiacre reprit le chemin de Paris. Une heure
plus tard, John le palefrenier redevenait, rue de Suresnes, le marquis de Chamery, et se disait :

— Je crois que je tiens déjà l'amorce du coup de pistolet dont mourra don José.

.   .   .   .

Banco était à Paris un matin. On pouvait dire qu'elle
y était incognito, car depuis qu'elle recevait don José tous
les soirs dans sa villa d'Asnières, la folle créature s'était,
pour ainsi dire, retirée du monde et ne voyait plus personne. Ce n'était point par amour, cependant, bien que
la mâle beauté de don José eût produit sur elle une vive
impression, mais par calcul. En effet, comment soutenir,
aux yeux de son naïf et crédule adorateur, son rôle de
grande dame russe, si elle continuait de vivre à Paris, à
sortir, à se montrer au bois dans un landau et à l'Opéra
dans sa loge ? Bien certainement elle eût rencontré l'Es-

pagnol, bien certainement celui-ci eût entendu dire auprès de lui :

— Tiens ! voilà Banco, la sylphide du prince K...

Banco s'était donc retirée à Asnières, en compagnie de
mame Carlo, comme elle disait. Mame Carlo lui tenait
compagnie, l'aidait de ses conseils et parachevait son éducation. Grâces aux savantes leçons de cette beauté un peu
fripée, Banco se perfectionnait dans l'art de mentir, d'a-
voir des attaques de nerfs, de pleurer en parlant de son
vieux père, le général trois étoiles, et de porter la *croix
de sa mère* à ses lèvres. C'était la Carlo qui avait mis dans la
tête à l'enfant d'avoir des aïeux. Autrefois, la Carlo s'était
elle-même nommée la baronne de Saulniers, du nom du
passage où elle demeurait, au quatrième étage au-dessus
de l'entresol.

Or, ce jour-là, un matin, vers onze heures, Banco était
venue à Paris. Elle avait eu besoin de divers objets restés
dans son luxueux appartement de la rue Castiglione, et
elle était venue les prendre, toute seule, dans son coupé,
dont elle avait soigneusement baissé les stores et les
glaces.

Banco s'apprêtait à repartir, lorsque la sonnette de la
porte d'entrée de son appartement se fit entendre.

Elle avait laissé ses gens à Paris, n'emmenant à Asnières que sa femme de chambre et un cocher.

Trois minutes après le coup de sonnette, le petit groom,
qui se tenait dans l'antichambre du matin au soir, apporta à la jeune femme une carte sur un plat d'argent.

— Je n'y suis pas, dit Banco avec importance et repous-
sant la carte sans y jeter les yeux.

— Ce monsieur est entré, dit le groom.

— Entré... où donc ?

— Au salon. Il m'a poussé par les épaules en me mettant la carte dans la main, et il m'a dit :

Ta maîtresse est chez elle, je le sais. Quand elle aura
vu ma carte, elle me recevra.

Banco, un peu étonnée de cette audace, prit la carte et
lut :

Morton Tinner, esq.

— Connais pas, dit Banco.

— Il y a quelque chose écrit derrière, observa le groom, lequel avait déjà examiné la carte sous toutes ses faces, pendant le court trajet de l'antichambre au boudoir.

Banco tourna la carte et lut par derrière ces mots en espagnol :

A propos de don José d'Alvar.

— Fais entrer, dit Banco, qui jeta à la hâte son châle et son chapeau sur un meuble et se laissa tomber dans une chauffeuse, où elle s'arrondit et se posa avec une grâce et une gentillesse parfaites.

Morton Tynner entra. C'était un Anglais, ainsi que l'indiquait son nom, mais un Anglais qu'on eût volontiers pris pour un Brésilien ou un résidant de l'Inde. Il était cuivré comme un mulâtre, avait une épaisse chevelure bouclée qu'on eût pu croire crépue, et de gros favoris noirs un peu rares, ce qui semblait continuer à indiquer qu'il était homme de couleur. Sa mise, du reste, était celle d'un gentleman accompli.

Banco le regarda avec curiosité.

— Madame, lui dit Morton Tynner, qui s'exprimait difficilement en français et paraissait chercher chaque mot, savez-vous l'anglais ?

— Non, monsieur.

— Mais vous savez l'espagnol ?

— Un peu...

— Alors, dit-il en espagnol, il me sera plus facile de me faire comprendre dans cette langue ; je parle fort mal le français.

Banco lui avança un siége et parut disposée à l'écouter.

— Puisque vous comprenez l'espagnol, poursuivit Morton Tynner, vous avez dû lire un mot sur le revers de ma carte ?

— Oui, fit Banco d'un signe de tête.

— Vous savez donc que je viens vous parler de don José ?

— Don José ? qu'est-ce que don José ? demanda la petite fille, qui voulut jouer l'ingénuité la plus parfaite.

L'Anglais répondit avec calme : — Don José est un jeune Espagnol dont vous avez fait votre amant.

— Moi ?

— Et que vous faites amener tous les soirs les yeux bandés dans votre villa d'Asnières.

— Diable !... murmura Banco, vous êtes assez bien instruit, il me semble.

— Mais oui...

— Et vous venez de sa part ?

— Non, je viens vous parler de lui.

— A quel propos ?

— Ma chère enfant, poursuivit sir Morton, pour des motifs trop longs à énumérer, je m'intéresse à la fois à don José et à vous.

— Merci bien ! répondit Banco avec son sourire moqueur.

Elle avait retrouvé tout son aplomb et son attitude fanfaronne.

— Je suis un ami du prince K...

— Mon russe ?...

Et Banco pâlit légèrement.

— Le prince vous aime, poursuivit Morton, il vous aime beaucoup... énormément... il se ruinera si cela peut vous plaire.

— Oh ! je le sais, dit Banco ; mais je le ménage, je le grignotte à loisir... j'ai le temps.

— Mais s'il savait vos escapades avec don José... vous comprenez...

— Bah ! comment les saurait-il ?

— Je les sais bien... moi.

Cette observation, froidement articulée, produisit sur la jeune femme l'impression d'un coup de feu qui retentit à l'oreille d'un dormeur. Elle s'éveilla brusquement de son rêve et de sa quiétude.

— Ah ! c'est vrai... dit-elle et vous venez sans doute...

Elle s'arrêta et n'osa formuler toute sa pensée ; mais Morton vint à son aide.

— Allez, dit-il, je vous devine. Vous croyez avoir affaire à un industriel qui fait du *chantage* et vient vous vendre sa discrétion, n'est-ce pas ?

— Dame ! murmura Banco.

— Vous vous trompez, ma fille.

— Ah !...

— C'est un ami qui vient à vous...

— Mais je ne vous connais pas...

— Qu'importe ?

Elle le regarda encore.

— Voyons, dit-elle, expliquez-vous, monsieur.

— C'est facile.

— Vous êtes, dites-vous, l'ami du prince K..., mon Russe.

— Oui

— Et l'ami de don José ?

— Peut-être.

— Comprends pas.

— Eh bien ! écoutez-moi.

Morton se renversa agréablement dans son fauteuil et eut un sourire plein de bonhomie.

— Je suis, dit-il, un Anglais chasseur ; j'ai beaucoup voyagé et j'ai chassé l'ours en Russie avec le prince K...

— Bon ! dit Banco.

— Et la perdrix rouge, en Espagne avec José. Je veux être leur ami à tous deux.

— Et le mien ?

— Et le vôtre.

— Ceci est difficile.

— Mais non ; vous allez voir. Tant que le prince K... dormira tranquillement sur cet oreiller qu'on nomme la confiance, il sera heureux.

— C'est vrai, dit Banco en riant.

— Tant que don José vous prendra pour une princesse polonaise mariée à un général russe...

— Tiens ! vous savez...

— Je sais tout, chère enfant.

Banco fronça le sourcil. Ce personnage qui semblait s'immiscer ainsi dans sa vie et posséder tous ses secrets, commençait à lui déplaire horriblement.

— Don José vous aimera, poursuivit Morton Tynner,

— Après ? fit Banco.

Mais si don José apprenait votre véritable situation sociale...

— Eh bien ?

— Eh bien! au lieu de vous aimer, il renoncerait probablement à ses voyages nocturnes.

— A son aise, dit Banco.

— Bah !... vous n'y tenez pas davantage ?

— Mais... non...

— Vous avez pourtant mis dans votre tête qu'il vous présenterait chez un général espagnol de ma connaissance.

— Tiens !... dit Banco, vous savez encore cela, vous?... Peste !...

— Je vous l'ai dit, je sais tout.

La jeune femme manifesta une légère émotion.

— Voyons, dit-elle, que me voulez-vous? finissons-en, je vous prie.

— Ma fille, dit l'Anglais, ce que je veux est bien simple.

— Ah !...

— Je veux que vous choisissiez : ou voir arriver une catastrophe qui vous fera perdre du même coup l'amour de don José et la protection du prince K...

— Ou bien? fit Banco.

— Ou bien me prendre dans votre jeu.

— Mais... pourquoi ?

— C'est mon secret.

— Et le prince n'en saura rien...

— Rien absolument.

— Ni don José ?

— Don José continuera à vous aimer, à vous prendre au sérieux, et il s'imaginera de bonne foi que vous êtes une princesse de bon aloi.

— Et il me présentera chez le général?

— Certainement.

— Tope, dit Banco, je vous prends dans mon jeu.

— A la bonne heure, murmura l'Anglais, je vois que nous allons nous entendre. Seulement, ajouta-t-il, je dois vous prévenir d'une chose : quand on joue de moitié avec moi, il faut être silencieux comme la tombe ; une indiscrétion est toujours suivie d'un coup de poignard.

Banco leva les yeux sur son visiteur, rencontra son regard froid et résolu, et comprit qu'elle était en la puissance de ce personnage mystérieux.

XXX

A deux jours de là, Banco dit à don José, qui, pour la dixième fois environ, était introduit les yeux bandés dans a petite maison d'Asnières :

— Mon ami, j'aurai peut-être un de ces jours une bonne nouvelle à vous donner.

— Ah! fit don José, qui la regarda avec des yeux brilants de joie et d'amour.

— Qui sait?

Elle lui jeta un de ces coups-d'œil que les femmes nomment une amorce.

— Au fait, dit-elle, je me trompe peut-être...

— Vous vous trompez?... que voulez-vous dire?... pourquoi? fit don José, qui ne comprenait rien à ces paroles ambiguës.

— Sans doute. J'ai peut-être de la fatuité...

— Vous?

— Qui me dit que vous considéreriez comme une bonne nouvelle, la possibilité de passer toute une longue journée avec moi?...

— Oh! fit don José ravi.

— Au grand air... à la lumière... loin de cette prison.

I.

Elle elle montrait du doigt le joli boudoir.

— Cette prison, acheva-t-elle avec un sourire savamment exhalé, où nous enferme le terrible mystère qui nous enveloppe...

— Mais, s'écria l'Espagnol enthousiasmé, ce serait une journée de paradis...

Elle posa un doigt sur ses lèvres.

— Chut ! dit-elle, ce n'est point encore bien certain. J'espère être libre... mais je n'en ai pas la certitude...

— Mais enfin... quand... pourrez-vous ?...

— Ecoutez, dit-elle. Avez-vous un domestique en qui vous ayez pleine confiance ?

— Oui.

— Un homme dévoué ?

— Je le crois. Cet homme, du reste, dépend de moi. Sa vie est entre mes mains.

— Ah ! dit Banco naïvement, ceci est assez original, et il n'y a qu'un Espagnol capable d'avoir de ces idées-là... Vous allez me dire son histoire, n'est-ce pas ?

— Oui... mais... d'abord...

Je comprends. Vous voulez savoir... Eh bien . envoyez cet homme chaque jour, vers trois heures, se promener aux Tuileries avec votre livrée et une cocarde bleue...

— Et... demanda don José,

— C'est tout. On vous dira le reste plus tard

— Vous êtes une énigme...

— Vivante, n'est-ce pas ?

— Et délicieuse, ajouta-t-il en portant la petite main de Banco à ses lèvres.

Don José raconta à la jeune femme comment l'assassin Zampa était entré à son service; puis, l'heure de la séparation étant venue, il s'en alla plus épris que jamais et tout à fait las de ses mystérieuses amours de la rue du Rocher.

. . . .

Or, le lendemain, à trois heures, don José envoya Zampa se promener aux Tuileries, tandis qu'il allait lui-

même rue de Babylone faire sa cour officielle à mademoiselle Conception de Sallandrera.

Zampa, qui possédait tous les secrets de son maître et
savait que, chaque soir, don José était *enlevé;* Zampa
n'était point fâché de savoir, non-seulement tout ce que
savait son maître, mais encore ce qu'il ne savait pas,
c'est-à-dire le nom et la situation sociale de l'inconnue.
Il alla donc aux Tuileries avec tout l'empressement d'un
homme qui va à un rendez-vous pour son propre compte
et non pour celui d'un autre. Puis, arrivé dans le jardin,
il se promena de long en large, les mains derrière le
dos, en valet de bonne maison qui sent et apprécie toute
son importance. Deux ou trois minutes après, il vit venir
à lui un assez bizarre personnage, le même qui, un peu
plus tard, devait apparaître à la gitana Fatima comme un
être surnaturel. La polonaise à brandebourgs, la coiffure
fourrée, le pantalon collant gris et les bottes à revers,
tout, jusqu'à ce visage morne encadré par des cheveux
d'albinos, étonnèrent beaucoup le Portugais.

L'inconnu s'arrêta devant lui et lui dit, en l'envelop-
pant de son regard terne: — Vous vous nommez Zampa?

— Oui, dit le Portugais.

— Vous êtes au service de don José?

— Oui.

— Et vous lui êtes dévoué?

— Sans doute.

— Venez vous asseoir là-bas, au pied de la statue de
Spartacus.

— Pourquoi?

— Nous pourrons causer... cet endroit du jardin est
désert.

— Soit, dit Zampa.

Et il suivit l'inconnu.

Celui-ci alla se placer sur un banc, à deux pas du chef-
d'œuvre du sculpteur Foyatier, et regarda de nouveau
Zampa, qui se tint debout devant lui. Il sembla que le
laquais subissait déjà un impérieux ascendant de la part
de ce bizarre personnage.

L'inconnu reprit : — Vous vous nommez Zampa. Don José vous a pris à son service pour vous sauver de l'échafaud.

Zampa tressaillit et devint tout à coup aussi blanc que la statue de l'esclave romain. Jamais, il le croyait du moins, don José n'avait livré le secret de leur mystérieuse association.

L'inconnu poursuivit avec calme : — Il y a de cela environ six ans. Vous êtes donc encore en dehors de la prescription. Il suffirait d'un mot adressé au parquet du procureur impérial français pour vous faire arrêter et vous remettre aux mains de la justice espagnole. Quel que soit son crédit, don José ne pourrait vous sauver.

— Que voulez-vous donc de moi? balbutia le Portugais, qui comprit que l'homme assis devant lui voulait lui vendre, chèrement peut-être, la sécurité dont il jouissait depuis six années, et qui pouvait être troublée par un mot.

— Il y a deux hommes, continua l'inconnu, qui ont sur vous droit de vie et de mort. Le premier est do José...

— Et le second?

— C'est moi.

Zampa baissa la tête.

— Or, poursuivit son interlocuteur, don José vous a mal gardé le secret, puisque ce secret je le possède, moi.

Le Portugais serra les poings.

— Oh! je me vengerai, dit-il.

— Donc, le dévouement que vous avez pour lui ne peut exister plus longtemps...

— Non, certes!...

— Et si vous le servez fidèlement, la crainte seule sera votre mobile.

— C'est vrai.

— Mais si je veux que vous le trahissiez...

— Vous? fit Zampa avec terreur.

Un sourire problématique éclaira l'étrange visage de l'inconnu

— Je suis plus fort que don José, dit-il, et je veux le
briser !

Un éclair de haine passa dans les yeux du Portugais
Zampa. Peut-être cet homme pardonnait-il moins encore
à don José l'état de vasselage et de domesticité où il l'avait
tenu durant six années, que cette indiscrétion qui le plaçait maintenant à la merci d'un inconnu.

Ce dernier reprit : — Pour atteindre le but que je me
suis donné, j'ai besoin de toi. Mais sois tranquille, je suis
généreux et je te paierai largement.

Ces derniers mots éveillèrent la cupidité de l'ancien
bandit, qui passa soudain de la terreur à la cauteleuse
prudence d'un homme qui veut vendre cher ses services...

— Faisons nos conditions, dit son interlocuteur : que
gagnes-tu ?

— Don José me donne mille écus.

— Que voles-tu ?

— Dix mille francs.

— Qu'espères-tu ?

— Quand don José aura épousé mademoiselle Conception de Sallandrera, je deviendrai son intendant, et
alors je jouirai d'une modeste aisance.

— Tes espérances sont folles.

— Pourquoi ?

— Parce que don José n'épousera jamais mademoiselle de Sallandrera.

— Ah bah ! fit Zampa ébahi.

— S'il l'épouse, ajouta froidement l'homme aux cheveux jaunes, il sera assassiné le lendemain de son mariage.

Un feu subit, un éclat inaccoutumé brillèrent tout à
coup dans le regard morne de l'inconnu, et Zampa, en
criminel intelligent, comprit qu'il avait affaire à plus
fort que lui. Seulement, il n'eut pas un seul instant la
pensée que le poignard qui menaçait don José fût dans
la main d'un rival qui voulait, lui-même, épouser Conception. Bien au contraire, il demeura convaincu qu'il

23.

avait devant lui un homme entièrement dévoué et qui
n'était que l'instrument de cette maîtresse mystérieuse
qu'avait don José, laquelle obéissait sans doute à un sentiment de jalousie.

— Ah ! diable ! dit alors Zampa, ceci devient grave, il
me semble.

— Si don José vit, il ne saura rien de ta trahison.

— Et... s'il meurt?

— Tu seras largement payé.

Zampa tenait à établir des chiffres.

— Le jour où je saurai ce que don José va faire chaque
soir rue du Rocher, tu toucheras dix mille francs.

— Bon ! après?

— Et cent mille, le jour où le mariage de don José
avec mademoiselle de Sallandrera sera devenu impossible.

— Ah ! fit Zampa, vous m'en direz tant...

— Dans l'intervalle, acheva l'inconnu, tes appointements seront de deux mille francs par mois.

L'homme à la polonaise tira un portefeuille, y prit un
billet de mille francs, le tendit à Zampa et lui dit : —
Voici pour la première quinzaine.

Alors Zampa s'assit sans façon à côté de celui qui
l'achetait aussi cher.

— Don José se rend chaque soir rue du Rocher, dit-il,
pour y voir sa maîtresse la gitana Fatima.

Et il raconta dans ses plus minutieux détails l'histoire
de la bohémienne et de don José, la jalousie de cette
femme, son amour ardent, son caractère fougueux et
sauvage, tout hormis ce qu'il ne savait pas, c'est-à-dire
le secret de leur crime commun, de ce crime abominable
dont l'infortuné don Pedro avait été victime.

L'homme à la polonaise l'écouta avec une grande attention.

— A quelle heure, demanda-t-il, don José se rend-il
chez la bohémienne?

— A dix heures.

— Tous les soirs?

— Sans y manquer.

— Est-il le seul homme qui pénètre chez elle?

— Avec moi, oui.

— Ah! tu y vas...

— Dans la journée, à deux heures.

— Tous les jours?

— Oui.

— Pourquoi?

— J'y vais avec un habit noir et une cravate blanche. Je passe pour un médecin. Il faut bien que cette femme, que personne n'a vu, et que tout le monde croit malade, ait un médecin.

— C'est juste. Ainsi tu entres par la place Laborde?

— Oui, et don José par la rue du Rocher. Le concierge de la maison n'a jamais vu don José. Il ne connaît que moi.

— L'appartement n'a-t-il que ces deux issues?

— Il en a une troisième...

— Ah!

— Mais celle-là, la gitana ni ses gens ne la connaissent.

— Quelle est sa destination?

— Lorsque Fatima vint à Paris, don José était horriblement jaloux. Ce n'était point assez de. deux espions qui veillaient sur la gitana, il fallait encore que don José pût savoir ce qu'elle disait, et, pour ainsi dire, ce qu'elle pensait. Il avait donc, avant son arrivée, fait pratiquer une sorte de cachette dans l'épaisseur du mur du boudoir. On y descendait par une trappe pratiquée à l'étage supérieur de la maison de la rue du Rocher, dans une mansarde louée à don José, qui s'était donné pour un ouvrier forgeron en voitures. Or, il advenait quelquefois que, dans la journée, don José allait se blottir dans cette cachette pour écouter les conversations de la bohémienne avec sa vieille nourrice.

— Mais, interrompit l'homme à la polonaise, de cette cachette peut-on voir dans le boudoir ce qui s'y passe?

— Oui, par un trou imperceptible ménagé au-dessus

d'un tableau de Zurbaran, placé entre la cheminée de la croisée.

— Et peut-on entrer dans le boudoir?

— En pressant un ressort, le tableau qui masque une porte, tourne sur lui-même.

— Très-bien. C'est dans cette cachette que je veux que tu m'introduises.

— Quand?

— Demain.

— A quelle heure?

— A l'heure où don José doit venir?

— Vous serez obéi. Où vous reverrai-je?

— Ici, demain soir, à neuf heures.

— C'est bien; j'y serai.

Zampa salua l'homme à la polonaise jusqu'à terre et s'en alla.

Celui-ci demeura quelque temps encore à se promener dans le jardin, comme s'il eût voulu se bien assurer que le Portugais était parti, puis il gagna la porte qui fait face au bord de l'eau et disparut.

. . . .

On devine maintenant quel était ce bizarre personnage que la gitana vit, le lendemain, surgir dans son boudoir; au moment où elle y rentrait après avoir reconduit don José jusqu'à la porte intérieure de son appartement, et comment il y était entré. On se souvient de son premier entretien avec la gitana, de ses conseils et du billet qui lui enjoignait impérativement de prendre cette poudre blanche déposée avec la missive sous la potiche de Chine. On sait ce qui advint.

Fatima mit dans un verre d'eau la poudre mystérieuse, but ensuite avec don José un verre de marasquin, reconduisit celui-ci, revint, et trouva de nouveau l'homme à la polonaise dans le boudoir. Puis elle lui vit donner à son perroquet un morceau de sucre imbibé dans la liqueur apportée par don José, l'animal se débattre un moment, agiter ses ailes, et tomber enfin foudroyé. Enfin, elle entendit cet homme, qu'elle prenait pour le diable, lui dire froidement, en lui montrant tour à tour l'oiseau mort et le verre vide :

— Il faut, avec quelques gouttes de cette liqueur, deux minutes pour tuer un perroquet, une heure pour tuer un chien et vingt-quatre heures pour faire un cadavre d'une belle fille comme toi...

En prononçant ces derniers mots, l'inconnu s'était assis souriant.

— Ainsi, disait-il, tu as bu du marasquin que te versait don José?

— Oui, murmura la bohémienne dont les dents claquaient d'épouvante.

— Eh bien! don José, don José que tu aimes et que tu as menacé de mort, t'a prévenue, ma fille...

— Ah! fît-elle d'une voix sourde.

— Il t'a empoisonnée, afin de pouvoir aimer librement ta rivale.

Ces assurances rendirent la vie et son énergie sauvage à cette femme qui croyait déjà lutter contre les tortures de la mort. Elle se redressa superbe de courroux, de haine et d'emportement :

— Oh! dit-elle, puisque j'ai encore vingt-quatre heures à vivre, je le tuerai...

Elle prit son poignard et le brandit. Mais l'homme à la polonaise le lui ôta des mains.

— Tu te trompes, dit-il. Puisque don José a bu du marasquin avec toi, il n'a pas besoin de ton poignard pour mourir...

— Oh! c'est vrai... dit-elle, mais alors... pourquoi, puisqu'il a voulu mourir... ah! ma tête se perd au milieu de tous ces mystères...

L'inconnu se prit à rire.

— Le mystère est facile à expliquer. Don José avait pris du contre-poison.

— Ah! s'écria-t-elle, je comprends.

— Il a donc bu sans crainte.

— Mais il ne comptait pas sur mon poignard. Et puisque je dois mourir...

L'homme à la polonaise haussa les épaules.

— Tu ne mourras point, dit-il.

Elle jeta un cri de joie et d'angoisse.

— Toi aussi, acheva-t-il, tu as pris, grâce à moi, et sans t'en douter, du contre-poison.

— Moi?

— Oui... cette poudre blanche...

— Ah! murmura la superstitieuse fille au comble de la joie et se mettant à genoux, j'avais bien deviné que vous étiez mon père.

— Hein?

— Oui, n'êtes-vous point le diable?

— Peut-être.

— Eh bien! ma mère...

— C'est possible, dit brusquement l'inconnu, qui comprit tout le parti qu'on pouvait tirer des étranges croyances de la bohémienne. Dans tous les cas, c'est à moi que tu dois ton salut...

— Oh! vous êtes mon père...

— A moi que tu devras ta vengeance.

Ce mot fit passer la gitana de son accès de reconnaissance à un accès de fureur jalouse :

— Ah! dit-elle, maintenant j'ai bien eu la preuve que don José voulait ma mort : donnez-moi celle de sa trahison, et... vous verrez si je tiens mes serments.

— Cette preuve, dit l'inconnu, tu l'auras bientôt.

— Mais quand?

— Patience! l'heure approche.

Fatima serra convulsivement le manche de son poignard.

— Ecoute-moi bien, reprit l'inconnu.

— Je vous écoute... mais parlez vite.

— Don José, tu le vois, a voulu t'empoisonner.

— Oh! le lâche!

— Il t'a quittée le sourire aux lèvres, te pressant les mains, te regardant avec amour et te disant « à demain. »

— Le traître!

— Mais il espère bien, en revenant demain ici, ne trouver qu'un cadavre.

— Eh bien?

— Demain, il apprendra que tu es pleine de vie, poursuivit l'inconnu. Alors il sera pris d'une rage folle, et comme il a juré ta mort, il s'y prendra d'une autre façon.

— L'infâme!

— Puisque le poison a été impuissant, il songera au poignard; mais ne crains rien, je veille sur toi. Seulement, il faut que tu continues à jouer ton rôle.

— Comment?

— Que tu sois tendre, affectueuse comme par le passé.

— Mais il saura bien que j'ai pris du contre-poison.

— Sans doute, et il accusera d'abord son valet de l'avoir trahi, car il ne sait pas ce que je puis, moi.

— Eh bien?

— Mais tu détourneras ses soupçons et lui donneras, à ton insu en apparence, l'explication de l'impuissance du poison. Tu vas feindre de dormir demain jusqu'à trois ou quatre heures. Tu ne sonneras pas ta nourrice avant ce moment. Quand don José viendra, tu te plaindras d'avoir eu la tête lourde et un sommeil prolongé, et tu l'attribueras à un abus d'opium que tu as fait. L'opium est un contre-poison quelquefois... Maintenant bonsoir... à demain...

Fatima se laissa de nouveau bander les yeux. Puis son mystérieux compagnon disparut, non sans lui avoir dit à l'oreille: — Méfie-toi du nègre et de ta nourrice.

XXXI

L'empoisonneur don José était sorti de chez la gitana d'un pas ferme et la tête haute:

— Ta maîtresse est fatiguée ce soir, avait-il dit à la nourrice, tu la laisseras dormir demain le plus longtemps possible.

Et il était parti bien persuadé que celle qu'il avait longtemps aimée avec toutes les frénésies de la passion ne se réveillerait pas. Cependant, et quelque endurci qu'il fût déjà dans le crime, don José sentit son cœur battre avec une certaine violence lorsqu'il fut dans la rue, et, malgré lui, il leva les yeux vers les croisées du boudoir de la bohémienne.

— Pauvre Fatima! murmura-t-il avec un soupir, ainsi passe l'amour!

Pendant quelques minutes, l'Espagnol éprouva comme un violent remords de son crime; puis les menaces de la gitana lui revinrent en mémoire, et alors l'irritation succéda au regret :

— C'est elle qui l'a voulu! se dit-il.

Et il s'éloigna sans détourner de nouveau la tête.

C'était l'heure où chaque soir le fiacre mystérieux le prenait rue Godot-de-Mauroy pour le conduire à la porte de cette maison plus mystérieuse encore où Banco l'attendait. Don José rentra chez lui précipitamment pour y changer de costume.

Zampa, ce valet fidèle, en qui l'hidalgo avait pleine confiance, attendait son maître, couché sur une banquette de l'antichambre, et lisant les journaux du soir. En voyant entrer don José un peu pâle et en proie à une certaine agitation, le Portugais se prit à sourire :

— Le coup est fait, n'est-ce pas? demanda-t-il à l'hidalgo.

— Oui, fit don José d'un signe de tête.

— Elle a bu ?

— Sans défiance.

— Pauvre Fatima ! murmura le valet d'un ton mélangé de pitié et de raillerie. Elle n'avait que vingt-six ans...

— Tais-toi, fit don José.

Et comme s'il eût voulu changer brusquement de conversation :

— Ainsi, aujourd'hui encore, tu n'as vu personne dans le jardin des Tuileries ?

— Personne.

— C'est bizarre ! Hier encore elle m'a affirmé...

— Ma foi ! mon cher maître, dit Zampa, je crois que cette princesse se moque de vous.

Don José fronça le sourcil.

— Qu'en sais-tu ? fit-il avec hauteur.

Zampa ne répondit rien.

— Eh bien ! parle... insista don José.

— Elle se moque de votre valet, ai-je voulu dire, puisque je me promène inutilement tous les jours aux Tuileries, répondit humblement le Portugais.

Don José haussa les épaules et se tut. Puis il changea de costume et courut à son rendez-vous :

Le fiacre stationnait déjà au bord du trottoir, et l'intendant barbu de Banco montrait sa tête à la portière.

— Vous êtes en retard, dit-il à don José, d'un ton brusque et presque impoli.

— Excusez-moi.

— Si la princesse savait que vous mettez aussi peu d'empressement...

— Eh bien ! fit don José, qui trouva l'observation impertinente.

— Elle pourrait bien renoncer à vous voir, acheva insolemment l'homme barbu.

Don José se tut, mais il se promit de faire chasser l'intendant.

Celui-ci lui banda les yeux, et, une heure après, le fiancé de mademoiselle de Sallandrera pénétrait dans le boudoir de la fausse princesse Banco, qui avait, ce soir-là, déployé un certain luxe de mise en scène. Elle était triste, languissante, à demi-renversée dans sa chauffeuse, et enveloppée d'une robe de chambre en velours noir qui faisait ressortir la blancheur mate de sa peau. Elle tendit la main à don José comme une mourante qui demande un dernier adieu, et arrêta sur lui ce regard navré qui n'appartient qu'aux âmes désespérées et abreuvées de désillusions. La veille, elle avait été pour don José la femme heureuse, qui oublie les heures de tortures endurées auprès d'un mari grondeur et jaloux.

Don José était sorti de chez elle plus épris que jamais. Aujourd'hui elle se montrait si pâle, si triste, si abattue que don José en jeta un cri :

— Mon Dieu ! lui dit-il, qu'avez-vous ?

— La mort dans le cœur...

Banco prononça ces mots avec une noble simplicité, qu'elle étudiait toute seule depuis le matin.

— Vous !...la mort !... Que voulez-vous dire ? exclama l'Espagnol.

Elle le fit asseoir auprès d'elle et lui dit sans amertume et sans colère : — Le mal dont je souffre est long à expliquer... il faut que vous m'écoutiez... longtemps...

— Parlez, dit-il, parlez, je vous en prie.

Comme les jours précédents, il voulut prendre ses mains ; mais elle les retira.

— Non, dit-elle, écoutez-moi.

Don José était stupéfait de cette métamorphose. La princesse polonaise avait, en effet, l'air mourant.

— Mon ami, lui dit-elle après un silence, qu'elle eut soin de rendre des plus pénibles, je vais vous quitter...

— Me quitter ?

— Oui... je pars...

— Mais c'est impossible !... s'écria don José.

— Mon mari le veut.

Ce mot fut un coup de foudre... Le cœur humain est ainsi fait que l'obstacle irrite la passion outre mesure. Don José, la veille, considérait sa liaison avec Banco comme purement éphémère, et ne lui attribuait qu'une importance fort relative. Sans doute, il préférait Banco à la gitana, mais il n'était pas homme à lui sacrifier ses projets d'ambition et ses vues sur mademoiselle de Sallandrera.

Un mot de la fausse Polonaise venait de bouleverser toutes ces dispositions. Elle partait !

Don José s'imagina qu'il était éperdûment épris, que vivre désormais sans elle était tout à fait impossible.

Il se jeta à genoux.

— Voulez-vous donc que je meure ? s'écria-t-il.

Cet accent était si vrai, si naïvement douloureux, que la jeune femme en parut très-vivement touchée.

— Monsieur, lui dit-elle, tout ceci devient incompréhensible pour moi.

Ces paroles paraissaient avoir si peu de corrélation avec ce qu'elle venait de dire tout à l'heure et le cri de douleur de don José, que celui-ci en demeura tout abasourdi.

— Voyons, dit-elle avec un sang-froid qui effraya l'Espagnol plus encore que cette nouvelle de son départ prochain, expliquons-nous, s'il vous plaît.

— Mais, madame... balbutia don José.

Elle lui imposa silence d'un geste de grande dame offensée.

— Voyons, lui dit-elle, je vous annonce que je vais partir, et voici que vous tombez à mes genoux.

— Oh ! vous ne partirez pas, c'est impossible, s'écria-t-il avec feu.

— Votre voix, votre attitude, me persuaderaient volontiers que vous m'aimez...

— Ah ! je vous aime, je le jure.

Banco laissa bruire un frais éclat de rire entre ses lèvres roses.

— Ceci est trop fort, dit-elle.

— Trop fort ?

— Comment ! vous prétendez m'aimer !

— Plus que la folie.

— Oh ! l'imposteur !...

— Mais voyez mes larmes... murmura l'Espagnol, qui, en effet, avait des pleurs dans les yeux.

Et il demeurait à genoux.

— Monsieur, dit froidemement la fausse Polonaise,

veuillez répondre simplement à mes questions et vous asseoir là, en face de moi.

Le ton de Banco avait une nuance impérieuse qui domina don José. Il obéit.

— Parlez, madame, dit-il enfin.

— Vous vous nommez don José d'Alvar?

— Oui, madame.

— Vous êtes le neveu de don Paëz, duc de Sallandrera?

— Oui, madame.

Cette question avait fait tressaillir don José.

— Le duc, poursuivit Banco, a une fille!

— Oui, fit don José d'un signe de tête?

— Mademoiselle Conception?

Elle a appris mon mariage, pensa don José.

— Vous devez épouser, dit-on, mademoiselle Conception?

On le dit, répliqua don José; mais voilà tout.

— Ah!...

L'Espagnol avait deviné le motif de l'irritation de Banco. Seulement don José avait compris, en même temps, que ce départ dont elle parlait était une feinte. Or, don José était un homme très-fort, le danger passé, et il savait relever la tête à propos.

— Permettez-moi, madame, dit-il, de vous donner quelques éclaircissements sur des choses qui paraissent... vous préoccuper.

— Je vous écoute, monsieur.

— J'ai un frère aîné, il se nomme don Pedro.

— Je l'ignorais, dit Banco.

— Ce frère est le fiancé de ma cousine Conception.

— Hein? fit la fausse Polonaise.

— Mon frère est malade, et comme le duc de Sallandrera, mon oncle, tient beaucoup à ce que les titres et les dignités dont il est investi ne sortent point de sa famille...

— En effet, il est grand d'Espagne, je crois?

— Oui, madame.

— Eh bien !

— Il a été décidé, à une époque où j'étais libre, où je n'avais pas eu le bonheur de vous rencontrer... que si mon frère venait à mourir, j'épouserais Conception.

— Ah ! dit Banco, qui avait écouté avec beaucoup de calme.

— Mais, continua don José, redevenu maître de lui-même, mon frère n'est point mort !.... mon frère vivra, et...

Elle fit un geste.

— N'achevez pas, dit-elle, je vous fais grâce de la conclusion.

Mais don José, enhardi et se trompant à ce calme apparent, don José osa lui prendre la main et s'écrier :

— Ah ! vous voyez bien que vous me trompiez... que vous ne partirez pas... je le lis dans vos yeux... vous avez cru aux propos du monde... et vous avez pu douter de mon amour !

Banco répondit gravement : — Senor don José, à Dieu ne plaise que je songe un seul instant à vous empêcher jamais, si le destin le voulait, de conclure une union qui assurerait votre fortune et vous donnerait une situation élevée et enviée !

— Vous êtes un ange ! murmura don José, qui se méprit encore à cette magnanimité apparente.

— Mais, voyez-vous, poursuivit la jeune femme, prenant une pose tragique et empruntant la voix de basse d'une comédienne jouant dans un drame bien noir de l'Ambigu, je suis née dans un pays, senor don José, où, sous une couche de neige, couvent et fermentent toutes les brûlantes et sauvages passions des chaudes contrées. Je suis de race slave, don José, poursuivit Banco avec animation, j'ai passé ma jeunesse parmi des bohémiens, on a bercé mon enfance de sanglantes légendes, et j'ai vu autour de moi couler du sang humain comme on voit, à Paris, couler des flots de vin de Champagne.

Ces paroles rejetaient don José dans le vaste champ de

24.

l'inconnu et des suppositions. La prétendue princesse polonaise redevenait une vivante énigme.

Banco poursuivit : — Je suis trop grande dame pour me montrer jalouse d'une femme... mais je serais impitoyable pour une rivale en amour, pour une maîtresse...

Don José tressaillit de nouveau.

— Celle-là, reprit-elle, cette femme que vous auriez aimée avant moi, que vous aimeriez encore... oh ! c'est son sang qu'il me faudrait.

L'Espagnol commençait à comprendre.

— Don José, continua la jeune femme, vous avez aimé une femme qui se nommait Fatima ?

L'hidalgo se releva d'un bond.

— Qui vous a dit cela ! s'écria-t-il.

— Cette femme, vous l'aimez encore...

— Oh ! c'est faux !

— Vous allez la voir chaque soir... ne niez pas... elle habite la place Laborde...

Don José ne répondit pas. Il était atterré. Comment la Polonaise avait-elle pu pénétrer ce mystère qu'il avait si bien caché à tous les yeux ?

— Don José, poursuivit-elle, essayant de se donner 'attitude fatale d'un juge qui condamne sans appel, don José, il me faut la vie de cette femme... ou je ne vous reverrai jamais !

Banco croyait demander à don José un sacrifice audessus de ses forces, et probablement Morton Tynner, qui dictait ses étranges paroles, n'avait point jugé nécessaire de lui apprendre que l'Espagnol avait déjà résolu la mort de la gitana.

' — Tiens ! pensa l'Espagnol, puisqu'elle sait que Fatima existait, elle croira, lorsqu'elle apprendra sa mort, que c'est pour l'amour d'elle que je me suis fait assassin.

Et l'astucieux don José se maîtrisa, se composa un visage, et devint aussi fort que la femme qui semblait le soumettre à un minutieux interrogatoire.

— Madame, dit-il, je n'aime plus cette femme.

— Jurez-le moi !

— Sur l'honneur de mon écusson !

Et il leva la main.

— Je ne la reverrai jamais, ajouta-t-il.

— Ce n'est point assez...

— Que voulez-vous dire ?

— Il faut que cette femme meure !

Don José parut faire un violent effort et lutter contre la pensée du crime.

— Mon Dieu !... murmura-t-il, vous voulez donc me rendre assassin ?

— Oui, si vous m'aimez. Non, si vous consentez à ne plus me revoir.

— Oh ! jamais ! s'écria-t-il.

Et il acheva d'une voix sourde : — Puisque vous le voulez... elle mourra !

— Quand ?

— Cette nuit.

— C'est bien, dit Banco.

Elle lui jeta un sourire, — le sourire mélodramatique d'un traître de théâtre; — puis, sans ajouter un mot, elle lui dit adieu de la main, souleva une portière et disparut.

Au même instant, l'homme à la grande barbe parut.

— Venez, dit-il.

Don José se laissa bander les yeux, et déposer une heure après sur le trottoir de la rue Godot-de-Mauroy.

. . . .

L'hidalgo rentra chez lui, à la fois tout abasourdi des révélations et des ordres de Banco touchant la gitana, et en proie à une agitation aisée à concevoir. Sans doute, à cette heure, Fatima se tordait dans les convulsions de l'agonie. Don José ne put fermer l'œil de la nuit. Il crut voir, à plusieurs reprises, Fatima lui apparaître et lui reprocher sa mort. Mais enfin les premiers rayons du jour le débarrassèrent de toutes ces visions. Il se leva, et, pour tromper son anxiété, ses angoisses, ses remords peut-être, il sortit de bonne heure, monta à cheval, renvoya sa monture vers midi et alla au Café de Paris. Puis, au lieu de rentrer chez lui où, sans doute, il le pensait du moins, la nouvelle de la mort de la gitana était déjà parvenue, il se rendit à pied à l'hôtel de Sallandrera et y passa le reste de la journée avec le duc et la duchesse.

Conception travaillait dans son atelier.

Don José dîna rue de Babylone et se décida enfin à regagner la rue de Ponthieu.

Zampa l'attendait.

— Eh bien ? demanda don José d'une voix frémissante d'émotion :

— Que désire Votre Excellence ? interrogea Zampa avec beaucoup de calme.

— Comment ! tu le demandes ?

— Sans doute.

— Fatima...

— Vous devez avoir de ses nouvelles ?

— Non... mais... toi...

— Moi, je ne sais rien.

— Le nègre... la nourrice...?

— Je n'ai vu personne

— C'est impossible !

— Je vous le jure !

— Alors, murmura don José, c'est qu'elle n'est pas morte.

— Bah ! dit le Portugais, c'est qu'elle n'aura pas pris mon poison.

— Elle l'a pris.

— Alors elle est morte.

Don José était livré à une vive émotion; cependant l'assurance de son valet était si grande, qu'il ne put douter plus longtemps du trépas de la gitana. Et il eut l'atroce courage de se rendre, vers dix heures, rue du Rocher. Il traversa le petit appartement de la brunisseuse, longea le couloir, arriva dans l'antichambre, et s'arrêta pour écouter. Il lui semblait qu'il allait entendre la voix de la nourrice et du nègre pleurant leur maîtresse. Mais un profond silence régnait dans l'appartement. Il traversa le salon, aperçut un filet de lumière sortant du boudoir. Il frappa.

— Entrez, dit une voix qui le bouleversa.

Et la porte s'ouvrit, et la gitana, pleine de vie et souriante, se montra sur le seuil.

XXXII

Don José recula stupéfait. La gitana était bien devant lui, le regardant et lui souriant.

— Bonjour, ami, disait-elle, bonjour.

Elle le prit par la main et lui passa un de ses bras autour du cou. La force que cette femme possédait sur elle-même était telle, que don José n'eut pas l'ombre d'un soupçon.

Comment Fatima était-elle vivante? C'était pour lui une énigme. Mais à coup sûr, Fatima, si elle avait couru un danger de mort, ne pouvait lui en attribuer la cause. Comment eût-il pu supposer que cette femme lui avait juré une haine à mort alors qu'elle venait à lui souriante, les bras tendus, l'amour dans les yeux? Fatima, cependant, si elle se maîtrisait si merveilleusement elle-même, avait froidement et minutieusement examiné don José. La pâleur, le trouble de l'Espagnol ne lui avaient point échappé.

— Voilà un homme qui me prend pour un fantôme, s'était-elle dit sur-le-champ. Il est venu ici pour y voir mon cadavre, et il recule en me retrouvant vivante.

Mais le sourire n'abandonna point ses lèvres un seul instant.

— Comme tu es pâle! lui dit-elle, ma chère âme, que t'est-il donc arrivé ?

— Pâle? dit don José ému; mais tu es folle, ma Fatima bien-aimée... ne sais-tu donc pas qu'il me suffit de te voir pour que mon sang afflue à mon cœur, et que j'éprouve chaque soir une indomptable émotion en entrant ici ?...

— Oh! dit Fatima, je vois bien que tu m'aimes, mo
José.

Puis, à son tour, il parut la regarder attentivement e
lui dit : — Mais c'est toi qui es pâle...

— Tu crois ?

— Ah ! tu es blanche comme cette statue...

Et il lui montrait un joli biscuit placé sur la chem
née.

— C'est que j'ai mal dormi... ou plutôt...

Don José la regardait avec l'attention d'un médeci
étudiant un cas inouï dans les fastes de la science.

— Ou plutôt, j'ai trop dormi, acheva-t-elle. Ce maras
quin m'a fait un mal horrible.

— Bah !

— J'ai cru que j'allais mourir...

Don José jugea convenable de manifester une sort
d'effroi.

— Tiens, reprit-elle, j'ai souffert comme lorsque m
mère autrefois, quand j'étais enfant, me faisait prendr
de l'opium à dose insuffisante. J'avais un cauchemar ho
rible.

— Ah! fit don José, tu as pris de l'opium?

— Oui, pendant mon enfance, tous les soirs. J'e
prends même encore.

— Pourquoi ?

— C'est une habitude chez nous autres, les gitanos.

— Singulière habitude !...

— On dit que c'est une contre-poison.

Et Fatima regarda don José. Don José demeura im
passible.

— Bah! dit-il, tu crois ?

— Tous les gitanos en prennent. Le poison est, parm
nous, d'un si fréquent usage, que nous nous défions le
uns des autres et prenons toutes nos précautions.

Don José crut avoir le secret de la presque résurrec-
tion de Fatima.

— Eh bien! lui dit-il avec calme, si tu as été malad
la nuit dernière, au lieu de t'en prendre au marasquir

que je t'ai apporté, tu peux en accuser cette affreuse drogue orientale.

— C'est possible, fit-elle avec une naïveté si bien jouée que don José en fut dupe, aussi je n'en prendrai plus.

— Tu me le promets?

— Mais sans doute; ne fais-je pas tout ce que tu veux, mon cher amour?

— Ah! murmura don José en riant, nous ne sommes donc plus jalouse?

— Non.

— Bien vrai?

— Mais tu le vois, je suis raisonnable à présent, je vois que tu m'aimes.

— Oh! certes...

— Et je suis persuadée que tu n'aimes que moi; tu me le jures, du reste, n'est-ce pas?

— Sans doute. Cependant, ajouta don José, c'est précisément parce que je t'aime et n'aime que toi que je vais prendre ce soir une liberté extraordinaire.

Et don José se leva.

— Comment! dit-elle d'un ton boudeur, tu me quittes déjà?

— Oui, mon enfant.

— Mais, pourquoi?

— Parce que je suis attendu chez mon oncle le duc de Sallandrera.

— Par Conception? fit-elle d'un ton railleur.

Don José haussa les épaules. Puis il embrassa la gitana.

— A demain... dit-il.

Et il sortit du boudoir.

Mais elle passa son bras nu sur le sien et le reconduisit jusqu'à l'antichambre, comme à l'ordinaire. Là Fatima l'arrêta.

— Voici, dit-elle, que je redeviens folle.

— Toi?

— C'est-à-dire jalouse...

— Mais jalouse de qui? de quoi? jalouse à quel propos? demanda-t-il.

— Je n'en sais rien...

Et elle tira de sa ceinture ce petit poignard damasquiné qui ne l'abandonnait jamais. Don José, ébloui, en vit briller la lame à la clarté d'un flambeau que la gitana avait placé sur une table voisine.

— Tiens ! lui dit-elle avec un emportement subit, il est des instants où j'ai comme la conviction que tu me trompes... et il me prend des tentations de te tuer...

En prononçant ces derniers mots, en levant et brandissant ce poignard, la gitana était sincère. Elle avait oublié un moment et les sages avertissements de son mystérieux et nocturne visiteur et l'infamie de don José. Son amour s'était réveillé, mais son amour jaloux, furieux, cet amour qui se savait trompé... et un moment elle faillit tuer don José. Mais cet emportement n'eut que la durée d'un éclair.

— Je suis folle ! dit-elle, va-t'en !

Et elle jeta son poignard...

Puis elle s'enfuit brusquement et ferma la porte du boudoir.

Oh ! oh ! murmura don José en s'en allant, j'aurais pu te pardonner, bien que j'eusse promis ta vie, Fatima ; mais je vois que décidément tu finirais par me tuer, un jour ou l'autre, et il est bon que je prenne les devants.

Et don José s'en alla, ruminant un nouveau projet dans sa tête.

. . . .

Zampa trahissait son maître au profit de Rocambole. Mais Zampa était loin de posséder le premier mot du secret de ce dernier, qu'il avertissait, jour par jour, du reste, des moindres actions de don José.

La veille, Zampa avait rencontré aux Tuileries, tranquillement assis au pied de la statue de Spartacus, l'homme à la polonaise et aux cheveux jaunes, et il l'avait instruit du projet que don José allait mettre à exécution le soir même.

— Ah! ah! lui avait dit Rocambole, c'est toi qui fournis le poison.

— Mais oui.

— Et le contre-poison?

— L'un ne va pas sans l'autre.

L'homme aux cheveux jaunes avait alors manifesté une sorte de joie à laquelle Zampa s'était lourdement trompé. Persuadé qu'il était que Rocambole agissait pour le compte de la princesse polonaise, follement éprise de don José, Zampa s'imagina que celui-ci se réjouissait de la mort prochaine d'une rivale.

— Tiens!... dit l'homme aux cheveux jaunes, c'est un amoureux bien trempé, ton maître.

— Vous trouvez?

— Il tue sa maîtresse qu'il n'aime plus, par amour pour celle qu'il aime.

— Heu! heu!... fit Zampa.

— Comment! n'est-ce pas là le vrai motif?

Zampa secoua la tête.

— Quel est-il donc?

— Mon maître a peur de Fatima. Elle l'a menacé de le tuer.

— Bah!... une femme...

— Une femme qui a trois bandits de frères qui la débarrasseront de don José sur un simple signe d'elle.

— Alors c'est différent, murmura Rocambole continuant à se montrer fort satisfait de la résolution de don José.

Puis il questionna Zampa avec une grande bonhomie sur le poison et le contre-poison dont allait se servir don José, et finit par dire : — Si tu veux me vendre un peu de tout, je te le paierai bien vingt-cinq louis.

— Je le veux bien, dit Zampa.

— Oh!... fit naïvement l'homme aux cheveux jaunes, c'est uniquement pour plaire à ma maîtresse. Elle sera si enchantée de savoir que Fatima va mourir, qu'elle fera l'essai du poison sur un animal quelconque.

Rocambole fit briller aux yeux du valet un chiffon de

I. 25

cinq cents francs qu'il tira de son portefeuille, et comme
à cette heure don José était absent de chez lui, il monta
dans un fiacre avec Zampa, et tous deux se rendirent
rue de Ponthieu.

— Maintenant, dit Rocambole lorsqu'il fut possesseur
de la poudre noire et de la poudre blanche, tu m'attendras ici demain.

— Ici !... chez mon maître ?

— Oui, à dix heures et demie ; je monterai par le petit escalier.

Rocambole alla rue de Suresne essayer ce contre-poison qui devait sauver Fatima, et il en fit l'expérience
sur deux petits épagneuls qu'il acheta en route à un
marchand de la rue Tronchet, l'un des épagneuls était
mort foudroyé ; l'autre, qui avait avalé la poudre blanche,
n'avait éprouvé aucun malaise. On sait ce qui était arrivé.

. . . .

Cependant don José revenait le lendemain, vers dix
heures et demie, tout effaré, rue de Ponthieu. Il revenait
de chez Fatima qu'il avait trouvée pleine de vie, à sa
grande stupéfaction ; de chez Fatima, qui, de nouveau,
l'avait menacé de son poignard.

Zampa croyait à la mort de la bohémienne. En voyant
entrer don José, il se dit : — Mon maître a un cœur de
lièvre. Il n'aura pu supporter la vue du cadavre de sa
maîtresse.

Zampa se trompait.

— Fatima est vivante, lui dit don José.

— Vivante !...

Et Zampa se fit répéter le mot.

— Mais c'est impossible ! s'écria-t-il, je suis sûr de
ma drogue.

Don José lui raconta alors ce que la bohémienne lui
avait dit touchant l'usage qu'elle faisait de l'opium. Mais
Zampa n'était pas homme à se payer de semblables raisons. Si Fatima vivait, c'est qu'elle avait pris du contre-
poison, et Zampa ne douta plus un moment que celui
qu'il avait vendu à l'homme aux cheveux jaunes n'eût

été pris par la bohémienne. Ce fut pour lui un trait de lumière.

— Diable! pensa-t-il, est-ce que je me serais enfoncé comme un niais, et mon homme ne serait-il point l'agent de Fatima elle-même?

Et Zampa, qui avait la prudence du serpent, parut ajouter foi à la version de l'opium, et il dit à son maître :

— Eh bien! il faudra essayer autre chose. On verra…

— Oh! oui, on verra… murmura don José, qui frissonnait en pensant que la gitana pourrait le faire assassiner au premier jour, si elle découvrait sa trahison.

Cependant, son agitation ne lui fit point oublier son rendez-vous accoutumé. Le fiacre passait tous les soirs à onze heures et demie rue Godot-de-Mauroy.

Don José dépouilla sa grande barbe, changea de costume et ressortit.

Deux minutes après, Zampa entendit frapper discrètement à la porte qui donnait sur l'escalier de service. Il ouvrit ; l'homme à la polonaise entra. Zampa le salua avec la servilité d'un homme qui sait à qui il a affaire.

— Hé! hé! mon drôle, dit Rocambole, tandis que Zampa prenait un flambeau et le conduisait au salon, on voit bien, aux cérémonies que tu me fais, que ta tête ne tient pas fortement sur tes épaules.

Bien que Rocambole fût souriant et bonhomme, en parlant ainsi, Zampa eut le frisson et fut mal à son aise.

Rocambole se carra au coin du feu, dans le fauteuil de don José, et se prit à lorgner l'ameublement et les tentures du salon. Zampa se tenait debout devant lui, dans une attitude embarrassée.

— Voyons, n'as-tu rien à me dire? interrogea Rocambole.

— La gitana n'est pas morte.

— Je le sais.

— Ah! fit Zampa, je ne m'étais donc pas trompé?

— En quoi?

— Vous lui avez donné le contre-poison.

— Peut-être...

Zampa regarda son interlocuteur avec défiance.

— Je crois que vous me roulez, dit-il.

— Hein? fit Rocambole avec hauteur.

— Au lieu d'agir pour la princesse...

— J'agis pour moi, dit froidement Rocambole, et mes affaires ne te regardent pas. Contente-toi de faire ton métier. Je te paie, sers-moi.

Zampa s'inclina.

— Maintenant, poursuivit l'homme aux cheveux jaunes, ton maître va revenir.

— Oh! dans une heure ou deux...

— Non, tout de suite.

Zampa le regarda étonné.

— Tu vas me cacher... là... dans ce cabinet. Où donne-t-il?

— Dans le corridor.

— Peut-on entendre?

— Tout ce qui se dit ici.

— C'est bien.

Et Rocambole alla ouvrir la porte d'un cabinet de toilette qui avait une issue sur l'antichambre, et il dit à Zampa : — Quoi qu'il arrive, tu obéiras ponctuellement à ton maître.

— Ma parole d'honneur! murmura le valet, voici qui se complique étrangement. Je commence à n'y plus rien comprendre.

— C'est inutile, dit Rocambole, qui entendit la réflexion du valet.

Puis il attacha sur lui ce regard terne et froid qui décelait un homme résolu :

— Si tu étais superstitieux, tu pourrais croire que je suis le diable, car je sais ce que tu penses...

Zampa tressaillit et pâlit.

— Tiens, poursuivit Rocambole, voici ce que tu viens de te dire : Don José va revenir. Cet homme est là, enfermé. Cet homme est l'ennemi de don José, et il a mon secret. Je vais le livrer à don José, et, à nous deux, nous

le tuerons. Ne nie pas... j'ai lu dans ta pensée, dans ton
regard, acheva impérieusement Rocambole.

— C'est vrai, murmura Zampa fasciné par cet œil calme
et dominateur.

Et le Portugais tomba à genoux.

— Eh bien! dit Rocambole qui tira de sa poche un re-
volver américain, écoute-moi bien maintenant, avant
que tu n'aies dit un mot à ton maître, tu seras mort.

— Je me tairai.

— Et si, par impossible, il m'arrivait malheur, demain
matin une personne, qui m'attend et qui ne me verrait
pas revenir, porterait ton dossier au parquet du procureur impérial.

— Ah! vous m'en direz tant, murmura le Portugais
retrouvant toute la fanfaronnerie du crime, que je suis
bien forcé de vous être dévoué.

— Je te pardonne, répliqua Rocambole en riant. A ta
place, j'eusse pensé comme toi.

Et ces deux hommes, faits pour se comprendre, échangèrent un regard et un sourire. Puis Rocambole s'enferma
dans le cabinet de toilette.

Presque aussitôt après, un coup de sonnette se fit entendre. C'était don José qui rentrait.

Don José revenait, en proie à une vive agitation. Il
avait attendu vingt minutes sur le trottoir de la rue
Godot-de-Mauroy, et le fiacre n'était point venu. Vingt
fois il avait consulté sa montre, ne comprenant rien à
ce retard. Enfin, un valet en livrée avait passé près de
lui, l'avait toisé avec défiance, puis s'était décidé à l'a-
border.

— Vous êtes don José? lui avait-il dit.

— Oui... Que me veux-tu? avait répondu l'Espagnol
surpris.

Le valet lui avait remis une lettre sans mot dire et s'é-
tait éloigné. Au comble de l'étonnement, don José était
allé se placer sous le reverbère au coin de la rue, puis il
avait brisé le cachet de la lettre, et il avait reconnu une
écriture de femme, allongée et menue.

Evidemment, c'était *elle* qui écrivait.

Cette lettre était écrite en anglais, langue que don José parlait et écrivait.

Voici ce qu'elle contenait !

« Vous m'avez trompée.

« Rien n'est changé rue du Rocher : ne cherchez point à savoir comment je l'ai appris... c'est mon secret... Je sais que ma rivale est heureuse... c'est à moi de mourir.

« Ne venez plus attendre cette voiture qui vous amenait auprès de moi... à moins que vous ne teniez votre serment... »

Cette lettre fut un coup de foudre pour don José. Mais, en même temps, elle fut l'arrêt de mort de la gitana. Evidemment il ne reverrait la Polonaise que si Fatima mourait. Et don José, hors de lui, revint rue de Ponthieu, bien décidé à faire assassiner la bohémienne.

Il montra cette lettre à Zampa.

— Ma foi ! dit le valet, je n'ai pas de conseil à donner à votre Excellence.

— Mais si, au contraire, parle !... ordonna don José.

— Eh bien ! il faut que votre Excellence choisisse de Fatima ou de la princesse.

— Mon choix est fait ; je l'aime...

— Alors que Fatima meure.

— Mais... comment ?

— Ah ! dame !... répondit Zampa, je ne sais pas... Ma drogue n'a plus de vertu.

— Le poignard...

— C'est plus sûr, et l'opium ne l'empêche pas d'entrer.

— Alors prépare-toi, je paierai.

— Oh ! dit Zampa, ça me répugne, à moi... mais Narcisse s'en chargera.

— Narcisse ?

— Parbleu !

Narcisse était ce nègre qui servait Fatima de concert avec sa nourrice.

— Va le chercher.

Zámpa s'inclina et sortit.

. . . .

Une heure après, il revint suivi du nègre, et entre ces trois hommes la mort de Fatima fut résolue.

Quand Narcisse, à une heure du matin, quitta don José et la rue de Ponthieu, lorsque l'Espagnol fut couché, Zampa voulut ouvrir à Rocambole. Mais Rocambole avait disparu.

— Décidément, murmura le Portugais, cet homme pourrait bien être le diable lui-même.

XXXIII

Lorsque Fatima avait repoussé don José, lorsqu'elle s'était enfuie, c'est qu'elle avait eu peur d'elle-même. Son amour et sa fureur avaient alors atteint leur paroxysme. Mais quelques minutes suffirent à lui rendre son calme et sa raison. La fille des bohémiens, l'implacable gitana n'aimait déjà plus don José, elle le haïssait mortellement, et elle le condamna ce soir-là, comme il l'avait condamnée lui-même. Le sourire revint bientôt à ses lèvres, son cœur cessa de battre avec violence.

— Oh ! don José, pensa-t-elle, j'ai vécu six années ensevelie dans mon amour pour toi, je vais vivre désormais enveloppée dans ma haine jusqu'au jour où je pourrai voir ma rivale appuyée sur ton bras. Ce jour-là tu mourras !...

Et elle leva la main pour donner plus de solennité à son serment.

Elle s'attendait à voir reparaître ce personnage mystérieux qui, chaque soir, semblait surgir de terre à l'heure où don José s'en allait. Mais, on le sait, Rocambole était alors chez don José. Fatima attendit en vain :

— celui qu'elle croyait être Satan lui-même ne vint pas. Elle se mit au lit et s'endormit, précisément à l'heure où don José mettait un poignard dans la main du nègre. La nuit s'écoula.

Fatima se réveilla le lendemain au contact d'un rayon de soleil. Sa vieille nourrice était auprès d'elle, rangeant divers objets par la chambre.

— C'est bizarre, pensa la bohémienne, mon père n'est point venu.

Elle demeura enfermée dans son boudoir tout le jour, espérant le voir apparaître d'un moment à l'autre. Mais la journée s'écoula.

Cependant, vers le soir, elle se souvint des recommandations de l'homme à la polonaise.

— Regarde, lui avait-il dit, chaque jour, sous le vase de Chine de la cheminée.

Fatima souleva le vase. Un billet était sur le socle, et ce billet, qu'elle déplia, disait en langue bohémienne :

« Mets trois grains d'opium dans les aliments de ta nourrice. Il faut qu'elle dorme cette nuit comme si elle était morte. Don José ne viendra pas ce soir. Couche-toi de bonne heure, mais prends garde de t'endormir et ferme ta porte au verrou. »

Fatima brûla le billet, puis elle ouvrit un petit coffret en bois de sandal qui renfermait des parfums orientaux, y prit un morceau de pâte noirâtre qu'on nomme du hatchis et l'introduisit dans une grosse figue sèche qu'elle prit dans une assiette sur un guéridon. En vraie fille des pays chauds, Fatima mangeait des figues et des raisins secs toute la journée.

Puis elle sonna. La nourrice arriva et Fatima demanda à dîner. Comme elle sortait pour obéir, la gitana lui jeta la figue. Et la vieille femme gourmande la mangea en remerciant.

Le dîner de la gitana lui fut apporté sur une petite table ronde. Elle y toucha à peine, tant elle était préoccupée de ce qui allait arriver. Car bien certainement il se passerait quelque chose d'extraordinaire chez elle, la nuit suivante, puisque l'inconnu lui annonçait que don José ne viendrait pas.

Quelques minutes après, le nègre entra, apportant un billet de don José.

Don José écrivait :

« Fatima, mon amour, le duc de Sallandrera, mon oncle, donne un grand dîner ce soir. Je ne puis me dispenser d'y assister, et ne pourrai te voir. Mais mon cœur est près de toi.

« Tu as été souffrante la nuit dernière ; si tu voulais être raisonnable, tu te coucherais de bonne heure. »

— Mon père sait tout ! pensa la superstitieuse fille des bohémiens.

Quand elle eut achevé son repas, Fatima fit enlever la table, renvoya la nourrice et se mit au lit, pour obéir aux prescriptions du billet trouvé sous le vase de Chine.

Mais avant de se glisser sous ses couvertures, elle alla prudemment pousser les verrous de la porte, précaution qu'elle ne prenait jamais. Au même instant, et avant qu'elle n'eût soufflé la bougie, elle entendit un léger bruit, à l'angle de la cheminée. Tournant alors les yeux, elle vit le tableau de Zurbaran tourner sur lui-même comme une porte... En même temps, l'homme à la polonaise et aux cheveux jaunes parut.

Fatima, qui ignorait l'existence de cette cachette, comprit alors que c'était par là que son mystérieux protecteur s'était déjà introduit dans le boudoir.

Rocambole appuya un doigt sur ses lèvres :

— Tais-toi ! lui dit-il.

Puis il lui fit signe de se lever et de venir à lui. Elle sauta pieds nus sur le tapis, qui assourdit le bruit de sa chute, et l'homme à la polonaise la prit par la main et l'entraîna dans la cachette.

Le Zurbaran reprit sa place accoutumée et Fatima se trouva dans l'obscurité.

— Tais-toi, répéta Rocambole, et retiens ton souffle si tu le peux.

La bohémienne avait en lui une foi si aveugle, qu'elle lui obéissait avec la docilité d'un enfant.

La cachette que don José avait fait pratiquer dans l'épaisseur du mur et dans laquelle on descendait par une trappe ouverte à l'étage supérieur ; — cette cachette, disons-nous, formait comme un corridor étroit et long qui régnait tout à l'entour d'une partie de l'appartement de Fatima. C'est-à-dire qu'il tournait autour du boudoir, du salon et d'une chambre occupée par la nourrice. Chaque pièce était mise en communication avec elle par un trou à hauteur d'homme; trou très-petit, ayant à peine la dimension de l'œil et dissimulé habilement. Dans le boudoir, on le sait, il s'ajustait au cadre du portrait. Dans le salon, il se perdait dans un pli de la tenture. Dans la chambre de la nourrice, il était dissimulé par les rideaux du lit.

Ce fut à ce dernier trou que Rocambole conduisit la gitana.

— Regarde ! lui dit-il, indiquant un rayon lumineux qui venait se briser aux parois de la cachette.

On entendait des chuchottements et des voix étouffées dans la chambre de la nourrice.

Fatima colla son œil au trou, et voici ce qu'elle vit :

La vieille femme était assise sur son lit, et le nègre avait roulé devant elle deux grandes malles dans lesquelles il entassait pêle-mêle des robes, des vêtements d'homme, en un mot, tout ce qui constituait leurs nippes à tous deux. Ce déménagement fortuit étonna quelque peu la bohémienne.

— Tu es sûre du dévouement de ta nourrice, n'est-ce pas ? lui souffla Rocambole à l'oreille.

— J'y ai cru jusqu'à présent, murmura-t-elle tout bas.

— Ainsi que de celui du nègre ?

— Oui, certes.

— Eh bien ! écoute leur conversation, ricana l'homme à la polonaise, et tu verras.

Fatima colla son oreille au trou, comme elle y avait mis son œil.

La vieille femme et le nègre parlaient à mi-voix le langage corrompu du peuple de Grenade et de l'Andalousie.

— Narcisse, murmurait la nourrice, sais-tu que le

cœur me bat, rien que d'y penser? Ma pauvre Fatima!...

— Bah! répondit le nègre, la maîtresse est jeune. Vaut
mieux mourir jeune que vieux...

— Mourir ! pensa la gitana, qui fit un brusque mouvement.

— Ecoute ! dit Rocambole dans l'ombre, écoute donc,
ma fille...

Narcisse poursuivit, tout en continuant à faire ses malles : — Quand on est belle comme la maîtresse, il vaut
mieux mourir jeune !

— Et pourquoi ? demanda la nourrice en essuyant des
yeux parfaitement secs.

— Parce qu'on tient à sa beauté, et que, ainsi, on n'a
pas la douleur de lui survivre et de voir arriver les rides
et les cheveux blancs.

— Tu parles bien, Narcisse...

La nourrice, qui paraissait avoir subi de la part du
nègre une sorte de corruption, se mit alors à l'aider dans
la confection des paquets.

— Avec l'or de don José, continua celui-ci, nous re-
tournerons en Espagne... Mais il ne faudra pas y rester,
Namouna... les frères de la maîtresse pourront savoir la
vérité un jour ou l'autre.

— Et où irons-nous?

— A Lisbonne. Nous nous marierons... nous serons
riches.

La nourrice fit un geste d'assentiment.

— Tu as pris les bijoux, n'est-ce pas ?

— Tout ce que j'ai trouvé dans le salon. Mais je n'ai
pas osé rentrer dans le boudoir, elle ne dort pas encore ;
on voit de la lumière par-dessous la porte.

— C'est bon, c'est bon, je les prendrai, moi; je n'oublierai rien, sois tranquille!

— Mais comment allons-nous faire?

— Moi je vais emporter les malles par le corridor qui
mène à la maison de la rue du Rocher. La brunisseuse
n'y est pas, c'est aujourd'hui samedi; tu sais qu'elle ne
rentre jamais ce jour-là.

— Et moi?

— Toi, tu descendras un peu plus tard par le grand escalier. Tu trouveras au coin de la rue la voiture dans laquelle je mettrai les malles. Le cocher est retenu depuis ce matin.

— Y seras-tu?

— Non, je remonterai par la rue du Rocher.

— C'est drôle, murmura la nourrice en portant la main à son front, j'ai la tête lourde.

— C'est que tu as peur.

— Oh! non, mais il me semble que j'ai sommeil.

— Bah! tu dormiras en voiture; il faut que nous soyons loin de Paris au point du jour.

Et Narcisse, dont Fatima ne perdait ni une parole ni un geste, Narcisse chargea une des malles sur son épaule et l'emporta.

— Eh! eh! dit tout bas Rocambole, il me semble qu'on te dévalise. Qu'en penses-tu?

Fatima serra sa main avec une violence nerveuse qui attestait son agitation et son angoisse.

— Mais que veulent-ils donc faire de moi? demanda-t-elle.

— Attends, tu verras.

La vieille femme continuait à tenir une de ses mains sur son front.

— J'ai la tête bien lourde... bien lourde... répétait-elle.

Et elle se jeta sur son lit. Mais Narcisse revint quelques minutes après et elle se redressa.

— La voiture est-elle au coin de la rue?

— Oui, dit le nègre.

Et il chargea le reste des paquets.

— Tu vas descendre, dit-il. Seulement, attends quelques secondes. Si la maîtresse sonnait... si elle ne dormait pas encore...

— Oui... j'attendrai... balbutia la vieille femme, dont le nègre ne remarqua pas l'état d'affaissement.

Et il s'en alla.

Mais déjà la nourrice avait fermé les yeux et les foudroyants effets du hatchis se faisaient sentir.

— Avant que Narcisse soit remonté, dit alors Rocambole, elle dormira.

Et il reprit Fatima par la main et la fit rentrer dans le boudoir.

— Maintenant, lui dit-il, ouvre ta porte, pousse les verrous et conduis-moi chez la vieille.

Fatima obéit, ne sachant encore ce que Rocambole voulait faire. Elle le conduisit jusqu'à la chambre où, déjà, la vieille femme dormait profondément, en proie aux hallucinations de l'opium.

Alors Rocambole la prit dans ses bras comme il eût fait d'un fardeau des plus légers, et il la chargea sur son épaule de la même façon que Narcisse avait chargé les malles. Puis, suivi de la gitana ébahie, il revint avec elle dans la chambre à coucher.

— Déshabille-la, lui dit-il, et mets-la dans ton lit.

Fatima ne comprenait pas encore. Cependant elle obéit.

En quelques secondes, la vieille femme fut déshabillée et placée dans le lit de la bohémienne.

— A présent, souffle ta lumière, ordonna l'homme à la polonaise.

Fatima éteignit le bougeoir placé sur la table de nuit, et la chambre à coucher ne fut plus éclairée que par les reflets incertains du feu qui achevait de se consumer dans la cheminée.

Rocambole ramena les draps et les couvertures sur le visage de la nourrice.

— Ah! je comprends, dit la bohémienne : mais il verra bien que ce n'est pas moi...

— Tu te trompes, il n'y verra pas du tout. Ne sais-tu donc pas que les nègres n'assassinent jamais que dans les ténèbres?

Rocambole avait rapporté autrefois cette expérience d'Amérique. On prétend, en effet, aux États-Unis, que le nègre a peur de rencontrer le regard de sa victime, ce qui le pousse à toujours frapper dans l'ombre.

Rocambole jeta un manteau sur les épaules de la jeune femme, puis il l'enveloppa dans les rideaux des croisées et s'y cacha avec elle.

Le feu continuait à jeter une vague clarté dans la chambre.

On entendit alors des pas dans le salon. C'était Narcisse qui revenait.

Narcisse était allé tout droit à la chambre de la nourrice, ne l'avait plus trouvée et avait pensé sur-le-champ qu'elle était descendue.

— Elle a eu peur, se dit-il... et puis elle aimait encore sa maîtresse.

Et Narcisse se glissa sur la pointe du pied jusqu'à la porte de la chambre à coucher, qu'il ouvrit sans bruit.

Fatima et son protecteur retenaient leur haleine.

Le nègre s'arrêta un moment sur le seuil et prêta l'oreille.

Dans le lit, la nourrice dormait toujours et on entendait sa respiration bruyante.

— Comme elle dort! ricana le nègre.

Il fit un pas vers le lit, et Fatima, qui, du fond de l'embrasure de la croisée, le suivait du regard, vit briller la lame d'un poignard, sur laquelle tomba un reflet du foyer.

Le nègre s'avançait toujours vers le lit.

— Trop de lumière! murmura-t-il, justifiant ainsi l'opinion de Rocambole.

Une flammèche qui se détacha du foyer jeta tout à coup une éphémère et vive lueur dans la chambre. A cette clarté, Narcisse vit que la tête de la dormeuse était enfouie sous les draps, alors il n'hésita plus. Il se glissa avec la lenteur prudente d'un reptile, marchant sur ses pieds et ses mains jusqu'au bord du lit, puis il se dressa vivement et leva le bras...

Rocambole et Fatima, muets et immobiles, virent ce bras s'abaisser rapidement.

Puis il entendirent un soupir... Le nègre avait frappé juste et d'une main assurée. La nourrice, atteinte par le poignard de Narcisse dans la région du cœur, était morte sans s'éveiller et sans pousser un cri.

Alors le nègre jeta son poignard et tira vivement les rideaux du lit, toujours obéissant à cette crainte supers- titieuse que la victime pouvait ouvrir un œil mourant et l'attacher sur lui, auquel cas, d'après les croyances de son pays, il mourrait lui-même tôt ou tard assassiné. Et les rideaux tirés, ne redoutant plus ce regard de malheur, il se baissa vers le foyer, y prit un tison, souffla dessus, lui arracha quelques étincelles et s'apprêta à allumer la bougie placée sur la table de nuit, afin de mieux dévali- ser la chambre à coucher.

Mais soudain une main robuste, une main de fer l'é- treignit à la gorge, tandis qu'une autre ramassait le poi- gnard ensanglanté, et lui en appuyait la pointe sur la poitrine.

Le nègre épouvanté, voulut se débattre et jeter un cri.

— Tais-toi ! lui dit une voix impérieuse et sourde.

En même temps, le nègre vit les rideaux de la croisée s'écarter et un dernier reflet du foyer lui montra Fa- tima, qu'il croyait avoir tuée, debout devant lui et le regardant avec mépris.

— Ce n'est pas moi que tu as assassinée, misérable !... c'est Namouna.

Rocambole appuyait toujours la pointe du couteau sur la poitrine du nègre.

— Grâce ! balbutia-t-il, ivre de terreur.

— Veux-tu vivre ?

Et Rocambole appuya plus fort.

— Oui, grâce ! grâce, hurla l'assassin.

— Parle, alors, et dis la vérité.

— Je te dirai tout !... murmura le nègre, aussi lâche que féroce.

— Qui t'a ordonné de tuer ta maîtresse ?

— Don José.

— L'affirmerais-tu en justice, si tu avais promesse de la vie ?

— Oui, je le jure.

— Tu entends, n'est-ce pas? dit Rocambole se tournant vers Fatima.

Fatima écoutait, muette de douleur et de rage.

— Don José, poursuivit Rocambolo, ne t'a-t-il pas donné un mouchoir?

— Oui...

— Où est ce mouchoir?

Le nègre le tira de sa poche et le tendit à Rocambole.

Celui-ci dit à Fatima : — Allume un flambeau, il faut y voir clair.

La gitana obéit.

Alors Rocambole lui montra un joli mouchoir de batiste brodé, portant des armoiries.

— Tiens, dit-il, c'est le mouchoir de ta rivale.

Fatima voulut s'en saisir et le mettre en pièce. Mais Rocambole l'arrêta.

— Que voulais-tu faire de ce mouchoir ? demanda-t-il au nègre.

— Le tremper dans le sang et le porter à don José.

Rocambole prit le mouchoir, écarta les rideaux du lit, souleva les draps couverts de sang et imbiba le mouchoir.

— A présent, dit-il au nègre, si tu veux vivre, si tu ne veux pas être poursuivi, tu iras porter ce mouchoir à don José et tu lui diras que le coup est fait. [Ensuite tu prendras la fuite... Mais prends garde! si tu n'accomplis pas ponctuellement ma volonté, si tu dis un mot de plus que ceux que je t'ordonne de répéter, je t'envoie à l'échafaud.

— J'obéirai, murmura le nègre, ivre de terreur

Alors Rocambole dit à la gitana :

— Habille-toi, prends tes bijoux et tout ce que tu as de précieux ici.

— Où me conduisez-vous?

— Tu le sauras plus tard... viens !

. . . .

Dix minutes après, Fatima et son mystérieux protecteur quittaient l'appartement de la rue du Rocher.

En même temps, le nègre trouvait Zampa au coin de la place de Laborde et lui remettait le mouchoir.

— Le coup est fait, disait-il.

Et il prenait la fuite.

XXXIV

Tandis que Rocambole enlevait, pour la conduire en quelque mystérieuse retraite, la bohémienne Fatima ; tandis que le nègre remettait à Zampa le mouchoir imbibé de sang et prenait la fuite, don José attendait, avec la plus vive impatience, chez lui, le retour de son valet de chambre.

L'homme qui se familiarise depuis longtemps avec une pensée criminelle finit par se cramponner à cette pensée avec une irritante obstination, et en poursuit la réalisation avec un acharnement fiévreux. Don José avait d'abord lutté avec l'idée de tuer Fatima ; puis, une fois cette résolution prise, il n'avait plus hésité. D'abord il avait résolu sa mort par terreur, par crainte de ce poignard que la jalousie de la bohémienne suspendait sur sa tête ; puis, son premier plan échoué, il avait persisté dans la perpétration de son crime pour obéir à cette inconnue qui ne voulait le revoir qu'après le trépas de sa rivale... Enfin, et c'était peut-être à son insu, la raison dominante, le mobile réel qui le poussait à faire assassiner la bohémienne, c'était ce crime horrible et mystérieux qu'ils avaient accompli et médité de concert.

Ce que don José redoutait le plus au monde, ce qui souvent avait troublé le repos de ses nuits et l'avait éveillé en sursaut, c'était cette pensée que, dans un accès de jalousie, le lendemain de son mariage avec Conception, Fatima pourrait arriver l'œil en feu, les cheveux en désordre, jusque dans l'hôtel de Sallandrera et

26.

lui dire : « Assassin !... Je t'ai aidé à tuer ton frère don Pedro !... »

Le jour où don José avait songé à cela, Fatima avait été condamnée à mort dans le plus profond de son cœur et de sa pensée.

Or, depuis la veille, depuis que le nègre, acheté à prix d'or et persuadé de l'impunité, avait pris le poignard que don José lui tendait, l'Espagnol était en proie à une agitation extrême. Il n'était pas sorti de chez lui durant toute la journée. Il attendait le soir avec une fiévreuse impatience. Vers quatre heures, Zampa revint des Tuileries. Il apportait un billet.

A ce billet, de la même écriture que celui de la veille, était joint un petit paquet.

Don José l'ouvrit et y trouva le mouchoir que Banco lui envoyait, couvert d'armoiries de fantaisie.

Le billet disait :

« Le fiacre passera ce soir, à minuit, à l'endroit ordinaire. Si vous pouvez me rapporter rouge le mouchoir
« que je vous envoie blanc, vous y monterez... »

Aucune signature n'accompagnait ces lignes énigmatiques.

Ce mouchoir, don José le remit une heure après au nègre Narcisse, qui vint chercher cette lettre par laquelle l'Espagnol avertissait Fatima qu'il ne la verrait point le soir.

Or, depuis le départ du nègre, depuis celui de Zampa, qui guettait, aux environs de la place de Laborde, les tragiques événements dont l'appartement de Fatima devait être le théâtre, don José attendait... Il attendait plein d'impatience et d'angoisse... Cet homme en était arrivé à désirer la mort de celle qu'il avait aimée avec une sorte d'acharnement féroce.

Enfin Zampa arriva.

Don José, pâle, frémissant, essuyait les gouttes de sueur glacée qui perlaient à son front.

— Eh bien ? demanda-t-il d'une voix sourde et enfié-
vrée.

— C'est fait ! dit Zampa.

— Morte ?

— Oui.

Zampa lui tendit le mouchoir. La vue du sang fit reculer don José. Il eut comme un éblouissement.

— Ah ! dame ! ricana le Portugais avec l'insolente familiarité d'un complice, est-ce que vous allez vous évanouir, maintenant ?

— Tais-toi, dit don José en frappant du pied, et, malgré lui, troublé, à la vue de ce mouchoir qu'il croyait teint du sang de sa maîtresse.

— Ma foi ! poursuivit Zampa toujours railleur, à votre place, je lui ferais faire un bel enterrement, un enterrement de première classe.

— Tais-toi !...

— Et je conduirais le deuil en pleurant...

Don José leva la main sur son valet avec emportement. Celui-ci se tut.

Alors l'Espagnol prit le mouchoir, l'enveloppa dans le papier du billet qu'il avait reçu et le cacha dans son gilet. Puis il s'enveloppa de son manteau, sortit et se rendit à pied rue Godot-de-Mauroy.

Presque au même instant le fiacre vint à passer. Don José s'approcha vivement : l'homme à la grande barbe se montra à la portière.

— De quelle couleur est votre mouchoir ? demanda-t-il.

— Rouge, répondit don José.

— C'est bien ; montez !...

Lorsque l'Espagnol eut les yeux bandés, la voiture reprit sa course vers Asnières. Puis, deux minutes après, don José se trouva dans ce petit salon où, chaque soir, la prétendue princesse lui apparaissait. Quand il eut arraché son bandeau, il se trouva seul. Il attendit quelques minutes, puis une demi-heure, puis une heure. La princesse ne parut pas.

Il tenait pourtant dans ses mains ce mouchoir imbibé de sang — du sang de Fatima, croyait-il. Et elle ne venait pas.

Tout à coup, cependant, un bruit de pas se fit dans la pièce voisine, une portière se souleva, un personnage apparut. Mais ce n'était point la blonde créature à laquelle il apportait, triomphant, quelques gouttes du sang de sa rivale. C'était une femme masquée, vêtue du costume des esclaves russes. Cette femme salua don José et lui remit une lettre. Puis elle se retira sans mot dire et avant que l'Espagnol stupéfait eût eu le temps de lui adresser une question.

Il brisa le cachet de la lettre et lut :

« Je ne sais si vous viendrez... c'est-à-dire que j'ignore encore, à cette heure, si vous avez tenu votre serment, ou si le fiacre qui va passer arrivera vide au lieu de nos rendez-vous.

« Mais il m'est impossible de vous voir ce soir. Le tyran à qui j'appartiens dispose de moi.

« Si vous m'aimez, plaignez la pauvre esclave... Songez à moi... Je vous aime comme on doit aimer l'homme qui devient criminel par amour...

« Pourrai-je vous voir demain ? je l'ignore. Mais restez chez vous, sans sortir, jusqu'à cinq heures précises : défendez votre porte, et renvoyez votre valet de chambre dès le matin... Peut-être, — toujours dans le cas où l'on m'aurait apporté le mouchoir, — recevrez-vous la visite d'une femme voilée, à laquelle vous irez ouvrir, vous-même votre porte. Si cette femme n'est pas venue à cinq heures, sortez, mais rentrez à dix heures précises. Peut-être viendra-t-elle dans la soirée.

« Quoi qu'il en soit, renvoyez votre valet pour la journée et la nuit. »

Don José calma le dépit qu'il ressentait de ne point voir ce soir-là sa princesse, par l'espoir qu'il eut de la voir entrer chez lui le lendemain. Il couvrit la lettre de baisers, et, comme l'homme barbu apparaissait de nouveau, il présenta son front au foulard et se laissa emmener.

. . . .

Don José était un de ces criminels qui, une fois le forfait accompli, le sang versé, prennent leur parti contre le remords et lui ferment leur cœur et leur oreille.

— Fatima était une belle fille, se dit-il en rentrant chez lui ; mais elle vieillissait.

Telle fut la seule oraison funèbre de la bohémienne.

L'Espagnol rentra chez lui et dit à Zampa :

— As-tu des amis ?

— Belle question, dit insolemment le Portugais ; monsieur n'en a-t-il pas ?

— Eh bien ! acheva don José, tu peux aller les voir dès demain matin.

— Ah !...

— Et leur donner ta journée.

— Oh ! oh !...

— Et les conduire au spectacle.

— Monsieur me chasse ?

— Non ; mais on m'ordonne de te renvoyer pour vingt-quatre heures.

Don José montra à son valet confident le billet de Banco.

— Je comprends, dit le Portugais, monsieur aura demain tout le bonheur qu'il mérite.

Ce bonheur que lui promettait son valet fut un assez doux oreiller pour don José, et la fatigue résultant pour lui de ses angoisses et de son insomnie de la veille venant à son aide, il dormit d'un somme jusqu'au jour, sans éprouver le moindre cauchemar et sans voir apparaître le spectre sanglant de la gitana.

Zampa entra dans sa chambre vers huit heures et lui remit un billet du duc de Sallandrera, qui lui annonça qu'il était attendu le soir, à l'heure du dîner, rue de Babylone.

— Maintenant, va-t'en !... dit-il au valet, en se souvenant des vagues promesses de la femme aimée.

— Monsieur ne m'ordonne rien ?

— Rien.

— Pas même d'aller rôder aux alentours de la place de Laborde ?

— Que Satan s'y oppose ! dit l'Espagnol ; laissons la justice française débrouiller comme elle le pourra ce petit drame de famille que nous avons si bien combiné. Si elle voit clair jamais dans la mort de Fatima, c'est qu'elle aura de bons yeux.

— Comme monsieur voudra.

Et Zampa s'en alla, annonçant qu'il ne reviendrait que le lendemain.

. . . .

Maintenant on aura peut-être l'explication de la conduite de Banco, et de cette étrange obligation quelle imposait à don José de renvoyer son domestique pour vingt-quatre heures, [de défendre sa porte et de passer la journée chez lui, dans les événements qui s'étaient accomplis la veille, après l'assassinat de la nourrice et le départ du nègre, qui portait à Zampa le mouchoir trempé de sang.

Mais retournons en arrière. Rocambole jeta un manteau sur les épaules demi-nues de Fatima, et l'entraîna hors de l'appartement de la place de Laborde. Arrivés dans la rue, ils trouvèrent le fiacre que le nègre avait retenu pour lui et sur lequel on avait déjà chargé les malles remplies des dépouilles de la bohémienne.

— Tiens, lui dit Rocambole en souriant, tu as encore une assez belle chance... tu t'en vas avec tes nippes et tes bijoux.

Alors, et tandis que le fiacre se mettait en route, l'homme à la polonaise tira un foulard de sa poche et dit à la gitana :

— Il faut, ma fille, que tu te laisses bander les yeux.

— Pourquoi ?

— Parce que tu ne dois pas savoir où je te conduis.

— Faites, dit-elle, pleine de confiance en ce personnage qui lui paraissait un être surnaturel, j'irai où vous voudrez.

— Rue de Suresnes, avait dit tout bas Rocambole au cocher.

Un quart-d'heure après, le fiacre s'arrêtait au lieu indiqué.

Rocambole fit descendre la gitana et la conduisit dans son petit entresol. Le valet fidèle, qui n'appelait son maître que M. Frédéric, et croyait, du reste, que tous ces déguisements servaient simplement des intrigues d'amour et se rapportaient à des histoires de femmes, vint lui ouvrir.

Rocambole avait eu le temps d'ôter le bandeau de Fatima. Le valet fit une grimace approbative qui signifiait que la beauté de la gitana lui plaisait.

— Mon maître a décidément bon goût, pensa-t-il.

— Il y a une voiture à la porte, lui dit ce dernier, descends, paie-la et remonte avec les malles qu'elle contient.

Puis, tandis que le valet obéissait, il fit entrer Fatima dans ce coquet appartement de garçon dont le marquis de Chamery, pour garder les convenances vis-à-vis de ses gens, rue de Verneuil, avait fait sa petite maison.

— Tu le vois, dit-il à Fatima, ta nouvelle prison est assez confortable...

— Vais-je donc rester ici?

— Oui,

— Combien de temps.

Rocambole compta sur ses doigts.

— Quatre jours, dit-il.

— Pourquoi?

— Pour que tu attendes l'heure de ta vengeance.

Et comme le valet rentrait, il lui dit : — Voilà une femme que j'ai enlevée. C'est une Espagnole ; elle ne sait pas le français. Tu la serviras, mais tu ne la laisseras point sortir ni se mettre aux croisées.

— C'est bien, dit le valet.

— Que dites-vous à cet homme ? demanda Fatima, qui, en effet, ne savait pas le français.

— Je lui ordonne de te tuer, si tu essayes de sortir d'ici ou de regarder par les fenêtres.

— Oh ! je ne sortirai pas, dit-elle avec la docilité d'une enfant.

Et elle prit la main de cet homme, qu'elle croyait être le diable, et la baisa humblement.

Rocambole passa dans une pièce voisine, y demeura un quart d'heure et ressortit.

Mais la gitana ne le reconnut pas. Ce n'était plus l'homme aux cheveux jaunes, à la polonaise, à brande-bourgs, à la casquette fourrée, c'était l'Anglo-Indien, Morton Tynner, l'homme au teint olivâtre, aux cheveux noirs et crépus.

— Hé ! hé ! dit-il en riant, tu vois bien que je ne suis pas un homme, puisque je change à mon gré d'enveloppe.

Fatima reconnut la voix.

— C'est vrai, dit-elle, vous êtes bien le diable... le dieu qu'adorent les bohémiens...

— Reste ici, voilà ton lit, dors sans crainte, tu es hors de l'atteinte de don José, acheva Rocambole.

Il mit un baiser au front de la bohémienne, et sortit.

— Elle ne sait pas le français, il ne sait pas l'espagnol, se dit-il en rejoignant son valet qui se tenait dans l'antichambre, à moins que le diable dont je joue décidément le rôle ne s'en mêle pour me punir de la contrefaçon, je suis bien certain qu'ils ne s'entendront pas et que le drôle continuera à me prendre pour un lovelace.

— Monsieur, lui dit le valet, je suis allé à l'hôtel dans la soirée, comme vous me l'aviez ordonné. Voici deux lettres.

Rocambole tendit la main, prit les deux lettres et s'approcha d'un flambeau.

La première, celle qui frappa son attention par une petite écriture mignonne et serrée, le fit tressaillir. Cette lettre était venue par la poste. Rocambole l'ouvrit, courut à la signature et lut ce nom :

Conception.

La lettre était ainsi conçue :

« Monsieur le marquis, mon père est un homme de

fer. Il présente aux événements un front impassible.
Nous partons dans huit jours; nous allons à Cadix assister peut-être à des funérailles, et cependant mon
père veut faire ses adieux au monde parisien, le sourire
aux lèvres, comme il a la tristesse au fond du cœur.

« Demain soir, dimanche, un grand dîner a lieu à
l'hôtel de Sallandrera. Vous êtes invité! Venez-y, je
vous en prie, j'ai besoin de vous voir. »

— Ma parole d'honneur!... murmura Rocambole, les
jeunes filles sont bien imprudentes. Elles écrivent de
petites lettres bien compromettantes, les signent de leur
nom de baptême, puis laissent choir de leur plume, au
milieu d'une phrase, leur nom de famille. Ensuite elles
adressent le tout à un homme qui, pour elles, est le type
le plus complet de la chevalerie, et elles s'endorment
sur les deux oreilles.

Le faux marquis mit la lettre dans sa poche.

— C'est bon à garder, dit-il. Sait-on ce qui peut arriver?

Puis il décacheta la seconde.

Celle-là était arrivée à l'hôtel de Chamery, par un domestique. C'était l'invitation à dîner du duc de Sallandrera.

— As-tu porté mon billet rue Castiglione? demanda
Rocambole en endossant un chaud paletot ouaté et de
coupe britannique.

— Oui, monsieur, à trois heures.

Le billet auquel Rocambole faisait illusion avait été
adressé par lui à Banco et renfermait ces quatre lignes
impératives.

« Mademoiselle Banco ne se rendra point, ce soir encore, à Asnières; mais elle attendra rue de Castiglione,
de onze heures à minuit, le baronnet Morton Tynner.
Le fiacre attendra. »

Dans la rue, Rocambole consulta sa montre; il était
onze heures. Il monta dans un coupé de remise et se fit
conduire rue de Castiglione.

— La jolie lettre de mademoiselle Conception et l'in-

I.

vitation de son noble père, se dit-il pendant le trajet, me donnent une assez belle idée que je vais mettre à exécution. Puisque très-probablement j'aurai l'honneur, demain, de dîner avec don José, je vais lui préparer, à la seule fin de montrer à Conception que je m'occupe d'elle, une assez jolie stupéfaction, suivie de quelque terreur. Je fais quelquefois d'assez beaux articles de journal.

Rocambole ne jugea point nécessaire de se compléter à lui-même sa pensée, et il arriva rue de Castiglione.

Banco l'attendait avec la soumission d'une esclave.

— Bonjour, chère enfant, dit-il en lui baisant fort galamment la main, vous voyez que je suis exact.

Banco s'inclina.

— Sonnez votre intendant, faites-lui mettre sa longue barbe, et dites-lui qu'il peut monter dans le fiacre.

Banco tressaillit.

— Que dites-vous ? s'écria-t-elle.

— Je dis que don José est digne de tout votre amour Votre mouchoir est rouge...

— Mon Dieu ! il l'a tuée ?

— Mais rouge du sang d'un épagneul, ajouta Rocambole en riant. Seulement, don José croit de très-bonne foi que c'est le sang de sa maîtresse.

Et sans entrer dans de plus amples explications, Rocambole indiqua une table à Banco et lui dicta cette lettre que, trois quarts d'heure après, la Carlo, déguisée en paysanne russe, devait remettre à don José.

Puis la lettre et le fiacre partirent.

L'intendant avait reçu ses instructions.

— A présent, dit Rocambole, je vais te donner la clef du mystère.

— Enfin ! murmura la jeune femme avec un soupir de soulagement.

XXXV

Rocambole prit l'attitude d'un narrateur et regarda Banco.

L'élève de sir Williams n'était pas homme à livrer ses secrets à qui que ce fût au monde, et à la folle créature moins encore qu'à personne. Mais, après l'avoir contrainte par la force et la terreur à le mettre de moitié dans le jeu hardi qu'elle tenait contre don José, il avait, comme on va le voir, arrangé pour elle une fable assez ingénieuse dont elle devait être dupe.

— Ma petite, lui dit-il, au point où nous en sommes, nous ne devons plus avoir de secrets l'un pour l'autre.

— C'est bien heureux, dit Banco.

— Et si tu le veux, nous allons récapituler sur-le-champ nos faits et gestes, depuis huit jours que nous sommes liguées.

— Soit, récapitulons.

— Quand je me suis mis de ta partie en te laissant entrevoir que je pouvais te faire perdre à la fois ton prince russe, l'homme sérieux...

— Oh ! très-sérieux, interrompit Banco ; il a plus de villages que je n'ai de cheveux.

— Et du même coup, don José, l'homme... d'agrément, tu étais parvenue à persuader à celui-ci que tu étais une vraie princesse, fille et femme de vrais princes.

— Ma foi ! dit Banco, mon père disait souvent que j'étais un morceau de roi.

— C'est mon avis, et je suis persuadé que tu as été changée en nourrice.

— Après ? fit Banco, sensible à ce compliment délicat.

— Or, que voulais-tu de don José ? bien peu de chose en apparence, beaucoup en réalité ; tu voulais l'amener à t'introduire comme une femme de qualité chez le général C..., à la seule fin d'humilier tes parents qui ont refusé tes bienfaits et tirent modestement le cordon chez le gĕnéral.

— C'est vrai, dit Banco.

— Pour cela, tu avais assez bien disposé tes batteries et tu jetais l'argent par les fenêtres.

— Oh! fit la jeune femme, quand il le faut, je ne regarde pas à la dépense.

— Bon!... les choses en étaient donc là quand je suis arrivé.

— Oui.

— Tu n'aimais pas don José ?

— Fi !... dit Banco indignée. Dans le monde de la galanterie, une femme qui aime est aux trois quarts déshonorée.

— Donc, tu ne voulais faire de lui qu'un instrument de ta petite vengeance?

— Absolument.

— C'est alors que je suis entré dans ton jeu.

— Est-ce que votre père serait portier quelque part? demanda la folle créature d'un ton moqueur.

— La question est impertinente, mais elle est spirituelle, et je te la pardonne. Non, tu voulais te venger de ta famille ; moi, me venger de don José et gagner un pari.

— Bah ! ça m'intrigue...

— Tu vas voir, je t'ai promis que tu saurais tout absolument.

— Quelle chance ! je commençais à perdre un peu la tête, parole d'honneur !

— Don José, poursuivit Rocambole, est capable de tout, même d'un crime, comme tu as pu le voir. Or, don José m'a pris jadis, avec quelques poignées d'or, une femme que j'aimais.

— Ah ! je commence à comprendre.

— Pas du tout. Je me suis juré de me venger d'abord ; ensuite; comme il doit épouser sa cousine, j'ai parié cent mille francs avec un jeune lord assez excentrique et fort riche, que je ferais manquer ce mariage.

— Pas bête, cela, dit Banco.

— Je t'ai donc aidée de mes lumières, et, grâce à mes conseils, tu as assez bien joué cette scène de jalousie dans laquelle tu lui as demandé la vie de sa maîtresse, la bohémienne.

— Pardon, interrompit Banco, est-ce que ce serait la femme en question?

— Peut-être...

— Après?

— Le valet de don José, les domestiques de la bohémienne, tout cela m'est vendu.

— Payez-vous cher?

— Assez. Le valet a persuadé à son maître que le seul moyen d'éviter la jalousie féroce et les coups de poignards de la gitana, était de l'empoisonner. L'idée a plu à don José, et son valet lui a donné pour un poison subtil une pauvre petite poudre inoffensive. Tu sais ce qui est arrivé. La gitana se portait à merveille hier matin, et don José a été banni de ta présence. Ton billet et le mouchoir que je t'ai forcée de lui envoyer ont produit leur effet. Don José, n'ayant pu empoisonner la gitana, a voulu la faire poignarder. Le nègre s'est chargé de la besogne moyennant dix mille francs qui sont rentrés dans mon escarcelle.

— Allons donc!

— Il faut bien me couvrir de mes frais, dit Rocambol en riant.

— Et qu'a fait le nègre?

— Il m'a aidé à enlever la gitana.

— Où l'avez-vous conduite?

— En lieu de sûreté. Elle va attendre mes ordres sous les verrous.

— Et après?

— Après, le nègre a tué l'épagneul de Fatima et il a taché de son sang le mouchoir que don José, plein d'enthousiasme, porta à sa féroce Polonaise.

Banco laissa échapper un éclat de rire d'un timbre charmant et moqueur.

27

— Tout cela est fort bien, dit-elle; mais à quoi bon cette lettre que j'ai écrite ?

— Ma chère, dit Rocambole, cette lettre n'a d'autre but que d'irriter un peu plus la passion volcanique de don José...

— Tiens! j'ai lu dans un roman que l'amour s'accroissait des difficultés.

— C'est très-vrai, observa Rocambole du ton de M. Prudhomme affirmant une vérité renouvelée des Grecs.

— Et puis?

— Et de forcer don José à demeurer chez lui toute la journée sans nouvelle aucune de ce qui se sera passé demain matin rue du Rocher.

— Mais il finira bien toujours par apprendre le décès de l'épagneul? fit Banco d'un ton piteusement comique.

— Il l'apprendra. Seulement tu auras soin de l'ignorer, toi, et tu croiras à la mort de Fatima.

— Irai-je donc le voir demain?

— Oui, demain soir.

— Que lui dirai-je?

— Oh! demain, je te ferai ta leçon.

— Encore une question?

— Fais.

— Je ne vois pas encore où est votre vengeance et comment vous ferez manquer le mariage de don José?

— Tu vas voir. Je tiens la gitana sous clef; mais je lui ai promis de lui montrer don José te donnant le bras.

— Ah! diable!...

— Ce sera au bal masqué du général, mercredi prochain.

— Vous me promettez bien que j'irai?

— Parole d'honneur! Or, tandis que don José te donnera le bras; la gitana se jettera probablement sur lui un pistolet à la main...

Banco frissonna.

— Merci! dit-elle, le jeu ne me plaît pas... je quitte la partie.

Ma petite, fit tranquillement Morton-Tynner, tu dis une bêtise.

— Une bêtise !...

— Sans doute ; parce que, avec moi, on ne refuse jamais, d'abord...

Il attacha sur elle un regard froid qui la fit tressaillir.

— Et que, ensuite, poursuivit-il, tu dois bien penser que c'est moi qui aurai chargé le pistolet et que je me serai bien gardé d'y couler une balle.

— Oh ! alors, dit Banco, du moment où il n'y a pas de danger...

— Aucun.

— Tiens ! mais ce sera un joli scandale.

— Dame !... on arrêtera la gitana, on démasquera don José, mademoiselle Conception arrivera et le trouvera placé entre une maîtresse heureuse et une maîtresse abandonnée.

— Et mon masque tombera ?

— Parbleu !

— Tiens ! mais c'est original, tout cela.. c'est une pièce des Folies-Dramatiques.

— Maintenant, as-tu tout compris ?

— Tout.

— Eh bien ! bonsoir, dit Rocambole en se levant, à demain. Demain, je te continuerai ta leçon.

Et Morton-Tynner rentra rue de Suresnes, où il redevint le marquis de Chamery.

La gitana s'était endormie. Elle n'entendit point Rocambole sortir.

. . . .

Le lendemain, M. le marquis de Chamery se leva vers dix heures et monta chez sir Williams.

Depuis deux jours, l'aveugle n'avait point entendu parler de son élève.

— Mon oncle, lui dit Rocambole, je te demande bien pardon de te négliger ainsi ; mais j'ai fidèlement rempli toutes tes instructions, et je viens te narrer mon Iliade.

L'aveugle fit un geste d'approbation.

Rocambole s'assit au chevet de son lit et lui raconta succinctement, mais dans tous leurs détails les événements que nous venons de rapporter.

Sir Williams écouta, ravi.

— Tu le vois, dit Rocambole en terminant, tout va comme sur des roulettes.

— Oui, fit l'aveugle d'un signe.

— Ce que c'est que d'avoir de la chance !... toi, mon pauvre vieux, si tu étais à ma place, tu aurais déjà été roulé, et pourtant tu es la pensée qui ordonne, moi le bras qui exécute. Seulement, j'ai de la chance et tu n'en as pas. On te coupe la langue et on te tatoue ; moi, je deviens marquis et j'ai des chevaux anglais.

Et après cette raillerie cruelle, qui fit blémir de rage le mutilé, Rocambole ajouta : — Mais va, console-toi, on tâchera de t'être agréable un peu plus tard : on te servira ta petite amie Baccarat avec une sauce distinguée. Ce sera un morceau de roi !

Cette promesse fit oublier à sir Williams sa colère subite ; un hideux sourire revint à ses lèvres.

Et Rocambole le quitta en lui serrant affectueusement la main.

— Aujourd'hui, se dit le faux marquis, je n'ai pas grand'chose à faire, ma journée m'appartient, et je vais me donner du bon temps. D'abord, je demanderai à déjeuner à ma sœur. J'aime la vie de famille, moi... Ensuite j'irai faire un tour rue de Suresnes, et voir comment ma prisonnière a passé la nuit. Puis Morton-Tynner passera rue Castiglione faire sa leçon à Banco, Puis, encore, j'irai faire une apparition à mon club, et y perdre quelques louis. Il y a trois grands jours qu'on ne m'y a vu, et il ne faut pas négliger ses relations. Enfin, à cinq heures, je m'habillerai pour aller dîner chez mon beau-père futur.

Rocambole remplit fidèlement ce petit programme, et à cinq heures et demie précises son coupé bas à deux chevaux entra dans la cour de l'hôtel Sallandrera.

L'homme aux déguisements si divers était redevenu le

marquis de Chamery, gentilhomme accompli de tous points.

Ce fut avec une certaine satisfaction qu'il n'aperçu point, parmi les équipages déjà arrivés, le phaéton de don José.

— Il attend toujours la princesse, pensa-t-il.

Et il monta, en homme déjà habitué de la maison, au deuxième étage de l'hôtel, après avoir demandé si mademoiselle Conception était encore à son atelier.

La manière de vivre tout à fait anglaise de la jeune fille excusait pleinement cette démarche.

Le marquis se présenta à l'atelier, dans l'espoir de trouver Conception seule. Mais son attente fut trompée. Autour du chevalet de la jeune fille se pressaient déjà quelques-unes de ces nullités élégantes, de ces comparses du monde qui semblent avoir reçu du hasard la mission désagréable de troubler les tête-à-tête, de faire manquer les rendez-vous et de placer innocemment leur sottise partout où elle peut être gênante.

Mademoiselle de Sallandrera, assise dans une bergère, recevait avec un sourire mélancolique des compliments d'une banalité maladroite sur son tableau, et supportait la conversation d'une vieille dame de lettres et de cinq ou six petits vicomtes qui jouaient à la Bourse dans la journée, au baccarat le soir et tutoyaient leurs jockeys à l'écurie.

Rocambole salua tout ce monde avec un mélange de courtoisie et d'impertinence, puis il s'approcha de Conception.

La jeune fille était pâle et il ne fallait rien moins que la suffisante sottise de sa petite cour pour ne point apercevoir qu'elle était sérieusement souffrante. Elle jeta un regard au marquis de Chamery qui signifiait : — Mon Dieu ! vous venez trop tard... et pourtant j'ai tant besoin de vous parler et d'avoir foi en vous...

Rocambole sut imprimer à sa physionomie un cachet de contrariété et de dépit qui fut du meilleur effet aux yeux de Conception.

La conversation, après avoir touché à tout sans un
très-grand luxe d'esprit, malgré la présence de la dame-
auteur, en était arrivée à rouler sur le désespoir. Comment ces petits bonshommes, qui n'avaient jamais eu de
plus sérieux chagrins que celui de couronner un cheval,
de perdre au jeu ou de voir mourir leur tailleur, avaient-
ils pu effleurer cette corde vibrante de la désespérance et
parler, comme un aveugle parlerait des couleurs, des
douleurs infinies de certaines âmes d'élite? nous ne sau-
rions le dire.

Mais au moment où Rocambole s'assit, un vicomte qui
voulait bien, à ses heures de loisir, raconter la philoso-
phie des autres, débita ce paradoxe qu'il avait lu, la
veille, dans un petit journal : « Le désespoir est tout
simplement le rêve d'orgueil d'un esprit malade. » Et il
ajouta de son cru : — Je vous le demande, en vérité,
mademoiselle et messieurs, un homme sain de corps et
d'esprit peut-il jamais être malheureux?

— Monsieur, répondit Conception avec une tristesse
poignante, vous oubliez les douleurs qui naissent de la
tombe.

— Bah! on se console.

— Et, acheva la jeune fille d'une voix émue, celles qui
font désirer la mort.

Personne ne comprit, pas même la femme de lettres.

Mais Rocambole, qui pénétra la pensée intime et les
angoisses de la pauvre jeune fille, ajouta : — Heureusement, mademoiselle, la mort a de suprêmes consolations,
et elle fauche souvent tout près de ceux qui aspirent à
la tombe, afin de leur permettre de vivre.

Cette phrase nébuleuse arracha à un autre vicomte
cette réflexion murmurée à voix basse : Dieu! que le
marquis est bête!

Mais Conception avait tressailli.

Pour elle, le pathos apparent de Rocambole semblait
signifier : Espérez... le monstre à qui vous vous croyez
déjà sacrifiée touche peut-être à sa dernière heure..

Don José entra.

L'hidalgo était sombre et soucieux. Sans doute la Polonaise n'était point venue encore.

— Par la sambleu ! dit un troisième vicomte, vous avez
la mine d'un conspirateur, señor ?

— Moi ? fit don José en tressaillant.

— Vous-même.

— Seriez-vous l'auteur du drame de la rue du Rocher ?
demanda la dame de lettres, qui ne rêvait que combi-
naisons dramatiques.

Ces mots firent faire un soubresaut à don José, et il
devint livide. Mais l'atelier était plongé dans une demi-
obscurité, les jeunes gens n'étaient pas doués de l'esprit
d'observation, la femme de lettres portait des lunettes
bleues sur un nez pointu, et Rocambole seul vit tressaillir don José.

— De quel drame parlez-vous ? demanda-t-on.

— Eh ! mon Dieu ! répondit la femme auteur, de l'assassinat de la nuit dernière.

— Madame... balbutia don José d'une voix plus émue
qu'irritée.

— Oh ! mille pardons, señor, dit le bas-bleu ; j'ai voulu plaisanter, comme bien vous le pensez ; mais l'assassinat a eu lieu.

— Quel assassinat ?

Rocambole s'était glissé jusqu'auprès de Conception.

— Ecoutez, lui dit-il tout bas, et regardez bien don
José.

— Mais de quel assassinat parlez-vous ? demandèrent
les vicomtes.

— Ah ! reprit le romancier femelle, c'est un drame
horrible ; mais les détails me manquent.

— Mais enfin ?...

— Une femme a été assassinée la nuit dernière, dans
la rue du Rocher... que j'habite.

— Je crois, murmura don José, qui, par un prodigieux
effort parvint à sourire, je crois, madame, que vous allez
nous conter un de ces jolis feuilletons un peu noirs que
vous écrivez si bien.

— Monsieur!... répondit le bas-bleu, piqué au vif, les faits que j'avance sont exacts.

— Voyons les faits ? dit négligemment Rocambole.

— Le fait réel, celui qui a attroupé ce matin tout le quartier, aux alentours de la place Laborde, c'est l'assassinat d'une femme.

— Mais... quelle femme ?

— Je ne sais encore... les rumeurs les plus diverses et les plus étranges ont circulé... une histoire d'amour...

— Bon ! ricana don José les dents serrées, voici le roman annoncé.

— Mais, poursuivit le bas-bleu avec animation, la lumière a déjà dû se faire sur ce lugubre événement, et les journaux du soir donnent sans doute de nombreux détails.

— Tiens, dit le marquis de Chamery, madame a peut-être raison... Précisément, mon valet de chambre m'a remis, au moment où je sortais, le journal auquel je suis abonné... je l'ai dans ma poche...

Et Rocambole tira le journal, le déplia, puis, nonchalamment, avec une indifférence parfaite, il prit une lampe et la posa sur la table, sur laquelle don José, vivement ému, s'appuyait. La lueur de la lampe éclaira alors son visage.

M. de Chamery parcourut le journal des yeux, tandis que l'Espagnol souffrait mille morts, tant il craignait de se trahir.

— Ah! voici, dit enfin Rocambole. Ce doit être cela...

A moitié cachée derrière son chevalet, Conception attachait un regard ardent sur don José, dont le visage était d'une pâleur livide et qui frissonnait de tous ses membres Mais tous les yeux s'étaient levés sur le lecteur, et nul, si ce n'est elle, ne songeait à don José.

Rocambole lut ce titre alléchant :

Mystérieux assassinat, rue du Rocher.

XXXVI

L'article du journal commençait absolument comme un feuilleton :

« Il existe rue du Rocher une maison qui a deux issues · l'une porte le n° 3, l'autre donne sur la place Laborde, en face le passage du Soleil.

« Il y a un an environ, un soir, à la nuit tombante, une chaise de poste s'arrêta devant l'entrée située place Laborde. Trois personnes en descendirent : Une jeune femme à l'aspect souffrant, et dont le visage était recouvert d'un voile, une femme d'un âge mûr qui paraissait être sa camérière, et un nègre.

« Ces trois personnes prirent possession d'un appartement situé au quatrième étage.

« A partir de ce jour, nul locataire de ladite maison, nul voisin n'a vu la jeune femme malade. Le nègre et la vieille femme sortaient tous les jours pour faire leurs provisions. Ils parlaient toujours espagnol et ne se faisaient comprendre que par signes des fournisseurs.

« Chaque jour, vers deux heures, un homme vêtu de noir, qui paraissait être un médecin, venait visiter la jeune femme. En même temps, chaque soir vers dix heures, un homme vêtu en ouvrier entrait par la rue du Rocher et pénétrait, comme il résulte des témoignages d'une dame Coralie, brunisseuse, dans un petit appartement que l'ouvrière avait au quatrième. Cet appartement communiquait par un corridor et une porte, dont le prétendu ou le véritable ouvrier avait seul la clef, avec l'appartement de la dame espagnole malade. L'inconnu, qui venait invariablement vers dix heures, s'en allait toujours avant minuit.

« Or, hier soir samedi, la dame Coralie s'est absentée de son domicile, selon son habitude hebdomadaire, pour n'y revenir que le lendemain matin.

I.   28

« Ce matin, quand la dame Coralie est arrivée, elle a été fort étonnée de trouver son appartement ouvert, la porte du corridor ouverte, et, poussée par un sentiment de curiosité, elle est entrée dans l'appartement contigu.

« L'appartement était désert, un grand désordre y régnait. Les meubles étaient renversés, une traînée de sang s'échappait de la chambre à coucher et jaspait le tapis du salon. La femme Coralie s'est enfuie épouvantée, elle a appelé au secours ; les locataires de la maison sont accourus ; on a pénétré dans l'appartement et dans la chambre à coucher. Etendue sur le lit, recouverte de draps, on a trouvé une femme assassinée... »

— Mais voilà qui est assez curieux, dit froidement Rocambole, qui s'interrompit pour reprendre haleine. Qu'en pensez-vous, don José ?

— Très-curieux, en effet, murmura don José, que Conception regardait toujours et dont les dents s'entrechoquaient de terreur et d'émotion.

Les vicomtes et le bas-bleu ne regardaient que Rocambole.

Celui-ci continua :

« La femme assassinée n'est point, comme on pourrait le croire, la jeune dame malade... »

— Oh ! oh ! fit-on à la ronde.

Cette exclamation générale sauva don José, qui faillit, à cette révélation inattendue, tomber à la renverse.

« C'est la vieille femme, la servante espagnole, qu'on a trouvée couchée dans le lit de sa maîtresse... Le nègre et la jeune dame ont disparu, et l'on se perd en conjectures sur ce mystérieux événement.

« Quel est l'assassin ? Est-ce le nègre ? est-ce la jeune femme ? est-ce cet inconnu qui venait chaque soir ? La justice arrivera sans doute à déchiffrer cette horrible énigme.

« Enfin, ajoutait l'auteur de l'article, on a découvert, derrière un fort beau tableau de Zurbaran, un second passage secret pratiqué dans l'épaisseur du mur, tournant autour de l'appartement, ayant un petit trou percé sur cha-

que pièce et communiquant par une trappe avec une
mansarde située à l'étage supérieur.

« Nouvelle et indéchiffrable énigme ! »

— Madame, dit le marquis de Chamery, en se tournant vers la dame de lettres et repliant le journal, voilà
bien certainement une page qu'on dirait empruntée à l'un
de vos romans.

Le bas-bleu s'inclina flatté.

Sans doute les vicomtes allaient se livrer sur cet événement aux plus étranges commentaires, mais un laquais en livrée de gala vint annoncer que le dîner était
servi.

Le marquis de Chamery, qui s'était rapproché de Conception, lui offrit aussitôt son bras.

Conception était aussi pâle, aussi tremblante que don
José lui-même.

— Mademoiselle, lui dit tout bas Rocambole, au nom
du ciel ! au nom de votre salut, car il faut que je vous
sauve, — ne vous trahissez pas... ne vous laissez pas do-
miner par l'émotion, ou tout est perdu...

Conception répondit par une étreinte fébrile.

— La dame de la rue du Rocher, poursuivit rapidement Rocambole tandis qu'ils descendaient l'escalier, c'est
la gitana. L'homme vêtu en ouvrier, c'est *lui!*

Le bras de Conception frissonnait sur le bras du marquis.

— La femme assassinée, c'est la nourrice ; l'assassin,
c'est le nègre... celui qui a payé l'assassin... c'est *lui...*
et l'assassin s'est trompé... il a frappé dans l'obscurité, a
cru tuer la maîtresse et a immolé la servante... Enfin,
acheva Rocambole au moment où ils entraient dans la
salle à manger, *il* a tué don Pedro pour arriver jusqu'à
vous... et pour supprimer un dernier obstacle, il a voulu
se débarrasser de sa complice...

*   *   *   *   *   *   *   *   *

Heureusement pour Conception, heureusement pour
l'assassin don José, le nombre des convives du duc était
grand ; la salle à manger était éblouissante de lumières,

emplie de murmures. Tous deux eurent le temps de se calmer.

Rocambole fut placé auprès de Conception.

— Mademoiselle, lui dit-il une heure après, quand déjà un certain tumulte régnait autour de la table et que le moment des toasts fut venu, si vous voulez que je vous sauve, il faut m'obéir aveuglément.

— Je vous le jure !

— Il faut être forte ; il faut ensevelir ce nouveau secret au fond de votre cœur, et l'y garder avec autant de courage et de stoïcisme que vous avez gardé les autres. Et puis, mercredi prochain, il faut absolument venir au bal de votre compatriote le général C..., ce monstre dût-il vous donner le bras.

— J'irai, murmura Conception.

. . . .

A neuf heures, comme on se levait de table, don José, qui avait souffert pendant ce dîner une agonie à peu près semblable à celle que subirait un condamné à mort devant lequel on dresserait lentement et pièce à pièce l'instrument de son supplice, don José s'élança hors des salons et s'enfuit sans que ce départ précipité eût été remarqué tout d'abord. Quand il sortit dans la rue, dans cette longue rue de Babylone, si déserte, il s'appuya contre un mur :

— Je crois, pensa-t-il, que je vais mourir !...

Et qu'on ne suppose pas que cette faiblesse physique et cette épouvante morale eussent pris leur source dans le remords.

Non, don José, s'il avait pâli un moment, s'il avait tressailli et tremblé au moment où Rocambole commençait sa lecture, si enfin la crainte de se trahir l'avait un moment épouvanté et lui avait fait endurer un siècle de tortures en quelques minutes, don José était un de ces scélérats fortement trempés qui, parvenus enfin à dompter leur émotion et redevenus maîtres d'eux-mêmes, retrouvent un sourire et un front impassible. Ce qui terrifiait don José, figeait son sang dans ses veines, obscur-

cissait son regard et le faisait fléchir sur ses jambes, c'é-
tait cette révélation menaçante de l'erreur du nègre.

Narcisse s'était trompé; donc Fatima vivait. Et si Fatima vivait, ne vivait-elle point pour la vengeance? Don
José se remit enfin en marche poursuivi par les plus af-
freuses visions.

Tantôt il voyait le poignard des trois frères de la bohémienne menacer sa poitrine.

Tantôt, rêve plus épouvantable encore, c'était l'échafaud, la guillotine qui se dressait hideuse devant lui.

La guillotine, sur la sinistre estrade de laquelle la gi
tana implacable l'entraînait en l'appelant assassin et fra
tricide!

Don José marcha longtemps à l'aventure comme un
homme ivre, comme un idiot, et ce fut par hasard qu'il
traversa la Seine et la place Louis XV, qu'il prit les
Champs-Élysées et qu'il arriva à sa porte.

Il avait tout oublié, — même la femme voilée qui allait venir.

Machinalement il sonna.

Comme il passait en chancelant devant la loge du
portier, celui-ci l'appela par son nom et lui remit une
lettre.

Machinalement, cet homme, dont la pensée était ailleurs, jeta les yeux sur cette lettre...

Et soudain il tressaillit, son sang afflua à son cœur,
un bourdonnement se fit autour de ses tempes...

Il avait reconnu, dans la suscription, l'écriture inégale et grossièrement formée de la gitana et sa façon de
plier les lettres.

Don José monta chez lui d'un pas plus chancelant encore.

Puis il s'enferma à double tour, et, pris d'un tremblement nerveux, il rompit le cachet de la lettre, sur laquelle il jeta un regard égaré.

La lettre de la gitana commençait par ces mots :

« Ne tremble pas, don José, ne crains rien de celle

que tu as voulu retrancher du nombre des vivants et qui t'a tant aimé... »

Cette première phrase rassura un peu don José. Il respira bruyamment d'abord. Puis il continua à lire :

« Don José, mon cher amour, tu as été ingrat et cruel pour ta Fatima, ingrat, en cessant de l'aimer ; cruel, en voulant la tuer.

« Mais Fatima est une de ces femmes qui n'ont en leur vie qu'un amour, et le respect de cet amour leur interdit la vengeance. Je t'avais menacé de mon poignard dans un horrible accès de jalousie : c'est la peur de la mort qui t'a rendu assassin pour la seconde fois. Aussi, je te pardonne.

« Comment ai-je échappé au sort que tu me réservais ?

« C'est mon secret... Ce secret, je l'emporte avec moi, car tu ne me reverras jamais, don José, — jamais en ce monde.

« Quand ma lettre t'arrivera, j'aurai quitté Paris.

« Dans trois jours, j'aurai quitté la France et n'y reviendrai plus.

« Ne cherche point à savoir où je vais, si tu tiens à ton bonheur et à ta vie.

« Je ne te poursuivrai pas, imite-moi.

« Si tu agissais autrement, si tu venais à tenter ma clémence, le poignard des bohémiens mes frères t'atteindrait tôt ou tard.

« Adieu, don José, sois heureux avec celle qui m'a remplacée dans ton cœur.

« Moi, je vais essayer de t'oublier.

« Ne crains rien pour ce secret qui nous a si longtemps liés l'un à l'autre. Le monde entier ignorera toujours que nous avons empoisonné ton frère don Pedro.

« Adieu encore et pour toujours...

« FATIMA. »

Don José lut et relut plusieurs fois cette lettre. Il lui sembla d'abord qu'elle cachait un sens mystérieux, et que la mansuétude de la bohémienne était un piége. Fa-

tima, jalouse et trahie... Fatima, menacée de mort par
son amant, — échappant à sa destinée et pardonnant à
son assassin.... c'était invra semblable pour don José,
qui n'avait jamais pardonné à personne.

Mais enfin, comme le cœur humain est un abîme d'orgueil, comme l'homme qui a été aimé ne peut se faire à
cette idée qu'il ne l'est plus, don José finit par croire à
cette lettre.

— Elle m'aime encore ! se dit-il.

Et comme don José était un homme fort, il ajouta : —
Est-elle bête ! ô mon Dieu !

Désormais rassuré, cet homme, qui tremblait tout à
l'heure comme un condamné qui gravit les marches de
l'échafaud, s'assit fort tranquillement au coin de son
feu, s'enveloppa de sa robe de chambre, et se prit à rassembler ses souvenirs. Depuis deux heures il avait oublié, au milieu des angoisses auxquelles il avait été
livré à l'hôtel Sallandrera, la prétendue princesse polonaise.

Mais ses terreurs évanouies, Banco lui revint en mémoire. N'avait-il pas été la veille dans la maison mystérieuse où, au lieu de la jeune femme, il n'avait trouvé
qu'un billet par lequel elle le priait d'attendre chez lui
le lendemain depuis le matin jusqu'à cinq heures, et depuis neuf heures du soir jusqu'à minuit?

Deux craintes s'emparèrent alors de don José, en qui se
manifestèrent sur-le-champ toutes les impatiences de
l'attente. La première était que la jeune femme ne fut
venue pendant son absence, car il était alors plus de dix
heures.

Aussi don José descendit-il chez le concierge de la
maison.

— Personne n'est venu me demander ? dit-il.

— Personne, monsieur, lui fut-il répondu.

— Aucune voiture ne s est arrêtée à la porte?

— Aucune.

— Et vous n'auriez pas vu monter rapidement une
dame... voilée ?

— Oh! non, certainement, dit le concierge, j'ai passé toute ma soirée sur le pas de ma porte, et pas une seule femme n'est entrée dans la maison.

Don José respira.

Il remonta chez lui et attendit de nouveau l'oreille tendue, le cœur palpitant.

Don José avait oublié déjà son crime de la nuit précédente, il attendait sa maîtresse avec la naïve impatience d'un écolier.

Cependant la seconde crainte de l'assassin don José était beaucoup plus sérieuse que la première, et à mesure que l'aiguille de sa pendule marchait, cette crainte se changeait en angoisse. Peut-être la princesse polonaise savait-elle déjà que le nègre s'était trompé, que Fatima était pleine de vie.

Et qui sait si, dans ce cas, furieuse d'avoir été trompée, et accusant don José de cette tromperie, elle ne tiendrait pas le serment qu'elle lui avait fait, de ne le revoir qu'après la mort de la bohémienne Fatima?

Onze heures sonnèrent, puis onze heures et demie, et personne ne vint.

Une sueur glacée commençait à mouiller les tempes de l'hidalgo.

Enfin, et comme minuit allait sonner, un bruit de voiture se fit entendre dans la rue et vint mourir à la porte.

Don José tressaillit, et crut qu'il n'avait plus une goutte de sang dans les veines. Il courut à l'antichambre et prêta l'oreille.

Un pas léger montait l'escalier.

Ce pas s'arrêta à l'entresol, devant la porte de l'appartement. Puis un coup de sonnette discret retentit.

Don José frissonna de la tête aux pieds, ouvrit, et se trouva face à face avec une dame voilée.

Elle entra, se dirigea rapidement vers le salon, que lui indiquait la clarté d'une lampe. Là, elle rejeta son voile.

Don José poussa un cri de joie et tomba à genoux.

C'était Banco! Banco, toujours princesse aux yeux de l'Espagnol, se jeta sur un canapé et tendit la main à don José.

— Bonjour, ami, lui dit-elle, je n'ai qu'une seconde à moi. Aujourd'hui encore, mon tyran me poursuit.

— Encore?

— Hélas!...

— Oh ! je voudrais tuer cet homme!...

— Plus tard... nous verrons, dit Banco ; mais aujourd'hui, je viens vous remercier.

Don José tressaillit.

— Vous remercier, continua-t-elle, de votre obéissance, et vous en apporter la récompense.

— Ah ! fit-il avec joie.

— Fatima est bien morte, n'est-ce pas?

— Sans doute, répondit don José d'une voix mal assurée.

— Et vous ne la regrettez pas ?

— Non, puisque je vous aime !

Elle poussa un petit cri de joie et poursuivit d'un ton caressant : — Que diriez-vous d'une longue nuit passée avec vous dans un bal?

— Dans un bal ?

— Oui.

— Mais... où?

— Ah ! voilà, dit-elle; il faut que je vous dise d'abord que, mercredi prochain, mon vieux mari s'absente de Paris pour vingt-quatre heures. D'ici là vous ne me reverrez pas...

— Mais... mercredi?

— Mercredi vous m'enverrez deux invitations en blanc pour le bal de madame C..., la femme du général espagnol. Son bal, vous le savez, est un bal déguisé et le masque y est de rigueur.

— Mais... voulut objecter don José.

— Je n'admets pas de réplique, lui dit-elle d'un petit ton mutin et rieur, en lui présentant son front à baiser. Il me faut deux invitations.

— Pourquoi deux ?

— L'une pour moi, l'autre pour ma dame de compagnie.

— Mais où vous les ferai-je parvenir ?

— Un homme se présentera ici mercredi matin et vous apportera une lettre de moi. Cette lettre vous dira mon costume et les signes de reconnaissance ; vous remettrez à mon messager les deux invitations et un mot dans lequel vous me décrirez exactement votre déguisement.

— Soit ! dit don José.

— Adieu, mon ami, lui dit-elle, adieu... il le faut... à mercredi... aimez-moi bien... je vous aime...

Elle se laissa prendre un baiser et s'enfuit vers la porte.

— Ne me reconduisez pas, dit-elle, ne vous mettez pas à la fenêtre... adieu.

Elle baissa son voilé, et disparut dans l'escalier, et, trois secondes après, don José entendit le bruit d'une voiture qui s'éloignait rapidement.

XXXVII

Le mercredi soir suivant, l'hôtel du général espagnol C... était illuminé de la base au faîte. Paris élégant et titré, les étrangers de distinction s'y étaient donné rendez-vous.

Comme on touchait alors aux premiers jours du printemps, les jardins de l'hôtel avaient été ouverts et garnis de lanternes vénitiennes ; on devait danser dans les salons et aller chercher dans les bosquets et les berceaux de verdure des jardins une atmosphère moins brûlante que celle du bal.

Le général C... était un homme jeune encore, que les hasards de la guerre civile et les malheurs de la politique avaient jeté sur le sol étranger, à trente-cinq ans à peine, en héros vaincu, en vaillant homme tombé percé de coups au pied de son étendard en lambeaux.

Sa femme, jeune orpheline épousée dans l'exil, fille de ce noble pays de France, devenue la patrie de ceux qui n'en ont plus, avait vingt-trois ans. Madame C... avait cette beauté fière et mélancolique des femmes pour qui le mariage est devenu comme un sacerdoce. En épousant le héros tombé, le grand homme réduit à l'obscurité de la vie privée, la jeune patricienne française avait compris toute la hauteur, toute la noblesse de sa mission. C'était à elle de panser ces blessures de l'âme, dont le général souffrait bien plus que de celles du corps ; à elle de faire oublier à cette victime de la fidélité la ruine de ses espérances ; à elle, enfin, d'être forte et résignée pour tous deux, aux heures de tristesse où le proscrit rêverait de sa chaude patrie, de ses combats, de ses victoires de la veille, de ses revers du lendemain ; à ces heures poignantes où l'homme privé regrette les luttes de la vie publique, le soldat condamné au repos la brûlante atmosphère des champs de bataille, l'exilé le rayon de soleil qui dore les coteaux et les plaines de la patrie.

Le général était arrivé à Paris le front penché, l'âme en deuil, le désespoir au cœur, résolu à vivre seul, comme Marius debout sur les ruines de Carthage.

Mais il avait rencontré mademoiselle de P... St- C... et le sourire de l'enfant, ce sourire admirateur et plein d'enthousiasme, ce regard pudique et cependant plein d'amour et de compassion à la fois, que l'orpheline avait levé sur lui, l'avaient touché, ému profondément.

Cet homme, qui n'avait pas eu le temps d'aimer, jusque-là, dont le roi et la patrie avaient absorbé le cœur tout entier ; ce soldat qui n'avait plus ni roi ni patrie, s'était épris de cette jeune fille qui l'admirait. Il avait commencé par lui vouer une affection presque paternelle ; puis la jeunesse s'était réveillée en lui, et le vieux général de trente-huit ans s'était pris à adorer sa femme avec toute l'ardeur, toutes les délicatesses, tous les enthousiasmes de la vingtième année.

La première année de leur mariage, ils avaient vécu loin du monde, presque seuls — lui enivré de ce jeune et frais sourire, elle pleine de recueillement et d'admiration pour cette gloire si tôt arrêtée dans son essor, pour cette renommée d'hier condamnée à ne pas avoir de lendemain, pour ce grand cœur meurtri mais non découragé. Mais une heure était venue où le général s'était dit qu'il ne pouvait condamner à cette existence silencieuse et claustrale qui plaît aux âmes éprouvées, cette jeune âme pleine de vie, de sève, d'espérances et d'illusions ; qu'il serait honteux et barbare à lui de fermer les portes du monde à cette enfant qui l'avait envié, désiré, pressenti derrière les grilles de son couvent. Et le général avait acquis un hôtel, monté sa maison, ouvert ses salons, et depuis deux hivers, la femme du proscrit était devenue une des reines de la mode, une des femmes que les deux faubourgs citaient pour sa beauté, son esprit et ses vertus.

Donc, ce soir-là, une fête splendide se préparait à l'hôtel du général. Cet hôtel, fraîchement restauré, meublé avec un luxe délicat, était situé dans le quartier Beaujon.

Une longue file d'équipages stationnait déjà aux abords, des deux côtés de la rue, avant onze heures, et à chaque minute, de nouvelles voitures entraient bruyamment dans la cour, et venaient déposer au bas du perron de nouveaux invités.

Le bal était masqué et travesti. Madame C..., sûre de ses convives, ayant lancé du reste ses invitations avec une grande prudence, avait fait cette folie charmante de proclamer le masque de rigueur. Certaine que toutes ses invitations étaient nominales et en bonnes mains, qu'aucun intrus ne pouvait s'introduire chez elle, madame C... n'avait point imposé à ses convives l'obligation de se démasquer en entrant.

Cependant, la veille, don José d'Alvar, qui était lié avec le général et avait su capter son amitié, grâce à sa parenté avec le duc de Sallandrera, et plus encore peut-être par sa qualité d'Espagnol, don José, disons-nous, était venu faire une visite à madame C... en l'absence du général.

— Chère madame, lui avait-il dit, je viens vous demander une bien grande faveur, une faveur inouïe, et qui vous semblera bien mystérieuse peut-être...

— Mon Dieu ! répondit la jeune femme en riant, de quoi s'agit-il, don José ? Véritablement, vous m'effrayez !

— Je viens vous demander deux invitations en blanc.

— Pour mon bal ?

— Oui.

— Comment, en blanc ?

— Pour deux dames.

— Mais, dit madame C... assez embarrassée, au moins donnez-moi une explication quelconque... Vous savez que mon bal est masqué.

— Je le sais.

— Que, par conséquent...

Don José l'arrêta d'un geste.

— Je vais vous rassurer, lui dit-il. Il y a à Paris deux femmes appartenant à la plus haute aristocratie étrangère... deux dames russes, si vous voulez...

— Donnez-moi leurs noms, je vais les inviter, don José.

— Voilà précisément ce qui est impossible.

— Et pourquoi ?

— Mon Dieu ! si vous y tenez absolument, je vais vous le dire.

— Mais oui, j'y tiens, fit madame C... dont la curiosité était éveillée.

— Figurez-vous donc qu'il y a à Paris un grand seigneur russe, déjà vieux, dont la femme est très-jeune et très-enfant. Ils sont arrivés il y a trois mois pour mener grand train à Paris, et y dépenser noblement quelques villages et quelques centaines de paysans ; mais le hasard a de terribles trahisons. Le lendemain de l'arrivée du prince, car il est prince, et tandis qu'il allait acheter un hôtel et produire sa jeune femme dans le monde, un

I.   29

courrier, venu de Moscou à franc étrier, lui a apporté
une lettre encadrée de noir. Un deuil de famille frappait
le prince, et, par suite, la pauvre femme. La mort d'une
vieille tante idiote, mais très-riche, dont ils héritent,
condamne depuis trois mois la fleur du nord à une retraite absolue.

— Je comprends à moitié, dit madame C... en souriant.

— Comment voulez-vous, poursuivit don José, que le
prince mène sa femme au bal quand elle est en grand
deuil?

— C'est, en effet, impossible.

— Mais le prince, qui, quoique vieux, est d'une jalousie modérée, et votre serviteur qui les a connus en Allemagne l'été dernier et les voit dans l'intimité, le prince
et votre serviteur, dis-je, ont pris en pitié cette pauvre
jeune femme, qui n'a jamais vu un bal français, et que
l'étiquette condamne à pleurer dans la retraite une tante
qu'elle n'a jamais vue. Or le prince a appris que vous
donniez un bal, un bal masqué, un bal travesti, au milieu duquel le plus strict incognito peut être observé, et
moi qui vous sais bonne... autant que belle... j'ai affirmé
que vous consentiriez à nous servir de complice.

— Soit, dit la femme du général, qui attira à elle un
charmant guéridon en laque, sur lequel se trouvaient des
cartes d'invitation et ce qu'il faut pour écrire.

— Vous êtes un ange ! dit également don José.

— Mais, dit madame C..., je ne vois là qu'une invitation. Pour qui l'autre ?

— Pour une dame de compagnie.

— Ah ! très-bien.

Et madame C... prit la plume.

— Il faut donc trouver un nom de fantaisie, dit-elle.

— Evidemment.

— Eh bien ! cherchez.

— Ecrivez : la comtesse Olga Vronska.

— Et puis ?

— Et la baronne Arleska.

Madame C... avait rempli les deux cartes et les avait remises à don José.

Celui-ci s'était retiré en lui baisant la main.

Or, le lendemain, à onze heures et quelques minutes, tandis que les premiers quadrilles se formaient dans les salons du général et qu'un flot bariolé montait le grand escalier de l'hôtel jonché de fleurs exotiques et d'arbustes rares, un élégant droski, attelé de quatre chevaux blancs comme la neige et harnachés à la russe, entra dans la cour et vint tourner devant le perron.

Deux dames en descendirent. Le costume de ces dames, dont le visage était soigneusement masqué, du reste, et dont il était tout à fait impossible d'apercevoir la moindre partie du visage, le costume de ces deux dames était celui des paysannes des environs de Varsovie. Seulement, à voir étinceler les diamants qui servaient d'agrafes, à voir briller l'or des broderies, on devinait des femmes qui devaient posséder une fortune princière.

De ces deux femmes, l'une, dont les cheveux d'un blond dorés retombaient en nattes épaisse sur ses épaules, était grande, svelte, et trahissait dans tous ses mouvements une extrême jeunesse. Avait-elle seize ans? On n'eût osé l'affirmer. L'autre, au contraire, douée d'un certain embonpoint, semblait accuser, par la pesanteur de sa démarche, la deuxième jeunesse.

Deux jeunes gens, vêtus en mousquetaires, qui montaient les degrés de marbre de l'escalier, s'arrêtèrent pour les laisser passer, et l'un dit à l'autre :

— C'est évidemment la mère et la fille.

— Ou la tante et la nièce, répondit l'autre; mais bien certainement il y en a une qui a vingt ans de plus.

La grosse Polonaise se retourna à demi, comme une reine offensée; mais elle continua son chemin après s'être contentée de toiser le jeune impertinent.

A la porte du premier salon, les deux dames, dont la riche toilette et l'équipage original avaient excité l'attention, montrèrent leurs cartes à un majordome en habit noir. Celui-ci se contenta de jeter les yeux sur la première, celle de la prétendue comtesse Olga Vronska, car c'était là cette jeune dame russe qui, selon don José, mourait d'envie d'assister incognito au bal de madame C...

Quant à l'autre, il se contenta de saluer.

Les deux femmes entrèrent au bras l'une de l'autre et attirèrent bientôt tous les regards. Ce fut alors qu'un cavalier se détacha d'un groupe de dominos et vint à leur rencontre. Il était aussi soigneusement masqué que les deux inconnues, et portait le noir costume aux revers rouges d'un membre du conseil des Dix, à Venise.

Ce cavalier salua les deux femmes avec toutes les marques d'un profond respect, et offrit son bras à celle qu'un port majestueux et un embonpoint complet semblaient désigner comme la mère de sa compagne.

— Vous êtes exactes, dit-il en anglais, et tout bas.

La svelte créature qui marchait à côté de la dame à qui le Vénitien donnait le bras laissa voir, sous son masque de velours noir, une double rangée de dents éblouissantes et bruire un frais et discret éclat de rire.

— Voilà, répondit-elle d'un ton aussi bas que celui du cavalier, comment on s'introduit dans le grand monde.

— C'est que, répliqua le Vénitien, ton hidalgo est naïf...

— Oh! très-naïf.

— Il prend les lorettes pour des duchesses avec un aplomb merveilleux.

— J'ai aperçu mon père en passant.

— Ah!...

— Il est majestueux sous son habit rouge de suisse, et bien certainement il est loin de se douter qu'il a ouvert à deux battants devant le droski de sa fille devenue princesse.

La grosse femme souriait.

— Ah çà, reprit Banco, car c'était elle, où donc est-il, mon Espagnol?

— Il n'est point venu encore...

— Bah! à près de minuit?

— Ah ! ma chère, dit le Vénitien, tu oublies qu'il est fiancé à mademoiselle de Sallandrera ?

— C'est juste.

— Il va venir avec elle, le duc et la duchesse.

— A merveille !

— Maintenant, poursuivit le Vénitien, laisse-moi bien t'expliquer ton rôle...

— Je vous écoute.

— Tu n'aimes pas don José, au moins ?

— Jamais !

— Par conséquent, tu es incapable de commettre une étourderie ?

— On m'appelle Banco, mon petit.

— Eh bien ! retiens ta leçon. Don José viendra, il te cherchera dans le bal comme tu le cherchais tout à l'heure. Tu sais quel sera son costume ?

— Oui, un domino brun et sur l'épaule un nœud de rubans verts.

— Tu lui prendras le bras, tu l'entraîneras à l'écart, et tu lui feras une scène de jalousie à laquelle il répondra par les plus tendres protestations. Seulement, tu auras soin d'élever un peu la voix si tu vois un domino bleu qui portera sur l'épaule droite un nœud de rubans cerise.

— Parfait. Seulement, vous me promettez la petite scène de scandale que j'ai rêvée et dont les préparatifs m'ont coûté si cher ?

— Mais... dame ! répondit le Vénitien, cela te regarde, il me semble ?

— Comment ?

— N'es-tu pas ici ?

— Sans doute.

— Le général ne te connaît-il pas ?

— Oh ! certainement.

— Eh bien ! qui t'empêche, lorsque je t'aurai fait un signe qui voudra dire que je te rends la liberté et que tu peux abandonner don José, qui t'empêche de te démasquer ?...

29.

— Tiens ! c'est vrai, on chuchotera, on se regardera Les jeunes gens qui me connaissent et qui sont ici diront : « Mais, c'est Banco ! »

— Et ton honorable père le concierge, ricana le Vénitien, te verra sortir et demeurera stupéfait de t'avoir si majestueusement ouvert les deux battants de sa porte.

— Ah ! que je vais être vengée de cette canaille de famille qui a repoussé mes bienfaits ! murmura la perverse fille.

Pendant que Banco, la femme qui l'accompagnait et le Vénitien causaient ainsi tout bas, ils avaient fait le tour des salons, où déjà se pressait une foule élégante aux costumes pittoresques, bariolés, étourdissants d'originalité et de luxe.

Partout les deux prétendues Polonaises faisaient une certaine sensation et soulevaient une rumeur de curiosité par leur étrange et riche costume, et surtout par leur arrivée en droski, qui avait été fort remarquée.

— Mais, dit Banco se penchant à l'oreille du Vénitien, lorsqu'on m'aura reconnue, il faudra bien que je dise comment je suis entrée ?

— Tu montreras ta carte ; n'es-tu pas la comtesse Olga Vronska ?

— Oui, certes. Seulement on me demandera d'où me vient cette carte ?

— Tu diras que don José te l'a procurée.

— Mais don José, furieux d'être ainsi compromis, dira que je suis sa maitresse ?

— Ne crains rien. Don José forgera une histoire : il veut épouser mademoiselle Conception.

— Et mon Russe apprendra tout à son retour ?

— Bah ! tu lui raconteras la moitié de la vérité. Don José aura, à ses yeux, joué un rôle de dupe, et ton prince trouvera le tour plein d'esprit.

— C'est une idée, murmura Banco.

Puis, tandis que celle-ci tournait un moment la tête, le Vénitien s'empara de la carte que lui tendait la grosse femme à laquelle il donnait le bras, et il la glissa dans son pourpoint.

— Adieu, petite, dit-il, je vous quitte un moment. Promenez-vous, dansez ; on vous invitera certainement.

— Vous reverra-t-on ?

— On ne sait pas... Seulement, acheva-t-il, se penchant à l'oreille de Banco, prends bien garde ! si tu ne m'obéis pas aveuglément, et si tu dis un mot de trop, tu pourrais bien être poignardée en sortant d'ici.

Banco tressaillit :

— J'obéirai, dit-elle, et jamais don José ne saura que nous nous sommes entendus pour le mystifier.

Le Vénitien s'esquiva.

Tandis que les deux femmes continuaient à parcourir les salons, où la foule devenait plus compacte de minute en minute, il rétrograda et gagna l'antichambre.

— J'étouffe, dit-il en sortant ; je vais prendre l'air.

Les laquais saluèrent ; le Vénitien descendit et se jeta dans un modeste coupé de remise, après s'être chaudement enveloppé dans son manteau.

— Rue de Surèsnes, dit-il au cocher.

Le coupé partit et déposa, quelques minutes après, M. le marquis Albert-Honoré-Frédéric de Chamery, ou plutôt notre ami Rocambole, à la porte de cette maison où celui-ci avait un entresol.

Une femme était assise au coin du feu de la chambre à coucher, et attendait avec une sorte d'anxiété fiévreuse. C'était la gitana Fatima.

— Ah !... enfin !... dit-elle en voyant entrer Rocambole.

— Me voilà, dit-il sans ôter son masque.

— Est-ce pour ce soir, au moins ?

— Oui.

— Quand ?

— Dans une heure.

— Oh ! je vais donc me venger ! murmura-t-elle. Mais tu ne me trompes point, n'est-ce pas ?... je le verrai aux pieds de ma rivale ?

— Tu verras et tu entendras... Habille-toi.

La gitana avait son costume de bohémienne, sa jupe rouge et sa basquine de velours soutachée d'or.

Rocambole jeta sur elle le domino bleu à nœuds de rubans cerise. Puis il lui donna un masque et le lui attacha solidement. Ensuite il passa dans un cabinet de toilette et y dépouilla son costume de Vénitien pour revêtir un délicieux arlequin jaune et bleu, par-dessus lequel il mit un domino noir. Puis il revint.

— Allons, dit-il.

Et il prit un foulard et banda les yeux à la gitana, précaution qu'il avait déjà prise, afin qu'elle ne pût savoir où elle était venue ni d'où elle sortait, après y être demeurée enfermée pendant trois jours.

— A présent, lui dit-il en lui offrant le bras, appuie-toi sur moi et viens. L'heure de ta vengeance n'est pas loin.

Ils descendirent et trouvèrent le coupé au bord du trottoir.

— A l'hôtel du général C..., dit Rocambole.

Puis, quand le coupé fut en route, il ôta le bandeau qui couvrait les yeux de la gitana et lui donna un poignard. Ce poignard, c'était celui dont le nègre s'était servi pour assassiner la nourrice. La bohémienne le prit, le serra convulsivement et le cacha sous son domino.

XXXVIII

Quand le coupé de remise atteignit les hauteurs du quartier Beaujon et ne fut plus qu'à une faible distance de l'hôtel du général C..., Rocambole fit arrêter.

Ensuite, remettant à Fatima la carte de la prétendue baronne Arleska, il lui dit :

— Tu vas entrer seule dans le bal, tu montreras cette

carte en entrant et tu te glisseras dans les salons. Je t'y rejoindrai dans quelques minutes.

Et Rocambole descendit.

Le coupé continua sa route ; le cocher avait reçu l'ordre d'arrêter devant le perron de l'hôtel, d'y déposer la jeune femme et de ressortir ensuite de la cour. Il était payé.

Le faux marquis de Chamery traversa à pied le faubourg Saint-Honoré et trouva au coin de la rue de Berry une grande calèche fermée aux panneaux armoriés, attelée de deux magnifiques irlandais alezan brûlé. C'était la voiture de gala de M. le marquis Albert-Honoré-Frédéric de Chamery.

Le marquis fit un signe.

Un grand laquais pendu aux étrivières descendit aussitôt et vint respectueusement abaisser le marche-pied.

— A l'hôtel du général C..., dit le faux marquis.

La calèche partit au grand trot et arriva dans la cour au moment où le coupé en ressortait après avoir déposé la gitana sur la première marche du grand escalier.

Minuit sonnait. A ce moment-là, plus de trois cents invités encombraient déjà les salons, qui retentissaient du fracas mélodieux d'un orchestre composé de plus de soixante musiciens.

Les laquais qui gardaient l'entrée des salons commençaient à ne plus jeter les yeux sur les cartes que montraient les convives en arrivant. La gitana tendit la sienne, et l'on s'effaça devant elle.

Le faux marquis de Chamery monta lestement, et entra sur les pas de Fatima.

Presque au même instant, un carosse entrait dans la cour. C'était celui du duc de Sallandrera. Un homme et deux femmes en descendirent.

Rocambole, qui s'était retourné au bruit et venait de s'arrêter sur le seuil du premier salon, reconnut à un détail mystérieux de toilette, qui ne devait sans doute être reconnu que par Banco, don José donnant le bras à la plus grande de ces deux femmes.

Cette femme, Rocambole le pensa, ne pouvait être que la duchesse de Sallandrera.

Conception était plus petite que sa mère.

Don José et les deux femmes étaient, du reste, soi gneusement masqués. Tous trois avaient pris des domi nos.

Au moment où ils passaient devant le marquis d Chamery, enveloppé, comme on sait, dans un domin noir, celui-ci prit le bras de la gitana, laquelle s'étai arrêtée un moment éblouie par le bruit et les lumière qui l'environnaient.

— Tiens ! lui dit-il tout bas, en lui désignant l'Espa gnol, voilà don José.

La gitana frémit sous son domino et tourmenta l manche de son poignard.

— Oh ! calme-toi, lui dit Rocambole dans la langu des bohémiens, que certainement personne, chez le gé néral, ne devait comprendre, ce n'est pas elle...

Et il montrait la duchesse; à qui don José continuai à donner le bras.

— Qui est-ce donc ?

— C'est sa future belle-mère, murmura le faux mar quis d'un ton railleur...

— Et... l'autre ?

— C'est Conception.

— Eh bien ! dit la gitana d'une voix sourde, Concep tion ne sera jamais mariée !

— Bah !...

— Don José mourra avant l'heure de ses noces.

— Ceci est possible et je le crois, mais... elle en épou sera un autre... plus tard...

Et Rocambole murmura à part lui : — Ce sera moi.

La gitana et son conducteur traversèrent les salon sur les pas de don José.

— Mais où est-elle? demanda Fatima, que les soupir de la valse, l'éclat des lumières, le bruit qui se faisai autour d'elle, commençaient à griser.

— Je te la montrerai tout à l'heure... à son bras...

— Et je l'entendrai lui parler d'amour?

— Oui.

Don José marchait toujours, causant avec la duchesse. Conception donnait le bras à sa mère.

— Mon cher enfant, disait la duchesse à don José, je viens à ce bal le cœur serré.

— Pourquoi, ma tante?

— Parce que je songe que notre pauvre don Pedro est mourant, peut-être mort, à cette heure.

— Ah! chassez ces noires idées, ma tante. Don Pedro vit encore...

— C'est-à-dire que son agonie se prolonge... pauvre enfant!...

— Ma tante, murmura don José d'une voix émue, et tout bas, vous allez faire un mal affreux à Conception.

La pauvre mère tressaillit.

— Ne savez-vous pas, continua don José, toujours à voix basse, que si nous venons au bal, si nous courons les fêtes, c'est pour étourdir sa douleur?

— C'est vrai... soupira la duchesse.

A cette heure, les jardins, dans lesquels on descendait par un escalier de marbre blanc sur lequel un grand salon, situé au midi, donnait par trois portes-fenêtres, venaient d'être ouverts aux invités.

On dansait avec plus d'enthousiasme et de frénésie que jamais, et cependant, les allées ombreuses, les charmilles sombres commençaient à se peupler de danseurs fatigués et cherchant le grand air.

La duchesse et Conception en firent le tour, accompagnées de leur cavalier. Mais don José était sur les épines Il brûlait d'impatience de les quitter pour retrouver sa prétendue princesse polonaise.

Au détour d'une allée, ils rencontrèrent un cavalier et une femme, tous deux déguisés, mais dépourvus de masques. C'étaient le maître et la maîtresse de la maison.

Le général avait endossé un domino.

Sa belle et jeune compagne était délicieuse sous les

coiffes et les dentelles d'une Normande du pays avranchais.

La duchesse et Conception les abordèrent et se firent reconnaître.

Ce fut un prétexte pour don José. Il s'esquiva et regagna les salons.

Pourtant l'Espagnol aurait dû avoir moins de hâte de rejoindre la femme mystérieuse dont il était épris depuis quelques jours. N'allait-il pas bientôt devenir l'époux de Conception?

Mais don José était un de ces hommes qui veulent avant tout satisfaire leurs passions et leurs caprices. Il aimait Banco, mais il ne renonçait point à épouser Conception. Or, le matin même, don José était chez lui occupé à faire préparer son travestissement pour le bal du général C..., lorsque Zampa était entré apportant une lettre.

Cette lettre, dont les nombreux timbres de la poste attestaient le long voyage, était encadrée de noir, et portait la date de Cadix.

Don José tressaillit, et son regard étincela d'une joie féroce.

Il rompit le cachet et lut :

« Señor don José,

« Quand la fatale nouvelle vous parviendra, votre malheureux frère don Pedro aura été descendu dans les caveaux funéraires de sa noble famille. Le pauvre jeune homme a rendu son âme à Dieu la nuit dernière à deux heures du matin, après de longues et terribles souffrances supportées avec un stoïcisme antique et une résignation chrétienne.

« Il est mort en prononçant votre nom et celui de la señora Conception.

« Préparez, señor, le duc et la duchesse à cette triste nouvelle, etc., etc. »

La lettre était signée :   MANOEL,

Médecin au service de S. Ex. le duc de Sallandrera
et attaché à la personne de feu don Pedro d'Alvar

— Manoël est un imbécile! dit don José en haussant les épaules et mettant la lettre dans sa poche.

Et, renouvelant le mot impie et cruel du maréchal de Bassompierre, dansant avec la reine Anne d'Autriche, il ajouta :

— Manoël se trompe : mon frère ne sera mort que demain, car ce soir je vais au bal.

Puis, don José continua à s'occuper fort tranquillement de son costume, comme si de rien n'était. Le soir, il alla à l'hôtel Sallandrera chercher la duchesse et sa fille pour les conduire au bal.

Pendant le trajet, don José fit les réflexions suivantes :

— Mon adorée princesse polonaise a trouvé tout naturel que, tout en l'aimant, j'épousasse Conception. Or, Conception va devenir ma femme; mais ceci ne m'oblige nullement à rompre avec ma princesse. J'irai passer deux mois en Espagne et je reviendrai ensuite à Paris.

Cette transaction conclue avec lui-même, l'hidalgo était entré le front haut dans le bal. Il ne redoutait plus Fatima, — don Pedro était mort, — Conception était à lui.

— En attendant que demain, à l'hôtel Sallandrera, on verse quelques larmes sur mon niais de frère qui est mort en prononçant mon nom, se dit-il, allons danser et retrouver ma belle inconnue.

C'était donc pour rejoindre Banco que don José avait laissé la duchesse et sa fille en compagnie des maîtres de la maison. Il erra pendant un moment au milieu de la foule sans pouvoir la retrouver. Mais enfin, il l'aperçut au milieu d'un quadrille, et se fit jour jusqu'à elle.

Banco, en fille qui aime le bal et a brillé dans le demi-monde, avait fini, tout en attendant don José, qui tardait à venir, par se laisser entraîner aux accords d'une valse.

La folle créature n'oubliait pas le rôle qu'elle avait à jouer, mais elle pensait, en vraie femme qu'elle était, que le plaisir doit toujours être pris au passage, et, en attendant l'heure dramatique, elle avait laissé tomber sa main

I.
30

gantée dans la main d'un fauconnier écossais, qui l'avait
emportée au milieu du tourbillon des danseurs.

Cependant, la valse finie, elle aperçut enfin ce domino
brun qui portait sur l'épaule un nœud de ruban vert.

C'était don José.

Elle remercia le fauconnier par une grave révérence et
alla prendre le bras de l'Espagnol.

. . . .

Tandis que don José abordait la fausse princesse polonaise, le domino noir au nœud de ruban cerise causait à
mi-voix avec la gitana dans un salon voisin.

— Ma fille, disait Rocambole, n'as-tu pas envie de
danser ?

— Non, répondit-elle, j'ai soif du sang de don José !

— Je le comprends ; mais tu sais bien que je ne te
montrerai ta rivale que si tu me renouvelles le serment
que tu m'as fait de respecter sa vie à elle.

— Oh ! je vous le jure, dit la gitana. Elle n'est pas
coupable, elle.

— Tu vas demeurer là et tu m'y attendras.

— J'attendrai.

— Cependant, si tu veux danser...

— Non, dit-elle sourdement, je veux me venger !

Et, sous la large manche de son domino, elle étrei-
gnait toujours son poignard.

— Mais quand me la montrerez-vous à son bras ? demanda-t-elle avec une fiévreuse impatience ; chaque minute qui s'écoule a pour moi la durée d'un siècle.

— Bientôt... patience !... danse, en attendant...

Et Rocambole quitta la gitana et la laissa appuyée à
une colonne de marbre immobile et sombre comme une
de ces apparitions sinistres qui, à Venise, au temps des
Dix, se montraient tout à coup au milieu d'une fête et y
jetaient la terreur.

Dans une salle voisine, le faux marquis de Chamery
aperçut don José prêt à danser un quadrille avec la
princesse polonaise. Puis il remarqua, au même instant,

la duchesse de Sallandrera et Conception qui revenaient des jardins.

Le général donnait le bras à la duchesse.

Conception et madame C... marchaient, se tenant par la main.

Le faux marquis alla à Conception, la salua avec respect, sollicita la faveur de la faire danser et la conduisit en face de la Polonaise et de don José, à qui il demanda de vouloir bien lui faire vis-à-vis.

L'orchestre retentit, le quadrille commença.

— Mademoiselle, dit alors tout bas Rocambole à Conception, n'est-ce pas là don José ?

Conception tressaillit. Elle avait reconnu Rocambole à la voix, car il n'avait pas ôté son masque.

— Vous êtes venue, dit-il, c'est bien. Oh ! l'heure de votre salut approche...

Et il ajouta tout bas, sourdement : — Vous avez dû bien souffrir, n'est-ce pas, depuis quatre jours ?... vous avez dû mourir mille fois tout à l'heure en donnant le bras à cet assassin ? Eh bien ! regardez-le, regardez-le une dernière fois... vous ne danserez plus avec lui.

— Mon Dieu ! mon Dieu ! murmura Conception, dont la voix était plus tremblante que celle d'un vieillard, va-t-il donc mourir ?...

— Oui.

— Assassiné, peut-être.

— Non, frappé par Dieu.

— O mon Dieu ! supplia la jeune fille, je lui pardonne, grâce pour lui !...

— Trop tard, señora, trop tard... il est condamné.

— Mais où donc est le bourreau ? demanda-t-elle éperdue.

— Ici !...

— Vous !... fit-elle avec terreur et comme si le sang de don José lui eût semblé devoir déshonorer à tout jamais celui qui oserait le répandre...

— Oh ! non, dit-il... c'est une femme... cette femme...

Conception devina.

— La gitana ! murmura-t-elle épouvantée.

Le quadrille finissait en ce moment.

— Mademoiselle... mademoiselle, dit Rocambole, qui paraissait vivement ému, au nom du ciel, quittez le bal maintenant... emmenez madame votre mère... dites que vous êtes souffrante... mais partez.

Et il lui prit le bras et chercha la duchesse des yeux. Madame de Sallandrera était assise et regardait sa fille danser.

— Maman, lui dit Conception, que M. de Chamery conduisit jusqu'à elle, maman... j'étouffe... sortons... je t'en supplie...

La duchesse eut peur... Elle crut que sa fille allait s'évanouir ; elle l'entraîna hors des salons, elle l'emporta presque, avec cette force que Dieu a mise dans le cœur des mères, et, arrivée dans les antichambres, où Rocambole les avait accompagnées, elle demanda son carrosse.

Le marquis de Chamery descendit avec elles jusqu'au bas du perron, et les mit en voiture.

— A l'hôtel, vite, à l'hôtel, dit au valet de pied la duchesse éperdue, car sa fille venait de s'évanouir dans ses bras, au moment même où le marquis les saluait et s'éloignait.

Le carrosse partit, et Rocambole rentra dans le bal.

Alors il chercha don José des yeux. Mais don José et la Polonaise n'étaient plus dans le salon où ils venaient de danser.

Rocambole descendit aux jardins, en fit le tour, puis remonta. Cette fois, ce n'était plus don José qu'il cherchait, c'était la gitana. La gitana était toujours appuyée, immobile et silencieuse, à l'une des colonnes de marbre qui supportaient le plafond de la grande salle de bal.

Rocambole s'approcha d'elle.

— Viens ! lui dit-il, l'heure est venue.

— Enfin, murmura-t-elle d'une voix étranglée par la fureur.

Il l'entraîna dans les jardins et s'arrêta dans une allée déserte en ce moment.

Puis il tira de sa poche un flacon et le tendit à la bohémienne.

— Qu'est-ce que cela ?

— Un breuvage qui te donnera du cœur.

— Oh ! j'en ai.

— N'importe; bois, je le veux !...

La bohémienne prit le flacon, le déboucha, et en avala le contenu d'un trait.

— Pouah! dit-elle en jetant le flacon vide loin d'elle, c'est amer...

— Oui, mais la vengeance est douce, répondit Rocambole. Allons!... viens.

— Où sont-ils ?

— Là, à dix pas... sous cette charmille.

Et Rocambole continua à entraîner la bohémienne jusqu'à l'entrée d'un petit salon de verdure, au fond duquel n'arrivaient que de lointaines et faibles clartés. Un domino brun y causait à voix basse, tenant dans ses mains la main de la belle Polonaise.

— Les voilà !.. Maintenant... écoute...

La bohémienne se jeta derrière la charmille et se glissa en rampant jusques auprès de don José, qui n'entendit aucun bruit et continua à causer... Puis elle tira son poignard et se prit à écouter ce que don José disait.

Quant à Rocambole, il s'était esquivé sur la pointe du pied, avait gagné un coin du jardin et dépouillé son domino brun.

— Maintenant, se dit-il, reparaissant à la lumière en arlequin, la gitana, si elle a le temps de parler, ne pourra pas me reconnaître...

Et Rocambole prit une grande allée éclairée par des lanternes vénitiennes et se dirigea de nouveau vers la charmille où don José causait toujours fort chaleureusement avec la Polonaise et s'était mis à ses genoux sans se douter que quelques minutes à peine le séparaient de l'éternité.

‹ ö . . . .

— Pauvre Fatima, murmura le faux marquis de Chamery, elle a été adorable de confiance en moi... je viens de lui faire avaler un poison qui tue au bout de vingt minutes. Elle a tout juste le temps d'en finir avec don José. C'est un peu violent peut-être, et j'avoue que je suis brutal... mais les circonstances étaient exceptionnelles... Fatima aurait pu parler, une fois don José mort, l'accuser d'avoir empoisonné son frère... et je ne veux pas que don José d'Alvar meure plus malheureusement que son aïeul don Pedro. Il faut que l'honneur soit sauf... afin que j'épouse Conception.

Comme Rocambole achevait ce philanthropique monologue, un grand cri, un cri de douleur et d'agonie vint à retentir.

— Ma foi ! murmura le faux marquis de Chamery, je crois que la gitana a tenu parole... Don José est mort!...

XXXIX

Le lendemain du grand bal donné par le général C... et sa femme, le marquis de Chamery déjeunait au Café de Paris, cet établissement qui a disparu aujourd'hui, et qui, pendant trente années, a vu s'asseoir tour à tour à ses tables l'aristocratie européenne, sinon universelle. Quatre ou cinq jeunes gens du monde et de la société du marquis étaient assis aux tables voisines de la sienne. Rocambole déjeunait seul.

— Dites donc, Chamery, dit en entrant un joli jeune homme blond à fine moustache, qui rencontrait le marquis à la salle d'armes depuis deux mois environ, vous étiez au bal du général C..., hier?

— Oui, répondit Rocambole en détachant l'aile de son perdreau, et vous?

— Comment ! vous me demandez cela de ce ton tranquille et indifférent.

— Dame !... pourquoi vous le demanderais-je autrement ?

— Mais vous ne savez donc rien ?

— Je sais que le bal était fort beau, très-original, très-pittoresque.

— Et... c'est tout ?

— Je sais encore que madame C..., qui s'est démasquée un moment, était plus belle que jamais.

— Ah çà ! s'écria le jeune homme blond, d'où sortez-vous donc, mon cher ?

— Je sors de mon lit, où je me suis mis ce matin à trois heures.

— Hein ! vous avez quitté le bal à trois heures ?

— Non, à deux.

— Alors, je comprends.

— Et moi, dit Rocambole, je ne comprends plus.

— Je veux dire que je ne suis plus étonné que vous ne sachiez rien.

— Mais que dois-je savoir ?

— Ce qui s'est passé au bal.

— Voyons, dit Rocambole avec le plus grand sang-froid, l'hôtel a-t-il brûlé ?... madame C... s'est elle évanouie ? une dame aurait-elle embrasé sa robe ?

— Pis que cela, mon cher.

— Alors, dit Rocambole, je ne vois plus qu'un événement possible.

— Ah ! voyons ? firent les autres amis du marquis de Chamery.

— Le général, qui est jaloux comme un comédien, aura fait une scène à quelque petit jeune homme tournant à sa femme un compliment.

Le jeune homme blond haussa les épaules.

— Non, cher ami, dit-il, vous avez la candeur d'un marin et la naïveté d'un homme qui se laisse *enrosser* par un ami. On vous vendrait un cheval de fiacre pour une *ficelle*.

— Mais enfin, s'écrièrent à la fois Rocambole et les autres jeunes gens, expliquez-vous donc, Max, — le jeune homme blond s'appelait Max, — et finissons-en.

— Moi, ajouta Rocambole, je suis, comme vous dites, trop naïf pour deviner. Si vous avez un cheval à me vendre, ne vous gênez pas, mon ami.

Le jeune homme salua.

— Vous savez, dit-il, qu'au bal de madame C..., il y avait beaucoup d'Espagnols ?

— Cela devait être. Le général est très à la mode parmi ses compatriotes.

— Vous connaissez probablement, certainement même le duc de Sallandrera ?

— Oui, dit le marquis ; la duchesse est en visite avec ma sœur, la vicomtesse d'Asmolles.

Rocambole parlait de sa sœur avec un laisser-aller et cette candeur que le jeune homme blond avait qualifiés de maritimes.

— Est-ce du duc que vous voulez parler ? reprit-il.

— Non ; mais le duc a un neveu ?

— Ah ! c'est un ami du marquis, je le connais ; c'est un grand jeune homme brun et olivâtre, fort beau, du reste, mais insolent et niais. Il monte à cheval comme un cocher et conduit un tilbury comme un cuistre qui fait du genre.

— C'est bien cela.

— Il se nomme don José, dit Rocambole.

— Précisément.

— Est-ce qu'il était au bal ?

— Pour son malheur.

— Comment ! que lui est-il arrivé ?

— Un accident assez grave. Il est mort.

— Bah ! d'un coup de sang ?

— Non, d'un coup de poignard.

— Au bal ?

— Mais oui... après votre départ... à trois heures du matin.

— Messieurs, dit gravement Rocambole, je crois que

Max est fou ou légèrement ébriolé; ou bien encore, il est allé voir représenter *Gustave III,* et il en a rêvé, à ce point qu'il continue son rêve. Est-ce qu'on donne des coups de poignard à Paris? Est-ce que c'est au milieu d'un bal...

— Messieurs, répondit froidement le jeune homme blond, tandis qu'on le regardait avec étonnement, j'ai l'honneur de vous répéter que don José est mort cette nuit d'un coup de poignard.

— Au bal?

— Au bal.

— Ma parole d'honneur, dit Rocambole, je demande des détails... et beaucoup.

— On n'en a point, ou presque point

— Par qui a-t-il été tué?

— Par une femme.

— Une femme jalouse?

— Oui, sa maîtresse.

— Mais il allait se marier.

— Bah!...

— Avec mademoiselle de Sallandrera, sa cousine... et il avait une maîtresse!

— O candeur du marin!... murmura Max, le jeune homme blond.

— Encore, sait-on quelque chose?

— On sait que cette femme s'est introduite dans le bal, couverte d'un domino et soigneusement masquée, qu'elle a suivi don José, lequel faisait la cour à une seconde maîtresse.

Rocambole, qui portait un morceau de blanc de perdreau à ses lèvres, laissa brusquement retomber sa fourchette.

— Comment! s'écria-t-il, elles étaient deux?

— Tout autant.

— Et il allait se marier! Peste! quel don Juan que cet hidalgo.

— Donc, poursuivit le narrateur, elle a suivi don José.

dans les jardins... là, tandis que celui-ci était à genoux...
aux genoux de l'autre...

— Mais quelle était cette autre?

— Ah! dit le conteur, qui ménageait ses effets, attendez donc que je vous dise quelle était la première.

— C'est juste!

— Une belle fille brune, aux yeux ardents, à la peau
dorée, une bohémienne d'Espagne amenée à Paris par
don José. Au moment où elle allait frapper, paraît-il,
elle a rejeté son domino et a dit à l'infidèle, en lui ap-
paraissant démasquée et couverte de la basquine rouge
et de son corset noir de gitana.

« — Me reconnais-tu, infâme? »

— Et elle l'a frappé?

— C'est-à-dire que don José n'a poussé qu'un cri. Il
est mort sur le coup.

— Mais, dit un des auditeurs, c'est le théâtre de l'Ambigu transporté chez le général C... C'est un mélodrame
que vous nous racontez là?

— Ah! continua le narrateur, la comparaison est plus
forte que vous ne pensez.

— Allons donc!

— Madame Guyon n'a jamais été plus belle que cette
bohémienne brandissant son poignard et s'écriant: « Je
suis vengée! »

— Mais on l'a arrêtée, je suppose?

— Sur-le-champ. On l'a entourée, accablée de questions... Un moment on a cru qu'elle était folle; mais
tout-à-coup on l'a vue pâlir, chanceler, elle a jeté un cri
étouffé et elle est tombée à la renverse.

— Evanouie?

— Non, morte!

— Messieurs, s'écria Rocambole, c'est une mort de
trop pour la vraisemblance de ce récit! Si nous ne faisons arrêter sur-le-champ et conduire à Charenton notre
ami Max, vous verrez qu'il tuera, en vingt minutes de
récit, tous les invités du général. J'ai bien fait de m'en

aller de bonne heure. Sans cela, j'étais sûr de mon affaire.

Le jeune homme blond fronça le sourcil.

— Mon cher marquis, dit-il, la plaisanterie est charmante; mais regardez-moi bien... je vous assure que tout ce que je dis est vrai, et je parie cent louis.

— Mais c'est inouï, cela, murmuraient les autres jeunes gens; c'est une page empruntée aux *Crimes célèbres!*...

— Tout à fait, dit Rocambole. Cependant Max a un accent de vérité...

— J'ai vu, dit le jeune homme, de mes deux yeux, le cadavre de don José qu'on emportait d'une part, et celui de la gitana, morte subitement, et qu'on a couchée sur un canapé, dans le grand salon rouge.

— Mais de quoi est-elle morte, celle-là?

— Un médecin, qui se trouvait au nombre des invités, a constaté quelle venait de succomber à l'action foudroyante d'un poison très-subtil, très-actif, et qu'elle a dû prendre quelques minutes avant de frapper don José.

— Elle s'est fait justice elle-même, dit Rocambole avec calme.

— C'est probable. Maintenant que vous voyez l'effet du drame, l'épouvante et la consternation des invités, le tumulte qui a régné pendant une heure au milieu de ces trois cents personnes, dont plusieurs étaient couvertes des éclaboussures du sang de don José, écoutez la partie comique.

— Comment! il y a du comique?

— Mais oui, comme dans tous les drames.

— Qu'est-ce donc encore ?

— Je vous ai dit que don José était aux pieds d'une autre maîtresse ?

— Oui.

— Parbleu! puisque vous étiez au bal, vous l'avez remarquée bien certainement.

— Comment était-elle déguisée?

— En paysanne russe.

— Couverte de diamants ?

— A la lettre.

— Et elle est arrivée en compagnie d'une autre dame, dans un droski attelé de quatre chevaux blancs comme la neige.

— C'est cela.

— Eh bien ! qui donc était-ce ? je parie pour une vraie Russe... mais princesse...

— Non, dit Max, et je vous donne la chose en mille... La jeune femme s'est évanouie, tandis que don José tombait. On s'est empressé auprès d'elle, on l'a démasquée... et on a reconnu... Oh ! non, interrompit Max, il est inutile que je vous fasse attendre, vous ne le devineriez jamais... on a reconnu... la fille du portier de la maison.

Un fou rire accueillit cette révélation.

—Ne riez pas, messieurs, dit Max gravement. Vous en serez amoureux quelque jour, l'un ou l'autre... Cette femme, dont l'amour a tué don José ; cette fille de portier, qu'on a prise pour une vraie princesse et qui a fait, pendant la nuit, vis-à-vis à trois marquises sérieuses, à une baronne authentique, et qui a valsé avec un ambassadeur, est tout simplement la plus belle fille du Paris galant... Vous la connaissez tous... au moins de vue.

— Son nom ?

— Banco.

— Parbleu! dit Rocambole, elle a une loge à l'Opéra.

— Et elle grignotte un prince russe vrai. Je m'explique le droski, les chevaux blancs, les diamants...

— Eh bien! c'est la fille du concierge de l'hôtel du général C..., articula Max lentement.

— Ceci, dit froidement le faux marquis de Chamery, me paraît moins extraordinaire que son introduction au bal.

— Vous avez raison.

— Et je me demande comment...

—Ah ! mais, attendez donc, dit le jeune homme blond. Laissez-moi vous raconter l'histoire avec tous ses détails.

— Voyons.

— Banco s'est donc évanouie au moment où don José tombait inanimé et sanglant.

— Bien...

— L'assassinat avait eu lieu dans le jardin qui était, vous le pensez bien, moins éclairé que les salons. D'abord, on n'a rien deviné, rien compris. On a vu don José tomber après avoir poussé un cri, puis deux femmes, dont l'une était évanouie. Les danseurs qui parcouraient les jardins étant accourus, se sont sur-le-champ divisés en trois groupes. Le premier s'est emparé de la femme évanouie et s'est empressé autour d'elle ; le second a arrêté la gitana.

— Et le troisième, dit Rocambole, a pris don José et l'a transporté quelque part.

— Dans les salons, sur un lit. Or, poursuivit le narrateur, parmi les personnes qui entouraient Banco, aucune ne la connaissait. Pendant près d'une demi-heure elle a été l'objet des soins de personnes à peu près étrangères à la maison. Vous sentez bien qu'on l'avait transportée dans un salon, sur un canapé, et que quelques dames, autant par curiosité que pour lui donner de l'air, s'étaient empressées de la démasquer. Après avoir respiré des sels, la jeune femme, dont la merveilleuse beauté, du reste, avait fait sensation tout autant que son riche costume, a fini par ouvrir les yeux et jeter autour d'elle des regards fort étonnés. Il lui a fallu quelques minutes pour se rendre compte du lieu où elle était. C'est alors qu'un jeune homme qui avait ôté son masque s'est approché et a étouffé un cri de surprise.

« — C'est impossible ! a-t-il murmuré à l'oreille d'une dame.

« — Impossible ! lui a-t-on demandé. Que voulez-vous dire ?

« — Connaissez-vous cette dame ?

« — Non. C'est une Russe, dit-on.

« — Alors, elle ressemble à s'y méprendre...

« — Le jeune homme n'a point achevé Un autre dan-

1.

seur est venu. Celui-là a dit sans hésiter : — Mais c'est Banco !

« Ce nom de Banco a parcouru la foule, excité des murmures et est parvenu jusqu'au général. Le général, frappé de ce nom étrange, est arrivé à son tour... »

— Et il a reconnu la fille de son portier ?

— Non, c'est le père qui a reconnu sa fille... Le concierge avait quitté sa loge un moment pour venir annoncer que le cadavre de don José était parti dans une voiture fermée, accompagné par deux domestiques et un cousin de madame C... Il a entendu prononcer le nom de Banco, il s'est approché comme les autres, — et je vous assure que cette reconnaissance a eu son côté tragi-comique. Le père est devenu pâle de colère ; la fille lui a ri au nez. Pendant un moment même, la stupéfaction a été si grande, le scandale produit par la présence de cette femme au milieu du monde, si immense, que toutes les bouches sont demeurées closes. Le père de Banco, seul, à voulu prendre sa fille par le bras et la faire sortir. Mais elle a continué de lui rire au nez.

« — Allez donc ouvrir votre porte, papa, lui a-t-elle dit avec effronterie. Le cordon vous réclame.

« Ces derniers mots ont produit une réaction sur le général, déjà si ému du meurtre inexplicable de don José.

« Il a retrouvé son sang-froid, arrêté d'un geste le concierge, qui, indigné, allait faire à sa fille un mauvais parti, et, s'approchant de Banco, il lui a dit avec calme :

« — Mademoiselle, avant que je vous fasse reconduire hors de chez moi, veuillez nous expliquer votre présence ici.

« — Monsieur, répondit Banco, vous m'avez fait l'honneur de m'inviter.

« — Vous ? fit le général avec dédain.

« — C'est-à-dire que don José, votre ami, m'a apporté ce matin une invitation.

« Ces mots furent un trait de lumière pour la femme du général. Elle se souvint parfaitement que don José lui avait, la veille, fait un conte à propos d'une princesse russe.

— Banco était donc réellement la maîtresse de don José ? demanda le faux marquis de Chamery, qui paraissait fort intéressé par le récit de Max.

— Il paraît que oui... pourtant elle le nie... et, d'après ses explications, don José a joué un rôle de dupe.

— Bah !

— Il est mort avant d'avoir recueilli le bénéfice de sa petite lâcheté. Il était devenu très-amoureux de Banco. Banco lui a promis son cœur en échange de l'invitation au bal. Mais don José étant mort, l'invitation, vous le pensez bien, a été gratuitement acquise par Banco.

— Naturellement, dit Rocambole. Enfin, qu'est-il advenu de tout cela ?

— Il est advenu que je suis parti au moment de cette explication.

— Et vous n'en savez pas davantage ?

— Non. Cependant je puis vous affirmer qu'une heure après la mort de don José, tout le monde avait fui.

— Ceci est facile à concevoir.

— Ma foi, dit le marquis de Chamery, qui se leva après avoir payé et jeté sa monnaie au garçon, je vais aller porter ma carte chez le général, et ensuite à l'hôtel de Sallandrera.

Rocambole serra la main à ses nouveaux amis et se dirigea vers la porte. Mais, sur le seuil de la première marche, il se retourna : Mon cher Max, dit-il, pardonnez-moi une dernière question.

— Faites, mon cher.

— Est-ce que vous ne venez pas de vous moquer de moi ?

— Comment l'entendez-vous ?

— Tenez, au moment où je me suis levé, il m'est venu un soupçon.

— Lequel ?

— Que vous aviez voulu nous mystifier et nous envoyer

porter nos cartes chez des morts qui se portent à merveille.

— Mon cher, répondit Max, permettez-moi un seul mot. Si je subissais, moi, la mystification dont vous parlez, je me battrais à outrance. Et je n'ai nulle envie de me battre avec vous.

Pardonnez-moi, dit Rocambole, tout cela est si extraordinaire...

Et il salua et sortit.

— Ce garçon-là, dit Max après son départ, est d'une simplicité antique.

— Ce n'est pas lui qui présentera jamais dans un bal du monde la fille d'un portier, ajouta un des habitués du Café de Paris.

— Et ce n'est pas lui, acheva un troisième, qui poignardera ou sera poignardé. Il est doux comme une jeune fille qui cherche un mari.

Si le baronnet sir Williams eût entendu cette apologie de son élève, il aurait bien certainement ri dans sa barbe, qu'il laissait pousser pour dissimuler les horribles coutures de son visage.

. . . .

Tandis qu'on causait toujours de ces tragiques événements dans le grand salon du Café de Paris, le marquis de Chamery courait à l'hôtel du général C... et y déposait sa carte.

La cour de l'hôtel était, du reste, pleine de monde. Depuis le matin, la nouvelle de la catastrophe avait couru dans tout Paris, et les cartes de condoléance pleuvaient chez le général, lequel, du reste, ne recevait pas.

Lorsque Rocambole arriva, les gens de justice en sortaient. Un commissaire de police, une délégation du parquet, étaient venus se livrer à une minutieuse enquête sur le meurtre. Le corps de la gitana allait être soumis à une autopsie. On avait retrouvé dans le jardin le flacon que la bohémienne avait vidé d'un trait.

La gitana était, du reste, exposée dans une salle basse de l'hôtel, et le prétendu marquis de Chamery put la voir. Le visage était devenu bleuâtre comme celui d'un cholérique, et tellement contracté qu'elle était méconnaissable.

— Pauvre fille ! murmura Rocambole avec une émotion des plus convenables. Et il ajouta à part lui : — Si on te reconnait, toi, pour t'avoir vue rue du Rocher, tu auras de la chanee, car je ne t'aurais pas reconnue, moi.

Et il s'en alla, rencontra une voiture et se fit conduire rue de Babylone, à l'hôtel de Sallandrera.

La porte cochère ne s'ouvrit pas devant lui.

Le suisse, en grand deuil, se montra sur le seuil de la petite porte et dit : Monsieur le duc et madame la duchesse ne reçoivent pas, monsieur.

— Même leurs amis ?

— Personne... Mais vous recevrez une lettre de fairepart. C'est demain qu'auront lieu les funérailles de don José.

Rocambole tendit sa carte et s'en alla.

— Je gage, dit-il, qu'avant ce soir j'aurai des nouvelles de Conception.

Allons causer un peu avec sir Williams.

XL

En descendant de voiture dans la cour de son hôtel, Rocambole aperçut son beau-frère, le vicomte Fabien d'Asmolles.

Le vicomte rentrait en tilbury et venait d'apprendre le drame de l'hôtel C... dont tout Paris commençait à s'entretenir.

— Comment ! lui dit-il, tu étais chez le général la nuit dernière ?

— Oui, certes, dit le faux marquis.

— Et tu ne m'as pas dit un mot de la catastrophe, ce matin ?

— Il fallait savoir ce mot. J'ai quitté le bal à deux heures et l'événement n'a eu lieu qu'à trois. J'ai tout appris à midi, au Café de Paris, en déjeunant.

— Hé!... hé!... dit le vicomte tout bas en prenant son beau-frère par le bras et se penchant à son oreille, aimes-tu toujours mademoiselle Conception ?

Le marquis feignit de tressaillir profondément et regarda Fabien.

— Que dis-tu là ? fit-il.

— Dame ! répondit le vicomte, don José a été victime d'un crime affreux... mais enfin il est mort...

— Eh bien !...

— C'était le fiancé...

— Ma foi ! dit Rocambole, en ce cas, la fiancée doit être un peu désillusionnée.

— Pourquoi ?

— Parce qu'il avait deux maîtresses.

— Et quelles maîtresses !... murmura Fabien.

Puis le vicomte reprit : — Tout cela est bel et bon, mais j'en reviens à mon dire...

— Qui est ?...

— Que mademoiselle Conception n'a plus de fiancé.

— Mais, mon ami, dit Rocambole, qui savait rougir à propos et sut manifester un assez vif embarras, je n'aime pas... je n'ai jamais songé à mademoiselle de Sallandrera.

— Bah ! dit Fabien, tu serais bien en peine si je t'en demandais ta parole d'honneur.

— Dans tous les cas, dit Rocambole, ce n'est pas aujourd'hui et en présence d'une tombe ouverte...

— Eh ! mon Dieu ! murmura le vicomte, il n'est question que de l'avenir, nous en recauserons... Viens-tu chez Blanche ?

— Certainement.

Et Rocambole, enchanté des dispositions de son prétendu beau-frère, le suivit chez la vicomtesse. Il y demeura jusqu'après le dîner, et ce ne fut qu'à huit heures qu'il pût monter chez l'aveugle Walter Bright.

Il avait besoin des conseils de sir Williams.

Mais sir Williams, une fois au courant de la situation, prit son ardoise et écrivit cette brève réponse :

« Attendre les événements et une lettre de Conception, ou tout au moins une entrevue avec elle. »

— Diable ! pensa Rocambole, qui n'avait rien vu venir encore.

Notre héros attendit pendant toute la soirée avec une vive impatience, puis la soirée s'écoula, et aucune lettre, aucun message n'arrivèrent. Pour tuer le temps, il se rendit à son club et y tailla un baccarat jusqu'à trois heures du matin.

— Allons ! pensa-t-il, la petite aura eu une crise nerveuse, la fièvre, le délire, que sais-je ? Les femmes s'évanouissent pour des riens. Le cadavre de don José lui aura produit un grand effet...

Cependant, comme il descendait du club sur le boulevard où l'attendait son tilbury, il aperçut un domestique en livrée noire, se promenant sur le trottoir, de long en large, et paraissant attendre quelqu'un.

Rocambole s'approcha et reconnut le négrillon de Conception.

Le négrillon le salua, lui tendit une lettre et s'en alla sans mot dire.

— Enfin ! murmura Rocambole, qui s'élança dans son tilbury, et, pressé qu'il était de lire le message de la jeune fille, lança son cheval à fond de train.

En moins d'un quart-d'heure, il eut franchi la distance qui sépare le boulevard des Italiens de la rue de Verneuil. Puis, s'enfermant dans sa chambre à coucher, il ouvrit la lettre de Conception.

La lettre était longue, d'une écriture même serrée et qui paraissait tremblée.

— Bon ! dit Rocambole, il est probable que mes actions sont toujours en hausse, car un homme menacé de congé ne reçoit pas des lettres de huit pages.

Il se mit au lit et lut :

« Je vous écris à près de minuit, à la suite de vingt-quatre heures de tortures et d'émotions impossibles à redire.

« Mon père et ma mère sont là, dans la pièce voisine, agenouillés devant le lit mortuaire de don José. Ils prient.

« Moi, je me suis enfermée, j'ai voulu être seule... Il faut bien que je vous écrive, que je vous raconte tout ce qui s'est passé ici... il faut bien, puisque vous êtes mon complice... oh! l'horrible, l'épouvantable mot!... que je vous demande conseil... et protection contre moi-même...

« Mon Dieu! ne sommes-nous pas, nous, les véritables meurtriers de don José?

« Dites, monsieur...

« N'est-ce pas moi qui vous l'ai dévoilé tout entier?

« N'est-ce pas vous qui avez préparé la catastrophe de la nuit dernière?

« Tenez, monsieur, tout à l'heure, j'ai eu le courage d'entrer dans la chambre mortuaire, j'ai osé le regarder...

« On l'a couché tout vêtu sur un lit de parade en velours noir. Il est très-pâle, mais son visage n'a subi aucune altération. La mort a dû être instantanée.

« Oh! je sais bien que cet homme avait le cœur vil et du sang sur les mains; mais avions-nous le droit de nous substituer à la vengeance divine?

« Avions-nous le droit de le tuer?

« Cette terrible question m'a été faite tout à coup par ma conscience au moment où je levais les yeux sur don José mort, et l'épouvante m'a prise; j'ai senti le remords pénétrer dans mon cœur, et le brûler comme un fer rouge. Je me suis enfuie!

« Pourtant cet homme était bien infâme!

« Il a tué don Pedro... Don Pedro est mort depuis cinq jours, et il le savait hier, en allant à ce bal, où lui-même devait trouver la punition de ses crimes...

« Laissez-moi tâcher de rassembler, de classer mes souvenirs depuis hier.

« Il paraît que je me suis évanouie dans les bras de ma mère au moment où vous veniez de nous mettre en voiture. Je n'ai repris connaissance que lorsqu'on m'a fait descendre dans la cour de notre hôtel.

« Ma mère m'avait frotté les tempes avec de l'eau de Cologne qu'elle avait sur elle, et j'ai pu monter l'escalier appuyée sur son bras.

« Le duc de Sallandrera, vous le savez, ne nous avait point accompagnées au bal.

« Il était demeuré dans son cabinet, occupé à écrire et à mettre au courant une volumineuse correspondance qui se trouvait en retard.

« En entendant rentrer la voiture, il quitta son cabinet et vint à notre rencontre ; nous le vîmes apparaître sur la première marche de l'escalier.

« — Que vous est-il donc arrivé ? demanda-t-il. Vous revenez bien vite, il me semble...

« — Conception s'est trouvée mal, répondit ma mère.

« Le duc me prit dans ses bras et m'emporta au salon tout ému.

« — Souffres-tu, mon enfant ? me dit-il. Veux-tu qu'on envoie chercher un médecin ?

« Il me regardait, et je devinais, à l'inquiétude peinte sur son visage, que je devais être excessivement pâle.

« — Non, non, répondis-je, je ne souffre plus... le grand air m'a fait du bien. J'ai été incommodée par la chaleur du bal ; ce n'est rien...

« Et je me laissai tomber sur un siége, car mes jambes refusaient de me soutenir. Votre sinistre prédiction bourdonnait à mes oreilles comme un glas funèbre.

« Mon père avait pris mes mains et les serrait doucement ; ma mère m'avait dégrafée et continuait à me faire respirer un flacon de sels.

« — Je vais mieux, balbutiai-je, beaucoup mieux... le sommeil achèvera de me remettre.

« — Oui, me dit ma mère, tu as raison, il faut te mettre au lit.

« Et mon père et ma mère, dédaignant de sonner, d'appeler ma femme de chambre, me conduisirent eux-mêmes, en me soutenant, jusqu'à mon appartement.

« Oh! je vous jure qu'un vague pressentiment de ce qui allait se passer et une secrète épouvante étaient la seule cause de ce prétendu besoin de sommeil que je venais de manifester.

« Je devinais vaguement qu'à cette heure tout était fini pour don José. Et j'avais peur de me trouver face à face avec mon père et ma mère à ce moment fatal où on viendrait leur apprendre...

« Et pourtant, j'étais loin de penser que ce serait ici qu'on rapporterait son corps.

« Ma mère voulut être ma femme de chambre; elle me mit au lit elle-même, et sur ma prière, elle souffla la veilleuse allumée sur la table de nuit.

« Puis elle se retira, persuadée que j'allais dormir. Dormir !

« Tenez, j'ai eu alors, dans l'obscurité qui régnait sous mes rideaux, au milieu du silence qui m'environnait, comme une bizarre et terrible hallucination...

« J'ai vu, — à la lettre, — la gitana tuer don José. Il m'a semblé voir le bras se lever, le poignard étinceler, entendre don José pousser un cri, — puis encore un bruit sourd... le bruit de la chute de son cadavre... Pendant une heure, moins peut-être, mais enfin pendant un laps de temps qui m'a paru une éternité infernale, mes dents ont claqué de terreur, mon cœur a battu violemment, et le moindre bruit extérieur m'a jetée au milieu des perplexités les plus accablantes.

« Il me semblait qu'un doigt de feu écrivait sur le mur de mon alcôve cette phrase sinistre : — Tu viens de tuer don José !...

« On a dit souvent, monsieur, que l'attente d'un péril est cent fois plus terrible que le péril lui-même. Cela doit être vrai, car j'ai moins souffert pendant les vingt heures qui viennent de s'écouler, réunies, que durant cette heure unique où je suis demeurée seule, sans lu-

mière, blottie grelottante dans mon lit, et prêtant l'oreille
à tous les bruits...

« Enfin, j'ai entendu résonner cette cloche qui annonce
l'arrivée d'un visiteur. Il m'a semblé qu'elle retentissait
avec un bruit lugubre.

« Tout mon sang s'est figé dans mes veines ; j'ai cru
que j'allais mourir. J'ai entendu qu'on ouvrait les deux
battants de la porte.

« Or, il était quatre heures du matin, une heure où il
ne peut arriver qu'un visiteur sinistre.

« Toutes les voitures de l'hôtel étaient rentrées. Quelle
était donc celle qui entrait ?

« J'ai deviné sur-le-champ qu'on rapportait don José
mort ou mourant.

« Je ne sais comment moi qui, une minute auparavant
me sentais défaillir, j'ai eu la force de me lever, de me
vêtir, et je suis allée jusqu'à la fenêtre de mon cabinet
de toilette.

« Cette fenêtre donne sur la cour. J'ai écarté les rideaux et regardé au travers des persiennes. Il y avait
bien, en effet, une voiture dans la cour, mais ce n'était
point le coupé de don José. C'était un carrosse que j'ai
reconnu sur-le-champ pour appartenir au général C...
J'ai vu un homme en habit noir en descendre en même
temps que deux laquais dont l'un était pendu aux étrivières, l'autre assis à côté du cocher.

« Une rumeur s'est faite dans la cour parmi ces hommes et ceux de nos gens qui se trouvaient encore sur
pied.

« Puis j'ai vu qu'on rangeait la voiture au bas du
perron.

« Il paraît que ni mon père ni ma mère n'étaient encore couchés lorsque cette voiture arriva. Ils étaient demeurés au salon, causant de graves affaires d'intérêt qui
absorbaient beaucoup le duc depuis quelques jours.

« L'homme vêtu de noir monta, précédé d'un domestique, et se fit introduire au salon.

« Quelques minutes après, j'entendis des pas précipi-

tés, des exclamations de douleur... Puis je vis mon père
et ma mère descendre dans la cour, s'approcher de la
voiture, et jeter simultanément un grand cri.

« Deux domestiques avaient pris des flambeaux. A la
lueur de ces flambeaux, je vis retirer du fond de la voiture un corps inerte...

« C'était le cadavre de don José !...

« Alors mes forces me trahirent; je m'affaissai sur moi-
même et m'évanouis de nouveau.

. . . .

« Ce fut le jour et un froid glacial qui me ranimèrent.
J'avais passé plusieurs heures étendue sur le parquet, et
personne n'était venu me surprendre ainsi.

« Je ne sais si c'est faiblesse ou courage, mais au lieu
de me recoucher, au lieu d'attendre avec anxiété qu'on
vînt m'annoncer la mort de don José, je me levai, je
rajustai mes vêtements, et je descendis au premier
étage.

« L'escalier était encombré par les domestiques, qui allaient, venaient, se croisaient d'un air consterné. Ils se
rangèrent devant moi, et personne n'osa m'apprendre,
hélas ! ce que je ne savais que trop.

« La porte du grand salon était ouverte, j'entrai.

« Ah ! je n'oublierai de ma vie le spectacle qui frappa
mes regards, et l'effet saisissant que produisit mon apparition.

« Don José mort était à demi couché sur un canapé,
encore enveloppé de son costume de bal masqué. Seulement le domino avait été ouvert, et laissait voir sa chemise de batiste, sur laquelle coulaient encore quelques
gouttes de sang.

« Auprès du mort, ma mère était agenouillée et san-
glotait.

« Debout et derrière le canapé, une main sur l'épaule
de don José, l'autre appuyée sur son front, mon père
avait l'attitude d'un homme foudroyé.

« Son silence était la plus éloquente des douleurs, et

j'ai reculé en le voyant, et il m'a pris comme un remords épouvantable de ce que j'avais fait...

« Mon père ignorait l'infamie de cet homme, en qui il croyait se voir revivre, de cet homme à qui, au fond de sa pensée, il réservait le manteau ducal des Sallandrera.

« J'ai compris alors, monsieur, par cette morne et grande douleur, tout ce qu'il y a d'orgueil de race au fond du cœur d'un gentilhomme. Mon père aimait don Pedro plus que don José, mais il s'était résigné à le perdre...

« Don José n'était-il pas là pour continuer notre race?

« Le jour où l'on vint annoncer à mon père que don Pedro était perdu, mon père pleura comme un père pleure un fils.

« Mais, cette nuit, sa douleur n'avait plus ce caractère bruyant et cependant résigné devant les décrets du ciel. Cette nuit, monsieur, c'était la douleur désespérée, immense, sans bornes du duc de Sallandrera, grand d'Espagne, qui voit sa race finir en lui...

« Auprès de lui, j'ai vu l'homme vêtu de noir qui avait accompagné le corps de don José. C'est le vicomte de Chéneville, un petit-cousin de Madame C...

« Le vicomte racontait, avec tous les ménagements possibles, cet horrible drame qui venait de jeter la consternation dans la fête de sa parente. Puis, après avoir glissé de son mieux, avec un tact exquis, sur les motifs plausibles de l'assassinat, sur la liaison qui avait dû exister entre don José et son meurtrier, il a remis à mon père une lettre.

« Cette lettre était tombée des vêtements de don José au moment où on a essayé de lui porter secours.

« Mon père a pris cette lettre, machinalement, comme un homme qui s'attend désormais à tout; il a jeté les yeux avec distraction sur l'enveloppe; mais bientôt nous l'avons vu tressaillir et sortir de son accablante atonie.

« — C'est une lettre de Cadix! s'est-il écrié.

« Et je l'ai vu l'ouvrir précipitamment, et j'ai cru sur-

I.　　　　　　　　　　　　　32

prendre une lueur d'espoir dans ses yeux. Peut-être a-t-il cru que Dieu faisait un miracle, que, lui enlevant don José, il lui rendait don Pedro, et que cette lettre allait lui apprendre la guérison prochaine de mon malheureux fiancé. Hélas! l'éclair d'espoir s'est éteint; cet homme aux idées chevaleresques, qui s'était redressé un moment, qui avait eu dans le Dieu de ses pères assez de foi pour croire que ce Dieu allait faire un miracle en faveur du dernier duc de Sallandrera, est tombé tout à coup à la renverse comme un chêne que la foudre déracine.

« Cette lettre annonçait à don José la mort de son frère; cette lettre, l'infâme l'avait reçue hier, dans la journée, et il est allé au bal!... et il l'avait sur sa poitrine!...

« Eh bien! monsieur, l'affection de mon père pour don José était telle, que lorsqu'il est revenu à lui, il a attribué l'infamie de son neveu à un excès de délicatesse.

« — Le pauvre enfant, nous a-t-il dit, a eu l'héroïsme d'aller au bal, la mort dans le cœur, pour que Conception qu'il aimait y allât, et n'apprît que le plus tard possible la mort de don Pedro.

. . . .

« Depuis ce matin, monsieur, mon père et ma mère sont agenouillés devant le cadavre de l'assassin de don Pedro, ils pleurent et prient.

« Don Pedro, lui, le juste et le bon, a été veillé la nuit de sa mort par des étrangers... Comprenez-vous?

« Et, malgré ce rapprochement, malgré les crimes de cet homme, le remords, je le répète, est au fond de mon cœur, — moi qui l'ai désigné aux coups de la destinée implacable. En avais-je, en avions-nous le droit?

« Je voudrais vous voir, monsieur, vous qui êtes noble et bon, dit-on, vous qui avez tendu une main protectrice à la pauvre jeune fille abandonnée de tous. Il me semble que vous me donneriez du courage... Vous voir!... Mais où? mais quand?... A peine puis-je et osé-je vous écrire cette lettre.

« C'est demain qu'ont lieu les funérailles de don José.

« Vous y viendrez, mais vous ne pourrez me voir, car, selon l'usage espagnol, les femmes ne suivent point les convois. Cependant, j'espère vous voir, soit le soir, soit le lendemain.

« Adieu, monsieur; plaignez-moi, et merci!...

« CONCEPTION. »

— Ma parole d'honneur! murmura Rocambole, voilà un post-scriptum dont cette jeune fille n'apprécie pas toute la portée. Elle veut que je la plaigne d'avoir été dans la dure nécessité de faire tuer son cousin. Mais, en même temps, elle me remercie d'avoir bien voulu lui prêter mon concours dans cette petite opération. Cela manque de logique, en apparence, et cependant c'est fort clair pour moi. Mademoiselle Conception de Sallandrera aime, sans le savoir, M. le marquis de Chamery. Et Rocambole ajouta en riant : — Quand on songe, cependant, que je me suis appelé Rocambole, que j'ai été le fils adoptif de maman Fipart, que j'ai fait guillotiner Nicolo et que je me nomme aujourd'hui, pour l'univers entier, le marquis de Chamery, un homme dont raffole une Sallandrera!... Et, acheva Rocambole en jetant son cigare et soufflant sa bougie, il est pourtant des philosophes qui affirment que la vertu conduit à tout !..

XLI

M. le marquis de Chamery dormit avec le château de Sallandrera pour oreiller, et il s'éveilla vers dix heures du matin, en se disant : — On a eu tort de médire des *châteaux en Espagne!* je crois que j'en tiens un...

Il fit une toilette de deuil, dans l'intention d'accompagner don José à sa dernière demeure ; puis il monta chez sir Williams.

L'aveugle n'avait point encore connaissance de la lettre de Conception.

Rocambole la lui lut, et sir Williams l'écouta fort attentivement.

Puis il prit son ardoise.

« Il est évident, écrivit-il, que nous avons avancé la besogne. Tu es aimé de mademoiselle Conception et l'obstacle le plus sérieux, don José, n'existe plus. Mais... »

L'aveugle s'arrêta sur ce mot et parut réfléchir tortillant son crayon entre ses doigts.

— Mais... interrogea Rocambole.

Sir Williams écrivit :

« Le duc de Sallandrera est grand d'Espagne de première classe, il a sept ou huit cent mille livres de rente et sa fortune s'accroît encore de l'héritage de don Pedro et de don José... »

— C'est un beau denier ! murmura Rocambole, qui lisait par-dessus l'épaule de sir Williams à mesure qu'il écrivait.

L'aveugle continua :

« Le marquis de Chamery, quoique bon gentilhomme, est évidemment d'une noblesse inférieure aux Sallandrera... »

— Palsambleu ! mon oncle, s'écria Rocambole qui eut l'accent indigné d'un vrai marquis dont on contesterait les quartiers, vous oubliez que nous allions à Malte ?

Un sourire plein d'indulgence et pétri d'une bonhomie railleuse éclaira le hideux visage de l'aveugle.

Sir Williams était en belle humeur ; il répondit en haussant un peu les épaules : — Vous oubliez, mon neveu, que maman Fipart vous en a fermé la porte... de Malte ?

Rocambole se mordit les lèvres.

Sir Williams poursuivit avec son ardoise :

— En outre, le marquis de Chamery n'a guère que soixante-quinze mille livres de rente... une bagatelle !...

— Bah!... fit Rocambole, puisque Conception m'aime réellement.

— Et le duc de Sallandrera aura bien certainement de plus hautes visées. Il faut donc questionner adroitement mademoiselle Conception... savoir si, déjà, elle n'a point été recherchée en mariage par un grand seigneur quelconque.

— Oh! si fait, dit Rocambole.

— Ah! écrivit l'aveugle. Et par qui?

— Par une ancienne connaissance à nous.

— Qui donc?

— Le jeune comte de Château-Mailly, devenu duc et immensément riche par la mort de son oncle, ce vieux barbon qui, sans nous, épousait l'ancienne parfumeuse, madame Malassis... vous souvenez-vous?

— Oui, fit l'aveugle d'un signe de tête.

— Mais le duc a été refusé.

— Cela se comprend, écrivit sir Williams, don José vivait. Mais don José mort, dans un mois ou deux...

Et il ajouta ces mots, qu'il souligna!

— *Là est le danger !*

— Oh! dit Rocambole, le danger est ailleurs encore...

— Et où est-il?

— Tu sais bien, mon oncle, que je t'ai dit que Baccarat avait des intelligences dans la famille du duc.

Ce nom de Baccarat arracha un frisson à sir Williams. En même temps, son visage, fort calme jusque-là, exprima une sorte d'animation et de colère subite.

— Eh bien! dit Rocambole, puisque nous sommes sur ce chapitre, allons jusqu'au bout. Depuis que je suis à Paris, Baccarat, devenue, comme tu le sais, la comtesse Artoff, a été absente. Elle est partie au commencement de l'automne dernier pour la Russie et doit revenir au commencement du mois prochain. On l'attend même de jour en jour. Tu vois que je suis bien informé.

— Après? fit l'aveugle d'un signe de main.

— J'ai déjà rencontré dix personnes qui ont connu le vicomte de Camboth et le marquis don Inigo de lo

32.

Montes. Je suis tellement changé, qu'aucune ne m'a reconnu dans la peau du marquis de Chamery. Mais je redoute Baccarat.

— Tu as raison, écrivit l'aveugle.

— Or, Baccarat et son mari ont connu, il y a deux ans, le duc de Sallandrera et sa famille aux eaux de Wiesbaden; le comte Artoff s'est lié avec le duc, et bien que Baccarat ait le tact de ne jamais accompagner son mari dans le monde, elle est reçue dans l'intimité à l'hôtel Sallandrera. La duchesse et Conception l'aiment beaucoup.

— Diable !... mima sir Williams par un bruit de lèvres bien connu.

— Or, c'est précisément le comte Artoff qui a présenté le jeune duc de Château-Mailly.

Sir Williams fronça le sourcil.

— Tu vois, mon oncle, dit Rocambole, que tu avais la main malheureuse autrefois ; car, enfin, c'est toi qui as mis tout ce monde en relations.

Sir Williams soupira.

— Donc, Baccarat et le comte reviendront à la charge donc cette femme, qui nous a déjà si merveilleusement roulés, nous roulera encore, si nous ne prenons nos précautions.

L'aveugle grinça des dents.

— Mon avis est donc, mon bonhomme, puisque nous allons avoir quelques loisirs, — car, bien certainement, le duc et sa famille conduiront en Espagne le corps de don José, — mon avis est donc que nous nous occupions de Baccarat.

— Oui!... oui!... fit le muet d'un énergique signe de tête.

— Ecoute-moi bien, mon vieux, reprit le faux marquis ; je ne blâme pas ta haine pour cet excellent M. de Kergaz, ton frère; mais je suis d'avis que tu y renonces, au moins provisoirement. Cette haine, qui ne rapporte absolument rien, du reste, nous a toujours porté malheur. Si tu t'étais moins occupé de ton philanthrope de

frère et un peu plus de Baccarat, tu aurais bien certainement ta langue et tes deux yeux. Peut-être même, acheva
Rocambole avec une raillerie cruelle, te serais-tu retiré
en province avec cette jolie petite Sarah, qui aurait fini
par t'aimer.

Le nom de Sarah fit pâlir sir Williams.

— Ah! ah! dit Rocambole, elle te tient toujours au
cœur, hein?

Le visage de l'aveugle exprima soudain toutes les con-
voitises de la passion.

— Eh bien! poursuivit son élève, si tu le veux, nous
combinerons un joli petit plan qui te venge de Baccarat,
et je t'assure que cela me paraîtrait drôle de te donner
Sarah comme récompense de ta sagesse.

Sir Williams témoignait, par ses gestes et son attitude,
une joie féroce.

Rocambole tira sa montre.

— Mais, dit-il, nous recauserons de tout cela ce soir.
Il est onze heures, je vais aux funérailles de don José.
Je ne puis faire moins puisque j'hérite de sa fiancée.

Le faux marquis laissa sir Williams en proie à la surexcitation terrible éveillée en lui par le souvenir de la
petite juive, cause première et mystérieuse de tous ses
revers, mais pour laquelle il avait conservé l'amour violent et furieux d'une bête fauve.

Le vicomte Fabien d'Asmolles attendait son beau-
frère pour aller avec lui au convoi de don José.

Les deux jeunes gens montèrent dans une voiture de
deuil, attelée de deux chevaux-noirs magnifiques, aux
étrivières de laquelle étaient pendus deux laquais vêtus
de noir de la tête aux pieds.

— Mon ami, dit le vicomte en voyant la mine de Rocambole, qui avait cru devoir prendre un air consterné,
tu es un noble cœur, tu te disposes à pleurer un rival
avec le cœur d'un ami.

Rocambole ne répondit pas, et la voiture partit.

. . . .

Ainsi que mademoiselle de Sallandrera l'annonçait

dans sa lettre au marquis de Chamery, les funérailles eurent lieu le lendemain.

A midi précis, le char funèbre sortit de la cour de l'hôtel de Sallandrera, situé, comme on sait, rue de Babylone.

Une foule de voitures de deuil encombraient les abords de l'hôtel.

La première voiture qui parut derrière le char était occupée par le duc de Sallandrera et un prêtre espagnol, confesseur de la duchesse.

Le duc avait l'attitude morne, abîmée d'un homme qui va voir se refermer une tombe sur les dépouilles de son unique fils.

Quand le convoi eut atteint l'église de la Madeleine, où l'absoute allait être donnée, lorsque les nombreux assistants descendirent de voiture pour entrer dans l'église et s'agenouiller autour du catafalque, ils furent effrayés de la paleur du duc et du tremblement nerveux qui s'était empâré de tous ses membres.

Un mot sinistre circula dans la foule.

— Le duc, disait-on, n'a pas trois mois à vivre. Il est mort d'avance du coup qui a tué don José.

Pendant la cérémonie funèbre, Rocambole et son beau-frère se tinrent derrière la foule des assistants, tout près des gens du duc qui avaient transporté la bière du char dans l'église.

Le faux marquis de Chamery n'avait point choisi cette place sans un dessein prémédité.

Il avait bien pensé que, parmi les nombreux serviteurs du duc de Sallandrera qui assistaient aux funérailles, se trouverait le groom noir de Conception. Et il espérait surprendre un geste, un signe d'intelligence qui lui apprît l'heure et le lieu où il pourrait voir mademoiselle de Sallandrera.

Rocambole avait deviné juste.

Le noir était au premier rang de la livrée, et lorsque, au moment où chaque assistant allait jeter l'eau bénite sur le catafalque, Rocambole, après avoir fait comme tout le monde, voulut rendre le goupillon, ce fut le noir qui le prit de ses mains. Et, en même temps, le faux marquis sentit que le noir lui mettait un papier dans la main, qu'il dissimula avec autant d'adresse qu'on venait d'en mettre à le lui glisser.

Après l'absoute, le corps de don José, qui devait être dirigé sur l'Espagne, fut descendu dans un caveau pro-visoire, et l'assistance se retira silencieuse et recueillie.

On avait emporté évanoui cet homme de fer qui se nommait don Paëz, duc de Sallandrera.

Une heure après, rentré chez lui, Rocambole lisait à sir Williams le billet qui lui avait remis le noir.

Voici ce billet :

« Monsieur et ami,

« Nous partons demain pour Sallandrera. Nous accompagnons, mon père, ma mère et moi, le corps de don José d'Alvar, qui doit être inhumé dans les caveaux de la famille de Sallandrera.

« Je ne puis et ne veux partir sans vous voir. Ce soir, à minuit, trouvez-vous à la petite porte du boulevard des Invalides.

« CONCEPTION. »

— Qu'en dis-tu, mon oncle ? dit Rocambole.

Sir Williams écrivit :

— Il faut y aller...

— Parbleu !... Mais que dis-tu de la lettre?

— Je dis, écrivit l'aveugle, que tu feras bien de garder tous ces billets. S'il t'arrive malheur, si mademoiselle Conception t'oublie en Espagne, si enfin elle épouse le duc de Château-Mailly ou un duc quelconque, tu pourras les mettre dans la corbeille de mariage ; cela fait toujours bon effet.

— Farceur ! murmura Rocambole.

Il causa quelques minutes encore avec l'aveugle, lui promit de monter chez lui à son retour de l'hôtel Sallandrera, et alla achever sa journée au Tattershall, où il y avait une vente de chevaux à deux heures. Le marquis sortit du Tattershall à cinq heures et demie, dîna sur le boulevard et alla voir un proverbe d'Alfred de Musset à la Comédie Française.

On le voit, en devenant homme du monde, Rocambole avait répudié tous les goûts de sa première jeunesse. Il préférait le Théâtre-Français à la Gaîté, et mademoiselle Brohan à M***, le comique en vogue du boulevard. C'était un point de vue comme autre.

La représentation de la rue Richelieu et quelques cigares fumés dans la galerie d'Orléans conduisirent le marquis jusqu'à l'heure du rendez-vous que lui avait donné mademoiselle de Sallandrera. A minuit précis, il se trouvait à la petite porte des jardins.

Comme il avait plu toute la journée, au lieu de sortir en phaéton, le marquis était sorti dans son coupé bas ; et il laissa ce coupé sur le quai à l'entrée du boulevard des Invalides, qu'il remonta à pied.

Au moment où il se disposait à frapper deux coups discrets à la petite porte, elle s'ouvrit, et le nègre le prit aussitôt par la main. — Venez, dit-il.

Comme la première fois, le nègre fit traverser les jardins au marquis, puis la serre-chaude, et il lui fit gravir ce petit escalier de service qui conduisait au deuxième étage de l'hôtel.

Conception attendait le marquis dans son atelier. Cette vaste pièce était à peine éclairée par une seule lampe, que la jeune fille avait couverte d'un abat-jour.

— Elle veut me dissimuler son émotion et sa pâleur, pensa Rocambole, qui était plein de fatuité.

Pourtant, s'il se trompait, il ne se trompait qu'à demi, car mademoiselle de Sallandrera était si émue lorsqu'il entra, qu'elle n'eut point la force de quitter son siége.

Rocambole avait sans doute médité longuement ses gestes, ses paroles et son attitude. Il fut divinement embarrassé en allant du seuil de la porte vers elle ; il balbutia comme un enfant en essayant de lui demander de ses nouvelles ; — il demeura debout et tout tremblant, comme un homme qui n'ose pas s'asseoir.

Cette émotion qu'il jouait si bien, la jeune fille la ressentait véritablement, et son cœur battait si fort, elle était sous le poids d'une telle oppression que, pendant un moment, elle ne put prononcer un mot.

— Ah!... dit-elle enfin, faisant un violent effort sur elle-même, j'ai bien souffert depuis deux jours, monsieur!...

Rocambole lui prit la main.

— Vous n'avez pas souffert seule, dit-il.

Elle soupira et se tut.

— Mademoiselle, reprit-il paraissant s'enhardir, je vous apporte l'absolution que semble me demander votre lettre. N'ayez aucun remords du trépas de ce misérable don José. Ce n'est pas nous qui l'avons tué, c'est Dieu! Et Dieu est juste!...

— Ah! monsieur, murmura-t-elle, j'ai peur que nous n'ayons tué mon père!...

— Non, mademoiselle, non. Une heure viendra où la Providence qui vient de punir se chargera sans doute aussi de dessiller les yeux qui pleurent les assassins comme on pleure des victimes.

Rocambole s'exprima alors avec une subite animation; il fit comprendre à mademoiselle de Sallandrera que la mort de don José n'avait été qu'une expiation insuffisante de ses nombreux forfaits, de sa vie infâme et souillée... Puis il lui fit le tableau de l'horrible existence qu'elle eût été condamnée à mener côte à côte et face à face avec ce misérable.

Et comme le marquis était éloquent et passionné en exprimant son opinion, Conception ne tarda pas à se laisser convaincre.

Enfin Rocambole termina son plaidoyer par cette péroraison sentimentale : — S'il est quelqu'un à plaindre, mademoiselle, c'est peut-être ceux ou celui qui vous voient vous éloigner... peut-être pour toujours.

— Oh non! dit-elle avec vivacité, nous reviendrons à Paris.

— Dites-vous vrai?

— Avant un mois.

Rocambole appuya sa main sur son cœur, comme si le bonheur l'eût suffoqué.

— Mon père, poursuivit Conception, a pris l'Espagne en horreur... il veut vivre en France maintenant. Nous reviendrons, monsieur.

Le marquis tomba à genoux.

Il feignit de céder à un excès, à un égarement de la passion, et il osa porter une des mains de lajeune fille à ses lèvres.

Elle la retira vivement, mais elle lui dit sans colère :

— Je vous l'ai dit ici même, monsieur, le jour où je me suis confiée à vous, où vous avez noblement accepté le rôle de protecteur, tendant la main à la pauvre abandonnée de tous; je vous ai dit : Sauvez-moi, et je serai reconnaissante, et si mon cœur, déjà éprouvé par tant de douleurs, ést mort à un nouvel amour...

La voix de Conception expira sur ses lèvres. Etait-ce le souvenir de don Pedro?... ou bien n'était-ce pas plutôt qu'elle commençait à lire au fond de son cœur et à s'apercevoir qu'elle aimait le marquis.

Rocambole se mit à genoux.

Il lui prit les mains, et cette fois, elle ne les retira point.

Il y mit un baiser brûlant.

— Mon Dieu !... s'écria-t-elle en se dégageant, partez, monsieur, et laissez-moi partir... Mais attendez mon retour... Dans un mois, je serai revenue à Paris.

Il lui obéit et se leva, mais il continua à presser ses deux mains dans les siennes, et ce fut avec une voix émue et qui descendit jusques au fond du cœur de Conception qu'il lui dit : mademoiselle, je vous aime... je vous aime, et s'il naît parfois une épouvante au fond de mon âme, c'est en songeant que je ne suis qu'un pauvre gentilhomme français, possédant une fortune ordinaire, portant un nom presque obscur et indigne de s'allier jamais au noble nom de Sallandrera.

— Monsieur, répondit simplement Conception, tous les

gentilhommes sont égaux, et ni les princes, ni les rois
ne sauraient en créer. Les rois donnent des titres, mais
c'est le temps qui consacre les races, et votre race est
aussi vieille que la mienne.

Rocambole s'inclina.

•   •   •   •   •   •   •   •   •   •   •   •   •   •

Les deux jeunes gens venaient de rompre la glace.

Le faux marquis de Chamery avait fort nettement for-
mulé cette pensée : — J'aspire à l'honneur d'obtenir votre main, mais je crains, hélas ! de n'être ni assez noble,
ni assez riche...

A quoi Conception avait répondu plus nettement encore : — Vous êtes trop humble, et je vous permets
d'espérer.

De ce premier aveu, les deux jeunes gens passèrent
bientôt à des promesses, à des serments...

Conception laissa échapper son secret. Elle ne dit
point toutefois à Rocambole qu'elle l'aimait ; cependant,
sous peine de passer pour un niais, Rocambole ne put
se le dissimuler plus longtemps. Il obtint la permission
d'écrire des lettres qui seraient reçues en secret et auxquelles on répondrait.

Et une heure s'écoula, et il ne fallut rien moins que
le timbre sec et métallique de la pendule, qui sonna une
heure du matin, pour mettre un terme à ce premier et
naïf épanchement.

— Mon Dieu ! dit Conception, se levant vivement, partez, je vous en supplie.

— Déjà ! fit Rocambole avec un accent qui était de la
bonne école de M. de Lauzun.

— Mon père ne se couche jamais avant deux heures,
et quelquefois il lui prend fantaisie de monter chez moi.
S'il vous trouvait ici, nous serions perdus !

— Adieu... je pars... murmura Rocambole de nouveau merveilleusement ému.

— Dans un mois... au revoir.

Elle le reconduisit jusqu'à l'extrémité du couloir, lui
abandonna une fois encore sa main qu'il couvrit de bai-

sers. Puis elle le quitta brusquement, revint s'enfermer dans son atelier, cacha sa tête dans ses mains et fondit en larmes.

— O mon Dieu ! mon Dieu ! murmura-t-elle, je sens que je l'aime!...

XLII

Rocambole sortit de l'hôtel Sallandrera par la petite porte des jardins du pas d'un triompheur romain montant au Capitole.

— Elle m'aime! murmura-t-il, et, le diable aidant, je crois que je mourrai dans la peau d'un grand d'Espagne. Une enveloppe assez comfortable, ma foi!

Ce fut en faisant cette réflexion qu'il arriva sur le boulevard des Invalides.

Le boulevard était désert ; il tombait une pluie fine et serrée qui fouettait la figure.

Rocambole se prit à marcher d'un pas rapide, descendant vers le quai, où il avait laissé son coupé. Mais aux deux tiers du chemin, son attention fut éveillée par des cris, des paroles brèves et courroucées, et il ne tarda point à apercevoir deux personnes entre lesquelles une lutte violente paraissait engagée.

— Oh ! oh ! pensa-t-il, puisque décidément je joue les rôles de protecteur, allons mettre le holà !

Il pressa le pas et ne tarda point à reconnaître que de ces deux personnes, l'une était une femme, l'autre un homme qui la violentait et lui parlait d'un ton menaçant.

— Laisse-moi, Auguste, laisse-moi, te dis-je ! s'écriait la femme, il vaut mieux nous quitter que vivre ainsi.

— Je te dis que tu es une abominable coquine ! répondait l'homme appelé Auguste, et si tu veux me quitter, c'est que tu as des projets... aussi je te tuerai plutôt !...

Et l'homme levait la main pour frapper.

— Au secours ! à l'assassin ! cria la femme.

— Oh ! tu as beau crier et appeler, continua l'homme, qui cependant laissa retomber sa main sans frapper, personne ne viendra à ton secours, nous sommes seuls, et d'ailleurs...

Il n'acheva pas ; un robuste coup de poing lui fut appliqué sur la nuque, et il alla rouler à dix pas tout étourdi.

Rocambole, dont la terre détrempée par la pluie avait assourdi les pas, venait de se ruer sur lui avec l'énergie et l'adresse d'un homme qui a longtemps pratiqué la boxe.

L'homme se releva et revint sur lui les poings fermés.

— Mon petit, dit tranquillement le faux marquis, fais-moi donc le plaisir de filer et de laisser cette femme en repos, où je t'assomme...

Et il fit décrire à la badine dont il était armé un si terrible moulinet, que son adversaire de hasard, aussi lâche en présence d'un homme qu'il était brave tout à l'heure en croyant avoir affaire à une femme, prit la fuite aussitôt.

Alors Rocambole se tourna vers la femme toute tremblante encore.

— Ne craignez rien, mon enfant, lui dit-il, je suis là pour vous protéger.

— Oh !... monsieur, répondit-elle avec l'accent de la crainte, ne m'abandonnez pas, je vous en supplie.. Il me tuerait.

Cette voix fit tressaillir Rocambole.

— C'est drôle, pensa-t-il, je connais cette voix-là, moi !...

Et comme en cet endroit il faisait assez noir et qu'ils étaient loin de tout réverbère, il prit le bras de la femme et le passa sous le sien.

— Venez avec moi, dit-il, je vais vous mettre en sûreté.

La femme se laissa entraîner jusqu'au coupé du marquis, dont les lanternes à optique jetaient une vive clarté.

Mais souda n Rocambole jeta un cri :

— Baccarat ! dit-il.

L'étonnement, la stupéfaction du faux marquis avaient été si grands, qu'il avait oublié toute prudence et n'avait plus songé que reconnaître Baccarat, c'était l'inviter à le reconnaître lui-même.

Mais la femme ainsi interpellée répondit avec plus d'étonnement encore :

— Vous vous trompez, monsieur.

— Je me... trompe ?

— Oui. Je n'ai jamais porté le nom que vous me donnez.

— Oh ! fit Rocambole suffoqué.

Et il se prit à la regarder attentivement, avec avidité. C'étaient bien la taille élevée et flexible de Baccarat, ses magnifiques cheveux blonds, son sourire triste et doux, le galbe correct et pur de son visage. Mais ce visage était amaigri et paraissait souffrant; mais cette femme, qui avait jusqu'au timbre de voix de Baccarat, était pauvrement, méchamment vêtue d'une robe en lambeaux, chaussée de souliers éculés, coiffée d'un petit bonnet de lingerie. Évidemment ce n'était pas, ce ne pouvait être cette femme qui avait, quatre ou cinq années auparavant, échangé son nom de Baccarat contre le nom aristocratique du comte Artoff.

Rocambole demeura longtemps abasourdi, muet, bouche béante, en présence de cette créature qui lui rappelait si parfaitement l'héroïne du *Club des Valets-de-Cœur.* Longtemps il se demanda s'il n'était pas le jouet d'un rêve, s'il ne dormait pas tout éveillé, si enfin il n'était pas en proie à une hallucination quelconque.

Un moment un soupçon traversa son esprit. Il se souvint que, autrefois, lorsque Baccarat s'appelait madame Charmet, elle sortait pauvrement vêtue pour aller distribuer des aumônes dans les quartiers populeux où la misère élit son domicile.

Et il crut que Baccarat l'avait reconnu...

Mais cette supposition était inadmissible. Si c'eût été Baccarat, elle ne se fût point laissée insulter par un homme, et quel homme ! une sorte de goujat qui paraissait avoir tous les droits du monde sur cette créature, jusqu'à celui de la battre.

— J'ai le vertige ! murmura-t-il enfin.

La femme ne paraissait rien comprendre à cette stupéfaction toujours croissante.

Enfin le marquis ouvrit la portière du coupé, et lui dit : — Je me trompe, sans doute, mais vous ressemblez à une personne que j'ai beaucoup connue autrefois.

— Oh ! bien certainement vous vous trompez, monsieur, dit-elle humblement, car moi je ne vous ai jamais vu.

Cet accent était si franc, si naïf, que Rocambole se rendit à l'évidence.

— Etrange ! étrange ! fit-il.

Et, la regardant encore :

— Dans tous les cas, dit-il, ne craignez rien, madame, Je suis un homme comme il faut...

— Ah ! je le vois bien, monsieur...

— Dites-moi où il faut vous conduire.

La femme rougit et balbutia.

— Dites ? insista Rocambole.

— Monsieur, répondit-elle avec un effort, je n'ai pas, je n'ai plus de domicile... je demeurais avec... un homme... et comme il me maltraitait... je me suis enfuie.

— Très-bien, dit Rocambole, je comprends. Eh bien ! montez dans ma voiture, je vais vous conduire dans une maison où vous serez provisoirement en sûreté.

Et comme elle semblait hésiter encore, il la poussa dans le coupé, monta auprès d'elle, et ferma la portière.

Le bruit éveilla le cocher, qui dormait fort tranquillement en attendant son maître.

— Rue de Suresnes ! lui cria Rocambole, enchanté, du

33.

reste, que le cocher n'eût rien entendu de son bref colloque avec l'inconnue.

Le coupé partit.

Alors Rocambole regarda de nouveau cette femme.

— Comment vous nommez-vous ?

— Rebecca, répondit-elle.

— Vous êtes juive ?

— Ma mère l'était.

— Et votre père ?

— Mon père, dit-elle avec une sorte d'irritation subite, je ne l'ai pas connu... je suis un enfant d'amour..

— Ah !

— Quand je dis que je ne l'ai pas connu, je me trompe, car je l'ai vu une fois... Ma mère me l'a montré un jour... Il passait, donnant le bras à une femme qui était la sienne et il tenait par la main une petite blonde comme moi et qui me ressemblait.

Rocambole tressaillit.

— Peut-être est-ce là celle que vous avez connue... vous, monsieur ?

— Votre père étans doute un homme riche ?

— Oh ! non ; c'était un ouvrier.

— Un ouvrier.

— Et, comme ma mère l'avait beaucoup aimé, cela l'enrageait, poursuivit la jeune femme, qu'il l'eût abandonnée, elle et son enfant, pour se marier avec une femme qui ne valait pas mieux.

— Oh! oh! pensa Rocambole, qui savait à merveille l'histoire de Cerise et de sa sœur ; ce serait curieux que ce fût la sœur naturelle de cette bonne Baccarat.

Et il reprit : — Ah! votre père était ouvrier.

— Oui.

— En quel état ?

— Il était graveur.

— Et savez-vous où il demeurait depuis... son mariage? insista Rocambole.

— Dans le faubourg Antoine.

— Parbleu! dit Rocambole, je suis bien persuadé d'une chose maintenant.

— Laquelle?

— C'est que la petite fille blonde dont vous parlez et qui était votre sœur....

— Est celle que vous avez connue?

— Précisément.

— Oh! dit la jeune femme avec l'accent de la haine, c'est elle qui m'a volé l'amour de mon père ; c'est elle qui est cause que je suis devenue une femme de mauvaise vie... comme ma mère.

— Quel âge avez-vous?

— Trente-deux ans.

— C'est bien cela, pensa le faux marquis. Elle est la sœur aînée de Baccarat, et Baccarat doit avoir trente ans.

Décidément le *boulanger*, mon patron, veut faire quelque chose pour sir Williams en m'adressant par la petite poste du hasard cette créature.

Comme Rocambole achevait cette réflexion mentale, le coupé s'arrêta, Ils étaient arrivés rue de Suresnes.

— Descendez, dit Rocambole en sautant le premier sur le trottoir. Je veux causer avec vous.

Il sonna, la porte s'ouvrit et il fit entrer l'inconnue devant lui.

Le valet de chambre, que nous connaissons, était, selon sa consigne habituelle, couché tout vêtu.

Au premier coup de sonnette, il vint ouvrir à son maître, et en valet intelligent, il ne fit que peu d'attention à la mise plus que misérable de la femme, et alla raviver le feu de la chambre à coucher.

Ce fut dans cette pièce que Rocambole conduisit l'inconnue. Il lui avança un fauteuil, renvoya le valet, et s'assit lui-même auprès d'elle.

— Maintenant, lui dit-il, contez-moi votre histoire tout entière.

— Ah! dit la jeune femme avec un sourire triste, c'est l'histoire d'une pauvre fille, et ce n'est pas bien gai.

— N'importe, dit Rocambole, racontez-moi tout ; je suis peut-être un protecteur que le ciel vous envoie.

— Vous avez l'air bon, dit-elle.

— Vous êtes donc une fille d'amour ?

— Oui.

— Et votre mère aimait votre père ?

— Elle l'adorait ; et quand il l'abandonna… j'avais alors un peu moins d'un an. Lorsque ma mère mourut, j'avais cinq ans. Une voisine m'a élevée jusqu'à l'âge de quinze.

— Et… alors ?

— Alors j'ai fait comme ma mère, comme font toutes les filles à qui personne au monde ne s'intéresse, j'ai aimé le premier homme qui m'a dit que j'étais jolie.

— Quel était cet homme ?

— Un étudiant. J'ai vécu quinze ans dans le quartier latin, heureuse quelquefois, malheureuse souvent.

— Pauvre fille !

— De chute en chute, je suis tombée à Auguste.

— Qu'est-ce que Auguste ?

La femme baissa la tête.

— Un marchand de contre-marques de l'Odéon, dit-elle.

— Ainsi, reprit Rocambole, vous haïssez cette femme qui est votre sœur et vous ressemble ?

— Ah ! de toute âme !

— Moi aussi.

Rocambole articula froidement ces deux mots.

— Vous ?

— Moi :

— Mais que vous a-t-elle donc fait ?

— Je l'ai trop aimée.

— Et… elle ?

— Elle m'a foulé aux pieds.

— Je comprends.

Et la femme du quartier latin devint toute songeuse.

Rocambole reprit : — Ainsi vous la haïssez ?

— Oh !…

— Si je vous proposais de vous venger d'elle et de me venger, accepteriez-vous ?

— Ah ! je crois bien, fit-elle avec une naïveté féroce ; puisque je n'ai plus rien à aimer, je veux haïr. Mais, ajouta-t-elle, comment ?

— Je vous aiderai, je vous servirai.

— Vrai ?

— Parole d'honneur.

Rocambole vit cette figure amaigrie par la souffrance s'illuminer d'une joie cruelle, ce regard morne et baissé d'ordinaire étinceler tout à coup.

— Tiens ! tiens ! pensa-t-il, je crois qu'il y a là de l'étoffe. Et il dit tout haut : — Ma petite, vous êtes ici chez vous.

Elle crut qu'il raillait, et elle le regarda avec une sorte de défiance.

— Je vous le répète, vous êtes chez vous... mon domestique vous servira... je viendrai vous voir tous les jours.

— Comment ! dit-elle, vous vous en allez ?

— Oui.

— Vous ne demeurez pas ici ?

— Non, mais ce logement m'appartient.

— Vous êtes donc bien riche ? fit l'étudiante, accoutumée à vivre avec de pauvres écoliers subsistant d'une maigre pension.

— Assez pour remplir chaque mois votre bonnet de pièces de vingt francs.

Et Rocambole se leva, reboutonna son paletot, tendit la main à la jeune femme et lui dit : Bonsoir, à demain. Puis il dit à son valet, qui se tenait dans l'antichambre :

— Tu donneras à cette femme tout ce qu'elle te demandera... mais tu ne la laisseras pas sortir... Tu m'en réponds.

Le valet s'inclina.

Rocambole sortit et remonta dans son coupé.

— A l'hôtel ! dit-il.

Un quart d'heure après, M. le marquis de Chamery montait cher sir Williams.

Deux heures du matin venaient de sonner, mais l'aveugle n'était point couché. Il attendait Rocambole avec impatience. Sir Williams, le mutilé, avait fini par s'incarner si bien, par la pensée, dans son élève, qu'il était devenu, par procuration, amoureux de la belle Conception de Sallandrera.

Or, Rocambole l'avait quitté pour aller au rendez-vous de la jeune fille : et sir Williams était impatient de connaître le résultat de ce rendez-vous.

Or, Rocambole, qui ménageait ses effets avec l'habileté d'un auteur dramatique, ne lui parla point d'abord de l'étrange rencontre qu'il venait de faire. Mais il lui raconta son entrevue avec la jeune fille et ses progrès rapides dans ce cœur innocent et candide.

Sir Williams était ravi.

— Mon pauvre vieux, dit Rocambole, qui voyait l'aveugle jouir de son triomphe, conviens que tu ne déployas pas plus de talent dans ta scène d'amour, à Bougival, avec ta sœur future, madame Jeanne de Kergaz ?

— C'est vrai, fit sir Williams d'un signe de tête.

Rocambole reprit : — Ne disions-nous pas, ce matin, prévoyant que mademoiselle Conception irait faire un tour en Espagne, que son absence nous laisserait des loisirs ?

— Oui, fit la tête de sir Williams.

— Et que pour les occuper nous ferions bien de songer à Baccarat.

— Oui... oui... fit encore la tête de l'aveugle.

— Ma foi ! tu as décidément, jadis, fumé une pipe avec le *boulanger*. Le boulanger est pour toi, mon vieux.

Le visage de sir Williams exprima une sorte d'étonnement.

— Devine qui j'ai rencontré tout à l'heure ?

— Je ne sais, sembla dire sir Williams d'un geste d'épaule.

— Baccarat.

— L'aveugle tressaillit.

Puis, avec son crayon et son ardoise :

—Mais tu disais qu'elle n'était point à Paris, ce matin.

— C'est vrai.

— Alors?...

— Alors je l'ai rencontrée tout de même.

—Je ne comprends pas, écrivit sir Williams.

— Je veux dire, articula lentement Rocambole, que j'ai vu une femme qui est la sœur naturelle de Baccarat, qui lui ressemble comme la goutte d'eau ressemble à la goutte d'eau...

Et Rocambole raconta à sir Williams attentif et charmé sa rencontre avec Rebecca et l'espèce de séquestration qu'il venait de lui faire subir. A mesure qu'il parlait, le visage de l'aveugle s'éclairait, des plis se formaient à son front, ses yeux roulaient dans leur orbite avec une expression étrange.

— Tu comprends, acheva Rocambole, que je ne sais pas quel parti on pourra tirer de cette fille, mais j'ai pensé que toi, qui es un homme de génie, tu trouverais le moyen de l'utiliser.

— Oui, fit gravement sir Williams.

— Qu'en feras-tu ?

L'aveugle appuya sa tête dans ses deux mains et s'abandonna à une méditation profonde qui dura plusieurs minutes et que son respectueux élève n'osa interrompre.

Enfin le crayon de l'aveugle se promena de nouveau sur l'ardoise et Rocambole lut cette réponse : — Mon cher enfant, tu peux aller te coucher. Tu remonteras demain matin.

— Et vous aurez trouvé ?

— Oui, je suis déjà sur la voie.

. . . .

Docile aux conseils de son ancien maître, le marquis de Chamery rentra chez lui, mit sa correspondance au courant, serra soigneusement les lettres de Conception et se mit au lit.

Le lendemain à neuf heures, il se présenta chez sir Williams.

L'aveugle n'avait pas dormi de la nuit. Il était assis sur son séant, enveloppé dans sa robe de chambre, et quelques gouttes de sueur perlaient à son front.

— Oh ! oh ! dit Rocambole, on me paraît avoir longuement médité.

— Oui.

— As-tu trouvé ?

— Oui.

L'aveugle écrivit.

— Quand Baccarat revient-elle ?

— Elle sera ici sous huit jours.

— En es-tu sûr ?

— A peu près.

— Très-bien.

Et Rocambole vit cette phrase lumineuse s'étaler sur l'ardoise de sir Williams :

« Il est nécessaire de trouver un jeune homme enthousiasme, ardent, un peu toqué, qui puisse devenir sérieusement amoureux de madame la comtesse Artoff. Ce jeune homme une fois trouvé, je crois que Baccarat passera de vilains moments. »

— Hé ! hé ! dit Rocambole, je crois que je devine déjà. Quand au jeune homme, j'ai une idée, et je vais de ce pas demander à déjeuner à la vicomtesse Fabien d'Asmolles.

Et Rocambole quitta sir Williams.

XLIII

Pour expliquer les dernières paroles de Rocambole à sir Williams, c'est-à-dire l'espoir qu'il avait laissé paraître de trouver chez sa sœur, à l'heure du déjeuner, le jeune homme enthousiaste et fou que l'aveugle demandait pour le placer sur son mysterieux échiquier, il est peut-être nécessaire de rapporter quelques mots échangés la veille entre le vicomte Fabien d'Asmolles et son beau-frère, tandis qu'ils revenaient des funérailles de don José.

— A propos, avait dit le vicomte après que Rocambole eut jeté quelques fleurs encore, c'est-à-dire quelques regrets sur la tombe de son rival, tu te rappelles Roland?

— Roland de Clayet, ton ami?

— Oui.

— Eh bien! mais il voyage, je crois. Il est allé se guérir en Allemagne de sa funeste passion pour Andrée, baronne de Chamery, murmura le faux marquis avec une amertume railleuse.

— Il est revenu, dit Fabien.

— Quand?

— Ce matin même.

— Ah!

— Voici une lettre de lui.

Et Fabien tendit le billet suivant à Rocambole :

« Mon cher ami, disait Roland, j'étais trop malade encore, moralement, lors de ton mariage pour avoir le courage d'y assister, et je suis parti pour l'Allemagne sans te serrer la main. Aussi, arrivé depuis une heure à peine, je m'empresse de t'écrire un mot pour t'assurer de ma constante et surtout reconnaissante amitié.

« Veux-tu me présenter demain à madame la vicomtesse d'Asmolles et me donner à déjeuner?

« ROLAND DE CLAYET. »

— Tiens! avait dit alors Rocambole avec indifférence et ne prévoyant pas qu'il pourrait jamais avoir besoin de ce jeune étourdi, il parait qu'il est guéri?

— Tu crois?

— Dame! c'est probable, puisqu'il revient et qu'il écrit à ses amis, ce que l'on ne fait pas souvent quand on a des peines de cœur.

Et Rocambole, qui avait bien autre chose en tête, vraiment, n'avait plus dit un seul mot sur Roland. Mais vingt-quatre heures plus tard, c'est-à-dire le lendemain matin, la lettre de Roland lui revenait, comme on l'a vu, en mémoire, et il descendit chez la vicomtesse en homme qui va à un rendez-vous d'amour.

Roland était arrivé déjà. Fabien l'avait emmené dans son fumoir, et c'est là que Rocambole les trouva.

— Ah! parbleu! dit Fabien en voyant entrer ce dernier, tu viens à propos, et tu vas entendre l'histoire de Roland; elle est jolie...

— Qu'est-ce donc? fit le faux marquis en serrant la main du voyageur.

— Ne me disais-tu pas, hier, que les gens amoureux n'écrivaient pas à leurs amis?

— Mais si... c'est mon opinion.

— Ton opinion est fausse.

— Tu crois?

Et Rocambole regarda Roland.

Le jeune homme avait une mine allongée et mélancolique, un air grave et penché à la Werther.

— Oh! oh! dit le marquis, me serais-je trompé, cher ami, et seriez-vous toujours amoureux?

— Hélas!...

— Mais, dit Fabien en riant, ce n'est plus d'Andrée. Il paraît que c'est une mode nouvelle: on quitte un chagrin de cœur pour en prendre un autre.

— C'est l'histoire des clous qui se chassent, ajouta Rocambole.

— La comparaison est juste. Ce pauvre Roland quitte Paris désespéré, le cœur meurtri, l'esprit désillusionné; il va demander à la poussière des grandes routes, aux ombrages de la Forêt-Noire, à la cuisine des hôteliers germaniques, un adoucissement à ses maux, et il se jure de ne revenir à Paris que complétement guéri.

— Le remède était bon.

— Sans doute, puisqu'il s'est guéri en moins de trois mois; mais, au commencement du quatrième, il s'est senti le cœur vide, il a eu soif d'aimer; le diable s'en est mêlé sans doute, et voici ce pauvre ami qui revient avec une passion nouvelle.

— Une passion allemande?

— Non, une passion russe.

Rocambole tressaillit.

— Je n'ai pas encore de détails, ajouta Fabien... mais comme l'amour a des besoins impérieux d'épanchement, Roland va nous en donner.

— Oh! mon Dieu! fit Roland avec tristesse, les détails me manquent tout comme à vous.

— Te moques-tu? dit Fabien.

— Non, la femme que j'aime...

Il s'arrêta et parut hésiter.

— Comme cela fait bien, ce mot-là, dit Rocambole ironiquement: La femme que j'aime!...

— La femme que j'aime, acheva Roland, je l'ai à peine vue.

— Et tu l'aimes?...

— A en mourir!...

— Encore un joli mot, dit Rocambole.

— Oh! ne riez pas, fit Roland avec un sourire navré, je souffre réellement.

— Alors, dit Fabien, tu viens te guérir d'elle à Paris, comme tu t'es guéri de l'autre en Allemagne?

Roland secoua la tête.

— Je l'ai à peine vue, reprit-il, je ne lui ai jamais parlé.

— Cher monsieur, exclama Rocambole, vous n'êtes pas un homme, vous êtes un baril de poudre... Tudieu! aimer à en mourir une femme qu'on a à peine vue... à qui on n'a jamais adressé la parole... mais on ne voit cela que dans les romans.

— Aussi, est-ce un roman.

— Peut-on le lire?

— Je vais vous le raconter, il est simple et triste. Je viens de Bade, c'est là que je l'ai vue. J'étais arrivé depuis quelques jours et je commençais à regretter Paris. Un de ces amis de hasard avec lesquels on se lie en

vingt-quatre heures par désœuvrement, quand on est
hors de France, m'entraîna au bal de la *Maison de conversation*.

— Je vais, me dit-il, vous montrer la plus jolie femme
que nous ayons ici... la comtesse Artoff.

A ce nom Rocambole fut si vivement ému, qu'il faillit renverser une table à laquelle il s'appuyait. Mais Fabien n'y prit garde et Roland continua : « La comtesse
Artoff, vous le savez, me dit mon ami de rencontre, est
une ancienne lionne parisienne, connue autrefois sous
le nom de Baccarat. Un grand chagrin d'amour l'a jetée
dans la voie du repentir, et le comte, qui est fabuleuse-
ment riche, l'a épousée. » J'avais entendu parler de
cette femme, et ce fut avec un vif sentiment de curiosité
que j'allai au bal. Je la fis valser. Quand la valse fut finie, j'étais amoureux fou.

— Eh bien ! mais, dit Rocambole en ricanant, cela
vous vient vite, à vous.

Roland reprit sa physionomie fatale et mélancolique,
et posa la main sur son cœur.

Puis, avec un sourire qui faisait mal :

— L'amour est instantané, dit-il. Vous aviez raison
tout à l'heure, j'ai été un vrai baril de poudre... une
étincelle a suffi.

— Prenez garde au feu ! répondit Rocambole, qui avait
reconquis tout son sang-froid, et éloignez-vous de la
cheminée.

— Et c'est toute l'histoire ? demanda Fabien.

— Non.

— Voyons la suite.

— En sortant du bal, j'avais la tête en feu, j'eus la
fièvre toute la nuit. Je crus que j'allais devenir fou.

— Oh ! le fat, dit Fabien. Tu l'étais déjà, et depuis
longtemps.

— Chut! fit Rocambole. Continuez, monsieur Roland,
continuez...

— Le lendemain, je me jurai de poursuivre la comtesse et de me faire aimer d'elle tôt ou tard, dussé-je ac-

complir pour elle les douze travaux d'Hercule, conquérir le monde...

— Et interrompit Rocambole décidément en belle humeur, détacher quelques étoiles de la voûte céleste pour lui en faire un collier. Comme c'est beau, l'amour !

— Le lendemain, poursuivit Roland, je passai ma journée à errer dans l'avenue Lichtentalh, sur la promenade, aux alentours de la Conversation, dans l'espoir de rencontrer la comtesse. J'allai écouter la musique vers trois heures, auprès des Orangers, à cinq heures j'allai dîner à l'hôtel d'Angleterre où elle logeait. Mais là, j'ai appris avec désespoir qu'elle avait quitté Bade le matin même.

— Et elle était partie pour Paris, sans doute ?

— Non, pour Heidelberg.

— Bon ! dit Rocambole, vous êtes allé à Heidelberg ?

— Précisément.

— Et vous l'avez rencontrée de nouveau ?

— Je lui ai sauvé la vie, dit Roland avec un accent d'orgueil des plus ridicules.

— Pardon, interrompit Rocambole, je demande une explication avant de passer outre. Vous avez sauvé la vie à la comtesse ?

— Oui.

— Et vous nous disiez tout à l'heure que vous l'aviez à peine vue... que vous ne lui aviez jamais parlé ?

— C'est la vérité.

— Eh bien ! ceci est assez joli, par exemple !

— Moi, dit Fabien, je n'y comprends plus qu'une chose, c'est que la folie de mon ami Roland est devenue de la monomanie.

Roland haussa les épaules.

— Quand tu sauras ce qui m'est arrivé, tu comprendras, dit-il.

Mais Fabien l'interrompit d'un geste.

— Viens déjeuner, dit-il, nous continuerons tout à l'heure le récit de tes aventures.

Et il prit Roland par le bras.

Rocambole les suivit en se disant : — Il pourrait bien

se faire que je fusse endormi depuis six mois. Tout me
réussit comme dans un rêve, et je n'ai qu'à souhaiter
quelque chose pour que mon souhait soit accompli. Nous
cherchions, sir Williams et moi, un jeune homme enthousiaste et fou qui pût s'éprendre de Baccarat, et voilà qu'il nous arrive amoureux, sur-le-champ, à la minute ;
si le diable me réclame jamais ses honoraires pour les
services qu'il me rend, j'aurai un fameux compte à régler
avec lui.

Après le déjeuner, le vicomte Fabien d'Asmolles fit re-
passer dans son fumoir son prétendu beau-frère Rocambole et son ancien ami Roland de Clayet.

Roland avait eu le bon goût, pendant le déjeuner, de
ne pas ouvrir la bouche sur Baccarat.

— Mon cher ami, dit alors Fabien offrant des cigares à
ses hôtes, ne crois pas que nous allons, Chamery et moi,
te tenir quitte à si bon marché.

— Comment l'entendez-vous ?

— Nous voulons la suite du récit de tes amours.

— Moi, dit Rocambole, je brûle de savoir comment
vous avez sauvé la vie à cette femme qui vous avez vu à
peine.

— Et qui ne t'a jamais parlé, ajouta le vicomte Fabien.

— Pardon, nous avons échangé huit ou dix mots.

— Quand tu lui as sauvé la vie?

— Non, quand j'ai valsé avec elle.

Les deux jeunes gens se prirent à rire.

— Oh! ne riez pas, dit Roland.

— C'est difficile.

— Vous trouvez?

— Parbleu! j'ai ouï parler de Baccarat autrefois, quand
elle n'était pas la comtesse Artoff, et elle n'était pas
muette, dit Fabien.

— Elle ne l'était pas non plus au bal, observa Rocambole.

— Certes non, dit Roland, mais elle l'a été quand je
lui ai sauvé la vie.

— Pourquoi?

— Parce qu'elle était évanouie.

— Ceci est une raison, fit Rocambole.

— Mais elle est revenue à elle?

— Oui, sans doute.

— Et elle ne vous a pas remercié?

— J'étais parti.

Rocambole prit l'attitude d'un homme saisi d'une profonde admiration.

— Et l'on parle des chevaliers errants, des preux de la Table-Ronde! dit-il. Mais notre ami est plus chevaleresque encore! il n'attend pas que la femme qu'il a sauvée soit revenue à elle, il s'éclipse modestement auparavant.

— Pardon, dit Roland, ce n'est pas de mon gré que je me suis éclipsé... on m'a chassé.

— Oh! oh!

— C'est toute une histoire.

— Eh bien! dit le vicomte, voyons! je veux la savoir.

Roland se renversa sur son siége, reprit son air fatal, et s'exprima ainsi : — La comtesse avait quitté Baden-Baden le lendemain du bal. Elle était partie avec son mari pour Heidelberg, Heidelberg la ville au palais ruiné et toujours majestueux en ses décombres, la ville des étudiants tapageurs et gais compagnons.

— Ceci est une phrase, observa Rocambole ; voyons la suite.

— Or, continua Roland, je pris sur-le-champ la route de Heidelberg, j'arrivai le soir même et j'appris, à l'hôtel du Prince-Karl, que le comte était parti pour Francfort, mais que la comtesse était restée, elle, dans une jolie petite maison blanche située au bord du Neckar, à un quart de lieue de la ville. Elle devait, dit-on, y passer un mois et y attendre le retour de son mari. Le comte Artoff était allé d'abord à Francfort, ensuite à Berlin pour de graves affaires d'intérêt. Je ne pouvais pas, sur la simple recommandation d'une valse obtenue, me présenter chez la comtesse ; mais je résolus de me confier au hasard.

— Pour te présenter?

— Non pour me permettre de la rencontrer.

— Et tu réussis?

— Vous allez voir.

Roland fit une pause légère et reprit :

— Je trouvai aux portes de Heidelberg un petit hôtel allemand où mangeaient des étudiants. Je me logeai avec eux, je dînai à leur table. De la fenêtre de ma chambre, j'apercevais la maison blanche de la femme aimée... Au bout de trois jours, j'étais au courant des habitudes de la comtesse. Elle sortait tous les jours à deux heures.

— A pied?

— Non, en bateau. Elle montait une jolie yole, gouvernée par deux hommes, deux cosaques barbus, farouches, que, sans doute, le tyran russe a placés comme des geôliers auprès de l'infortunée.

Fabien, à ces derniers mots, haussa les épaules.

— Tu ne sais donc pas, mon ami, dit-il, que le comte est amoureux fou de sa femme?

— Raison de plus pour qu'il soit jaloux.

— Et que sa femme l'adore?

Roland fit la grimace, mais il continua cependant : — La comtesse remontait le fleuve jusqu'à environ deux lieues. Quelquefois elle descendait sur la berge et se promenait en cueillant des fleurs; souvent une jeune fille fort belle l'accompagnait. Pendant huit jours, vêtu en étudiant, je me trouvai sur la berge.

— Et elle ne descendit pas?

— Si, une fois.

— Et tu l'abordas?

— Non; le cœur me battit trop fort, je n'osai. Seulement, je la saluai. Elle me rendit mon salut et ne parut pas me reconnaître. Le lendemain de ce jour, à la même heure, je repris ma place accoutumée sur la berge : bientôt je vis reparaître l'embarcation...

— Et la comtesse?

— Naturellement. Mais il faisait grand vent, et les cosaques au lieu de se servir de l'aviron, avaient hissé une voile latine. Or, la barque filait avec la rapidité d'un cygne, tirait des bordées, se rapprochait et s'éloignait tour à tour de la rive.

— Ces cosaques étaient des marins, dit Rocambole.

— Mais, comme tels, ils ne savaient pas nager.

— C'est l'histoire d'un officier de marine de ma connaissance qui fait des romans bien amusants, ajouta Fabien, et qui a failli se noyer dans une baignoire.

— Ces marins cosaques, poursuivit Roland, savaient si peu nager, qu'un coup de vent ayant fait chavirer la barque, ils s'y cramponnèrent avec une sorte de terreur et oublièrent pendant un quart d'heure que leur maîtresse se noyait.

— J'entrevois le sauvetage...

— La comtesse, tombée à l'eau, allait donc se noyer. Heureusement, j'étais là. Je me dépouillai de mes habits, piquai une tête et repêchai mes amours juste au moment où ils allaient pour toujous disparaître.

— Bravo!

— Je vous ferai remarquer, dit alors Fabien, que mon ami raconte cela comme il vous narrerait une partie de pêche. Cette simplicité est fort belle.

— Après avoir lutté un moment contre le courant, qui était très-rapide, continua le narrateur, je parvins à déposer sur la berge la comtesse évanouie, mais vivante.

— Et les cosaques?

— Les cosaques étaient parvenus à retourner leur barque, à la vider, et, carguant leur voile, ils abordaient à l'aviron au même instant. Ils s'emparèrent de la comtesse évanouie, la mirent dans la barque, me saluèrent gravement, et s'en allèrent, s'abandonnant au courant. Deux heures après, je me présentais chez la comtesse pour avoir de ses nouvelles. Un des cosaques vint ouvrir, me reconnut et me ferma la porte au nez.

— C'était peu poli.

— Le lendemain, j'envoyai ma carte, espérant que la comtesse daignerait y répondre par une lettre de remercîment. Ce fut ce qui arriva; je reçus un billet ainsi conçu :

« La comtesse Artoff n'oubliera jamais qu'elle doit la vie à M. Roland de Clayet, et elle espère qu'il viendra recevoir, à *Paris, dans quinze jours,* ses remercîments de vive voix. »

C'était me dire clairement qu'elle ne voulait pas me voir à Heidelberg.

— Eh bien! que fis-tu?

— Je ne savais quel parti prendre, lorsqu'une seconde lettre m'arriva.

— Et celle-là?

— Était de mon oncle le chevalier. Le chevalier avait besoin de moi au plus vite, pour une affaire de famille. Je partis, espérant en guérir. Je passai trois jours en Franche-Comté, et me voici plus malade qu'à mon départ de Heidelberg... Mais, acheva Roland, la comtesse arrive dans huit jours, et il faudra que je la revoie et qu'elle m'aime.

— Oh! oh!... dit Fabien, ce dernier *il faut* me paraît joli.

— Et à moi aussi, dit Rocambole, qui s'esquiva, prétendant qu'il avait à sortir.

.　.　.　.　.　.　.　.　.　.　.　.　.　.

Le faux marquis monta chez sir Williams.

— Mon oncle, dit-il, l'homme enthousiaste est trouvé.

— Celui qui pourrait devenir amoureux de Baccarat? interrogea l'aveugle au moyen de son ardoise.

— Non, celui qui l'est déjà.

Et Rocambole raconta à sir Williams ce qu'il venait de voir et d'entendre.

Un hideux sourire illumina le visage du mutilé. Puis, il écrivit sur son ardoise : — Alors, j'ai trouvé. Ecoute :

Nous allons voir à l'œuvre cette nouvelle machination de sir Williams, — cet homme dont la haine et la vengeance semblaient inspirer le fatal génie.

XLIV

Quelques heures après une longue et mystérieuse conversation avec sir Williams, Rocambole descendit de voiture rue de Suresnes et gagna cet entresol où, depuis la veille, la sœur naturelle de Baccarat était prisonnière, sous la surveillance de son valet de chambre. La pauvre courtisane de bas étage, l'étudiante du quartier latin, le matin, en s'éveillant dans la jolie chambre à coucher de Rocambole, crut avoir fait un rêve et le continuer.

Le valet de chambre entra, l'appela madame et lui demanda ses ordres.

A quoi la jeune femme, stupéfaite, répondit naïvement : J'ai bien faim.

Le valet s'inclina, sortit et revint cinq minutes après portant une petite table couverte d'un déjeuner délicat et comfortable, accompagné d'une bouteille de vieux vin.

Rebecca, — c'était le nom qu'elle avait dit à Rocambole, — sa stupéfaction passée, se prit à manger avec avidité. Lorsque Rocambole arriva, elle avait une pointe d'ivresse qui se traduisait par une sorte de gaieté triste, un regard brillant, effronté même. Sous ses haillons, cette femme avait encore la beauté un peu amaigrie mais rayonnante de Baccarat.

— Qu'on mette à cette mendiante, pensa Rocambole en entrant, les cachemires de la comtesse Artoff et l'illusion sera complète. Bonjour, mon enfant, lui dit-il d'un ton dégagé en lui serrant la main à l'anglaise, comment vas-tu, ce matin ?

— Bien, très-bien... C'est très-bon genre, chez vous, répondit-elle.

— Tu trouves ?

— Et si j'avais un logement pareil... je vous aimerais de tout mon cœur.

— On va te le donner.

— Celui-ci? fit-elle avec la joie naïve d'un enfant à q
on promet un jouet.

— Non, un pareil.

Elle crut qu'il se moquait d'elle et le regarda avec d
fiance.

— Allons, dit-il, viens avec moi.

— Mais où?

— Voir ton appartement.

— C'est donc vrai ?

— Parbleu!

Le faux marquis avait compris que la robe usée, l
chaussures éculées, le chapeau fané et le vieux tartan d
Rebecca nécessitaient une réforme radicale ; en cons
quence, il avait fait emplette, dans un magasin de co
fection, d'objets propres à la métamorphose qu'il vou
lait accomplir. Un domestique avait apporté des paque
dans lesquels se trouvaient ces objets, qu'il avait dépo
sés dans le cabinet de toilette. Rocambole invita gra
cieusement Rebecca à s'habiller. Celle-ci dispar
pendant quelques instants et revint toute parée de cett
défroque, qui par hasard se trouvait assez bien ajustée
sa taille.

Le soi-disant neveu de sir Williams lui jeta alors u
grand châle sur les épaules, la prit par la main et l
dit :

— Viens, ta voiture est en bas.

— Ma voiture? fit-elle.

— Parbleu ! je ne veux pas que tu ailles à pied.

— Je crois que je rêve, murmura la jeune femme.

Il y avait, en effet, à la porte de la maison, un jol
coupé bleu, attelé d'un cheval gris, avec un cocher e
livrée noire, sans galons au chapeau ni au pardessus

Rocambole y fit monter Rebecca, s'assit auprès d'ell
et dit au cocher : — A Passy, rue de la Pompe.

Vingt minutes après, le coupé s'arrêta devant une jolie petite maison entre une cour microscopique et un
jardin anglais de trente pieds carrés. — avec des murs

en brique rouge et des croisées cintrées en pierre blanche.

— *Ta* maison, dit Rocambole en mettant pied à terre
et offrant son bras à l'étudiante, n'est pas grande...

— *Ma* maison !..

— Mais tu la trouveras comfortable.

Et il conduisit Rebecca émerveillée, jusque dans un
vestibule en marbre noir et blanc, garni de jardinières et
d'arbustes en caisses, à l'extrémité duquel un petit escalier déroulait ses marches en spirale et montait au premier étage.

Là, le marquis fit entrer sa nouvelle protégée dans un
salon en Boule et palissandre, dont un épais tapis à rosaces rouges sur un fond blanc couvrait le sol, dont les
murs étaient tendus d'une étoffe perse de même couleur, et où une main d'artiste semblait avoir disposé,
rangé chaque objet et accumulé de beaux bronzes, des
tableaux de prix et des chinoiseries d'un goût parfait.

— Que c'est beau ! dit l'étudiante.

Du salon, le marquis la fit passer dans une chambre
à coucher.

Elle était tendue en velours bleu, couleur destinée à
faire valoir l'éclat d'une femme blonde,

Rocambole fit asseoir la jeune femme sur une bergère :

— Voilà la chambre à coucher, dit-il. C'est ici que tu
recevras, le matin.

Puis il sonna.

Une femme de chambre, presque aussi jolie qu'une
soubrette de vaudeville, montra son minois futé et rose
sur le seuil.

— Madame a sonné ? demanda-t-elle.

— Oui, dit le marquis. Ta maîtresse veut s'habiller.
Elle attend ce matin ses couturières.

Et le marquis mit un baiser sur le front de Rebecca.
et lui dit : — Maintenant que tu es chez toi, je vais te
laisser installer.

— Comment, dit-elle, vous partez ?

I.   35

— Oui, mais je reviendrai ce soir... Tu me donneras à dîner.

Le premier moment de stupéfaction passé, la sœur de Baccarat avait bien vite pris son parti de tout ce luxe, quelque inouï, quelque inusité qu'il fût pour elle. Dans certaines classes de la vie parisienne, de pareilles et subites métamorphoses sont communes. Telle misérable créature qui, la veille, logée au sixième, s'est endormie rêvant au suicide, trouve le lendemain un second étage meublé en palissandre et un coupé.

Rebecca, voyant que Rocambole était tout à fait sérieux, avait fini par se dire : — Il paraît que j'ai mis la main sur un homme comme il faut, et qui ne regarde pas à la dépense. Puisqu'il veut me couvrir de cachemires, je ne vois pas pourquoi je le contrarierais.

Au moment de franchir le seuil de la porte, le marquis se retourna.

— Tu sais, dit-il, que tu as une cuisinière, une femme de chambre, un cocher et deux chevaux. Adieu, petite...

— Adieu, mon petit homme, répondit la sœur de Baccarat, persuadé que Rocambole s'était épris d'elle.

Rocambole quitta, à pied, la maison de la rue de la Pompe, et descendit jusqu'aux quais pour y trouver une voiture de remise.

— Où va monsieur ?

— Rue de Suresnes, d'abord, et ensuite rue de Ponthieu, répondit-il au cocher.

. . . .

Précédons notre héros de quelques minutes, et pénétrons, avant lui, dans l'appartement où, trois jours auparavant, don José avait fait sa toilette de bal, sans se douter que c'était sa toilette de mort.

Le cadavre, on s'en souvient, avait été transporté non au domicile du défunt, mais à l'hôtel de Sallandrera.

Zampa, le valet confident, avait attendu son maître toute la nuit, et avait fini, le jour venu, par aller à l'hôtel Sallandrera. Là, il avait appris la catastrophe.

— Oh! oh! dit-il, mon inconnu a joué un beau jeu; je devine à peu près tout, maintenant.

Zampa était retourné rue de Ponthieu, puis, là, il s'était adressé ce petit discours :

— Si mon maître eût vécu, je fusse devenu son intendant. Mon maître mort, que dois-je faire? Un bandit vulgaire ne manquerait pas de dévaliser le défunt et de faire main-basse sur tout ce qu'il trouverait. Mais, moi, je suis plus honnête, ou, du moins, je ne suis pas si maladroit. Quand j'aurai emporté huit ou dix mille francs d'ici, quelques bijoux, vendu les trois chevaux qui sont à l'écurie, en serai-je plus avancé? J'aurai risqué les galères pour quinze ou vingt mille francs. C'est peu. J'aime mieux attendre... D'abord le duc de Sallandrera pleurera si bien don José, qu'il est capable de me prendre en amitié rien que parce que je l'ai servi. Or, l'amitié du duc c'est presque la fortune. En second lieu...

Ici Zampa s'interrompit et faillit méditer.

— En second lieu, reprit-il enfin, si don José est mort et si j'ai, sans savoir pourquoi d'abord, coopéré à son trépas, c'est qu'il était gênant pour quelqu'un. Ce quelqu'un est bien certainement, je n'en puis douter à présent, un soupirant à la main de mademoiselle Conception. Or, comme j'ai le secret dudit quelqu'un, il ne peut manquer de m'utiliser.

Ce raisonnement était si juste, que Zampa demeura fort tranquillement dans l'appartement de son maître, pleura pendant trois jours, chaque fois que, rentrant ou sortant, il passait devant le concierge, et manifesta une douleur si vive que, pendant la cérémonie funèbre, tandis qu'on descendait le corps de don José dans un caveau provisoire, le duc de Sallandrera, qui devait s'évanouir en quittant l'église, aperçut le valet de chambre de son neveu versant d'abondantes larmes et se soutenant à peine.

Cette douleur, Zampa l'espéra, pourrait lui rapporter beaucoup dans l'avenir.

Or, depuis trois jours, Zampa, que la justice avait constitué le gardien des scellés apposés dans l'appartement, continuait en attendant des nouvelles de ce mystérieux inconnu qui l'avait acheté et possédait son secret, à soigner les chevaux et à veiller à tout.

Mais trois jours s'étaient écoulés. Personne n'était venu. Le duc de Sallandrera était parti le matin même sans régler la condition future de Zampa autrement qu'en le laissant provisoirement rue de Ponthieu.

— J'ai peut-être fait une bêtise! commençait-il à penser. Le duc est capable de m'oublier, l'inconnu de ne pas revenir. J'aurais dû me payer moi-même de mes soins.

Zampa se faisait précisément cette réflexion pleine de regrets, lorsqu'il entendit le coup de sonnette d'un visiteur.

Et il courut ouvrir.

Ce personnage que Zampa avait déjà vu plusieurs fois, que la bohémienne Fatima avait pris pour le diable, l'homme enfin à la polonaise à brandebourgs, aux cheveux filasse, à la barbe rouge, était sur le seuil.

Zampa le salua jusqu'à terre.

— Es-tu seul? lui dit le nouveau venu d'un ton d'autorité.

— Tout seul.

Rocambole entra.

— Ferme ta porte, ajouta-t-il.

Zampa poussa les verrous et suivit son visiteur jusqu'au salon, où celui-ci se jeta négligemment sur un canapé.

— Voyons, dit-il, causons.

Zampa demeura respectueusement debout.

— Tu es un garçon intelligent? poursuivit Rocambole.

Zampa s'inclina.

— Tu dois comprendre à demi-mot?

— Souvent.

— Et même sans demi-mot?

— Quelquefois.

— Pourrais-tu me donner des notions exactes sur la mort de don José?

— Hé ! hé ! dit Zampa, je trouve la question amusante.

— En quoi ?

— En ce que vous me demandez ce que vous savez mieux que moi.

— Bah !

— Du moins, c'est ce que je crois.

— Eh bien ! va... dis toujours.

— Don José est mort du coup de poignard de la gitana Fatima.

— Après ?

— Le poignard, c'est vous qui l'avez emmanché, j'imagine.

— C'est possible. Sais-tu pourquoi ?

— Je m'en doute.

— Voyons.

— Don José est mort parce qu'il devait épouser mademoiselle Conception.

— Possible encore.

— Or, continua Zampa, si ce mariage vous contrariait, c'est que, évidemment, vous êtes l'instrument...

— Ah ! l'instrument...

— Dame !... fit Zampa avec impatience, je ne suppose pas que ce soit vous qui vouliez épouser mademoiselle Conception.

— C'est vrai, ce n'est pas moi, dit Rocambole.

— Donc vous êtes l'instrument de quelqu'un qui songe à l'épouser.

— Assez, dit Rocambole ; je vois que tu es un garçon d'esprit.

— Vous êtes bien bon.

— Et que tu as clairement jugé la situation. Aussi allons-nous peut-être pouvoir nous entendre.

— Je l'espère... dit Zampa, qui se posa en homme résolu à se vendre cher.

— Mon bel ami, dit froidement l'homme à la polonaise, vous oubliez toujours que *nous* savons par cœur l'histoire de Zampa le condamné à mort...

Zampa tressaillit.

35.

— Et que nous pouvons l'envoyer à l'échafaud, si bon nous semble.

— Cependant, fit humblement Zampa, j'espère que vous serez raisonnable.

— Dis généreux. Nous payons bien.

Zampa salua.

— Tu voulais être intendant du mari de mademoiselle Conception, n'est-ce pas ?

— J'y avais songé.

— Tu le seras...

Zampa salua de nouveau.

— Seulement, poursuivit l'homme à la polonaise, il faut, pour quelque temps encore, être valet de chambre.

— Je le serai.

— Précisément un de nos amis, qui nous gêne, et auprès duquel nous voulons mettre une personne sûre, a besoin d'un valet de chambre. C'est M. le duc de Château-Mailly.

— Je le connais de vue.

— Un duc de trente-deux ans, assez riche pour se laisser voler.

— Il le sera, dit effrontément Zampa.

— Très-bien ; le mot est simple, mais joli.

Et Rocambole se leva.

— Demain, tu te présenteras, ajouta-t-il, chez le duc, avec une lettre de recommandation.

— De qui ?

— De mademoiselle Conception. Je te l'enverrai par la poste.

Et Rocambole s'en alla et retourna rue de Suresne, où il redevint marquis de Chamery.

— Germain, dit-il à son valet, je vous chasse.

— Monsieur me chasse ! s'écria Germain stupéfait. Aurais-je déplu à Monsieur ?

— Non.

— Mais... alors...

— Et je double vos appointements.

Le valet écarquilla ses yeux et crut que son maître se moquait de lui.

— Je vous chasse et je vous recommande à un de mes amis.

Le valet s'inclina.

— Un fat que je veux corriger en le mystifiant, acheva Rocambole, sûr de la fidélité de son valet.

— Serait-ce M. Roland de Clayet? demanda insolemment le domestique.

— Précisément.

Et Rocambole prit une plume et écrivit :

« Mon cher Roland,

« Vous m'avez ce matin, à table, témoigné tout le chagrin que vous éprouviez de la perte de votre groom, qui, en votre absence, s'est enfui après avoir couronné Fra-Diavolo, votre cheval bai.

« Je veux vous faire un cadeau, vous donner une perle, mieux que cela, tout les trésors d'Ali-Baba, mis en lingots et coulés dans la peau d'un seul homme.

« Je vous donne un valet qui répond au nom de Germain, joue les barons vis-à-vis des grisettes, porte des lettres comme on ne sait plus les porter, courtise les femmes de chambre dont les maîtresses ont des bontés pour son maître, ment bien à l'occasion, ne rougit jamais, a une teinte de littérature, a servi une femme auteur, vole modérément et ne décachète les lettres que dans les occasions sérieuses.

« Je vous l'envoie, et suis persuadé qu'avant quinze jours il vous aura introduit par la porte secrète dans l'hôtel de vos nouvelles amours, où il est homme à se ménager des intelligences.

— « Ma main dans la vôtre,

« Marquis de CHAMERY. »

Rocambole plia le billet et le remit à Germain.

— Tu reviendras demain, dit-il, je te donnerai tes instructions.

— Monsieur peut compter, répliqua le valet de chambre, que son ami sera *roulé* avec art.

. . . .

A six heures précises, le marquis Frédéric-Albert-Honoré de Chamery descendit de son phaéton, rue de la Pompe, à Passy, à la porte de la petite maison où il avait, le matin même, conduit la sœur naturelle de Baccarat.

Rebecca avait déjà fait peau neuve. Elle s'était souvenue de quelques rapides et lointains jours d'opulence, et avait, comme on dirait rue Tronchet ou rue Saint-Lazare, retrouvé son aplomb. Déjà elle savait se faire servir.

Rocambole trouva un dîner délicat, sobrement truffé avec du moët frappé et du bordeaux chauffé au degré voulu.

— A propos, lui dit-il en se mettant à table, je parie que tu t'imagines que je vais devenir ton... comment dirais-je?... ton ami?

— Mais dame! répondit-elle avec le sourire effronté de ses pareilles, et se versant un verre de champagne, vous en avez bien le droit, il me semble.

— Tu crois?

— Quand on fait les choses comme vous...

— Eh bien! tu te trompes.

— Hein! s'écria-t-elle étonnée, que voulez-vous donc faire de moi?

— Une femme comme il faut... bien posée dans le monde...

— Ah çà, dit Rebecca en riant, est-ce que vous seriez un philanthrope se donnant pour mission de ramener dans le sentier de la vertu les pauvres femmes égarées sur la grande route du vice?

— Pas précisément, mais je veux te rendre digne du nom que tu vas porter désormais.

— Tiens! vous me donnez un nom?

— Sans doute.

— Et... je m'appelle?

— Tu t'appelles maintenant la comtesse Artoff, c'est-à-dire *Baccarat*, articula lentement Rocambole.

XLV

M. Roland de Clayet, ce jeune fat qui s'était battu avec le vicomte Fabien d'Asmolles par amour pour mademoiselle Andrée Brunot, dite de Chamery, qui, après le mariage de cette dernière, était allé en Allemagne se guérir de sa passion, et en revenait avec une passion nouvelle pour la comtesse Artoff, c'est-à-dire Baccarat ; M. Roland de Clayet, disons-nous, était chez lui, un matin, à huit jours de distance de son déjeuner avec Rocambole, le vicomte et la vicomtesse.

Roland, on s'en souvient, habitait rue de Provence.

Il avait un petit appartement de garçon très-comfortable, un peu extravagant de disposition et d'ameublement, avec force trophées d'armes dans la salle à manger, bon nombre de portraits de femmes dans le salon, une collection de pipes turques, orientales, hindoues et chinoises dans le fumoir, et un cabinet de toilette comme les dames d'un monde interlope et douteux aiment à en trouver chez un garçon, c'est-à-dire avec une table couverte de petits miroirs, de pots de cold-cream et de boîtes à poudre de riz.

Roland, un vrai fanfaron de vices, avait étudié la vie réelle un peu dans les romans de son époque, beaucoup dans l'intimité de quelques jeunes fous émancipés légalement comme lui, au sortir du collége, et, comme lui, persuadés que l'âge de la suprême sagesse est la vingtième année ; l'ami le plus sûr, un tailleur qui vous prête de l'argent ; la femme la moins respectable, celle qui se montre insensible aux déclarations ampoulées de bambins à moustaches naissantes ; la plus digne d'être aimée, celle que trois ou quatre aventures scabreuses ont déjà signalée aux regards du monde, Roland était un de ces hommes qui, n'ayant jamais aimé avec le cœur, ont toujours profané l'amour vrai. Dans cette passion nouvelle qu'il avait si complaisamment affichée pour Baccarat devant Rocambole et Fabien, il y avait, pour lui, autant de vanité peut-être que d'entraînement vrai et de sympathie réelle.

Or, depuis huit jours, et tout en se croyant l'homme le plus malheureux du monde, le plus fatalement atteint par l'amour, Roland s'était promené un peu partout. On l'avait vu à l'Opéra le vendredi, toutes les nuits à son club, au bois et aux Champs-Elysées de midi à quatre heures, à cheval ou en phaëton. Il avait rencontré vingt amis, — et chacun d'eux avait reçu, sous le sceau du secret, la confidence de son amour pour la comtesse Artoff.

Un seul des amis de Roland n'était pas encore au courant de cette nouvelle passion.

Celui-là, nous le connaissons, — c'était ce jeune M. Octave, le témoin féroce à la redingote militairement boutonnée, et qui s'était montré si merveilleusement ridicule le jour du duel de Roland avec le vicomte Fabien.

Mais si M. Octave ne savait rien encore, ce n'était pas, en vérité, la faute de son ami Roland. La faute en était au hasard. Depuis qu'il était de retour à Paris, Roland n'avait pu mettre la main sur Octave. Octave était absent de Paris.

Or, ce matin-là, Roland était chez lui vers onze heures, et procédait à sa toilette avec tout le sérieux et toute la minutieuse attention d'un homme qui n'a jamais connu de plus grave occupation, et attache une importance extrême à la façon dont il noue sa cravate.

Son valet de chambre, un nouveau, celui que Rocambole lui avait donné, l'aidait en cette grave occupation. En homme nourri des principes de don Juan, Roland avait déjà pris son valet pour confident et l'avait chargé d'une mission des plus délicates.

— Eh bien ! Germain, dit tout à coup le jeune homme quoi de nouveau rue de la Pépinière ?

— J'attendais que Monsieur m'interrogeât, répondit le valet d'un ton de mystère.

— Parle, j'interroge.

— Les gens du comte ont reçu des nouvelles de leur maître, qui arrive sous huit jours. Les architectes se sont emparés de l'hôtel et y apportent de nombreuses modifications.

— Et la comtesse?

Germain prit un air mystérieux, et un sourire diplomatique glissa sur ses lèvres.

— Si monsieur savait... dit-il.

— Quoi? fit Roland.

— La comtesse ne revient pas avec le comte.

— Hein? que dis-tu?

— Elle est arrivée...

L'émotion que Roland éprouva à cette nouvelle fut si vive, qu'il faillit briser dans ses doigts le peigne d'écaille avec lequel il démêlait sa belle barbe châtain-clair.

— Comment ! dit-il, la comtesse... est... arrivée ?

— Oui, monsieur.

— Et elle est descendue à son hôtel ?

— Non.

Ici la joie et l'étonnement de Roland de Clayet subirent une sensible recrudescence.

— Mais où donc est-elle descendue, alors? demanda-t-il.

— Je vois bien, répondit le valet, qu'il faut que je fasse à Monsieur des confidences.

— Je les attends, drôle...

Roland se souvenait d'avoir toujours lu ou vu aux théâtres qu'un don Juan de quelque valeur, qui prend son valet pour confident et daigne s'abandonner avec lui à une causerie intime, doit de temps à autre le traiter de *drôle* ou de *maraud* pour lui rappeler la distance qui les sépare.

Germain prit un air plus mystérieux encore.

— Pour que Monsieur comprenne, dit-il, il faut que Monsieur me permette une légère introduction, une préface, comme disent messieurs les avocats.

— Parle.

— J'ai vingt-cinq ans, continua le laquais, je ne suis pas très-mal dans mon genre...

— Fat !...

— Dame ! Monsieur me pardonnera. J'ai fait mes preuves, j'ai eu mes succès.

— Après ?

— Au bal du Mont-Blanc...

— Qu'est-ce que ce bal ? interrompit Roland.

— Le bal des domestiques.

— Très-bien.

— Au bal du Mont-Blanc, dis-je, j'ai une réputation pour la valse et le quadrille des lanciers. Or, hier soir, comme Monsieur m'avait donné campo avec mission de savoir adroitement quand arriverait le comte Artoff; je suis entré dans ce bal, qui est, comme vous le savez, rue Saint-Lazare, en face de la rue de la Chaussée-d'Antin.

— Et puis ? fit Roland avec impatience.

— Je me rappelais avoir fait rédower, l'hiver dernier, une jeune et jolie femme de chambre qui m'avait dit être précisément au service de la comtesse Artoff.

— Et tu l'as retrouvée?

— Sans doute.

— Et c'est par elle...

— Naturellement. Seulement, comme je tiens beaucoup à l'estime de cette personne, à qui je fais un doigt d'*œil* et qui est dans les secrets de sa maîtresse comme je suis dans ceux de Monsieur, je prierai Monsieur de ne pas me compromettre.

— Ainsi, elle t'a dit que la comtesse était à Paris?

— Depuis avant-hier... incognito.

— Pourquoi *incognito?*

— Voilà ce qu'elle ne sait pas.

— Mais... où est-elle logée?

— A Passy. Mais j'ignore la rue et le numéro. La soubrette n'a pas voulu m'en dire plus long. J'espère que ce soir...

— Germain, dit vivement Roland de Clayet, si tu m'apportes cette adresse dans la soirée, tu auras dix louis.

— Oh! fit dédaigneusement le valet, Monsieur est trop bon... Je ne sers pas Monsieur par intérêt.

— Et pourquoi me sers-tu?

— Par orgueil. Si Monsieur pouvait devenir l'amant de la comtesse, j'en serais très-fier.

— Je le serai.

Roland ne doutait de rien.

Déjà, *in petto*, il s'adressait le monologue suivant : — Évidemment, puisque la comtesse est arrivée seule à Paris, et qu'au lieu de descendre à son hôtel elle va se loger à Passy, c'est qu'elle avait de bonnes raisons pour garder l'incognito. Or, quelles sont ces raisons? Il pourrait bien se faire que... la comtesse m'aimât... Son billet de Heidelberg avait un je ne sais quoi de mystérieux...

Un coup de sonnette interrompit ce merveilleux *à parte*.

— Monsieur défend-il sa porte? demanda le valet de chambre.

— Non, laisse entrer...

— Alors Monsieur me donnera ses instructions ce soir?

— Oui.

Germain alla ouvrir.

— Monsieur Octave! annonça Germain peu après sur le seuil du cabinet de toilette.

Roland se retourna avec empressement et vit entrer son jeune ami.

M. Octave était vêtu de noir de la tête aux pieds, portait un crêpe à son chapeau et avait la mine sérieuse et enjouée à la fois d'un héritier.

— D'où sors-tu donc? s'écria Roland en lui tendant la main.

— Je viens de province.

— Où tu as hérité?

— De mon père.

Ici M. Octave, qui avai prononcé ce nom sans trop

I.   36

d'émotion, crut devoir ajouter quelques phrases banales
sur la douleur qu'on éprouve à perdre son père ; puis,
en profond philosophe, il ajouta : — Du reste, mon
père était très-âgé. J'étais l'enfant de sa vieillesse ; il
s'était marié à cinquante-six ans. Tu le vois, il en avait
près de quatre-vingts. Il était tombé en enfance depuis
deux ans.

— Et, tu hérites ?

— De cinquante-trois mille livres de rente en bonnes
terres.

— C'est joli, cela, dit Roland.

— Je le crois bien.

— Vas-tu monter ta maison ?

— Je m'en occupe. Que veux-tu ? il faut se faire une
raison. Si le premier devoir d'un fils est de pleurer son
père, le second est d'en hériter.

— Le mot est joli !...

Un léger sourire vint effleurer les lèvres de l'intéressant M. Octave.

— J'ai toujours un peu le mot pour rire, dit-il : ne
faut-il pas se faire une raison ?

— C'est juste. Où vas-tu demeurer ?

— Je ne sais encore... Je cherche un petit hôtel...
là-haut... du côté des dames... rue Labruyère ou rue
Chaptal. Jusqu'à présent, je n'ai rien trouvé, et j'ai provisoirement loué un premier étage, rue d'Anjou, avec
une écurie pour cinq chevaux.

— Combien ?

— Six mille francs. C'est cher. Cependant, je suis assez content... On ne trouve plus d'écurie, par le temps
qui court.

Et M. Octave s'assit et prit un trabuco sur la cheminée.

— En attendant que j'aie trouvé mon hôtel, dit-il, je
cherche une compagne convenable...

Ces mots firent tressaillir Roland, qui crut devoir
prendre aussitôt la physionomie sombre et fatale d'un
homme ravagé par l'amour.

Mais M. Octave, tout entier à ce qu'il disait, n'y prit garde et continua, s'écoutant complaisamment parler :

— Je ne suis pas bien fixé encore ; m'attacherai-je au char d'une comédienne, d'une duchesse ou d'une bourgeoise ? Je ne sais.

M. Octave semblait n'avoir qu'à ficher son lorgnon sur l'œil pour choisir et voir tomber à ses pieds la femme assez heureuse pour avoir attiré ses regards.

Mais Roland l'interrompit brusquement :

— Ah ! tu es un heureux homme, mon ami, lui dit-il.

— Moi ?

— Sans doute.

— Est-ce parce que j'hérite ?

— Non, c'est parce que tu n'aimes pas.

— Aimer !... fit M. Octave avec dédain ; es-tu fou, mon cher ? Est-ce qu'on aime, à notre âge ?

— Oui, murmura Roland d'une voix sensiblement rauque.

Octave haussa les épaules.

— Comment ! mon pauvre ami, tu serais encore épris de... tu sais ?

M. Octave faisait allusion à Andrée.

— Oh ! non, dit Roland. C'est plus grave... c'est une passion vraie, celle-là, une passion dévorante, profonde, incommensurable... une passion qui m'épouvante et me donne le vertige.

— Ceci m'intéresse, dit M. Octave en renouvelant son trabuco. Voyons, conte-moi donc ça ?

— As-tu entendu parler d'une créature qui fut célèbre il y a sept ou huit ans, dans le monde des femmes aimantes ?

— Sept ou huit ans !... c'est bien vieux. Comment se nommait-elle ?

— Baccarat.

— Parbleu ! dit M. Octave, elle a épousé un Russe.

— Oui, le comte Artoff.

— C'est elle que tu aimes ?

— Oh ! fit Roland en posant la main sur son cœur, à en mourir !

— Bah ! dit M. Octave ; si elle le sait, elle s'arrangera pour que tu vives.

— Tu crois ?

M. Octave toisa son ami.

— Es-tu niais ! dit-il.

Et comme Roland se taisait :

— Comment ! tu aimes Baccarat et tu veux mourir ?

— Si elle ne m'aime...

— Cette supposition est inadmissible.

— Pourquoi ?

— Parce que Baccarat a aimé tout le monde.

— Autrefois... c'est possible ; mais aujourd'hui, elle est mariée.

— Et comtesse.

— Elle aime son mari.

— Ce qui ne l'empêchera pas de t'aimer, je t'assure. Mais où l'as-tu rencontrée ?

Roland de Clayet était trop heureux d'avoir à narrer la vingt et unième édition de son aventure avec la comtesse Artoff, aventure que nous connaissons, du reste, pour n'en point saisir l'occasion avec empressement. En moins d'une heure, le jeune Octave fut mis au courant, comme les autres amis de Roland. Seulement, il eut un avantage marqué sur eux tout d'abord. Il sut ce qu'ils ne savaient point encore et ce que Germain venait d'apprendre à son maître : l'arrivée de Baccarat à Paris et le strict incognito qu'elle gardait à Passy.

M. Octave avait écouté gravement sans interrompre son ami. On eût dit un médecin qui laisse son malade *bien décrire* sa maladie.

Quand Roland eut fini, M. Octave jeta son cigare aux trois quarts consumé.

— Sais-tu que Baccarat est une femme très-comme il faut ?

— Je le sais.

— Une femme qui pose un homme...

— Quand cet homme...

— Est dans la situation où tu seras dans un mois... peut-être avant...

— Comment !... là... sérieusement... tu crois...

— Je crois qu'elle n'est venue à Paris que pour toi.

— Allons donc! fit Roland d'un air modeste.

— Mon cher, poursuivit M. Octave, montre-moi le billet écrit à Heidelberg ; l'as-tu ?

Roland ouvrit un tiroir.

— Le voilà, dit-il.

M. Octave le lut et relut fort attentivement.

— Que fais-tu ? demanda Roland.

— Je cherche l'esprit de l'écriture. Or, l'esprit de celle-là ressort clairement.

— Quel est-il ? que dit-il ?

— Il dit qu'elle t'aime.

— A quoi le vois-tu ?

— A ces lettres tremblées...

— Octave !... Octave !... murmura Roland de sa voix la plus sinistre, ne me berce pas de folles espérances... le réveil serait affreux...

— Tiens ! dit Octave, faisons le pari que d'ici à quarante-huit heures tu l'auras vue.

Roland posa la main sur son front.

— Oh! tu me donnes le vertige, dit-il.

— Voyons, paries-tu ?

— De grand cœur.

— Eh bien ! si dans deux jours tu as vu la comtesse Artoff, tu me donneras vingt-cinq louis.

— Et si je ne l'ai pas vue ?

— Je tiendrai cette somme à ta disposition. Maintenant, ajouta M. Octave, habille-toi et allons déjeuner au Café de Paris.

Au moment où les deux jeunes gens s'apprêtaient à partir, un nouveau coup de sonnette se fit entendre.

— Tiens! dit Octave en riant, il serait curieux que ce fût la comtesse elle-même.

— Tais-toi ! dit Roland, tu me rends fou...

Germain entra, apportant une lettre sur un plateau d'argent.

— Une lettre d'elle ! dit M. Octave.

Roland prit cette lettre et l'examina avant de l'ouvrir.

L'écriture lui était inconnue ; mais elle était allongée et menue, et trahissait une main de femme.

Roland rompit le cachet et courut à la signature. La signature était absente.

Il lut :

« Si monsieur Roland de Clayet est ce que l'on croit, ce qu'il paraît être, c'est-à-dire un jeune et hardi chevalier, digne du nom qu'il porte et de l'amour qu'il a inspiré, à son insu sans doute, il ne refusera pas d'obéir aux prescriptions suivantes :

« Il rentrera chez lui vers onze heures du soir, fera seller son cheval et gagnera la barrière de l'Etoile. Là, il prendra l'avenue de Saint-Cloud et la suivra jusqu'à Passy.

« Une fois à Passy, il gagnera la rue de la Pompe et il attendra.... »

— Et bien ! s'écria M. Octave, que te disais-je ?

— C'est étonnant ! murmurait Roland.

— Tu le vois, c'est elle.

— Mais ce n'est point son écriture.

— Es-tu bête ?... Est-ce qu'elle n'a pas une femme de chambre pour écrire ces lettres-là ?

— C'est juste.

Et Roland sonna.

— Connais-tu la rue de la Pompe, à Passy?

— Oui, monsieur.

— Connais-tu l'écriture de la soubrette dont tu me parlais tout à l'heure ?

— Un peu, je crois, dit Germain d'un air de fatuité, et je crois que la péronnelle s'est permis d'écrire à Monsieur...

Germain désigna la lettre du doigt, et dès lors Roland ne douta plus.

— C'était Baccarat qui lui écrivait et lui donnait un rendez-vous.

XLVI

— J'ai gagné mon pari, dit le jeune Octave en riant.

Il prit Roland par le bras et l'emmena déjeuner au Café de Paris.

Précisément, ce jour-là, le marquis de Chamery s'y trouvait. Rocambole déjeunait seul et ne se mêlait point à la conversation des trois ou quatre habitués, qui connaissaient parfaitement, du reste, le jeune M. Octave et son ami Roland de Clayet.

— Tiens! dirent ces messieurs, voilà Octave tout vêtu de noir.

— Couleur d'héritier.

— Tiens! voilà Roland!

— Un mort qui ressuscite!

— Messieurs, répondit Roland en allant prendre la main du marquis, permettez à mon fantôme de vous présenter notre ami Octave, un héritier de soixante mille livres de rente.

— Et moi, messieurs, répliqua Octave, laissez-moi vous présenter le dernier représentant de la Table Ronde, le preux Roland, descendant en ligne directe du héros de Roncevaux.

Roland salua.

— Figurez-vous, messieurs, reprit Octave, que notre ami est tout simplement un volcan.

— Pardon, interrompit Rocambole, pourriz-vous nous dire, monsieur, ce qu'il y a de commun entre un chevalier de la Table-Ronde et un volcan ?

— Peu de chose, en apparence, beaucoup en réalité.

— Voyons?

— Mon ami Roland est un volcan, en ce sens qu'il est toujours amoureux.

— Très-bien.

— Il est un preux du moyen âge, parce que ses amours ont une couleur chevaleresque impossible à retrouver de nos jours.

— A merveille! je demande quelques détails.

— Vous les aurez, répondit le jeune M. Octave, qui se mit à table et fit d'abord sa carte.

— Comment! Roland est amoureux? murmura-t-on à la ronde.

— Amoureux fou, dit Octave.

— Et... heureux?

— Sur le point de l'être.

Roland prit un air modeste.

— Messieurs, dit-il, je vous en prie, assez!...

— Du tout, du tout, je veux des détails, dit un des amis de M. Octave.

— Eh bien! je vais vous en donner.

Et le jeune M. Octave ajouta avec une gravité superbe :

— Mon ami Roland revient d'Allemagne, messieurs. Là, il a sauvé la vie, au péril de ses jours, comme disent les journaux, à une jeune et belle comtesse russe.... vous comprenez que nous sommes obligés, pour la morale et les convenances, de l'appeler la comtesse *Neuf-Etoiles.*

— Très-bien, allez toujours.

— La comtesse sauvée, notre ami, qui se mourait d'amour la veille pour une autre dame, a oublié instantanément cette dernière...

— Pour devenir amoureux de madame Neuf-Etoiles, n'est-ce pas?

— Et il est advenu?

— Que la comtesse reconnaissante est arrivée à Paris incognito et a écrit à notre ami un billet dont voici le sens : «Si le preux Roland de Clayet est digne de l'amour qu'il inspire, à minuit, l'heure des fantômes, il montera à cheval et se rendra...., etc., etc. » Vous comprenez?

— Mais c'est plein de mystère!...

— Voilà un amour comme j'en voudrais un, dit le marquis de Chamery en riant, et j'ai bonne envie de chercher querelle à Roland, de le tuer et d'aller ce soir à sa place.

— Ceci est une idée à laquelle vous me permettrez de réfléchir, murmura Roland. En attendant, laissez-moi déjeuner.

Et l'on parla d'autre chose.

C'était la première fois que Rocambole voyait le jeune M. Octave.

Il le toisa d'un coup-d'œil et le devina tout entier.

— Voilà un bambin, se dit-il, qui peut être précieux à l'occasion.

Roland avait présenté les deux jeunes gens l'un à l'autre.

— Monsieur, dit Rocambole, M. de Clayet nous a bien souvent parlé de vous, à Fabien et à moi; si vous êtes assez aimable pour venir me voir quelquefois, rue de Verneuil, vous nous ferez grand plaisir.

Le bambin s'inclina, ravi.

Le marquis de Chamery redevint silencieux et parut bientôt absorbé dans une méditation profonde. Mais il n'en écoutait pas moins avec une attention très-sérieuse les folies et les paradoxes qui se débitaient autour de lui, et il eut bientôt la conviction que M. Octave était déjà le confident de tous les secrets de Roland.

— Oh! oh! pensa-t-il, j'avais besoin d'un indiscret, mais je crains à présent qu'il ne le soit trop... Nous ne sommes pas prêts encore...

Et comme les deux jeunes gens, leur déjeuner fini, se levaient de table, il prit Roland par le bras et l'attira à l'écart.

— Mon cher ami, dit-il, voulez-vous que je vous dise quel est à mon sens le plus grand philosophe des temps modernes?

— Je ne sais, répondit Roland surpris.

— C'est Lafontaine.

— Et pourquoi?

— Parce qu'il a écrit, entre autres moralités de haute

sapience, comme eût dit Rabelais, l'histoire d'une certaine peau d'ours...

Roland tressaillit, rougit et balbutia.

— Mon cher, poursuivit Rocambole, je ne sais pas si la comtesse Artoff est revenue à Paris incognito et pour vous; je ne sais pas davantage si elle vous attend à minuit... mais ce que je sais bien, c'est que si elle venait à apprendre que vous vous êtes vanté, par la bouche d'un jeune homme comme votre ami, d'avoir rendez-vous avec elle, et cela en plein Café de Paris, elle ne viendrait certainement pas à ce rendez-vous.

— Vous avez raison, dit Roland avec franchise, j'ai eu tort de me confier à Octave, c'est un étourdi.

Et il quitta le Café de Paris, tandis que Rocambole se disait : — Je vais faire un tour à Passy et donner quelques instructions à mon élève.

Roland avait été sensible à la leçon de Rocambole. Il recommanda le secret à son ami le jeune M. Octave, qu'il laissa vers deux heures de l'après-midi chez un marchand de chevaux des Champs-Élysées, rentra chez lui et y lut et relut plusieurs fois le billet mystérieux.

A cinq heures il se fit conduire rue de Verneuil et alla dîner chez Fabien.

Il y retrouva le marquis. Ce dernier était arrivé chez son beau-frère quelques minutes avant le dîner et l'avait trouvé dans son fumoir occupé à écrire plusieurs lettres.

— Mon cher ami, lui avait dit le marquis, sais-tu bien une chose ?

— Laquelle ?

— C'est que ton ami Roland est un fat.

— A propos de quoi me dis-tu cela?

— Oh ! mon Dieu! répondit Rocambole, c'est que, à l'entendre, ses amours ont pris une tournure sérieuse.

— La comtesse est donc de retour?

— A ce qu'il paraît.

— Depuis quand ?

— Depuis deux jours.

— Avec son mari?

— Non, sans lui.

— Voici qui m'étonne, dit Fabien. Je connais le comte; je le sais très-amoureux de sa femme et incapable de la laisser revenir seule à Paris.

— Cela est cependant. Ce matin même, en plein Café de Paris, où nous déjeunions, Roland nous a raconté que la dame dont il était éperdûment amoureux était arrivée incognito tout exprès pour lui, et qu'elle était allée se cacher à Passy, où elle l'attend ce soir, à minuit.

Fabien haussa les épaules.

— Si cela était, dit-il, je ne croirais plus à rien.

— Pourquoi ce scepticisme?

— Parce que, l'hiver dernier encore, la comtesse était aussi éprise de son mari que son mari se montre amoureux d'elle.

— L'amour passe, mon cher.

— Et que, acheva Fabien gravement, il faut qu'une femme ait perdu la tête pour préférer un fou comme Roland à un homme comme le comte Artoff. Tu ne le connais pas?

— Je ne l'ai jamais vu, répondit Rocambole avec un calme parfait.

— Eh bien! figure-toi le plus accompli des héros de roman, un type chevaleresque, un gentilhomme de vraie race, un homme de ving-huit ans, qui aurait pu poser devant Pradier.

— Après? dit Rocambole.

— J'ai beaucoup connu le comte, poursuivit Fabien, avant et après son mariage. La femme qu'il a épousée a été une courtisane, et est devenue une sainte. Ce ne sera qu'après avoir vu de mes deux yeux celle qui se nomma Baccarat laisser à ses genoux ce niais de Roland, que je pourrai croire au bonheur dont il se vante.

— Ah! mais, interrompit Rocambole, c'est qu'il s'en vante très-fort. Et au train dont il va, tout Paris le saura dans deux jours.

— Dans ce cas, je ne donne plus un louis de la peau de Roland.

— Pourquoi?

— Parce que le comte Artoff le tuera.

— Bah!... tu crois?

— Ah! mon cher, dit Fabien, je me souviens d'avoir vu le comte en colère une seule fois : ce n'était pas un homme, c'était un tigre!

— En vérité !...

— Il y a quatre ou cinq ans de cela ; je le connaissais à peine alors. J'étais entré par hasard, avec un de mes amis, dans un cercle dont il faisait partie.

— Où cela? demanda curieusement Rocambole.

— Rue de la Chaussée-d'Antin.

— Ah !...

— C'était, je crois, continua Fabien, tout au commencement de cette belle passion qui devait donner une couronne de comtesse à Baccarat. Le comte était très-amoureux, et il voulait, à tout prix, le prouver. Au moment où j'entrai, un jeune homme, un fou connu, me dit-on, dans le monde galant, sous le nom de Chérubin, venait de se vanter qu'il séduirait Baccarat en huit jours.

— L'impertinent! dit Rocambole.

— Le comte, cet homme froid et poli, en entendant les paroles pleines de forfanterie de ce jeune homme, lui dit alors :

« — Je vous parie cinq cent mille francs que vous ne réussirez pas.

« — J'accepte ! dit Chérubin.

« — Si Baccarat vous aime, continua-t-il, je vous donnerai cinq cent mille francs.

« — Et si... elle ne m'aime pas ?

« — Je vous tuerai, » dit le comte.

— Tiens ! observa Rocambole avec la naïveté d'un enfant, je suppose que l'autre n'a pas tenu.

— Ma foi ! dit Fabien, c'est tout ce que j'ai su de cette histoire, et je n'ai jamais osé questionner le comte, mais j'en ai conclu qu'il était homme à tuer un rival, — et gare à Roland !

Rocambole se disait, tandis que son beau-frère parlait ainsi : — Vous êtes un grand niais, mons Rocambole, et vous n'avez pas la mémoire des physionomies, car vous étiez au club, ce jour-là, vous y avez vu Fabien et l'avez si peu remarqué, que lorsque vous êtes rentré dans le monde parisien, vêtu de la peau de M. le marquis de Chamery, vous êtes demeuré convaincu de n'avoir jamais connu le vicomte.

— A quoi penses-tu ? demanda le vicomte Fabien d'Asmolles.

— Je pense, répondit le faux marquis, que ton ami Roland est un homme perdu, car le comte le tuera.

Comme Rocambole achevait cette prédiction sinistre, la porte s'ouvrit, et M. Roland de Clayet se montra sur le seuil.

— Tiens, le voilà, dit Fabien.

Roland avait l'attitude orgueilleuse et modeste à la fois d'un triomphateur.

— Mon cher ami, lui dit Fabien, j'en apprends de belles sur ton compte.

— Bah ! dit Roland.

— Et Chamery vient de m'apprendre des choses... plus que bizarres...

— Chut ! fit Roland.

Et il fredonna d'un air vainqueur :

C'est un mystère...

— C'est si peu un mystère, dit Rocambole, que vous venez dîner ici ce soir, comme vous êtes allé déjeuner ce matin au Café de Paris.

— Roland rougit comme un écolier.

— Mon bel ami, poursuivit Rocambole avec froideur, vous êtes pourtant assez expérimenté pour savoir qu'il est des choses que l'on doit cacher avec soin, de peur de passer pour un indiscret. Eh bien ! franchement, on vous prendrait pour un éclioer.

I.   37

Roland se mordit les lèvres.

— Outre qu'il est de mauvais goût de crier ses bonnes fortunes par-dessus les toits, continua Rocambole
c'est dangereux.

— Monsieur !... fit Roland blessé.

— Bah ! dit Fabien, nous sommes tes aînés, mon che
ami, et tu nous permettras bien de te faire un peu d
morale. Ce que dit Chamery est juste. D'abord si l
comtesse t'a écrit... ce que j'ai de la peine à croire....

— Voici sa lettre, répliqua Roland.

— Tu devrais la garder pour toi, acheva le vicomte
attendu que c'est fort mal d'abord de compromettr
une femme, ensuite que c'est risquer un duel avec so
mari.

— Cela m'est bien égal.

Fabien haussa les épaules.

— Est-ce que tu oserais reparaître aux yeux de l
comtesse si tu avais tué son mari? dit-il avec dédain.

Roland ne répondit pas.

— Enfin, ajouta Fabien, tu oublies que je suis lié avec
le comte Artoff, que tu es pareillement mon ami, et que
si tu venais à être aimé de sa femme, cela me placerai
dans une situation très-difficile.

M. de Clayet baissait la tête et n'osait répondre.

Fabien lui mit affectueusement une main sur l'épaule.

— Voyons ! lui dit-il, fais-moi ta confession tout entière. Tu as déjà raconté ta prétendue bonne fortune à
tous les jeunes gens de ton club ?

— Mais non, balbutia Roland.

— Cela est si vrai, poursuivit Fabien, que je demeure
persuadé qu'on t'a mystifié.

— Mystifié.

— Parbleu ! c'est un ami quelconque, à qui tu as avoué
ta belle passion pour la comtesse Artoff, qui aura imaginé la lettre du rendez-vous.

Roland devint fort pâle.

— Oh ! dit-il, qui donc oserait?

Fabien se prit à rire.

— Je donnerais ma tête à couper, j'exposerais ma main sur le bûcher de Mucius Scevola, plutôt que de croire à ton succès.

— Et pourquoi ? demanda Roland d'un ton plein d'aigreur.

— Mais, parce que la comtesse aime son mari, et qu'elle a de bons yeux.

— L'amour est-il donc une affaire de longue vue?

— Oui, souvent. Quand une femme a de bons yeux, elle peut toujours constater les avantages de l'homme qu'elle aime. Selon moi, tu ne vaux le comte Artoff ni moralement ni physiquement.

— Sans doute, M. Rolant de Clayet allait éclater et protester contre cette âpre et sévère mercuriale, lorsque la porte du fumoir s'ouvrit de nouveau.

La vicomtesse d'Asmolles, née Blanche de Chamery montra son noble et beau visage sur le seuil.

— Messieurs, dit-elle, voulez-vous me faire le plaisir de venir dîner? Je suis servie.

Roland lui offrit la main, et devant le pudique sourire de l'ange, la colère de l'homme tomba.

. . . .

A onze heures du soir, M. Roland de Clayet quitta l'hôtel de Chamery pour rentrer chez lui, rue de Provence.

L'étourdi avait été si bien molesté par son vieil ami Fabien, qu'il lui avait juré d'être discret.

— D'ailleurs, lui avait dit le vicomte, je connais si bien la comtesse, que j'ai la conviction que tu es mystifié. Du reste, je t'attends demain. Tu seras fixé.

— Soit ! avait dit Roland en s'en allant, à demain.

Et il était parti un peu moins sûr de son triomphe, un peu inquiet des paroles de Fabien.

— Cependant, se dit-il en montant à cheval, je veux en avoir le cœur net.

Et Roland monta les Champs-Elysées au galop, prit l'avenue de Saint-Cloud et arriva bientôt à Passy, dans la rue de la Pompe, celle que désignait le billet mystérieux.

Minuit allait bientôt sonner et la rue était déserte...

XLVII

Il tombait une pluie fine et serrée, aucune voiture ne passait dans la rue, aucune clarté ne brillait aux croisées des rares maisons espacées entre des jardins qui forment cette longue rue qui traverse Passy du sud-est au nord-ouest.

— Diable! pensa Roland, Fabien aurait-il dit vrai? serais-je mystifié?

Il attendit dix minutes, puis un quart d'heure. La pluie lui fouettait le visage.

Le silence d'une ville de province régnait autour de lui.

Cependant, comme il commençait à perdre patience, une lueur se fit dans le lointain, du côté du bois. Roland reconnut ces lanternes à la clarté blanche et décuplée par une optique des voitures de maître.

Son cœur se prit à battre et il poussa son cheval à la rencontre de la voiture.

C'était un coupé bas qui s'arrêta à dix pas du cavalier.

Le cavalier poussa son cheval. Alors un valet de pied sauta du haut du siége.

— Monsieur de Clayet? dit-il d'un ton interrogatif.

— C'est moi, dit Roland.

Le valet salua profondément.

— Si monsieur veut mettre pied à terre...

Roland descendit de cheval.

Alors le valet reprit: — Monsieur va monter dans le coupé qui le conduira à destination et le ramènera ensuite ici.

Ah! ici? dit Roland.

— Monsieur m'y retrouvera tenant son cheval en main.

Et le valet ouvrit la portière du coupé.

Le coupé était vide.

— Allons, pensa Roland, dont la nature fanfaronne avait repris le dessus et qui ne supposait déjà plus qu'il pût être mystifié, la comtesse fait bien les choses, elle veut bien me recevoir chez elle.

Il monta, le valet referma la portière, et le coupé partit au grand trot de ses deux carrossiers.

— Où me mène-t-on ? se demanda alors Roland.

Il regarda, mais ce fut avec une sorte de stupeur qu'il reconnut que les glaces du coupé étaient dépolies et ne laissaient passer qu'un jour blanc et mat, qui ne permettait pas de rien distinguer au dehors.

Il voulut les baisser... les glaces étaient disposées de façon à ne pouvoir ni se lever, ni se baisser sans l'aide de quelque mystérieux ressort que la main du jeune homme ne parvint point à rencontrer.

Alors il songea à ouvrir toutes les portières... Toutes deux étaient fermées comme avec un verrou extérieur et il n'existait en dedans aucun levier d'ivoire.

Roland était prisonnier dans une voiture.

— Oh ! oh ! se dit-il, se souvenant de nouveau des paroles de Fabien.

Et, un moment encore, il crut à une mystification. Il frappa aux glaces des portières, à celles de devant, il cria, appela...

La voiture continua à rouler.

Dans un premier mouvement de colère, Roland songea à briser l'une des glaces d'un coup de poing.

Fort heureusement, une sage réflexion l'arrêta net.

Roland avait lu beaucoup de romans, et dans ces romans il se souvenait avoir vu que les femmes d'un certain monde aiment à s'entourer de toutes sortes de mystères.

— La comtesse est prudente, pensa-t-il, elle ne veut pas que je sache en quel lieu elle me reçoit.

Et il se résigna à demeurer dans sa prison roulante.

La voiture courut environ dix minutes, tourna (Roland le sentit) et parut changer de direction.

Au bout de dix minutes, elle s'arrêta, et notre héros entendit le bruit d'une porte à deux battants qui s'ouvrait devant elle.

37.

La voiture s'avança pendant quelques instants encore puis la porte se referma. En même temps, on ouvrit la portière, et une bouffée d'air froid et humide vint frapper Roland au visage.

— Descendez, lui dit-on en allemand.

Le jeune homme sortit du coupé, et, d'un regard rapide, inventoria les objets qui l'environnaient et le lieu où on l'avait conduit.

La nuit était obscure, il pleuvait toujours.

Roland reconnut qu'il se trouvait dans une cour entourée de grands murs, qu'il avait en face de lui un joli pavillon à deux étages, aux fenêtres desquelles brillait une clarté discrète et pleine de mystérieuses promesses.

Mais il fut loin de se douter qu'on l'avait amené dans cette même rue de la Pompe où il attendait une demi-heure auparavant.

La voiture avait longé la rue, était descendue jusqu'au quai, puis, tournant sur elle-même, elle était revenue sur ses pas.

L'homme qui avait ouvert la portière, disant à Roland : « Descendez, » en langue allemande, lui prit la main et ajouta : — Suivez-moi.

Roland monta, sur les pas de son guide, les marches du perron et pénétra dans un petit vestibule, puis il gravit l'escalier en coquille, arriva au premier étage, traversa le salon, et s'arrêta ébloui et le cœur palpitant sur le seuil de cette jolie chambre à coucher fond bleu qui avait, huit jours auparavant, fait l'admiration de Rebecca, cette sœur naturelle de la comtesse Artoff.

La pièce était peu éclairée. Une lampe discrètement couverte d'un abat-jour était placée dans un coin, sur un petit guéridon de laque.

Seulement, — et c'était la cause de l'éblouissement de Roland, — si faible que fût cette clarté, elle avait permis au jeune homme d'apercevoir une femme. Cette femme était assise près du foyer, dans un grand fauteuil. Elle avait le sourire un peu triste, le regard profond, la luxuriante chevelure dorée de Baccarat, et la ressemblance était si frappante, que l'amoureux jeune homme courut à elle, tomba à genoux, appuya ses lèvres sur la main blanche et fine qu'elle lui tendait et murmura : — Ah! vous êtes noble et bonne, madame la comtesse.

Elle lui pressa la main silencieusement, comme si ell : eût été dominée par une vive émotion ; puis elle le releva, et lui dit d'une voix tremblante : — Asseyez-vous là... près de moi...

Roland était fat, indiscret, vantard, mais il était de bonne foi dans ses illusions, et il était tellement persuadé qu'il aimait la comtesse à en mourir, que tout son sang afflua à son cœur, et que plusieurs minutes s'écoulèrent sans que ni lui, ni celle qu'il prenait pour Baccarat, pussent échanger un mot.

La fausse comtesse Artoff avait-elle merveilleusement étudié et retenu, grâces aux patientes leçons de Rocambole, son rôle de grande dame, ou bien cette aisance de manières, cette vivacité d'esprit, cette retenue habilement calculée qui semblent innées chez quelques femmes du monde galant sorties de la boue, et que le hasard élève au niveau du vrai monde, s'étaient-elles révélées en elle du jour où une opulence relative était venue remplacer sa misère, et changer ses haillons en robes de soie ?

C'est là une question difficile à résoudre. Toujours est-il qu'à partir du moment où le marquis de Chamery lui avait dit : « Tu te nommes la comtesse Artoff, » Rebecca s'était si bien identifiée à son nouveau rôle, qu'un homme moins étourdi, plus expérimenté que Roland, s'y fût lui-même laissé prendre.

Lorsqu'elle eut donné le temps convenable de se dissiper à cette émotion habilement jouée, la fausse Baccarat que, pour la clarté de notre récit, nous appellerons provisoirement la comtesse, attacha un regard humide de reconnaissance et d'amour sur Roland, qui tremblait comme un écolier à son premier rendez-vous.

— Ainsi donc, lui dit-elle, je vous dois la vie, monsieur?...

— Ah! madame, répondit le jeune homme avec enthousiasme, que ne puis-je exposer la mienne chaque jour pour l'amour de vous!

Elle eut un sourire charmant.

— Vous êtes un jeune fou, dit-elle.

— Fou! parce que je vous aime..?

— Hélas! soupira-t-elle, je devrais dire que nous sommes fous tous deux, car, moi aussi, je vous aime...

Elle cacha sa tête dans ses mains, et l'amoureux Roland crut voir une larme jaillir au travers de ses doigts. Mais bientôt elle parut revenir au sentiment du devoir que lui imposaient et son nom et son rang, et se remettant de son trouble, souriant d'un air moqueur, se montrant telle enfin qu'avait dû être souvent la comtesse Artoff lorsqu'elle se nommait Baccarat, elle lui indiqua le fauteuil où il était assis tout à l'heure.

— Asseyez-vous donc, lui dit-elle, et soyez raisonnable, ou bien...

Elle le menaça du doigt.

— Ou bien je vous renvoie à l'instant.

Et Roland, un peu calmé par ce ton railleur, obéit et s'assit.

— Maintenant, dit-elle, reprenant la place qu'elle occupait lorsqu'il était entré, et lui abandonnant de nouveau sa main, causons.

— Oh! je vous aime, et depuis quinze jours...

— Bon! je sais ce que vous allez me dire. Depuis quinze jours que vous avez espéré, désespéré, souffert le martyre...

— Oh! oui, fit-il, mettant la main sur son cœur, avec un geste tragique.

— Puis, continua-t-elle, souriant toujours, vous avez reçu mon billet, vous l'avez lu, relu.

— Depuis ce matin...

— Très-bien. Vous êtes venu ici le cœur palpitant, ivre d'espoir... que sais-je? Vous voyez bien, mon pauvre enfant, acheva-t-elle en redevenant sérieuse, que je suis une vieille femme et que je sais par cœur toutes les phrases, tous les chapitres de la passion.

— Vous êtes belle... et je vous aime... murmura Roland avec enthousiasme.

Elle eût un de ces sourires que la Baccarat des anciens jours lui eût enviés.

— S'il en était autrement, lui dit-elle, seriez-vous donc ici ?

Puis elle continua gravement :

— Ecoutez, lui dit-elle, puisque, vous le voyez, je sais si bien ce que vous avez pu espérer et souffrir, écoutez maintenant ma petite histoire à moi.

— Parlez, madame, parlez, dit Roland.

— Mon enfant, poursuivit-elle, prenant un ton paternel, je n'ai pas toujours été la comtesse Artoff... je n'ai pas toujours été du monde... On m'a nommée Baccarat.

— Ah! qu'importe ! fit Roland.

— Ecoutez-moi donc. Baccarat n'avait jamais aimé ; un jour elle fut touchée par l'amour, et elle devint la comtesse Artoff. Ce jour-là, mon enfant, la courtisane se repentit et devint femme honnête, elle se jura de respecter le nom qu'un homme de cœur lui donnait pour la purifier du passé. Pendant quatre années, elle a aimé, adoré son mari.

Ici la prétendue comtesse Artoff cacha sa tête dans ses mains, et crut devoir se montrer très-émue.

Ensuite elle reprit : — Ah ! pourquoi êtes-vous venu vous placer sur mon chemin ? pourquoi vous ai-je rencontré ? Le jour où je vous ai vu, mon cœur s'est pris à battre, ma raison s'est égarée... je suis redevenue Baccarat. Et cet homme si noble et si bon, qui avait tendu la main à la femme tombée, cet homme, hier encore adoré, m'est devenu odieux.

Des larmes étaient de rigueur après un pareil aveu que la passion venait d'arracher à la fausse Baccarat. Aussi éclata-t-elle en sanglots, en murmurant cette phrase à effet :

— Mon Dieu! mon Dieu! comme je l'aime !

A cette exclamation, que semblait arracher à Rebecca
la violence de sa passion pour Roland de Clayet, celui-ci
crut devoir répondre par cette autre exclamation non
moins mélodramatique : — Je crois que je vais mourir !

Mais la fausse comtesse, pensant probablement qu'il
ne fallait pas prolonger davantage la situation, se redressa
calme et forte, prit la main de Roland et lui dit : — Mon
mari arrive dans trois jours.

— Oh! s'écria Roland, déjà !

— Hélas !

— Ah! je le hais, cet homme...

— Soyez généreux, plaignez-le, plaignez-moi, car mon
bonheur de quatre années va devenir une torture de tous
les instants.

— Voulez-vous fuir avec moi ? proposa le jeune
homme.

— Non, car nous irions au bout du monde qu'il nous
y rejoindrait.

— Vous le craignez donc ?

— Il me tuerait.

— Quand je suis là, fit Roland, qui se posa le poing
sur la hanche et parodia Ruy-Blas.

— Et il vous tuerait, ajouta-t-elle ; et je ne veux pas
mourir, et je ne veux pas que vous mouriez... il faut que
vous m'aimiez, dit-elle d'une voix câline... Seulement,
vous serez discret, n'est-ce pas ? vis-à-vis de la terre entière ?...

— Oh ! certes, dit Roland, qui avait oublié déjà qu'il
avait depuis le matin une vingtaine de confidents.

— Mais, peut-être, hélas !... quand il sera ici, reprit la
fausse comtesse, ne pourrai-je vous voir tous les jours...
Serez-vous patient ?... Vous direz-vous que celle qui vous
aime souffre plus que vous ?

— J'attendrai et je souffrirai en silence.

Roland prononça ces mots d'un air fatal et résigné
qui est *bien fait* au théâtre.

Et ces petites conditions posées, les deux amants son-
gèrent enfin à prendre congé l'un de l'autre.

— Partez ; à ce soir, dit Rebecca.

— Où ?

— Ici.

— Comment viendrai-je ?

— Vous trouverez la voiture dans la rue où vous avez laissé votre cheval, répondit la sœur de Baccarat.

Puis elle reconduisit Roland jusqu'à la porte du salon et le poussa doucement dans l'escalier.

— J'ai le paradis dans le cœur !... murmura le jeune homme à bonnes fortunes, en mettant le pied dans la cour.

Roland de Clayet affectionnait les métaphores au suprême degré.

Le coupé, le même cocher, les mêmes chevaux attendaient. Le laquais allemand ouvrit la portière et la referma sur Roland, qui se trouva de nouveau prisonnier et dans l'impossibilité de voir au dehors.

La voiture partit et exécuta la même manœuvre, c'est-à-dire qu'elle descendit et remonta la rue pour s'arrêter à l'endroit où quelques heures plus tôt Roland l'avait rencontrée. Là, le valet qui avait gardé le cheval ouvrit la portière, et Roland descendit.

Le jeune homme lui mit un louis dans la main, sauta en selle, et partit au galop.

Pendant le premier quart d'heure de sa course, Roland eut les idées un peu confuses ; il ne se rendit pas un compte exact de ce qui venait de lui arriver. Mais, peu à peu, il parvint à classer ses souvenirs, à analyser ses sensations, et au moment où il traversait le rond-point des Champs-Elysées, cet homme, chez qui la vanité tenait un à un tous les sentiments, cessa d'être amoureux pour être fat.

— C'est égal, se dit-il, outre que j'aime la comtesse, il faut avouer que j'ai une assez jolie chance : la comtesse est une femme très à la mode, et je vais être discret de façon à ce que l'on sache un peu par-ci par-là qu'elle a daigné jeter sur moi un regard favorable.

En passant sous les fenêtres de son cercle, il leva la tête.

— qui sait ? se dit-il, Octave a peut-être passé la nuit à jouer et se trouve-t-il encore là-haut ? Je ne serais pas fâché de lui conter tout cela et d'avoir son avis...

Un commissionnaire fumait philosophiquement à l'angle de la rue ; Roland l'appela, et, lui confiant à tenir son cheval au bord du trottoir, il monta.

Les salons du cercle étaient à peu près déserts. Cependant, au fond d'un fumoir, quelques petits messieurs à lorgnon achevaient un *mistigris*.

Mais le jeune M. Octave n'y était pas.

Roland redescendit tout désappointé et rentra chez lui de fort mauvaise humeur, malgré son bonheur insigne. Il se mit au lit en formant le souhait que le jeune M. Octave vînt le réveiller vers midi, et malgré l'ardent amour que lui inspirait la comtesse, il ne tarda point à s'endormir.

A midi, un coup de sonnette l'éveilla en sursaut. Mais ce n'était pas le jeune Octave, ce confident attendu avec tant d'impatience. C'était le marquis de Chamery.

Rocambole entra souriant et lui tendit la main.

— Savez-vous, lui dit-il, pourquoi je viens vous voir ?

— Non, dit Roland.

— Je viens vous demander, ajouta railleusement l'élève de sir Williams, si vous n'auriez pas besoin d'un confident, et, dans ce cas, vous offrir mes humbles services.

Et Rocambole s'assit au chevet de M. de Clayet, ravi d'avoir enfin quelqu'un à qui il pût confier le secret qui l'étouffait.

XLVIII

Le lendemain du jour où Roland de Clayet avait été reçu dans cette maison mystérieuse de la rue de la Pompe par Rebecca, jouant à ravir le rôle de Baccarat, sa sœur puînée, la véritable comtesse Artoff, arrivait à Paris et descendait à son hôtel de la rue de la Pépinière.

La comtesse précédait son mari de deux jours, et le hasard semblait servir comme à souhait les plans ténébreux de Rocambole. Le jeune gentilhomme russe revenait en France par le Rhin et la Belgique, tandis que sa femme se dirigeait sur Paris par Strasbourg et la Lorraine. Seulement, le premier trajet étant plus long, Baccarat arrivait deux jours plus tôt.

La femme élégante qui descendit, tout enveloppée de fourrures, de sa berline de voyage au milieu de la cour de l'hôtel Artoff, était bien toujours cette éblouissante créature que la douleur et la joie, les angoisses d'une vie agitée d'abord, et les enchantements d'un dernier amour ensuite, n'avaient pu vieillir.

La trentième année venait de sonner pour la comtesse, et son front était demeuré blanc et uni, son regard jeune, son sourire charmant. Baccarat avait toujours vingt-deux ans. Celle qui avait tant aimé, tant souffert, avait retrouvé une seconde, une luxuriante jeunesse dans l'amour de cet homme qui n'était presque qu'un enfant le jour où, agenouillé devant elle, il l'avait suppliée d'accepter sa main et son nom.

On se fait si vite au bonheur!

Baccarat était demeurée la noble femme que nous avons connue, la Providence des pauvres et des infortunés, l'amie, la consolatrice de tout ce qui souffrait; mais ce nouvel et dernier amour que Dieu lui avait permis de ressentir comme une juste récompense de ses vertus, cet amour avait opéré en elle une métamorphose complète.

Pendant deux années le jeune comte avait voyagé avec sa femme.

Paris, la ville oublieuse, ce fleuve de Léthé moderne, avait bien vite oublié la funeste célébrité de Baccarat. Lorsque les deux époux étaient revenus, Paris avait salué la comtesse Artoff comme une jeune et belle étrangère, dont la vertu était aussi irréprochable que la beauté. On

I.   38

l'avait vue aux fêtes de l'hôtel de Kergaz, aux bals de la belle marquise de Van-Hop. Le prince K..., lord E..., le duc de Sallandrera, tous les étrangers de distinction s'étaient empressés de l'accueillir.

Baccarat n'existait plus.

Depuis six mois que la comtesse était absente, on s'entretenait partout de son prochain retour. Partout on l'attendait avec impatience ; partout on se promettait de l'accueillir avec empressement.

La comtesse arriva vers cinq heures du soir. Elle était attendue, tous ses gens étaient rangés dans la cour, et la saluèrent de leurs respectueuses acclamations. Elle se fit conduire dans le cabinet de son mari, et après avoir pris un léger repas, elle se mit à dépouiller cette correspondance d'importance secondaire qui n'arrive pas par la poste, ordinairement, mais qui n'en est pas moins très-volumineuse pour ceux qui reviennent à Paris après cinq ou six mois d'absence.

Une lettre encadrée de noir frappa son attention tout d'abord.

C'était le billet mortuaire de l'Espagnol don José, don José, le neveu du duc de Sallandrera, le fiancé de mademoiselle Conception, le seul obstacle qui, aux yeux de Baccarat, eût existé entre la jeune señora et le protégé du comte et de la comtesse Artoff, le duc de Château-Mailly.

La nouvelle de cette mort, sur laquelle, du reste. elle n'avait aucun détail, rendit Baccarat toute pensive, Elle prit une plume, écrivit un billet de trois lignes, sonna et le remit à un valet de pied : — Portez cela, dit-elle, à M. le duc de Château-Mailly

Baccarat écrivait au jeune duc :

    « Mon cher duc,

« Je suis à Paris depuis deux heures. Voulez-vous venir prendre ce soir même, et le plus tôt possible, une tasse de thé chez votre servante?

« J'ai à causer longuement avec vous.

        « Comtesse Artoff. »

Tandis que le valet courait à l'hôtel de Château-Mailly, qui, on s'en souvient, se trouvait situé place Beauveau, la comtesse se disait : — M. de Château-Mailly est évidemment le mari qu'il faut à Conception. La pauvre enfant m'avait fait à moitié ses confidences touchant don José : elle haïssait cet homme, que la volonté paternelle lui destinait pour mari. Don José mort, le duc de Sallandrera accordera bien certainement à M. de Château-Mailly la main de sa fille. Le duc est un digne jeune homme ; il a pour lui la grâce, la jeunesse, un grand nom, une grande fortune. Conception sera heureuse d'être sa femme. Et puis, acheva mentalement Baccarat, j'ai un intérêt secret, puissant, à faire ce mariage, un intérêt que le duc ignore et que je dois lui apprendre.

En attendant l'arrivée de son protégé, la comtesse écrivit cet autre billet :

« Ma bonne Cerise,

« J'arrive et j'irai te voir demain matin, si tu ne veux toi-même accourir ce soir chez moi.

« TA LOUISE. »

Et elle adressa la lettre à

Madame Léon Rolland,
Boulevard Beaumarchais, 60.

Dix minutes après, on annonça le duc de Château-Mailly.

Le duc était un homme de trente ans, un peu froid, un peu grave, et qui ne ressemblait plus à ce jeune comte étourdi que l'Anglais sir Arthur Collins avait jadis converti à sa détestable morale, lui offrant la fortune de son oncle pour prix de la séduction de madame Fernand Rocher.

Le duc aimait Conception de Sallandrera. Il l'aimait avec la résignation douloureuse de l'homme sans espoir.

Tant que don José avait vécu, M. de Château-Mailly,

dont la demande avait été refusée nettement par M. de
Sallandrera, s'était tenu à l'écart, essayant d'oublier le
rayonnant sourire et l'angélique beauté de Conception.
Don José mort, le jeune duc, obéissant à l'égoïsme humain, avait éprouvé une joie involontaire, et l'espoir lui
était revenu...

Mais, on le sait, le duc de Sallandrera et sa famille
avaient quitté Paris presque aussitôt pour accompagner
en Espagne la dépouille mortelle de don José. M. de
Château-Mailly n'avait vu ni Conception, ni son père,
avant leur départ, par un motif de haute convenance
qu'il est facile de comprendre. Seulement, un faible rayon
d'espoir s'était fait jour dans son cœur, espoir discret,
espoir si léger qu'il n'osait l'avouer. Mais enfin il espérait.

Et tout à coup un mot de Baccarat lui arrivait. Ce mot
venait doubler son espoir. Évidemment, si la comtesse
Artoff le priait d'accourir, c'était pour lui annoncer un
événement de quelque importance, ou tout au moins
pour lui parler de Conception.

Quand le jeune duc arriva, il trouva la comtesse assise
dans le cabinet de travail de son mari, ayant devant elle
une table, et sur cette table un petit cahier de papier qui
paraissait couvert d'une grosse écriture d'homme.

— Bonjour, duc, lui dit-elle en lui tendant la main :
asseyez-vous là, près de moi.

Le duc baisa la main qu'elle lui tendit et répondit :

— Je me suis empressé, madame, de me rendre à votre aimable invitation. Je croyais, du reste, trouver le
comte.

— Mon mari n'arrive que dans trois jours, et il est
probable que j'eusse attendu son arrivée pour vous prier
de venir nous voir sans cette lettre que j'ai ouverte, il y
a une heure.

La comtesse montrait à M. de Château-Mailly le billet
de faire-part de la mort de don José.

Le duc tressaillit, rougit et pâlit tour à tour.

— Oh ! dit-il, je le savais... J'ai assisté aux funérailles, et...

Il s'arrêta et parut hésiter.

— Et vous aimez toujours mademoiselle de Sallandrera ?

— Toujours, murmura le duc d'une voix tremblante.

— Peut-être soupirerez-vous moins douloureusement, mon cher duc, dit la comtesse avec un sourire, quand je vous aurai lu ce manuscrit que voilà.

Elle montrait le petit papier placé devant elle.

— Qu'est-ce que cela ? demanda le duc.

— Attendez, et répondez d'abord à mes questions, s'il vous plaît.

— Parlez, j'écoute..

— N'avez-vous pas une branche de votre famille établie en Russie, à Odessa ?

— Oui, répondit le duc. Mon grand-oncle, le chevalier de Château-Mailly, a suivi, sous Louis XV, le duc de Choiseul, alors ambassadeur de France à Saint-Pétersbourg. Devenu amoureux d'une demoiselle d'honneur de la tzarine, privé de fortune d'ailleurs en sa qualité de cadet, il a épousé l'objet de sa flamme, accepté le grade de colonel dans l'armée russe, et il est mort à Odessa général et comte de l'Empire, au commencement de ce siècle.

— Sans laisser d'enfants ?

— Pardon, je dois avoir plusieurs cousins en Russie. Mon grand-oncle avait trois fils ; mais, naturalisée Russe, devenue Russe de cœur et d'âme, cette branche de ma famille n'a conservé avec nous aucune relation, et mon père à moi, le marquis de Château-Mailly, colonel d'un régiment de hussards pendant la campagne de Russie, en 1812, a rencontré sur le champ de bataille un colonel de hulans portant le même nom que lui, et probablement son cousin.

— Eh bien ! dit Baccarat, c'est précisément de celui-là que je veux vous parler.

— Ah ? vous le connaissez ?

— Oui, et c'est lui qui m'a remis ce manuscrit que voilà.

38.

Le duc étendit la main.

— Attendez donc ! fit la comtesse. Ce manuscrit a un préambule.

— Et... ce préambule ?

— Le voici. Le comte Artoff, vous le savez, a une fort belle terre aux environs d'Odessa. Nous y avons passé les mois de janvier et février. A douze ou quinze werstes de notre château se trouve le château de votre parent...

— Le vieux colonel de hulans ?

— Lui-même. Nous avons fait connaissance à un bal du prince gouverneur à Odessa. Ce nom de Château-Mailly, vous le pensez bien, nous a fort étonnés. Le comte a questionné le vieil officier ; celui-ci lui a appris qu'il était d'origine française, et nous a raconté l'histoire de son aïeul, telle que vous venez de nous la dire. Seulement il a amplifié le détail que vous me donniez tout à l'heure, de la rencontre d'un Château-Mailly russe et d'un Château-Mailly français à la retraite de Russie. Le Russe, vous le savez, c'était lui. Or, voici, d'après son dire, ce qui s'est passé entre lui et votre père. Le colonel français, à la tête d'une poignée de ses hussards, venait de charger le régiment de hulans. Le colonel de ces derniers combattait au premier rang et les deux officiers arrivèrent à croiser le sabre. Ils se battirent avec acharnement ; le colonel français eut l'épaule entamée ; le colonel russe reçut un coup de pointe dans le bas-ventre. Cependant le combat continua, et tout à coup les deux sabres, se heurtant avec une violence égale, se brisèrent tous deux à quelques pouces de la coquille.

« — Pardieu ! monsieur, cria le colonel de hulans en français, langue que l'aristocratie russe parlait déjà alors, nous avons des armes qui me paraissent être de même trempe.

» — Comme ceux qui les manient, répondit courtoisement le colonel français.

« — Et, poursuivit le Russe, avant de vous casser la tête d'un coup de pistolet...

« — Il mit la main sur ses fontes.

« — Le colonel français l'imita.

« — Je ne serais pas fâché de savoir à qui j'ai eu affaire.

« Le Français retira son pistolet et dit, en ajustant son adversaire : « — On me nomme le marquis de Château-Mailly.

« Et il fit feu.

« Mais le hulan s'était baissé avec rapidité, la balle passa au-dessus de sa tête, et il s'écria : — Mon cousin !...

« Puis il remit son pistolet encore armé dans sa sacoche.

« — Votre cousin !

« — Je suis le chevalier de Château-Mailly, dit le hulan.

« — Ah ! le fils de mon oncle.

« — Précisément. Par conséquent, votre cousin germain.

« — Pardon, monsieur, dit froidement le colonel de hussards, je ne vous connais pas, et je renie un Château-Mailly qui tire l'épée contre la France.

« — Vous oubliez que je suis né sujet russe...

« — C'est possible, dit le colonel, mais alors vous êtes un ennemi.

« Et il poussa son cheval en avant et enfonça le carré de hulans, sans toutefois continuer le combat avec son cousin.

« Celui-ci en fit autant ; un gros de cosaques les sépara. Ils ne se sont jamais revus, » acheva Baccarat.

— Je savais ces détails, dit le jeune duc, et je suis persuadé que mon oncle à la mode de Bretagne doit avoir une haine profonde de ses parents de France.

— Vous vous trompez...

— Bah !...

— Et je me suis engagée pour vous vis-à-vis du chevalier de Château-Mailly.

— Comment cela ?

— Le chevalier et le comte Artoff se sont liés, ils se

sont vus souvent. Tantôt le premier venait en traîneau chez nous, tantôt nous allions chez lui. Il nous faisait mille questions sur vous, et je lui promis que, l'année prochaine, nous vous emmènerons à Odessa.

— Je le veux bien, dit le jeune duc en riant.

— Oh! mais, ce n'est pas tout, continua Baccarat, et vous allez voir que je ne vous ai fait venir ici avec tant d'empressement, que parce que j'avais de bonnes nou7elles à vous donner.

— J'attends, dit le duc surpris.

— Un jour, la veille de notre départ, le vieux chevaier, qui était venu nous faire ses adieux, nous dit :

« — Quel âge a le petit duc?

« — Près de trente ans, répondis-je.

« — Quelle est au juste sa fortune?

« — Il a cinq cent mille livres de rente.

« — Songe-t-il à se marier?»

Cette question de son vieux parent que lui transmettait Baccarat fit tressaillir M. de Château-Mailly. Il crut, un moment, que la comtesse allait lui proposer un mariage et tâcher de lui faire oublier Conception.

— Je ne me marierai jamais, murmura-t-il avec tristesse.

— Ecoutez toujours, reprit Baccarat. Je racontai au chevalier votre amour pour mademoiselle de Sallandrera.

— Ah! vous lui avez dit...

— Tout, jusqu'au refus que j'ai éprouvé pour vous, jusqu'aux causes de ce refus.

Le nom de Sallandrera produisit chez lui une vive surprise :

« — Mais, me dit-il, pourquoi l'a-t-on refusé?

« — Parce que le duc veut transmettre son nom à son neveu, don José.

« — C'est une raison que je comprends, dit le chevalier. Mais si mon neveu était, à l'insu du duc, à son propre insu, à l'insu du monde entier, son parent en ligne directe... »

— Son parent! dit vivement M. de Château-Mailly.

— Peut-être... répondit Baccarat.

Et elle continua, souriant toujours : — Avant d'aller plus loin, il faut que vous me parliez de votre généalogie. Votre trisaïeul n'était-il pas mestre de camp sous Louis XIV?

— Précisément.

— Et ne fit-il point partie de l'escorte de gentilshommes français qui suivirent le roi Philippe V, petit-fils pu grand roi, lorsqu'il alla prendre possession du trône d'Espagne?

— Mais, dit le duc avec un sourire, vous savez aussi bien que moi l'histoire de ma famille.

— Mieux que vous, duc, et je vais vous prouver ce que j'avance : votre trisaïeul s'est marié en Espagne.

— Avec dona Luisa da Rocca, fille d'un excellent gentilhomme d'Aragon. Les da Rocca seraient-ils parents avec les Sallandrera? demanda le duc.

— Non, dit Baccarat. Mais ce volumineux manuscrit que vous voyez là est une lettre du chevalier de Château-Mailly à vous adressée.

— A moi?

— Il a passé à l'écrire la nuit qui a précédé notre déduet, et j'ai été chargée de vous la remettre. Si vou sjə permettez, je vous la lirai, — et vous verrez, acheva Baccarat, que vous êtes beaucoup moins éloigné de Conception, — surtout don José étant mort, que vous ne le pensiez.

Et Baccarat déplia le manuscrit.

XLIX

La longue lettre de l'ancien colonel de hulans, le chevalier de Château-Mailly, était conçue en ces termes :

« Mon cher parent,

« La comtesse Artoff m'apprend que vous êtes amoureux de mademoiselle de Sallandrera, et que, malgré votre fortune et votre titre de duc, on vous a refusé sa main.

« Ceci m'engage à vous confier un secret de famille dont vous ferez peut-être votre profit.

« A la mort du chevalier de Château-Mailly, qui, vous le savez sans doute, habitait alors Odessa, j'ai trouvé dans ses papiers le curieux document que je vous transcris tout au long. Il est écrit de la main de mon père et c'est lui qui parle :

« J'avais environ vingt ans et j'étais mousquetaire de
« S. M. le roi de France, lorsque mon père, récemment
« créé duc, vint à mourir. Le duc de Château-Mailly
« mourait à cinquante-sept ans, d'une hypertrophie du
« cœur dont il souffrait depuis très-longtemps.

« Mon frère aîné, le marquis, était dans nos terres du
« Périgord, et il ne put recevoir les derniers adieux de
« notre père. Celui-ci, la veille de sa mort, me fit ve-
« nir à son chevet et me raconta l'étrange histoire que
« voici :

« Le marquis de Château-Mailly, capitaine aux gar-
« des du corps de S. M. Louis XIV, fut un des gentils-
« hommes qui accompagnèrent le jeune roi Philippe V
« à Madrid.

« Le marquis avait alors vingt-cinq ans. Il était beau,
« brave, léger, un peu fanfaron et très-querelleur.

« Un soir, dans une rue de Madrid, il eut une alter-
« cation avec un gentilhomme espagnol, le duc de Sal-
« landrera, jeune et brave comme lui.

« Les deux jeunes gens mirent l'épée à la main et se
« battirent sous le balcon d'une señora dont la beauté
« était bien connue et fort réputée dans Madrid.

« Tout Madrilène de quelque naissance et de quelque
« fortune avait cru devoir s'en montrer amoureux. Mais
« la señora était jusque-là restée insensible, même aux
« hommages du duc de Sallandrera.

« En croisant le fer avec ce dernier, le marquis leva
« les yeux vers le balcon et salua la señora, qui respirait

« l'air du soir. La señora, qui ne l'avait jamais vu, le
« trouva charmant et lui sourit. Puis elle laissa tomber
« son mouchoir au pied des combattants.

« — Monsieur le duc, dit alors le marquis, je crois
« que voilà le prix du vainqueur.

« Et il porta à l'Espagnol un très-vaillant coup d'épée,
« qui le coucha dans la poussière. Ensuite, il ramassa
« le mouchoir, le mit sur son cœur et salua de nouveau
« la señora. La señora Luisa da Rocca rougit un peu,
« rendit le salut et disparut derrière sa jalousie.

« Cependant, le coup d'épée reçu par le duc n'était
« pas mortel, mais il le tint au lit pendant près de trois
« mois.

« Le jour où le duc sortit pour la première fois, il
« rencontra un nombreux et brillant cortége qui arrêta
« un moment sa litière et ses porteurs. C'était le mar-
« quis de Château-Mailly qui se rendait à l'église avec
« une suite de gentilshommes français, et allait épouser
« mademoiselle Luisa da Rocca.

« Le duc avait aimé, il aimait encore passionnément
« la jeune señora.

« Il s'évanouit dans sa litière et sa blessure se rou-
« vrit.

« On le rapporta à demi-mort à son hôtel.

« Un an après, dona Luisa da Rocca, devenue mar-
« quise de Château-Mailly, mettait au monde un fils
« qui recevait le nom de Manoël Enguerrand.

« Le duc de Sallandrera, rétabli de sa blessure, s'é-
« tait marié quelques mois auparavant et avait épousé
« une fille de la noble maison de Ximenès.

« A deux mois de distance, la jeune duchesse de Sal-
« landrera mit au monde deux fils jumeaux, — fait qui
« s'est renouvelé plusieurs fois, du reste, dans cette fa-
« mille.

« Le duc, guéri et marié, n'avait pas paru garder
« rancune au marquis de Château-Mailly. Le duc avait
« accepté l'emploi de chambellan à la nouvelle cour.

« Le marquis, tout en restant au service du roi de

« France, était demeuré attaché extraordinairement au
« service du jeune monarque.

« Les deux gentilshommes se rencontraient et se
« voyaient tous les jours, leurs femmes se recevaient
« mutuellement.

« Cependant M. de Sallandrera demeurait au fond de
« son cœur très-épris de dona Luisa, et cet amour gran-
« dissait de jour en jour, à l'insu de la jeune femme, à
« l'insu, surtout, de M. de Château-Mailly.

« Un jour, un soir plutôt, que le marquis était retenu
« au palais pour son service, le duc arriva chez lui à
« l'improviste, trouva la señora dona Luisa seule et osa
« se jeter à ses pieds. La marquise le releva d'un geste
« hautain et le traita avec un tel mépris que le duc sor-
« tit la rage au cœur et dans un violent état d'exaspéra-
« tion.

« Certes, si en ce moment il eût rencontré le mar-
« quis, il l'eût provoqué et forcé de remettre l'épée à la
« main.

« Fort heureusement pour ce dernier, le roi avait eu
« fantaisie de partir pour l'Escurial après son souper.

« Le lendemain, la colère du duc était calmée et la
« raison était revenue.

« Mais les dédains de dona Luisa n'avaient fait qu'aug-
« menter et irriter la passion du duc. Il se jura de triom-
« pher de la marquise, et un pareil serment fait par un
« homme comme lui ne pouvait être faussé. Seulement,
« il médita longuement, patiemment sa vengeance.

« Les circonstances devaient, du reste, le servir à mer-
« veille. Quelques semaines après, il arriva que le roi
« Philippe V eut besoin d'envoyer un message secret à
« son aïeul Louis XIV, et ce fut le marquis de Châ-
« teau-Mailly qui fut chargé de le porter. Le marquis
« partit donc, laissant sa jeune femme à Madrid.

« Le fils du marquis avait alors trois mois. Sa mère
« avait voulu l'allaiter elle-même, et ne s'en séparait ni
« jour ni nuit.

« Le duc, on le sait, était père de deux jumeaux.

« Ces jumeaux avaient près de deux mois, et ils
« étaient précoces à ce point qu'on leur eût facilement
« donné le double de leur âge.

« Or, dona Pepa Ximenès, duchesse de Sallandrera,
« moins courageuse mère que la jeune marquise, s'était
« séparée de ses enfants et les avait placés chez une
« nourrice, à une courte distance de Madrid, sur la
« route de l'Escurial.

« Ces détails que je donne là un peu trop complai-
« samment, en apparence, sont cependant indispensa-
« bles pour l'intelligence de ce qui va suivre.

« Le marquis de Château-Mailly était donc parti pour
« la France et devait y séjourner environ trois mois.

« La jeune marquise profita de cette absence pour
« accomplir le pèlerinage de Saint-Jacques-de-Compos-
« telle, pèlerinage obligatoire pour tout bon et fervent
« Espagnol.

« On ne voyageait point alors comme aujourd'hui, et
« le luxe du grand roi n'avait pas encore franchi les Py-
« rénées, en dépit de ce mot fameux du souverain fran-
« çais qui supprimait cette barrière entre la France et
« l'Espagne.

« La jeune marquise partit donc de Madrid avec un
« serviteur et une camérière. Le serviteur, à cheval,
« avait cette dernière en croupe.

« La marquise, montée sur un beau genet andalous,
« et, du reste, très-bonne écuyère, tenait son enfant dans
« ses bras.

« Le duc de Sallandrera, caché dans une maison des
« faubourgs, vit passer, un matin, cette modeste cara-
« vane. Il avait acheté, à prix d'or, le silence et le con-
« cours des deux serviteurs de madame de Château-
« Mailly.

« Une heure après, il montait à cheval à son tour et se
« mettait à la poursuite de la belle señora.

« La route que suivait cette dernière était, comme
« presque toutes les routes d'Espagne, scabreuse, péni-
« ble, déserte. Tantôt suivant le cours du Mançanarez,

I.   39

« tantôt montant par des rampes brusques au flanc de
« la sierra, elle allait de Madrid à un petit village situé
« à huit lieues, sans que le voyageur aperçut à droite
« ou à gauche une maison, une ferme, une simple *po-*
« *sada.* Ainsi nomme-t-on les cabarets du pays espa-
« gnol.

« La marquise avait fixé ce village comme le but de
« sa première couchée ; mais on était alors en été, les
« jours étaient grands, les chevaux frais, et comme le
« soleil était encore haut à l'horizon, lorsque la cara-
« vane atteignit le village, on passa outre pour aller s'ar-
« rêter à trois lieues plus loin, dans une petite auberge
« isolée.

« La nuit arrivait quand la marquise mit pied à terre.

« Le paysage environnant, l'aspect misérable et pres-
« que sinistre de l'auberge, eussent été dignes du pin-
« ceau de Salvator Rosa. La posada était bâtie au bord
« d'un ravin profond, escarpé, dominé par une forêt de
« chênes d'un vert sombre qui s'étageait aux flancs d'une
« montagne presque à pic. Au fond du ravin roulait un
« torrent.

« Deux vieillards étaient les seuls habitants, les seuls
« hôtes de cette demeure qui semblait faite pour être le
« théâtre d'un crime. Les deux hôtes cédèrent leur uni-
« que lit à la marquise et allèrent s'installer dans la
« grange.

« Mais la marquise, agitée sans doute par un pressen-
« timent sinistre, préféra passer la nuit sur une chaise,
« auprès du feu.

« Son enfant avait été placé auprès d'elle, sur un ma-
« telas.

« La domestique et la camérière qui l'accompagnaient
« étaient allées partager le lit improvisé des deux caba-
« retiers.

« La señora dona Luisa eut peur de cet isolement dans
« lequel elle se trouvait. Elle se leva, alla ouvrir la porte
« de la chaumière et prêta une oreille inquiète. Mais le
« ciel s'illuminait des rayons de la lune, la route était

« déserte et un profond silence régnait autour de la po-
« sada.

« La marquise se replaça auprès du feu, et vers mi-
« nuit le sommeil commençait à la gagner, lorsque la
« porte s'ouvrit tout à coup, et un homme apparut qui
« arracha un cri d'épouvante à la jeune femme. Cet
« homme, on le devine, c'était le duc de Sallandrera.
« Le duc était pâle et sinistre comme un homme résolu
« à commettre une mauvaise action.

« La marquise, saisie de terreur et comprenant pour-
« quoi le duc était là, à cette heure, se précipita sur son
« enfant, le prit dans ses bras et voulut fuir.

« Le duc essaya de lui barrer le passage, mais elle le
« repoussa avec une énergie sans pareille, et s'élança
« hors de la posada. Alors le duc, un moment étourdi,
« s'élança à sa poursuite. La marquise, entendant les pas
« du duc derrière elle, sentit sa raison l'abandonner et
« elle précipita sa course, ne sachant où elle allait et
« ne voyant plus devant elle.

« La route, très-étroite, flanquait le ravin comme une
« guirlande blanchâtre, tantôt descendant, tantôt remon-
« tant et toujours bordant le précipice.

« Madame de Château-Mailly éperdue, épouvantée,
« comme ces chevaux saisis de vertige qui ne connais-
« sent plus la voix de leur cavalier, qui demeurent in-
« sensibles aux violentes douleurs du mors et de l'éperon,
« courait toujours, serrant son enfant sur son cœur et
« entendant résonner à ses oreilles les pas précipités du
« duc.

« Tout à coup elle arriva en un endroit où la route
« tournait brusquement et où le précipice était si escar-
« pé, qu'on avait placé des garde-fous de distance en dis-
« tance.

« En ce moment-là, le duc l'atteignit...

« Pour échapper à son ennemi, elle s'élança et voulut
« se jeter dans le ravin...

« Mais le duc la retint par ses vêtements et la cloua
« sur le bord de l'abîme...

« Hélas ! la malheureuse mère avait fait un brusque
« mouvement pour lui échapper, ses bras étaient dé-
« tendus, son enfant était tombé... La pauvre petite
« créature était allée se briser à cent pieds de profon-
« deur sur une pointe de rocher !

« Et quand le duc arracha la mère à la mort, lors-
« qu'elle se retourna vers lui, les cheveux épars, l'œil
« en feu, les lèvres béantes, ce n'était déjà plus la femme
« jalouse de son honneur qui préférait le trépas à l'in-
« famie, c'était une pauvre mère qui le regardait avec
« stupeur et finit par jeter un bruyant éclat de rire...

« Elle était folle !

. . . .

« Il est de terribles, d'étranges situations, qu'il est
« presque impossible de redire.

« La nuit qui s'écoula fut pour le duc de Sallandrera
« un siècle tout entier d'agonie.

« La veille, le duc avait trente ans à peine, le lende-
« main, au soleil levant, c'était un vieillard ; ses che-
« veux avaient blanchi.

« La posada, isolée au bord de la sierra, offrit au jour
« un navrant et lugubre spectacle.

« Sur le lit qui lui était destiné la veille, la marquise,
« folle à lier, riait et pleurait tour à tour.

« Autour du lit, les deux hôteliers, qui ne comprenaient
« rien à ce qui s'était passé, le serviteur et la camérière
« infidèles que l'or du duc avait gagnés, et qui s'éton-
« naient de l'absence du pauvre enfant mort, se tenaient
« debout, mornes, consternés, se demandant quel drame
« lugubre avait empli cette nuit lumineuse et pleine de
« silence de la sierra.

« Au chevet, agenouillé, le duc fondait en larmes. Le
« remords s'était emparé de lui.

« Tout à coup il se leva, prit la main de la folle, et
« voulut lui demander pardon :

« — Ah ! c'est toi ? lui dit elle en souriant, toi, mon
« cher époux ! te voilà donc revenu ?

« — Oui, balbutia le duc, oui... c'est moi...

« Et la marquise pressait les mains du duc, qu'elle
« prenait pour M. de Château-Mailly, et le duc se sen-
« tait mourir de honte et de douleur.

« En ce moment des pas rètentirent sur le seuil de la
« porte. Un homme entra.

« C'est homme était un moine, un vieux moine à barbe
« blanche, le chapeau garni des coquillages du pèle-
« rin.

« Il revenait de l'ermitage de Saint-Jacques-de-Com-
« postelle, et il mendiait son pain sur la route.

« Il entra, et il fut frappé de ce rapprochement étrange
« d'une femme qui riait et de gens consternés. Mais le
« duc, lui, saisi d'une pieuse terreur, crut voir dans ce
« vieillard Dieu lui-même, qui avait quitté son paradis
« pour venir rendre à cette femme et la raison et son
« enfant ; il se jeta à ses pieds, et le front dans la pous-
« sière, la voix entrecoupée de sanglots, il lui avoua son
« crime.

« Le moine l'écouta gravement, silencieusement,
« comme un confesseur des premiers âges du christia-
« nisme ; puis, quand ce grand coupable eut achevé l'a-
« veu de ses forfaits, il s'approcha du lit, prit à son tour
« la main de la folle et examina son visage et son re-
« gard avec la tenace attention d'un grand médecin.

« — Cette femme, dit-il enfin, est folle comme vous le
« dites, parce que son enfant est mort. Rendez-lui un
« enfant qu'elle puisse croire le sien, et elle reviendra à
« la santé.

« Et l'homme de Dieu se tourna vers le coupable et
« ajouta : — Duc de Sallandrera, je te connais, bien
« que tu ne m'aies pas dit ton nom, et l'on m'a fait plu-
« sieurs fois l'aumône à la porte de ton palais. Dieu,
« qui prévoyait ton crime, t'avait envoyé deux enfants ;
« il faut en donner un à cette pauvre mère.

« Le duc, demeuré à genoux, murmura : — Mon
« Dieu ! que votre volonté soit faite !

« Puis il monta à cheval, enfila au galop la route de
« Madrid, s'arrêta dans le petit village où ses deux ju-

« meaux étaient élevés, et il en prit un qu'il enveloppa
« dans un pan de son manteau.

« Trois heures après, il était de retour dans la posada,
« déposait l'enfant sur le lit de la marquise, toujours
« folle, et s'enfuyait.

. . . .

« Mais l'homme de Dieu s'était trompé, et la marquise
« ne devait pas recouvrer la raison. Elle fut ramenée à
« Madrid, où le bruit courut qu'elle avait fait une chute
« de cheval, ce qui l'avait rendue folle.

« Les plus célèbres médecins lui prodiguèrent leurs
« soins ; le marquis de Château-Mailly, rappelé en hâte,
« revint de Versailles et offrit la moitié de sa fortune à
« celui qui rendrait la raison à dona Luisa.

« Les secours de l'art, les prières de la religion, tout
« fut inutile. La marquise devait mourir folle. Seule-
« ment, elle avait reporté sur cet enfant étranger tout
« l'amour dont elle environnait le pauvre enfant mort,
« — elle le croyait le sien, elle le berçait, le portait dans
« ses bras, le faisait danser sur ses genoux...

« Quant au marquis, il ignorait, il devait ignorer tou-
« jours le drame de la posada et du ravin.

« Le duc de Sallandrera avait acheté à prix d'or le
« silence des deux serviteurs de la marquise, celui des
« hôteliers et celui de la nourrice de ses enfants.

« Un jour, la duchesse avait appris que l'un de ses ju-
« meaux était mort ! »

Arrivée à cet endroit de la lecture du manuscrit, Baccarat s'arrêta et regarda M. de Château-Mailly.

Le duc était fort pâle et une sueur froide perlait sur
son front.

— N'est-ce pas, lui dit-elle, que cette histoire est bien
étrange ?

— Oh ! bien étrange, en effet, murmura-t-il, et je crois
rêver.

— Eh bien ! reprit la comtesse Artoff, allons jusqu'au
bout, et si vous pensez en ce moment encore que le chevalier de Château-Mailly a voulu se moquer de vous et

vous faire un conte de fée, vous verrez que les preuves
à l'appui de son conte sont faciles à retrouver.

.. Et Baccarat continua la lecture du manuscrit laissé par
le chevalier de Château-Mailly, mort à Odessa, et transcrit
par son fils le vieux colonel de hulans.

L

Le chevalier de Château-Mailly continuait en ces termes :

« Tel était le récit extraordinaire que le duc mon père
me fit, la veille de sa mort, à Paris, dans ce grand hôtel
que nous possédions rue Saint-Louis au Marais.

« — Mais, m'écriai-je, qu'est devenu cet enfant, ce
Sallandrera substitué à un Château-Mailly ?

« — Cet enfant, me répondit mon père, le marquis de
Château-Mailly est mort en l'appelant son fils.

« — Et... il vit encore ?

« — Oui, mais il va mourir bientôt.

« Et mon père ajouta en souriant :

« — C'est moi.

« — Vous ?

« Il hocha affirmativement la tête.

« — C'est moi, répéta-t-il.

« — Comment, m'écriai-je, vous, mon père, vous êtes
non le fils de M. de Château-Mailly, mais celui du duc
de Sallandrera ?

« — Oui, me répondit-il.

« Il prit alors une liasse de parchemins placée sous
son oreiller et me la tendit.

. « — Avant que tu recherches et trouves dans ces papiers, me dit-il, la preuve de ce que j'avance, laisse-moi
te dire comment j'ai appris moi-même quelle était ma
naissance.

« — Parlez, mon père, répondis-je avec soumission.

« Mon père reprit :

« J'avais vingt ans, lorsque le marquis de Château-Mailly, que je croyais mon père, mourut me laissant toute sa fortune et persuadé que j'étais son fils unique.

« Ma mère, ou plutôt dona Luisa da Rocca, l'avait précédé de deux années dans la tombe. Je les avais pleurés tous deux comme un bon fils, j'avais voué à leur mémoire un culte pieux et inaltérable.

« Celui que je croyais mon père me laissait une fortune considérable? j'héritais de la charge qu'il occupait dans la maison du roi, car il était revenu en France depuis longtemps, et n'eût été la douleur immense que cette perte me causait, j'aurais pu être considéré comme le gentilhomme le plus heureux et le plus favorisé de France et de Navarre.

« Il y avait un mois environ que le marquis de Château-Mailly était mort, lorsqu'un vieux prêtre descendit d'un carrosse de gala à la porte de mon hôtel et demanda à m'entretenir de choses de la dernière importance.

« Sa soutane violette et son anneau épiscopal annonçaient un prince de l'église.

« — Qui dois-je annoncer? lui demanda mon major-dome.

« — L'évêque de Burgos, répondit-il.

« Sa Grandeur fut introduite auprès de moi et me fit force révérences. Puis elle me raconta, à mon grand étonnement, cette histoire que je viens de vous dire.

« Quand je me sers du mot *étonnement*, je suis loin de la vérité. Les révélations du prélat furent pour moi de la stupeur, et une stupeur douloureuse.

« Je n'avais pas connu, je ne connaissais pas le duc de Sallandrera, que cet homme disait être mon père, et il me sembla que je perdais une seconde fois celui que je pleurais et à qui j'avais toujours donné ce nom.

« Pendant quelques minutes, je demeurai muet, immobile, et comme frappé de la foudre. Enfin, je pus parler, et me redressant tout à coup : — Eh ! monseigneur, 'écriai-je, qui me prouve, qui peut me prouver ce que vous avancez ? Qui me dit qu'au lieu d'avoir devant moi un prélat vénérable...

« — Arrêtez, mon fils ! me dit-il avec douceur, ne blasphémez pas, n'insultez pas un serviteur de Dieu. Vous voulez des preuves ?

« — Oui, certes !

« — Vous allez en avoir. Il y a ici, dans cet hôtel, un vieux domestique du nom d'Antoine...

« — Cet homme m'a élevé.

« — Il accompagnait dona Luisa quand elle partit pour aller en pèlerinage à Saint-Jacques-de-Compostelle.

« — Je l'ai ouï dire.

« — Faites venir cet homme.

« Je sonnai.

« — Antonio ! qu'on m'envoie Antonio ! demandai-je d'une voix altérée.

« Antonio vint. C'était un vieillard aussi. Seulement il avait soixante ans, tandis que le prélat paraissait être centenaire.

« L'évêque de Burgos lui dit :

« — Te souviens-tu de la posada ?

« Le vieillard tressaillit et regarda son interlocuteur avec étonnement.

« Alors l'évêque se redressa, et ajouta : — Regarde-moi, Antonio, regarde-moi bien. Ne me reconnais-tu pas ?

« — Le moine ! balbutia Antonio.

« Et sur l'ordre impérieux du moine mendiant, devenu évêque de Burgos et l'un des plus grands dignitaires de l'Église espagnole, le serviteur de feu dona Luisa m'avoua le rôle infâme qu'il avait joué et me livra le secret de ma naissance.

« — Croyez-vous, maintenant ? me dit l'évêque en me regardant.

« — Eh bien ! m'écriai-je, que m'importe ? Est-ce que je connais mon vrai père, moi ? Ai-je été entouré de ses soins, de ses caresses pendant mon enfance ! Que me veut-il ?

« — Mon fils, répondit l'évêque, votre père, le duc de Sallandrera, est aujourd'hui âgé de cinquante ans, il est veuf, et votre frère va mourir d'un coup d'épée qu'il a reçu dans un duel. Votre père vous supplie, par ma bouche, maintenant que celui dont vous portez le nom n'est plus, d'accourir vers lui, et de vous laisser reconnaître pour son fils.

« Et l'évêque me tendit alors une lettre du duc de Sallandrera, lettre signée de son nom, scellée de ses armes, et par laquelle il me rappelait auprès de lui.

« Mais, après l'avoir lue, je répondis avec amertume :
— Je comprends pourquoi, monseigneur, vous venez à moi, pourquoi le duc de Sallandrera, dont le fils bien-aimé se meurt, dont l'orgueil de caste s'irrite à la pensée que son nom et sa race vont s'éteindre, me rappelle auprès de lui ? Eh bien ! monseigneur, retournez vers le duc et dites-lui qu'il a fait un mauvais rêve, que le marquis de Château-Mailly est le seul père que j'aie connu, aimé, pleuré, et que je ne veux pas porter un autre nom que le sien !

« Et je congédiai fièrement le messager du duc.

« Un an après, j'appris que le vieux duc de Sallandrera s'était remarié pour avoir une postérité tardive, et que le ciel avait exaucé ses vœux en lui envoyant un rejeton.

« Seulement cette lettre, par laquelle il me reconnaissait pour son fils, était restée en ma possession ainsi qu'une déclaration signée de l'évêque de Burgos et du valet Antonio.

« Or, depuis ce temps, mon enfant, acheva mon père, dont la voix commençait à s'affaiblir, le duc est mort, l'évêque de Burgos aussi, et tous ceux qui connaissent l'histoire bizarre de ma naissance. Ils ont emporté dans la tombe ce secret, dont je suis resté le dernier dépositaire.

« Je vous le transmets, à ma dernière heure, à vous mon second fils, à vous que votre qualité de cadet et les lois du royaume font pauvre au profit du comte votre frère. Si vous croyez devoir revendiquer quelque chose de la fortune des Sallandrera, je vous en laisse libre, avant d'aller rejoindre ceux que j'ai aimés toute ma vie comme les véritables auteurs de mes jours.

« Mon père mourut le lendemain, me laissant ces preuvet authentiques de ma naissance. Un mois après je partis pour la Russie, sans avoir revu mon frère aîné, qui ignore et ignorera probablement toujours que la race des Château-Mailly est éteinte depuis le règne de Louis XIV, et que ceux qui la représentent et en portent le nom sont des Sallandrera. »

Ici s'arrêtait le manuscrit du chevalier de Château-Mailly, grand-oncle du jeune duc, à qui Baccarat lisait cette histoire plus qu'extraordinaire.

Le colonel des hulans poursuivait ensuite en son nom :

« Ce secret, mon cher parent, je l'eusse probablement emporté dans la tombe, comme avait fait le vieux duc de Sallandrera, notre véritable aïeul, et j'avais même songé à brûler cette lettre du duc et cette déclaration de l'évêque de Burgos et du valet Antonio, avant de mourir.

« Un mot de la comtesse Artoff a changé toutes mes dispositions. J'ai appris que vous aimiez la fille unique du duc de Sallandrera, que cette fille était fiancée à un neveu qui portait un autre nom, et à qui le duc, faute d'héritier direct, songeait à transmettre le sien... J'ai alors espéré que ces détails, ces documents, pourraient vous être utiles, et je suis prêt à vous envoyer la lettre du duc de Sallandrera et la déclaration de l'évêque de Burgos, si vous pensez qu'elles puissent avoir sur le dernier représentant de cette famille, qui est la nôtre, une véritable influence.

« Votre parent dévoué,

« Le colonel de CHATEAU-MAILLY. »

Lorsque Baccarat eut fini, elle regarda de nouveau le jeune duc.

Celui-ci avait la tête dans ses mains et gardait l'attitude d'un homme qui s'éveille d'un pénible sommeil :

— Je crois que je deviens fou, murmura-t-il enfin.

— Il y a de quoi en effet, dit la comtesse en riant, mais espérons que vous résisterez et que votre raison vous restera.

— Ainsi, je ne suis pas un Château-Mailly?

— Mon Dieu, non. Ce dernier est mort à la fin du règne de Lous XIV.

— Ainsi, je devrais me nommer Sallandrera?

— Dame!

— Mais c'est un rêve...

— Un rêve, dit Baccarat, qui va paraître bien doux à ce pauvre duc de Sallandrera, qui croit déjà son nom éteint pour jamais, et qui va vous supplier, quand il saura ce que je viens de vous apprendre, d'épouser dona Conception. Voyons, acheva la comtesse en souriant, convenez, duc, que mon dernier voyage en Russie vous a été de quelque utilité?

— Je rêve..., balbutiait le duc tout étourdi de ces révélations.

— Eh bien! poursuivit la comtesse Artoff, si vous rêvez, éveillez-vous et causons.

M. de Château-Mailly ne répondit pas. Il était en proie à une sorte de malaise tout à fait indéfinissable. On ne vient pas dire à un homme que le nom qu'il porte n'est pas à lui, que les données qu'il a toujours eues sur son origine sont erronnées, sans le bouleverser étrangement.

Baccarat le comprit.

Mais la comtesse était femme, elle savait bien que le réactif le plus puissant sur ces torpeurs morales est toujours le nom de la femme aimée.

— Vous n'aimez donc plus Conception? lui demanda-t-elle?

Le duc tressaillit.

— Oh! si... je l'aime!...

— Eh bien! don José est mort... don José, l'héritier du duc, don José, à qui M. de Sallandrera voulait transporter ses titres et dignités.

— Eh bien ? fit M. de Château-Mailly, qui paraissait ne pas comprendre.

— Comment ! vous ne comprenez pas que le duc, qui vous avait refusé parce qu'il voulait prendre un gendre de sa race, vous acceptera avec empressement ? Mon cher duc, ajouta Baccarat, les Sallandrera sont tous les mêmes, il ne veulent pas que leur nom s'éteigne... Le jour où le dernier aura vu la lettre de son aïeul, confronté l'écriture avec celle des papiers de famille qu'il possède, le jour où il aura en sa possession la déclaration de l'évêque de Burgos, ce jour-là, mon ami, il ne tiendra qu'à vous de devenir l'époux de mademoiselle Conception.

— Prenez garde ! murmura le duc, ne me donnez pas de folles espérances... si j'étais refusé, j'en mourrais... ou je me tuerais...

— Tenez, dit Baccarat, rentrez chez vous, écrivez au colonel de Château-Mailly, votre parent, et demandez-lui les deux pièces dont nous parlons... Je vais mettre à cheval, dès demain matin, un de mes cosaques, et l'envoyer à Odessa.

— Et nous les aurons ?...

— Dans quinze jours.

— Dois-je écrire au duc de Sallandrera ?

— Non.

— Pourquoi ?

— Parce qu'il faut donner à la tombe de don José le temps de se refermer. Ce que j'en dis est pour le duc et la duchesse, car j'ai la conviction que Conception avait horreur de son futur mari.

— Croyez-vous ? fit le duc dont l'œil étincelait de joie.

— J'en suis sûre.

Et Baccarat ajouta : — Quand nous aurons les deux pièces, lorsque M. de Sallandrera et sa famille seront de retour à Paris, vous me laisserez agir et négocier votre mariage... Adieu !... je viens d'entendre un coup de sonnette, puis des pas et une voix bien connue. Je crois que ma sœur est au salon et m'attend.

— Adieu, comtesse, dit le duc en lui baisant la main :

I. 40

Voulez-vous me permettre d'emporter la lettre de mon parent?

Et il désignait sous ce nom le manuscrit dont il venait de prendre connaissance.

— Emportez, adieu.... mais revenez dans trois jours dîner avec nous. Le comte arrivera bien certainement après-demain dans la nuit.

Et, tandis que la comtesse Artoff allait rejoindre sa sœur Cerise, dont elle avait entendu la voix dans la pièce voisine, le duc s'en alla, emportant le manuscrit qui renfermait l'histoire de son étrange origine.

Madame Léon Rolland, c'est-à-dire Cerise, était dans le grand salon de l'hôtel Artoff.

Cerise n'avait pas voulu attendre la visite de sa sœur, elle était accourue en recevant son billet, et elle entra dans l'hôtel Artoff, tenant son fils par la main, un joli bambin de six ans, qui avait les cheveux noirs de sa mère et ses lèvres de carmin, tandis que ses yeux bleus et les traits de son visage rappelaient d'une manière frappante Léon Rolland.

La fortune de ce jeune ménage était allée toujours progressant. A cette heure, Rolland, qui avait trente-six ans à peine, était un des plus riches fabricants du faubourg Saint-Antoine, un des plus considérés et des plus honorables surtout. Léon avait son appartement sur le boulevard Beaumarchais, et avait conservé ses ateliers dans le faubourg.

La vieille mère était morte. Depuis lors, Cerise avait dû renoncer à toute autre occupation pour se consacrer à l'éducation de ses deux enfants, le petit bonhomme de six ans et une jolie petite fille de trois.

Au Marais, on disait maintenant *Madame Rolland.*

Cerise avait une demi-fortune, c'est-à-dire une voiture à un cheval qui servait bien plus à son mari pour ses courses qu'à elle-même, ce qui n'empêchait point qu'on ne dît : *le coupé et le cheval de madame.*

On le voit, dans une sphère plus modeste, la sœur de

Baccarat avait prospéré, et il était loin le temps où la jolie petite Cerise amassait sou à sou, avec le produit ingrat de sa journée d'ouvrière, l'argent nécessaire à l'acquisition de son trousseau de mariée.

Les deux sœurs s'embrassèrent avec effusion. Puis Cerise regarda attentivement la comtesse.

— Oh! c'est bizarre, murmura-t-elle.

Etonnée, Baccarat la regarda.

— Quand es-tu arrivée?

— Il y a trois heures.

— Bien vrai?

— Comment, bien vrai?... Est-ce que je mens par hasard? demanda Baccarat en souriant.

— Oh! c'est bizarre... répéta Cerise.

— Voyons, explique-toi...

Baccarat prit le fils de Cerise sur ses genoux et fit asseoir la mère auprès d'elle sur un canapé.

— Explique-moi, ajouta Baccarat, comment il peut être étrange et bizarre que je sois arrivée aujourd'hui?

— C'est que j'ai cru te voir à Paris hier

— Moi?

— Oui.

— Tu m'as vue à Paris hier?

— J'ai cru te voir, du moins.

— Oh! en effet, dit Baccarat, c'est plus qu'étrange, cela.

— Sur le boulevard, vers trois heures, dans un coupé bleu attelé d'un cheval gris de fer. Tu étais avec un jeune homme... Oh! la ressemblance de la femme que j'ai vue avec toi était si complète, que j'ai poussé un cri.

— Hier, dit Baccarat, à l'heure où tu m'as vue sur le boulevard dans un coupé, j'étais dans ma chaise de poste à trois lieues de Nancy. Mais, ajouta-t-elle, ce que tu me dis là, on me l'a déjà dit il y a cinq ou six ans. Il paraît qu'il y avait au quartier latin une femme qui me ressemblait.

C'est peut-être elle.

Baccarat se prit à sourire.

— Ces femmes, vivent-elles six ans ? dit-elle. Elle est peut-être morte, celle-là... C'en est une autre. D'ailleurs, beaucoup de blondes se ressemblent et me ressemblent.

Baccarat n'attacha pas d'autre importance à ce que venait de lui apprendre Cerise, et les deux sœurs passèrent ensemble le reste de la soirée sans que la comtesse eût reparlé de cet incident.

— Me tromperait-elle ? pensa Cerise en s'en allant, et aurait-elle quelque nouveau secret dans sa vie !

Certes, Baccarat était loin de se douter que la ressemblance dont il venait d'être question était frappante, à ce point que sa sœur en arriverait à mettre en doute sa franchise et sa véracité.

LI

Le lendemain du jour où Baccarat et le duc de Château-Mailly avaient concerté ensemble ce plan de conduite si simple, qui consistait à attendre l'arrivée des deux pièces si importantes que possédait le vieux colonel de hulans et le retour du duc de Sallandrera pour lui redemander officiellement la main de mademoiselle Conception, l'homme aux cheveux blonds et à la polonaise à brandebourgs, cet homme mystérieux à qui Zampa s'était donné corps et âme, fumait tranquillement un cigare au coin du feu du petit salon de la rue de Suresnes.

On sonna.

Comme Rocambole avait congédié son valet de chambre, ou plutôt qu'il l'avait donné à M. Roland de Clayet, il alla lui-même ouvrir sa porte.

Seulement, il eut la précaution de passer dans un petit cabinet qui tournait autour de l'escalier et dont la fenêtre donnait sur le palier. Avant d'ouvrir, il voulait voir à quel visiteur il avait affaire.

Ce visiteur était Zampa.

Rocambole lui ouvrit, verrouilla soigneusement sa porte quand il fut entré, et le conduisit au fond de l'appartement.

Zampa avait un air mystérieux et une fleur de sourire sur les lèvres.

— Eh bien ! dit l'homme à la polonaise.

Zampa s'assit.

— J'ai du nouveau, dit-il.

Rocambole tressaillit.

— Ah ! tu as... du nouveau ?

— Mais oui.

— Voyons ?

— Vous savez que mon maître actuel, M. le duc de Château-Mailly, m'a pris les yeux fermés, grâce à la lettre de mademoiselle Conception ?

— Je le sais.

— Et qu'il lui a suffi que j'eusse servi don José pour qu'il m'accordât sa confiance ?

— Parbleu ! dit Rocambole.

— Or, depuis trois jours que je suis à son service, j'ai si bien étudié le duc, que maintenant je le sais par cœur.

— C'est ce que doit savoir un valet intelligent et ambitieux.

— M. le duc, poursuivit Zampa, aime mademoiselle Conception, c'est évident.

— Je le crois aussi.

— A la façon dont il m'a questionné sur l'hôtel Sallandrera et les habitudes du duc et de la duchesse, le doute n'est plus permis.

— Mais comme il a été refusé, il doit être assez mélancolique ?

— Il l'était.

— Il ne l'est donc plus ?

— Non.

— Depuis quand ?

— Depuis hier soir.

— Diable ! fit Rocambole.

— Je vous disais bien, continua Zampa, que j'avais du nouveau. **M.** le duc a dîné à l'hôtel, hier. Comme il s'apprêtait à sortir, on lui a apporté un billet.

— De qui?

— De la comtesse Artoff, qui venait d'arriver.

— Et ce billet?

— Invitait le duc à se rendre sur-le-champ rue de la Pépinière. Cette invitation a bouleversé le duc, et il a demandé sa voiture d'une voix émue, fiévreuse; je l'ai habillé à la hâte, et il est parti sans avoir songé à donner dans la glace un coup-d'œil à son nœud de cravate.

Rocambole se prit à sourire.

Cependant l'élève de sir Williams était légèrement inquiet.

— Après? fit-il.

— M. le duc est revenu deux heures après, poursuivit Zampa, et ce n'était plus le même homme. Il était visiblement agité, mais son agitation était joyeuse.

— Ah!... et sais-tu pourquoi?

— Non; mais nous le saurons probablement quand vous aurez ouvert cette lettre que le duc a écrit avant de se coucher et qu'il m'a chargé de porter chez la comtesse Artoff. M. le duc dort encore, car il a passé la nuit à lire.

— Et qu'a-t-il lu? demanda Rocambole, qui prit des mains du valet de chambre une lettre assez volumineuse

— Un gros cahier de papiers, qu'il a soigneusement enfermé dans son secrétaire.

— Et qui venait de chez la comtesse?

— C'est probable.

Rocambole se mit alors à examiner la lettre que Zampa était chargé de porter rue de la Pépinière.

Il était facile de deviner que cette lettre en renfermait une autre.

Zampa tira de sa poche une montre.

— M. le duc, dit-il, m'a chargé en outre de porter sa montre chez l'horloger. Les breloques sont après. Parmi les breloques se trouve le cachet dont il s'est servi pour sceller sa lettre.

— Tu es un valet intelligent, dit Rocambole charmé de la précaution.

Puis il ouvrit un tiroir, y trouva une enveloppe de même grandeur que celle de la lettre, et de la cire bleue de même nuance que la cire du cachet. Mais avant de rompre celui-ci, il examina fort attentivement l'écriture de la suscription. Après quoi il prit une plume, et sur l'enveloppe blanche, il copia textuellement ces mots :

A madame la comtesse Artoff,

En son hôtel, rue de la Pépinière.

— Tiens! dit Zampa, vous avez exactement l'écriture du duc, et il s'y tromperait bien certainement lui-même.

— J'ai toutes les écritures, — répondit Rocambole avec gravité. Et il ajouta mentalement : — Même celle de mademoiselle Conception, ce qui m'a permis de te recommander sous son nom à M. de Château-Mailly.

La nouvelle adresse écrite, l'élève de sir Williams brisa sans façon le cachet de la lettre.

Ainsi qu'il l'avait pensé, l'enveloppe renfermait d'abord un simple billet, puis une seconde lettre. Le billet était pour Baccarat.

Rocambole le déplia et le trouva conçu en ces termes :

« Chère comtesse,

« J'ai passé la nuit à lire et à relire ce curieux manuscrit qui vous a été remis par mon parent, le chevalier de Château-Mailly, et l'étrange histoire de ma famille va, sans doute, me faire faire des rêves plus étranges encore. Je vous écris à quatre heures du matin, ce billet que mon valet de chambre vous portera vers dix heures, ainsi que ma lettre aux vieux colonel de hulans. Ah! comtesse, comtesse, si, grâce à cette mystérieuse origine qui vient de m'être révélée, j'épouse Conception un jour, ne vous devrai-je pas mon bonheur tout entier.

« Quand j'y songe, j'ai le vertige et me sens devenir fou.

« Je vous baise les mains,

« DUC DE CHATEAU-MAILLY. »

« P. S. Je ferme ma lettre au colonel avec un simple pain à cacheter, car je suppose que vous lui écrirez aussi et que ma lettre sera contenue dans la vôtre. »

— Oh ! oh ! murmura Rocambole, voici un billet dont il me faut chercher le sens dans la seconde lettre ; car, ma parole d'honneur, je n'y comprends absolument rien.

Une bouilloire était placée devant le feu.. Rocambole la mit sur les tisons ardents, et deux minutes après, l'eau en ébullition commença à soulever le couvercle. Alors l'homme à la polonaise, usant d'un moyen bien connu, s'empara de la lettre adressée au colonel de hulans, et la plaça vertificalement au-dessus de la vapeur. Le pain à cacheter se gonfla à la vapeur humide et chaude qui se dégageait de la bouilloire, il devint malléable, et les bords du papier se décollèrent.

Rocambole ouvrit la lettre et lut ·

« Mon cher cousin,

« Ainsi donc, nous ne sommes Château-Mailly que par le nom, et le sang de Sallandrera coule dans nos veines. »

Cette première phrase fit faire à Rocambole un véritable soubresaut dans son fauteuil. Il crut avoir mal lu et subi les effets d'une hallucination. Mais ce fut bien autre chose, lorsqu'il eut continué par la phrase suivante :

« Bien certainement le duc de Sallandrera sera fort « étonné, quand il saura que nous sommes des Sallan- « drera comme lui, et que, même, nous pourrions re- « vendiquer le titre de branche aînée...

« Foi de duc, mon cher cousin, continua à lire Ro-
« cambole, qui avait le vertige, il ne faut rien moins que
« votre témoignage et la lecture de votre manuscrit,
« pour que je puisse croire à cette histoire extraordi-
« naire. Je vous avouerai que j'attends avec impatience
« cette lettre du duc Philippe de Sallandrera, reconnais-
« sant notre aïeul pour son fils, et la déclaration de
« l'évêque de Burgos, confirmant la substitution de l'en-
« fant.

« Si je n'aimais passionnément mademoiselle de Sal-
« landrera, j'imiterais notre aïeul, mais l'amour est im-
« périeux, et je vous supplie de m'envoyer les deux piè-
« ces en question le plus tôt possible. »

Suivaient quelques phrases banales.

Rocambole était devenu fort pâle à la lecture de cette
lettre, qui ne donnait pas la clef de l'énigme, mais la
laissait pressentir.

— Ah! morbleu! murmura-t-il, il me faut ce manuscrit dont parle le duc, il me le faut à tout prix.

— Vous l'aurez, dit Zampa.

— Quand ?

— Mais aujourd'hui même. Le duc va à La Marche. Il
est intéressé pour une forte somme dans les courses. J'ai
bien pensé que vous auriez besoin de ce manuscrit et j'ai
levé avec de la cire les empreintes des serrures du secrétaire. Si vous voulez vous charger de faire faire les
clefs, en mettant le prix, vous les aurez dans deux heures.

— Très-bien, dit Rocambole, qui prit les deux empreintes et les examina. Voici dix louis, tu te rendras
rue de Lappe, dans le faubourg Saint-Antoine, au n° 67,
et tu trouveras au quatrième étage, à gauche de l'escalier,
une petite porte sur laquelle se trouve une plaque en
cuivre avec ces mots :

Serrurier en vieux.

Tu frapperas ; un homme viendra t'ouvrir et tu lui diras :

« — Faites-vous les clefs de cinq louis?

« — Certainement, te répondra-t-il. »

« — Tu lui donneras tes empreintes et tu auras du malheur s'il n'a pas, toutes faites, les clefs dont nous avons besoin.

— C'est bien ; j'irai en sortant de chez la comtesse.

Rocambole recacheta soigneusement les deux lettres, rendit le cachet à Zampa et lui dit : Je t'attendrai ici à deux heures.

Zampa s'en alla chez la comtesse Artoff, remit la lettre de son maître, puis monta dans un voiture de place et se fit conduire bon train rue de Lappe.

Le *serrurier en vieux*, à qui l'homme à la polonaise envoyait Zampa, était, on s'en souvient, un des héros des *Valets-de-cœur*. C'était lui qui avait forgé et limé toutes les fausses clefs dont l'association avait eu besoin. Le club dissous, le *serrurier* avait continué son honnête petit commerce pour son propre compte. Le marquis de Chamery s'en était assuré à son retour à Paris, sans toutefois se montrer et se faire reconnaître. Le serrurier répondit affirmativement à la question qui lui fut posée par Zampa et, comme l'avait pressenti Rocambole, il lui trouva deux clefs à trèfle qui se rapportaient exactement aux empreintes

Zampa donna dix louis et les emporta.

Moins d'une heure après il pénétrait dans la chambre de son maître et l'éveillait.

M. de Château-Mailly avait rêvé de Conception toute la nuit, et comme Rocambole, il avait entrevu un coin du manteau de grand d'Espagne, ce manteau que le duc de Sallandrera voulait transmettre à son gendre. Il s'éveilla donc en belle humeur, et comme le soleil de mai éclairait la chambre à coucher, il fit une toilette printanière, s'affubla du voile vert des sportmen et monta dans une voiture de courses à quatre chevaux, qu'il conduisit lui-même à grandes guides. Le duc, pour obéir à la mode, allait rêver de ses amours sur le turf de La Marche.

Le duc parti, Zampa ouvrit le secrétaire, y prit le manuscrit et l'apporta rue de Suresnes, où Rocambole attendait avec une vive impatience.

. . . .

Une heure après, le marquis de Chamery se trouvait au deuxième étage de son hôtel, rue de Verneuil, chez l'aveugle sir Williams, à qui il venait de raconter la teneur du manuscrit tracé de la main du colonel de hulans, le chevalier de Château-Mailly.

Zampa, on le devine, s'était empressé de le réintégrer dans le secrétaire du duc.

— Eh bien ! mon oncle, dit-il, lorsque sir Williams eut gravement écouté jusqu'au bout, que penses-tu de cela ?

— Je pense, écrivit sir Williams sur son ardoise, qu'il y a neuf chances sur dix que le duc de Château-Mailly épousera mademoiselle Conception de Sallandrera.

— Ne dis pas cela, mon oncle, s'écria Rocambole, je serais capable de t'étouffer !

L'aveugle laissa glisser un sourire plein de bonhomie sur ses lèvres muettes. Puis il haussa légèrement les épaules. Puis encore il écrivit :

— Pour que cela ne soit pas, il faut d'abord que Baccarat se trouve dans l'impossibilité de s'occuper du duc. Il faut donc précipiter la petite comédie que nous avons imaginée.

— On ira vite en besogne, dit Rocambole ; vous pouvez y compter, mon oncle.

— Il faut ensuite, écrivit l'aveugle, que le comte ne meurt pas.

— Qui ? le comte Artoff ?

— Oui.

— Pourquoi ?

— Parce que, le comte mort, c'est-à-dire tué en duel par Roland de Clayet, la comtesse le pleurera, et, pour distraire sa douleur, s'occupera de M. de Château-Mailly.

— Ah çà ! dit Rocambole, je ne vois plus à quoi sert la comédie.

— Tu le verras.

— Quand?

— Le jour du duel du comte avec Roland.

Rocambole regarda attentivement et presque avec défiance sir Williams.

— Mon oncle, lui dit-il, je crois que la douleur et les chagrins vous font perdre la tête.

L'aveugle haussa de nouveau les épaules, et son sourire moqueur vint prouver à Rocambole qu'il avait conservé toute sa maligne intelligence. Il reprit son ardoise et écrivit :

— Mon neveu, vous êtes un sot.

— Pourquoi?

— Parce que, avec vous, il faut toujours mettre les points sur les *i*.

— Ma foi! dit Rocambole, si le comte ne doit pas être tué.

— Il ne le sera pas.

— A quoi bon le faire battre?

— C'est nécessaire.

— Est-ce pour tuer Roland?

L'aveugle secoua la tête.

— J'ai imaginé beaucoup mieux, continua-t-il d'écrire, le comte deviendra fou.

— Quand?

— Sur le terrain.

— Si vous parvenez à ce résultat, dit Rocambole, c'est que le diable vous aura donné une recette.

— Je l'ai.

— Peut-on la connaître?

— Non, fit l'aveugle d'un signe de tête.

Et il ajouta sur son ardoise : — On vous dira cela plus tard, mon neveu.

— Bien! murmura Rocambole, à qui sa foi profonde en sir Williams était revenue; est-ce tout?

— Non, fit l'aveugle.

Et sir Williams écrivit encore :

— La comtesse Artoff a envoyé, c'est probable, un messager à Odessa ; le messager ira à franc étrier, sera dix jours en route, se reposera vingt-quatre heures et repartira. Il sera donc de retour avant un mois. Quand il arrivera, la comtesse aura bien autre chose à faire qu'à songer à un Château-Mailly si son mari est fou, si elle est aux trois quarts perdue de réputation ; mais elle enverra le messager à M. de Château-Mailly.

— Diable !...

— Armé de ces deux pièces, qui doivent décider le duc de Sallandrera à faire de lui son gendre, M. de Château-Mailly n'aura plus besoin de personne. Il sera donc nécessaire de les supprimer.

— Mon oncle, interrompit Rocambole, pour supprimer les deux pièces, il faudra peut-être supprimer le messager, et c'est une besogne qui répugne quelque peu au marquis de Chamery.

Sir Williams eut un geste d'impatience.

— On trouvera quelqu'un, — répondit-il avec son ardoise, Zampa, par exemple. Puis il ajouta : — Les deux pièces supprimées, on ne supprimera pas la parole d'honneur de M. de Château-Mailly, le témoignage du colonel ; enfin la situation sociale, la grande fortune et le titre de duc de ce prétendant.

— C'est juste, murmura Rocambole, qui vit les obstacles se multiplier. Que faire alors ?

— Supprimer le duc.

Le marquis de Chamery fit un soubresaut sur son fauteuil.

— Mais vous voulez donc m'envoyer au bagne, cher oncle ? s'écria-t-il.

Sir Williams était en veine de sarcasme et de belle humeur.

Rocambole vit cette réponse se dérouler sur l'ardoise :

— Il y a longtemps que vous devriez y être, mon cher enfant.

— Vieille canaille ! murmura Rocambole en riant, si j'y étais, je né voudrais pas de toi pour compagnon de chaîne. Tu es laid à faire peur.

I.   44

L'aveugle ne sourcilla point ; mais son crayon traça ces mots : — Le marquis de Chamery n'a pas plus de pénétration que le vicomte de Cambolh, et il fera bien de s'en rapporter à son bon oncle sir Williams.

— Pour aller au bagne ?

— Non, pour mener à bien toute cette affaire et le conduire au pied des autels, où il épousera Conception.

— Le dénoûment est joli...

— Seulement, il faut que l'étourdi se contente d'obéir et n'interroge pas.

— Soit. Que dois-je faire ?

— Aller chez Rebecca, et lui dicter le billet suivant :

« Mon Roland bien-aimé,

« Hélas ! je ne suis pas libre ce soir. Mais demain, soyez
« chez vous à cinq heures précises. Vous me verrez, et je
« vous donnerai une heure tout entière...

« Celle qui vous aime. »

— Est-ce tout ?

— Oui, pour le moment. Allez, mon neveu.

Et sir Williams, l'aveugle et le mutilé, redevenu la forte tête qui dirigeait les *Valets-de-Cœur*, congédia son élève d'un geste plein de dignité.

Rocambole demanda son coupé et se fit conduire à Passy, rue de la Pompe, où la fausse comtesse Artoff attendait ses ordres.

LII

Le lendemain, vers midi, le jeune marquis de Chamery, qui avait eu une nouvelle conférence avec sir Williams, descendait à cheval et au pas l'avenue des Champs-Elysées.

M. Roland de Clayet, lui, allait au bois, au moment où le marquis en revenait.

I ~s deux jeunes gens se rencontrèrent au-dessous du rond-point et se donnèrent une poignée de main par-dessus leur selle.

Après ce témoignage d'amitié réciproque, Rocambole fit mine de quitter Roland et voulut faire prendre le trot à son cheval. Mais Roland n'était pas homme à laisser aller le marquis sans lui parler de ses amours avec la comtesse. Roland était, comme on l'a vu surabondamment, un de ces hommes qui renonceraient au bonheur d'être aimés s'ils n'avaient l'univers entier pour confident.

— Un mot, lui dit-il en clignant de l'œil.

— Bon... je devine... vous voulez vous épancher...

Roland soupira comme un héros de roman. Et Roland tira de sa poche le billet que Rocambole avait dicté à Rebecca.

— Peste !... fit le marquis lisant, vous êtes aimé, mon cher.

— A l'adoration ! fit modestement Roland.

— Adieu, dit Rocambole. Surtout, soyez exact.

— Oh ! soyez tranquille.

Le faux marquis de Chamery, qui n'était venu aux Champs-Elysées que pour y rencontrer Roland et recevoir de lui la communication du billet de Rebecca, rentra lestement chez lui, il était encore à jeun ; il trouva le vicomte et la vicomtesse à table et leur demanda à déjeuner.

— Mon cher ami, dit-il au vicomte au moment où Blanche se retirait pour laisser fumer ces messieurs, es-tu réellement lié avec le comte Artoff ?

— Oui, dit Fabien.

— Aimes-tu beaucoup Roland ?

— Je l'aime comme un enfant gâté des plus désagréables, et il faut, pour que je le supporte, toute l'amitié que j'ai pour son oncle.

— Eh bien ! dit Rocambole, avant huit jours, Roland te placera dans la pénible situation de lui servir de témoin.

— Encore !

— Vis-à-vis du comte Artoff.

Fabien haussa les épaules.

— Roland est un détestable fat! s'écria-t-il, et je ne crois pas un mot de toute son intrigue avec la comtesse.

— Oh ! ton scepticisme me paraît joli.

— Il est sincère.

— La comtesse l'a reçu, le soir, à Passy.

— Où ? dans quelle rue ?

— Il ne le sait pas. On l'a conduit dans une voiture fermée à glaces dépolies.

— Quand ?

— Avant-hier soir et hier soir.

— C'est impossible !

— Pourquoi ?

— Parce que la comtesse n'est arrivée qu'hier soir, à six heures, à son hôtel rue de la Pépinière.

— Mon cher, reprit le marquis, j'aime à croire, comme toi, que Roland est un fat ; mais je viens de le rencontrer, il y a une heure, et il m'a montré un billet de la comtesse.

— Tu l'as vu ?

— Oui.

— Était-il signé?

— Non.

— Eh bien! dit le vicomte, qui avait foi dans l'honnêteté de Baccarat, le billet n'est pas de la comtesse.

Rocambole leva les yeux au ciel.

— Alors, dit-il, Roland est un fou ou un misérable qui mérite une correction, car il va partout se vanter des faveurs de la comtesse Artoff, et d'après ce que j'ai ouï-dire de lui, le comte est homme à le tuer.

— Tant pis pour lui !

— C'est égal, poursuivit Rocambole, tu devrais aller chez Roland. Il m'a dit devoir rentrer chez lui vers quatre heures. Engage-le à un peu plus de discrétion. C'est honteux, ma parole d'honneur, de voir ce bonhomme faire ses confidences au premier venu.

— Soit, dit Fabien. J'ai précisément affaire rue de la Victoire, dans son quartier, vers trois ou quatre heures. Je le verrai, je lui ferai entendre raison.

Rocambole quitta son beau-frère, et celui-ci tint parole. A quatres heures et demie, il sonnait à la porte de M. Roland de Clayet. Précisément le jeune fat, qui attendait la comtesse avec impatience, était au regret de n'avoir pas un ami chez lui. Roland aurait donné dix louis de bon cœur pour cacher, dans un cabinet de toilette quelconque, un ami complaisant qui pût assister à son entrevue avec la comtesse. L'arrivée de Fabien lui mit l'eau à la bouche et la joie au cœur.

— Parbleu ! s'écria-t-il, tu es charmant, mon bon Fabien, de venir voir un reclus.

— Un reclus !

— Parbleu ! un forçat de l'amour, condamné à ce bagne qu'on nomme l'attente.

— Ah ! dit Fabien, tu attends quelqu'un ?

— Elle, mon cher, la comtesse !

— Mon cher, dit Fabien avec douceur, j'ai une conviction.

— Laquelle ?

— Que tu as été mystifié, que celle dont tu parles, qui t'aime, que tu crois aimer... n'est pas la comtesse.

— Qui veux-tu donc que ce soit ? fit Roland avec une ironie superbe.

— Eh ! mon Dieu ! une drôlesse quelconque qui a pris à Bade le nom de la comtesse Artoff et s'est moquée de toi.

Roland haussa les épaules.

— Ecoute, dit-il, veux-tu en avoir le cœur net ?

— Oh ! je le demande à grands cris.

— La comtesse va venir ici.

— Quand ?

— Dans dix minutes, peut-être. Veux-tu l'attendre ?

— Comment ! exclama M. d'Asmolles, tu oserais, tu aurais l'impudence de me faire rencontrer avec elle ?

— Ah ! dit Roland indigné, pour qui me prends-tu ?

41.

Faire rougir une femme de... sa faiblesse? Non, non.

Mais Fabien fronçait le sourcil.

— Mon pauvre enfant, dit-il avec plus de tristesse que de colère, sais-tu que si tu étais mon fils, je serais capable de me porter envers toi aux dernières rigueurs ?

— Et pourquoi, mon noble ami ?

— Parce que tu es fat et gascon.

— Je vois, répondit Roland, que tu ne m'as pas compris. Si je ne suis pas homme à te mettre face à face avec la comtesse, je suis homme à te la montrer sans qu'elle te voie.

— Eh bien ! dit Fabien, qui fut pris en ce moment d'une curiosité douloureuse, je le veux bien, et j'accepte.

— Nous sommes ici, reprit Roland ravi, dans mon salon. C'est ici, tu le devines, au demi-jour que tamisent mes épais rideaux, que je vais recevoir la comtesse.

— Bien.

— Passe dans mon fumoir, dont voilà le porte, et qui a un dégagement sur le corridor. Quand on sonnera, tu fileras, tu t'enfermeras, tu écouteras si tu veux, tu regarderas par le trou de la serrure, et tu t'esquiveras ensuite...

— Soit, dit Fabien.

En ce moment la sonnette rendit un tintement secret, — on eût dit qu'une main tremblante d'émotion l'agitait.

— File, dit Roland, la voilà.

M. d'Asmolles, toujours incrédule, passa dans le fumoir, poussa la porte et écouta.

La porte du salon s'ouvrit, — une femme voilée entra.

— Ah ! cher ange!... murmura Roland d'un ton sentimental.

Et la femme voilée se laissa prendre la main.

— Etes-vous seul ? demanda-t-elle.

Cette voix fit tressaillir le vicomte d'Asmolles. C'était, à s'y méprendre, la voix de Baccarat.

La femme releva son voile et soudain M. d'Asmolles recula. C'était bien, ce ne pouvait être que Baccarat, car la ressemblance entre les deux femmes était si parfaite, qu'il aurait fallu les placer l'une auprès de l'autre pour distinguer la vraie vicomtesse d'Artoff de celle qui se faisait passer pour elle.

Et M. d'Asmolles se laissa tomber sur un siége et murmura tout bas : — Pauvre comte!... fou qui a pu penser qu'en prenant une courtisane repentante pour en faire une femme honnête, il effacerait dans le cœur de cette femme jusqu'au souvenir de ses souillures passées! Elles sont toutes les mêmes, — la fange a beau sécher et devenir un moment poussière lumineuse aux rayons du soleil, — elle redevient fange à la première goutte de pluie!

. . . .

Cependant la fausse Baccarat s'était jetée négligemment sur un fauteuil, dans le salon de Roland. Roland s'était mis à genoux et lui baisait galamment la main.

— Mon cher enfant, murmura-t-elle après un moment de silence, je crois décidément que je deviens folle, car il faut que je le sois pour venir ici. Savez-vous bien qu'il arrive demain?

Roland crut devoir fermer les poings et murmurer : — Oh ! je le hais, cet homme...

— Moi aussi, dit-elle tout bas. Mais il est mon maître, mon tyran... il dispose de moi, et serait capable de nous tuer...

— Qu'il vienne donc ! s'écria Roland d'un ton superbe.

La prétendue comtesse ajouta : — Si j'étais libre, ami, vous m'aimeriez moins.

— Oh !...

— Je dis vrai, je vous jure. L'amour ne vit, ne subsiste, ne s'alimente et ne s'accroît que des obstacles qu'il rencontre. Plus le monde et l'aveugle volonté de cet homme, qui est devenu mon maître, élèveront de barrières entre nous, plus nous nous aimerons...

— Peut-être...

— Oh! reprit-elle d'un ton sentimental, l'amour qui vit dans l'ombre, l'amour qui se cache, cet amour mystérieux que les obstacles environnent, n'est-ce pas le bonheur ?

Elle lui prit la main.

— Écoutez, poursuivit-elle, je n'ai plus qu'une soirée, une seule à vous donner de longtemps peut-être, mais je veux qu'elle soit à vous tout entière.

— Vous êtes un ange !...

Roland tenait à cette épithète.

— C'est aujourd'hui vendredi, jour d'Opéra ?

— Oui.

— Eh bien ! allez louer une loge d'avant-scène, et nous y passerons deux grandes heures à écouter de bonne musique.

— Ah ! quelle joie ! dit Roland.

— Je ne suis venue ici que pour vous dire cela, ajouta-t-elle. Et je me sauve.

— Déjà ?...

— Oui, ma voiture m'attend en bas. J'ai dedans une femme qui m'espionne et dont il ne faut pas éveiller les soupçons... Adieu.

— Mais, dit Roland, où vous retrouverai-je ?

— A l'Opéra, ce soir, à huit heures et demie ; je frapperai à la porte de votre loge. Adieu, ami. Au revoir, du moins...

Elle se drapa coquettement dans son grand châle, lui jeta un petit salut plein de grâce du bout de ses doigts et se dirigea vers la porte, après avoir, toutefois, baissé son voile, dont l'épaisseur ne permettait plus de distinguer ses traits.

Puis elle se dirigea vers la porte :

— Ne me reconduisez pas, dit-elle ; restez là... je le veux ! A ce soir.

Roland demeura quelque temps immobile. Ce ne fut que lorsqu'il eut entendu la porte d'entrée de son appartement se refermer, puis, peu après, retentir le roulement d'une voiture s'éloignant au grand trot, qu'il alla ouvrir la porte du cabinet de toilette où se trouvait Fabien.

Le vicomte était pâle et abattu.

— Eh bien ! dit Roland.

Fabien leva sur lui un regard triste.

— As-tu entendu ? dit Roland.

— Oui.

— As-tu vu ?

— Je l'ai vue.

— Ai-je menti ?

— Non.

M. de Clayet se posa en vainqueur.

— Convenez, mon cher vicomte, dit-il, que j'ai été magnanime avec vous.

— En quoi !

— En ce que j'aurais fort bien pu vous envoyer des témoins.

— Pour quel motif ?

— Dame !... il me semble que tu m'as traité de fat, à plusieurs reprises.

— C'est vrai, répondit le vicomte avec douceur, et je t'en fais humblement mes plus complètes excuses.

— Ah ! cher ami.

— Je croyais la comtesse incapable de trahir son mari.

— Eh ! mon cher, murmura Roland avec une agaçante modestie, l'amour ne se commande certes pas.

— Je le pensais, dit Fabien, et je songeais tout à l'heure au comte Artoff, qui a pu aimer cette créature.

— Hein ? fit Roland, qui se redressa, tu oublies que la comtesse...

— C'est juste, murmura Fabien en courbant le front, j'oubliais que tu as le droit de... la défendre. Et il ajouta avec ironie : — Mille pardons, chevalier.

Puis, comme Roland continuait à se rengorger et caressait sa moustache naissante avec une impertinence digne des étrivières :

— Maintenant, mon ami, lui dit-il, veux-tu que je te donne un conseil ?

— Parle.

— Aimes-tu sérieusement la comtesse ?

— Mais oui.

— Eh bien ! ne va plus chanter ton bonheur par dessus les toits, comme tu le fais depuis trois jours.

— Mais, je te jure...

— Ecoute bien, interrompit gravement Fabien, je ne te donne pas huit jours de vie si le comte apprend que tu aimes sa femme et que tu es aimé d'elle.

Roland haussa les épaules.

— Dirait-on pas, fit-il avec dédain, que je suis un petit jeune homme que ce boyard va tuer sans qu'il songe même à se défendre ?

A son tour Fabien haussa les épaules :

— Adieu, dit-il, et Dieu fasse que ma prédiction ne se réalise jamais !

Le vicomte prit son chapeau et s'en alla sans même donner la main à Roland. Mais Roland était si heureux du triomphe qu'il venait d'obtenir qu'il n'y prit pas même garde.

M. d'Asmolles rentra chez lui fort triste et le cœur gros. Il s'était lié, l'année précédente, avec le comte Artoff ; il avait pu apprécier les nobles qualités de cœur et d'esprit du gentilhomme russe ; il avait cru, comme tous ceux qui la connaissaient, à cette femme, sublime de repentir, qui, après avoir eu nom la Baccarat, était devenue une sainte, et voici que tout à coup le prisme s'évanouissait. Baccarat était toujours la Baccarat d'autrefois, la fille perdue !

M. le marquis Albert-Frédéric-Honoré de Chamery était chez sa sœur lorsque le vicomte arriva.

— Mon Dieu ! lui dit-il, comme tu es pâle, mon cher Fabien !

— Tu trouves ? fit le vicomte, qui ne put s'empêcher de tressaillir.

— Dame !

Blanche leva les yeux sur son mari :

— Albert a raison, dit-elle, tu es fort pâle, Fabien. Mon Dieu ! te serait-il arrivé quelque chose ?

— Non, dit Fabien qui s'efforça de sourire, rassurez-vous, mes enfants.

— Tu ne nous trompes pas? fit a jeune femme alar-mée.

— Non; je te jure que rien qui nous soit personnel n'est pour quelque chose dans mon trouble.

— Mais encore?...

— J'ai été obligé de revenir sur la bonne opinion que j'avais d'une femme, ajouta le vicomte; voilà tout, ma chère Blanche.

La vicomtesse n'insista pas.

Quand Rocambole et son beau-frère se trouvèren seuls, le faux marquis le regarda:

— Eh bien? dit-il.

— Eh bien! répondit le vicomte, Roland n'a point menti, Roland n'a point été mystifié!

— La comtesse l'aime?

— Je l'ai vue chez lui.

Et Fabien raconta ce qui venait de se passer.

— Mon cher, dit froidement Rocambole, veux-tu mon avis sur tout cela?

— Parle.

— Roland est un homme mort!

— Je le crains.

— Et moi j'en suis sûr. Il y a mieux, je te fais un pari.

— Lequel?

— C'est que ce soir, à l'Opéra, la comtesse commettra l'imprudence de relever son voile.

— Ah! ce serait trop fort.

— Eh! mon Dieu! dit Rocambole, une femme qui s'oublie jusqu'à aimer un fat comme ton Roland, est ca-pable de toutes les folies. Le comte saura tout dans trois jours, et il les tuera tous deux!

— Après quoi, ajouta Fabien, il se brûlera la cervelle; car il aime beaucoup sa femme.

En ce moment, un domestique entra et remit une let-tre au marquis. Rocambole tressaillit en reconnaissant

l'écriture de la suscription et les nombreux timbres
étrangers dont l'enveloppe était frappée.

LIII

Au lieu d'ouvrir la lettre qu'il venait de recevoir, Rocambole la mit dans sa poche.

— Je sais ce que c'est, dit-il.

Puis il prétexta le besoin de monter chez lui pour
s'habiller, car six heures allaient sonner, et il quitta le
vicomte.

Le cœur de Rocambole battait très-fort, lorsqu'il gravit l'escalier, et ce fut avec une précipitation fiévreuse
qu'il gagna sa chambre à coucher et s'y enferma. Alors
seulement il rompit le cachet de cette lettre dont le seul
aspect l'avait troublé si fortement. Cette lettre venait
d'Espagne, et, on le devine, elle était de Conception.
Elle n'avait pas moins de huit pages, était datée de Sallandrera et commençait par ces mots :

« Mon ami. »

— Hé ! hé ! pensa Rocambole, il y a progrès. Dans
sa dernière, elle m'appelait *Monsieur*.

Et il lut :

« Mon ami, je suis à deux cents lieues de Paris, à
l'heure où je vous écris, sous le toit et dans les vieux
murs de ce château de Sallandrera.

« Il est tard, minuit peut-être. Je suis seule dans une
vaste et froide pièce aux tentures sombres, aux portraits
de famille noircis et poudreux, une pièce qui s'appelle
aujourd'hui le salon et qui se nommait jadis la salle
d'armes.

« La bougie qui m'éclaire ne parvient point à dissiper
les ténèbres des angles de la salle et de l'embrasure des
croisées qui, du reste, sont ouvertes et par lesquelles

j'aperçois le ciel espagnol d'un blanc sombre tout cons-
tellé d'étoiles et dans lequel pas un souffle de vent ne
passe. Un silence profond règne autour de moi, tout le
monde dort à Sallandrera, même mon pauvre cher père,
qui avait perdu le sommeil, dans les premiers jours qui
ont suivi la mort de don José.

« Ma mère s'est retirée de bonne heure, et je suis
restée seul ici, un livre à la main. Mais ce livre, vous
le devinez, était un prétexte ; je voulais, j'avais besoin
de vous écrire, à vous qui seul connaissez mes douleurs,
mes angoisses... peut-être mes remords...

« Oui, laissez-moi écrire ce mot. Si coupable, si infâme
que fût don José, avions-nous bien le droit de le tuer ?

« Tenez, mon ami, j'ai eu tout à l'heure une étrange
et terrible hallucination. Cette salle où je suis, c'est celle
où il y a tout à l'heure cinquante ans, don Paëz, alors
un enfant de treize ans, surprit don Pedro d'Alvar, l'é-
poux de sa mère, à l'heure où ce dernier venait d'arrêter, de stipuler les bases et le prix de sa trahison. C'est
ici qu'il le condamna, c'est là à deux pas, sur cette plate-
forme, où tout à l'heure je me promenais, qu'il l'a précipité dans l'éternité. Eh bien ! comme mon père et ma
mère venaient de se retirer, au moment où je me suis
trouvée seule ici, il m'a semblé qu'un bruit se faisait
derrière moi, que des pas légers, que des pas de fantômes glissaient sur le parquet, et que ces pas étaient ceux
de don Pedro d'Alvar, de don Ramon d'Alvar son fils,
de don José d'Alvar son petit-fils, ces trois hommes tués
par les Sallandrera, et qui sortaient de leurs tombes
pour venir, les deux premiers accuser mon père, le second m'accuser moi-même.

« J'ai cru entendre, j'ai sûrement entendu ces pas...
et la terreur m'a saisie, et j'ai caché ma tête dans mes
deux mains et suis demeurée immobile et tremblan
pendant plusieurs minutes.

« Heureusement un domestique est entré ; il est venu
m'apporter je ne sais quoi, et le pas du vivant a fait taire
le pas des morts.

I.   42

« Alors j'ai pris la plume et je vous écris autant pour cacher, pour distraire mes terreurs, que pour vous raconter ce qui s'est passé depuis notre départ de Paris.

« Nous sommes partis, vous le savez, mon père, ma mère et moi, dans une chaise de poste qui en accompagnait une autre.

« Dans celle-là se trouvait le cercueil de don José et auprès du cercueil se tenaient deux prêtres espagnols qui n'ont cessé de prier et de réciter les vêpres des morts durant le trajet.

« Ce trajet a duré six jours, de Paris à Cadix. Pendant les trois premiers, ma mère seule a été forte, — mon père paraissait anéanti. Cela faisait mal et serrait horriblement le cœur, de voir cet homme que vous avez connu naguère si vert encore et portant haut la tête, descendre de voiture à chaque relais avec la débilité d'un vieillard, s'approcher, le front courbé, du char funèbre et attacher un long et muet regard sur cette bière qui, pour lui, enfermait les cendres de celui qu'il avait considéré comme son héritier. Pendant six jours, le duc ne nous a pas dit un seul mot, il n'a pas ouvert la bouche, il a fait tout ce que nous avons voulu. Arrivé à Cadix, il a voulu descendre dans le caveau funèbre où reposait déjà la dépouille mortelle de don Pedro. Il s'est agenouillé devant le cercueil, il a prié longtemps, sombre, farouche, puis il s'est levé sans avoir versé une larme. Sa douleur avait un caractère effrayant.

« Il y a eu une grande cérémonie funèbre pour la descente des restes de don José dans le caveau, une cérémonie à laquelle tout le clergé et la moitié de la population de Cadix, dont mon père a été gouverneur jadis, assistaient.

« Il paraît que lorsque le duc a vu les deux cercueils rangés côte à côte, il a failli s'évanouir de nouveau et a murmuré : — Oh ! je donnerais ma fortune entière et ce qu'il me reste de tristes jours à vivre pour trouver un homme qui eût dans les veines une goutte du sang des Sallandrera!... »

Rocambole, à cette phrase de la lettre de Conception, interrompit sa lecture.

— Diable! murmura-t-il, si le duc apprend jamais la vraie généalogie des Château-Mailly, je suis un prétendant flambé.

Et il continua à lire :

« Les funérailles accomplies, nous avons quitté Cadix le même soir, traversé l'Espagne et Madrid sans nous arrêter, et nous sommes arrivés ici, à Sallandrera, hier soir.

« Depuis hier, mon père est mieux au moral; il nous a dit quelques mots affectueux, à ma mère et à moi.

« Après le souper, — un repas funèbre, mon ami, pendant lequel on n'a pas échangé trois phrases, — il m'a enveloppé d'un regard triste et doux.

« — Pauvre enfant! m'a-t-il dit.

« Je me suis levée et me suis jetée dans ses bras.

« — Il faudra pourtant, a-t-il ajouté, que nous te cherchions un époux, maintenant que te voilà veuve de tes deux fiancés.

« Et comme ma mère et moi nous baissions tristement la tête et n'osions répondre, il a murmuré : — Ah! j'ai peut-être eu tort de repousser avec une sorte de hauteur le jeune duc de Château-Mailly; il porte un beau nom, il a une grande fortune et il t'aimait.

« Ce nom m'a fait pâlir... Car il faut que je vous dise que M. le duc de Château-Mailly, que vous connaissez peut-être, que vous devez avoir rencontré dans le monde, a demandé ma main l'année dernière; je crois même qu'il s'était épris de moi.

« Hélas! j'aimais don Pedro... don Pedro mourant, condamné... don Pedro que je ne devais plus revoir et à qui je voulais garder la fidélité de mon cœur ! Le duc a été refusé. Je crois même que mon père s'est montré fort dur pour lui.

« Eh bien ! hier, ce nom du duc de Château-Mailly, tombant des lèvres de mon père, m'a donné un horrible battement de cœur, et depuis ce moment j'ai peur... J'ai peur que le duc ne m'aime encore... j'ai peur que la mort de don José n'ait déjà fait renaître en lui des espérances ; j'ai peur enfin qu'il revienne à la charge.

« Et alors, oh ! mon Dieu, alors... »

— Hé ! hé ! s'interrompit Rocambole, mais voici que l'écriture est joliment tremblée... Dieu me pardonne, voici la trace d'une belle grosse larme... Allons, elle m'aime !...

Et Rocambole continua sa lecture.

« Car vous sentez bien, mon ami, poursuivait Conception, que ces paroles de mon père étaient un regret, et que si le duc revient à la charge, s'il redemande ma main, je ne sais, en vérité, comment j'aurai le courage de résister à la volonté de celui que tant de douleurs ont déjà frappé.

« Et pourtant, mon Dieu ! pourtant vous m'avez sauvée... Pourtant... je...»

Rocambole vit un mot raturé et rendu illisible. Dans un accès de fièvre, Conception avait sans doute écrit : « Je vous aime, » et puis toutes les pudeurs de la jeune fille et la fierté de sa noble race s'étaient révoltées. Elle avait effacé ce mot.

« Ce matin, poursuivait Conception, mon père a manifesté le désir de fuir cette Espagne qui n'enferme plus pour lui que des tombes, ce château de Sallandrera, dont la salle des portraits de famille n'a plus qu'un cadre vide à remplir. Il a parlé de retourner à Paris.

« Oh ! mon pauvre cœur a battu bien fort lorsque ma mère m'a annoncé que nous partirions bientôt, et puis j'ai songé à M. de Château-Mailly, et j'ai eu le frisson. Et quand je me suis trouvée seule, je me suis mise à genoux et j'ai prié Dieu, le suppliant de permettre que le duc m'eût oubliée.

« A moins que mon père ne change d'avis nous serons à Paris dans dix jours. Oh ! venez vite, venez le premier, avant le duc. Qui sait ? Dieu est si bon et je l'ai tant prié...

« A vous, à bientôt...

« CONCEPTION. »

— Diable! murmura Rocambole lorsqu'il eut terminé la lecture de cette lettre, dans laquelle la pauvre señorita avait, malgré elle, laissé parler son cœur et mis toute son âme, dix jours, c'est bien court... Aurais-je jamais le temps de me débarrasser de cette charmante Baccarat qui va me démolir mon château en Espagne, tout juste au moment où je lui ajoute un beffroi et des tourelles ? Allons consulter la vieille *sorbonne* de sir Williams.

Bien que devenu un parfait gentleman, Rocambole, on le voit, avait des réminiscences d'argot, ni plus ni moins qu'un *industriel* vulgaire. Il monta chez l'aveugle.

Sir Williams était fort nonchalamment étendu sur une bergère, et le valet de chambre, que le marquis avait commis à sa garde, lui lisait les journaux du soir. Sir Williams voulait se tenir au courant des belles lettres et de la politique. Les faits divers l'intéressaient, le feuilleton-roman lui procurait des émotions ; l'article *Tribunaux* lui arrachait parfois un sourire moqueur.

Le faux marquis de Chamery renvoya le valet de chambre, s'assit à côté de sir Williams et lui dit : — Mon oncle, la petite comédie a été fort bien jouée. Fabien demeure convaincu qu'il a vu la comtesse Artoff et qu'elle aime cet imbécile de Roland.

Le visage de l'aveugle exprima une vive satisfaction.

— Mais, poursuivit Rocambole, si l'affaire Baccarat marche bien, l'autre marche mal.

— Quelle autre ? sembla demander le muet visage de l'aveugle.

— Conception vient de m'écrire.

L'aveugle fit un mouvement.

— Elle m'aime toujours...

— Très-bien ! très-bien ! exprima la tête de sir Williams par un balancement de haut en bas et de bas en haut.

— Mais elle revient dans huit ou dix jours.

L'aveugle étendit la main d'un air qui voulait dire : Voyons la lettre ?

Rocambole la lui lut d'un bout à l'autre, et à chaque

passage intéressant, l'aveugle témoigna une vive satisfaction.

— Eh bien! mon oncle, lui dit-il quand il eut terminé
sa lecture, que penses-tu de tout cela?

Sir Williams prit son ardoise.

— Je pense, écrivit-il, que nous devons nous hâter
pour l'affaire Baccarat

— Et tu réponds de tout?

— Certainement.

— Ainsi, je ne dois point me préoccuper de la prochaine arrivée de Conception?

— Nullement.

— Non plus que des paroles du duc de Sallandrera
touchant M. de Château-Mailly?

— Non, fit sir Williams d'un signe de tête. Puis il écrivit : — Vois-tu toujours le médecin mulâtre qui m'a
soigné?

— De temps en temps.

— Il faut le revoir.

— Pourquoi?

— Je te l'expliquerai tout à l'heure. Sais-tu ce que c'est
que la belladone?

— Mais, dit Rocambole, c'est une plante vénéneuse, il
me semble.

— Oui et non. La belladone n'empoisonne pas, mais
elle rend fou. Une folie momentanée, il est vrai, et que
les soins assidus finissent par guérir. Mais enfin, une in-
fusion de belladone rend fou, fou à lier, une heure après
son absorption.

— Ma parole d'honneur! murmura Rocambole, tu sais
tout, mon oncle, et un homme comme toi aurait dû faire
son chemin.

L'aveugle soupira et poursuivit, grâce à son ardoise :
— Mais la belladone, dont nous nous servirons si nous ne
pouvons mieux faire, me rappelle une anecdote que j'ai
entendu raconter autrefois, quand nous étions en Angleterre.

— Et quelle était cette anecdote?

— La voici, dit sir Williams, qui écrivit rapidement le récit suivant :

« Java est une des îles de l'Océan indien les plus fertiles en plantes vénéneuses, en arbres dont l'ombre est mortelle, en reptiles dont la morsure est incurable.

« Il y a une vingtaine d'années environ, un jeune Hollandais du nom de Samuel Van-Berg débarqua à Java avec les pleins pouvoirs d'une grande maison de commerce de La Haye, dans l'intention d'y acheter une forte cargaison des produits de cette île, tels que de l'indigo, du coton, de la laine, etc. Il fut reçu, logé, hébergé par une riche famille javanaise qui correspondait avec la maison de commerce qu'il représentait.

« Dans cette famille, il y avait une jeune fille d'une grande beauté au point de vue javanais, c'est-à-dire qu'elle était jaune de peau, que son nez était un peu épaté, qu'elle avait des lèvres épaisses, un front fuyant, des cheveux noirs et crépus comme de la laine.

« Sensible à ce genre de beauté, le jeune Hollandais, qui était blanc et rose de peau, dont les cheveux étaient blonds, le nez aquilin et les yeux bleus, s'éprit de la fille du négociant javanais et la demanda en mariage. On la lui accorda, et les parents furent même d'avis de célébrer les noces sur-le-champ, ce à quoi le Hollandais consentit.

« Mais l'avant-veille des épousailles, M. Samuel Van-Berg reçut des lettres d'Europe. L'une d'elles était de la main de son père, et cette lettre disait :

« Mon cher fils,

« Hâtez-vous de revenir à Amsterdam, où vous êtes attendu avec la plus vive impatience, par votre mère et moi d'abord, et ensuite par une personne qui ne vous fût pas indifférente autrefois.

« Je veux parler de votre cousine Betty, qui, vous le savez, épousa, il y a trois années, le vieux banquier juif Zacharie. Vous étiez pauvre et Betty l'était : cependant Betty vous aimait et vous l'aimiez ; vous avez même

quitté l'Europe l'an dernier en me disant que vous ne
me pardonneriez jamais de m'être opposé à votre mariage
avec elle.

« Et bien ! mon cher fils, ce que fait j'ai alors, je l'ai
fait dans votre pur intérêt. Betty était pauvre comme
vous, l'amour et la misère réunis font un triste ménage,
et vous allez voir que j'ai été le plus sensé et le plus prévoyant des pères.

« Le juif Zacharie avait trois millions, il les a reconnus
en dot à Betty.

« Le juif avait soixante-onze ans, il était glouton, de
nature apoplectique et il ne pouvait aller bien loin.

« Il est mort subitement il y a huit jours, et Betty se
trouve une riche veuve qui attend avec impatience le
retour de son cher cousin Samuel pour l'épouser et
l'enrichir... »

« Cette lettre, on le comprend, modifia sur-le-champ
toutes les idées de M. Samuel Van-Berg. Il aimait la Javanaise la veille, et les charmes de cette beauté couleur
citron avaient pu le subjuguer un instant ; mais la lettre
de son père lui remit en mémoire le rose et blanc visage,
les cheveux noirs et lustrés et les yeux d'un bleu sombre
de Betty, ses petites mains blanches creusées de fosset-
tes, son pied qui chaussait si mignonnement le patin, les
jours d'hiver, et son frais éclat de rire, et ses dents qui
ressemblaient à ces belles perles blanches qu'on pêche
sur les côtes de Coromandel. Puis il entrevit un peu aussi
le beau palais du banquier défunt et les trois millions
qui embellissaient la veuve. Une veuve dotée de trois
millions est toujours jeune, incomparablement belle et
douée de toutes les qualités aux yeux de celui qui doit
l'épouser. M. Samuel Van-Berg n'hésita pas un seul
instant. Il renonça à la belle fille jaune de Java pour la
femme blanche d'Europe.

« Seulement, comme son mariage était annoncé, que
les Javanais eussent considéré sa retraite comme une
insulte, qu'il l'eût bien certainement payée de sa vie,

le Hollandais prit le parti de dissimuler et de quitter clandestinement Java.

« Comme aucun navire n'était en partance pour le moment, le Hollandais se dit qu'après tout un mariage entre un Européen et une Indienne, célébré d'après le culte de Bouddah, ne saurait être sérieux, et qu'il pouvait toujours épouser provisoirement la fille jaune jusqu'au moment où il pourrait s'esquiver. Les deux jeunes gens furent donc mariés par une sorte de prêtre bouddhiste, et reconduits dans leur domicile au son d'instruments de musique des plus discordants.

« Puis commencèrent les fêtes des épousailles, qui, à Java, ne durent pas moins de six semaines, et sont entremêlées d'exercices de jongleurs, de danses d'almées et de repas homériques, où l'eau-de-vie d'Europe et le rhum de l'île Bourbon jouent le principal rôle. Chaque soir, au moment où le Hollandais se couchait, sa femme lui apportait un breuvage composé de miel, de vinaigre et de sucre d'une plante aromatique du pays. Ce breuvage fait partie des usages prescrits par le mariage javanais.

« Le Hollandais trouvait cela fade et amer en même temps ; mais il le prenait avec courage en songeant au curaçao de Hollande qui le remplacerait, lors de ses noces prochaines avec Betty.

« Enfin, un navire qui venait de Sumatra relâcha à Java pour faire de l'eau. Le Hollandais parvint à voir le capitaine, traita avec lui de son passage et de son rapatriement, et il fut convenu entre eux que, la nuit suivante, le Hollandais quitterait furtivement l'alcôve nuptiale, et se rendrait à bord du navire européen qui, sur-le-champ, lèverait l'ancre.

« Comment la Javanaise eut-elle connaissance de ce projet ? L'histoire ne le dit pas.

« Mais, le soir, elle mêla au breuvage accoutumé un peu de poussière provenant de la feuille broyée d'un arbre qui croît à Java, et le Hollandais s'endormit profondément.

« La nuit s'écoula, le jour vint, le capitaine du navire ne vit rien paraître. Il s'avisa alors de descendre à terre et de se rendre chez le beau-père du Hollandais. Il trouva ce dernier qui dansait demi-nu, faisait tourner un bâton à la manière des jongleurs, riait aux éclats, et prétendait qu'il était le dieu Sivah lui-même. Le breuvage de la vindicative Javanaise avait produit l'effet de la bella-done, avec cette différence que la folie de cette dernière plante se guérit, tandis que le Hollandais demeura fou toute sa vie. »

— Et voilà l'histoire, acheva sir Williams, en remplaçant son crayon sur la table.

— Bon! dit Rocambole, je crois comprendre. Tu veux que je demande à mon médecin mulâtre un breuvage ou une substance quelconque qui rende fou ?

— Précisément, fit sir Williams d'un signe de tête.

— Mais... qu'en veux-tu faire?

Sir Williams écrivit : — Tu le sauras plus tard. Pour le moment c'est mon secret.

LIV

M. le marquis de Chamery sortit de chez sir Williams vers six heures du soir, le moment du dîner, et, comme la veille, il dîna en famille.

— Mon cher Albert, lui dit Fabien à mi-voix, tu nous fait des mystères à Blanche et à moi?

— Des... mystères ? par exemple !

— Tu aimes mademoiselle Conception.

— Quelle drôle d'idée!..

— Et... tu... en es... aimé...

— Ma foi! dit Rocambole en riant, puisque vous êtes si avancés, vous me ferez plaisir de me donner quelques détails.

— Sur quoi?

— Mais sur cet amour réciproque dont vous parlez.

— Mon petit Albert, murmura la vicomtesse d'une voix câline, pourquoi mentir ?... Fabien t'a vu recevoir une lettre d'Espagne.

Rocambole tressaillit ; mais il redevint maître de lui aussitôt.

— Ma foi ! dit-il en souriant, c'est inouï ! La famille n'est plus la famille, c'est la douane !

— Ingrat ! fit Blanche d'un ton de doux reproche.

— Au fait ! ajouta Fabien, si tu tiens absolument à garder ton secret...

— Eh bien ! non, répondit Rocambole, qui joua une émotion subite et crut devoir rougir un peu... Je conviens de la première partie de ce que vous avancez.

— C'est-à-dire que tu aimes Conception ?

— Oui.

— Mais... elle ?

A cette question, l'élève de sir Williams fut adorable de fatuité et de modestie tout à la fois.

— Hé ! le sais-je ? dit-il... les femmes sont si bizarres, si étonnantes...

— Merci, dit la vicomtesse en riant.

— Ce qu'elles veulent aujourd'hui est l'antipode de leur désir de demain. Aimeront-elles dans une heure ce qu'elles adoraient il y a cinq minutes ?

— O profond philosophe ! murmura Fabien d'un ton moqueur.

— Ainsi tu ne sais si tu es aimé ?

— Je l'ignore...

— Cependant... tu lui as écrit ?

— Oui, je l'avoue.

— Et elle t'a répondu ?

— Oui, je viens de recevoir sa lettre.

— Mon cher, dit Fabien, permets-moi une seule question.

— Fais, dit négligemment Rocambole.

— La lettre de mademoiselle de Sallandrera a-t-elle cinq, dix lignes ou deux pages ?

— Je crois qu'elle a quatre pages, répondit le faux marquis avec une naïveté qui arracha un sourire à la vicomtesse.

— C'est bien, dit M. d'Asmolles, l'affaire est jugée. Une jeune fille n'a jamais écrit une lettre de quatre pages à un homme qu'elle n'aime pas. Maintenant que pouvons-nous faire pour toi?

— Mais... fit Rocambole surpris, comment l'entendez-vous?

— Je veux dire, poursuivit Fabien complétant sa pensée, qu'il ne suffit pas d'aimer mademoiselle de Sallandrera, d'en être aimé, et d'être avec elle en correspondance.

— Ah! ça ne suffit pas?

— Mais... non.

— Que faut-il encore?

— Il faut faire un doigt de cour aux parents, le duc et la duchesse, et c'est pour cela que ta sœur et moi, nous t'offrons nos services.

— Merci bien, dit Rocambole, mais je n'en suis point encore là...

— Pardon, continua Fabien; à moins que tu ne t'y refuses, nous causerons affaires.

— Soit, je le veux bien...

— Tu as soixante-quinze mille livres de rente?

— Oh! mon Dieu! pas davantage.

— C'est peu, pour épouser une Sallandrera.

— Bah! Conception est désintéressée.

— Malheureusement, mon cher, quand il s'agit de mariage, les jeunes filles ne sont jamais consultées sur les questions d'argent. Donc, le désintéressement de Conception n'a rien de sérieux à mes yeux...

— Mais enfin... si elle m'aime...

— Il en convient! dit Blanche en riant.

— Mon avis est, poursuivit Fabien, qu'on s'adresse non au duc, mais à la duchesse. Les femmes s'entendent toujours entre elles.

— Mais le duc et sa famille sont en Espagne.

— Ils reviendront...

— C'est probable ; mais quand ? Je crois donc que nous pouvons ajourner quelque peu cette conversation, qui me paraît prématurée.

— Comme tu voudras, répondit Fabien, qui crut comprendre que son beau-frère voulait garder son secret sur Conception.

Et l'on parla d'autre chose.

Rocambole quitta Fabien et la vicomtesse, après le dîner, et se rendit à l'Opéra, où, on le sait, la fausse Baccarat avait donné rendez-vous à Roland.

Quand le marquis arriva et parut dans sa loge, il aperçut M. de Clayet seul dans une loge d'avant-scène. Le jeune fat portait sur son visage toutes les angoisses de l'attente. Il n'était pas un spectateur dans la salle qui, voyant ce jeune homme tressaillir et tourner la tête au moindre bruit, s'agiter en tout sens, promener ses jumelles d'une galerie à l'autre, et paraissant au supplice, ne se fût dit : — Voilà un homme bien malheureux, et celle qui le fait souffrir et attendre ainsi est bien cruelle.

Cependant Roland aperçut Chamery, et tous deux se saluèrent.

Puis le premier, qui voulait absolument mettre toute la salle dans la confidence de sa bonne fortune, posa un doigt sur ses lèvres, et fit à Rocambole un petit signe mystérieux qui voulait dire : — Chut! excusez-moi si je ne vous invite pas à venir dans ma loge. Mais... je... l'attends.

Le marquis répondit, par un geste, qu'il avait compris. Et il tourna la tête, mais continua à examiner Roland du coin de l'œil.

Celui-ci, après avoir salué le marquis, disait bonjour de la main, et se livrait à une pantomime assez vive avec des personnes qui se trouvaient dans une loge voisine de celle de Rocambole, de telle façon que celui-ci ne pouvait les voir.

— Je gage, pensa le prétendu marquis, qu'il a convié tout son club à l'Opéra.

I.   43

Il quitta un moment la loge, passa dans le couloir et regarda, en passant, par les œils-de-bœuf.

Rocambole ne s'était pas trompé. La loge avec laquelle Roland correspondait pas signes renfermait le jeune monsieur Octave et trois autres membres du club dont il faisait partie.

Rocambole alla reprendre sa place.

Il était plus de huit heures déjà, et Roland ne voyait rien venir. Enfin il entendit frapper et se retourna vivement. Un frou-frou de robe de soie se faisait entendre derrière la porte, un parfum délicat pénétrait déjà dans la loge. Roland ouvrit...

M. le marquis de Chamery, M. Octave et ses amis, toutes les personnes enfin qui avaient remarqué le manége impatient de M. Roland de Clayet attachèrent leurs regards sur sa loge.

Une femme voilée entra, se laissa prendre la main et s'assit auprès de Roland. Mais elle ne releva point son voile.

Si madame la comtesse Artoff ou une femme lui ressemblant fût venue, le visage découvert et en toilette d'Opéra, s'asseoir dans la loge de Roland, peut-être eût-elle attiré l'attention de quelques personnes; mais, à coup sûr, elle n'eût point excité l'espèce de rumeur pleine de scandale que produisit cette femme, qui, pendant deux heures, garda son voile obstinément baissé.

Jusqu'à la fin de la représentation, Roland eut le rôle et l'attitude d'un homme que le bonheur écrase! il fut le point de mire de tous les regards, le sujet de tous les commentaires. Quand le rideau tomba sur le dernier acte du *Prophète*, la femme voilée prit le bras de Roland et sortit avec lui.

M. Octave et ses amis étaient échelonnés sur le passage du Lovelace. Ils le virent traverser le péristyle, prendre avec la femme voilée le passage de l'Opéra, monter avec elle l'escalier du restaurant situé au bout de ce passage.

M. Roland de Clayet et sa mystérieuse compagne allaient faire un souper fin et sucer des écrevisses.

— Avec tout cela, dit un des jeunes gens amenés par Octave, nous ne l'avons pas vue.

— C'est vrai. Mais nous la verrons.

— Quand ?

— Tout à l'heure. Je m'en charge, et Roland ne se doute pas que je connais l'établissement dans lequel il vient d'entrer, un peu mieux que son architecte.

— Bah! firent ces messieurs.

— Venez, dit le triomphant M. Octave. Vous allez voir.

Et ils montèrent chez le restaurateur, et M. Octave dit au garçon : — Donnez-moi le cabinet n° 7.

— Il est pris, dit le garçon.

— Par un monsieur et une dame qui viennent de monter?

— Oui.

— Donnez-moi le n° 8, en ce cas.

— Voilà, monsieur, répliqua le garçon en montrant la porte du cabinet demandé.

Le jeune M. Octave posa alors un doigt sur ses lèvres:

— Pas de bruit, dit-il, et parlons bas.

Puis il montra la glace placée sur la cheminée et dit :

— Regardez dans le coin.

Un coin de la glace, en effet, était dépourvu de son train, et ce coin correspondait à un trou percé dans la cloison. Grâce à ce trou, le jeune M. Octave et ses compagnons purent voir, dans le cabinet n° 7, Roland de Clayet qui soupait avec la femme mystérieuse.

Seulement elle avait relevé son voile.

— Ma parole d'honneur! murmura M. Octave, Roland n'est point un hâbleur. C'est bien la comtesse Ar-off.

Pendant que chacun des convives de M. Octave regardait à son tour, M. le marquis de Chamery s'en allait fort tranquillement se coucher, après avoir vu les bambins monter au restaurant, sur les pas de Roland.

— Je crois que tout va bien... très-bien, murmurat-il.

Le lendemain, vers cinq heures, maître Zampa se présenta rue de Suresnes.

Rocambole, vêtu de sa polonaise à brandebourgs et coiffé de sa perruque blonde, alla lui-même ouvrir et ferma sa porte avec les précautions d'usage.

— Qu'est-ce? lui demanda-t-il.

— Le comte Artoff est arrivé.

— Ah?... et quand cela?

— Cette nuit ou ce matin. M. le duc a reçu tout à l'heure le billet que voici.

— Donne, dit Rocambole, qui allongea la main et lut :

« Mon cher duc.

« Mon mari est arrivé. Nous vous attendons à dîner ce soir et nous recauserons de vos petites affaires. Ensuite vous emmènerez Stanislas passer la soirée à votre club. Ce pauvre Russe, si Français de cœur et d'instincts, a l'air d'un exilé qui remet le pied sur la terre natale. Il a soif de Paris, il voudrait tout voir, et serrer toutes les mains à la fois.

« — Château-Mailly, m'a-t-il dit, me conduira à son club.

« Venez donc, mon cher duc, et je vous serai d'autant plus reconnaissante que j'userai de ma liberté pour aller voir ma chère petite bourgeoise de sœur, qui habite le Boulevard Beaumarchais, un quartier perdu.

« Votre servante et amie,

« Comtesse ARTOFF. »

— Voilà qui tombe à merveille ! pensa Rocambole.

Puis il demanda à Zampa : — Le duc est-il déjà parti pour aller chez le comte?

— Tout à l'heure, il y a dix minutes. Le duc était à peine en voiture que je me suis esquivé pour venir ici.

— C'est bien.

— Monsieur va me rendre ce billet pour que je le replace sur la table du duc.

— Sans doute, le voici.

— Ai-je de nouveaux ordres à recevoir?

Rocambole fit un signe de tête affirmatif.

— Il faut trouver, dit-il, et trouver sur-le-champ, le moyen de savoir tout ce qui se passe chez le comte Artoff.

— Je le saurai, répondit Zampa.

— Jour par jour et heure par heure.

— Ce sera fait. Est-ce tout?

— Oui, va-t'en.

Demeuré seul, le faux marquis se prit à rire.

Ce matin, se dit-il, nous délibérions, sir Williams et moi, sur le moyen de mettre le comte Artoff et Roland en présence, et voici que le hasard nous envoie ce moyen sur-le-champ. Le duc de Château-Mailly est du club dont Roland, Fabien et moi nous faisons partie. Roland dîne chez Fabien. Ce soir nous irons au cercle... Seulement, j'ai besoin de voir Rebecca sur-le-champ.

Le faux marquis changea de costume, se débarrassa de sa perruque, et quitta l'appartement de la rue de Suresnes.

— Rue de la Pompe, dit-il à son cocher qui attendait à la porte, et va vite...

Le coupé était attelé du meilleur trotteur que possédait le marquis ; il alla à Passy en un quart d'heure, et Rocambole trouva la fausse Baccarat, arrondie sur un coussin turc devant le feu, occupée à se *faire les cartes*. Elle se leva en voyant entrer Rocambole, jeta ses cartes dans un coin, et prit vis-à-vis de lui l'attitude respectueuse et soumise d'une esclave.

— Ma petite, lui dit Rocambole, donne-moi une plume et de l'encre.

Il s'assit devant une table et tira de sa poche une lettre.

— Voici, se dit-il, le billet écrit par Baccarat à M. de Château-Mailly. Une jolie écriture, allongée, menue, facile à contrefaire.

Il prit une enveloppe et écrivit dessus;

A Monsieur Roland de Clayet.

43.

— Parfait... reprit-il, et j'ai décidément un talent merveilleux pour contrefaire toutes les écritures. Madame la comtesse Artoff jurerait qu'elle vient de tracer cette suscription.

Et avec le plus grand soin et une application extrême, il écrivit un billet de trois lignes, imitant toujours à s'y méprendre l'écriture de Baccarat.

Le billet tracé, il l'enferma dans l'enveloppe, la ferma avec un pain à cacheter et la tendit à Rebecca.

— Ce soir, lui dit-il, tu arriveras chez Roland à dix heures.

— Y sera-t-il?

— Non, il sera sorti.

— L'attendrai-je?

— Tu remettras ce billet à son valet de chambre, avec ordre de le porter au club de son maître.

Roland viendra. Tu lui diras : — Mon mari est au club, n'est-ce pas? avec Château-Mailly?

— Bien. Après?

— Après, tu passeras une heure ou deux avec lui et t'en iras sans lui assigner d'autre rendez-vous. Nous verrons plus tard.

— Est-ce tout?

— Tout, dit le faux marquis en frappant du bout de la main la joue de Rebecca. Adieu, mignonne...

Et M. le marquis Albert-Honoré de Chamery rentra chez lui.

. . . .

Roland, ainsi que l'avait dit Rocambole, dînait tous les samedis chez son ami Fabien d'Asmolles, et le marquis était bien certain de l'y trouver.

A six heures, en effet, Roland arriva.

— Messieurs, dit Fabien après le dîner, la vicomtesse me donne ma liberté ce soir, à la condition que je la conduirai chez la marquise de R..., où je l'irai reprendre à minuit. Je vais vous faire une proposition.

— Voyons? dit Roland.

— Nous irons faire un whist à ton club.

— C'est ce que j'allais vous proposer, ajouta Rocambole.

— Seulement, dit le vicomte, vous m'y précéderez. Je vous rejoindrai au bout de vingt minutes. Le temps d'offrir mes hommages à madame de R..., et de m'esquiver de son salon, où l'ennui me prend régulièrement à la gorge au bout de vingt minutes.

Le vicomte et sa femme montèrent, en effet, dans leur carrosse vers neuf heures, tandis que Rocambole offrait à Roland une place dans son phaéton, et le conduisait au club, où de graves événements se préparaient.

LV

Dix heures sonnaient lorsque Rocambole et Roland entrèrent au club. Il y avait peu de monde encore, et à part une petite pièce où une douzaine de jeunes gens faisaient un mistigris et fumaient des cigarettes, les salons étaient à peu près déserts.

Le triomphant M. Octave présidait cette réunion intime et gagnait fort lestement une centaine de louis lorsque le marquis de Chamery et son compagnon arrivèrent.

— Parbleu ! s'écria-t-il en les voyant, vous êtes gentils de venir me relever, messieurs ; j'ai eu ces jours-ci une déveine, un guignon dont rien ne vous saurait donner une idée.

— Mais tu gagnes ce soir, dit un joueur qui perdait et avait la perte mauvaise.

— C'est vrai ; mais j'ai perdu hier, et puisque voilà Roland, je profite d'une petite affaire que j'ai avec lui pour l'emmener dans une embrasure de croisée et faire très-carrément Charlemagne.

Et M. Octave se leva, empochant son gain avec calme.

— Ah ! ah ! Roland ? fit-on à la ronde.

— Moi-même, messieurs, répondit M. Clayet, qui salua avec la modestie d'un homme parfaitement heureux.

— Nous en avons appris de belles sur ton compte, messire don Juan, dit un joueur.

— Sur moi ? dit Roland.

— Mais oui... dit Octave...

— Octave est un indiscret, murmura le fat, enchanté que son aventure avec la comtesse Artoff courût le monde.

Rocambole se pencha à l'oreille de Roland :

— Je vous l'avais prédit, lui dit-il tout bas ; avant trois jours, grâce à M. Octave, Paris entier saura votre histoire.

— Que voulez-vous ? répondit Roland, ce garçon est d'une indiscrétion déplorable.

— Messieurs, dit un autre joueur à mi-voix, je ne m'oppose pas à ce que don Juan de Clayet soit félicité selon son mérite, mais je vous convie à la représentation prochaine d'un joli drame réaliste. Avant huit jours, vous aurez un très-beau duel à la porte Maillot.

— Hum ! répondit-on, ceci est possible.

— Et, ajouta M. Octave, cela manque encore à la gloire de Faust de Clayet.

— Messieurs, s'écria Roland, qui, au fond, était ravi de la tournure que prenait l'entretien, je vous prierai d'abandonner un peu ce terrain non moins brûlant que déplacé, sur lequel se trouve la conversation.

— Soit, mon cher ; mais aussi, pourquoi vous montrer ainsi à l'Opéra ?...

Roland répondit en fredonnant une ariette, et il s'assit à la table de jeu.

En ce moment Fabien arriva.

On avait pour Fabien, l'homme grave, le gentleman accompli et à qui le mariage semblait avoir donné un caractère plus sérieux encore, une considération qui tenait presque du respect, et son apparition coupa court aux plaisanteries dont la réputation de la comtesse allait être le but. Les sourires s'effacèrent peu à peu, on salua Fabien et on continua à voix basse à s'entretenir de la bonne fortune de Roland.

Le vicomte, après avoir échangé quelques poignées de

main, se pencha à l'oreille du faux marquis de Chamery.

— Mon ami, lui dit-il, tu as eu une mauvaise inspiration.

— A propos de quoi

— En nous proposant de venir ici, à Roland et à moi.

— Pourquoi cela ?

— Parce que le comte Artoff est arrivé...

— Eh bien ! qu'est-ce que cela fait ?

— Et qu'il viendra ce soir.

— Allons donc ! il ne fait pas partie de ce cercle.

— Non, mais il a un ami qui en fait partie.

— Et tu le nommes ?

— Château-Mailly.

— Ce jeune duc qui avait demandé la main de mademoiselle de Sallandrera ?

— Lui-même, mon cher.

— Eh bien ! mais, dit Rocambole, ce n'est pas une raison pour que le comte vienne ici.

— Il y viendra.

— Qu'en sais-tu ?

— Tiens, voici le billet que j'ai reçu cinq minutes après
votre départ.

Le billet que Fabien tendit à son beau-frère n'avait
que quelques lignes :

« Mon cher vicomte,

« Je vous ai laissé garçon en quittant Paris ; j'y reviens et vous retrouve marié. En attendant que vous me
fassiez l'honneur de me présenter à la vicomtesse d'Asmolles, est-ce que vous ne ferez pas quelque chose pour
un ami qui désire vous serrer la main plus vite ? Château-
Mailly, qui dîne chez moi, me mène à son club ce soir.
Vous en êtes ou vous devez en être. Venez-y, vous m'y
verrez entre dix et onze heures.

« A vous,

« Comte ARTOFF. »

Après avoir lu ce billet, Rocambole parut n'avoir pas compris.

— Eh bien ! après tout ? demanda-t-il.

— Je voudrais bien que le comte et Roland ne se rencontrassent point.

— Crois-tu donc que Roland va lui dire qu'il est aimé de sa femme ?

— Non ; mais il est capable de prendre vis-à-vis de lui un air impertinent qui donnera à penser. Si nous pouvions trouver un prétexte pour l'emmener...

— C'est difficile, il joue... il perd déjà.

— Et il est trop tard, ajouta M. d'Asmolles qui venait de tourner les yeux vers la porte.

En effet, deux hommes venaient d'apparaître sur le seuil du petit salon. L'un était le jeune duc de Château-Mailly ; l'autre était le comte Artoff.

Rocambole l'enveloppa de son regard intelligent, pénétrant et rusé.

— Voilà cinq ans que je ne l'ai vu, se dit-il, et il me semble qu'il est changé. Il a grossi, il porte toute sa barbe, il a près de trente ans. Si j'ai proportionnellement changé comme lui, le diable m'emporte si ma physionomie à l'indienne et ma barbe blonde éveillent en lui un seul souvenir.

En effet, Rocambole était réellement devenu méconnaissable avec son visage légèrement bistré comme celui des marins qui reviennent de l'Inde, et sa barbe blonde qu'il portait très-épaisse. Il avait su même imprimer une intonation toute différente à sa voix.

Comme le comte Artoff et le duc entraient sans bruit, les joueurs, tout entiers à leur partie, ne levèrent pas la tête, et Fabien en profita pour aller à la rencontre de ces messieurs. Rocambole le suivit sans hésitation.

M. d'Asmolles et le comte se serrèrent la main avec effusion. Puis Fabien lui montra Rocambole :

— Mon cher comte, lui dit-il, je vous présente un revenant, mon beau-frère, M. le marquis de Chamery, ex-officier de marine au service de la Compagnie des Indes.

Le comte et Rocambole se saluèrent, et le premier attacha sur le prétendu marquis ce regard indifférent et
calme qu'on lève sur un visage parfaitement inconnu.

Rocambole ne sourcilla point.

— Ah! monsieur le comte, dit-il, Fabien nous parle
de vous tous les jours, à ma sœur et à moi.

— C'est un homme charmant et un noble cœur, — répondit le comte. Et il ajouta, avec un sourire plein de
courtoisie et de grâce : — Et il méritait le bonheur et
l'honneur qui lui sont advenus lorsqu'il est entré dans
votre maison, monsieur le marquis.

Rocambole s'inclina avec le plus aimable et le plus
faux des sourires.

— Imbécile! murmura-t-il à part lui, tu avais moins
d'égards pour moi le jour où tu me ficelas dans un sac
et me fis jeter à l'eau par tes cosaques.

Le duc de Château-Mailly s'était approché de la table
de jeu et disait : — Messieurs et chers amis, veuillez me
permettre de vous dire bonjour et de vous amener un
grand seigneur moscovite qui a pu déjà apprécier l'hos-
pitalité parisienne, M. le comte Artoff.

Ce nom, que le duc de Château-Mailly prononça fort
simplement, tomba comme la foudre au milieu des
joueurs. Parmi eux peu connaissaient de vue cet homme
dont ils venaient de déchirer l'honneur conjugal à belles
dents. Mais le grand seigneur russe, assez riche, assez
élevé au-dessus des préjugés pour avoir osé épouser la
Baccarat, se recommandait trop de lui-même, et en dehors de l'aventure de Roland de Clayet, à la curiosité
publique, pour que, alors même que cette aventure n'eût
point été tout à l'heure le sujet de la conversation générale, son arrivée ne produisit une véritable sensation.

Le comte, on le sait, était de haute taille; il avait ce
nez d'aigle et ce regard dominateur de la race conqué-
rante des Slaves. D'une beauté mâle, il avait un sourire
charmant, le sourire du lion que sa force rend magnanime, un regard calme et doux. D'une distinction et
d'une simplicité parfaites, le comte Artoff était un de ces

hommes éminemment grands seigneurs par nature, au cœur droit et bon, mais à la nature énergique, à la volonté inflexible, — de ces hommes dont l'œil bleu s'enflamme subitement, et qui, une passion violente les animant tout à coup, deviennent aussi terribles qu'ils paraissaient inoffensifs naguère. L'attitude, le sourire, le regard du comte exprimaient si bien la possibilité de cette métamorphose, que pas un de ceux qui le virent entrer ne put s'empêcher de tressaillir et de porter un coup d'œil de commisération à Roland.

L'un d'eux même se pencha à l'oreille du jeune Octave.

— Je crois, lui-dit-il, que Roland a été léger en se vantant de son bonheur.

— Bah! fit M. Octave, qui ne doutait de rien, il s'en tirera. Chut !

Au nom du comte Artoff, M. Roland de Clayet n'avait pu s'empêcher de tressaillir et de relever vivement la tête.

Les regards de ces deux hommes se rencontrèrent. Roland et le comte s'étaient vus à Bade l'espace d'une heure à peine, dans le salon du bal du casino, mais c'en était assez pour que le comte reconnût le jeune homme.

— Monsieur de Clayet? fit-il, saluant.

— Moi-même, répondit Roland, qui rendit le salut avec une roideur maladroite, un peu étonné, du reste, que le comte, qui ne lui avait jamais adressé la parole, l'appelât par son nom.

— Monsieur, poursuivit le comte avec un accent de franchise et de simplicité qui amena derrière lui quelques demi-sourires moqueurs sur les lèvres de ceux qui étaient dans la confidence de Roland pardonnez-moi d'aller droit au but J'ai des remercîments à vous faire au nom de la comtesse Artoff, que vous avez sauvée d'une mort à peu près certaine à Heidelberg, et vous me permettrez d'y joindre l'expression de ma vive reconnaissance.

— Le pauvre homme ! murmura M. Octave, qui avait des réminiscences de *Tartuffe*.

Les joueurs échangèrent des regards ironiques.

Roland, dont une grande maladresse caractérisait toutes les actions et dictait toutes les paroles, répondit d'un ton sec : — J'ai fait purement et simplement mon devoir, monsieur. Et il continua à jouer, battant les cartes avec une sorte d'impatience fiévreuse qui n'échappa à personne.

— Hé ! hé ! murmura M. Octave, je crois que Roland est jaloux.

Rocambole se penchait en même temps à l'oreille de Fabien :

— Ce Roland de Clayet est un sot, lui dit-il.

— C'est mon avis, répliqua Fabien, qui soupira profondément.

Cependant le ton sec de Roland et quelques regards railleurs n'avaient point échappé au comte Artoff.

Le gentilhomme russe avait même froncé le sourcil, car il savait que Roland s'était montré à Bade très-empressé auprès de sa femme, et que, à Heidelberg, il lui avait adressé plusieurs lettres d'amour, lettres qui, on le sait, était demeurées sans réponse.

M. d'Asmolles, qui, lui, savait tout ou du moins croyait tout savoir, surprit ce mouvement de sourcils ; il devina que la situation était tendue, qu'il suffirait de quelque impertinence de Roland, de quelque mot à double entente du jeune M. Octave pour amener un éclat entre deux hommes qui s'étaient vus à peine, se saluaient pour la première fois, et n'en échangeaient pas moins un regard hostile. Roland se croyait obligé de haïr le comte. Le comte avait tout de suite compris qu'il avait affaire à un fat, et Roland lui avait horriblement déplu.

— Si nous faisions un whist, dit Fabien, qui cherchait à éloigner le comte Artoff de Roland.

— Hum ! dit le comte en riant, c'est bien calme.

— J'aimerais assez une bouillotte volante, fit observer Rocambole, qui avait une inspiration.

— Va pour la bouillotte, dit le duc de Château-Mailly.

Le Russe fit un geste d'assentiment.

Fabien les emmena tous les trois dans une salle voisine, et ils s'installèrent autour d'une table.

— Je sais mon Roland par cœur, pensait Rocambole; ne voyant plus le comte, dont l'aspect lui porte sur les nerfs, il va le chercher, et il est capable de venir nous demander à entrer.

Rocambole ne se trompait pas.

Le comte Artoff disparut, Roland, qui était crispé, releva la tête et eut un sourire de triomphe.

— En vérité, messieurs, dit le jeune M. Octave, à quoi pense donc Château-Mailly? Il nous amène le comte Artoff! Mais il ne sait donc absolument rien?

— Il ne sait rien, répondit un joueur. Sans cela, vous pensez bien...

Mais un des assistants s'avisa de dire tout bas: — Il n'est pas moins vrai, messieurs, que la vue du mari et son nom prononcé tout à coup ont quelque peu troublé et fait pâlir l'heureux vainqueur.

— Eh bien! s'écria Roland piqué au vif, c'est ce qui vous trompe, mon cher. Où est le comte?

— Avec M. d'Asmolles, MM. de Chamery et de Château-Mailly, dans le salon vert, où ils jouent à la bouillotte.

— C'est bien, messieurs; je vais demander à entrer.

Et Roland quitta la table de mistigris et se dirigea la tête haute, un dédaigneux sourire aux lèvres, vers le salon vert.

Deux ou trois joueurs le suivirent.

— Ce garçon veut se faire tuer, dit l'un d'eux.

— Prenez garde! répondit Roland, qui entendit et se retourna.

A quoi faut-il prendre garde?

— Si vous dites un mot de plus, continua Roland, je vais passer pour un lâche, et vous me forcerez à chercher querelle au comte.

— Fi! mon cher, dit le premier interlocuteur en prenant M. de Clayet par le bras, tout le monde sait que tu es brave... ainsi sois prudent.

Mais Roland, qui était la personnification la plus complète de la vanité, avait été piqué au jeu, et il entra dans le salon vert d'un air insupportable et conquérant qui acheva de déplaire au comte Artoff.

Précisément, en ce moment-là, Rocambole, qui avait entendu le pas de Roland derrière lui, tirait sa montre et disait : — Mon quart d'heure est fini. Qui veut prendre ma place et entrer?

— Moi, dit Roland.

Fabien tressaillit et se trouva mal à l'aise.

Roland salua de nouveau le comte avec une politesse affectée cette fois, et s'assit à sa gauche. Le jeune M. Octave vint se placer derrière lui. Rocambole y demeura également. La partie continua.

Pendant quelques minutes, le comte, tout entier à son jeu, ne remarqua ni l'attitude pour ainsi dire hostile de Roland, ni les regards que trois ou quatre membres du club laissaient parfois tomber sur lui en chuchotant. Mais le comte ayant fait deux ou trois fois son tout, et Roland lui ayant tenu avec une sorte d'acharnement de mauvais goût, Fabien vit le gentilhomme russe froncer le sourcil de nouveau, et pour qui connaissait le comte Artoff, c'était un indice plein de gravité.

Tout à coup un domestique entra. C'était l'ancien valet de chambre que Rocambole avait rue de Suresnes, et qu'il avait donné à Roland. Il s'approcha d'un air mystérieux et remit une lettre à son maître.

— Vous permettez, messieurs? dit Roland, qui sourit de plaisir.

Et tandis qu'il brisait le cachet et laissait tomber l'enveloppe sous la table, il se tournait vers M. Octave :

— C'est elle ! disait-il à mi-voix, en ayant l'air d'oublier que le comte Artoff attendait qu'il jouât à son tour.

Et Roland, que les sarcasmes de ses amis avait grisé, tendit la lettre à Rocambole.

Mais en ce moment le vicomte Fabien d'Asmolles, indigné, se leva et arracha vivement le billet des mains de Roland stupéfait.

— Vous êtes un jeune fat, mon bel ami, lui dit-il moitié grave moitié souriant, et c'est fort mal à vous de compromettre une danseuse de l'Opéra.

Et comme on ne savait encore ce que signifiaient les paroles de M. d'Asmolles, et que Roland, étourdi, se demandait s'il devait rire ou se fâcher, le vicomte approcha le billet d'une bougie et le brûla lestement.

L'enveloppe seule était tombée à terre.

— Va, mon ami, va à ton rendez-vous, — continua Fabien en riant. Chamery prendra ta place. — Et pour détourner l'attention du comte... — C'est à votre tour de donner, dit-il.

Roland s'était levé triomphant :

— Vous m'excuserez, monsieur le comte...

— Certainement, monsieur, répondit le comte Artoff, dont le sourcil demeurait froncé.

Alors le jeune M. Octave s'écria : — Ce Roland a un aplomb merveilleux. Il se fait relancer jusqu'ici par les femmes les plus à la mode.

Le comte, agité d'un vague pressentiment, tressaillit à ce mot.

— Des femmes à la mode ! dit Fabien, allons donc ; une danseuse maigre, à la bonne heure.

— Mais ce n'est pas une danseuse... c'est une femme du monde...

M. d'Asmolles regarda M. Octave en face et lui dit : — Vous êtes décidément beaucoup trop jeune, monsieur, pour parler de ces choses-là, et vous me permettrez de vous donner un conseil.

— Voyons ? répliqua en ricanant le jeune héritier.

Fabien tira sa montre

— Il est minuit, dit-il, et les enfants de votre âge sont toujours couchés à cette heure-là !

Une heure après, la bouillote était désertée, Fabien et M. de Château-Mailly étaient partis Le comte Artoff lisait un journal anglais, accoudé à cette même table sous laquelle était tombée l'enveloppe du billet que Roland avait reçu. Mais le comte lisait machinalement. Il était soucieux et préoccupé : il avait surpris quelques regards moqueurs sans pouvoir deviner à qui ils s'adressaient. L'action de Fabien, se hâtant de brûler le billet reçu par Roland, lui semblait étrange.

Tout à coup, en reculant un peu sa chaise, le comte baissa les yeux, aperçut l'enveloppe, et dominé par une sorte de curiosité fébrile, il s'en saisit et y jeta les yeux avidement.

Soudain, Rocambole, qui fumait tranquillement à quelques pas en digérant deux colonnes du *Times*, vit le comte pâlir et chanceler.

— Tiens ! se dit-il, je crois qu'il a reconnu l'écriture. Ma parole d'honneur ! voici la mèche allumée. Le baril sautera !

Et Rocambole s'esquiva sans bruit, laissant le comte Artoff seul et pour ainsi dire anéanti.

FIN DE LA PREMIÈRE PARTIE.

Coulommiers. — Typographie de A. MOUSSIN.

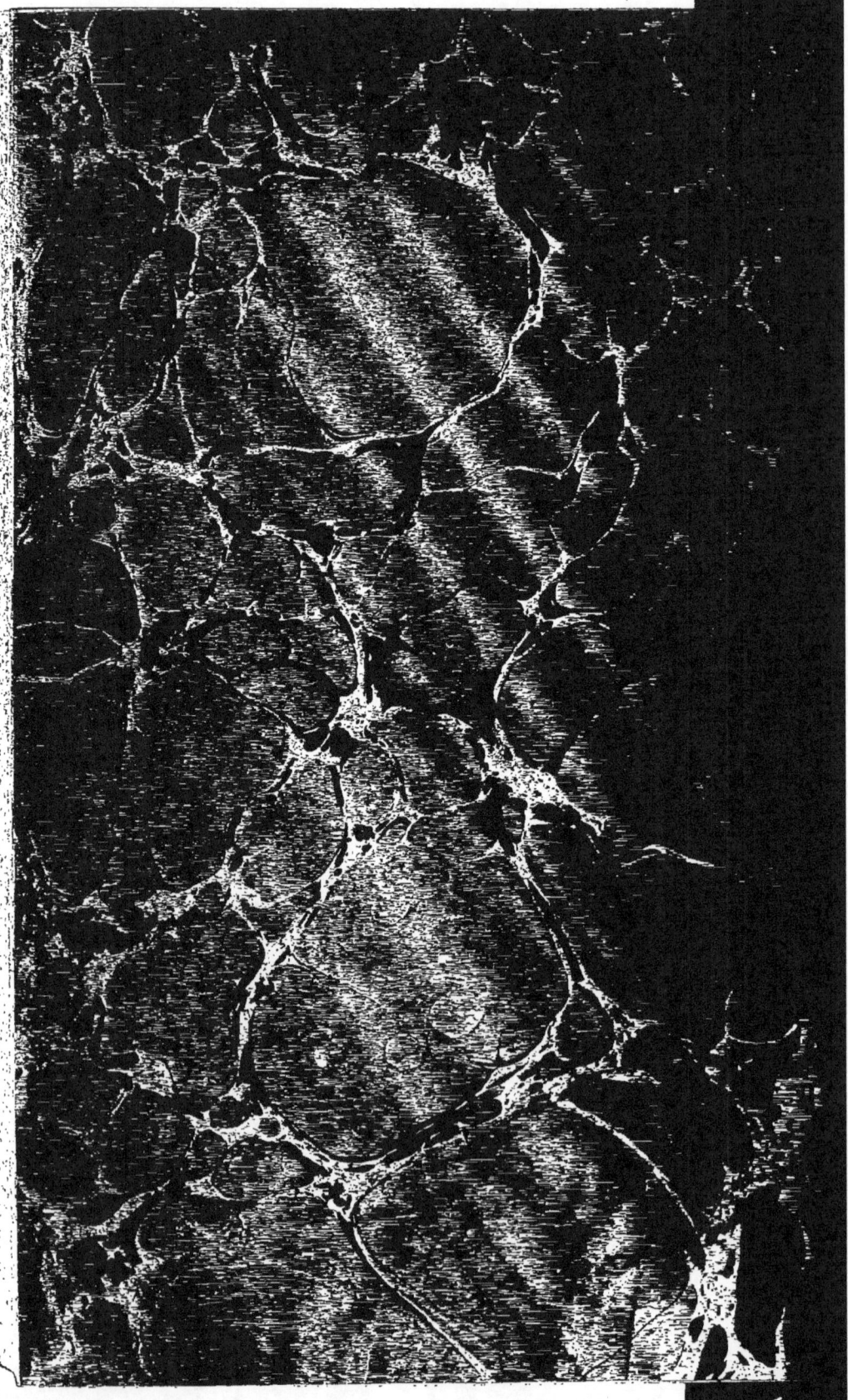

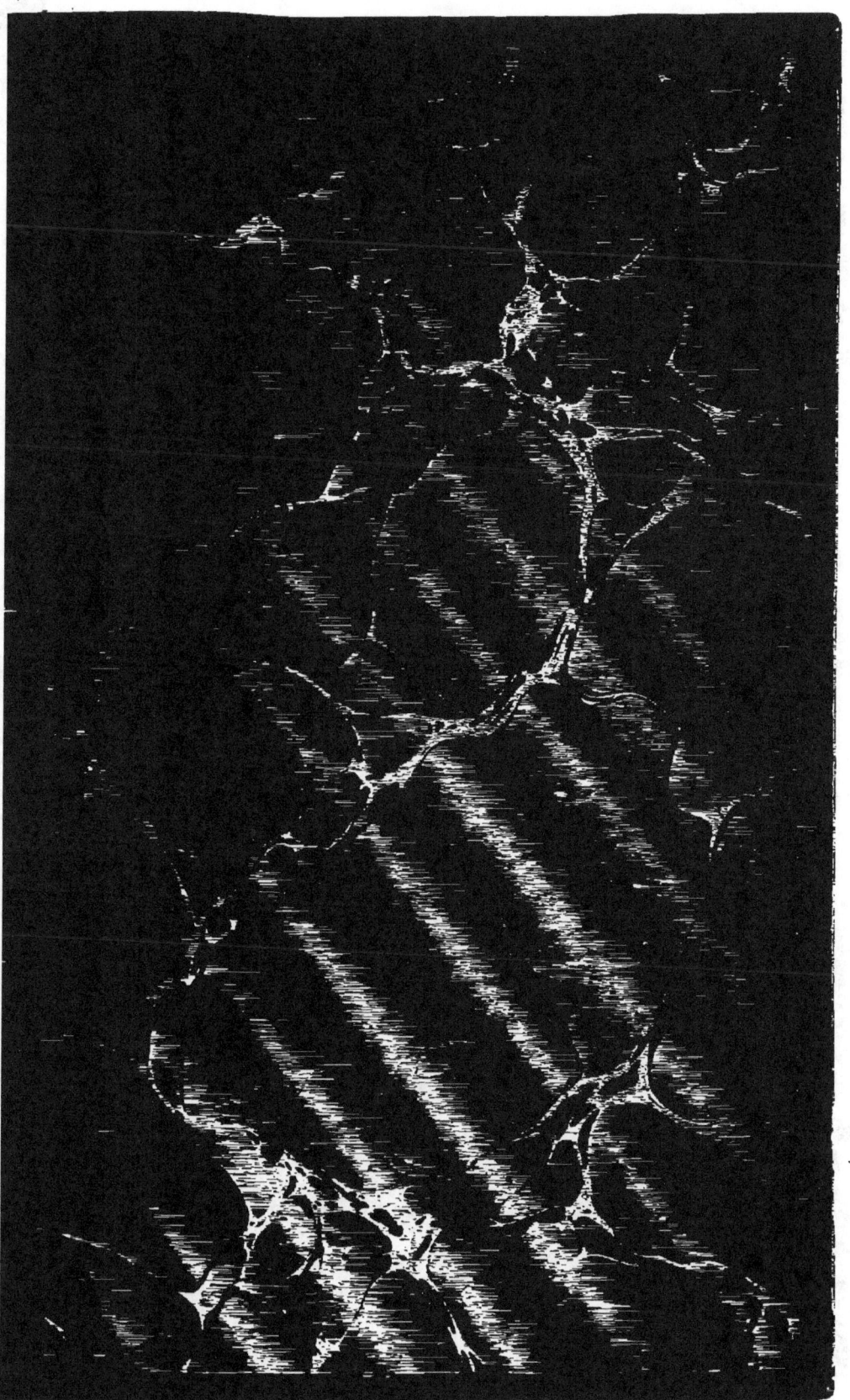